B.

Gunnar Cynybulk

DAS HALBE HAUS

Liebe Buchhändlerin, lieber Buchhändler,

Ihre Meinung und Ihr Leseeindruck sind uns wichtig, bitte schreiben Sie uns:

vertrieb@dumont-buchverlag.de

Unter allen Einsendungen verlosen wir eine kostenlose Autorenlesung.

Ihr DuMont Buchverlag

Unverkäufliches Leseexemplar
Ca. € 22,99 / sFr. 32,90
Lieferbar ab 13. März 2014
Wir bitten Sie, Rezensionen nicht vor dem
13. März 2014 zu veröffentlichen.
Vielen Dank für Ihr Verständnis.

Gunnar Cynybulk

DAS HALBE HAUS

Roman

DUMONT

Erste Auflage 2014
© 2014 DuMont Buchverlag, Köln
Alle Rechte vorbehalten
Umschlag: Lübbeke Naumann Thoben, Köln
Satz: Angelika Kudella, Köln
Gesetzt aus der Adobe Garamond
Gedruckt auf säurefreiem und chlorfrei gebleichtem Papier
Druck und Verarbeitung: CPI – Clausen & Bosse, Leck
Printed in Germany
ISBN 978-3-8321-9723-0

www.dumont-buchverlag.de

Auf die, die gefahren sind. Auf die, die blieben.

I
DIE AUGEN MÜSSEN SICH ERST AN DAS DUNKEL GEWÖHNEN

August 1981 – September 1981

B.

Dort
War ich
In alter Zeit.
Neues hat nie begonnen.

1. Der Weg

Am letzten Tag der großen Ferien kann man sich noch einmal verkriechen. Man kann in den Tag träumen oder durch die Gärten streunen. Im Birnbaum kann man sitzen und auf alles hinabschauen. Es sei denn, man ist jemand anders. Jemand, der den ganzen Sommer über Schlusssprünge auf der Haustreppe, Steigerungsläufe auf der Halde, Stöße mit dem Stein gemacht hat. Der Junge hat all das gemacht. Er hat keine Einheit des Plans ausgelassen, den der Trainer für ihn erstellt hat. Sieben Wochen lang hat er morgens und abends trainiert: Gymnastik, Lauf-ABC, Klappmesser, Klimmzüge an der Teppichstange. Sein Haar ist hell geworden, Sommersprossen sprenkeln sein Gesicht, er ist gewachsen, die Großmutter hat es am Türstock angezeichnet, und sein Gang ist sehnig. Wenn er die Beine aus dem Bett schwingt, sieht er Muskeln über dem Knie, die sich wie Igel ballen, und dunkle Härchen auf dem Schienbein. Bald wird sich entscheiden, wer auf die Sportschule darf, wo die Olympiasieger von morgen trainiert werden. Vor sechs Wochen fand die Spartakiade statt. In der Hauptstadt traten die besten jungen Sportler der Republik gegeneinander an, die Leichtathleten des Bezirks jedoch enttäuschten. In zwei Jahren will der Junge dabei sein, und in sieben Jahren will er Olympiasieger werden.

Seit dem Morgengrauen ist er wach, aber das Haus schläft noch. Es ist ein halbes Haus, in dem eine halbe Familie lebt. Die eine Hälfte ist da, die andere weg: gestorben, gefallen und vergessen. Der Sockel des Hauses ist geziegelt, die Wände sind rau verputzt, die Fensterläden weinrot und weiß gestrichen, und das Dach ist mit Biberschwänzen gedeckt. Die Dachluke darf nicht verstellt werden, denn der Vater muss freien Zugang zur Antenne haben. Oft ist das Fernsehbild unscharf, und dann sucht der Vater mit der Antenne in der Hand den richtigen Empfang. Er harkt die Luft, während die Großmutter vor dem Fernseher das Ergebnis kontrolliert. Der Junge ist der Bote zwischen Großmutter und Vater, zwischen Erdgeschoss und Dach. Er nimmt zwei Stufen auf einmal, hetzt über die gewundene Treppe nach oben, steckt den Kopf durch die Luke und ruft: Jetzt ist's schlechter. – Aber vorher war's doch besser, ruft der Vater zurück und dreht die Antenne gen Westen, weil er sich von dort immer nur das Beste erhofft. Der Junge trägt den Satz des Vaters nach unten, worauf die Großmutter entrüstet sagt: Nu ist's ganz schlecht. Das teilt der Junge wiederum seinem Vater mit, atemlos, der aus heiterem Himmel herumschreit und meint, die Großmutter könne ja mit ihm tauschen, wenn sie alles besser wisse, sie könne ja selbst aufs Dach klettern, und er würde sie dann herumkommandieren. Der Junge denkt, dass das für ihn nichts ändern würde.

Nebenan wohnen aufmerksame Bürger. Selten sind sie im Garten zu sehen, während der Vater und die Großmutter jeden Abend vor den Beeten stehen und den Wuchs der Stauden, Blumen und Büsche besprechen. Von einer Baustelle hat der Vater Rohrsegmente organisiert, die jetzt als Pflanzkübel dienen und besonders schöne Gewächse beherbergen. Manchmal bleiben Passanten vor dem Zaun stehen und bewundern den Vorgarten, vor allem die rot blühenden Cannas. Der hintere Garten besteht aus einem hufeisenförmigen Rasenschwung, der einen betonierten Kreis einfasst, das Rondell, auf dem eine Hollywoodschaukel steht. Im Handstand läuft der Vater vom einen Ende des Hufeisens zum anderen, vorbei am Birnbaum, am Schuppen, bis zur Stirnseite der Garage. Die Unterschenkel abgeknickt, rammt er Hand um Hand ins Gras. Zwischen seinen Fingern sammeln sich Sträuße von Gänseblümchen, und am Schluss lässt er sich fallen und lacht. Die Großmutter erzählt, dass der Junge durch die Stäbe seines Laufstalls Klee und Gänseblümchen gepflückt und sich zu ihrem Schrecken in den Mund gestopft hat. Im November wird er zwölf.

Kurz hat er geschlafen, und doch ist er nicht müde. Er ist auf eine Art und Weise wach, die es ihm erlaubt, alles ruhig anzuschauen und vielleicht auch zu bedenken. Niemand merkt, dass er sein Bett verlassen hat. Die Großmutter schläft auf dem ausgezogenen Sofa in der Stube, Rauch und Blicke hängen in den Gardinen. Der Vater schläft im ersten Stock, im Bett in der Bücherwand. Die Instrumente sind kalt, und der Ofen hält Sommerschlaf. Einen Stock darüber, unterm Dach, wo jetzt noch die Wärme im Gebälk hockt und im Winter die Kälte und jederzeit der Holzwurm, schläft der Junge, in einem Klappbett mit hölzernem Dach. Leise kleidet er sich an, auf Zehen läuft er über die knarrenden Dielen. Er ist im Begriff, gegen ein Verbot zu verstoßen, aber vom Vater hat er gelernt, dass man sich manchmal über Verbote hinwegsetzen muss. Vom Vater hat er gelernt, dass man Lügner belügen darf und sogar muss. Alles hier, hat sein Vater gesagt, sei eine einzige große Lüge, ein Turm zu Babel, ein Scheißhaufen, der mit Häkeldeckchen aus Worten zugedeckt sei. Er, der Junge, solle sich das merken und es für sich behalten.

In der Nacht gab es Streit. Der Vater hat gerufen, die Großmutter solle bloß aufhören mit ihrer Feigheit und Hörigkeit, während die Großmutter gesagt hat, dass es nicht rechtens sei, den Jungen da mit hineinzuziehen, der Vater denke nur an sich. Blödsinn, es sei doch nur ein Ausflug, es könne doch gar nichts passieren, hat der Vater gesagt. Und außerdem solle die Großmutter zusehen, dass sie ihre Sache endlich geregelt bekomme, dann müsse er auch nicht so was anstellen. Es sei nicht ihre Sache, hat die Großmutter geantwortet. Seinetwegen, um des Vaters willen, mache sie all das. Sie für ihren Teil könne gut und gerne hier leben, hier und jetzt. Der Junge hat im Versteck gesessen und gelauscht, bis der Kater meinte, dass es nun höchste Zeit zum Schlafen sei.

Nun, am Morgen darauf, liegt der Kater auf dem Bett und sieht einem zukünftigen Olympiasieger dabei zu, wie der ein weißes Trikot mit gelb-blauem Bruststreifen in den Beutel packt. Es sind die Farben der Stadt und der Verkehrsbetriebe, für deren Sportverein der Junge startet. Er packt die blaue Hose ein, den Trainingsanzug und die Rennschuhe mit den Spikes. Die Treppe beantwortet jeden seiner Tritte, das Glas der Küchentür klirrt. Drei Stunden vor dem Wettkampf soll man essen, später nicht. Aus dem brummenden Kühlschrank holt er ein Glas mit Würsten und eine Flasche Milch. Mit dem Daumen drückt er den Aluminiumdeckel ein. Während er trinkt und kaut, rinnt ihm etwas Milch übers Kinn. Er schnappt seine Siebensachen und verlässt das Haus. Die Luft ist kühl und warm zugleich. Er durchquert den Vorgarten, öffnet die Pforte, die leise scheppert, und als er sie schließt, scheppert der Briefkasten, auf dem zwei Namen stehen: der Großmuttername und der Vatername. Sonntags gibt es keine Zeitung, die den Vater aufregt, keine Briefe, die ihn zum Verstummen bringen, keine Vorladungen, sonntags ist es gut. Vor dem Gartenzaun steht eine Birke, deren Kätzchen im Frühjahr auf den Fußweg fallen. Die Großmutter nennt den Fußweg Trottoir oder Bürgersteig, beides muss man fegen.

Manchmal schreibt sich der Junge Worte auf den Handrücken. Merkworte. Manchmal einfach nur seinen Namen. Als er lesen lernte, beschriftete die Großmutter alle Gegenstände im Haus: Stuhl, Spiegel, Fernseher, Anrichte. Sie schrieb Zettel und verteilte sie überall, damit sich der Junge die Worte besser und rascher einprägte. Es gab keinen Raum in dem halben Haus, in dem nicht irgendwo Zettel klebten: Spülkasten, Nähmaschine, Rumtopf. Weiße Vierecke, mit blauem Kugelschreiber beschrieben, in schwer leserlicher Schrift (über jedem U ein Kringel), mit Klebestreifen an die Dinge geheftet. Wenn er in den Keller ging, dann las er Fallrohr, Kohlenkeller, Weckglas, Waschzuber. Alles Worte, die nicht in der Fibel für Erstklässer standen, darin standen Ball, Hund und Sonne, das gab es. In sein erstes Schreibheft sollte er schreiben, was es nicht gab: Der Opa ist Bauer, Der Vater ist Arbeiter, Die Mutter ist Lehrerin. Er wendete das Ausrufezeichen an, zu Hause brauchte er das Fragezeichen. Fix lernte er die Großmutterworte, weil er wollte, dass der Spuk bald ein Ende hatte. Was ihn am meisten wurmte: Die Großmutter kannte all seine Wege, sie konnte seine Gedanken lesen. Es gab einen Zettel, auf dem stand lang, schwierig und beschämend: Jakobs Schokoladenversteck. Dem Vater war das alles zu viel. Er fragte, wann denn der Kater seinen Zettel abbekäme und ob er sich selbst einen mit der Aufschrift Vater an die Stirn heften solle. Die Großmutter sagte, das sei gar keine schlechte Idee, aber bitte spiegelverkehrt, damit er es gelegentlich vor Augen habe, etwa beim Rasieren.

Obendrein: *Er* habe so lesen gelernt, seine Brüder hätten so lesen gelernt, und auch ihr Enkelsohn werde so lesen lernen.

Gegenüber, auf der anderen Seite der Ausfallstraße, befindet sich die Großwiese, eine tiefe Weide, die mit Maulwurfshügeln, getrockneten Kuhfladen, Sauerampfer und struppigem Gras bedeckt ist. Ein Abhang führt hinunter, der sich gut zum Schanzenbau eignet. Alle wollen Skiflieger sein und probieren den Telemark. Leider gibt es kaum Auslauf, wenn man den Hüpfer gestanden hat, ist da auch schon das Flüsschen, das die Weide ungerecht teilt. In der warmen Jahreszeit schwimmen Kaulquappen und Stichlinge mit weißen Bläschen an den Kiemen darin. In der warmen Jahreszeit liegt der Junge im stechenden Gras, kaut Sauerampfer und beobachtet, wie hoch oben am Himmel die Kondensstreifen ausflocken. Er sucht einen Namen für das Blau, das hinter dem Licht liegt. Ab und zu spielt er Sterben. Dann sieht er sich von außen und von innen. Er ist zwei: einer, der beobachtet, und einer, der beobachtet wird. Weit hinten, am Ende der Großwiese, erhebt sich ein Tafelberg, aufgeschüttet aus den Trümmern des Weltkrieges. Ölige Erde, Gestrüpp, Disteln, Moos und Hecken überziehen den Berg. Kaninchen zucken durch das Unterholz, Rebhühner flattern auf, Füchse und halbwilde Katzen ducken sich in die Mulden, und manchmal sitzt auf einem Schlackeberg ein Fasan, grün, mit leuchtend rotem Reif um den Hals und gelbem Schnabel. Leicht kann man straucheln und sackt in eine Kuhle, auf deren Grund glasierte Ofenkacheln liegen, Flaschengrün und Bernstein. Bleirohre und Eisengeflecht ragen aus dem Boden, schimmelndes Holz, rostige Schnallen und Bänder. Der Berg riecht nach Petrol und Fäulnis. Als der Vater selbst noch ein Junge war, hat er dort Stahlhelme, Ehrendolche und sogar eine Pistole gefunden. Heutzutage rollt ab und zu ein Laster über die Panzerplatten und kippt seine Ladung an den Hang. Der Junge und seine Freunde finden dann bunte Glaslinsen, Röntgenfotos von gebrochenen Rippen, Schädeln und Herzen, große Spritzen aus Plaste, Infusionsbeutel mit getrocknetem Blut, verklebte Kanülen, Kanister und Dosen mit Pechnasen.

Von ganz oben kann man weit in alle Himmelsrichtungen sehen, auf die Stadt und auf das Land. Das Land ist eine große Senke, durchschnitten von langen Straßen. Es gibt keine echten Erhebungen, nur Halden und Hügel, keine Täler, sondern Gruben, keine Ströme, dafür Bäche und Flüsse, auf deren schwarzen Wassern heller Schaum treibt. Es gibt Rieselfelder, über denen Stromleitungen summen, am Horizont ragen Schlote von Kraftwerken und Brikettfabriken auf. Die Ortschaften ringsum enden auf -witz, -ig, -itz oder -itzsch. An der Kreuzung zweier aus dem Nichts kommender Straßen liegt die Klappse, die Rassel, die Irrenanstalt. Richtung Norden liegen das Stadion, das Kriegerdenkmal, der weitläufige Friedhof, das Messegelände und ein Stadtteil, der auf -itz endet. Im Süden ist das Land aufgebrochen. Leere Dörfer stehen am Abgrund, in den Kratern tragen riesige Schaufelräder die Braunkohle ab. Nachts hört man ihr Ächzen und Kreischen. Es ist das Schlaflied des Jungen.

Er geht die Ausfallstraße entlang, Richtung Haltestelle. Die Straße ist gerade und führt an allem vorbei, was der Junge kennt, weiß und besitzt. Die Straße, die den Namen des Flüsschens trägt, ist die Hauptstraße seines Reiches. Er lässt die Garagenreihen links liegen, geht an der alten Eiche vorbei, die eine schwarze Eule auf gelbem Grund bewacht, geht vorbei am Gartenbauverein mit dem Schlittschuhteich, wenn der zufriert, sind die langen Finger der Trauerweide im Eis gefangen. Genau achtet er darauf, dass er mit jedem Schritt die Rechtecke der Gehwegplatten trifft. Auf keinen Fall darf sein Fuß die Fuge zwischen zwei Platten auch nur berühren, dann wäre alles ruiniert, wirklich alles.

Die Vorstadt dämmert, während die eigentliche Stadt von damals träumt. Es ist eine stolze und alte Stadt mit hohen Kirchen und lichten Passagen und einem imposanten Bahnhof, da kann man besser ankommen als wegfahren. Die Stadt hat große Söhne und Töchter hervorgebracht und bedeutsame Menschen beherbergt, es wird ihm immer wieder gesagt, von den Lehrern, den Übungsleitern, den Verkäufern, den Aufpassern im Museum und im Zoo. Auch die Kunst, ein Buch zu drucken, wird hier gepflegt wie nirgendwo, nicht zu vergessen die Musik und die Malerei. Und Sportstadt will die Stadt auch genannt werden. Im Heimatkundeunterricht hat der Junge gelernt, dass sie am Schnittpunkt zweier alter Handelsrouten liegt. Seit jeher werden hier Geschäfte gemacht, zu Ostern und zu Michaelis. Mit eigenen Augen sieht er zur Messezeit die bunten Werbebanner – Keramik und Miederwaren – und die fremden Autos. Alles Halb- und alles Ganzferne ist dann zum Greifen nah. Von weit her kommen sie, um Folienstreckanlagen auszustellen, und Nippon schickt drei Automatikautos. Stolz präsentiert das Außenhandelsunternehmen des Bruderlandes sozialistische Waren, die neuesten Erzeugnisse finden sich in Halle 3, auch die eckigsten Worte: Technoforestexport. Stolz sind auch die Einheimischen, mit offenen Armen empfangen sie die Handelsleute aus aller Welt. Sie reden so überdeutlich, in den Geschäften, in der Straßenbahn (die jetzt nicht mehr Bimmel heißt), dass man sie noch schlechter versteht. Aus Männern und Frauen werden für die Dauer einiger Tage Damen und Herren. Der Lehrer für Biologie und Englisch – eben ist er an seinem Haus vorbeigegangen – trägt ein Einstecktuch und ein schweres Eau de Toilette, und die Brunnen auf den Plätzen führen wieder Wasser. Am schönsten ist der Pusteblumen-Brunnen.

Der Junge hat die einzige Telefonzelle weit und breit erreicht. Deren Scheiben sind gesprungen, und das Fernsprechbuch mit der Wählscheibe und dem großen schwarzen Hörer darauf ist zerfleddert. Drinnen und draußen stinkt die Zelle nach Pisse. Das liegt daran, dass sich gegenüber die einzige Kneipe weit und breit befindet. Der Junge denkt darüber nach, ob es jemanden gibt, den er anrufen sollte. Er fragt sich, ob er irgendetwas vergessen, nicht bedacht oder eingepackt hat, und dann ist es auch schon passiert: Er ist gestolpert und auf die Grenze getreten. Für einen kurzen Moment ist er unachtsam, und schon latscht er mitten auf die Fuge zwischen zwei Steinplatten. Lang bleibt er stehen, und nichts fällt ihm ein. Erst nach einer Ewigkeit kommt er darauf, dass es einen Trick gibt: Wenn man gestolpert ist, kann man umkehren und noch einmal über die Stelle laufen. Wenn man es richtig macht, ist der Bann gebrochen. Geh noch mal zurück, dann fällt's dir wieder ein, sagt der Vater zur Großmutter, wenn die mitten in der Bewegung erstarrt und sagt: Was wollt ich jetzt gleich noch mal? Also kehrt er um und geht noch einmal an der Telefonzelle vorbei. Diesmal tritt er über die Grenze und kann weitergehen. Von nun an wird er aufmerksamer gehen.

Der Konsum ist ein Bungalow mit einem langen Schaufenster. Darin stehen zwei hohe Pyramiden: Dosen mit weißen Bohnen, Dosen mit gelben Bohnen, wie auf der Kleinmesse beim Büchsenwurf. Gleich dahinter liegt der Blumenschuppen. Ein Holzverschlag, dessen Türen zur Verkaufszeit aufgeklappt sind. Im Frühjahr gibt es Primeln und Stiefmütterchen, und Ende April stehen die Kübel mit roten Nelken bis auf den Gehweg. Rosen gibt es so gut wie nie. Ab Oktober sind Fichten- oder Kiefernzweige, die die Großmutter Tannengrün nennt, im Angebot, um Gräber abzudecken oder Adventskränze zu flechten. Der Gärtner sagt zur Großmutter gnädige Frau, und wenn er lächelt, ist sein Gesicht entstellt. Man will dem Gärtner nicht zu nah kommen, er war im Lager. Unklar ist, ob bei den Nazis oder bei den Russen, die ja eigentlich Sowjets genannt werden müssen.

Der Junge geht auf das weitläufige Oval hinter der Schule zu, auf dem er und seine Mitschüler die große Pause verbringen. Ein rostiger Zaun schirmt das Areal von der Straße ab. Entlang des Zauns stehen hohe Pappeln, große scheinheilige Schönheiten, die der Vater angepflanzt hat, als er selbst noch Schüler war. Im späten Frühling schneit es, dann ist der Pausenhof von Pappelschnee bedeckt, und manchmal bleibt eine Wolke an so einem hohen Baum hängen. Während der gesamten Pause darf man keinen Fuß auf den Grund setzen, zu keiner Zeit. Man muss auf einem der kniehohen Steinquader stehen, die zwischen den Bäumen liegen, und darf nicht runtersteigen, -fallen oder -gestoßen werden. Es ist ein Jungengesetz, dass man so die zwanzigminütige Pause zu verbringen hat: auf einem der Steine balancierend, die Hände lässig in den Hosentaschen versenkt. Alle Tage soll man so balancieren, ein Stück über dem Boden der Tatsachen, die Hände lässig in den Hosentaschen.

Um wochentags zu dem kleinen Friedhof auf der anderen Straßenseite zu gelangen, muss man warten, bis die Autos eine Lücke lassen. Eine alte Frau kann ihr Fahrrad nicht so rasch über die viel befahrene Straße schieben. An ihrem Lenker baumelt eine Gießkanne aus Gummi oder Zink, Tannengrün oder Primeln liegen hinten im Korb, die kleine Hacke und die schwarzen Steckvasen mit dem dünnen Dorn sind hinterm Grabstein verborgen. Auf den Bänken sitzen andere alte Frauen in Schürzen und schwarzen Röcken, sie fangen ihre Hände im Schoß auf. Eichhörnchen jagen sich über ihren Köpfen. Es gibt Gräber mit hölzernem und Gräber mit Eisernem Kreuz. Als er noch nicht zur Schule ging, fürchtete der Junge, die Toten könnten durch die Stachel der Steckvasen aufgeweckt werden. Dann wäre plötzlich Großmutters letzter Mann wieder am Leben, und da wäre vielleicht was los, Zeter und Mordio, sagt der Vater.

Am Anfang der Ausfallstraße befindet sich die Schule. Ein Ozeandampfer aus Backstein ist das, darin riecht es nach Graupensuppe, Bohnerwachs und Ammoniak. Das schmale Ende des Gebäudes ist verputzt, und auf der Fassade kann ein großes Wandbild bestaunt werden, es trägt den Titel Lebensfreude und zeigt Pioniere, Arbeiter, Mähdrescher, Soldaten. Alle lachen, selbst die Mähdrescher. Der Junge wurde letztes Jahr Thälmannpionier, aber danach ist Schluss, sagt sein Vater. Keine FDJ. Im Winter liegt ein Schatten auf der Sonnenuhr und ein hoher Kohlenberg im Schulhof, wenn der verheizt ist, gibt es kältefrei. Wie Bänder fallen die Schlitterbahnen über den kleinen Hügel vor dem Eingang. Auf dem Platz wird morgen der Fahnenappell stattfinden. Im Geviert werden sich die Schüler aufstellen. Zum Weltfriedenstag werden sie ihre feste Solidarität mit allen friedliebenden Menschen bekräftigen. Den Pionierauftrag werden sie mit fleißigem Lernen und guten Taten zu erfüllen trachten. Mit ihrem Namen werden sie dafür einstehen. Die hübsche Deutschlehrerin wird ein kämpferisches Lied auf ihrer Gitarre begleiten. Sie wird ein Blauhemd tragen und einen kurzen Rock. Ihre Beine sind sehenswert. Insgeheim weiß sie, dass gute Kopfnoten kein gutes Leben garantieren. Der Erdkundelehrer kennt

Albanien nicht aus eigener Anschauung, aber aus den Erzählungen seines Sohnes, eines Ingenieurs auf Montage. Er schlussfolgert, dass ein Land, in dem die Frauen einen Einkaufsbeutel mit Guckloch auf dem Kopf tragen, nicht sozialistisch sein kann. Der Lehrer für Biologie ist gut gekämmt. Er unterrichtet auch Englisch, fakultativ und nachmittags. Wenn der Vati mal eine Dienstreise macht, etwa nach London oder Birmingham, soll er doch bitte einen Stadtplan für ihn, den Lehrer, mitbringen. Er selber komme ja da nicht hin. Früher sei er bis nach Griechenland gelangt. Da seien seine Haare und übrigens auch die Augenbrauen weiß geworden in der Sonne. Das UV-Licht habe die Pigmente völlig zerstört, er habe wie ein Albino ausgesehen, und braun sei er gewesen wie nie mehr sonst. Als der Junge fragt, wann denn der Lehrer für Biologie und Englisch in Griechenland gewesen sei, sagt der: Damals, mit der Armee. – Mit welcher Armee? – Mit der deutschen Armee. – Mit der Hitlerarmee? – Pigmente kommen später dran.

Eine griechische Nase hat der Vater des Jungen. Er hat ein texanisches Kinn, römische Locken, germanische Schultern, nordische Augen: ein Bild von einem Mann. Hat's nicht leicht gehabt. Jetzt geht's wieder. Ist aber was hängen geblieben. Sagen die Frauen. Manchmal rutscht ihm die Hand aus, dann ist die Hand schuld. Nächtelang liest er dicke Bücher. Er spielt Gitarre, how does it feel, und wenn eine Freundin zu Besuch kommt, zündet er Kerzen an und musiziert. Er musiziert oft. Jedes Wochenende stutzt er seinen Schnurrbart mit der kleinen Krummschere, mit der er dem Jungen danach die Nägel schneidet: schmutzige Halbmonde im Badewasser. Die Schere stammt aus dem Necessaire seiner Frau, der Mutter des Jungen. Necessaire ist eins von den lustigen Worten, die der Junge notiert. Auch seine Großmutter schenkt ihm Worte für seine Sammlung (Arschkratzel, Bibanella). Sie hält das halbe Haus in Ordnung, die Wäsche, das Essen, die Gefühle, sie sagt, was man tun muss, wenn jemand krank ist oder ein Kind Konfirmation feiert, sie schreibt Postkarten und gibt Setzlinge weiter im Frühjahr. Sie erwärmt die Milch auf dem Ofen. Ihre Zärtlichkeit ist ein Löffel Honig darin, ein angenähter Knopf, ein nachgezogener Scheitel. Sie sagt nie: Für heute lass es gut sein, was schlägt dir aufs Gemüt, alles halb so schwer. Das wird ein Junge von ihr nicht zu hören bekommen. Aber sie zieht den Scheitel nach und lässt ihre Hand, trocken und kühl, kurz auf dem Kopf liegen. Wenn der Junge von der Schule heimkehrt, Kreide an den Fingern, Schweiß auf der Stirn und ein Loch im Bauch, wartet ein Topf gekochter Kartoffeln im Daunenbett, warm gehalten von Topflappen und Zeitungspapier. Seit Jahr und Tag markiert sie am Türstock, wie viel er wieder gewachsen ist. Zwei Dutzend Striche ist er gewachsen. Meistens fühlt er sich größer, als es der Strich besagt. Sein Problem: der Größenwahn. Doch vielleicht hat er nur einen höheren Begriff von sich.

Endlich hat er die Haltestelle erreicht. Als Einziger wartet er zu dieser frühen Stunde auf die Straßenbahn. Kurz schaut er auf den Apelstein, der an der Straßenecke steht und an die Napoleonschlacht erinnert: Korps, Bataillone und die Zahl der Kämpfenden. Oben sind die Himmelsrichtungen eingemeißelt, damit man immer weiß, wo Westen ist, nämlich da, wo die Sonne aufgeht. An der Litfaßsäule klebt ein Aufruf zur Wertstoffsammlung, einer zum Solidaritätsbasar, eine Einladung zum Liederabend und die Ankündigung eines Fußballpunktspiels, Chemie gegen Lok. Ein Klingeln ertönt, und um die Kurve biegt die Bimmel. Es ist keine der altmodischen Bahnen, die eierschalenfarben und kastig sind, sondern ein neuer tschechischer Triebwagen. Er ist der einzige Fahrgast. Die Bahn fährt durch die leere Vorstadt, vorbei an Häusern, von deren Fassaden der Putz gefallen ist. Wo der Putz noch hält, alte, geschwungene Worte: Sämereien, Gebr. Schmitzig, Kurzwaren. Und Maschinengewehre hatten hier auch was zu sagen. Zwischen die Häuser, über die schmalen Fußwege und schadhaften Straßen hinweg, sind die Oberleitungen gespannt, von denen die Trapeze der Bahnen den Strom holen. Auf jedem First ein Antennenwald, auf manchen Dächern Sirenenpilze. Wenn der Alarm anhebt, denkt man noch, er kommt aus dem eigenen Kopf, bis man weiß, was der schrille, rotierende Ton zu bedeuten hat, bestenfalls: unterrichtsfrei.

Die Bahn rumpelt an der Leihbücherei vorbei. Das große Fenster zittert, als würde eine Bö das Wasser eines Sees kräuseln. Alle Indianerbücher hat der Junge ausgeliehen, die von Jules Verne auch (Anwalt soll er, Schiffsjunge will er werden). Die Leihkarten in den Büchern tragen blaue und rote Datumsstempel, manchmal liegen Jahre zwischen den Lesern, manchmal nur Wochen, und einmal lieh der Junge ein altes Buch aus, dessen erster Leser er war. Ein Lexikon muss er nicht ausleihen, das besitzt er, es ist ein Kinderlexikon. Vieles weiß er, Stichwort Die Atmung, Die Butter, Der Frieden (kostbarstes Gut auf Erden) oder Spartacus. Manches interessiert ihn nicht die Bohne, Stichwort Die Ellipse, Die Messe der Meister von morgen, Das Schaltjahr (soso, in zwei Jahren gibt es ein neues). Manches ist ihm neu oder deckt sich nicht mit dem, was er zu Hause hört, Stichwort Bundesrepublik Deutschland. Anderes, was ihn brennend interessiert, kommt gar nicht erst vor in diesem Lexikon: Stichwort Der Geschlechtsverkehr oder Rummenigge, Karl-Heinz.

An der nächsten Station steigt ein Mädchen in schwarzem Rock und weißer Bluse zu, das einen Cellokoffer in die Bahn hievt. Sie geht in seine Klasse und tut so, als sehe sie ihn nicht. Sie zeigt ihm Rücken und Zopf. Im letzten Winter hat sie ihm leidgetan, weil ein Muff ihre Hände verschluckt hatte. Ihr Zopf fiel aus einer Fellmütze. Plötzlich kann er sich nicht mehr erinnern, ob sie schön oder wenigstens hübsch ist und ob sich ihre Brust schon wölbt. Er denkt sie sich schön und gewölbt. Er fragt sich, ob auch sie heute, am letzten Tag der großen Ferien, gegen ein Verbot verstößt.

Als er am E-Werk aussteigt, bildet er sich ein, dass sie ihm nachblickt. Er ist gewachsen, sein Gang ist sehnig, aber er hat noch kein Haar am Sack. Irgendwo werden Kirchenglocken geläutet. Zur Kampfbahn muss er über einen morastigen Weg balancieren, der durch ein Erlenwäldchen führt. Bald muss er rennen, weil Fliegenwolken aufgezogen sind. Kreuzgefährlich ist das, er könnte ausrutschen. Hat er eine schwarze Wolke hinter sich gelassen, mit verschlossenem Mund und zusammengepressten Lidern, gerät er schon in die nächste, und wenn er dann die Augen öffnet und Atem holt, rasseln die winzigen Insekten in seinen Rachen und verkleben seine Wimpern.

Olympiasieger will er werden, und zwar im Zehnkampf, dann wäre er der König der Athleten. Der Trainer denkt, dass er das Zeug zu einem Helden hat, er muss es wissen, schließlich hat er Landesmeister und sogar einen Junioreneuropameister trainiert. Seit der ersten Klasse ist der Junge bei ihm. Dem Vater wurde schriftlich mitgeteilt, dass der Sohn wettkampffähig und -willig sei, der Junge hat ihm den Brief gebracht, es sei zu seinem Besten und zum Wohl der Allgemeinheit, wenn er von jetzt an regelmäßig trainiere. Immer die Allgemeinheit, sagte der Vater. Doch weil der Junge ihn drängte, sagte der Vater ja.

Manchmal, wenn er ein Rennen läuft, ereignen sich seltsame Dinge. Auch wenn ihm sein Vater oder seine Großmutter nicht zuschauen, sieht er sie an der Strecke stehen. Sie sprechen zu ihm, und er hört sie, als wären sie zu dritt in einem Raum. Sie sagen, dass er geduldig sein solle, auch an die Bewegung seiner Arme müsse er denken. Sie sagen, dass er schweben solle. Das tut er dann auch und schwebt ins Ziel, ohne sich an eine Anstrengung zu erinnern. Er stolziert umher, wenn er gewinnt, man kann nicht sagen, dass ihn alle dafür mögen. Der Trainer schon, der Vater auch. Ein- oder zweimal hat er an der Seite seines Vaters den Schatten einer Frau gesehen. Ihr Gesicht war nicht zu erkennen, sie war schlank und groß, hatte lange Haare und schwieg. Er sieht Menschen, die gar nicht da sind.

Noch im Wäldchen hört er das Spektakel. Zuerst das Echo einer Lautsprecherstimme, unverständlich, dann wirklich eine Fanfare. Sein Herz schlägt höher. Obwohl es unnütz ist, trabt er auf die Klänge zu. Als die Lautsprecher Startzeiten bekannt geben, rennt er los, bis er die Waldkampfbahn erreicht, ein aus Stein und Holz gebautes Stadion, das zerfällt. Er fegt durch die Pendeltür in die dunklen Katakomben, läuft durch einen schummrigen Gang, biegt ab ins Licht. In diesem Licht schwimmen Wasserwesen, die langsam Gestalt annehmen: Wettkämpfer, Trainer und Kampfrichter. Auch der Junge taucht ein. Da liegt die rote Aschenbahn, das Rasenfeld, da sind die Sprunggruben und die

Sprungmatten. Die sich wiegenden Pappeln hinter der Gegentribüne sind die größten Zuschauer. Im Wind knallen die Fahnen, und die Drahtseile an den Masten klingen. Es ist schön, wie das Licht mit den Blättern der Pappeln spielt. Dass gleich hinter Schön Scheiße lauert, dass sich Scheiße hinter Schön versteckt, das wird der Junge schon noch kapieren.

Männer mit Klemmbrett werden von Kindern aller Altersklassen umringt. Am Hindernisgraben rasten seine Leute. Der Trainer spricht zu seinen Kameraden, die im Halbkreis um ihn sitzen. Sie sehen ihn und machen Zeichen, auch der Trainer winkt ihn eilig herbei. Jetzt ist er ruhig, und dass er ein Verbot bricht, hat er längst vergessen. Speere werden zum gekreideten Wurfsektor getragen und Hürden von einem Wägelchen gehoben. Da legt sich eine Hand auf seine Schulter. Er weiß es sofort und dreht sich nicht mal um.

2. Einen Ausflug machen

Stundenlang fahren sie westwärts, ihr Kompass zeigt immer in eine Richtung. Der Vater sitzt am Steuer, der Junge ist sein Beifahrer. Wenige Kilometer vor ihrem Ziel biegt eine Kolonne Lastwagen in die Landstraße. Auf den Pritschen hocken Rekruten in Zweierreihen, junge Kerle mit geschorenen Köpfen. Sie lachen und haben Lutscher im Mund, deren Stiele zucken. Manchmal dreht so ein junger Kerl durch. Das steht dann nicht in der Zeitung, aber die Leute reden darüber. Es sei wieder einer abgehauen, besoffen rase der mit zwei Kalaschnikows und zig Magazinen durch die Gegend, sagen die Leute. Die Kinder müssen zu Hause bleiben, bis jemand Entwarnung gibt: Es habe einen Schusswechsel in der Nacht gegeben, der Durchgedrehte sei gefasst. Immer werden alle gefasst.

Einer der Soldaten winkt dem Jungen zu und holt einen Lutscher hervor. Der Junge winkt zurück und nickt. Der Soldat wirft die Süßigkeit in den Graben, der Vater bremst nicht. Plötzlich sind die Soldaten verschwunden, kein Mensch und kein Wagen sind mehr da. Weithin sichtbar liegt das Land vor ihnen. Der Vater hält, kurbelt das Fenster herunter und zündet sich eine Zigarette an, die letzte für eine Weile: Club. In solchen Gegenden werden mit Vorliebe Uhren gefertigt und Stoffe gewebt. Gern wird hier Kinderspielzeug gedrechselt. Irgendwo hat mit Sicherheit ein Bauernkrieg gewütet. Es gibt Dörfer mit Schieferdächern, Kirchtürmen, Fachwerk. Es gibt dunkle Wälder, springende Bäche, Berg und Tal. Die Männer arbeiten seit je als Förster, Köhler, Jäger. Die Frauen klöppeln, häkeln oder nähen. Umlaute, wohin das Auge blickt. Die Küche ist gut in solchen Gegenden, Klöße aller Art und Wild mit sämiger Soße. Die Küche ist legendär, und der Sagenschatz ist es auch. Hexen, Zwerge, schlagmichtot.

Viel interessanter sind allerdings die Sagen aus neuester Zeit. Im Gasthaus geht zu später Stunde die Rede von einem, der einen Geheimweg kennt. Der ist verliebt in die Dorfschönheit. Der Bruder der Schönen glaubt ihm die Sache mit dem Weg und dem Mut nicht. Der Ortskundige sagt: »Gib mir deine Schwester, und ich mach rüber und wieder nüber.« Die Wette gilt, und abends drauf hockt der tatsächlich im Herrgottswinkel des Gasthauses, vor sich ein Bier und eine Westzeitung desselben Tages. Leider hat die Schöne einen eigenen Kopf und ein loses Mundwerk, und leider wimmelt es in solchen Gegenden von Spitzeln. Nun sitzt der Grenzverletzer ein und wüsste gern einen Geheimweg. Zu dumm, dass man ihn nicht mehr befragen kann.

Daraus folgt, dass Gastwirtschaften und Einheimische zu meiden sind. Ein Alibi wäre gut, zwei sind besser. Der Vater hat ein Pilzbuch, Beutel und Taschenmesser eingepackt, es ist wirklich Pilzzeit. Kann es etwas Schöneres geben, als bergauf und bergab durch endlose Wälder auf Pilzpirsch zu gehen? Und sei das Ergebnis auch manchmal mager, der Hauptwert liegt sowieso in dem Erlebnis der Pilzsuche selbst, in dem Dienst, den wir unserer physischen und psychischen Gesundheit leisten.

Das zweite Alibi ist der Junge. Wer ein Kind in seiner Obhut hat, stellt keine Dummheiten an. Man muss sich natürlich auf das Kind verlassen können, es darf nichts Falsches sagen, sich nicht verplappern. Der Vater glaubt, dass er sich im Großen und Ganzen auf seinen Sohn verlassen kann. Auch wenn der auf der ganzen Fahrt kein einziges Wort mit ihm gesprochen hat in seiner Bockigkeit, und auch wenn er sich mit Volksarmisten einlassen würde.

Man braucht also Alibis, aber was man am meisten braucht, ist Glück. Zum Beispiel darf man nicht von einer Polizeistreife im Hinterland angehalten werden. Nur so gelangt man in das Dorf, das direkt vor der Sperrzone liegt. Mit etwas Glück kennt man da jemanden, der es einem gestattet, das Auto in seiner Scheune zu verstecken, und der einem den Weg weist. Dessen Namen vergisst man am besten gleich wieder. Dann nimmt man die Alibisachen, verstaut zusätzlich die Kamera, das Fernglas, den Kompass und die Karte im Rucksack und geht mit dem Alibikind los. Schnurstracks geht man in den Wald, den deutschen Wald. Es sind fünf Kilometer bis zur Grenze. Ein Kinderspiel. Du, bist du wahnsinnig? Der Junge hat eine gute Kondition. Hätte er den Wettkampf heute Morgen bestritten, wäre er mit Sicherheit schnell erschöpft. So aber kommen die beiden gut voran: Frank und Jakob Friedrich. Das sind die Namen.

Zuerst gehen sie durch einen Fichtenhochwald. Die nadellosen Äste laufen den Stamm hinauf wie Leitersprossen. Dann wird der Wald dichter, Buchen und Birken mischen sich unter die Fichten, die jetzt auch nicht mehr so groß sind. Auf dem Kamm der ersten Anhöhe stehen Tannen, deren Schwingen ihre Arme zerkratzen. In den Abhang, der folgt, stemmen sich junge Eichen, Buchen und Ulmen. Auf dem Laub vom Vorjahr rutschen Vater und Sohn hinab. Im Tal liegen bemooste Stämme, über die sie klettern müssen. In einer Senke haben sich Wildschweine gesuhlt, Frank Friedrich zeigt seinem Sohn die Abdrücke der gespaltenen Hufe. Als spazierten sie durch einen Wildpark. Keine Stiefelspuren.

Das Klopfen eines Spechtes ist zu hören, während sie die nächste Steigung nehmen. Abgesehen vom Rasseln ihres Atems und ihrer Schritte ist es das einzige Geräusch. Kein Wind. Die Anhöhe geht in ein Plateau über. Ein Sturm hat Teile des Waldes zerdrückt, als habe sich ein großes Tier darauf niedergelassen. Geduckt schleichen sie durch das Bruchholz, bis sie eine Schonung erreichen. Sie sind Mattotaupa und Harka, der Kriegshäuptling und sein mutiger Sohn. Fährten lesend, streifen sie durch die Black Hills, erkunden die heiligen Berge ihrer Vorväter, auf der Hut vor den weißen Eindringlingen, den Goldsuchern. Ungesehen bleiben und dennoch alles sehen, darum geht es.

Sie arbeiten sich durch eine Anpflanzung halbwüchsiger Tannen. Während sich Frank Friedrich darüber wundert, dass hier oben im Niemandsland aufgeforstet wird, stoßen sie auf einen Schotterweg, über dem Staub wirbelt. Sie halten den Atem an. Frank Friedrich blickt in alle Richtungen, lauscht. Er hört ein Donnern, es ist sein Herz: eine Seele und tausend. Über ihnen kreisen zwei Bussarde, ruhig und gleichmäßig. Auf sein Kommando rennen sie über den Weg und springen in ein neues Waldstück.

Die Augen müssen sich erst an das Dunkel gewöhnen. Der neue Wald ist so dicht, dass er jeden Laut verschluckt. Am Boden Schachtelhalme und Farne, wie vor Millionen Jahren. Der einsilbige Wald ist in ihrem Kopf. Schlag. Baum. Blatt. Schuss. Bach. Lauf. Eine Ewigkeit tappen sie durch diesen schalltoten Raum, bis sie wie durch ein Wunder auf eine Lichtung treten.

Schmetterlinge taumeln über weiße und gelbe Blüten, in der Mitte steht ein wimmelnder Ameisenhaufen. Ein Dutzend riesiger Insekten hievt einen schillernden Käfer zum Fuß der Pyramide. Am Rand der Lichtung, vor einer Birke, prahlt ein Steinpilz mit seiner Makellosigkeit. Frank und Jakob Friedrich gehen daran vorbei und kehren um. Ganz unten am weißen Stamm schneiden sie den prächtigen Pilz ab, wie es sich für ordentliche Pilzsucher gehört. Dabei sieht Frank Friedrich ein faustgroßes Papierknäuel, das im Dickicht hängt. Sein Sohn bringt ihm das Knäuel, eine zerknüllte Zeitungsseite. Mit spitzen Fingern entfaltet er das gilbe Papier. Es ist ein Neues Deutschland vom 27. Juli 1981. Die Schlagzeile auf der losen Seite, es ist die Seite 5, lautet: »Gegen Wettrüsten und Kriegsgefahr«. Verfasser: der Marschall der Sowjetunion Dmitri Ustinow, Minister für Verteidigung der UdSSR. Darunter sieben Kolonnen Blei aus der Prawda. Darüber zieht sich ein breiter schwarzbrauner Pinselstrich. Frank Friedrich muss lachen. Er lässt die Zeitung sinken und muss lachen, dass sich die Wipfel biegen. Sorgenvoll sieht sein Sohn ihn an. Tränen laufen über Vaters Gesicht, er schlägt sich auf die Schenkel, lässt das Blatt sinken und schüttelt den Kopf. Es dauert lange, bis er sich beruhigt hat. Schmierblatt eben. Grenzschützerscheiße auf dem Zentralorgan.

Sie gehen weiter. Auf der Rückseite, der Seite 6, wird berichtet, dass die Sowjetunion den Tag der Seekriegsflotte beging. Einheiten aus der DDR und Polen waren in Leningrad zu Gast. Angesichts der komplizierten internationalen Lage erhöhen die sowjetischen Marinesoldaten beharrlich ihre Wachsamkeit und die Kampfbereitschaft der Truppenteile. Sagt ein gewisser Marschall der Sowjetunion. Was sonst noch geschah: Unwetter über Pakistan. Erdrutsch in der Schweiz. Waldbrände auf Teneriffa. In Westberlin bleibt jeder Zweite ohne Lehrstelle. Tankerunglück im Hamburger Hafen. Neonazis schänden Grabstätten in Köln.

Nach zwei Stunden Fußmarsch sind sie am Ziel. Ohne Vorwarnung öffnet sich der Wald vor ihnen. Gebannt bleiben sie stehen. Eine breite saftiggrüne Schneise gräbt sich durch das Land. Diesseits wird sie gesäumt durch einen silbergrauen Faden, jenseits durch einen schwarzen. Südlich stürzt sie wie ein Wasserfall über eine Hügelkuppe, zum Norden hin verengt sie sich, mal ist nur der silbergraue Faden, mal bloß der schwarze zu sehen. Oben, am Fuß eines Turms, kippt die Schneise hinter den Horizont. Die Grenze ist tatsächlich schön. So was darf man doch nicht denken.
    Sie treten ein paar Schritte zurück, suchen den Schutz eines entwurzelten Baums, knien nieder, und Frank Friedrich holt das Fernglas aus dem Rucksack, es handelt sich um ein Opernglas mit Zeiss-Optik aus dem Erbe seiner Schwiegermutter. Der silbergraue Faden muss der Signalzaun sein, eigentlich ein metallenes Band, so anderthalb Manneslängen hoch. Weiter südlich, über eine Strecke von ein paar hundert Metern, ist er doppelt gefasst. In dem schmalen Korridor schnüren Hunde, zwei. Parallel zum Signalzaun verläuft ein zweispuriger Kolonnenweg, der den Zaun auf niedliche Weise begleitet. Daneben ein lehmfarbener Streifen, zehn Meter gepflügte und geharkte Erde, dahinter beginnt das Minenfeld. Eine spätsommerliche Wiese, auf der Büsche, Beerenhecken und ein einzelner Apfelbaum stehen, der rote Früchte trägt. Wer hat ihn gesät? Ein Soldat, der einen Apfel aß und den Butzen wegwarf, nachdem er die Minen im Boden vergraben hat? Auf dem zweiten Zaun, dem schwarzen Metallgitter am Ende des Feldes, sind Abweiser aus Stacheldraht angebracht. Sie zeigen nach Osten. Dann sind es noch ein paar Meter bis zum gegenüberliegenden Waldrand. Erst auf den zweiten Blick erkennt man die weißen Stecken mit den

roten Kappen, die im Abstand von Steinwürfen die eigentliche Grenze markieren, Zündhölzer der Freiheit. Davor steht auf einem Hügelchen ein einsamer Hoheitspfahl, diagonales Schwarzrotgold. Sorge dich nicht, Junge, es sieht nur aus wie ein Marterpfahl und ist das Gegenteil.

Wenn man das Fernglas scharf stellt, kann man sehen, dass feine Drähte vor die Metallgitter des silbergrauen Zauns gespannt sind, die über Isolatoren laufen. Ohm, der Widerstand, wie viel fließt da durch? Der geringste Kontakt löst in der nächstgelegenen Grenzkompanie Alarm aus. Dann spucken sie die Lutscher aus und kommen: Grenzdurchbruchsversuch DDR-BRD im Sicherungsabschnitt Sowieso, Grenzregiment Sowieso, Meldeabschnitt Sowieso vom Soundsovielten, sichernde Einheit Sowieso. Grenzverletzer. Sperrelement. Angriff auf die Staatsgrenze. Freundwärts, feindwärts. Oben im Wachturm würde es sich regen. Sie würden ihre Schmuddelheftchen, ihre Karten, ihre Kreuzworträtsel wegschmeißen, mit deren Hilfe sie unerlaubt ihre Zeit totschlagen, und ihre Fassonköpfe aus den Fensterchen stecken, die rings um das Häuschen laufen, das auf der Betonsäule sitzt, selbst ihre Wachtürme sehen aus wie Datschen. Bei Nachtalarm würde einer auf das Dächlein klettern, gesichert von einer fipsigen Reling, und den Suchscheinwerfer anwerfen. Die Hunde würden anschlagen, das Krad würde aufheulen. So in etwa.

Was ist drüben? Da, wo die Wege und die Tektonik in der Wanderkarte abbrechen und eine Grünfläche beginnt? Vor allem ist da Wald. Es folgen Weizenfelder, Äcker, eine Straße mit Leitplanken. Ein paar Meter tiefer im Westwald, man muss ganz genau hinsehen, hat jemand drei Holzkreuze aufgestellt, ein größeres und zwei kleinere. Sind das Blumenkränze? Hier wie da sagen die Leute grüß Gott. Das hat die Grenze nicht zerschnitten. Das meiste hat sie zerschnitten. Es gibt deutsch-deutsche Bäume, Zweiländereichen. Es gibt Doppeldörfer, oder besser gesagt halbierte Dörfer. Den einen wurde die Kirche genommen, den anderen der Friedhof. Das ist das, was die Grenze den Leuten hier gebracht hat, die Halbierung. Was hat sie dir gebracht? Es ist zu hören, dass es sehr schön dort sei. Der Himmel sei blauer und weiter. Hier ist es auch schön. Aber hier ist es nicht gut. So einfach ist das.

Er erinnert sich an einen Tag im Frühling, er war wenig älter als Jakob. Bis zu diesem Tag war er ein Junge wie alle anderen. Er hatte zwei Brüder, einer war krank, einer grob, eine strenge Mutter, die distelschön war, er hatte zweckmäßige Kleidung und ein zweckmäßiges Leben, Kartoffeln und Quark. An jenem Frühjahrsmorgen stieg er auf sein Fahrrad, ein altes, schweres Damenrad mit glockenförmiger Lampe und einem breiten Sattel, dessen Sprungfedern quietschten, und er fuhr hinaus in die Welt. Er fuhr zu den letzten Häusern, über die Felder, zu dem kleinen Friedhof. Mit langem Bein trat er in die Pedale, die Kette rasselte durch das Kettenblech. Ziellos radelte er über die Feldwege und kreuzte seine eigene Spur, die auf der Erde ausgelegt war. Er hinterließ vier Schnüre, die er hätte aufnehmen können, um ein Seil daraus zu drehen. Er griff nach dem Fell der Weidenkätzchen, und in einem Wäldchen legte er sich in den betörenden Geruch des Bärlauchs. Er fuhr weiter und stieg erst wieder ab, als er die Feldsteinkirche in der Mitte des kleinen Dorfs erreicht hatte. Auf dem Vorplatz dösten die Autos, darunter (weiße Reifen, schimmerndes Chrom und Heckflossen wie Pflugscharen) die Westautos, ein halbes Dutzend. Er lehnte sein Fahrrad an die Feldsteinmauer. In der Kirche wurde gesungen. Dann spielte eine Orgel. Sie spielte für ihn. Die Pforte war geschmückt mit Osterglocken, Forsythienzweigen und blauen Bändern. Als er nach langem Zögern eintreten wollte, brach die Sonne die Wolken auf, und er sah seinen Schatten im Bogen des hellen Holzes. Als sich die Flügel der Pforte öffneten, zersprang sein Schatten, und die Orgelmusik traf ihn. Triumphal und klagend, in tiefen, trauernden Bassstößen und mit hellem Jubelklang. Es war Windmusik, die im Orgelbalg Atem schöpfte, der als Raunen durch das große Prinzipal ging und als Flötenspiel den kleinen Pfeifen entwich. Die Musik war ein Wesen mit einer und mit tausend Seelen. Er erkannte sie und verstand, wovon sie kündete. Sie war leicht und schwer zugleich, sie wusste vom grässlichsten Sterben und vom ewigen Leben, sie war Angst und Hoffnung. Sie war das Leben, und es war das Gegenteil dessen, was ihm bisher als das Leben verkauft worden war, Kartoffeln und Quark.

Im Licht der Töne postierten sich zwei Mädchen links und rechts des Ausgangs, die Kollektebeutel mit weißen Armen haltend. Sie sahen ihn an, die eine dunkelhaarig, die andere blond, beide groß und schlank und in so feinen Kleidern, dass ihm schlagartig bewusst wurde, in kurzen Hosen und langen Strümpfen vor ihnen zu stehen. Er wich den herausströmenden Menschen aus, die mit frommen Gesichtern und aufwendigen Gesten Münzen und Scheine in die Beutel gaben. »Friede sei mit dir«, sagten die Mädchen zu einem jeden. Ein großer, nach Rasierwasser riechender Mann drehte sich zur einen und zur anderen, während er einen Ring vom Finger schraubte. Er fragte, welche von ihnen die Schönste sei. Als beide schwiegen, schraubte er den Ring zurück an seinen Finger. »Friede sei mit dir«, sagte die Ältere und wandte sich einer eleganten Frau zu, die ihr gut sichtbar einen druckfrischen Geldschein hinhielt, auf dem das Holstentor abgebildet war. Das aber stand in Lübeck, und Lübeck war drüben, westwärts, seit Kurzem abgetrennt durch eine Mauer und undenkbar fern.

»Ich bin, weiß Gott, nicht ohne Glauben«, sagte seine Mutter am Abend, als die Rede auf die Kirchgänger kam. Allerdings seien häufige Kirchbesuche schlecht, widernatürlich. Frank schwieg. Es ging doch nicht um den Gottesdienst. Etwas anderes war geschehen, er konnte nur nicht genau sagen, was. Er verstand nicht, wie alles zusammenhing. Die Orgel mit den Westautos, die Osterglocken mit dem Ring, das blonde Haar mit dem braunen, der Friede mit dem Geld. Vielleicht hing es auch gar nicht zusammen oder nur, weil er es war, der alles erlebt und gesehen hatte. Er wusste nur, dass er am Beginn einer Reise stand.

»Papa, ich habe Hunger«, sagt sein Sohn. »Und außerdem ist da ein Reh.«

Frank Friedrich setzt das Fernglas an. Er bedenkt alles, und dann vergisst er das Naheliegende. »Ich habe nichts dabei. Es tut mir leid.«

»Dann was zu trinken?«

»Leider nein.«

Nach einer Weile fragt sein Sohn: »Wann kehren wir um?«

Frank Friedrich stützt die Ellenbogen auf den Baumstamm und presst das Fernglas in seine Augenhöhlen. »Das ist unglaublich«, sagt er. Er schwenkt das Glas und fährt den Signalzaun ab, erst in südliche, dann in nördliche Richtung. »Das Reh und das Kitz sind drinnen«, sagt er, mehr zu sich als zu seinem Sohn. »Die müssen irgendwo durch den Zaun geschlüpft sein. Vielleicht gibt es ein Loch, einen Durchlass für das Wild.«

»Wir kehren doch um?«, sagt der Junge.

»Gib mir mal die Karte«, sagt Frank Friedrich.

Sie tauschen Fernglas gegen Plan. Er nimmt den Kugelschreiber mit den drei Farben zur Hand und zeichnet eine rote Markierung in die Wanderkarte. Dann greift er die Kamera und schießt eine Bilderserie.

Im Schulatlas des Jungen, VEB Hermann Haack, Geographisch-Kartographische Anstalt Gotha/Leipzig 1980, ist die Grenze tatsächlich durchlässig, eine Strichpunktlinie, als könne man zwischen Punkten und Strichen hindurchschlüpfen. Allerdings gilt das nur für die geologischen Karten. In den politischen ist die Grenze ein solider blassroter Strich. Auf den Schlussseiten des Atlas ist die ganze Erde im Maßstab eins zu achtzig Millionen abgebildet, es gibt nur das Braun der Gebirge, das Gelb der Wüsten, das Grün der Ebenen, das Weiß der Pole und das Blau der Ozeane. Moskau ist ein Punkt und Paris auch. Es gibt Oster- und Sandwichinseln, keine Grenzen. Wie würde er die Fotos erklären, wenn man ihn fasste, wie die Karte mit den Markierungen? Welche Ausrede, welches Alibi hielte er dafür parat? Es ist erschöpfend, für das ganze Leben eine Legende zu brauchen.

Lächelnd betrachtet sein Sohn die Ricke und ihr Junges. Die Mutter äst, und das Kitz steht staksig neben ihr. Die Tiere sind von verschiedenem Braun. Das Fell des Jungen ist viel heller. Es ist sehr klein. Plötzlich hebt die Mutter den Kopf. Reglos steht sie da, witternd. Dann bricht sie aus und springt mit großen Sätzen davon, westwärts. Vielleicht ist es ein Westreh. Das Kleine folgt ihr mit kurzen Sprüngen, es schlägt die gleichen Haken wie die Mutter, nimmt denselben Weg. Nach dreißig Metern stürzt die Ricke. Sie sackt weg und taucht in das hohe Gras. Für einen Moment ist das Tier gar nicht zu sehen. Das Kitz erreicht die Stelle. Vergeblich versucht die Mutter, wieder auf die Beine zu kommen. Ihr heller Spiegel blinkt, sie streckt die Hinterläufe, aber die Vorderbeine knicken immer wieder ein. Es gibt keinen Ton für das, was da geschieht.

»Papa«, sagt der Junge. »Irgendwas ist mit dem Reh.«

»Wie?«

»Das Reh steht nicht mehr auf.«

Der Vater nimmt das Fernglas und muss die Tiere neu suchen. »Was ist passiert?«

»Es ist einfach so hingefallen.«

Frank Friedrich stützt die Ellenbogen wieder auf den Stamm. Er sieht das Kitz, die Ricke, das Gras. Schaut auf das Hundegeläuf, die Hunde schnüren. Er sieht zum Turm auf dem Berg. Die Fensteröffnungen sind verschattet, ein Lichtreflex blitzt auf.

»Stolperdraht«, sagt er, »wir müssen abhauen.«

Er stopft die Karte in den Rucksack und wirft die Kamera und das Fernglas hinterher. Er reißt seinen Sohn am Arm. Geduckt rennen sie in den Wald, der Kriegshäuptling voran. Den Kugelschreiber mit den drei Farben vergisst er.

An der Waldkante, fünfzig Meter südwärts, steht ein Hochsitz. Sie steigen die Leiter hinauf, der Junge vornweg, doch er prallt gegen die Brettertür. Frank zwängt sich vorbei und rüttelt daran. Er zerrt und stößt, der Junge springt von der Leiter, dann brechen die Bänder aus dem Holz.

Die Hütte ist geräumig, sie können aufrecht darin stehen, an drei Wänden befinden sich Sitzbänke und oben breite Sehschlitze. Drinnen riecht es nach frisch geöltem Gartenzaun, Hylotox, DDT und DDE, pures Gift. Er zieht seinen Sohn hinein und verschließt die Tür notdürftig.

Von hier oben ist die Schneise noch besser zu überblicken. Wie ein Bötchen in schwerer See wird ein grünes Gefährt über Wellenkämme gehoben und in Täler gedrückt, bis es, dem Auge für Momente entzogen, neu auf- und wieder abtaucht. Nach einer Weile kann Frank Friedrich erkennen, dass es ein Trabant mit Ladefläche ist. Sein Sohn steht neben ihm auf einer Bank und kann es auch erkennen. Vorn sitzen zwei und hinten auch. Der Wagen nähert sich über den Kolonnenweg, und als die Soldaten abspringen und aussteigen, hört man fern ihre Rufe, zerrissene Kommandos. Zwei Eichelhäher jagen durch den Wald und schlagen Alarm.

Die Männer tragen Schiffchen auf den Köpfen, ABC-Taschen an den Hüften und Maschinengewehre über den Schultern. Sie sind bartlos, haben alle die gleiche Statur, sind mittelgroß und schlank. Sie wollen Medizin studieren oder Musik, sie wollen Kinder unterrichten, sie wollen für ihre kleine Familie eine Zweiraumwohnung ergattern, sie wollen es ihren Vätern recht machen, sie wollen ans Schwarze Meer reisen und an den Balaton, sie opfern drei Jahre ihres Lebens für einen besseren Rest. Sie folgen der Fährte der Tiere, bis sie vor ihnen stehen. Die Ricke kniet im Gras, und das Kitz trippelt um die Mutter, unfähig zu fliehen. Einer der Grenzsoldaten fotografiert die Rehe. Er wechselt den Standort, kniet nieder, geht näher, entfernt sich. Er hat alle Zeit der Welt. Ein anderer stemmt seine Maschinenpistole gegen die Schulter. Eine lange, pochende Salve ist zu hören. Dann ist es still, und dann ist eine kurze, trockene Salve zu hören.

Frank Friedrich hält den Kopf des Jungen in seinen Händen. »Hast du Schiss?«

Der Junge nickt in die Hände des Vaters.

Frank Friedrich hält den Kopf des Jungen fester, sodass er nicht mehr nicken kann. »Du brauchst keinen Schiss zu haben, kapiert.«

Der Junge verschließt seinen Blick.

»Hast du echt Schiss?«

»Nein«, sagt der Junge und windet sich aus dem harten Griff. Seine Ohren glühen.

»Gut. Musst du nämlich auch nicht.« Viel leiser sagt er: »Wir ziehen das zusammen durch.« Plötzlich ist er schlafensmüde.

Einmal, vor Jahren, wollte er seinen Sohn allein lassen. Wegen einer Frau, für eine Nacht. Er hatte sie am Vorabend in einer Bar kennengelernt, sie hatten zusammen getrunken und gelacht. Er hatte sie nach Hause gefahren und ihre Schenkel unter dem Saum des kurzen Kleides berührt. Weil sie ihn nicht mit nach oben nahm, senkte sich die Sehnsucht in ihn. Sie hatte gesagt, er könne morgen zu ihr kommen. Doch morgen musste er auf seinen vierjährigen Sohn aufpassen, weil Polina die Nachtschicht fuhr. Er putzte dem kleinen Jungen die Zähne, kämmte sein Haar, cremte sein Gesicht. Während er dies tat, dachte er unentwegt an die Frau. Wie sich ihre Haut angefühlt hatte, wie ihr Haar roch. Dann legte er sich neben seinen Sohn und las ihm eine Geschichte vor. Sie waren noch nicht bei den Indianern, es war irgendeine dieser Geschichten, die ihn so sehr langweilten, dass er sie beim Lesen vergaß. Der Junge bettete den Kopf auf seine Brust und atmete gleichmäßig. Er wurde selbst ganz ruhig. Er würde die Frau vergessen, sie war nichts Besonderes. Ob er weggehe, er gehe doch nicht weg, fragte ihn der Junge, als er das Buch beiseitetat. »Nein«, sagte er und meinte es auch so. »Schlaf jetzt«, sagte er und zog die Tür zu, bis auf einen Spalt, durch den etwas Licht ins Kinderzimmer fallen konnte. Er rauchte und zupfte ein paar Akkorde auf der Gitarre. Nach einer Viertelstunde stellte er die Gitarre beiseite. Er zog sich aus und wusch sich am Waschbecken unter den Achseln und im Schritt. Er putzte seine Zähne, kämmte sein Haar, cremte seinen Schwanz, legte Rasierwasser auf und zog Hemd und Jeans an. Dann trat er vor das Kinderzimmer und spähte durch den Spalt. Seinen Bären im Arm, schlief der Junge. Lange Wimpern, gläserne Stirn und Himbeermund. Er musste daran denken, wie oft sein Sohn mitten in der Nacht aufwachte. Er rief dann immer nach ihm, »Papi«, rief er, erst leise, dann laut und voller Angst. Seine Haare klebten am Kopf, er weinte, manchmal hatte er Nasenbluten. Von weit her kam diese Erinnerung zu ihm. Er zog die Tür ins Schloss und ging nach unten. Er sah, wie seine Hand die Autoschlüssel vom Haken nahm. Die Laterne goss ihr Licht über seinen Wagen aus. Er setzte sich in den Wagen und steckte den Schlüssel ins Schloss. Es gab eine Fehlzündung. Wie vom Schlag gerührt, saß er da. Es war, als sei der Strom in die falsche Richtung geschossen, durch seinen Arm in seinen Körper. Auf einmal war er schlafensmüde. Mit letzter Kraft stieß er die Wagentür auf, stolperte zurück ins Haus, die Treppe hinauf und legte sich vor das Bett seines Jungen. Sofort schlief er ein. Im Morgengrauen weckte ihn seine Mutter. Warum er da auf dem Boden liege, fragte sie ihn, barsch flüsternd, und wieso die Haus- und die Wagentür sperrangelweit offen stünden. Ob er getrunken habe. Aber er hatte nicht getrunken.

3. Deckname

18.09.81

. . . .

Verpflichtung

Das Ministerium für Staatssicherheit der DDR ist ein zentrales Staatsorgan.
Ihm wurden umfassende Sicherungsaufgaben zum Schutz der DDR übertragen.
Diese Aufgaben kann das MfS nur in enger Zusammenarbeit mit Bürgern der verschiedenen Klassen und Schichten lösen. Eine Zusammenarbeit zwischen Bürgern der DDR und dem MfS entspricht dem Artikel 7 der Verfassung der DDR.
In Erkenntnis dieser Aufgaben werde ich das MfS auf freiwilliger Grundlage unterstützen.

Ich bin bereit, mir bekanntwerdende Erscheinungen über feindliche Aktivitäten von Personen oder andere interessante Informationen in vereinbarter Form dem mir bekannten Mitarbeiter des MfS zu übergeben.

Diese Form der Zusammenarbeit trägt inoffiziellen Charakter und ist dementsprechend gegenüber jedermann geheim zu halten. Ich verpflichte mich, die Geheimhaltungspflicht nicht zu verletzen.
Es gehört zu den Methoden feindlicher Geheimdienste,

solche Verbindungen aufzuspüren und sie für ihre
verbrecherische Tätigkeit gegen Bürger der DDR aus-
zunutzen.

Auf Grund des konspirativen Charakters der Zusammenarbeit werde ich schriftliche Hinweise und Berichte
mit dem Decknamen

                    S e e l e
               . . . .

unterzeichnen.

II
WINDBEUTEL IN GEDRÜCKTER STIMMUNG

Dezember 1981 – Februar 1982

*Aus einem kleinen Fehler kann man stets einen
ungeheuerlich großen machen, wenn man
auf ihm beharrt, wenn man ihn tief begründet,
wenn man ihn zu Ende führt.*

4. Drei Koffer

Als Erster kommt Mo. Schon am Nachmittag, lange vor der Zeit. Plötzlich tritt er in die Küche, groß, schwer und dunkel, hebt eine Wodkaflasche in die Höhe und ruft: »Die Volkssolidarität gratuliert der Jubilarin mit einem Ahoi!«

Polina steht am Herd und lächelt in die Töpfe. Nur ganz kurz lächelt sie. »Schön, dass du da bist.«

Mo hält Polina seine Hand entgegen. Sie legt die Kelle beiseite, wischt sich die Rechte an der Schürze ab und reicht sie ihm. Er neigt seinen Kopf und deutet unter schrägem Blick einen Handkuss an. Sie sieht auf ihn hinab und sagt: »Tu sie aufs Fensterbrett.« Unter der Schürze trägt sie das blaue Kleid.

Am Tisch mit dem Igelittuch sitzt Jakob, ihr Enkelsohn, und schneidet Gemüse. Mo zwängt sich an ihm vorbei, öffnet das Fenster und stellt die Flasche zu den drei anderen auf das Zinkblech. Die Kälte streicht dem Jungen über das Haar, noch bevor Mo es tut.

»Ahoi, du Leichtmatrose«, sagt Mo.

»Ahoi, Mo.«

»Moskau 1980, Zehntausend?«

Der Junge grinst. »Miruts Yifter. Weiß doch jeder.«

»Zeit?«, fragt Mo und windet sich aus seinem schweren Mantel mit den ausgebeulten Taschen, in den der Dezember Kohle und Frost geatmet hat.

»Siebenundzwanzig zweiundvierzig«, sagt Jakob, »letzte Runde dreiundfünfzig.«

»Alle Achtung«, sagt Mo, »du hast dir eine Belohnung verdient.« Er betastet die Manteltaschen, bis er ein schmales Etui daraus hervorzieht, das er dem Jungen reicht. »Mit Stoppfunktion.«

»Kann nicht sein, Mo«, ruft Jakob, und seine Finger wandern über die längliche Schachtel.

Polina betrachtet die beiden und sagt: »Das ist ein viel zu großes Geschenk, Moritz.«

Mo nimmt die Verpackung und findet die richtige Lasche. Er zieht die mattschwarze Uhr heraus und presst die Spitze des Schneidemessers mehrmals auf einen winzigen Knopf am Uhrboden. Bei jedem Druck ertönt ein Piepton. Er liest die Zeit von seiner Armbanduhr ab, wasserdicht bis neun Atü, und drückt weiter. Mit gesenktem Kopf sagt er: »Kommt ein Jungpionier mit einer Digitaluhr zu einem Vopo. ›Genosse Volkspolizist, ich kann die Uhr nicht lesen. Können Sie mir helfen?‹ – ›Nu freilich‹, sagt der Vopo. ›Lass mal sehn.‹ Der Jungpionier hält sein Handgelenk hoch, und der Vopo guckt drauf auf die Uhr. Lange guckt er drauf, die Stirn in Falten. Endlich murmelt er: ›Fuffzehn durch dreiundzwanzig.‹« Mo blickt auf. »Aber ausrechnen musst du's dir selber!« Er lacht, dieses Lachen von tief drin, und reicht Jakob die Uhr.

Über die Schulter sagt Polina zu Mo: »Frank ist unten. Du könntest ihm helfen.«

»Aye, aye«, sagt Mo. Bevor er geht, kramt er in seinem Mantel herum und zieht ein braunes Etwas daraus hervor, igelgroß.

»Das ist für Sie«, sagt er und präsentiert Polina das Knäuel, als sei es ein Juwel.

»Aber Moritz«, sagt Polina und betrachtet die Kokosnuss. »Ich wollte doch keine Abschiedsgeschenke.«

»Ist gar kein Abschiedsgeschenk«, sagt Mo. »Ist ein Vorgeschmack. Ich habe sie auf großer Fahrt gekapert. Wir machen sie später auf. Da können Sie schon mal kosten, wie die Fremde schmeckt.«

Jakob sagt: »Mo, vielen Dank für die Uhr. Die ist erste Sahne.«

Seit dem frühen Morgen steht Polina am Herd: Sie schmort Rouladen, gefüllt mit Speck, Zwiebeln, Senf und Gurken, so, wie ihre Mutter es sie gelehrt hat. Die Polenta blubbert, und auf der hinteren Herdplatte köchelt die Krautsuppe, der Borschtsch. Dessen Zutaten waren am leichtesten zu bekommen: Weißkohl, Rote Bete, Sellerie, Möhren,

Speck, saure Sahne. Im Backofen brät die Gans, mit Beifuß, Äpfeln und Zwiebeln gefüllt und zugenäht an Pürzel und Hals. Kurz nach dem Martinstag war es doppelt schwer gewesen, einen schönen Vogel zu ergattern. Für die Gans musste sie dem Gärtner Mertens drei Päckchen Krönung und den Kilopreis geben. Außerdem musste sie ihm versprechen, dass er im Frühjahr ein paar Canna-Ableger bekommen würde. Niemand außerhalb der Familie weiß Bescheid.

Der Rotkohl ist wiederum kein Problem gewesen. Rot- und Weißkohl gibt es in diesem Land im Überfluss, in dem es sonst an allem mangelt. Sie pellt die äußere Schicht des Kohlkopfs ab, sägt ihn in zwei Hälften, operiert die hellen Strunkhälften heraus und schneidet fingerdicke Krautstücke zu. Ihre Hände sind blaurot. Jakob ist nach unten gegangen, um seinem Vater die Stoppuhr vorzuführen. Sie schält fünf Äpfel und drei Zwiebeln, stückelt sie und wischt sich mit dem Handrücken die Stirn. In einem großen Emaille-Topf zerlässt sie Gänsefett, brät die Zwiebeln an, schüttet das Kraut hinein, es muss etwas angeschmort werden, bevor sie Rotwein und Brühe angießen kann. Später kommen noch Holundergelee (selbst gemacht), der Saft zweier winziger Kuba-Apfelsinen – für ein Netz stand Jakob zwei Stunden Schlange –, Nelken, ein Lorbeerblatt, Salz und weißer Pfeffer hinzu.

Die Gewürze konnte sie vollständig in dem kleinen Laden in der Rathauspassage kaufen. Weil es in dem Geschäft so betörend, so intensiv roch, hatte Jakob einen Niesanfall. Das Kräutlein Niesmitlust. Die zwei Flaschen bulgarischen Weins hat sie im Konsum erstanden. Dafür musste sie den Einheitsverkaufspreis und ein Päckchen Krönung zahlen. Außerdem musste sie der Leiterin des Konsums ein paar Canna-Ableger versprechen, für das Frühjahr.

Alle Herdplatten und der Ofen sind belegt. Der Deckel des Emaille-Topfes klappert, ein feiner Dampfstrahl entweicht dem Ofen. Die verschiedenen Gerüche vermengen sich, es ist warm, die Scheiben sind beschlagen, draußen dunkelt es.

Frank hat ihr einmal vorgeworfen, sie verwende mehr Zärtlichkeit auf den Umgang mit Essen als auf den mit Menschen. Das Essen zubereiten für Menschen mit dem Rücken zu ihnen, so war sie immer bei sich und doch aufgehoben. Wie wird es ihren Jungs ergehen, wie ihren Enkeln? Vor allem Frank und Jakob, die allein zurückbleiben werden in diesem Haus. Aber Frank hat es so gewollt.

Gestern hat er sie beim Packen überrascht. Nur drei Koffer wollte sie mitnehmen, nur das Nötigste. Doch dann hat sie den Gedanken nicht ertragen, alle Küchengeräte zurückzulassen. Schließlich würde sie auch dort Eier schneiden und Büchsen öffnen müssen, sie würde kochen, wenn auch vorerst für sich allein. So war sie mit der großen Reisetasche in die Küche geschlichen, frühmorgens, und hatte das Nudelholz, den Kartoffelstampfer, die Quirle, den Eierschneider und den Büchsenöffner mit Zeitungspapier umwickelt und in die Tasche getan. Auch Katjas gusseisernen Bräter, der den meisten Platz einnahm. Sie musste an Jakob denken, der vor der ersten Klassenfahrt heimlich seine Stofftiere in den Rucksack gestopft hatte. Und wie Jakob wurde auch sie von Frank auf frischer Tat erwischt. Ob das ihr Ernst sei, hatte er sie gefragt. Sie wollte sagen, dass sie sich genau überlegt habe, was zum Hierbleiben und was zum Mitnehmen sei, dass sie die nötigen Dinge für Frank und Jakob und die nötigen Dinge für sich selbst voneinander geschieden habe. Aber das hatte Frank gar nicht gemeint. Mit seinem Frank-Hochmut hatte er sie gefragt, ob sie wirklich den ganzen ollen Scheiß mitnehmen wolle. Drüben sei alles viel moderner und besser. Da könne sie alles neu kaufen. Er wickelte die Quirle, das Nudelholz, den Kartoffelstampfer, den Eierschneider und den Büchsenöffner aus dem Zeitungspapier und tat alles zurück an seinen Platz. Auch den Bräter.

Katjas Bräter trägt die Prägung einer steirischen Gießerei: ein Phönix in einer Kokarde. Polinas Großmutter hatte ihn zur Aussteuer Katjas gekauft, vom Kesselflicker, der mit scheppernder Stiege auf den Hof gestiefelt kam. Wie bestellt, so hatte Katja es ihrer Tochter erzählt. Denn als der Bräter gekauft war, kam auch schon der Mann, als hätte er den Braten gerochen. Hasen, Fasane, Hühner und immer wieder Gänse sind darin zubereitet worden. Ganz früher, in der alten Heimat, hat Katja die Gänse selbst gebrüht, gerupft und ausgenommen. Die Galle durfte nicht beschädigt werden. Katja und Polinas Tante Rosa haben zusammen gerupft, vorm Martinstag, ihre Unterarme waren voller Daunen, ihre Wangen, ihr Hals. Sie stopften die Daunen in den Jutesack, auf den Daunen haben sie später geschlafen, Katja und Polina, im Gänsebett zu Gänseträumen. Beim Rupfen schneiten die Daunen auf das Tanten- und das Mutterhaar, wehten durch die Scheune, setzten sich auf Polinas geflochtenes Haar. Mit ihrer eigenen Puste hielten Mutter und Rosa eine Daune in der Luft, komm ran, kleine Pola, Linakind, komm ran. Zu dritt bliesen sie die Feder hin und her und lachten, und die Feder sank nicht zu Boden. Ihre Tanten hießen Rosa und Alberta, ihre Schwestern hießen Betty, Martha und Anni. Mit dem ganzen ollen Scheiß hat sie all die Jahre für ihre Familie gekocht. Für ihre drei Söhne. Die heißen Rudolf, Frank und Siegmar.

Für Jakob hat sie einmal einen Stammbaum gezeichnet, weißer Buntstift auf schwarzem Karton, über die letzte Doppelseite des Fotoalbums, das Familienbilder aus vier Generationen enthält. Angefangen hat sie mit Katja (Katharina, geborene Siegenthaler) und Waldemar Sauer, ihren Eltern, die beide zum Ende des letzten Jahrhunderts in Akkerman am Schwarzen Meer zur Welt kamen. Dort wurde auch sie geboren. Ihren Vater sah sie zum ersten Mal als Dreijährige, als er 1917 aus dem Krieg zurückkam, nachdem die Russischen und die Unseren einen Sonderfrieden gemacht hatten. Vier Äste für ihre drei Schwestern und ihren Bruder Arthur, der bekam ein weißes Kreuz neben seinen Namen, ebenso wie ihr Vater. Es gab noch ein paar Kreuze mehr zu verteilen, aber Arthur und Vater waren ihre ersten Toten. Nein, es stimmt nicht, ihre Lieblingsschwester Anni und der Stocker Emil waren ihre ersten Toten. Ihren ersten Mann Horst heiratete Polina 1941, da waren sie längst wieder im Reich, im Jahr 44 erblickte Rudolf das Licht der Welt, wie man so sagt. Was denn mit diesem Horst geschehen sei, hatte Jakob wissen wollen. Der sei doch sein Opa. »Der ist im Krieg gefallen«, hatte sie streng geantwortet. Der Junge hatte nicht weiter gefragt. Unter Rudolfs Namen malte sie aus Versehen eine Lebensrune, wie es damals eben üblich gewesen war. Mit einer Rasierklinge kratzte sie diese aus und ersetzte sie durch einen Stern und Rudolfs Geburtsjahr. Durch zwei ineinandergreifende Kreise, Eheringe darstellend, stellte sie ihm Edelgard zur Seite, deren einziges Kind hieß Marion. Damit war dieser Zweig des Stammbaums fertiggestellt. Sie wandte sich ihrem zweiten Sohn zu: Frank, Jakobs Vater. Vom Ehesymbol, das sie mit Horst verband, zog sie einen Strich und schrieb neben Rudolf: »٭ 1946 Frank«. Sie wusste sich keinen anderen Rat. Neben Franks Daten malte sie wieder Eheringe und schrieb: »٭ 1948 Friederike † 1972«. Unter den Ringen gab es einen weiteren Strich und die Information, dass ein gewisser Jakob 1969 das Licht der Welt erblickt hatte. Das war dieser Zweig. Zu guter Letzt strich sie die verschränkten Ringe zwischen »٭ 1914 Polina, geborene Sauer« und »٭ 1907 Horst Friedrich † 1945« durch, malte neue Ringe links neben ihren Namen und schrieb »٭ 1904 Paul Winter † 1963« an die Kante des schwarzen Kartons. Ihr Sohn Siegmar (»٭ 1950«) heiratete Inge, ihr jüngster Enkel hieß Mario. Das war der Baum ihrer Familie. Tote und beschnittene Zweige, keine starken Triebe und keine reiche Frucht. Jakob hatte die Zeichnung lange betrachtet. »Irgendwann wird das Album mal dir gehören«, hatte Polina gesagt. »Dann kannst du damit machen, was du willst. Mal sehen, wen du so dazuholst und mit deinem Namen in Verbindung bringst. Ist ja noch ein bissel Platz.«

Nach und nach treffen die anderen ein. Am Schluss stehen acht Wodkaflaschen auf dem Fensterbrett. Zum Schälen der Kastanien wird die erste Flasche geöffnet. VEB Likörfabrik Zahna/Bezirk Halle.
Im Hinterhof von Rudolfs Mietshaus wachsen drei alte Esskastanien. Im Oktober musste Marion jeden Morgen vor dem Frühstück hinunterrennen, um vor allen anderen Bewohnern die Kastanien einzusammeln. Jetzt stehen zwei volle Stiegen auf dem langen Tisch, der aus Bohlen und Böcken von Mo und Frank gebaut wurde und von Wand zu Wand reicht. Alle finden Platz an diesem Behelfstisch. Auch Franks Freunde Mo, Jasper und Cora, die einfach dazugehören. Ebenso wie

Anita, Franks Mädchen für alles, eine reizende Person. Auf seine Momentane, die blasse Almut, hätte Polina gern verzichtet. Almut sagt: »Mutter, wer soll das alles essen?« Sie sagt »Mutter« und weiß noch nicht, dass sie bald Geschichte ist.

Die einen sind die Akkuraten, die Bedächtigen. Sie schlitzen Kreuze in die Maronen, damit sich deren Schalen nach dem Rösten gut lösen lassen. Sie werfen die Maronen in die gusseiserne Pfanne, die Polina sogleich auf den glühenden Herd stellt, bevor sie die angerösteten und aufgesprungenen Kastanien in die Schüssel kippt, die vor den anderen steht, den Tollkühnen. Die legen die weißgelben Kerne frei, kleinen Hirnen gleich, und werfen sie schnell in einen großen Topf, auf dessen Grund zerlassenes Gänsefett schwimmt. Sie werfen die heißen Kastanien von sich und blasen sich auf die Fingerkuppen, sie fluchen, wenn sich die pelzige Haut nicht lösen lässt, sie lachen und trinken eiskalten Wodka. Die, die schlitzen, sind die Vernünftigen: Edelgard und Almut, Siegmar und Inge. Die anderen, die pellen, pusten und fluchen, das sind die Draufgänger, die Abenteurer: Frank und seine Freunde Mo, Jasper, Anita und Cora. Und Jakob. Polina, Rudolf und die anderen Kinder gehören keiner der beiden Gruppen an.

Als sie ein kleines Mädchen war, gingen die Maroniröster von Haus zu Haus. Über all die Jahrzehnte hatte sie es vergessen, jetzt fliegt ihr diese Erinnerung zu. Es waren Juden in struppigen Pelzmützen und in Lumpen gekleidet. Die Kastanie ist in der Wolke, in der Glut, die Blicke stecken in den Schalen. Seit Neuestem drängen sich ihr die Bilder von früher auf. Sie will es nicht, die Vergangenheit ist die Vergangenheit, sie ist nicht wichtiger als die Gegenwart oder die Zukunft, im Gegenteil. Es ist gut, wenn die Vergangenheit ruht, festgewachsen an einem Stammbaum. Aber in der letzten Zeit haben sich die Bilder gelöst, und sie flattern ihr um den Kopf wie Laub im Herbstwind.

Nach dem Essen muss gesungen werden. In der Küchenwärme ist das Eis auf dem Fensterglas geschmolzen, Tau liegt auf den Scheiben. Vier volle Wodkaflaschen stehen auf dem Fensterbrett und vier leere auf der

Tafel. Halbzeit. Im Skelett der Gans schimmert die Füllung silbergrau. In der Küche ist kaum genug Platz, den Balg des Akkordeons auszuziehen. Rudolf sitzt da mit hängenden Schultern, sein Haar wächst büschelweise auf dem Kopf, Stahlwolle zwischen all den Narben. Seine rechte Hand liegt in seinem Schoß wie eine tote Taube. Frank schnallt ihm das Schifferklavier um, ein Weltmeister mit achtzig Bässen, der Korpus wie Muschelpatt. Jakob hält die Klaviatur, und Frank bewegt den Balg, indem er die Lasche auf der Bassseite greift, zieht und drückt. Rudolf spielt eine Bassbegleitung. Es sind die Bässe zu »La Paloma«. Jakob fügt die Melodie hinzu, und Cora und Mo fangen an zu singen. »Ein Wind weht von Süd / Und zieht mich hinaus auf See.« Zuerst singen sie zu laut und zu komisch, dann immer schöner. Weil Cora den Text nicht mehr weiß, springt Frank ein. »Mich trägt die Sehnsucht fort / In die blaue Ferne, / Unter mir Meer / Und über mir Nacht und Sterne.« Den letzten Refrain singen sie zusammen, zweistimmig, Cora kann so was. Auch Rudolf bewegt die Lippen, kein Strahlen, aber ein Lächeln. »Auf, Matrosen, ohe! / Einmal muss es vorbei sein. / Einmal holt uns die See, / Und das Meer gibt keinen von uns zurück. / Seemanns Braut ist die See, / Und nur ihr kann er treu sein. / Wenn der Sturmwind sein Lied singt, / Dann winkt mir der Großen Freiheit Glück.«

Polina muss sich umdrehen. Sie denkt daran, wie schön Rudolf allein gespielt hat, als Junge unter dem Birnbaum. Und er konnte gut zeichnen, mit Kohle und Tusche. Das war ihm von Nutzen, als er Stuckateur lernte. Er hat eine von zwei Lehrstellen ergattert. Er war auch ein guter Fechter. Das Strahlen war schon in seinem Gesicht, wenn er die Maske herunterriss und die Arme in die Luft warf. Nun ist er ein Stück Gemüse, eine Pampelmuse, feuchter Kehricht. Wie es ihm gehe? Gut gehe es ihm, denn Unkraut vergehe nicht.

Jetzt hat Frank das Akkordeon allein und spielt »Lili Marleen«. Die Bilder lösen sich und stürzen übereinander, Männer in Uniformen, ein charmanter mit Sternen auf der Schulter, er spielt Klavier, seine Mütze sitzt schief auf ihrem Kopf, der zerkratzte Tanzboden, die Müdigkeit, weckt mich auf in einem Jahr, die Russen sind keine Menschen. Dann spielt Frank »Ach, ich hab sie ja nur auf die Schulter geküsst«. Ihre Schwester ist verschieden, ihr Bruder ist verstorben, ihr Vater wurde verwundet und ist gefallen. »Verschieden«, »gefallen«, »verwundet« und »verstorben«, das sind unsinnige Worte. Verreckt und verkrüppelt, so soll man sagen. Ihr Bruder hieß Arthur, und ihr Vater hieß Waldemar. Ihre Schwestern hießen Anni, Betty, Martha, ihre Mutter Katja hieß eigentlich Katharina. Sag die Namen. »Nun hast du drei Buben«, sprach Katja zu ihr, als sie mit Siegmar im Wochenbett lag. Er hatte dichtes schwarzes Haar, und sein Rücken war mit einem dunklen Flaum bedeckt. »Eines hätt' ja auch sein können ein Mädel.« Dieses Mädel, das sie selbst einmal war, hat ihr immer gefehlt.

Als sie jung war, war alles unordentlich gewesen, der Krieg und die Sache mit den Männern. Es wurde übersichtlich, nachdem sie ein letztes Mal geheiratet hatte, Paul, Siegmars Vater. Nachdem Paul gestorben war, und auch Friederike, wurde es noch übersichtlicher. Es gab nur noch sie, Jakob und Frank. Großmutter, Enkel, Sohn. Das halbe Haus, den Garten. Die anderen Söhne und ihre Familien kamen zu Besuch. Kaffee und Kuchen auf dem Rondell unterm Birnbaum. Es gab den Dienst, die Jahreszeiten, die Gräber. Der Frühling verging, der Sommer war nicht heiß. Manchmal gab es federleichte Tage, da lastete nichts auf ihr, keine Vergangenheit, keine Zukunft. Das waren die besten Tage. Alles war in Ordnung.

Frank, der ihre Ordnung zerstört hat, spielt weiter Akkordeon. Er singt: »Leben einzeln und frei wie ein Baum und dabei brüderlich wie der Wald, diese Sehnsucht ist alt.«

»Seit wann spielst du Kommunistenlieder?«, sagt Siegmar, als Frank den Balg zuschiebt und verschließt.

»Wenn mir danach ist, spiele ich auch Kommunistenlieder«, sagt Frank und trinkt.

»Die haben gute Lieder«, sagt Jasper. »Gute Märsche, gute Hymnen. Die wissen, wie sie die Menschen kriegen. Die Kirche hat auch gute Lieder.«

»Die besten Lieder haben die Amis«, sagt Frank. »Blues, Folk, Jazz. Dylan.«

»Der kleine Trompeter ist auch nicht schlecht«, sagt Jasper. Er meint es nicht.

»Wie viele kleine Trompeter hast du geschnitzt? Fünf? Sechs?«

»Sieben«, sagt Jasper. »Den letzten habe ich für den Wildpark gemacht. Scheißholz, nicht abgelagert, lauter Risse. Ein Eber wär mir auch lieber gewesen. Oder ein Wisent. Ich hab noch nie einen Wisent geschnitzt.«

»Und wie viele Felix Ds? Wie viele Rosas, Karls und Ernsts? Immer denselben Schmus. Hendrix wäre doch auch nicht schlecht, zur Abwechslung.«

»Oder ABBA«, sagt Mo.

»Mann, Mo«, sagt Frank, »du wirst es nie kapieren.«

»Für dich ist alles aus dem Westen Gold, und alles von hier ist Scheiße«, sagt Siegmar zu Frank.

»Ist ja auch so«, sagt Frank.

»Du bist hier zur Schule gegangen, hast hier studieren dürfen, dein Arbeitsplatz ist sicher.«

Frank gähnt ausgiebig und sagt dann: »Du gehörst nicht zu der Brigade, die aus den tiefen Tellern löffelt.«

»Komm, komm«, sagt Jasper.

»Darum geht's doch«, sagt Frank, plötzlich hitzig. »Du spürst dich nicht. Nicht hier.«

»Du redest so, weil du Friederike verloren hast«, sagt Anita leise. Es ist nicht für Almuts Ohren bestimmt.

»Ich rede so, weil ich was verstanden habe vom Leben. Ihr seid alles sesshafte Typen ohne Drang zur Veränderung.«

»Was ist denn so schlecht daran? Man muss wissen, wo die eigenen Grenzen sind«, sagt Mo.

»Du musst bloß still sein«, sagt Frank. »Mit deinem Parteibuch fährst du schön auf allen Sieben Meeren. Du siehst die Welt.«

»Und was ist mit Freundschaft und Liebe?«, sagt Cora und blickt zu Almut. »Das ist doch viel wertvoller als alles.«

Und was ist mit Jakob? Was ist mit dieser Scheißaktion an der Grenze Ende August? Keiner fragt es, alle denken es.

»Eigentlich geht's dir doch nur um dein schönes Leben«, sagt Inge. »Du bist doch nur ein Baum und kein Wald.«

»Komm, komm«, sagt Jasper.

»Ihr lebt, als hättet ihr tausend Jahre Zeit«, sagt Frank. »Ihr habt aber keine tausend Jahre Zeit. Ihr habt fünfundsechzig Pflichtjahre, und eins gleicht dem anderen. Dann erlaubt man euch auszureisen. Wenn ihr Greise seid. Dann bleiben euch noch sieben, acht Jahre. Die Nachspielzeit. Aber euch fehlen die Zähne für das Festmahl.«

Inge blickt zu Polina und sagt: »Das ist so grob.«

»Ach, ich werde sowieso hundert«, sagt Polina. »Ich hab noch vieles vor mir.« Wie sie diese Streitereien hasst, dieses leere, wütende Gerede. Schon Arthur und ihr Vater haben sich am Küchentisch in die Haare gekriegt, da ging es um Kommunismus und – wofür stand ihr Vater gleich noch mal ein? Sie hat es vergessen. Zwischen Horst und Arthur ging es dann um Kommunismus und die Nazisache, zwischen Paul und Frank ging es um Anstand und Verwahrlosung oder Spießertum und Freiheit, je nachdem, wer sprach, und jetzt ging es also zwischen Frank und den anderen um Kapitalismus und Sozialismus, mehr oder weniger. Vielleicht ging es auch nur um das Streiten selbst.

»Wisst ihr, wie lange ich noch absitzen muss bis dahin?«, sagt Frank. »In diesem größten Knast der Welt? Siebenundzwanzig Jahre, sieben Monate und sechs Tage.« Seine Augen schimmern.

»Das ist ein bisschen peinlich jetzt«, sagt Cora, die Buchhändlerin. »Deine Iwan-Denissowitsch-Nummer.«

Frank leert sein Glas und knallt es auf den Tisch. »Und außerdem verstößt es gegen alle Gesetze und jedes Recht. Der Obermufti hat in Helsinki die Charta unterschrieben, da steht alles drin.«

»Was steht denn da drin?«, fragt Siegmar.

»Dass man leben kann, wo man will. Dass man frei seine Meinung äußern kann«, sagt Frank.

»Kannst du doch«, sagt Siegmar. »Wer hindert dich konkret?«

»Der Paragraph 106 des StGB, konkret.«

»Was steht da drin?«, fragt Inge.

»Kommt, vergesst es«, sagt Frank.

»Schmidt wird Honni schon was ins Gästebuch schreiben, da in dem Jagdschloss«, sagt Jasper. »Der hat Courage.«

»Ich finde, du machst es dir ganz schön einfach«, sagt Edelgard zu Frank. »Siehst du denn nicht die positiven Dinge, die es in einer Gesellschaft wie der unseren gibt? Man muss halt auch mal mitmachen, sich nicht immer nur aus allem rausziehen.«

»Es ist doch alles unnütz ohne Freiheit. Freie Deutsche Jugend, Freier Deutscher Gewerkschaftsbund: Dass ich nicht lache! In Wahrheit gibt es hier keine Freiheit. Da könnt ihr sagen, was ihr wollt. Punkt, aus.«

Frank steht auf, schlängelt sich zum Fenster, öffnet es und holt eine neue Wodkaflasche herein.

»Gut«, sagt Inge. »Aber ich verstehe nicht, wieso du Mutti so vor deinen Karren spannst. Nur weil du nach drüben willst, muss sie auch gehen.«

»Ihm ist es doch scheißegal, wie es anderen dabei geht«, sagt Siegmar. »Was wäre denn mit Jakob gewesen, wenn sie euch an der Grenze geschnappt hätten?«

»Halt die Fresse, du Penner«, zischt Frank und stößt den Stuhl um.

»Schluss jetzt«, ruft Polina. »Ich gehe aus freien Stücken.« Sie streicht sich über die Schürze. »Frank, du bringst die Kinder ins Bett. Und du, Siegmar, sorgst dafür, dass wir das hier aufbekommen.« Sie hält die Kokosnuss hoch.

»Das Beste ist der Saft«, erklärt Mo. »Macht die Männer stark und die Frauen schön.«

Jasper untersucht die Kokosnuss wie ein Stück Holz. Mit seinem steifen Zeigefinger – Kreissäge – klopft er gegen die Schale. Er schüttelt die Nuss nah am Ohr, bürstet den drahtigen Pelz mit dem Daumen.

»Wo hast du das Ding her?«, fragt Cora.

»Ceylon«, sagt Mo. »Ich hab's wie die kleinen braunen Jungs gemacht, barfuß die Palme hoch wie ein Äffchen und dann geschüttelt und gerüttelt.«

»Wo liegt dieses Ceylon?«, fragt Edelgard, die die Nuss von Jasper entgegengenommen hat. Sie riecht daran.

»Vierzig Meilen vor Indien«, sagt Frank, der gerade zur Tür hereinkommt. »Die Kinder sind im Bett.«

»Meilen!«, sagt Siegmar und schüttelt den Kopf.

»Wir löschen da Maschinen«, erklärt Mo. »Textilmaschinen. Und MZ. In Colombo kommen sie dir entgegen auf unseren knatternden Mopeds und Motorrädern. In unseren Selastikklamotten. Da verstehst du die Welt nicht mehr. In Colombo laden wir Tee, Kaffee, Gewürze und Kokosnüsse. Das alles bringen wir aber nicht zu uns, sondern nach Triest. Zu uns kommen wir leer zurück.« Mo nimmt Edelgard die Nuss ab und reicht sie an Inge weiter, die damit nichts anzufangen weiß und sie Siegmar gibt.

»Beziehungsweise nicht ganz leer.« Mo hebt sein Glas und sagt mit Pomp: »Diese Nuss ist durchgekommen, als einzige Nuss ist diese Nuss zu uns gereist und bis in unsere Tiefebene gelangt.«

»Zaubernuss«, sagt Cora.

»Ein Nusswunder«, sagt Jasper.

»Ein Nusskader«, sagt Frank.

Die Draufgänger und Abenteurer stoßen an.

»Und wie machen wir die jetzt auf?«, fragt Siegmar.

»Man nimmt eine Machete und köppt sie wie ein Kackei«, sagt Mo und wischt sich über den Mund.

»Aber wir haben doch gar keine Machete«, sagt Edelgard.

»Nein, zufällig haben wir keine Machete«, sagt Frank.

»Wir haben gewiss einen Eierschneider«, sagt Jasper.

»Du kriegst nüscht mehr«, sagt Cora und schiebt die Wodkaflasche weg.

»Da oben hat sie so kleine Dellen, die Fontanellen sozusagen. Da kann man durchstoßen«, sagt Mo.

»Mutti, wo ist denn der Büchsenöffner?«, fragt Siegmar.

Alle schauen Polina an. Sie ist fast vergessen worden, und fast ist auch vergessen worden, was das für ein Abend ist und dass es doch gar nicht ohne sie geht. Sie weiß alles an seinem Platz und reicht Siegmar den Büchsenöffner.

Der sagt: »Mutti, halt mal.«

Diesmal meint er nicht Polina, sondern seine Frau. Polina fragt sich, ob er später einmal »Omi« zu Inge sagen wird. Gut ist das nicht, denkt sie, die kein Mann je »Mutti« genannt hat. Aber Inge lässt sich nicht ins Bockshorn jagen. »Damit de mir die Pfoten zermehrst«, sagt sie breit.

»Dann halte du«, sagt Siegmar zu Jasper, bei dem es nicht mehr drauf ankommt.

Jasper schließt seine braunen Finger um die Nuss, Siegmar setzt den Dorn auf eine der Vertiefungen und stößt mit dem Handballen zu. Die Nuss poltert zu Boden, und beide Männer fluchen.

»Dumme Nuss«, schimpft Jasper, alle lachen. Auch Rudolf lacht. Heiser, es ist eher ein Röcheln.

»In den Schraubstock«, ruft Siegmar, der sich nicht von einer halbindischen Nuss besiegen lässt.

»Dein erstes vernünftiges Wort heute«, sagt Frank.

»Komm, komm«, sagt Jasper und stemmt sich nach oben.

»Alle in die Garage«, befiehlt Siegmar. Er geht voran, die Nuss am langen Arm, und er sieht für ein paar Sekunden aus wie Potti Wahl. Edelgard hilft Rudolf auf, Polina stützt ihn auf der anderen Seite. Almut, Anita, Frank und Cora folgen. Den Schluss bildet Mo, der Coras Hintern studiert. Dessen Arschbacken machen etwas, das erstens nicht geht, wissenschaftlich betrachtet, und zweitens verboten werden sollte, humanitär betrachtet. Und im übrigen ist »Ceylon« der imperialistische Name aus kolonialer Zeit, korrekt ist das nicht, historisch betrachtet.

Draußen ist es dunkel und kalt, die Büsche sind schwarz. Die Bogenlampen schütten ihr Limonadenlicht aus. Kein Autoverkehr auf der

Ausfallstraße, den Tafelberg umarmt die Nacht, leise ächzen die Bagger im Tagebau.

Mo betritt als Letzter die Garage. Im singenden Neonlicht stehen alle um den Schraubstock, umgeben von öliger Schwärze. Es ist ein Rembrandtbild: ein aus der Nacht gerissener Lichtfetzen.

»Dreh nicht zu fest zu«, sagt Jasper zu Siegmar, der den Schlegel mit einem Finger herumwirbelt, bis die Eisenbacken die Nuss packen.

»Ja doch«, sagt Siegmar, und es tut einen Schlag. »Scheiße.«

»Penner«, sagt Frank.

»Komm, komm«, sagt Jasper und leckt seine Finger. Er ist der Einzige, der den Geschmack der Fremde probiert, jenen köstlichen Saft, der die Männer stark und die Frauen schön macht. Niemand sonst will die Kokosmilch von seinen Händen kosten, obwohl er es reihum anbietet.

Als sie zurück zum Haus stapfen, durch den harschen Schnee, sagt Mo, zu wem auch immer: »Die Affen schmeißen die Nüsse ins Wasser. Sie treiben bis zum Südpol. Zum Erstaunen der Pinguine.«

»Ist ja gut, Mo«, sagt Frank und legt ihm den Arm um die Schulter.

Mo sagt: »Vom Schiff aus riecht man die Insel. Viele Seemeilen entfernt riecht man den Zimt von Ceylon oder Sri Lanka oder wie die Scheißinsel heißt.«

Polina folgt ihnen. Jasper hakt sich bei ihr unter, wer führt hier eigentlich wen zurück zu ihrem halben Haus? Sie muss daran denken, wie Frank ihn zum ersten Mal mit nach Hause gebracht hat, einen dunkeläugigen Kunststudenten, der aussah wie ein Zigeuner und der mit seinem Motorrad Hochstarts fabrizierte. Schon bald hatte dieses Motorrad einen Beiwagen, in dem saß Cora. Gepunktetes Tuch im Haar, rote Lippen. Ein paar Jahre später erfuhr Polina, wie sich Frank und Jasper kennengelernt hatten.

Sie trafen sich bei einer Serenade. Unter dem Fenster eines Mädchens, das sie anhimmelten. Eine Schönheit war das, üppig, die Nase immer gehörig hoch tragend. Eine, die Bücher las, Klavier spielte, Schauspielerin werden wollte. Spielen tat sie, bevorzugt aber mit den jungen

Männern. Wenn nachts einer Steine an ihr Fenster warf, schaltete sie das Licht aus und kam doch nicht herunter. Sie konnte gut zeichnen und porträtierte Frank. Einmal zeichnete sie ihn, wie er als alter Mann aussehen würde. Mit Haarkranz und Brille, irgendwie gütig dreinblickend. Polina hat das Porträt aufgehoben und die Erinnerung, dass ihr Sohn in dieser Zeit kaum aß und Abende lang traurige Gitarrenballaden spielte. Er sprach kaum, sie hat sich ihren Reim darauf gemacht. Später, als alle miteinander befreundet waren, wurde aus dem stillen Leid eine Tischgeschichte, die immer mit großem Hallo erzählt wurde. Die Geschichte geht so: An einem lauen Frühlingsabend – Flieder, Mond, das ganze Tamtam – pilgert Frank zum Haus seiner Angebeteten, die Gitarre auf dem Rücken, das Plektrum zwischen den Zähnen. Unter ihrem Fenster steht aber schon einer. Einer mit Mundharmonika. Frank stellt sich neben ihn, und beide schauen nach oben, wo Licht brennt. »Was wolltst'n du spielen?«, fragt der mit der Mundharmonika. Frank betrachtet den von oben bis unten. Freundliches Gesicht, das reinste Wohlwollen, umrahmt von einer Matte dunkler Kopf- und Barthaare. Jeans, Parka, T-Shirt, Jesuslatschen. Frank sieht an sich hinab: Parka, T-Shirt, Jeans, Jesuslatschen. Dann sagt er: »Was wolltst'n du spielen?« – »›Girl from the North Country‹«, sagt Jasper. »Kannst du?« – »Dylan und Cash. Klar.« Sie spielen. Jasper zieht und wendet und isst die Töne, Frank schlägt die Akkorde und singt. Er singt: »She once was a true love of mine.« Als sie fertig sind, geht das Licht aus. Sie merken es kaum, denn sie sind schwer beeindruckt voneinander. »Kennst du ›Midnight Special‹ von Sonny Terry und Brownie McGhee?«, fragt Frank, und Jasper lässt einen Zug anrollen. Unfasslich, klingt wie ein echter Zug. Den Refrain singen beide. Dann spielt Jasper den »Orange Blossom Special«, ahmt das Rattern der Räder nach, das lang gezogene Signal. Als er fertig ist, klatscht Frank. Die Angebetete ist vergessen, bis sich ihr Fenster öffnet. Ein Kerl mit nacktem Oberkörper lehnt sich heraus. Breiter, behaarter Brustkorb, muskulöse Arme und Schultern. »Könnt ihr Knalltüten mal mit dem Katzenjammer aufhören!«, ruft der Typ, der noch nicht Mo, sondern Moritz heißt und Kadett bei der Handelsmarine ist. Neben ihn tritt die Besungene, die Schöne, die Talentierte. »Kommt schon rauf«, spricht sie, und Frank und Jasper befolgen ihren Befehl: Cora. So geht die Geschichte.

In der Nacht nimmt etwas Gestalt an: ein fernes Wehen, das zuerst ganz zart und unwirklich ist, aber unzweifelhaft näher kommt, immer weißer und fester wird, bis es als Rauschen zu erkennen ist, das auf einmal im Raum steht, fett, für einen Moment tatsächlich den Raum ausfüllt, um dann wieder zu entweichen, sich zu entfernen und immer mehr zu verblassen und ganz zu versickern. Das Rauschen ist ein Fernzug, der durch die Nacht fährt. Es ist ein unwahrscheinliches Geräusch, denn es gibt keine Bahnstrecke in der Nähe, doch Polina hat das Geräusch gehört und gespürt und ist davon aufgewacht. Bis zum Morgengrauen liegt sie wach.

Paul war Eisenbahner. Siegmars Vater. Es gibt ein Foto, darauf beugt er sich aus dem winzigen Fenster eines Stahlungetüms, Mütze schief, Lachen schief, auf der Schnauze des Triebwagens ein Hakenkreuz. Er hat sonst nicht viel gelacht, gab nicht viel für ihn zu lachen. In seinem Namen wird sie drüben eine Witwenrente beziehen, und sie darf umsonst Zug fahren, solange sie lebt.

Mit vier ist sie das erste Mal Zug gefahren, als sie fliehen mussten. Tati war im Ersten Weltkrieg Soldat bei den Deutschen gewesen, bei den Unseren, danach war nicht mehr gut leben in der alten Heimat. In einem Viehwaggon sind sie nach Sibirien gerollt. Ihre Hand passte zwischen die Bohlen, und unten zog der graue Kiesfluss dahin, der rauschte. Einmal hielt der Zug und stand ewig still, ohne dass die Türen geöffnet wurden. Fenster gab es keine. Sie musste durch die Ritzen machen, und ein Mann aus ihrem Dorf wurde verrückt. Er fing an zu schreien und zu toben. »Jetzt blasen sie uns die Lichter aus«, schrie er, »die Russen«, und polterte gegen die Wände. Sie durften aber nach Hause zurückkehren, für ein paar Jahre, dann ging alles von vorn los.

Dass sie je wieder nach Osten fahren würde, hätte sie nie gedacht, aber vor fünf Jahren war Heuroth, ihr Abteilungsleiter bei der Post, gekommen und hatte gesagt, ihr stehe die Auszeichnung zu, so kurz vor der Rente: eine Woche Moskau. »Völkerverständigung, Kultur und ä bisschen Amüsemang.« Sie waren vier Frauen in einem Schlafabteil. Weil das Klopapier in der Ruhmreichen knapp war, hatte jede sechs Rollen dabei. Der Tschai aus dem Samowar der Waggonschaffnerin kostete fünfzig Pfennige, mit Schuss eine Mark. Beim nächtlichen Radwechsel in Brest schrak sie zurück, als unter ihrem Fenster das Augenweiß der Monteure aufblitzte. Als der Zug weiterfuhr, spuckte sie in den schwarzen Fluss, das sollte Glück bringen. In Smolensk stiefelte ein Trupp Rotarmisten durch die Waggons, Gewehre mit Trommelmagazin, niemand wusste, was sie suchten. Sie standen zwei Stunden. Dann fuhr der Zug wieder, Birken flogen vorbei, grüne Kupferdächer und bunte Zwiebeltürme, die verrottenden Fassaden mit der schönen kyrillischen Schrift. Sie konnte alles lesen und verstand alles. Auf einem kahlen Feld zeigte eine große weiße Rakete mit roter Nase in den Himmel, ein blaues Gitterchen umzäunte sie. CCCP stand auf der Rakete. Zu viert sangen sie: »Hoch auf dem gelben Wagen«. Und: »Das Wandern ist des Müllers Lust«. Dann kamen Häuser und Straßen, Signalmasten salutierten, und ein Delta aus Gleisen und Weichen fächerte sich auf und verengte sich zur Mündungsstunde hin. Die Waggonschaffnerin schlug gegen die Tür und rief, dass sie nun Moskau erreicht hätten. Als sie in den Belorussischen Bahnhof einfuhren, pochte ihr Herz. Sie spähte aus dem Fenster. Draußen auf dem Bahnsteig stellte sie sich auf die Zehenspitzen und hielt Ausschau. Allen Ernstes glaubte sie, dass er sie empfangen würde, dass er auf sie wartete, stattlich und groß, mit dunklem Haar, blitzend blauen Augen, diesem unverschämten Lachen. Sie wusste nicht, warum sie dergleichen glaubte, warum sie solch einen Unsinn denken konnte, aber sie hielt Ausschau. Doch plötzlich fiel ihr etwas ein, und sie stellte sich wieder auf ihre Fersen. Ihre Zähne waren nicht mehr echt. Sie war überzeugt, dass ihm dies sofort ersichtlich wäre: wie sich durch den falschen Gaumen und die falschen Zähne der Mund verändert hatte. Ihr Mund war ihr mit einem Mal selbst ganz fremd. Sie würde sich schämen, ihn zu küssen. So machte sie sich klein und hoffte, dass er sie übersah, obwohl er ja gar nicht da war.

    Das war ihre letzte Bahnfahrt gewesen, und heute wird sie wieder in einen Zug steigen. Die Fenster der Stube sind blind. Der Geruch von Bratenfett und Zigarettenqualm klebt an den Gardinen, an den Polstern. Sie steht auf, zieht das Sofa ab, klappt es hoch, faltet das Bettzeug und legt es in den Schrank. Sie streift ihren Morgenmantel über, den sie ganz am Schluss noch in einen der drei Koffer packen will, schlüpft in die Hausschuhe und geht zum Ofen. Sie rüttelt die Asche in den Kasten, bis nur noch ein glühender Kern auf dem Gitterrost liegt. Darauf schichtet sie drei Briketts, verschließt die obere Klappe, zieht den Aschekasten aus dem unteren Fach und leert ihn vorsichtig in den Zinkeimer. Sie schiebt den Kasten zurück und lässt die untere Tür einen Spalt offen stehen. In den Eimer legt sie die schmale Schippe und drei Briketts und steigt die Treppe zum Kinderzimmer hinauf, wo die Kälte und der Holzwurm im Gebälk hocken. Der Trick ist: Am Abend zuvor muss man das letzte Brikett in Zeitung einschlagen. Die Papierasche verhindert, dass die Kohle ganz verglüht, und so braucht man am Morgen nicht neu anzufeuern.

    Vom Flur fällt Licht in Jakobs Zimmer. Mario und Marion schlafen in einem Beistellbett, und ihr ältester Enkel liegt bäuchlings, mit angewinkelten Armen, flach auf seiner Matratze unter dem Baldachin aus Holz. Die Wand, an der sein Bett steht, hängt voller Urkunden, und Medaillen schimmern im Halbdunkel. Der Junge atmet gleichmäßig, die Decke hebt und senkt sich leicht. An Mutters statt hat sie ihn aufgezogen. Er war ein kränkliches Kind, weinerlich und aufbrausend zugleich. Als Dreijähriger stand er vor ihr, und sie wollte ihm die selbst gestrickten Fäustlinge anziehen. Per Schnur, die sie durch die Ärmel gefädelt hatte, waren sie miteinander verbunden und baumelten vor seinen Händen. Auf dem Kopf trug er die gleichfarbige Mütze mit der übergroßen Bommel, schon die hatte sie ihm unter Drohungen über die Stirn ziehen müssen. »Die Mütze kratzt«, hatte er geklagt, klar und deutlich sprechend, bereits ein wenig breit im Dialekt, und nur mit größtem Widerwillen hatte er sie auf dem Kopf behalten. Doch bei den Handschuhen blieb er hart. Er ballte seine Hände, klappte die Daumen ein und krallte die Finger in die Handballen. Es half kein gutes Zureden, die Handschuhe kratzten. »Aber du hast sie doch noch gar nicht anprobiert«, gab sie zu bedenken, »du weißt doch gar nicht, ob sie kratzen. Draußen ist es kalt, und so bleiben deine Händchen schön warm.« – »Die Handschuhe kratzen«, antwortete er und starrte grimmig ins Leere. Natürlich, sie waren aus derselben Wolle wie die Mütze gestrickt, und wenn die kratzte, kratzten auch die Handschuhe. »Weißt du, wie viel Mühe und Arbeit mir das Stricken gemacht hat?«, fragte sie ihn. Noch immer stierte er vor sich hin, sein Mund eine Schippe, die Hände zwei kleine bleiche Fäuste, und dann sagte er: »Die Handschuhe sind Furz.« Polina kniete sich vor ihn und packte seine rechte Faust, um sie zu öffnen. Herrgott, er war drei! Sie rüttelte und klopfte und versuchte, die kleinen Finger gerade zu biegen, ihren Zeigefinger in die Faust zu schieben, den Daumen herauszuhaken. Sie schaffte es nicht. Bebend vor Wut und Scham, stand das Kind vor ihr und starrte über sie hinweg. Sie gab auf, erhob sich und zog ihm die Mütze vom hochroten Kopf. Am liebsten hätte er auch den geballt. »Woher kennst du nur solch schlimme Worte!«, sagte sie und schüttelte ihre Locken.

Am Ofen rüttelt sie die Asche in den Kasten und legt die drei Briketts auf. Unten sind Frank und Almut aufgestanden, auch Cora und Jasper, die im selben Raum auf Luftmatratzen geschlafen haben. Sie reden leise miteinander. Siegmar, Inge, Anita und Mo schlafen noch im Raum daneben. Nur Rudolf und Edelgard sind nach Hause gefahren, sie werden direkt zum Bahnhof kommen. Heute wird keiner von ihnen zur Arbeit gehen, und die Kinder bleiben der Schule fern. Selbst Siegmar wird blaumachen. Sie schiebt die Tür auf, sodass mehr Licht ins Zimmer fallen kann. Kinder, aufstehen, will sie gerade sagen, da ertönt ein dünnes Piepsen. Jakobs neue Uhr. Er dreht sich zu ihr und schaltet den Alarm aus. »Oma, wenn du weg bist, gehört das Fotoalbum dann mir?«

Zwei Stunden später sind alle auf dem Bahnsteig versammelt. Auf einer von dreißig Plattformen, unter einem der sechs hohen Gewölbe. Es ist Montag, die Menschen eilen zu ihren Zügen, weißen Atem vor den Gesichtern. Zerknüllte Zeitungen liegen im Gleisbett. Soldaten stehen in Gruppen und rauchen, Paare umarmen sich, auf einer Bank sitzt eine Frau, sie presst die Knie zusammen und hat das Gesicht in ihre Hände gelegt. Auch die Säufer sind schon auf den Beinen. Beamte von der Transportpolizei patrouillieren über die Bahnsteige. Mit hartem Schlag fliegen die Tauben durch die dunkle Kuppel, ihr Kot und ihre Federn kleben auf dem genieteten Stahl. Aus den Lautsprechern scheppern Worte.

Wer sich um das Kommen und Gehen nicht schert, wer den Abschiedsschmerz nicht zulässt und die Wiedersehensfreude unterdrückt, wer die Zeit vergisst und den Kopf in den Nacken legt, der sieht es: ein Leuchten und Schimmern, hoch oben in der Kathedrale. Dessen Herkunft ist völlig rätselhaft. Von außen kann dieses Licht nicht stammen, denn die Glassegmente sind verrußt und blind und seit Jahrzehnten nicht gereinigt worden. Aber das Licht ist da. Am Schmutz, am Dunst, am Rauch muss es sich selbst entzündet haben.

Polina hat gelernt, den Schmerz zu unterdrücken und die Freude nicht zuzulassen. Am Anfang, auf der Flucht und in den Jahren des Krieges, als zuerst Anni verschied und dann Emil, Arthur und Tati fielen beziehungsweise verreckten, da hat der Schmerz sie noch übermannt. Alle sagten, das Leben gehe weiter, und sie hatte auch gar nicht geweint. Konnte nicht. Wenn sie am Tag ihre Arbeit verrichtete, im Haushalt oder beim Hutmacher, merkte sie beinahe nichts von ihrem Verlust. Doch der Schmerz konnte ganz unvermittelt kommen. Er fing an als ein Stoß in den Bauch, aus heiterem Himmel stieß sie etwas hart in den Bauch, und dann floss etwas darin aus: Ihr Bauch wurde ausgegossen. So stand sie am Plättbrett und musste sich krümmen und kam nicht mehr hoch, heillos verwundert. Der Schmerz ging vom Bauch in die Brust, goss die Lunge aus, floss weiter in den Rachen, machte ihn hart, in den Kopf, in die Arme und die Beine. Wenn sie so ausgegossen war, der Luft, der Bewegung und der Gedanken beraubt, kam die Angst hinzu, als Hämmern im Schädel, das hinab auf ihr Herz fiel, und ihr Herz flatterte und schlug und wummerte, als wollte es zerspringen. Dann kamen die Gedanken wieder, jedoch die eisblauen Gedanken: Geh zum Fluss. Du bist schwer, ausgegossen, wirst sinken. Stell das Herz ruhig, ertränke die Angst. Nur mit höchster Konzentration konnte sie die moosgrünen Gedanken herbeirufen, die besagten: Es geht vorbei, es geht weiter, die Wolken werden ziehen, die Bäume werden ausschlagen, irgendwann wird es nicht mehr so schlimm sein, ein Vogel wird singen, ein Regen wird nur noch ein Regen sein. Und tatsächlich: Irgendwann war es nicht mehr so schlimm. Irgendwann vergaß sie. Ein Vogel sang, der Flieder blühte, die Sonne wärmte. Das alles wirkte nun zwar nicht mehr so stark auf sie ein, aber der Schmerz tat es eben auch nicht. Sie lernte, sich nicht mehr allzu sehr zu freuen, nicht mehr allzu sehr zu hoffen oder gar zu lieben. So konnte sie es auch erdulden, als er von ihr ging, als sie ihn ihr wegnahmen. Sie hatte ja den Sohn. Doch ihr Sohn ist anders als sie. Er kann partout nicht aufhören zu hoffen.

»Kinders, jetzt macht nicht solche Gesichter«, sagt Polina und streicht jedem Enkel über die Wange. »Ich bin doch nicht aus der Welt«, fügt sie hinzu, aber es stimmt nicht. Sie küsst Edelgard und nimmt Rudolf in den Arm. Seine gelähmte Seite ist wie Teig, mit der Linken umfasst er sie kraftlos, und sie hält ihn. Panzer fahren über ihre Köpfe, sie essen vergorene Früchte, und ihre Ohren sind verschlossen. Putz rieselt in seine geweiteten Augen, aber er schreit nicht. Drüben am Fluss ist alles Leben tot. Dem Fluss ist das völlig egal, er hat keine Eile und keinen Grund. Sie wird über den Fluss gehen. Sie reißt sich los und umarmt Mo, Jasper, Cora und die reizende Anita. Mo deutet einen Handkuss an, bei Mo muss sie immer lächeln. Aus seinem schweren Mantel zieht er ein Zeitungsbündel. Er zuckt mit den Achseln und sagt: »Zum Lesen, für die Fahrt.« Sie küsst Siegmar und Inge. Von Frank unentdeckt, hat Inge ihr ein Dutzend ausgeblasener Eier geschenkt, nach sorbischem Brauch verziert. Damit die Ostereier heil in ihrem neuen Leben ankommen, hat Polina die Packung mit Watte gepolstert und zwischen ihre

Wäsche geschoben. Am Rand stehen Almut und Frank. Sie gibt der blassen Almut, die bald passé ist, die Hand und tritt zu Frank. Er gleicht ihm aufs Haar, blitzend blaue Augen, das männliche Kinn, die ganze Statur. Er regt sich nicht, hebt weder die Arme noch den Blick. Sein rechtes Augenlid zuckt, er verzieht den Mund wie zum Hohn, dann zittern die Lippen, und er schnappt nach Luft. Sie umarmt auch ihn. Er ist fünfunddreißig Jahre alt, vor neun Jahren ist seine Frau verstorben beziehungsweise verreckt, und er kann einfach nicht aufhören zu hoffen. Er steckt in der falschen Haut und im falschen Land. Sie bringt es nicht fertig, ihn freizusprechen. Sie kann nur sagen: »Ich werde alles ganz schnell angehen.« Sie wendet sich ab, dreht sich um, sucht Jakobs Blick. »Das Album gehört jetzt dir«, sagt sie.

Als der Zug anruckt, winken alle, auch Rudolf und Frank. Sie winkt zurück und beobachtet sich dabei. Alte Leute winken komisch: mit steifem Handgelenk, die Finger unbeweglich, als sei ein müder Marionettenspieler am Werk. Ihre Kinder, die Freunde und Enkelkinder winken lebhaft, bewegen die Unterarme wie Scheibenwischer. Wegen ihrer suchenden Blicke nimmt Polina an, dass sie sie nicht richtig erkennen hinter der Waggonscheibe. Sie winken sich selbst zu, ihrem Spiegelbild.

Der Zug nimmt Fahrt auf, und Frank rennt daneben her, während die anderen zurückbleiben. Er läuft Slalom zwischen den Passanten, winkt und ruft, sie kann ihn nicht verstehen und hat aufgehört zu winken. Am Ende des Bahnsteigs, unter der ORWO-Reklame, bleibt er keuchend stehen, und sie verliert ihn. Der Zug verlässt die Halle.

Sie ist froh, dass es nun geschafft ist. Natürlich hat sie nicht geweint. Sie geht in ihr Abteil, schiebt die Tür zu und lässt sich am Fenster nieder. Oben auf der Ablage sind ihre drei Koffer, die Siegmar und Frank dort verstaut haben. Gegenüber, auf dem anderen Fensterplatz, sitzt eine Dame mit Hut. Die seufzt und sagt: »Es ist doch immer wieder schön, wenn's zurück nach Hause geht, gell?«

Nach dem ersten Halt kommt der Schaffner. Er lässt die Schiebetür offen stehen, das Rattern im Rücken. Er verbeugt sich vor der Dame, und er verbeugt sich vor Polina. Dann erst kontrolliert er breitbeinig die Reisedokumente und knipst die Fahrscheine. Er schließt die Abteiltür nicht, als er hinausgeht. Polina erhebt sich und macht die Tür zu.

»Kompliment, das ist sehr elegant«, sagt die Dame und deutet auf Polinas Kostüm, nachdem diese wieder Platz genommen hat. »Ist das von Lodenfrey?«

Polina trägt die Salz-und-Pfeffer-Kombination und die grünen Nylonstrümpfe, beides im Exquisit gekauft, denn niemand soll denken, im Osten würden alle in Lumpen herumlaufen. Sie überlegt einen Moment. Dann sagt sie: »Ja.«

»Sehr elegant«, wiederholt die Dame. »Wie lange waren Sie denn zu Besuch?«

Polina legt die Hand auf ihren Hals. »Nur kurz. Meine Kinder leben hier. Und Sie?«

»Eine Woche, herrje. Zum ersten Mal seit Jahren. Ich hab das Geld gar nicht losbekommen. Es kostet alles Pfennigbeträge, und es gibt ja fast nichts. Die Qualität ist so furchtbar schlecht.«

So schlecht ist sie nun auch nicht, will Polina einwenden. Stattdessen sagt sie: »Das Geld lasse ich immer meinen Kindern da.«

Die Dame streicht ihren Rock glatt, Tweed, und schaut aus dem Fenster. Sie trägt eine weiße Bluse mit Jabot. Es ist behaglich warm. »Ich habe nur entfernte Verwandte in der Zone. Einen Cousin meines seligen Mannes.« Aus ihrer Handtasche angelt sie ein Plastiktütchen. »Das ist so ein Hundertprozentiger, es gibt immer Streit.« Sie reißt das Tütchen auf und zupft ein nach Zitrone und Spülmittel riechendes Tüchlein heraus. Damit putzt sie die bläulichen Gläser und die komplizierten Bügel ihrer Brille. »Mein Mann war von hier«, sagt sie. »Sechsundfünfzig ist er weggegangen. Seine Familie hat eine Druckerei besessen. Die Kommunisten haben die Druckerei einfach kassiert und verstaatlicht. Mein Mann sollte in seiner eigenen Firma angestellt werden, führen Sie sich das einmal vor Augen. Alles hat er ihnen gelassen, die Maschinen, das Papierlager, die vollen Auftragsbücher. In Fulda hat er von Grund auf neu angefangen. Am Schluss hatten wir vierzig Mitarbeiter.« Mit dem Brillentuch säubert sie den Klapptisch, zieht drei Klemmen aus dem Haar, lupft ihren Hut und setzt ihn auf den Tisch. »Der Cousin ist jetzt Direktor der Druckerei. Sie haben immer noch dieselben alten Maschinen, das Papier ist rationiert und sieht aus wie fürs Klo. Pardon.« Sie toupiert ihre weißen Haare, holt eine längliche, bronzen schimmernde Dose aus ihrer Handtasche, schüttelt sie, schirmt mit der Hand ihre Augen ab und sprüht einen ätzend riechenden Lack auf ihre Frisur. Dann dreht sie ihren Zuckerwattekopf zum Fenster und sagt: »Es ist doch eine Schande, wie sie alles hier verkommen lassen.«

Einem Reflex folgend, sieht auch Polina aus dem Fenster. Aber sie kann nichts sonderlich Verkommenes sehen. Es ist neblig, sie fahren durch Milch. Ab und zu tauchen Häuser auf, schemenhaft. Komischerweise haben alle Häuser weiße Dächer. Doch nein, die Dächer sind nicht weiß. Es liegt nur Schnee darauf.

Polina knöpft ihre Kostümjacke auf. »Mein Mann war bei der Bahn. Bahnbeamter«, sagt sie. »Ich bekomme eine Witwenrente und darf mein Leben lang kostenlos Bahn fahren, im Westen«, sagt sie. »Ich meine, im Osten muss ich bezahlen.«

»Wo kommen Sie eigentlich her?«, fragt die Dame.

»Wie meinen Sie das?«

»Na, wohin fahren Sie?«

»Ich fahre nach Bad Itz. Da wohne ich.«

»Oh, wie paradiesisch! Mein Mann und ich, wir haben einmal in Itz gekurt. Die Heilquellen, die Sommerkonzerte. Wir haben es so genossen. Die Spaziergänge im Rosengarten. Leider hat es nichts genützt für seine Gesundheit. Obwohl wir früh, mittags und abends das Heilwasser getrunken haben. Manche bekommen es gar nicht herunter, es enthält ja wohl auch Schwefel.«

Polina beeilt sich, der Dame zu bestätigen, dass das Itzer Heilwasser Schwefel enthält. »Mir schmeckt es auch nicht«, sagt sie und überlegt, wie es denn nun in Bad Itz sein wird: paradiesisch oder schweflig. Die Frage ist wirklich nicht geklärt, die Frage, wie es im Westen ist. Frank sagt, alles ist neu und schön, man kann reisen, die Menschen sind selbstbewusst und frei, sie leben nicht in Knechtschaft. Sie hatte nie das Gefühl, in Knechtschaft zu leben. Siegmar sagt, die im Westen laufen dem Götzen Geld hinterher, Tanz ums Goldene Kalb, Arbeitslose, Drogen, Kriegstreiberei. Die Worte »Rosengarten« und »Heilwasser« hat er nie in den Mund genommen.

Aus ihrer Handtasche holt sie die Volkszeitung, die Mo ihr mitgegeben hat. Es sind zwei Ausgaben, die vom Wochenende und die von heute. Die Dame hat eine schwarze Augenmaske aufgesetzt und atmet durch die Nase. In der Rubrik »Wir und unsere Zeit« liest Polina die Zitate und Aphorismen. An erster Stelle steht ein Sinnspruch von Otto Grotewohl: »Wachse über dich selbst hinaus, indem du in die menschliche Gesellschaft hineinwächst.« In derselben Kolonne, ein paar Zeilen tiefer, steht eine Weisheit von Wladimir I. Lenin: »Aus einem kleinen Fehler kann man stets einen ungeheuerlich großen machen, wenn man auf ihm beharrt, wenn man ihn tief begründet, wenn man ihn zu Ende führt.« Das Wetter wird als wechselnd beschrieben. Zeitweise stark bewölkt und einzelne Schneeschauer. Nachts bis minus zehn Grad. Aussichten: Frostwetter. Im Innenteil der Montagsausgabe wird vom Besuch des Bundeskanzlers beim Generalsekretär des ZK der DDR berichtet. Ein gemeinsames Kommuniqué und Tischreden sind abgedruckt. Der Bundeskanzler hat gesagt: »Herr Generalsekretär, wir haben beide am 1. August 1975 unsere Unterschrift unter das Dokument gesetzt, das man seither die Schlussakte von Helsinki nennt.« Der Generalsekretär hat irgendwas gesagt. Am Ende sagte er: »Auf das Wohl der Bürger der DDR und der Bürger der Bundesrepublik Deutschland.« Der Bundeskanzler erwiderte: »Herr Generalsekretär, ich trinke auf Ihr Wohl, auf das Wohl aller Deutschen und unseren gemeinsamen Frieden.« Die folgende Seite wird gänzlich eingenommen von der Ansprache des Armeegenerals W. Jaruzelski zur Verkündigung des Ausnahmezustandes in der Volksrepublik Polen.

Der Zug steht. Sie hat die Zeitungen in den Abfallbehälter zwischen den beiden Klapptischen gesteckt. Die Dame schläft noch immer. Sie hat die Hände vor dem Bauch gefaltet und die Beine so weit von sich gestreckt, dass Polina ihnen ausweichen muss. Der Zug steht, weil die Grenze erreicht ist. Solange sie zurückdenken kann, sind die Züge immer stehen geblieben, und es verhieß nie etwas Gutes. Sie greift nach ihrer Handtasche, um die Dokumente herauszuholen.

Ein Staatsbürger der DDR kann auf seinen Antrag aus der Staatsbürgerschaft der DDR entlassen werden, wenn er seinen Wohnsitz mit Genehmigung der zuständigen staatlichen Organe der DDR außerhalb der DDR hat oder nehmen will. Das geschieht in der Regel nicht vor Erreichen des Rentenalters. Bei Frauen mit Vollendung des 60. Lebensjahrs, bei Männern mit Vollendung des 65. Über die Entlassung aus der Staatsbürgerschaft der DDR ist eine Urkunde auszuhändigen. Bei der Ausreise aus der DDR wird, neben der Urkunde und dem Reisepass, die ausgefüllte Erklärung über mitgeführte Gegenstände und Zahlungsmittel überprüft. Umzugsgut darf mitgenommen werden, soweit dies nach den zollrechtlichen Bestimmungen der DDR zulässig ist. Die Ausfuhr der nachfolgend aufgeführten Gegenstände ist grundsätzlich verboten: Unterwäsche, Strumpfwaren, Kinder- und Babybekleidung, Tapeten und Tapetenklebstoffe, Antiquitäten und Archivgut, Markenporzellan, Pelzwaren, Mandeln und Rosinen. Es sei denn, Bekleidungsstücke und Nahrungsmittel sind für den persönlichen Ge- und Verbrauch während der Reise bestimmt.

Der Zug steht, und lange passiert nichts. Sie überlegt, ob sie die Dame aufwecken soll. Doch schon wird die Abteiltür aufgerissen, und zwei Beamte treten ein. Ein uniformierter Mann und eine uniformierte Frau, die einen Rock trägt. Sie salutieren. Der Mann ist hager, eine Art Bauchladen hängt über dem Koppel, die Frau, groß, blond und üppig, verbeugt sich vor ihr und vor der schlafenden Dame. Dann sagt sie: »Pass- und Zollkontrolle.« Polina stemmt sich aus dem Polster und rüttelt die Mitreisende wach. Die Dame schiebt die Schlafmaske auf die Stirn, schaut fragend zu Polina, dann zu der Zollfrau und dem Grenzer. Polina reicht dem Mann ihre Unterlagen, ihre Finger sind noch blau vom Rotkraut, der Mann breitet ihre Papiere auf seinem Bauchladen aus. Die Packzettel und die Zollerklärung gibt er an die Beamtin weiter. Nach einer Weile sagt diese: »Sind die Eier zum Verzehr?«

Polina sieht die Frau an.

Diese sagt: »Die sorbischen Eier. Sind die zum Verzehr?«

»Nein«, sagt Polina, »die sind für Ostern.«

»Wie?«, fragt die Zollfrau.

»Für Ostern«, sagt Polina.

»Zum Verzehr?«, fragt die Zollfrau.

»Nein«, sagt Polina.

»Wieso dann für Ostern?«

»Sie sind nicht zum Verzehr.«

»Die verfaulen doch bis Ostern.«

»Aber die sind ausgepustet«, sagt Polina. »Da ist nichts zum Verzehren. Die sind hohl.«

»Was machen Sie dann mit den Eiern?«

»Man hängt sie an einen Osterstrauch. Forsythien zum Beispiel.«

Sie ist sich sicher, dass Ostereier nicht auf der Verbotsliste standen. Sie sagt: »Wenn man ein Stückelchen Streichholz mit einem Zwirn umwickelt« – sie führt eine Wickelbewegung vor – »und das Holzstück so in die Öffnung tut und querlegt, dann kann man die Eier aufhängen. An Forsythienzweigen zum Beispiel. Das ergibt einen sehr schönen Strauß.«

Der Grenzer gibt Polina ihren Pass, die Urkunde und die Ausreisegenehmigung zurück. Die Zollfrau sagt: »Zeigen Sie mir die Eier.« Die Fuldaer Dame nimmt ihren Hut vom Klapptisch.

Polina zerrt den karierten Koffer von der Ablage, öffnet ihn, obenauf liegt der handgeschriebene Packzettel, es ist der falsche Koffer. Sie wuchtet ihn zurück. Plötzlich wird ihr klar, dass der Schaffner und die Grenzer sich nicht vor ihr und ihrer Mitreisenden verbeugt haben. Sie haben sich hinabgebeugt, um zu kontrollieren, ob sich jemand unter den Sitzen versteckt hält. Sie zieht den braunen Koffer herunter, diesmal liegt sie richtig. Sie klappt den Deckel auf, entfernt die Watte, und die Zollfrau und der Grenzer beugen sich über die Eierschachtel.

»Die sind aber schön«, sagt der Grenzer.

»Ja«, sagt Polina. »Es ist eine Kunst. Meine Schwiegertochter hat sie bemalt.« Vorsichtig nimmt sie ein Ei aus der Packung. Es ist dunkelviolett, von den beiden Kappen fallen hellrote Strahlen in die Mitte, um die ein Gürtel aus orangefarbenen Punkten läuft. »Mit Wachs, Speck und Farbe wird das gemacht«, erklärt sie, »und mit Federkielen und Stecknadelköpfen. Das Wachs wird nach dem Färben über einer Kerze geschmolzen, dann wird das Ei abermals gefärbt, und so weiter.« Sie setzt das Ei zurück.

Die Zollfrau nimmt ihr den Karton aus der Hand und klappt den Deckel zu. Sie verlässt das Abteil, ohne die Tür zu schließen.

Der Grenzsoldat lässt sich die Dokumente der Dame aushändigen. Er studiert die Papiere, vergleicht das Passfoto mit dem Original und sagt: »Nationalität?«

»Wie es dasteht«, antwortet die Dame. »Deutsch.« Jetzt erst streift sie die Augenmaske von der Stirn.

»Deutsch gibt es nicht«, sagt der Uniformierte. »BRD muss es heißen.«

Die Dame sagt: »Wieso soll es deutsch nicht geben?«

»Schreiben Sie BRD«, sagt der Beamte und reicht ihr den Schein.

»Wir sagen deutsch«, sagt die Dame mit verschränkten Armen. »Es muss deutsch heißen.«

»Deutsch gibt es nicht«, sagt der Mann. »Es gibt DDR, und es gibt BRD.«

Polina klappt ihren Koffer zu. »Wie dumm kann man eigentlich sein«, sagt sie und blickt dem Grenzer ins Gesicht. »Wir sagen doch auch S-E-D.« Sie betont jeden einzelnen Buchstaben, vor allem den letzten. »Sozialistische – Einheitspartei – Deutschlands. So sagen wir doch, oder? Deutschlands!«

Der Beamte schielt zum Gang und aus dem Fenster, dann kritzelt er schnell etwas auf das Ausreisedokument der Dame und drückt einen Stempel darauf. Ohne die Tür zu schließen, verlässt er das Abteil. Polina steht auf, macht die Tür zu, setzt sich wieder und sieht aus dem Fenster. Draußen wird ein Soldat von einem Schäferhund über das

Gleisbett gezogen. Der Hund läuft geduckt, die Rute zwischen den Beinen, und stößt ab und zu mit flachem Kopf unter einen der Waggons. Dem Hund und seinem Führer folgt einer, der etwas trägt, das wie ein Eishockeyschläger aussieht. Doch an der Stelle der Kelle befindet sich ein Spiegel. Der mit dem Spiegel überprüft, ob der Hund jemanden überrochen hat.

»Sie sind gar nicht von uns«, sagt die Dame mit Hut. »Sie sind aus der Zone.« Ganz empört um die Nase sieht sie aus.

Polina lächelt. Sie könnte jetzt antworten, dass auch sie einfach nur deutsch sei. Nationalität deutsch. Sie hat aber keine Lust mehr, sich mit der Dame zu befassen.

Nach einer langen Zeit kommt die große Blonde zurück. Ohne Eierkarton, aber mit einem Formular. Man werde, sagt die Frau, die Eier überprüfen. Im Fall der Unbedenklichkeit werde man die Eier an die Eigentümerin in die BRD überstellen. »Ich wünsche Ihnen eine gute Weiterreise«, sagt sie und händigt Polina das Formular aus. Sie salutiert und verlässt das Abteil, ohne die Tür zu schließen.

Auf dem Formular – es ist eine Hinterlegungsbescheinigung von der Zollverwaltung der DDR, Bezirksverwaltung Magdeburg, Grenzzollamt Marienborn/Eisenbahn – steht ihr Name: Polina Katharina Winter, geborene Sauer.

In einem Bernsteinsommer vor etlichen Jahren war sie mit Jakob am Meer gewesen. Barfuß waren sie über den harten Strand gegangen. Mit den Zehen hatten sie ihre Namen in den Sand geschrieben: Lina und Jakob. Weil die Wellen die Namen ergriffen und fortzogen und nur den gewaschenen Sand übrig ließen, hatten sie es Mal für Mal wiederholt. Sie flohen vor den Wellen und ritzten ihre Namen in den weißen Sand. Sie mussten flink sein, damit wenigstens ein Namenspaar stehen blieb. Doch irgendwann waren sie erschöpft und überließen alle Silben und Schwünge dem Meer.

In Hannover muss sie umsteigen. Grußlos verlässt sie das Abteil, ohne die Tür zu schließen. Sie schleift ihre drei Koffer aus dem Zug.

Auf dem Bahnsteig sieht sie zwei Frauen, die von Kopf bis Fuß in schwarze Gewänder gehüllt sind. Polizisten stehen auch hier in Gruppen zusammen und rauchen, Paare umarmen sich auch hier, an einem Betonpfeiler lehnt auch hier ein Betrunkener.

Sie bringt in Erfahrung, dass sie den Bahnsteig wechseln muss, um nach Burgkreuz und von da weiter nach Bad Itz zu fahren. Sie weiß nicht, wie sie das anstellen soll mit den drei Koffern. Sie kann höchstens zwei Koffer die Treppe hinunter- und auf der anderen Seite wieder hinauftragen. In der Zwischenzeit bliebe der eine Koffer unbewacht zurück, irgendjemand könnte ihn einfach mitnehmen. Der Betrunkene zum Beispiel. Und die Polizisten achten bestimmt nicht darauf. Genauso könnte irgendjemand die beiden anderen Koffer stehlen, während sie durch den Tunnel eilt, um den zurückgelassenen zu holen. Sie stellt sich vor, wie sie die Treppe hochhetzt und völlig hilflos mitansehen muss, wie ihre Koffer auf dem anderen Bahnsteig von einem Gauner fortgetragen werden, in aller Seelenruhe. Sie könnte einen jungen Menschen ansprechen und um Hilfe bitten, zu Hause hätte sie das getan. Hätte sie nicht mal müssen: Da wäre gewiss einer gekommen und hätte ihr von sich aus seine Hilfe angeboten.

Nacheinander trägt sie ihre drei Koffer zu einer Bank. Auf der Bank ist eine Zeitung abgelegt worden, deren große rot-schwarze Lettern sie anspringen. Sie faltet die Zeitung auf und betrachtet das Foto, das den Bundeskanzler und den Generalsekretär im Bahnhof von Güstrow zeigt: Der Bundeskanzler lehnt lächelnd aus dem Fenster des Sonderzugs nach Lübeck und nimmt vom Generalsekretär ein Hustenbonbon entgegen. Der Bundeskanzler trägt eine Schirmmütze und der Generalsekretär eine Pelzmütze.

Ihr ist kalt. Sie hat vergessen, ihren Morgenrock einzupacken. Das Land, das hinter ihr liegt, steht jetzt in Gänsefüßchen.

5. Das unaufhaltsame Lachen

Die Kiesgruben sind zugefroren, Nebel drücken das Land. Jemand hat Mistelballen in die Baumkronen geworfen und Perlen in die Büsche gesteckt. Krähen hüpfen über die Ackerfurchen, spreizen die Flügel, stolzieren in den Dunst, aus dem Dunst. Harscher, rußiger Schnee klumpt am Straßenrand, Splitt liegt auf den Wegen. Die Öfen ziehen schlecht, einer schreit, einer lacht. Dass es schneit, dass feuchter, frischer Schnee fällt, ist undenkbar. Zu Weihnachten schneit es nie.

Der Vater hat sich in die Garage zurückgezogen, um den Tannenbaum herzurichten. Er bohrt Löcher in den Stamm und steckt eigens gekaufte Zweige hinein, damit der Baum nicht so mickrig wirkt, nicht so spack. Er kann sich noch so viel Mühe damit geben, die Tanne sieht Jahr für Jahr aus, als ob irgendetwas nicht mit ihr stimmt: zweierlei Grün von unterschiedlichem Wuchs. Ihm gefällt's. Er schnitzt das Stammende zurecht, sodass es in den kleinen gusseisernen Ständer passt, der nicht verhindert, dass der Baum kippelt und taumelt.

Unterdessen steht Jakob in der Küche und grübelt. Auf dem Küchentisch liegen alle Zutaten für das Weihnachtsessen. Er hat sie aus dem Kühlschrank geholt und auf dem Igelituch ausgebreitet. Weil sie nur noch zu zweit sind, will er sich nützlich machen, obwohl er noch nie eine warme Mahlzeit zubereitet hat. Er geht in Vaters Zimmer und findet im Bücherregal ein Kochbuch für Frischvermählte, erschienen im Verlag für die Frau. Als er es aufschlägt, fallen ihm ein Libellenflügel und ein getrocknetes Kleeblatt entgegen. Auf der Vorsatzseite steht der Name seiner Mutter. Er liest, dass es verschiedene Arten der Fleischzubereitung gibt: Kochen, Braten, Schmoren und Garen. Rouladen brät man erst an, dann schmort man sie. Im Vorwort steht, dass jede Familie ihre eigene Koch- und Geschmackswelt entwickelt, in der sie sich wohlfühlt. Alle Rezepte sind für vier Personen ausgelegt, sie sind zu zweit.

Fleisch hat der Vater für eine Großfamilie eingekauft. Jakob bestreicht die sechs breiten roten Fetzen mit Bautz'ner Senf. Darüber würfelt er Speck-, Gurken- und Zwiebelstücke und rollt den ersten mehr schlecht als recht auf. Er sticht fünf Spieße hinein und formt die nächste Rolle. Jetzt geht es schon besser, es quillt nicht mehr so viel von der Einlage heraus. Als er die letzte Roulade gebaut hat, fällt ihm siedend heiß ein, dass er vergessen hat, das Fleisch beidseitig zu pfeffern und zu salzen, obwohl es klipp und klar im Kochbuch für Frischvermählte steht. Er zieht die Spieße aus dem Fleisch, rollt es auf, pult die senfverschmierten Speck-, Zwiebel- und Gurkenwürfel heraus und wäscht jedes der marinierten Stücke unter fließendem Wasser ab. Um die feucht glänzenden Lappen abzutrocknen, holt er Klopapier, nicht ohne den Kater zu ermahnen, die Pfoten von dem Essen zu lassen. Mit einem großen grauen Klopapierballen, der sich nassrot färbt, tupft er das Fleisch ab. Nun sind die Rouladen wieder trocken, aber bei genauem Hinsehen erkennt er, dass Papierfetzchen daran kleben. Es hilft nichts, er muss sie ein zweites Mal waschen. Erneut hält er sie unter den Wasserstrahl, bis das Klopapier abgespült ist, und legt sie zurück auf das Igelittuch, auf dem sich Pfützen aus Blut, Wasser und Senf gebildet haben. Er denkt nach. Dann hat er einen rettenden Einfall. Er sieht den Kater streng an und holt den Fön aus dem Wäsche- und Kosmetikschrank.

Es dauert, bis eine Roulade im warmen Luftstrom getrocknet ist. Außerdem verändert sich die Farbe des Fleisches, es wird grau. Zu allem Übel ist der Vater mit der Tanne fertig. Den toupierten Baum in der Hand, steht er in der Tür und fragt, ob er wohl seinen Augen trauen könne, ob sein Sohn meschugge sei, plemplem. Jakob zuckt mit den Schultern. Der Vater stößt den Baum auf, sodass es Nadeln regnet. Er zieht den Fönstecker aus der Dose, wäscht seine Hände und knöpft sich die Rouladen vor. »Schon in Ordnung«, sagt er, als das Fleisch in Polinas Bräter schmort, beidseitig gepfeffert und gesalzen. Oben auf der Anrichte liegt Großmutters Paket.

Sie gehen in den Keller und holen Kisten und Kartons herauf. Der Baum braucht Engelshaar *und* Lametta, Wunderkerzen *und* Lichterkette, Kugeln *und* Strohsterne. Wie jedes Jahr kommt die Bescherung vor der Bescherung: Die Lichterkette wird eingesteckt und – geht nicht. Das ist das Zuverlässigste überhaupt, zuverlässiger noch als der ausbleibende Schnee, die brennende Kerze am Grab oder die Traurigkeit an Heiligabend: Die Kette wird klappernd entknotet, mühsam um den Baum gewunden, die Lämpchen werden in die Zweige gesteckt und das Kabelende in die Schukodose – nichts. Jakob und der Vater suchen das eine vermaledeite Lämpchen, Jakob sucht unten, der Vater oben. Jakob findet es schließlich, da ist sein Rücken längst genadelt, und sein Hals juckt vom Engelshaar. Nachdem das Lämpchen ausgetauscht ist, schimmert endlich der Baum: Glühwürmchen in Zuckerwatte. Wie jedes Jahr.

Nun legen sie ihre Geschenke davor. Der Vater holt das Westpaket von der Anrichte und setzt es neben die anderen Gaben. Dann ziehen sie die Tür zum Wohnzimmer zu und sich festlich an. Der Vater bindet sich sogar einen Schlips um, und Jakob hängt dem Kater ein rotes Band mit Glöckchen um. Bei Kerzenschein essen sie in der Küche. Der Vater sagt, heftig kauend und sich am Hals kratzend: »Das sind die besten Fönrouladen, die ich je gegessen habe.« Sie verschlucken sich, so sehr müssen sie lachen. Der Vater trinkt Mixerlis mit Eiswürfeln, Jakob trinkt Fassbrause. Auf dem Fensterbrett stehen zwei Flaschen Wodka und vier Flaschen Club-Cola. Eine Flasche Cola und eine Flasche Wodka stehen auf dem Tisch. Nach dem Essen sucht der Vater die Platte mit dem wimmernden Kinderchor heraus und schnippt gegen das Glöckchen am Hals des Katers. Sie gehen nach nebenan und hocken sich vor den Gabenbaum.

Sie fangen mit dem Westpaket an. Die Großmutter wohnt nun in der Kaiserstraße in Bad Itz in der Bundesrepublik Deutschland, bei L. Kuhn, so steht es im Absender. Der Vater schneidet die Bindfäden auf und klappt den Pappdeckel hoch. Ein Briefumschlag und ein Packzettel liegen zuoberst. Das Paket verströmt ein unglaubliches Aroma: Kamille im Sommerwind, Tabak, Karamell, Minze und die filzgelbe Trockenheit von Tennisbällen. Sie schlagen das grün-rote Schmuckpapier zurück, entfernen die Knallfolie, und dann kommen Schlittschuhe zum Vorschein. Jakob probiert sie sofort an. In jedem Schuh der Westgröße 37 stößt er auf ein kleines Säckchen, das irgendein Granulat enthält. Salz? Wieso Salz?

Die Schlittschuhe sind schwarz und blau und lassen ein wenig Platz vor den Zehen. Die Kufen schimmern und haben einen perfekten Hohlschliff. Der Vater fördert ein Päckchen Zigarillos (Dannemann), eine Dose Kokosmilch und eine Schachtel After Eight zutage. Darunter findet er ein Bob-Dylan-Songbook und ein Mundharmonikagestell. Er sagt einfach nur: »Uff.« Für den Kater gibt es eine Tüte mit Trockenfutter, die Knabberstücke haben die Form von Katzenköpfen. Das ergibt doch keinen Sinn, denkt Jakob, sie müssten mausförmig sein.

Der Vater hält den wimmernden Kinderchor nicht mehr aus und sucht Johnny Cash heraus, At Folsom Prison. Doch auch der fällt ihm nach ein paar Takten auf die Nerven. Er geht in die Küche und mixt sich ein neues Getränk. In der Zwischenzeit studiert Jakob den Packzettel der Großmutter: Halbmonde auf den Us, Geschenksendung, keine Handelsware. Alle Gegenstände sind angekommen, das Paket ist anscheinend nicht geöffnet worden. Um es ordentlich zu falten, zieht er das grün-rote Schmuckpapier aus dem leeren Karton. Dabei klatscht ihm ein schweres Heft in den Schoß, das am Grund des Pakets zwischen zwei Lagen Papier gedümpelt hat: PLAYBOY. ALLES WAS MÄNNERN SPASS MACHT. Auf der Frontseite des Magazins, das 7 DM gekostet hat und nicht auf dem Packzettel steht, ist der Unterleib einer Frau zu sehen. Ein Fächer, von einer Frauenhand mit rot lackierten Fingernägeln gehalten, verdeckt das entscheidende Gebiet zwischen Bauchnabel und Knien. Jakob blättert hastig das Heft durch und findet keine einzige Nackte. Er blättert noch mal, keine Nackte. Er bleibt auf einer Witzseite hängen. Welcher Bär springt am höchsten? Der von Ulrike Meyfarth. Er kapiert nicht, was daran witzig sein soll. Der Vater kommt zurück und sieht ihn fragend an. »Das war auch noch drin«, sagt Jakob und reicht ihm das Heft. Seine Ohren schämen sich. Mit glatter Stirn legt der Vater das Heft dahin, wo immer alles Verbotene deponiert wird: oben auf die Anrichte.

Zurück im Wohnzimmer, setzt er sich neben Jakob, der vor dem Baum kniet, noch immer die sperrigen Schlittschuhe an den Füßen. Abwechselnd lesen sie Großmutters Brief:

Bad Itz, d. 21. Dez. 1981

Lieber Frank, mein lieber Jakob!

Nun bin ich erst eine Woche hier und weiß schon gar nicht, wo ich anfangen soll mit Erzählen. Vieles läßt sich mit Worten überhaupt nicht fassen. Alles ist neu für mich. Kuhns Liesl hat mich fürs Erste bei sich aufgenommen. Sie hat eine große schöne Wohnung direkt am Kurpark. Das Heilwasser schmeckt gar nicht so schweflig, wie man immer sagt. Wir waren auch schon kegeln und spielen hin und wieder Karten. Aber viel Zeit ist nicht. Liesls Bekannter fährt mich zu den Ämtern, jeden Tag muß ich auf die Behörden. Das ist vielleicht eine Warterei! Wiewohl die Beamten hier kein Vergleich zu den Unseren sind, das kann ich Euch sagen. Trotzdem habe ich schon nach Bonn geschrieben, Frank, wegen Deiner Sache. Nach den Feiertagen werde ich zur Caritas und zum Superintendenten gehen und Deine Sache vortragen. Liesl läßt schön grüßen und sagt, Du sollst auch Kontakt zur Ständ. Vertretung in Berlin wegen Deiner Sache aufnehmen, sicher wissen die einen Rat. Hast Du etwas von Abtlg. Inneres gehört? Ich hoffe, die Geschenke machen Euch ein bissel Freude. Den einen Tag waren wir in Burgkreuz, das ist die nächstgrößere Stadt. Die Menschen strömen in die Warenhäuser und können sich kaufen, was das Herz begehrt. Wenn nur nicht alles so teuer wär. Sobald ich die Rente erhalte, kann ich Euch noch mehr Wünsche erfüllen. Die Liesl hat mir einen Vorschuß gegeben (vom FJ Strauß kam ein Brief mit Geld). Im Januar soll alles geregelt sein. Noch vorher treffe ich einen Wirt, der eine Wohnung in der Prinzregentenstraße oben im

12. Stock zu vermieten hat. Vor dem Hertie in Burgkreuz spielte ein Mann Schifferklavier, da ist mir arg blümerant geworden. Jetzt muß ich Schluß machen, weil wir noch auf den Weihnachtsmarkt wollen. Dort gibt es eine Lichtertanne, die ist höher als unser Haus, also das Euere. Auch nach Nürnberg will uns Liesls Bekannter noch fahren, zum Christkindlmarkt. Jakob, wenn Du mir bald schreiben möchtest, das würde mich doch sehr freuen. Frank, die Kokosmilch ist für Jasper, er wird drüber lachen, die Nascherei ist für Cora. Die Cigarillos sind für Moritz, und das andere, na ja, das könnt ihr reihum wandern lassen. Vergeßt nicht, mit Theo zum Tierarzt zu gehen und die Gräber abzudecken. Die Leute reden wohl.

*Es küßt und grüßt Euch
Eure Mutter und Omi*

Es ist das erste Mal, dass Jakob einen Brief von seiner Großmutter in Händen hält. Sonst hat nur er ihr geschrieben, aus dem Trainings- oder Ferienlager, immer an den letzten Tagen, damit ihm ihre Klage, er habe keinen Gruß an sie gerichtet, erspart blieb. Er legt den Brief weg. Der Vater und er verlieren kein Wort darüber. Sie bescheren sich gegenseitig. Jakob schenkt dem Vater fünf Federbälle (Hühnerfedern in Sektkorken): Bastel-AG. Der Vater schenkt ihm einen Füller, ein Tintenfass und ein Notizheft: Schreibwaren Rathenow. Der Füller ist glänzend schwarz. Man muss die Tinte aufziehen, sie flutet eine durchsichtige Kammer in der Füllermitte. Das Heft hat kräftige blanke Seiten. »Greif zur Feder, Kumpel«, sagt der Vater. »Schreib mal wieder eine Geschichte.«

»Greif selber zur Feder«, sagt Jakob und wirft ihm einen gefiederten Ball hin.

Sie heben die Sessel auf den Couchtisch und spielen Federball. Die Kufen der Schlittschuhe schneiden in den Teppich. Manchmal trudelt der Ball in das Engelshaar. Der Kater tatzt danach und hat die juckenden Fasern an der Pfote, an der Schnauze. Er putzt sich in einem fort, doch wenn ein neuer Ball im Netz landet, tatzt er wieder. Der Vater und Jakob lachen und müssen sich selber kratzen. Sie trinken Fassbrause und Mixerli, der Vater setzt immer wieder sein Glas an. Sie spielen und zählen. Einmal schaffen sie siebenundsiebzig Ballwechsel, aus heiterem Himmel. Der Ball geht hin, der Ball geht her, geht hin, geht her. Sie juchzen. Jakob wünscht sich, dass der Ball nie zu Boden fällt, dann fällt er. So viele Ballwechsel schaffen sie nie wieder. Ab und zu knickt Jakob ein, und der Vater schlägt immer wieder gegen die Decke und zweimal in den Baum. Die Spitze sitzt schief, der ganze Baum sitzt irgendwie schief. Nadeln und Federteile liegen auf dem Teppich, der wegen des guten Hohlschliffs regelrecht zerschnitten ist. Die Sessel kauern auf dem Couchtisch, der Kater putzt sich, Jakob und der Vater lachen.

Das Lachen erschöpft sie. Sie sind groggy. Sie brauchen etwas Ruhe und sehen fern. Sie setzen sich vor dem Ofen auf den Boden und lehnen ihre Rücken gegen die warmen Kacheln. Der Vater kippt seinen Kopf nach hinten. Er guckt gar nicht hin, als im Fernsehen bärtige Männer in Kutten erscheinen. Die laufen durch die Wüste, einer immer vorneweg. Wenn der anhält, halten alle anderen auch. Der Anführer legt einem Krüppel die Hand auf den Kopf. Dann schneit es auf einmal in der Wüste. Jakob stößt den Vater an. Der sieht sich das Geschneie an und sagt, er müsse aufs Dach, die Antenne richten. Er rappelt sich hoch, nimmt sein Glas und poltert die Treppe rauf.

Im Fernsehen hört es auf zu schneien, der Handaufleger steht jetzt einem Mann mit Lendenschurz gegenüber. Würde er dem die Hand auflegen, zwei Hörner würde er fühlen, denn der Mann ist der Teufel. Aber er sieht den Teufel bloß an und hebt abwehrend die Hand. Es rumpelt, der Vater ruft irgendwas. Jakob steht auf und geht in den Flur. »Was?«

Der Vater antwortet, aber Jakob versteht ihn nicht. »Ist gut jetzt!«, ruft er einfach nach oben.

Der Vater ruft zurück.

Jakob stakst ins Wohnzimmer, um zu sehen, wie es mit dem Teufel und Jesus weitergeht. Wenn Jesus wirklich der Friedensmacher und

Allesvergeber ist, dann müsste er auch dem Gehörnten die Hand auflegen, genau genommen dürfte er da keine Vorbehalte haben. Er ist sich nicht sicher, in seinem Lexikon gibt es nur sieben Einträge unter J, Jugendweihe, Judo und Jugoslawien, aber keinen Jesus. Er könnte Kerstin fragen, deren Vater Pfarrer ist. Aber Kerstin fragen ist wie Senfeier essen.

Er setzt sich vor den Ofen und sieht zu, wie Jesus von Judas verraten wird. Der Verräter bekommt ein Beutelchen mit Münzen. Froh ist er nicht. Jakob, Jesus, Judas: alles mit J. Plötzlich fällt ihm auf, dass der Vater noch nicht zurück ist. Er ist noch auf dem Dach. Jakob rappelt sich hoch und ruft, doch der Vater reagiert nicht. So schnell er kann, läuft Jakob die Treppe hinauf. Kälte schlägt ihm entgegen, die Dachluke steht offen. »Papi!«, ruft er in die Nacht, »Papi!« Vielleicht ist der Vater vom Dach geflogen, wie ein Ziegel oder ein Vogel. Jakob lehnt sich aus der Luke und sieht das Glas und den unbeweglichen Fuß des Vaters. Obwohl er Höhenangst hat, beugt er sich weiter aus dem Fensterchen und stößt den Vater an. Dabei fährt das Glas wie ein Skispringer über die Schräge und segelt nach unten. Jetzt regt sich der Fuß.

»Papi«, sagt Jakob, »komm wieder runter.«

Mit schwerer Zunge sagt der Vater: »Ich bin nur eingeschlafen, verdammte Scheiße.«

»Jesus hat dem Teufel widerstanden«, sagt Jakob.

»Guter Mann«, sagt der Vater.

Sie fahren durch die Nacht. Der Vater hat gemeint, dass die Schlittschuhe ausprobiert werden wollen. Dass es dunkel und kalt und morgen besser sei, lässt er nicht gelten, die Schlittschuhe wollen ausprobiert werden. Jakob hat sie gleich angelassen, klackend ist er zum Auto gelaufen, was gar nicht gut für den Hohlschliff ist. Die Straßen sind leer, die Fußwege auch. Das Laternenlicht ist schummrig. In manchem Fenster glänzt ein Schwibbogen, in manchem Vorgarten eine Lichterkette, in der einen oder anderen Veranda ein Herrnhuter Stern. Das ist eigentlich schön anzuschauen, aber Jakob findet es scheiße.

Er überlegt, was er spätnachts in sein neues Heft schreiben wird. Im Gegensatz zur Großmutter will er in Worte fassen können, was er denkt und sieht. Beispielsweise könnte er festhalten, dass er eine Scheißwut auf sie hat, weil sie Heilwasser trinkt, auf den Christkindlmarkt fährt, kegelt und Karten spielt. Er könnte schreiben, dass sie längst die Gräber abgedeckt haben, beim Tierarzt gewesen sind und er überhaupt nicht traurig war, als sie abgehauen ist. Nicht die Spur traurig. Weil er so eine Scheißwut auf sie hat, führt er sich vor Augen, was ihn schon immer an ihr genervt hat: Dass sie freundlich grüßte und dann übel nachredete. Dass die Unterwäsche immer frisch sein musste, doch nur, weil man einen Unfall haben und ins Krankenhaus kommen konnte. Dass sie noch jede von Vaters Freundinnen vergrault hat, auch die netten. Dass sie zu einer Erzieherin sagte, er habe nah am Wasser gebaut, oben und unten. Dass ihre Haare unbeweglich sind, und darunter ist auch alles starr, weil es nicht genug Leben in ihr gibt, nicht genug Geschichten und Erinnerungen. Manometer, wie froh er ist, dass seine Scheißgroßmutter rübergemacht ist. Soll die mal blümerant zum Christkindlmarkt fahren und zur Caritas gehen, wegen *der Sache*. Lange kann die darauf warten, dass er ihr bald schreiben möge, die mit ihrem Hitler-Deutsch.

Schreiben würde er nur in sein Heft. Dort würde er alles notieren. Er würde sich jeden Buchstaben vornehmen, das Himmels-V der Zugvögel, das Monogramm von den Handtüchern seiner Mutter, bestehend aus einem F und einem R, er würde was zum X und P der Grabsteine sagen, auch wenn das eigentlich nicht X und P sind, wie er mal gehört hat, vielleicht fragt er doch Kerstin. In seinem Heft wären die Buchstaben des Kinderlexikons nicht mehr wiederzuerkennen. Er würde alles neu aufschreiben und sich an jede Einzelheit erinnern, die niemand sonst sieht: an zerbeulte Tischtennisbälle im Gras, an die Schlipse seines Vaters, die wie Räucherfische im Schrank hängen, an die Größe seiner Ohren nach dem Friseurbesuch, wo die Blumen zerfetzt sind, nämlich auf seiner Tapete, wie Mädchen erröten, wenn sie furzen, wie kreuzdumm sein Vater ist, was im Resonanzraum von dessen Gitarre steht. Und so weiter und so fort. Er würde sein eigenes Lexikon anlegen, nicht von Anton bis Zylinder, sondern von August bis Zorn. Er würde die Worte abwiegen. Ob zwei einen Satz oder eine Seite lang durch einen Wald gehen, wäre ihm nicht egal. Er würde seine Großmutter und seinen Vater mit Gedanken und Gefühlen füllen, wie man eine Gans stopft. Weil die entweder nichts sagen oder es so sagen, dass es Kinder nicht kapieren. Oder sie lügen schlichtweg oder haben alles vergessen mit den Jahren. Dass seine Mutter immer kalte Füße hatte und deshalb jede Nacht in Strümpfen schlief – das ist die einzige brauchbare Information, die ihm sein Vater jemals über sie gegeben hat. Alles andere, dass sie einen guten Geschmack gehabt habe, nützt ihm gar nichts. Also würde er auch seiner Mutter Worte geben. Es wären die ihren und die seinen, er würde sie und sich hören. Er würde all das hinschreiben, und nichts und niemand würde ihm etwas anhaben können. Und irgendwann würde er es ihnen zeigen, denen, die alles vorsagen oder nachsagen oder falsch sagen oder gar nicht sagen, seiner Großmutter und seinem Vater und all den anderen auch, verdammte Scheiße.

Der Vater hat Sodbrennen. Er stößt immer wieder auf und verzieht das Gesicht. Vor einem Haus in der Südvorstadt bremst er. Er schaltet den Motor aus und starrt auf die Fassade des Mietshauses, vor dem sie parken. Dessen Fenster sind erleuchtet, in zweien brennt violettes Licht. Sterne kleben in den Fenstern, und Watteschnee baumelt an Zwirnsfäden. »Was soll ich nur mit Almut machen«, sagt der Vater und zündet sich eine Zigarette an. »Soll ich zu ihr raufgehen?«

Jakob könnte jetzt fragen, ob er seinen Ohren traue und ob sein Vater meschugge oder plemplem sei. Stattdessen überlegt er und sagt dann: »Na ja, sie mag den kleinen Prinzen.«

Der Vater raucht schweigend zu Ende, nickt und schnippt die Glut aus dem Fenster. »Hast ja recht«, sagt er und startet den Wagen.

Er fährt zum Schlachtendenkmal. In dem großen Becken am Fuß des Monuments wollen Jakobs Schlittschuhe ausprobiert werden. Sie gehen auf den steinernen Koloss zu, der vom Erzengel Michael mit dem Fackelschwert bewacht wird. Irgendwo im Innern ruhen die Knochen von Tausenden. Das Denkmal ist beleuchtet, aber es hat den Anschein, als würde das Licht daran verzagen.

Auf dem unteren Ring gehen sie um das Bassin, in dessen Wasser sich der Turm hoch wie breit spiegeln soll, nur jetzt ist der Spiegel vereist. Der Vater stützt Jakob. Es riecht nach feuchter Erde. Schnee fällt. Dicke Flocken frischen Schnees stürzen aus der Schwärze.

Das Kleeblatt aus dem Kochbuch seiner Mutter war natürlich vierblättrig.

»Man sieht nur mit dem Herzen gut«, sagt Almut und streicht ihm über den Kopf. Fast möchte er sich ihrer Hand entgegenstrecken, auch wenn die Fingernägel lackiert sind, fast ihren Trost annehmen. Es ist nicht mehr viel übrig von den Feiertagen. Ein paar Nüsse, Datteln und eben die Ohrfeigen. »Schallend« wäre das richtige Wort, wenn es ihn nicht umgerissen hätte nach der zweiten, er kein Nasenbluten und keine Beule davongetragen hätte. So ist »schallend« das falsche Wort.

»Du hast deinen Vater zu Tode erschreckt«, sagt Almut. Ihr Parfum ist wie ein Theatervorhang. »Er ist vor Sorge schier wahnsinnig geworden. Was hast du dir nur dabei gedacht?«

Er ist viel zu gekränkt, um irgendetwas sagen zu können. Die Wut und die Scham schnüren ihm die Kehle zu, spannen sich über den holzigen Adamsapfel, in den Schläfen pocht das Blut, beide Wangen glühen, er hat Eisen im Mund, die Nase ist verstopft. Er ist sich sicher, dass ihn sowieso niemand versteht, ein bisschen Trost wäre schon viel, denkt er, und dann schiebt sich ein anderer Gedanke dazwischen: Was soll das überhaupt heißen? Nur mit dem Herzen sieht man gut? Sagt das der pisskleine Prinz? Was hat der Satz hier zu suchen? Und was hast du eigentlich hier zu suchen?

Am letzten Tag des Jahres ist sie eingezogen und hat erst mal klar Schiff gemacht. Einfach so, ohne dass der Vater ihn gewarnt hätte. Noch bevor sie ihre Koffer auspackte, hat sie schweigend Geschirr gespült, die leeren Flaschen in die Garage geschafft, den Nadelbaum auf den Bürgersteig gestellt – grün waren nur noch die falschen Zweige –, sie hat die Stube gesaugt, mal so richtig durchgelüftet und die Wasserringe vom Couchtisch gewischt. Dann hat sie ausgepackt, dann im Keller unter dem Waschzuber Feuer gemacht. Bis das Wasser heiß war, hat sie Kartoffeln geschält und aufgesetzt, dann Wäsche gewaschen. Dann Kartoffelsalat zubereitet, dann die Wäsche aufgehängt. Der Vater kam zum Essen aus der Garage. Während sie zu Tisch saßen, klagte der Kater der verschlossenen Tür sein Leid. »Schmeckt es dir nicht?«, fragte sie den Vater, der seine Selters nicht anrührte. »Doch«, sagte er. Sie lächelte still.

Am Abend kamen Cora, Jasper, Mo und irgendeine Frau. Mo fragte ihn, wie es mit der Uhr gehe. »Astrein«, sagte er. Almuts Lider klappten grün zu. Beim Bleigießen wollte sie immer einen Storch sehen, aber es war doch nur eine Stehlampe, da waren sich alle einig. Noch vor Mitternacht ging er zu Bett. Er wusste, dass sie nun das Heft von der Anrichte nehmen und eifrig studieren würden. Dem Lachen nach zu urteilen, kapierten sie auch die unkomischen Witze. Als die Raketen vor seinem Fenster in die Höhe pfiffen, kam sein Vater und setzte sich auf die Kante seines Bettes. Er stellte sich schlafend. Atmete ruhig. Er roch seinen Vater. Rauch, Holz, Schnaps, Winter. Mit dem Handrücken strich er ihm über die Wange, die bald glühen würde, fuhr ihm mit den Fingern durchs Haar. Draußen heulte und sprühte das neue Jahr, keiner wusste, was es bringen würde. Noch ein ganzes Weilchen blieb sein Vater bei ihm sitzen.

Am Neujahrsmorgen machte er sich auf den Weg. Noch in der Nacht musste Almut die Küche aufgeräumt haben, nicht ein einziger Konfettischnipsel lag herum. Die Katze strich um seine Beine, er schüttete den Rest des Trockenfutters auf den Boden. Bald würde sie eine neue Lieferung bekommen, mausförmig, er würde sich darum kümmern. Aus dem Kühlschrank holte er Proviant, den er in Vaters Wanderrucksack verstaute. Er wollte nicht noch einmal stundenlang ohne Essen und Trinken auskommen müssen. Er packte seinen Schulatlas dazu, sein neues Notizheft, in dem bereits sieben Seiten beschrieben waren, seinen Füller, sein Tintenfass, das Opernglas von Oma Erna und das Fotoalbum, das jetzt ihm gehörte. Er überlegte, ein paar seiner Medaillen und Urkunden und die Wimpelchen mit der Aufschrift »Schulmeister« mitzunehmen. Wenigstens die Urkunde mit der Unterschrift des Obermuftis? Er ließ es bleiben. Auch die Schlittschuhe würde er hierlassen. Stattdessen schob er einen Stuhl vor die Anrichte, kletterte hinauf und tastete mit langem Arm das Dach des Schranks ab. Er fand das Heft und packte es ein. Dann nahm er das Geld aus allen Portemonnaies, die er finden konnte. Nur Mos Geld rührte er nicht an. Jetzt fehlte ihm nur noch einer, der sich auskannte. Das war Falk.

Am ersten Schultag hatte Falk vor ihm gestanden, einen Kopf kleiner und eine Million Sommersprossen reicher. Er hatte auf den Boden gedeutet und gesagt: »Da unten liegt ein Zahn.« – »Igitt, lass ihn liegen«, hatte Jakob gesagt. – »Aber es ist *mein* Zahn«, hatte Falk erwidert. – »Dann heb ihn auf und tu ihn an einen sicheren Ort.« Er selbst bewahrte seine Milchzähne in der vorletzten Matrjoschka auf. – »Mein erster Zahn«, hatte Falk erklärt und zum Beweis die dunkle Lücke oben rechts vorgezeigt. »Doch ich zischel kein bisschen.« – In Jakobs Ohren hatte Falk tatsächlich kein bisschen gezischelt. Sondern gewaltig: *Iß fißel kein bißßen.* – »Wollen wir nebeneinandersitzen?«, fragte er den strohblonden Jungen, weil er ganz genau wusste, dass er ihn gernhaben würde. – »Sowieso«, sagte Falk, mächtig gezischelt.

Jakob klingelte dreimal kurz und einmal lang. Auf dem Klingelschild stand »Dr. habil. Ulmen«. Falks Vater reiste zu Kongressen nach Uppsala und Bielefeld, er gehörte mehreren Akademien an, und einmal hatte ein Range Rover vor dem Haus geparkt, der ein gelbes Nummernschild und das Lenkrad auf der falschen Seite hatte. Falks Mutter unterrichtete an einer Erweiterten Oberschule, sie war eine Dunkelrote in Weststrumpfhosen, wie Jakobs Vater sagte. Falks Schwester war verrückt und kam nur an den Wochenenden nach Hause. Zweimal im Jahr beherbergten die Ulmens Messeonkel aus dem Ruhrgebiet. Sie hatten keinen Grund, in den Westen zu wollen, der Westen kam zu ihnen. Sie lasen Zeitungen und Bücher von drüben, kopfschüttelnd und stirnrunzelnd. Auf ihrem »Abort« – so stand es auf dem Emaille-Schild an der Klotür – gab es ein schmales Regal mit Insel-Bänden und Magazin-Heften. Die Po-Parade und die Weisheiten des Konfuzius: Das Gesicht eines Menschen erkennst du bei Licht, seinen Charakter im Dunkeln. Falk besaß Matchbox-Autos und Asterix-Hefte. Er schlief in Bundesliga-Bettwäsche. Falk kannte sich aus, er wusste alles über den Westen.

Pfeifend kam er um die Ecke, die Hände in den Hosentaschen. Er zückte die Rechte, und sie gaben sich die Hand. »Was hast du da drin?«, fragte Falk, eine Atemwolke vor dem Mund, und zeigte auf Jakobs Rucksack.

Jakob blickte sich um und sagte: »Ich mache rüber.«

Falk pfiff wieder, diesmal nur zwei Töne: die allseits anerkannte Melodie des Erstaunens.

»Bist du dabei?«, fragte Jakob.

Falk kratzte sich am Hinterkopf. Sah zum Haus, sah die Straße rauf und runter. Jakob hoffte, dass er jetzt »sowieso« sagen würde, wie damals am ersten Schultag und seitdem so oft. Falk zog die Nase hoch, spuckte aus und sagte: »Nee.«

»Wir können bei meiner Oma wohnen«, sagte Jakob, eine Oktave zu hoch. »Bad Itz, am Kurpark. Es gibt Heilwasser, wir können kegeln.«

»Geht nicht«, sagte Falk. »Aber ich komm ein Stückchen mit.« Er blickte auf seine Uhr. »Um vier muss ich wieder zu Hause sein. Da bringen wir meine Schwester zurück. Uhrenvergleich?«

Falk ließ sich von Jakob die zuverlässigere Quarz-Zeit sagen und stellte seine Ruhla-Handaufzug danach. In der Uhrenfrage lagen die Dinge komplett anders als sonst. Dann ging er noch mal ins Haus, um seinen Hirschfänger und ein Heftchen Straßenbahnfahrkarten zu holen, und dann endlich machten sie sich auf den Weg.

Jakob sagte, dass es mit dem Zug am einfachsten sei. Wie er das denn schaffen wolle, nach drüben zu gelangen, fragte Falk. Er habe da etwas in der Hinterhand, sagte Jakob, und so liefen sie nach Norden, Richtung Bahnhof.

Sie querten die Großwiese, auf der eine hauchfeine Schicht frostigen Schnees lag. Ihre Schuhe hinterließen einen Pfad dunkler Abdrücke. Am Fuß des Tafelbergs befand sich seit Neuestem ein Friedhof für Weihnachtsbäume. In deren Nadelgeäst hing noch Lametta, klebte ein Fähnchen blaugefärbter Watte oder ein Engelshaargespinst. Oben auf dem Berg entdeckten sie eine Batterie Sektflaschen, die zum Raketenabschuss in Reih und Glied aufgestellt worden waren. Daneben lagen Goldbrand-Fläschchen, Zigarettenkippen und Mondos.

Falk trat eine Sektflasche um und sagte: »Drüben brauchst du vor allem einwas.«

Jakob trat auch eine Sektflasche um. »Was denn?«

»Moneten«, sagte Falk. »Nur damit biste wer im Westen, sagt mein Vater.« Er rieb den Handschuhzeigefinger am Handschuhdaumen.

»Meine Oma hat bald Moneten«, sagte Jakob.

»Man kann sogar Frauen kaufen im Westen«, sagte Falk. Er sprach leiser, obwohl sie allein waren.

Jakob konnte nicht erkennen, dass er flunkerte.

»Ja«, sagte Falk. »Man kann in Spezialläden gehen, da gibt es Frauen zu kaufen. Sie liegen nicht in Regalen oder so, das wäre ja unbequem, sie sitzen auf Hockern in geschlitzten Kleidern oder mit nix an.«

»Mit nix an?«

»Ja, nacksch.«

»Und dann?«

»Dann sucht man sich eine aus und bezahlt sie.«

»Wie viel kostet denn so eine Frau?«

»Schwer zu sagen«, sagte Falk. »Es hängt ja wohl auch von der Haarfarbe ab. Und ob sie Doktor ist oder nur Lehre gemacht hat. Bestimmt auch, ob man sie mit was an oder mit nix an kauft. Wer reich ist, kann auch gleich mehr mitnehmen.«

Jakob erinnerte sich dunkel an Märchen, in denen Sultane vorkamen, die viele Frauen in einem … Harem hielten. Genau, Harem war das Wort. Frauen aus aller Herren Länder und so farbenreich wie der Regenbogen. »Und dann?«, fragte er.

Falk zuckte die Schultern. »Dann ficken.«

Jakob hatte genau gewusst, dass es darauf hinauslaufen würde. Es lief ja in letzter Zeit irgendwie immer darauf hinaus. Recht war es ihm nicht, dass Falk so grob daherredete, doch gleichzeitig hatte er gehofft, dass sein Freund kein Blatt vor den Mund nehmen würde. Zwar hatte Falk selbst noch nicht gefickt, aber er wusste alles über das Ficken. Zu Beginn des Schuljahres hatte er auf dem Pausenhof einen Streit zwischen zwei Jungen beendet. Der eine sagte, Kinder bekomme man vom Knutschen, vor allem mit Zunge. Der andere sagte, Kinder bekomme man aus Liebe, mit Herz und Hochzeit. Falk sagte, Kinder bekomme man vom Ficken, Schwengel und Dengel, er hätt's mal heimlich beobachtet, und dann sei der Bauch dick gewesen. Gefragt, was genau beim Ficken passiere, hatte Falk nur gelächelt und gesagt, für 'nen Zehner würd er's erzählen. – »Ja, klaro«, hatte der Kuss-Junge erbost gerufen und war mit einem »Pustekuchen« weggelaufen. Dennoch galt Falk seitdem als Experte in Fragen, die das Ficken betrafen. Jakob selbst hatte den Kuss-Jungen unterstützt und war noch immer der Ansicht, dass Knutschen kreuzgefährlich sei, mit und ohne Zunge.

Sie stiegen vom Berg. Dornenzweige griffen nach ihnen, Kletten klammerten sich an ihre Hosen. Sie sprangen über einen zugefrorenen Graben, dahinter lag eine neblige Brache. Nach einem schweigsamen Fußmarsch kam das Neubaugebiet, ohne Übergang. Die Brache reichte bis an das erste Haus, erst dahinter fingen die Straßen an. Rotes Böllerpapier lag fetzenweise im Rinnstein, und schmauchende Kometen zogen über die Bürgersteige.

Die Rampe, die zur Kaufhalle führte, war von Dutzenden Lottoscheinen übersät, 5 aus 35. Jemand hatte das verfallene Glück eines ganzen Jahres fortgeworfen. Vergebliche Fernsehminuten, jeden Sonntag: Die Kugel rollt den Berg im Kreis hinab und reißt den falschen Zahlenkegel um. Ein musikalischer Trost tut not, je nach Geschlecht, je nach Gemüt: Schlager, Operette, Marschmusik, Große Stimmen.

Der Sand des Spielplatzes war gefroren. An einer Stelle waren drei Raketenhölzer vom Himmel gefallen und lagen wie Mikadostäbe übereinander. Falk und Jakob erklommen das Klettergerüst, dessen Gestänge klirrte.

»Da ist noch was«, sagte Falk und setzte sich auf eine der höchsten und äußersten Kanten.

Jakob hockte sich auf die gegenüberliegende Kante, ganz Ohr.

»Vor einwas musst du dich echt in Acht nehmen.«

»Wovor denn?«

»Äitsch«, sagte Falk.

»Versteh ich nicht.«

»Äitsch ist englisch für den Buchstaben H. Und H steht für Rauschgift.«

»Versteh ich immer noch nicht.«

»Na ja, wenn du da am Bahnhof ankommst, gammeln so Typen rum, die spritzen sich Rauschgift in die Arme. Manche sind so zerstochen, die müssen es sich in den Bauch oder in die Beine spritzen. Manche sogar in den Schwengel, ohne Scheiß.«

»Echt jetzt?«

»Sowieso. Und du musst höllisch aufpassen, dass sie dich nicht auf ein Klo schleppen und auch dir Rauschgift spritzen.«

»Warum sollten sie mir denn Rauschgift spritzen?«

»Um dich süchtig zu machen. Wenn du süchtig bist, dann können sie dir Rauschgift verkaufen. Du kannst dann nicht anders und brauchst immer neues Rauschgift. Du musst dir jeden Tag einen Druck machen, so heißt das. Das ist aber voll teuer. Damit du Geld kriegst, musst du fiese Sachen tun.«

»Was denn für fiese Sachen?«

»Rat mal.«

»Altstoffe sammeln?«

»Nee!«

»Wandzeitung?«

»Nehee!«

Sie lachten. Falk breitete die Arme aus und pendelte leicht mit seinem Oberkörper vor und zurück. Jakob tat es ihm nach. Er musste achtgeben, dass ihn sein Rucksack nicht nach hinten zog. Sie sahen aus wie besoffene Vögel, die vergeblich versuchten, sich in die Lüfte zu schwingen.

»Jetzt sag mal«, drängte Jakob.

»Na ja«, sagte Falk, »echt fiese Sachen eben.«

»Sag, Kunde!«

Falk zuckte die Schultern. »Anschaffen.«

»Was soll denn das sein?«

Falk nahm die Arme herunter und suchte Halt.

»Was ist das, anschaffen?«

»Na ja, du stellst dich an den Bahnhof und wartest, bis ein Freier kommt. Ein Freier ist jemand, der dich für Geld ficken will.«

»Am Bahnhof?«

»Am Bahnhof, im Auto, in der Wohnung, auf'm Klo, ist dem doch egal. Der will, und du musst. Weil du rauschgiftsüchtig bist. Viele Kinder in der BRD sind rauschgiftsüchtig und müssen anschaffen. Ich hab's selber gesehen.«

»So ein Quatsch! Du warst noch nie drüben!«

»In einem Buch hab ich's gesehen. Da steht alles drin, auch mit Fotos. So ein Mädchen hat's geschrieben oder auf Tonband erzählt, der ist das alles passiert. Echt jetzt.«

»Du spinnst«, sagte Jakob und sprang vom Gerüst. Er sprang von ganz oben und stauchte sich die Knie. Auch Falk sprang.

Was, wenn Falk recht hatte? Was, wenn der Westen elend war? Einmal im vergangenen Februar war Jakob krank gewesen, er durfte zu Hause bleiben und hatte ferngesehen, während Vater und Großmutter arbeiten waren. Er hatte Wim Thoelke und den knutschenden Elefanten und den knutschenden Hund gesehen, in dieser Ratesendung, wo sich eine Glaskuppel über die Kandidaten senkt, wenn es brenzlig wird. Im Anschluss hatte es eine Übertragung des Rosenmontagszugs in Mainz gegeben. Von Mainz wusste er nur, dass es ziemlich im Westen lag und dass Gutenberg, der mit dem Buchdruck, von dort stammte. Durch graue Gassen zogen helaufrufende Kasper. Riesige Pappmachéköpfe schwebten an Hausfassaden mit blinden Fenstern vorbei. Bonbonregen prasselte auf Perückenonkel und tanzende Mädels. Auf einem Wagen wurden ein Prinz und eine Prinzessin herumgefahren wie Margot und Erich. Warum, zum Teufel, wollte sein Vater dahin? Dieser Karnevalsumzug war doch nicht weniger grauenvoll als die Umzüge am Ersten Mai. Anders grauenvoll zwar, aber eben auch grauenvoll. Und diese Stadt Mainz wirkte so traurig wie Halle bei Regen, und das lag nicht daran, dass sie nur einen Schwarzweißfernseher hatten. Was, wenn der Westen ein Irrtum war? Eine Panne? Was, wenn Falk und der Obermufti und Onkel Siegmar recht hatten?

»Jetzt muss ich dich mal was fragen«, sagte Jakob, während sie an dem großen Friedhof vorbeiliefen, auf dem mehr Tote lagen, als die Stadt Einwohner hatte. Auch seine Mutter, von Tannengrün bedeckt.

»Frag«, sagte Falk.

»Na ja«, sagte Jakob.

Falk kickte einen Blindgänger vom Fußweg auf die ewig lange Straße, auf der sich kein einziges Auto zeigte. »Was ist denn jetzt?«, sagte er.

»Witzfrage«, sagte Jakob schließlich. Er holte Luft. »Welcher Bär springt am höchsten?«

Ein Auge zukneifend, sah Falk ihn mit dem anderen an.

»Sag schon«, drängte Jakob. Plötzlich war er übermütig. Er tänzelte um Falk herum, die Gegenstände in seinem Rucksack schepperten.

Falk überlegte. Schließlich sagte er: »Der Waschbär?«, und klang wenig überzeugt.

»Falsch!«, frohlockte Jakob. »Rat weiter!«

»Braunbär?«

»Falsch!«

»Eisbär.«

»Falsch!«

»Bummi?«

»Leider falsch!«

Trotz der Kälte roch er den Harzhauch der Friedhofshölzer: Thujas, Koniferen, Liguster.

»Grizzly?«, sagte Falk lustlos.

»Falsch und aberfalsch.«

»Warm oder kalt?«, fragte Falk entnervt.

»Keine Ahnung«, prustete Jakob los. Falk blieb stehen und sah ihn an. Er sah ihn auf so verdatterte Weise an, dass Jakob sich nicht mehr beherrschen konnte. Das Lachen platzte aus ihm heraus. Er hielt sich den Bauch, und die Tränen schossen ihm in die Augen. Das Lachen schüttelte ihn. So sehr wie in letzter Zeit hatte er noch nie gelacht.

Bekümmert sagte Falk: »Ich werd nicht schlau aus dir. Lass uns mal zur Bimmel gehen.«

Erst als sie am Klinikum die Zwanzig nahmen, hörte Jakob auf zu lachen. Genau genommen hörte er erst auf zu lachen, nachdem die Mongos zugestiegen waren.

Sich paarweise an den Händen haltend, betraten sie den Wagen. Als Herde standen sie im Gang, bis sie nach und nach von ihrer jungen Betreuerin in die Sitze gedrückt wurden. Ihre Gesichter waren ohne Alter und Geschlecht. Alle trugen Mützen aus Strick oder Fell, und alle Mützen saßen schief. Als der Bahnhof auftauchte, gab einer mit abstehenden Fellohren Laute von sich, wie sie Jakob nur von den Robben aus dem Zoo kannte. Auch die anderen begannen sich zu regen. Sie stießen sich an und machten einander Zeichen. Da war er: der Hauptbahnhof.

Es war der größte Kopfbahnhof Europas. Statt Kopfbahnhof konnte man auch Sackbahnhof sagen, was gleich viel lustiger klang. Hier fuhren die Züge nicht durch, sie fuhren ein und warteten, bis eine Lok vor das Zugende gespannt war, das auf einmal die Zugspitze darstellte. Reisende, die in Fahrtrichtung eingetroffen waren, verließen den Bahnhof rückwärts. Manch einer merkte es erst in Erfurt, weil ihm schlecht geworden war. In diesem Bahnhof endete etwas, und hier fing etwas an.

Während sich die Mongos zwischen den Straßenbahntrassen sammelten, überquerten Jakob und Falk die Straße. Jakob wollte schon die Pendeltür des Westeingangs aufstoßen, doch Falk blieb einfach stehen. Er werde nicht mit hineinkommen, sagte er. Er müsse jetzt los. Es sei schon spät, er gehe jetzt besser.

»Klar«, sagte Jakob.

Falk betrachtete seine Schuhspitzen. »Einwas noch«, sagte er.

Jetzt gibt er mir seinen Hirschfänger, dachte Jakob. Damit ich mich wehren kann im Westen, am Bahnhof, gegen die Rauschgifttypen. Und vielleicht zur Erinnerung an den Tag vor den großen Ferien, als wir Blutsbrüder wurden. Sie hatten in der Trauerweide gehockt, kokelnde Rohrbomben im Mund, und sich mit dem Hirschfänger die Daumen aufgeritzt. Haut auf Haut, hatte der eine bis fünfzig gezählt, bevor der andere bis fünfzig zählte, dann war die Sache besiegelt.

Doch Falk gab ihm nicht den Hirschfänger. Er sagte einfach nur: »Schreib mal, wie's so ist.«

Jakob nickte. »Sowieso.«

Als der Freund den Blick hob, konnte Jakob keine einzige Sommersprosse in dessen Gesicht finden. Als seien es Zugvögel, die erst im Frühjahr wiederkamen. Er wollte etwas Gutes sagen, zum Trost für Falk, zum Trost für sich. »Ich bin ja nicht aus der Welt«, sagte er.

Ein letztes Mal gaben sie sich die Hand.

In der Halle flogen seine Schritte nach oben. Die Schritte aller flogen nach oben zu den Steinwaben, die das Deckengewölbe bildeten. Unten, auf dem Boden der Tatsachen, setzte er einen Fuß vor den anderen. Er achtete darauf, dass er nicht auf das Raster trat, das die Marmorquadrate begrenzte. Er war ein Springer.

Rechts hatte sich eine Bauernreihe formiert, links war der Weg frei. Rechts befanden sich die Schalter für den Nahverkehr, links, unter einer Pneumant-Reklame, die für den Fernverkehr. Er drehte sich nach dort und rückte vor. Die Frisur der gegnerischen Dame glich einem Blumenkohl. Er wich aus, zwei Felder zur Seite, bis er vor einem König stand. Er brauchte einen König, weil Könige viel schwächer waren als Damen. Doch er war seiner Sache nicht mehr sicher.

Es war schon komisch, dass er nun auch eine Sache hatte, so wie sein Vater. Noch komischer war es, dass er seine Sache bis hierher durchgezogen hatte. Dabei war gar nicht klar, ob es eine gute Sache war. Falk hatte Zweifel gesät, genau genommen hatte er die vorhandenen Zweifel nur gestärkt. Hinzu kam, dass Jakob viel zu wenig wusste. Was er allerdings wusste, war, dass er nicht zurückwollte in das halbe Haus, in dem Almut morgens mit hoher Stimme Kirchenlieder sang und nachts stoßweise Liebeslieder.

»Du bist am Zug«, sagte eine entfernte Stimme. Der König, ein Mann mit Backenbart und dicker Brille, sah ihn durch doppeltes Glas an. »Berührt, geführt«, sagte er. Ein Lächeln umspielte seinen Mund.

Jakob suchte im Gesicht des Mannes nach einer Möglichkeit. Ernsthaft hatte er geglaubt, das Heft mit der Fächerfrau – alles, was Männern Spaß macht – gegen eine Fahrkarte eintauschen zu können. Schließlich hatte ihm seine Großmutter vorgemacht, wie man mithilfe der richtigen Tauschobjekte selbst das Unmögliche ergattern konnte. Doch jetzt wagte er es nicht, das Heft herauszuholen. Er schob die Unterlippe vor und die Daumen unter die Riemen seines Rucksacks. »Ich muss noch überlegen«, sagte er.

»Überlegen ist nie verkehrt«, sagte der König. »Es gibt nicht nur Schwarz oder Weiß. Manchmal gibt es auch etwas dazwischen.«

Darüber dachte er nach, als er die lange Treppe zu den Gleisen hochstieg. Die große Uhr über den Türen trieb die Zeit voran. Ein Dazwischen konnte er sich nicht vorstellen. Nicht für seinen Vater und sich. Die Ulmens, die lebten dazwischen, die hatten den Westen im Osten, und Mo, der hatte den Osten im Westen, die durften reisen und kamen zurück. Für ihn und seinen Vater gab es dagegen nur das eine oder das andere.

Er betrat das Bahnhofsrestaurant. Gelber Rauch schlug ihm entgegen und der säuerliche Geruch von Bier. Er ging zu einem der Podeste am Ende des hohen Raums, auf dem ein halbes Dutzend freier Tische stand. Niemand hielt ihn auf und befahl ihm, auf eine Platzierung zu warten. Er packte Tintenfass, Füller und Notizheft auf einen der Tische. Der Schankwirt und eine Kellnerin beobachteten ihn vom Tresen aus. Beide rauchten, beide waren schwarz und weiß gekleidet, und beide machten keine Anstalten, zu ihm zu kommen.

Er schlug das Notizheft auf und teilte die nächste freie Seite durch einen langen Strich. Für den Westen sprach die Großmutter, trotz ihrer Fehler und seiner Scheißwut, die zum Jahreswechsel umgeschlagen war in etwas anderes. Wenn er im Westen wäre, wäre er weg von hier. Das sprach fürs Abhauen. Allerdings wäre er dann auch weg von Falk. Dort würde er in Bundesliga-Bettwäsche schlafen können, jede Woche in einem anderen Verein. Es erschien ihm nicht triftig. Gegen den Westen sprach, dass er da nicht Olympiasieger werden könnte. Wen hatten die denn schon? Den Hingsen und den Schmid, ja gut. Und die Meyfarth. Das war's dann aber auch schon. Die Sache mit dem Rauschgift sprach definitiv gegen den Westen. Dass man Frauen kaufen konnte, fand er auch nicht nur interessant, und die Aufrüstung war sowieso schlecht. Wochenlang hatte eine Illustration an der Klassenwandzeitung gehangen: Von einem Schirm in den Farben und Symbolen der amerikanischen Flagge tropften spitze Raketen mit zackigen Flügeln auf die Erdkugel. Die Überschrift lautete: »Die Welt unterm Reagan-Schirm«. Die Russen seien keinen Deut besser, hatte ihm sein Vater erklärt. Also schrieb er in die Ostspalte SS 20, und in die Westspalte schrieb er Pershing. Gegen den Westen sprach schließlich, dass man nicht so ohne Weiteres hinkam.

Er hatte Hunger und schob sein Notizheft von sich. Er hätte jetzt gern eine Portion Würzfleisch bestellt, mit Wuster-Soße, so sprach man das nämlich aus, aber der Wirt und die Kellnerin beachteten ihn nicht. Stattdessen beachteten ihn zwei Männer, die am Nebentisch Platz genommen hatten. Beide waren schlank, fast dünn, trugen Jeansjacken und Lederwesten. Im Nacken rollten sich ihre Haare, fransige Bärte kitzelten ihre Oberlippen. Vielleicht waren es noch gar keine Männer, sondern bloß Jugendliche. Biertulpen standen vor ihnen, und Zigarettenschachteln mit Schachbrettmuster lagen auf dem gehäkelten Deckchen: Karo. Unter dem Stuhl des einen war ein gelber Motorradhelm deponiert. Der Stuhl wurde zurückgeschoben, der andere Stuhl wurde zurückgeschoben.

Es interessierte den Schankwirt und die Kellnerin kein bisschen, dass sich die beiden Kerle einfach an seinen Tisch setzten. Auch die paar anderen Gäste nahmen davon keine Notiz. Einer ließ sich links, einer rechts von ihm nieder. Sie stellten ihre Biergläser auf dem Tisch ab und warfen die Zigarettenpackungen daneben.

»Schon mal richtig lange getaucht?«, sagte der eine.

»Schon mal die Bibel durchgelesen?«, sagte der andere.

Er konnte sie kaum auseinanderhalten, sie sahen aus wie Brüder. Die gleichen Ohrstecker, die gleichen Silberringe an den Fingern, die gleichen Lederarmbänder. Einer jedoch hatte einen rot lackierten Fingernagel, es war der Nagel des kleinen Fingers der linken Hand. Vom rechten Augenwinkel des anderen rannen zwei blaue Tränen auf die Wange. Auch sein Hals war tätowiert, Stacheldraht lag auf seiner Gurgel.

»Schon mal alleine verreist?«, sagte der Tätowierte.

»Schon mal mit 'nem Brennnesselblatt den Arsch abgewischt?«, sagte der andere.

Er spürte, dass sein Atem flach wurde, dass ihm die Luft ausging. Eines der letzten Worte, die er dachte, war: Hirschfänger.

»Sprache verschlagen?«, sagte der Tätowierte.

»Taubstumm?«, sagte der andere.

Sie sahen aus wie Füchse, die um einen Kaninchenstall strichen. Ich bin ein Fuchs, sagt der Fuchs.

Der mit dem Fingernagel schlug sich gegen die Stirn. »Taubstumm!«, wiederholte er kopfschüttelnd. »Nicht reden, nur schreiben!«

»Da wollen wir doch mal sehen, mein Herr, was so geschrieben steht«, sagte der andere und griff nach dem Notizheft. Er leckte seinen Zeigefinger an und blätterte langsam Seite für Seite um, bis er zum Vorsatzblatt gelangte. Er las, was darauf stand: »Neues Lexikon für Kinder«.

Der andere entriss ihm das Heft und las: »Von Jakob Friedrich«.

»Wir waren auch mal Kinder, Jakob«, sagte der Tätowierte traurig.

»Lange her«, sagte der andere und blätterte weiter. Seine Augen sprangen über die Zeilen. »Der Buchstabe F«, sagte er und bog das Heft auseinander. »Was fällt uns zum Buchstaben F ein?« Er trank von seinem Bier und wischte sich den Schaum aus dem Bärtchen. Dann steckte er sich eine Zigarette an und lehnte sich zurück. Noch immer schenkte ihnen niemand Beachtung. Der Abend hatte die Fenster verdunkelt.

»Also an Ficken hätten wir auch gedacht«, sagte der mit dem Fingernagel und bließ Rauch aus. »Vielleicht sogar an Freiheit. Wer Falk ist, wissen wir nicht, und Familienzusammenführung interessiert uns nicht.«

»Wir haben keine Familie«, sagte der Tätowierte und entwendete dem anderen wieder das Heft. Mit sorgenvoller Miene las er weiter. Auch er zündete sich eine Zigarette an und trank. Dann schlug er das Heft zu und warf es mit einem Seufzer auf den Tisch. »Noch nie so was Schlechtes gelesen, mein Herr«, sagte er.

»Kinderkacke, nichts als Kinderkacke«, bestätigte sein Kumpel.

»Nichts erlebt, die Kleine«, sagte der Tätowierte. »Weiß nix vom Leben und Sterben der Königstiger, immer nur Eintagsfliegen gehascht.«

»Nie ins Feuer gefasst«, sagte der Tätowierte. »Nie Gift getrunken. Kein Bein gebrochen, keinen Toten gesehen. Immer nur Obst gegessen. Sonne auf'm Arsch, und Puderzucker obendrauf.«

»Großes Problem«, sagte der andere.

»Wie wär's mit ein bisschen Blut? B wie Blut?«, sagte der Tätowierte.

Der andere zog die Nase hoch. »Das ist doch kein Grund zu weinen«, sagte er.

»Freilich, das ist ein Grund«, sagte der Tätowierte. Zum ersten Mal waren sie nicht einer Meinung.

Doch dann lenkte der andere ein und sagte: »Stimmt. Ist ein Grund.« Sie lachten. Seltsam hell, keckernd. In das Keckern hinein sagte der Tätowierte, dass sie sich unbedingt den Rucksack anschauen sollten, jetzt. Jakob sah nur noch schimmerndes Licht. Das Licht schwamm auf seiner Iris, und in seinem Kopf machte sich die Sprachlosigkeit breit. Er hörte, wie sein Rucksack geöffnet wurde. Schmutzige, beringte Hände stöberten in seinen Habseligkeiten. Plötzlich näherten sich Schritte. Das Stöbern hörte auf. Eine vertraute Männerstimme sagte: »Ihr habt genau zehn Sekunden, um durch diese Tür zu sprinten. Schafft ihr's nicht, besuche ich euch im Jugendwerkhof. Die Zeit läuft.«

Stuhlbeine kratzten über das Holz, sein Rucksack plumpste zu Boden, Schritte stolperten die Treppe hinunter. Aus der Ferne rief einer der beiden Kerle: »Wir warten auf dich, Kleine.«

»Wir kennen deinen Namen«, rief der andere.

»Jakob Friedrich«, rief der eine.

»Jakob Friedrich«, rief der andere.

»Junge«, sagte der große Schatten, den er durch den Schleier seiner Tränen ausmachen konnte, »ich bringe dich jetzt nach Hause. Nächstes Wochenende sind die Hallenmeisterschaften, da musst du topfit sein.« Der Trainer griff seinen Rucksack und seine Hand.

Die Kiesgruben sind zugefroren, Nebel drücken das Land. Jemand hat Mistelballen in die Baumkronen geworfen und Perlen in die Büsche gesteckt. Schnee klumpt am Straßenrand, Splitt liegt auf den Wegen. Die Öfen ziehen schlecht, einer schreit.

Der Vater schreit: »Was soll das? Was soll das?«

Er schweigt und lässt sich schütteln.

Dem Vater fällt einfach keine andere Frage ein. Er schüttelt und ruft: »Was soll das?«

Also gibt er ihm eine Antwort. »Nur ein kleiner Ausflug«, sagt er, und dann knallt's. So schnell kann er gar nicht gucken, da knallt es ein zweites Mal. Er stürzt. Die Fliesen sind kalt. Er rappelt sich hoch und rennt nach oben.

»Mach das nie wieder!«, schreit ihm der Vater nach.

Er wirft sich auf sein Bett und drückt sein blutendes Gesicht ins Kopfkissen. Irgendwann kommt Almut und sagt, dass er seinen Vater zu Tode erschreckt habe und dass man nur mit dem Herzen gut sehe. Nachdem er sich beruhigt hat, sagt sie: »Die großen Leute sind sehr sonderbar.« Sein Körper hat sich versteift, er lehnt ihren Trost ab.

»Keiner von den großen Leuten wird je die Sorgen und Nöte der Kinder verstehen«, sagt sie.

»Genau«, sagt er und kann das Lachen nicht aufhalten.

6. Seele

Bericht zur Person F R I E D R I C H, Frank

Am Sonntag, dem 13.12.1981, betrat ich gegen 16 Uhr
15 das Wohnhaus des FRIEDRICH, Frank. Der Anlaß
war die Abschiedsfeier seiner Mutter WINTER, Polina,
die tags darauf in die BRD übersiedelte. Die WINTER
begrüßte mich, so wie es ihre Art ist, auf reser-
vierte Weise. Wie immer wirkte sie sehr geschäftig
und distanziert, sie wirbelte in der Küche umher und
kochte, Angebote zur Unterstützung wies sie zurück.
Wie sich herausstellte, hatte sie die Zutaten für
die Gerichte, die sie zubereitete, durch Tauschhan-
del erworben. Die Gans hatte sie mit Hilfe von drei
Päckchen „Jacobs Krönung" ergattert, einem Kaffee-
produkt aus der BRD, und den Wein mit Hilfe von einem
Päckchen „Jacobs Krönung". Vermutlich stammte der
Kaffee aus einem Intershop. Woher die WINTER die
Valuta hatte, ist nicht bekannt. Jedenfalls brüstete
sie sich mit ihren Tauscherfolgen. Den überwiegen-
den Teil des Abends jedoch war sie in Gedanken versunken und machte einen niedergeschlagenen Eindruck.
Durch Äußerungen der anwesenden Schwiegertochter,
der WINTER, Inge, kann darauf geschlossen werden,
daß die WINTER von dem FRIEDRICH zum Verlassen unserer Republik gedrängt worden ist. Offenbar erhofft
er sich dadurch, daß so, aus Gründen der Familienzusammenführung, seinem Ausreiseersuchen eher stattge-
geben wird. Die anwesenden Familienmitglieder verlau-
teten, daß das Verhalten des FRIEDRICH eigennützig

und gegen unseren Staat gerichtet sei. Besonders sein
Halbbruder, der WINTER, Siegmar, ließ kein gutes Haar
am Tun des FRIEDRICH. Aufgebracht warf er ihm vor,
andere Menschen seien ihm „scheißegal". Der FRIEDRICH
hingegen beharrte darauf, daß es in unserem Land
keine Freiheit gebe, daß er sich hier nicht entfalten könne, seine Meinung nicht frei äußern könne und
für sich hier keine Zukunft sehe. Die DDR sei ein „Halunkenstaat", dessen „Oberganoven" würden gegen Völkerrecht verstoßen. Unterstützung fand der FRIEDRICH
durch seinen Freund, den SCHUHMANN, Joachim-Rainer,
genannt Jasper, der ihn in seinen Ansichten bestärkte.
Die anwesende Ehefrau des SCHUHMANN sowie der Gen.
KLEEBERG, Gerd-Moritz, genannt Mo, ebenfalls ein
Freund des FRIEDRICH, äußerten sich dagegen im Sinn
unserer Gesellschaft und versuchten, mäßigend und
positiv auf den FRIEDRICH einzuwirken. Der andere
Bruder des FRIEDRICH, der halbseitig gelähmte FRIEDRICH, Rudolf, beteiligte sich nicht am Gespräch. Auch
die WINTER griff nicht ein. Wie man weiß, hat der
FRIEDRICH häufig wechselnde weibliche Bekanntschaften.
Seine neue Freundin, dem Vernehmen nach Schuhverkäuferin, heißt ALMUT, Nachname unbekannt. Sie äußerte
sich weder im Sinn unserer Gesellschaft noch im Sinn
des feindlich-negativen Standpunktes des FRIEDRICH.
Ihre Kleidung ist westlich-modisch, an jedem Finger
trägt sie einen Ring, und mit der Schminke hält sie
sich nicht zurück. Nach dem Essen wurden von dem
FRIEDRICH Lieder gesungen, dabei handelte es sich sowohl um kommunistisches Liedgut als auch um Liedgut,
das politisch neutral ist, von dem FRIEDRICH aber
durchaus in politischer Absicht vorgetragen wurde. Zu
nennen ist das Seemannslied „La Paloma". Die musika-

lischen Fähigkeiten des FRIEDRICH sind keine geringen. Dem Alkohol, ausschließlich Wodka aus einheimischer Produktion, wurde die ganze Zeit über ohne Hemmung zugesprochen. Er löste die Zungen, und so kam nach dem Musizieren zutage, daß der FRIEDRICH offenbar vor kurzem mit seinem Sohn, dem FRIEDRICH, Jakob, an die Staatsgrenze zur BRD vorgedrungen war. Wo genau und wann genau das passierte, ist unbekannt. Es ist zu vermuten, daß der FRIEDRICH Fluchtabsichten hegte, aber das Gespräch nahm bald wieder eine andere Wendung. Nach und nach machte sich eine gewisse Resignation breit, die auch der Alkohol nicht zu beheben vermochte. Allmählich wurde man müde, und so endete die Feier. Erneut wies die WINTER Hilfe bei der Küchenarbeit zurück. Der FRIEDRICH, Rudolf und seine Ehefrau Edelgard verließen das Haus gegen 23 Uhr 45, alle anderen Gäste nächtigten dort, einschließlich mir. Ich verließ das Haus am darauf folgenden Morgen gegen 9 Uhr 30, um in Begleitung aller zuvor Genannten und auch der drei Enkelkinder die WINTER auf dem Bahnhof zu verabschieden. Ihr Hab und Gut fand in drei Koffern Platz. Da es ein Montag war, blieben die Erwachsenen und die Kinder von der Arbeit und der Schule fern. Um keinen Verdacht zu erregen, mußte auch ich blaumachen, wie man so sagt. Trotz der bedauerlichen Umstände waren alle recht gefaßt, auch die WINTER selbst. Man konnte sich des Eindrucks nicht erwehren, daß sie unserem Land nicht ungern den Rücken kehrte. Nur der FRIEDRICH verlor die Beherrschung und brach in Tränen aus. Als der Zug mit der WINTER losfuhr, rannte er bis zum Ende des Bahnsteigs daneben her. Gegen 10 Uhr 45 verließen die Anwesenden den Bahnhof in südliche

Richtung, um in der HO-Gaststätte „Puschkin" Windbeutel in gedrückter Stimmung zu verspeisen.

gez. S E E L E

F.d.R.d.A.:

Altwasser
(Hauptmann)

Vorliegender Bericht ist nicht überprüft. Der IM gilt als ehrliche und zuverlässige Quelle. Bericht ist auswertbar.

Dringender Verdacht auf Begehung von Straftaten gemäß § 213 StGB. Erwägung der Eröffnung eines OV. Veranlassung einer Jahresendprämie für IM über 50,– Mark sowie Karten für Fledermaus-Aufführung in Kongreßhalle.

Fender
(Oberstleutnant)

7. Der Kannibale und die Königin

Sie schnarcht. Es ist das erste Mal, dass er sie schnarchen hört. Eigentlich hat sie eine dünne Stimme, ihm ist völlig schleierhaft, wo sie diese Töne herholt, aus welchem Verlies. Dieses Knattergrollen, das nur für ein Schnappen, für ein Kauen unterbrochen wird, bevor es gurgelnd wieder anspringt. Am Gaumen springt es an, dann wächst es und greift tiefer in ihren Rachen, bis sie sich daran verschluckt, worauf sie schnappt oder kaut oder schmatzt und das Ganze von vorn anfängt. Ab und zu wischt ein Auto vorbei, das blasse Morgenlicht reicht nicht einmal bis in die Ecken seines Zimmers. In seinem Zimmer ist alles versammelt, was ihm früher Spaß gemacht hat: die Bücher, die Platten, die Spirituosen, die Instrumente. Da sind die Russen, da die Amis, da die Franzosen und da die Deutschen – Mann, Zweig, Fallada. Im Dämmer ist das Gold auf den Buchrücken kaum zu sehen, aber es ist da. Bei Hemingway hat er gelesen, dass es immer erfreulich sei, in Paris über eine Brücke zu gehen, bei Twain, dass ein nackter Mann so gut wie keinen Einfluss auf die Gesellschaft habe. An mehr erinnert er sich gerade nicht. Doch, an die abgebissene Brustwarze in »Neuland unterm Pflug« und an »Collin« von Heym. Vor zig Jahren hat er mit dem Lesen angefangen, noch vor Friederike, als er im Sommer auf dem Bau Schicht schob und im Wechsel mit zwei anderen im selben Bett schlafen musste, wie im U-Boot. Doch in den fremden Gerüchen und Geräuschen konnte er kein Auge zutun, stattdessen las er. Jeder bekam einen Spitznamen, es gab Straps-Gerd, Skat-Uli, Schrauben-Hannes, ihn riefen sie Bücher-Frank. Er las im Studentenwohnheim, bis der grüne Kunststoffschirm durchgeschmort war oder Uwe, sein Zimmergenosse, die Faxen dicke hatte. Er las, wenn er zu Hause war und sich nach dem Essen in sein altes Zimmer verzog, weil ihn der Alte beargwöhnte und seine Mutter sich über seine neue Marotte, wie sie es nannte, ausließ. Das Lesen verderbe die Augen und krümme den Rücken, sagte sie. Für ihn ist es

Körperpflege, die er schon lange nicht mehr betreibt. Er kann nicht sagen, wann er zuletzt ein Buch gelesen hat. Auch die Musik wird weniger. »Blues ist die Musik der auch Unterdrückten«, hat er einmal auf einer Betriebsfeier gesagt. »Wieso auch?«, hat Langrock gefragt. Am Ofen lehnt die Gitarre, die Saiten sind schlaff, ein Paar durchbrochener Strümpfe hängt darüber wie Tüll im Obstbaum. Das Akkordeon schläft auf dem Bauernschrank, die Bongos dösen neben den Boxen. In dem achteckigen Beistelltischchen mit dem geschliffenen Glas stehen der Rum, der Cognac. Er müsste sich nur aufraffen und einen Schritt und einen Handgriff tun, um sich einen einzuschenken. Aber der Sessel hält ihn. Keine Chance aufzustehen. Vom Sessel aus sieht er das Loch ihres Mundes und ihre Nase. Das Kissen hält ihren Hinterkopf umfasst, die Locken haben sich in ihre Stirn geschoben, sie bedecken ihre Wangen und bilden eine Halskrause. Er sieht nur ihren Mund und ihre Nase, aber er hört sie. Weiß Gott, er hört sie. Würde er sich aus dem Sessel erheben und die paar Schritte zum Bett gehen, könnte er womöglich ihre Füllungen, ihre Nasenhaare und ihr flatterndes Gaumensegel sehen. Aber er kann nicht aufstehen. Ihm brummt der Schädel, er müsste jetzt eine Spalt nehmen oder besser zwei, doch nie im Leben kann er jetzt aufstehen. Vor dem Bett liegt ihr Kleid – das andere Kleid – und auf dem Tischchen die Stanniolkrone, verbogen die Zacken. Über den Teppich sind ihr BH, ihr Slip und ihre Strumpfbänder verteilt. Gestern noch hat ihm das Spitzenzeug gefallen. Aber heute, am Aschermittwoch, ist alles vorbei. Von all deinen Küssen darf ich nichts mehr wissen. Wie schön es auch sei, nun ist alles vorbei. Sein eigenes Kostüm liegt auf dem zweiten Sessel. Selbst im Suff noch auf Kante gelegt, elender Spießer, zwanghafter. Er ist als Kannibale gegangen, mit Knochen im Kunsthaar, Bastrock und Schmauchaugen, die ausgeschabte Kokosnusshälfte um den Hals. Vor einer Zofe, einer Katze, einer Prinzessin hat er sich ins Zeug gelegt und gesagt, dass er sie zum Fressen gern habe, dass er sie appetitlich finde, ihm tropfe der Zahn – und dergleichen grauenvolles Zeug mehr. Die Erinnerung macht eine Gänsehaut. Er zieht den Bademantel zu, selbst der stinkt nach kaltem Rauch. Außer Katzen gab es noch Mäuse und ein paar Teufelinnen, nicht am Schwanz zu unterscheiden, aber von vorn. Es gab eine blonde Kleopatra, einen fetten, traurigen Frosch, zwei Hofdamen, die eine Königin und etliche, die schlicht als Luder gingen: tief ausgeschnitten, in Fischnetzstrümpfen und paillettenbesetzten Korsagen. Im Grunde war niemand verkleidet, mal abgesehen von dem Frosch. Und der Königin, die keine ist, denn Königinnen schnarchen nicht. Er war der einzige Kannibale unter Neptunen, Ärzten und den ewigen Clowns. Badelatschen, Bastrock, Knochen, Kokosnuss – was hat ihn nur geritten. Und dann der Ringelpiez, jetzt fällt's ihm wieder ein: »Hier fliegen gleich die Löcher aus dem Käse, denn nun geht sie los, unsre Polonäse, von Blankenese bis hinter Wuppertal (langes, langes Tal). Wir ziehen los, mit ganz großen Schritten, und Erwin fasst der Heidi von hinten an die ... Schulter.« Alle haben mitgegrölt, er war Erwin und hat zugefasst, und Heidi war nicht Almut. Das hebt die Stimmung, ja da kommt Freude auf. Der Junge besitzt dieses Quarzding zum Malen, wie heißt das noch, wo man mit einem Wisch alles tilgen kann. Ein Königreich für so ein Wegwischding! Er ist nicht in seiner Mitte, er trinkt zu viel, er hat sich eine Frau ins Haus geholt, und die Frau schnarcht. Doch es ist vorbei, er fühlt's. It's all over now, Baby Blue. Er ist nicht gut im Schlussmachen. Lieber macht er sich selbst so lange madig, bis die Frauen keine Lust mehr haben und mit ihm Schluss machen. Wie oft hat er gesagt, er wisse selbst nicht, was mit ihm los sei, er könne sich selbst nicht leiden. Dabei war es doch so, dass er die Frau plötzlich nicht mehr leiden konnte. Diesmal würde er es anders machen, wie ein Kerl. Er ist doch ein Kerl. The carpet, too, is moving under you, and it's all over now, Baby Blue. Carpet heißt Teppich, so war's doch, aber carpenter heißt was anderes. Was heißt carpenter? If I were a carpenter, and you were a lady. Johnny Cash und June Carter, ein Herz und eine Seele, so muss es sein mit einer Frau. Wo sind die June Carters? Gibt's die nicht in diesem öden Land? No ladies? Er könnte kotzen, dass sie ihn mit Russisch traktiert haben, zwölf lange Jahre, und er kann gerade mal sagen, dass Nina einen

Traktor fährt. Wer braucht das denn, außerdem kennt er keine Nina. Er kannte mal eine Galina, aber die konnte Deutsch, wenn man so will. Russisch ist für den Arsch, Englisch, das wär's. Die ganze jüngere Musikgeschichte ist ohne Englisch nicht zu verstehen. Er hat sich ja bemüht, hat Vokabeln gepaukt, das Dylan-Songbook zu einem Viertel übersetzt. Nicht jede Zeile ergibt Sinn, im Gegenteil, die sinnvollen Zeilen sind in der Unterzahl. Carpenter: Er muss das nachschlagen. Er bräuchte mal jemanden, der sich damit auskennt. Warum gerät er immer nur an die Weiber, die schnarchen und den »Kleinen Prinzen« lesen? Oder geraten diese Weiber immer an ihn? Wie dem auch sei, er bräuchte mal eine, die Englisch kann, von der er was lernen könnte. Dann wäre sie die Lady und er der Teppichverkäufer. Das nämlich ist die Übersetzung von carpenter. Ganz so mies ist sein Englisch doch gar nicht. Als gestern nach den Büttenreden Musik gespielt wurde, haben sie sich nicht um die Vorgabe geschert. Die Vorgabe besagt, dass auf vier internationale Songs sechs hiesige zu laufen haben. Doch als der sogenannte Plattenunterhalter übernahm, hat er schnell ein paar Ostnummern runtergerissen – Puhdys, »Geh zu ihr«, Karat, »Über sieben Brücken« –, um dann Westmucke zu spielen. Aber was für welche, dagegen war der Ostrock pures Gold: »Sun of Jamaica«, »Xanadu«, »In the Air Tonight« (In der Luft heut Nacht). Alles zu schwofig, zu klebrig, so wie die Damengetränke Grüne Wiese oder Blauer Engel oder die berüchtigte Faschingsbowle mit den Südfrüchten des Ostens: Stachelbeeren. Die Lichtorgel funkelte, die Diskokugel blitzte, die Papierschlangen rollten und ringelten sich, von den Lampen und den Hälsen, um die Fuß- und Handgelenke, Qualm und Schweiß vertrieben das Deodorant. Wohl dem, der schon vom Schnaps milde gestimmt war, als der westdeutsche Schwachsinn kam: »Santa Maria«, »Sie müssen nur den Nippel durch die Lasche ziehn« und die schwarzbraune Haselnuss. Das konnten auch viel zu viele mitsingen, obwohl Heino verboten war, der revanchistische Schlagerinterpret Heino. Aber so ist es ja immer: Verbiete was, und die Leute sind gierig darauf. Siehe Prohibition, siehe das Kleid. »Wieso hast du Frauenklamotten in deinem Schrank?«, hat sie gefragt, den Kleidersack in der Hand. Ein Hauch von Kampfer lag in der Luft. Er hat geschwiegen, und da hat sie es kapiert. Eine halbe Stunde später hat sie gefragt, ob sie das Brokatkleid anprobieren dürfe. – »Nein«, hat er gesagt. »Nur anprobieren.« – »Nein.« Das Brokatkleid war vorn geschlossen und hinten offen, beim Maiball vor fast dreizehn Jahren hatte er nicht gewusst, wohin mit seiner Hand, obwohl die Hand bereits die Landschaft ihres Rückens kannte, das Tal und den Grat. Ihren Bauch spürte er an seiner Leiste. Nach Friederikes Tod hatte seine Mutter alle Kleider gewaschen, geplättet und verstaut. Sie war eine geübte Witwe, in jeden Sack hatte sie ein Päckchen Mottentod gelegt, so steckte der Tod zu Lebzeiten und darüber hinaus in den Kleidern seiner Frau. Bei den Todesanzeigen wollte er eine gute Figur abgeben, gut dastehen, redlich und großzügig trauern. Groß die Anzeigen, groß der Grabstein, golden die Inschrift. Er hatte der Welt zeigen wollen, wie enorm sein Verlust war, er hat einen Trauernden gegeben und sich für das Falsche daran gehasst. Die echte Trauer blieb nicht aus. Es war keine Trauer im eigentlichen Sinn, er war plötzlich geschlagen mit Einsamkeit. Mit einem Mal wusste er – im Auto sitzend, die Wischer beseitigten den Regen –, dass er nie wieder Schluckauf bekommen würde, weil der einzige Mensch, der an ihn gedacht hatte und je an ihn denken würde, nun einfach fortgegangen war. Er hat sich in die Müdigkeit und in den Schlaf gesoffen, ein paar Jahre lang. Seine Mutter hat den Jungen gehütet. Als er sicher sein konnte, dass das Vergessen hielt, hat er aufgehört zu saufen. Das Vergessen hielt nicht immer. Einmal entdeckte er eine Bürste, in der noch ihre Haare waren. Und manchmal sickerte etwas durch, wenn der Junge nach seiner Mutter fragte. Er wiegelte dann ab, sagte etwas Heiteres, etwas Leichtes, aber in Wahrheit standen ihm die Einsamkeit und das Grauen wieder vor Augen. Als der Junge den Ring fand und fragte, an welchem Finger die Mutter ihn getragen habe, da war es auch so. Ihr Gesicht war vergessen, der Raum, den sie eingenommen hatte, war leer. Doch dann erscheint sie ihm: Sie liegt im Quecksilber und sagt, sie gibt ihn jetzt frei. Obwohl sie es ist, die den Ehering abgezogen hat, weil er viel zu groß geworden ist. Das hat sie ihm erklärt: Der Ring sei viel zu groß geworden, sie müsse ihn abziehen. Sie will nicht sagen, dass sie zu dünn geworden ist, verschwindend dünn, sie will das nicht auf sich nehmen und beschuldigt den Ring. Wenn ihm das im Kopf sitzt, mir nichts, dir nichts, denkt er zuerst ans Saufen. Er möchte dann sofort saufen, sich die Bilder aus dem Kopf wischen. Das Zweite, was er denkt, ist: Nie wieder wird eine Frau zu mir sagen, sie gibt mich frei. Denn das würde ja bedeuten, dass sie mich zuvor in Besitz genommen hat. Also werde ich mich mit allen Kräften dagegen wehren, dass mich je eine in Besitz nimmt. Und trotzdem sehnt er sich nach der einen, von der er sich ergreifen lassen kann. Vielleicht rührt daher sein ganzes Elend: dass er zwei Sachen will, die nicht zusammengehen. – Mein Gott, wo kommen bloß diese Gedanken her. Weg, fort, er will doch nicht im Gestern leben, auch nicht im Heute, sondern im Morgen. Er will seine Gedanken wandern lassen, westwärts, dahin, wo keiner grübelt, wo immer was los ist, wo man permanent on the road ist, wo man über Brücken geht, wo man nicht festsitzt. Doch seine Gedanken kommen nicht in Tritt. Er hat Kopfschmerzen, er müsste was dagegen nehmen, vielleicht einen Klaren, eine Bloody Mary. So macht man das doch: den Liebeskummer mit einer Frau bekämpfen, den Kater mit Schnaps. Andererseits muss er sagen, dass es auch ein gutes Gestern gibt, eine Vergangenheit, der er gar nicht ausweichen muss. Die Erinnerung weiß von Glück. Überraschend jedoch ist, dass es sich um ein Glück handelt, das er nachholen kann, das er nachträglich erteilt. Und zwar sich. Wenn er Jakob über den Kopf streicht, dann ist er es selbst, dem diese Zärtlichkeit zugutekommt. Er versteht es nicht so recht, aber wenn er liebevoll zu Jakob ist, dann ist er auch liebevoll zu dem Kind, das er selbst einmal war. Seine Mutter hat das bei ihm viel zu selten getan. Er möchte denken: nie. Aber hin und wieder wird sie es schon getan haben. Es fühlt sich nur an wie: nie. Bei Jakob kann er wiedergutmachen, was seine Mutter bei ihm versäumt hat. Er streicht ihm über den Kopf, und zusammen mit Jakob wächst er noch einmal heran. Nicht nur die Zukunft, sondern auch die Vergangenheit liegt in unseren Händen. Deshalb kann er alles auch zum Schlechten drehen. Wenn er es jetzt vermasselt, wenn er den Eigensinn, die Gier, die Kälte und die Wut ganz einlässt, dann sind Jakobs Kindheit und seine eigene verdorben. Das war es doch, was der Pfaffe meinte, als er ihn über den Gartenzaun hinweg ansprach. Ganz harmlos fing er an. Ob Jakob nicht zur Christenlehre kommen möge, fragte er. Ob er nicht konfirmiert werden wolle. Er gehe ja mit seiner Tochter Kerstin in eine Klasse, sie erzähle hier und da von ihrem Klassenkameraden. Man fahre demnächst auch zur Rüstzeit, ins Vogtland. – »Euer Verein ist mir genauso suspekt wie alle Vereine«, hat er geantwortet, erschrocken über seine Schroffheit. Er stand da mit zwei Eimern in der Hand, der Kohlenhaufen vor dem Haus wollte nicht kleiner werden, er stand hinterm Zaun. Dem Pfaffen ist das Lächeln nur kurz verrutscht, dann hat er gefragt, ob er mit anpacken solle. Nicht quatschen, nur helfen. Er hat dann doch gequatscht, während sie die Briketts in die Kellerluke hinterm Haus geschüttet haben, Eimer für Eimer. Der Frieden fange ja beim Einzelnen an, sagte der Pfaffe und schippte seine Behälter voll, obwohl er so ein Hänfling ist. Er selbst habe sich zum Frieden ermahnen müssen, vor allem nach der Manöversache. Rumpelnd stürzten die zerbrochenen Briketts der Marke Rekord in den Eimer, nie silbentreu getrennt, schwarzer Staub mit glänzenden Splittern, dieselbe Struktur wie Diamanten: Kohlenstoff, im Periodensystem C6. Es sei ja nicht zu übersehen, dass er, der Herr Friedrich, frustriert sei, dass er geladen sei. Wie so viele in diesem Land. Da sei auch etliches, was Anlass zum Groll biete: die Bevormundung, die Militarisierung aller Bereiche, der Mangel an so manchem, nicht zuletzt Freiheit, nicht zuletzt Frieden. Und dennoch, ob er nicht doch das Gefühl habe, dass langsam eine Besserung eintrete? – »Nein«, sagte er, »im Gegenteil. Es wird immer schlimmer.« Aber das hinderte den Pfaffen nicht daran weiterzusprechen. Er solle zum Beispiel an die Reiseerleichterungen denken und daran, dass sich immer mehr Menschen zusammenfänden, um Alternativen zu diskutieren, im Umfeld der Kirche. Auch er lasse seine Tochter künftig nicht mehr an Zivilschutzübungen oder Aufmärschen teilnehmen. Das gehe schon, wenn man den richtigen Ton finde, wenn man seinen Standpunkt gelassen darlege. Die Kirche biete da eben auch einen gewissen Schutz. Um Jakobs willen würde er gern darüber sprechen, ob es für sie, die Friedrichs, keine bessere Lösung gebe. Alle würden über den Vorfall kürzlich in der Schule reden, das schade doch vor allem dem Jungen. Der müsse doch mit der Lehrerin klarkommen, mit allen Lehrern. Es lohne sich, darüber nachzudenken, ob Konfrontation das einzige Mittel sei. Ein konstruktiver Umgang mit der eigenen Aggression könne auch auf die Gesellschaft wirken. Man mache es denen nur leicht, wenn man sie attackiere, man selbst verrohe dabei. Doch wenn man sie in die Pflicht nehme durch tätige Friedfertigkeit, dann müssten sie sich stellen. Die Bereitschaft, zuzuhören und zu verstehen, würde sehr wahrscheinlich zunehmen, auch bei denen. »Wir müssen sie ändern, indem wir uns ändern«, sagte er. »Wir müssen die Sprache des Friedens sprechen.« Er stellte die leeren Eimer ab, seine Hände waren schwarz, und auch sein Gesicht zeigte Spuren von Ruß. Er war ein bartloser Mann, der mit seinen bartlosen Ansichten einfach auf ihn zugetreten war. Mit seiner Drahtbrille und seinem schiefen Pony stellte er die Karikatur eines Christen dar, irgendwie weiblich oder unmännlich, weich, obwohl er genauso viel geschleppt und dabei ohne Unterlass geredet hatte. Gleichzeitig waren da die wachen Augen, das feine Spiel um den Mund und die klare Rede. Der Pfaffe rührte an etwas. Womöglich könnte er zur Ruhe kommen, könnte sich fügen, ohne allzu unglücklich zu sein, könnte Teil eines Ganzen und dennoch er selbst sein. Womöglich könnte er hier leben, mit dem Jungen, mit einer Frau. Er könnte musizieren, könnte vor Freunden auftreten, er könnte arbeiten, er könnte noch ein Kind bekommen, eine Tochter. Es würde ihn versöhnen mit dem Weiblichen, mit der Welt, vielleicht. Aber könnte er über seinen Schatten springen? Man muss doch begreifen, dass ein Einzelner nur die Kontur für den Schatten liefert, das Licht kommt woanders her. »Amen und danke für die tätige Hilfe«, sagte er, und etwas in seinem Innern, das für einen Moment geweitet und offen gewesen war, zog sich zusammen. – »Wir sind doch nur Menschen«, erwiderte der Pfaffe, »wenn wir unsere Gefängnisse verlassen und zu den anderen treten. Denken Sie darüber nach. Ich würde mich freuen, wenn Jakob und Sie uns einmal besuchen kämen.« Denken, das ist mühsam. Seine Gedanken verwildern, er spürt es, er bräuchte mal jemanden, der ihm beim Denken hilft, bei dem er sein Herz ausschütten kann. Könnte er dem Pfaffen sein Herz ausschütten? Aber bevor man es ausschütten kann, so ein Herz, muss es erst mal voll sein. Es fühlt sich manchmal so an, als sei seins leer oder zu eng. Er bräuchte zuerst einmal jemanden, der ihm das Herz füllt und dehnt und der ihm dann beim Denken hilft, aber er gerät ja immer an die Weiber, die den »Kleinen Prinzen« lesen und obendrein schnarchen. Oder geraten die dummen Weiber immer an ihn? Herrgott, er hat das Gefühl, sich im Kreis zu drehen, auf einmal ist ihm ganz schwindlig. Er sollte sich jetzt wirklich mal eine Spalt oder besser zwei holen. Dringlich. Aber dafür müsste er aufstehen, und aufstehen geht gerade gar nicht. Lass sie klopfen, die Spechte im Kopf, lass sie klopfen. »Herein«, ruft er, und Jakob schiebt seinen Kopf durch den Türspalt. »Ich muss jetzt zum Hort«, sagt der Junge, sein Gesicht ist verschattet. – »Wieso?«, fragt er. – »Ferienhort«, erklärt Jakob. – »Ach so«, sagt er. »Soll ich dich fahren? Warte, ich fahre dich.« – »Ich kann auch laufen«, sagt Jakob. »Das Auto springt sowieso nicht gleich an.« – »Gut«, sagt er. »Dann hol ich dich ab.« – »Brauchst nicht«, sagt Jakob. »Falks Papa kann mich mitnehmen.« Er will noch fragen, ob Jakob sich ein Brot geschmiert hat oder ob er ihm Essensgeld mitgeben soll, doch der Junge hat die Tür schon hinter sich geschlossen und steigt die Treppe hinunter. Kein Wunder, dass er seinen Vater von der Schule fernhält. Sein Vater ist ihm peinlich, er bringt ihn nur in Schwierigkeiten. So geschehen kurz vor den Ferien. Angefangen hat es damit, dass Jakob ihm von dem Pioniermanöver erzählte. Es war eher ein Geständnis, eine Beichte. Fassungslos hat er zugehört und sich Notizen gemacht. Winterzeit ist Manöverzeit, habe der Mann von der Gesellschaft für Sport und Technik gesagt, der einen Vortrag vor der 5 b über die Notwendigkeit der Wehrbereitschaft der Bevölkerung, auch der Thälmannpioniere, hielt. Er legte Folien auf den Projektor, den Polylux, und zeigte Bilder von Pionieren, die eine Partisanenaktion machen, es gibt ein Funkgerät und eine Schneehütte und ein Munitionslager der Faschisten, das natürlich gestürmt wird. Die Bilder regen den Appetit an, auch Jakobs, da kann er leugnen, sosehr er will. Die Lehrerin übernimmt und redet vom roten Halstuch als Teil der Fahne der Arbeiterklasse, von revolutionären Arbeitern seit je mit Stolz getragen, Banner des Kampfes, kämpfen sollt auch ihr, auf, auf zum Kampf. Der Freundschaftsrat soll einen Manöverstab berufen, bestehend aus Kommandeur, Polizeikommissar, dem Leiter der Aufklärung, dem Leiter der Verpflegung und dem Leiter des Sanitätsdienstes. Natürlich kommt sein Junge dafür nicht infrage. Zum Kulturoffizier wird Falk Ulmen ernannt, der sommersprossige Bursche von nebenan. Der Stab und das Fußvolk suchen einen guten Namen für das Manöverspiel. Im Gespräch sind »Partisanenpfad«, »Oktobersturm«, »Parole Maulwurf«, »No pasarán«. Jakob hat sich aus allem herausgehalten, das schwört er hoch und heilig. Selbst als Falk sagt, er solle mal was beisteuern, er habe doch immer so gute Ideen, hält er die Klappe. Behauptet er wenigstens. Schließlich einigt man sich auf den Namen »Roter Bisam«, was gut passt, da die Partisanen – oder was auch immer die Kinder darstellen – die Kegelbahn der Sportgaststätte »Rotation« zum Bunker umbauen müssen. Das ist ihre Aufgabe, so steht es in dem Tagesbefehl, den ihnen der Mann von der GST nach dem Manöverappell überreicht. Die Klassenlehrerin ist begeistert, gerade weil die Bedrohung ernst ist: Der Klassenfeind wird einen nuklearen Schlag ausführen, wahrscheinlich noch in der Nacht. Bevor Leuchtmunition am Himmel erblüht, müssen die Kippfenster der Kegelbahn mit Splitterschutz gegen den radioaktiven Staub verklebt und muss eine Kochstelle eingerichtet sein, Matratzen, Decken, Lebensmittelvorräte und Getränke für eine längere Zeit des Überlebens müssen beschafft werden. So steht es im Tagesbefehl. Aus eigenem Antrieb beschließen die Kinder, Spiele wie »Mensch ärgere dich nicht« heranzuschaffen, gegen die Langeweile. Eine Mitschülerin wird gedrängt, ihre Schildkröte zu holen. Man brauche ein Tier, das man hinausschicken könne, um zu testen, ob das Gebiet noch kontaminiert sei, sagen die Mitglieder des Manöverstabs. Kontaminiert. Das Mädchen sträubt sich erst, sieht aber dann ein, dass das Leben einer Schildkröte wertlos ist im Vergleich zum Leben von neunundzwanzig Thälmannpionieren (minus drei). Das erfährt Jakob erst später, Falk erzählt es ihm. Denn Jakob ist nicht im Bunker. Zusammen mit Kerstin, der Tochter des Pfaffen, und einem Sitzenbleiber ist er der Klassenfeind. Was die Bunker-Pioniere nicht wissen: Nach erfolgter Detonation wird der Klassenfeind versuchen, den Schutzraum zu stürmen. Denn dem Klassenfeind ist nicht daran gelegen, alles Leben auszulöschen und eine nukleare Wüste zu hinterlassen. Vielmehr möchte er das Land erobern und besetzen. Also marschiert der Klassenfeind in ABC-Kleidung und mit Gasmasken vorm Gesicht auf die Kegelbahn der Sportgaststätte »Rotation« zu. Das Mädchen allerdings gerät in Panik, bekommt Schnappatmung und erbricht sich in die Maske. In ihrer Freizeit spielt sie Cello und singt im Chor. Die beiden anderen befreien sie von Maske und Umhang und bringen sie in die nächstgelegene Poliklinik, ohne dass sich der GST-Mann oder die Lehrerin gezeigt hätten. Wenn das sein Kind wäre, hätte er nicht so bartlos dahergeredet. Am Ende jedenfalls hat der Sozialismus gesiegt. Mit fröhlichen Liedern klingt das Manöverspiel aus, Auswertung und Belobigungen sollen am nächsten Montag beim Schulappell erfolgen. – Als er das hört, als ihm Jakob das hinterbringt, stockend vor Scham, sieht er rot. Die Übung im Betrieb hat er noch als Kuriosität betrachtet. Dass aber Kinder Atomkrieg spielen, dass sein Sohn den Klassenfeind darstellen muss, das bringt das Fass zum Überlaufen. Am nächsten Morgen ordnet er an, dass Jakob sein Halstuch und seinen Pionierausweis mit zur Schule nimmt. Im Gang vor der Turnhalle warten sie das Ende des Morgenappells ab. Als sich das Geviert auflöst und die Schüler durch die Pendeltür strömen, drängen sie sich gegen den Pulk, bis sie vor eine Gruppe Lehrer gespült werden, darunter Fräulein Papaioannou, Jakobs Klassenlehrerin. Das Fräulein trägt Blauhemd, hat ein ovales Gesicht mit länglicher Nase, ausgeprägtem Mundbogen und hohen Brauenschwüngen. Aus einem scharfen Scheitel fällt üppiges dunkles Haar auf ihre Schultern. Sie hält eine Gitarre am Hals, deren Körper voller bunter Aufkleber ist, ein blauer mit weißer Friedenstaube ist auch darunter. How many seas must a white dove sail? Als er mit seinem Sohn vor ihr steht, bringt sie es fertig, ihre hohen Brauen noch höher zu biegen. Ob es eine Entschuldigung für Jakobs Abwesenheit heute Morgen gebe? – Zuerst einmal wolle er eine Entschuldigung für das, was mit seinem Kind am Wochenende angestellt worden sei, schnauzt er sie an. Ein Kriegsspiel sei das gewesen, ein makabres. Ob denn dieses Land nicht schon genug Unheil angerichtet habe mit dem Kriegspielen. Sie als gebürtige Griechin wisse das vielleicht nicht so recht, aber es verbiete sich ja wohl ein für alle Mal, deutsche Kinder für den Krieg auszubilden. Wie pervers seien sie denn allesamt. Er blickt in die schweigende Runde und sieht seinen alten Erdkundelehrer an, der zu Boden schaut. »Herr Baudach, Sie waren doch im Kessel, sagen Sie doch mal was.« Stattdessen ergreift das Fräulein das Wort, doch sie kann gerade mal »antifaschistisches Deutschland«, »Friedenswacht« und »kämpfen wollen, um nicht kämpfen zu müssen« sagen, dann schleudert er ihr Jakobs Halstuch und den Pionierausweis vor die Füße. »Wir treten aus!«, schreit er und zerrt seinen Sohn fort. »Wir treten aus!« Natürlich haben etliche Schüler die Szene verfolgt, und nahezu alle Lehrer waren anwesend. Nie ist ein Kind gründlicher blamiert worden, nie hat sich ein Vater weniger beherrscht. Wenn er daran denkt, welchen Schikanen Jakob nun ausgesetzt sein wird, dreht sich ihm der Magen um. Unter normalen Umständen hätte er dem Fräulein den Hof gemacht, er hätte ihr die Borniertheit ausgetrieben mit allen Mitteln der Kunst, mit Musik, Kerzenschein und seinen kundigen Händen. Sie hätten ein Gitarrenduett gespielt, eine Sarabande, danach hätten sie ohne Instrumente weitergespielt. Jetzt aber wird sie sich an seinem Jungen rächen, so viel ist sicher. In Jakobs Haut möchte er nicht stecken, in seiner übrigens auch nicht. Und jetzt fällt ihm auch ein, wie dieses Wegwischding heißt, der mit Quarzsand gefüllte Monitor: Zaubertafel. Das ist es, was er braucht, eine Zaubertafel zum Wegwischen. Das Saufen ist ja eine Art Zaubertafel, so könnte man es sehen, und einen Abend lang hilft es. Am Morgen danach nicht mehr. Er müsste jetzt aufstehen, zum Tischchen gehen, sich irgendwas einschenken und weitersaufen, die Bildermaschine lahmlegen. In letzter Zeit sind einfach zu viele miese Bilder entstanden, und kaum denkt er das, steht wieder der ABV vor dem Zaun, korrekt, freundlich grüßend, man kann ihm nichts vorwerfen, alles hat seine Ordnung, er ist nur eines von vielen Schweinen in diesem riesigen Schweinestall. Weil er keine Zaubertafel hat, kommt also das nächste Scheißbild: Es ist Rosenmontag, und Voss, der Abschnittsbevollmächtigte der Polizei, steht mit Uniformmantel, Wintermütze und rosigen Wangen vor dem Zaun und freut sich still auf das, was gleich kommt. Denn Vorfreude ist die schönste Freude, das gilt auch für Sadisten. Freudig erregt erwartet er den Hausherrn, der in Bademantel und Pantoffeln zum Gartentor schlurft und wissen will, womit er dienen könne – wenn das ironisch klingt, dann ist es auch so gemeint. Voss bleibt eisern. Ob er es mit Frank Friedrich, wohnhaft in der Regenstraße 27 und geboren am 17. Juni 1946, zu tun habe, fragt er. Der Hausherr kann sich nur wundern. Er sagt: »Aber Genosse Voss, das wissen Sie doch ganz genau. Seit über zwanzig Jahren schreiben Sie mich auf: Parkt zu lange auf dem Bürgersteig, flaggt nicht im Mai, nicht im Oktober, grüßt nicht, zweifelhafter Leumund, hält sich für was Besseres. Das bin doch ich, Genosse Voss, Ihr Frank Friedrich.« – »Wenn es sich tatsächlich bei Ihnen um besagte Person handelt«, erwidert Voss, »dann muss ich Sie auffordern, mir Ihren Personalausweis auszuhändigen. Beim Rat des Stadtbezirks bekommen Sie stattdessen ein vorläufiges Personaldokument, einen PM 12.« – »Genosse Voss (ja, die Ironie tut sich jetzt schwer), aus welchem Grund soll ich meinen Ausweis abgeben und ein Ersatzpapier annehmen?« – Das, so der ABV, entziehe sich seiner Kenntnis. Er habe Anweisung erhalten, und die führe er lediglich aus. So ist das ja immer: Da kommt einer, um was auszuführen, und verschanzt sich hinter einer Anweisung, hinter einem mangelhaften Kenntnisstand. – »Irrtum, Voss«, sagt der Hausherr. »Sie glauben doch nicht, dass ich Ihnen ohne Nennung von Gründen meinen Personalausweis aushändige, um mich auf eine Stufe mit Rechtlosen, mit Mördern und Kinderfickern stellen zu lassen.« Damit geht er zum Haus zurück. »Wie Sie wollen«, ruft Voss ihm nach. »Ich werde mir doch nicht die Hände an einem wie Ihnen schmutzig machen. In zwei Tagen haben Sie eine Vorladung im Briefkasten. So einfach ist das.« – »Voss, Sie sind ein Untertan«, ruft er, schon den Türknauf in der Hand. Warum, zum Teufel, hat er sich noch einmal umdrehen und das Maul aufmachen müssen? Er benimmt sich wie ein trotziger Junge, der seine überzogenen Forderungen mit Zeter und Mordio durchsetzen will. Doch seine Forderungen sind nicht überzogen, er fordert nichts, was ihm nicht zusteht. Er will nur sein gutes Recht, aber sein Zorn blamiert ihn, sein Zorn denunziert sein gutes Recht, so sieht es doch aus. Auch Voss hat sich im Ton vergriffen, aber am Ende geht er als Sieger vom Feld. Er salutiert lächelnd und sagt: »Der Untertan wünscht dem Herrn Friedrich noch einen angenehmen Tag.« Nun thront auf dem Wort »Herr« die Ironie, triumphierender und selbstgerechter, als sie eben noch auf dem Wort »Genosse« gehockt hat. Diese Ironie sagt doch schon alles: Dass er eigentlich kein Herr ist, kein Bürger, dass sie mit ihm machen können, was sie wollen. Noch dringen sie nicht in sein Haus ein, aber lange wird es nicht mehr dauern. Er ist ein Niemand im Bademantel, und im Zimmer dieses Niemands ist es plötzlich still: Das Schnarchen hat aufgehört. Für einen Moment ist es ganz ruhig, dann regt sie sich, dreht den Kopf zur Seite und wendet sich zur Wand. Sie strampelt kurz und heftig mit den Beinen, bis ein Bein frei liegt, Rücken und Hintern sind entblößt. Geräuschlos schläft sie weiter. Die Rundungen ihres Hinterns und ihrer Schenkel fordern für einen Augenblick seine Aufmerksamkeit, und er denkt, dass er sich Erleichterung verschaffen könnte. Er könnte Hand an sich legen, oder er könnte Hand an sie legen. Er könnte versuchen, sie im Halbschlaf zu erregen, und dann könnte er sich und ihr ein wenig Erleichterung verschaffen. Aber da fällt ihm wieder ein, dass er gestern fremde Weiber angefasst hat, vor ihren Augen, dass er sich wie ein großes Schwein benommen hat, womit er zwar prächtig in diesen riesigen Schweinestall passt, jedoch das Recht verloren hat, sie anzufassen. Wie simpel und unbeschwert war doch alles, als er sie traf, vor nunmehr sieben Monaten. Nach Leder und Schuhcreme roch der Laden, ein Ventilator zerschnitt die heiße Luft, Jakob war im Ferienlager, die Stadt war träge und leer wie der Laden. Er nahm ein Paar Wildlederschuhe aus dem Regal und setzte sich auf die kunstlederne Bank des privat geführten Geschäfts, das ein erstaunliches Sortiment bot. Einen Fuß auf die Schräge gestellt, beobachtete er die Verkäuferin, die mit dem Rücken zu ihm am Boden kniete, Schuhe in knisterndes Papier einschlug und in Kartons verstaute. Er war der einzige Kunde. Er studierte die Perlenschnur ihres Rückgrats, die sich ohne Unterbrechung unter ihrem Nicki abzeichnete: kein BH. Sie schwitzte offenbar nicht, sein Arsch hingegen klebte am Kunstleder. Er wartete auf ihr Gesicht und auf ihre Brüste, in dieser Reihenfolge. Als sie sich zu ihm umwandte – sie blieb in der Hocke und drehte sich auf den Sohlen –, war er nur ein bisschen enttäuscht. Er blieb sitzen, den Fuß auf der Schräge. Sie sah zu den Wildlederschuhen, ihr Kinn auf einer Linie mit seinem Nabel. »Die sollen es sein?«, fragte sie, und er nickte. Im Entengang kam sie zu ihm und band die Schnürsenkel seiner Turnschuhe auf. Dünne Silberreifen klimperten an ihren Handgelenken, als sie vorsichtig seine Wade umfasste und den ersten, dann den zweiten Schuh abzog. Er stellte seine nackten Füße auf die Auslegware, so wie jetzt, seine Zehen sind breit, kräftige Adern laufen über den Spann, im Sommer waren seine Füße braungebrannt und die Zehennägel fast weiß. Sie musterte seine Füße, er sah ihre grünen Lider und die Kränze ihrer Wimpern, dann hob sie den Blick und ließ ihn wandern, bis er in seinem Gesicht anlangte. »Für Ihre Größe haben Sie kleine Füße«, sagte sie. Ihre Stimme war einen Tick zu schmal, ihr Gesicht einen Hauch zu ordinär, sie war genau richtig. »Eine Neunundzwanzig?« Er nickte wieder. Sie holte Füßlinge, stülpte sie ihm über, zog ihm die Wildlederschuhe an, schnürte sie und sagte, er solle aufstehen. Mit ihrem rot lackierten Daumen prüfte sie, ob der Schuh genug Platz bot.

»Gehen Sie ein paar Schritte.« Er ging ein paar Schritte, die Schuhe quietschten leise, seine Hose klebte am Hintern. »Da vorn ist ein Spiegel«, sagte sie, noch immer in der Hocke. Er trat vor den Spiegel, in dem er einen ihrer Arme und ein Stück ihres weiten geblümten Rocks sah. »Sie haben Glück, es ist das letzte Paar.« Das Handbuch für Verführer empfahl für eine Situation wie diese zahlreiche Eröffnungen. Die Standardfrage war so banal, dass niemand sie ernstlich in Erwägung ziehen konnte: »Fräulein, wann machen Sie Feierabend?« Zu Recht hatte Mo einmal von einer Krankenschwester darauf zu hören bekommen, dass sie immer im Dienst sei. Eine Nuance forscher, selbstgewisser war: »Was machen Sie nach Feierabend?« Dagegen war die Frage »Finden Sie auch, dass Milcheis viel besser schmeckt als Wassereis?« raffinierter und setzte eine gewisse Verspieltheit und Kombinationsgabe voraus. Eine scheinbar absichtslose Feststellung wie: »Ihr Rock passt vortrefflich zu Ihrer Frisur« war zwar dämlich, aber effektvoll. Lange hat er es nicht glauben wollen, aber Komplimente für die Frisur oder die Kleidung bringen den besten Erfolg. Mo konnte das nur bestätigen, er hat ihn oft ermahnt, diese Technik anzuwenden. »So schlicht sind sie doch nicht«, hat er zu bedenken gegeben, »das ist doch zu plump.« Aber das Gegenteil ist wahr, es gibt kein sichereres Mittel als das Geschenk eines lobenden Wortes: »Dieser Schuh macht ein schlankes Bein«, »Treiben Sie Sport?«, »Diese Bluse steht Ihnen ungemein«. Darum geht es am Ende immer: dass man ihnen das Gefühl gibt, ungemein zu sein, also nicht wie alle, nicht allgemein, sondern eben ungemein, ganz eigen und einzigartig. Am Ende geht es auch ihm darum, dass er nicht wie alle anderen sein will, dass er mehr als der Teil einer grauen Masse ist, nicht nur ein nützliches Glied der Gesellschaft, des Kollektivs, sondern sein eigener unverwechselbarer Mensch. All das in seinem Kopf hin und her wendend, jetzt und damals, an jenem heißen Sommertag vor sieben Monaten, sagte er zu der Schuhverkäuferin, die noch immer vor ihm kniete und ihn unverwandt ansah: »Ich lasse sie gleich an. Wann machen Sie eigentlich Feierabend?« Zu seiner Ernüchterung antwortete sie: »Um fünf.« Und da ist sie nun, die siebenundzwanzigjährige Almut Reinecke, schnarchend beziehungsweise kurz damit aussetzend. Sie liegt in seinem Bett, nicht unappetitlich, aber eben alles andere als ungemein. Er hat keine Angst vor ihr, er hat keine Angst um sie, er denkt nicht über die Beschaffenheit ihrer Seele nach, er liebt sie nicht. Seit Jahren sucht er sich solche Frauen, die vor ihm knien, die ihm die Schuhe aus- und anziehen, die ihm Wadenwickel machen, wenn es ihm dreckig geht, Frauen, die den »Kleinen Prinzen« mögen und sich nicht aufrichten, um ihm die Leviten zu lesen. Mein Gott, woher nimmt er nur seine Arroganz, was für ein Arschloch ist er bloß, was, verdammt noch mal, ist nur mit ihm los? Ist er vielleicht was Besseres? Ist er der Papst aller Päpste, der Papstpapst, der Fidibus, der Heiland aller Welt zugleich? Fühlt sich nicht so an, im Bademantel dasitzend und die Fusseln aus seinem Bauchnabel pulend. Er dreht eine Kugel aus dem Nabelgewölle, schnippt sie in den Raum und schließt den Bademantel wieder. Vielleicht sollte er mal in die Wüste ziehen und sich um den kleinen Prinzen bemühen. Vielleicht sollte er sich mal um diese Frauen bemühen, um eine Frau. Vielleicht sollte er anfangen, mit dem Herzen zu sehen. Aber dafür müsste es erst mal Augen haben, sein Herz. Als er einmal Messungen machte, hinten bei Bölitz-Ehrenberg – oder war es Borna, oder war es Bitterfeld? –, da wohnte er in einer Pension, deren einziger Gast er war. Es war in den Jahren nach Friederikes Tod, als er schon in der Früh soff. Vom Fenster seines kargen Zimmers aus konnte er in die Räume des gegenüberliegenden Hauses sehen. Dessen Fassade war schwarz wie alle Fassaden, davor standen bleifarbene Mülltonnen. An zwei Fensterflügeln im Hochparterre klebten Scherenschnitte – Elefant, Giraffe, Känguru –, und dahinter erschien ein weiterer Scherenschnitt: der einer Frau. Es war die Silhouette einer jungen Mutter, die einen Säugling vor der Brust trug. Als sie das Kind vor sich auf den Wickeltisch legte, konnte er erkennen, dass sie nackt war. Ihre Brüste waren voll, und er sah den Ansatz ihrer Scham. Mit Hingabe wickelte sie ihr Kind, von dem er nur die speckigen Beine erblickte. Als sie fertig war, küsste sie die Fußsohlen des Babys. Ihr Haar war offen, ihr

Gesicht nicht zu erkennen. Hastig trank er einen letzten Schluck, warf die halb volle Wodkaflasche in den Papierkorb und sprang in seine Klamotten. Er stürmte aus der Pension über die Straße vor das Fenster mit den Scherenschnitten, stellte sich auf die Zehenspitzen und klopfte an die schmutzige Scheibe, in der sich die Tiere regten, bevor sie ausbrachen. Ein Handtuch vor die Brust haltend, beugte sich die junge Mutter heraus, der Blick ohne Neugier oder Angst. Er logiere gegenüber, sagte er. Er habe Messungen hier gemacht in der Gegend, Schadstoffe, saure Niederschläge, Schwefel, Staub, Kohlenmonoxid, dergleichen. Es sei nicht gut hier für Kleinkinder, sagte er. Krupp, Pseudokrupp, Asthma, Bronchitis. Sie solle wegziehen, ins Grüne, weg aus dieser Gegend. A hard rain's a-gonna fall, dachte er. Sie müsse erst das Kind stillen, sagte sie. Es würde dann für zwei Stunden schlafen, und sie könne sich etwas Zeit nehmen. – »Zimmer elf«, sagte er, und sie schloss das Fenster. Eine halbe Stunde später klopfte es an seiner Tür. Sie roch nach Vanille. Mit dem Daumen fuhr er die braune Linie entlang, die ihren Bauch vom Nabel bis in den Schoß teilte. »Du musst hier weg«, sagte er. – »Ja«, sagte sie. Er holte die Wodkaflasche aus dem Müll, sie tranken abwechselnd aus der Flasche. Das Kind würde gleich aufwachen und wolle dann gestillt werden, sagte sie schließlich und zog sich an. Für einen Moment hatte er geglaubt, sie und sich retten zu können. Weil er nichts von sich versteht, versteht er auch nichts von den Frauen. Er kann keinen klaren Gedanken fassen, die Lichter sind an, aber niemand ist zu Hause. Vielleicht wird er verrückt? Vor ein paar Tagen sah er seine Mutter auf der Straße, eine Frau im Karakulmantel, mit zwei Netzen, er ging zu ihr, griff nach den Netzen. Sie drehte sich um, und in ihrem Gesicht war nur Verwunderung, kein Erkennen. Er entschuldigte sich bei der fremden Frau. Den ganzen Winter über liefen sie Schlittschuh auf den zugefrorenen Seen und den Kiesgruben. Statt mit einem Puck spielten sie mit einem halben Brikett Eishockey. Mit jedem Schlag wurde das Kohlestück kleiner, bis es nur noch die Größe einer Murmel hatte, die er mit einem einzigen Schlag pulverisierte, woran er fast verzweifelte. »Du brauchst eine anspruchsvolle

Frau in deinem Leben, eine, die Erwartungen an dich stellt«, hatte Anita zu ihm gesagt, »sonst wird das nüscht.« Die schlaue Anita bewachte ihn, das merkte er. Vielleicht war sie ein bisschen verschossen in ihn, vielleicht war es nur Mitleid oder gar Nächstenliebe. Als langjährige Sekretärin kannte sie jeden in der Abteilung auf das Genaueste, wusste alles über alle, und wenn nötig, wusch sie ihm oder dem Chef den Kopf. So auch am Tag der Zivilschutzübung, dem Vorspiel zu allen anderen Katastrophen und Unglaublichkeiten der letzten Zeit. Akt eins, sozusagen. Wobei das nicht stimmt, Akt eins war Mutters Ausreise, er hatte geheult. Doch vielleicht ist alles auch schon viel früher losgegangen, wer weiß, wo der Treppenwitz seiner Verzweiflung seinen Anfang genommen hat. Im Betrieb kam der Alarm zehn nach acht. Wie immer war er der Letzte gewesen, der morgens eintraf. Anita hatte ihm noch nicht einmal eine Tasse Kaffee auf seinen leeren Schreibtisch gestellt, da begannen die Sirenen mit ihrem Geheul. Drei Minuten lang, im Fünfsekundenabstand an- und abschwellend. Mit dem Ausklingen platzte Langrock in sein Büro und japste: »Luftalarm. Mir machen in' Bunker.« Vor Schreck hatte er sein Gewandhaussächsisch verloren und polterte fort. Ihm war überhaupt nicht klar, dass es einen Bunker gab. »Anita, wir haben einen Bunker?« – »Du kriegst wohl gar nichts mehr mit«, sagte sie und schob ihn in den Gang, an dessen Ende sich der Raum mit den Proben befand. Es war eine vier auf fünf Meter große Kammer, an deren fensterlosen Wänden hohe Regale standen, in denen Erd-, Gesteins-, Wasser- und sogar Luftproben lagerten. In Gläsern, Büchsen, Schachteln und bleiernen Kolben wurden Kadmiumerde, Silbernitratwasser, Ammoniakrost, Phosphatkrume, Feinstaub aus Kalk-, Schwefel- und Asbestpartikeln und sogar Pechblende aufbewahrt. Es war die Chronik jahrelangen Missbrauchs und Schindluders, geschrieben von den chemischen Kombinaten, den Heizkraftwerken, der Plaste-und-Elaste-Produktion, der Metallurgie, der Elektrotechnik, der Agrarwirtschaft, der Bau-, Schwer- und Kraftverkehrsindustrie der Deutschen Demokratischen Republik. Ob in der Börde, ob an der Küste oder auf den bescheidenen Anhöhen – in diesem Land stank und giftete und rußte es wie in der Hölle, und die Beweise waren in eben dieser Kammer eingelagert, gesichert und analysiert von ihm und seinen Kollegen. Sie schrieben Berichte, machten Eingaben, es änderte nichts. Anita öffnete die Stahltür, und vor ihnen fiel ein Folienvorhang von der Decke. Er schob den Vorhang zur Seite und sah: kein Regal und keine Proben. Stattdessen nackte Wände und ein Kühlschrank, ein Trockenklosett, ein Klapptisch mit elektrischer Kochplatte. Auf Campingliegen hockten seine Kollegen: Langrock, Inge, Dr. Spohn, Emmerich, Rudi und die anderen. Ihm war, als fehlte die Hälfte. »Wo sind all unsere Proben?«, fragte er. – »Da sind Sie ja endlich«, sagte Langrock, der sich eine Armeedecke über die Schultern gelegt hatte. »Sie sind der Letzte, wie immer. Machen Sie die Tür zu.« – »Das ist doch nicht Ihr Ernst, Kollege Langrock. Wir sind doch alle vernünftige Menschen, Ingenieure, Wissenschaftler, wir wissen doch, dass so was im Ernstfall nichts bringt.« – »Friedrich, sparen Sie sich Ihr Querulantentum, und kommen Sie hier rein. Und Frau Ullrich, seien Sie so freundlich und warten mit den anderen unten in der Kantine, bis die Übung vorbei ist.« – »Wieso muss Anita nicht hier rein? Und wo ist die Schmitten? Und Monika?« – »Ist nur für Ingenieure, Geheimnisträger und Genossen«, sagte Rudi matt. – »Ah«, erwiderte er, »wir opfern das Proletariat.« Er hielt Anita am Arm und sagte: »Bleib, du kannst meinen Platz haben. Kannste aber auch genauso gut sein lassen, weil es sinnlos ist.« – »Friedrich, ich warne Sie«, sagte Langrock. – »Kollege Langrock, warum verschließen Sie die Augen vor dem Offensichtlichen? Schutzräume im Radius von zehn Kilometern einer IMT-Oberflächendetonation werden zu einem Ofen für ihre Nutzer. Bei einem Nuklearschlag würde man aus seinem Schutzbunker ins schiere Grauen auftauchen. Dagegen ist die Beschreibung des Jüngsten Gerichts ein Zeichentrickfilm. Eine unvorstellbare Apokalypse, die Sie mit Letscho und Limo zu überleben glauben?« Er war in Fahrt, er hatte Esprit. Langrock warf die Decke ab und sagte mit viel Spucke: »Wenn Sie jetzt nicht sofort reinkommen, wird das Konsequenzen haben.« – »Ich mache da nicht mit«, sagte er. Zum ersten Mal formulierte er klar und deutlich, dass er bei etwas, das ihn abstieß, nicht mitmache. Es fühlte sich großartig und beängstigend an. Als sich Anita anschickte zu gehen, stand Langrock auf und herrschte sie an: »Wo wollen Sie denn hin?« – »Na, wieder raus, in die Kantine, das soll ich doch«, antwortete sie. – »Jetzt bleiben Sie schon hier, verdammt noch mal. Wir lassen doch niemanden zurück.« – Anita sagte »Nö!« und schälte sich aus dem Folienvorhang. – »Da siehst du, wo uns deine Amis hinbringen«, sagte Emmerich aus der Ecke. – »Könnte dann vielleicht Monika Vogel den freien Platz haben?«, fragte Frau Dr. Spohn. »Ich glaube, ihr liegt mehr am Überleben als dem Kollegen Friedrich.« – »Die Überlebenden werden die Toten beneiden«, antwortete er und folgte Anita auf den Gang hinaus. Ja, heute war er schlagfertig, heute war er mutig. Am Tag der Aussprache sah das schon wieder ganz anders aus, da schwieg er beharrlich, während Emmerich, die Spohn und Langrock ihn agitierten, ihn zur Selbstkritik ermahnten. Nur einmal fragte er, wo zum Teufel all die Proben abgeblieben seien, die Arbeit von Jahren. So würde das nichts werden, schloss Langrock das Tribunal nach einer zähen halben Stunde. Er müsse dem Kollegen Friedrich im Namen des Mess- und Proben-Kollektivs einen schweren Tadel für sein egoistisches Verhalten aussprechen, welches den kriegstreiberischen Mächten in die Karten spiele. Ich bin fünfunddreißig, bald sechsunddreißig Jahre alt, dachte der so Getadelte, aber ich werde immer noch in die Ecke eines Klassenzimmers gestellt, noch immer muss ich nachsitzen. Bald werde ich gar nicht mehr aufstehen, ich werde sitzen bleiben, hier, im Sessel, für immer. Keinen Finger werde ich mehr rühren, mir keinen Kopf mehr zerbrechen, und alles, was in meinem Schädel ist, wird dieses Schnarchen sein. Denn es ist wieder angesprungen, ihr Schnarchen. Erneut hat sie sich auf den Rücken gedreht und schnarcht nun beherzter als zuvor. Und zwar nicht nur beim Einatmen, sondern auch beim Ausatmen. Ich bin eine Bache, sagt die Bache. Kaum leiser ist das Rasseln, wenn sie die Luft durch Nase und Mund ausstößt. Als gestern Abend die Reden geschwungen wurden, saßen sie noch Seite an Seite, der Kannibale und die Königin.

Der Plattenunterhalter spielte etwas Schmissiges, etwas mit Fanfaren, das sich nach der Internationalen anhörte und das die Mitglieder des Großen Rates und des Kulkwitzer Karneval-Klubs sowie alle Gäste zum Aufstehen zwang. Der Ratsvorsitzende verlas die Tagesordnung und kündigte mehrere Redner an. Ob man den Dreieinhalbjahresplan erfüllt oder gar übererfüllt habe, werde sich heute offenbaren. Zuerst jedoch bitte er den Vorsitzenden der Sektion Genussmittel auf die Bühne, ihm gehöre das Wort. Ein fetter Mann mit Fleischerkittel, weißem Häubchen und dicker Brille trat ans Pult und lamentierte: »In den Deli-Läden, da schmeckt es lecker, doch kaufen kann da nur der – reiche Mann.« Tusch, Schenkelklopfer, Kopfschütteln, Mensch, der traut sich was, zwischen den Zeilen traut der sich was, durch die Blume geigt der denen mal richtig die Meinung, mein lieber Herr Gesangsverein. Dann folgte einer im grauen Anzug und mit grauem Gesicht, der eine Lobrede auf die Beschleuniger des Leistungswachstums hielt: die Regenwürmer. Mit hoher Stimme haspelte und stolperte er durch seine Rede, ganz im Stil des Obermuftis. Er beglückwünsche und begrüße die Wurmbrigade, die sich mit aufopferungsvollem Einsatz in das Hauptkampffeld der »Räschenwermerzucht« förmlich hineingebohrt habe. »Die ganze Detsche Demekretsche Repeblek blickt mit tiefem Stolz auf euch, ihr Wurmvermehrer, und im Namen des Wurms rufe ich euch zu: Vorwärts immer, rückwärts nimmer!« Perfekt ahmte er den Jargon der Partei, ihrer Köpfe und ihrer Organe nach. Dieser Jargon hat kein Vertrauen in die Worte, alles muss doppelt und dreifach gesagt und hinten und vorne abgesichert werden. Einsatz ist immer aufopferungsvoll, Veränderung immer tiefgreifend, Beschlüsse sind immer weitreichend, aus Personen werden immer Persönlichkeiten. Diese Sprache ist das Rufen im Walde, die reinste Selbstbeschwörung. Nimm doch nur mal die Städtenamen: Lutherstadt Wittenberg, Wilhelm-Pieck-Stadt Guben, Messestadt Leipzig, Hansestadt Rostock. Als würde es nicht reichen, einfach den Namen zu nennen, als brauche der Name eine Stütze. Oder nimm die Grußworte, die Staatsempfänge, die Parteitage, die Umzüge und Paraden, das ganze lächerliche Zeremoniell. Alle spielen ein Land. Ein rechtschaffenes Land, in dem die Erde nicht bebt, wo nicht gestreikt, ausgebeutet und gestorben wird. Ein Land, dessen Seen und Geschichte nicht verunreinigt sind, wo Mähdrescher mähen und Kräne schwenken. Kennst du das Land, wo die Futterrübe glüht? Meine Heimat? Das sind nicht nur die Flüsse und See-hön. Meine Heimat, das sind auch all die Vögöl im Wald. Und die Mänschön. – Wie soll man da keine Kopfschmerzen kriegen? Wie soll man da nicht verrückt werden, wenn ein Imitator wie der gestern Abend ein Imitat imitiert? Merken das die Leute nicht? Nein. Tusch, Riesenapplaus, saugut, erste Sahne, so geht's doch wirklich zu, prost! Spätestens jetzt wurde es Zeit, sich mit dem Trinken ranzuhalten, und das tat er dann auch. Der Plattenunterhalter übernahm, zur Ostmucke drehten sich nur wenige Paare auf der Tanzfläche, als »Xanadu« lief, füllte sich das Parkett, und bei der Polonaise machten so gut wie alle mit. Gestern Nacht hatte er alle zum Fressen gern, und jetzt würde er am liebsten kotzen. Er schließt die Augen, und Tinte fließt unter seine Lider, zieht zur Pupille, nur eine helle Blesse bleibt. Er hört eine Musik, erst leise, aber immer lauter werdend. Keine Schlagermusik, nichts Deutsches, sondern eine Musik, die ganz anders ist, so frei, so in die Welt gespielt: Eagle flies on Friday. On Saturday I go out and play. Distel singt. Seine Folk-Blues-Band spielt in einem Connewitzer Hinterhof, zwischen Mülltonnen und Wäschestangen. Es ist ein heißer Tag, die Musik prallt gegen die Brandwand und die Fassaden und schallt zurück. Es ist ein abbruchreifes Miethaus, das nur vom Atem seiner Bewohner getragen wird, aber der Atem ist stark. Distel macht Footstomping, der Drummer begleitet ihn auf der Mülltonne. Der Grill glüht, darauf brutzeln die langen Pferdewürste, die einer organisiert hat, eine Delikatesse. Nach wie vielen hat man einen ganzen Gaul im Wanst? Der Kerl am Rost, groß und haarig, löscht die Flammen mit Bier: Zisch. Der Blues spielt, Mann, der Blues. Er spürt den Staub zwischen seinen Zehen, er sieht das blaue Viereck des Himmels, er fühlt die Wärme des jungen Sommers und die Kühle des alten Hinterhofs. Distel holt die Harp raus, eine echte Hohner. Er schnauft, lässt Dampf ab, rollt an, nimmt Fahrt auf. Er kaut die Töne und schmeckt sie im Mund, lässt sie in die Nebenhöhlen und wieder hinausfahren. Cora tanzt mit offenem Haar, es stört sie nicht, dass sie die Einzige ist. Sie trägt eine Nesselbluse. Die anderen wippen mit den Füßen, wiegen ihre Hüften, klatschen. Der Zug wird schneller, die anderen steigen ein, steigen zu Cora ins Abteil, Midnighttrain. Das Haar der Frauen ist gescheitelt, sie drehen sich, ihre Röcke und ihr Haar heben ab. Der Beton ist rissig, das hier ist ein ausgetrocknetes Flussbett, aus dessen hinterstem Winkel fließt wilder Wein über die halbe Brandwand. Kinder tanzen mit ihren Müttern und Vätern. Jakob tobt mit ein paar Jungs herum. Er ist acht oder neun, er lacht seinen Vater an. Ist das ein Glück, der Vater dieses lachenden Kindes zu sein. Eine alte Frau rafft ihre Kittelschürze zum Cancan. Jasper kommt. Seine Augen glänzen, er stößt ihn in die Seite: »Mann, das isses. So geht's, so is' richtig.« Besser könnte er es auch nicht sagen. Er weiß, dass er am Leben ist. Mann, er ist am Leben. Und mehr braucht er doch nicht: den Blues, zwei, drei Freunde, den tollenden Sohn, Wärme und Kühle, glühende Kohlen und Bier, ein Stück blauen Himmels, Frauen, die sich drehen, Kinder, die lachen, alles irdische und himmlische Kinder, auch er. Ist doch alles ganz einfach, alles ganz easy. Er ist hier, und er ist frei, obwohl er hier ist – *weil* er hier ist. Kann das nicht andauern? Kann nicht mal jemand machen, dass es nur so ist, ewig, dass die Musik immer spielt? Pfaffe, wie sieht's aus, leg ein Wort für mich ein, und ich singe seine Lieder. Lord, have mercy. O Lord, have mercy. Aber Gott hat keinen Bock. Tendenz lustlos. Gott ist schlapp, und sein Geschöpf im Bademantel ist es auch. Schlapp und schlecht. Preacher was a talkin', there's a sermon he gave: Jeder Mann is' voller Niedertracht und verdorben, und Schlucken is' nich' leicht. Schlucken is' nich' leicht. Verschluckt ist das Schnarchen. Endgültig hat sie es runtergeschluckt, es kommt nicht wieder. Noch bevor er die Augen öffnet, weiß er, dass sie wach ist. Sie dreht sich zur Seite, blinzelt ihn an und fährt sich mit dem Handballen über die Nase. »O Gott, habe ich etwa geschnarcht?« Jetzt ist es an ihm, was zu sagen. Wie ein

Kerl. Er denkt, dass er klar und deutlich äußern sollte, dass ihn ihr Schnarchen abstößt, dass sie nicht nur beim Ein-, sondern auch beim Ausatmen lärmt. Er sollte sagen, dass das so nüscht wird mit ihnen, er ist elend, und sie ist – ein Fehler. Sie stützt sich auf den Ellenbogen, ihr Busen ist entblößt, sie senkt die Lider. »Schatz, habe ich etwa geschnarcht?« Er schafft es partout nicht aufzustehen. Er klebt im Sessel und sagt: »Wie eine Wildsau.«

III
DIE FEHLER DER FRAUEN
März 1982 – September 1982

*Und doch, welch Glück, geliebt zu werden,
Und lieben, Götter, welch ein Glück.*

8. Frauentag

Wie jedes Jahr richtet der Staatsratsvorsitzende eine Grußadresse an alle Frauen und Mädchen anlässlich ihres Feiertages. Diesmal steht der Internationale Frauentag ganz im Zeichen, na, wovon? Richtig: ganz im Zeichen der aktiven Teilnahme der Frauen und Mädchen an der konsequenten Verwirklichung der auf das Wohl des Volkes und die Sicherung des Friedens gerichteten Beschlüsse des X. Parteitages – so und nicht anders, und zwar im Geiste von Rosa Luxemburg und Clara Zetkin. Dank und Anerkennung besonders den Müttern, denn sie haben einen bedeutenden Anteil, und so kämpfen Frauen an vorderster Front, Arbeiterinnen, Genossenschaftsbäuerinnen und Angehörige der Intelligenz, auf dass sich die Persönlichkeit der Frauen weiter und dass sie in noch größerer Zahl mit Nachdruck die Friedenspolitik unseres Staates, die Gleichberechtigung von Mann und Frau, nicht zu vergessen die antiimperialistische Solidarität mit den Frauen aller Kontinente, mit den Frauen der Sowjetunion sowieso. Festzuhalten ist: Ohne die Frauen wäre der Sozialismus schwer möglich, aber auch umgekehrt gilt: Ohne Sozialismus keine Frauen. Gesundheit, Schaffenskraft, Wohlergehen, durchaus auch im persönlichen Leben, Punkt. Ansonsten keine einzige Frau auf der Titelseite des ND. Dafür ein Foto von Konrad Wolf, dem betrauerten Präsidenten der Akademie, eines vom weit hüpfenden Henry Lauterbach, eines vom Fliegerkosmonauten Sigmund Jähn. Das einzig Weibliche: »Venus-Boden bald künstlich im Labor«.

Anita Ullrich schiebt die Zeitung beiseite und trinkt den letzten Schluck Kaffee. In der Küche riecht es nach dem Kuchen, den sie gestern Abend gebacken hat. Karl schläft noch, und Conny ist schon aus dem Haus. Das Wetter soll schön sein, viel Sonnenschein zu Wochenbeginn. Die Tage werden weiter.

Nachher im Betrieb folgen neue hohle Gesten und Reden. Noch am Vormittag wird man alle Frauen in den Konferenzsaal rufen. Auf dem Weg dahin werden die männlichen Kollegen Spalier stehen, Nelken in der Hand. Mit Kellnergehabe werden sie die Frauen an einer langen Tafel platzieren, Sekretärin neben Ingenieurin neben Pförtnerin neben Chemikerin, und jede wird vor sich eine Konfektschachtel und einen türkisfarbenen Frotteewaschlappen finden. Es muss einen unerschöpflichen Vorrat an diesen Waschlappen geben, jedes Jahr liegen sie aus. Der Kombinatsdirektor wird eine Rede halten, die natürlich ein Echo der Zeitungsrede sein und die Tüchtigkeit der Frau in unserem Land und unserem Kombinat herausstellen wird. Dann Rotkäppchensekt und Eierschecke.

Mit diesen Reden ist es wie mit den Waschlappen: Anita braucht beides nicht. Sie braucht diese ganze Frauentagsparade nicht. Vor ein paar Jahren hat sie gedacht: Wir können das doch besser. Sie hat angefangen, Frauen zu sich nach Hause einzuladen. Solche, die ihr sympathisch sind, die sie schätzt, mit denen sie befreundet ist oder sein will. Daraus ist eine Tradition geworden. Eine Journalistin ist dabei, eine Fotografin, eine Frisörin und manchmal ihre Schwester, die Pfarrerin in Berlin ist. Jede ist berufstätig. Jede bringt etwas zu essen, zu trinken und zu reden mit. Alles kommt auf den Küchentisch, um den sie bis weit nach Mitternacht sitzen: Kuchen, Wein, Kinder, Männer, die Weltlage, die Mühe und die Freude. Sie feiern nur in ihrem und sonst in keinem Namen.

Diesen Brauch hat sie auch nicht aufgegeben, als sie wieder heiratete. Karl weiß, dass er an diesen Abenden unerwünscht ist, meist ertauscht er sich eine Nachtschicht. Conny hilft ein bisschen in der Küche und geht auf ihr Zimmer, wenn es erwachsen wird. Diesmal jedoch wird Anita nur Kolleginnen aus dem Betrieb einladen, genauer: aus ihrer Abteilung. Auch solche, mit denen sie nicht befreundet ist oder sein will. Die regulären Frauen hat sie auf nächstes Jahr vertröstet. Für dieses Jahr hat sie einen anderen Plan.

Im Lauf der Zeit hat sie festgestellt, dass sich Frauen ganz gut zu helfen wissen. In der Not suchen sie das Gespräch, sie verbergen ihren Kummer nicht und fragen einander offen um Rat. Als Holm verunglückte, fand sie Trost bei ihren Freundinnen, und die können sich jederzeit bei ihr ausheulen. Kathrin zum Beispiel hat ihr haarklein erzählt, was Matthias ihr zugemutet hat, und Ulla hat alles wiedergegeben, was Florian ihr antat. Jedes böse Wort und jede Gemeinheit.

So sind allerdings aus den Männern Typen geworden: der Typ, der mich nicht liebt, der Typ, der immer allein sein wird, der Typ, der es nicht besser verdient. Bei allem Verständnis: Das missfällt ihr inzwischen. Man darf doch die Männer nicht kleinreden. Großreden darf man sie allerdings auch nicht. Das ist der andere Fehler, den Frauen oft begehen: Da wird aus dem Nächstbesten der Allerbeste. Vielmehr sollten die Frauen versuchen, die Männer zu sehen, wie sie sind: in all ihrer Blödheit und Herrlichkeit. Männer sind auch Menschen. Frauen sollten versuchen, die Männer zu verstehen und ihnen zu helfen. Und genau das wird sie heute, am Internationalen Frauentag des Jahres 1982, tun: einem Mann helfen.

Es ist doch offensichtlich, dass Frank Friedrich unglücklich ist und Hilfe braucht. Vor bald zehn Jahren starb seine Frau und ließ ihn sechsundzwanzigjährig mit einem kleinen Kind zurück, genauso alt wie Conny. Lange Jahre hat er getrauert, erschien oft erst mittags im Büro, nach Alkohol und Schweiß riechend. Der fröhliche und lebhafte Mann verkam und verstummte, er sah niemanden, er hörte und spürte nichts. Trotz ihres eigenen Unglücks, das er nur am Rande wahrnahm, hielt Anita ihm den Rücken frei, wo sie nur konnte. Dennoch gab es Aussprachen mit Langrock und im Kollektiv, die Frank voller Verachtung und Kälte über sich ergehen ließ. Man wolle, so Langrock, niemanden in solch einer schweren persönlichen Krise aus der Gemeinschaft verstoßen, am allerwenigsten einen so fähigen Ingenieur. Die Zeit heile alle Wunden, der Kollege Friedrich solle sich ein Beispiel an seiner Kollegin nehmen. Bald werde er wieder Mut fassen und vorwärtsgerichtet seinen Beitrag usw.

Irgendwie sollte Langrock recht behalten, irgendwie aber auch nicht. Eines Frühlings wandte sich Frank Friedrich vom Weinbrand und vom Schweigen ab und legte sich eine Lässigkeit zu, die Anita misstrauisch machte. Er trug grüne Cordjacken und Jeanshemden, ließ sich die Haare wachsen, war in allem salopp, machte ihr und anderen missverständliche Komplimente, brachte Blumen und blühende Zweige mit, die Gitarre lag immer auf dem Rücksitz seines Škodas. Niemandem blieb verborgen, dass er schöne Frauen plötzlich mit einem Appetit betrachtete, den er auch stillte. Der Fall war klar: Er hatte nur das Rauschmittel gewechselt. Dass er dabei nicht seine Liebenswürdigkeit verlor, bleibt ihr ein Rätsel. Es ist sogar so, dass dieser blauäugige Mann neuerdings noch viel schutzbedürftiger wirkt. Seit der Übersiedlung seiner Mutter ist er unruhig und gereizt, er hat geweint. Er hat seine Quartalsfreundin in die Wüste geschickt, aus wohlbekanntem Grund ist ihm der Ausweis abgenommen worden, und in der Faschingswoche hat er komplett blaugemacht. Aussprachen gibt es auch wieder.

Was Frank Friedrich braucht, ist eine Frau. Nicht nur für eine Nacht oder ein paar Wochen, sondern eine, die ihn auffängt und dingfest macht, eine, die er wahrhaft lieben kann. Wie findet man solch eine Frau? Mit Methode und der Hilfe anderer Frauen.

Sie selbst hat die Methode ausprobiert. Vor sieben Jahren hat sie ihr Leben gewendet und sich ihr Glück geschmiedet, nach dem großen Unglück. So hat sie es zumindest in der Kontaktanzeige formuliert, die ihr Neubeginn war.

Als sie fiebrige Wochen später ihre Annonce endlich gedruckt sah, war ihr nicht ganz wohl. Aus Kostengründen hatte sie lediglich das erste Wort fett drucken lassen, und die vielen Abkürzungen – sie musste aufs Geld schauen – wirkten geizig und verbissen. Sie hatte alles Gute und Wichtige bedenken und alles Schlechte ausschließen wollen und darüber Leichtigkeit und Originalität vergessen. Selbst ihr kess gemeinter Auftakt – Aha, Sie lesen es auch! – erschien ihr jetzt säuerlich. Vor allem, wenn man ihn mit Texten wie dem folgenden verglich, der zwei Spalten rechts von ihrem zu lesen war: »**Lächelnde Xanthippe,** 29 Jahre, sucht williges Opfer für Literatur, Musik, Tanz und heimische Frondienste.« Keine einzige Abkürzung, sehr souverän und witzig.

Ein wenig enttäuscht war sie, dass sie nur zwanzig Zuschriften erhielt, darunter mehrere Briefe von Fotoamateuren mit Interesse für Camping, Autotouristik und FKK, die eine attraktive Partnerin suchten, Ganzfoto erbeten. Andere wollten keine Partnerin, sondern wohl eher eine Krankenschwester, etwa der leicht gehbehinderte Frührentner mit auskömmlichem Wesen oder der Dialysepatient, der wissen wollte, ob sie einen Führerschein und einen PKW besaß.

Besänftigt war sie erst, als sie Karls Brief las. Darin beschrieb er sich als Mann, der bisher immer an die Falsche geraten war. Er war fünf Jahre älter als sie, Dispatcher, Nichtraucher, treusorgend und kinderlieb. Er möge den Wald und suche eine »forstlich interessierte Frau«. Sie war in vielen Bereichen bewandert, nur nicht in diesem. Er ist doch hoffentlich kein Waldschrat, dachte sie. Sie mochte seine einfache Art, und von dem Foto sah sie ein verschmitzter Mann mit vollem dunklem Haar an. Aber Fotos können täuschen. Sie verheimlichen den Zauber, ob faul oder echt, der von einem Menschen ausgeht. Sie hatte folgenden Einfall:

»Lieber Karl, ich habe mich über Ihren Brief gefreut. In vierzehn Tagen findet in Schwerin die Gartenschau statt. Ich lege Ihnen eine Eintrittskarte und einen Busfahrschein bei. Abfahrt ist um neun. Ich werde zusteigen, wenn Sie mir sympathisch sind.« Das Ganze anonym. Auch sie konnte eine lächelnde Xanthippe sein.

Karl gestand ihr später, dass er zwei Wochen lang darüber nachgedacht habe, wie er aus der Ferne auf sie sympathisch wirken könne. Er hatte sich eine blaue Popelinehose gekauft, ein weißes Oberhemd und eine sportliche Windjacke. Gebräunt, stattlich und glattrasiert hatte er den Bus bestiegen, sich suchend und sympathisch umblickend. Sie hielt sich in einem Jasminstrauch versteckt und war unfähig, daraus hervorzutreten. Plötzlich wurde ihr klar, dass sie Angst hatte. Es ging nicht um den Wald, auch nicht um Sympathie. Es ging um Holm, ihren toten Mann, der sie so endgültig verlassen hatte, wie ein Mensch einen anderen verlassen kann. Aus Angst vor einem neuerlichen Verlassenwerden stand sie in diesem Jasminbusch. Erst kurz bevor der

Bus abfuhr, nahm sie diese Angst in beide Hände und warf sie in die Luft.

Mit einem einzigen Klingeln stehen Monika, Dr. Spohn, Inge, Helga Novak und Simone Schmitt vor ihrer Tür. Nachdem sie das Haus begangen, die Katze gestreichelt und Connys Körpergröße bestaunt haben, setzen sie sich an den gedeckten Tisch und werden heiter. Alle Speisen und Liköre werden probiert, man tauscht Rezepte und Klatsch aus. Bis Anita das Wort ergreift.

Sie spricht vom Unglück ganz allgemein und von dem eines einzelnen Mannes. Sie spricht vom Schmieden des Glücks, von der Verpflichtung der Glücklichen, den Unglücklichen etwas von ihrem Glück abzugeben. Sie spricht von der Unfähigkeit der Männer, sich selbst zu helfen, vom Schweigen, Verirren und der Aggression. Sie spricht von ihrem Plan. Als sie geendet hat, muss sie an ihren Vater denken, wie er nach leidenschaftlichen Predigten in der Apsis die Kollekte zählte.

Inge ist reserviert, Dr. Spohn neutral und Monika schlicht nicht begeistert von der Idee, eine Frau für Frank Friedrich zu finden. Der Grund liegt auf der Hand, aber gerade jemand wie sie sollte wertvolle Tipps liefern können. Simone Schmitt und Helga Novak sind voll kupplerischen Eifers.

Anita legt einige Ausgaben des Monatsmagazin auf den Tisch, in dem seinerzeit ihre eigene Chiffre-Anzeige stand und das sie noch immer abonniert. Während sie das Geschirr abräumt, lesen die Frauen die Anzeigen der Rubrik »Treffpunkt«, mal auflachend, mal kopfschüttelnd, mal schluckend.

»Hier, das wäre doch eine«, sagt Simone und liest vor: »Germanistin, 30/1,70, schlank, heiter, mit Kindern (3 und 5), von großem Liebreiz, sucht Gefährten mit Leiter. Bibliothek vorhanden.‹«

»Oder diese«, sagt Helga Novak, die selbst zum dritten Mal verheiratet ist: »›Triumph der Hoffnung über die Erfahrung! 32, 1,63, dunkel, schlank, geschieden, HSA. Suche toleranten Partner mit Sinn für unbequemes, aber interessantes Leben.‹«

»Nein, nein«, sagt Anita. »Wir müssen selber formulieren, was wir suchen.«

»Was suchen wir denn?«, fragt Dr. Spohn.

Anita nimmt Block und Stift zur Hand. Links oben malt sie einen Kreis mit nach unten weisendem Kreuz auf: das Weiblichkeitssymbol. Darunter setzt sie einen Spiegelstrich und sieht fragend ihre Gäste an.

»Akademiker muss sie sein«, sagt Dr. Spohn endlich.

Ein wenig zögerlich schreibt Anita »Akademikerin« unter das Symbol. Man muss nicht studiert haben, denkt sie. Sie selbst durfte nicht einmal ihr Abitur machen. Hoffentlich delegieren sie Conny in zwei Jahren auf die EOS, sie tut das Ihre.

»Hübsch sein«, sagt Monika und streicht ihr Haar zurück.

»Nein«, sagt Anita. »*Schön* muss sie sein.« Helga Novak und Simone nicken, und sie notiert »schön«.

»Interessant sollte sie sein«, versucht es Monika erneut. »Und sexy.«

»Wäre ›niveauvoll‹ nicht der bessere Begriff?«, fragt Anita.

Wieder stimmen Helga Novak und Simone zu.

»Er liest viel und interessiert sich für ferne Länder. Englisch und Französisch würde er gern können«, sagt Monika.

»Also jemand Polyglottes«, sagt Anita und denkt: Na bitte, geht doch.

Nach und nach entsteht eine Frau, wie sie die Welt noch nicht gesehen hat: eine »lebenskluge«, »große«, »modebewusste« Frau, die »kinderlieb« ist. Sowohl im Bikini als auch im Ballkleid soll sie eine gute Figur machen, »musisch«, »polyglott«, »eloquent« und begabt zur Fröhlichkeit soll sie sein sowie einen Sinn für das Übersinnliche haben.

Nachdem Anita die gesammelten Eigenschaften noch einmal vorgelesen hat, meint Inge, dass sie keine Frau kenne, die all das zu bieten habe. »Und überhaupt, das ganze Äußerliche ist doch gar nicht wichtig. Sie muss das Herz am rechten Fleck haben. Ein guter Mensch muss sie sein. Sich selbst nicht so wichtig nehmen.«

»Unwichtig ist das Äußerliche nicht«, sagt Monika.

»Früher haben die Menschen geglaubt«, sagt Dr. Spohn, »dass Schönheit der Beweis einer edlen Seele sei. Das ist natürlich völliger Quatsch. Voltaire war eine Geistesschönheit, aber ein hässlicher Kauz.«

»Oder der Glöckner von Notre-Dame«, sagt Simone.

»Der war eine Herzensschönheit«, sagt Dr. Spohn. »Aber eine hässliche Frau wird nie zu Ruhm kommen.«

»Nehmen Sie Marie Curie«, sagt Inge.

»Oder Édith Piaf«, sagt Simone.

»Oder Helga Hahnemann«, sagt Helga Novak.

»Übrigens finde ich, dass unser Herr Friedrich nun auch nicht gerade ein Belmondo oder ein Delon ist, weder drinnen noch draußen«, sagt Inge.

»Aber darum geht es doch gar nicht«, sagt Anita. »Keine Frau ist vollkommen und auch kein Mann. Entscheidend ist, ob sie es anstreben. Ob sie einen höheren Begriff von sich haben.«

»Finden Sie, dass der Kollege Friedrich einen höheren Begriff von sich hat?«, fragt Dr. Spohn.

Anita kippt ihren Likör herunter. »Ja«, sagt sie.

»Wenn du dich da mal nicht täuschst«, sagt Inge. »Aber gut. Weiter im Programm.«

Anita malt einen Kreis mit abweisendem Pfeil rechts oben auf den Block: das Männlichkeitssymbol. »Mit welchen Eigenschaften schicken wir Frank ins Rennen?«

»Erst einmal brauchen wir Nachschub«, sagt Simone. Sie holt die Flasche Wodka aus dem Kühlschrank, die sie dort deponiert hat. »Hundert Gramm zum Nachdenken«, sagt sie und schenkt reihum ein. Die Frauen stoßen an und trinken. Simone füllt nach, und sie trinken. Anita merkt, wie ihr Elan erschlafft. Vielleicht ist es auch der Widerstand ihrer Kolleginnen, der sie bremst.

Abermals greift sich Helga Novak ein Heft. »Das hier würde mich ansprechen«, sagt sie: »»Narr, 1800 Millimeter lang, 39,9 Lenze jung, kurzes Haar, sucht Närrin.‹«

»Mensch, Helga, kein Wunder, dass du dich immer vergreifst«, sagt

Inge. »Du musst dir doch vorstellen, was da zum Vorschein kommt, was das in Wahrheit für ein Exemplar ist. Ich sag's dir: ein verrückter glatzköpfiger Zwerg von eins siebzig und Ende vierzig. Dann lieber allein bleiben.«

»Und wenn schon«, sagt Dr. Spohn. »Der hat wenigstens einen höheren Begriff von sich.«

»Was also geben wir für Frank an?«, fragt Monika.

»Akademiker«, sagt Dr. Spohn.

»Okay«, sagt Anita und notiert den Begriff rechts neben »Akademikerin«. »Doch was sind seine wesentlichen Eigenschaften? Denkt nach!«

»Ich finde, er ist nicht immer einfühlsam«, sagt Inge. »Denkt oft nur an sich.«

»In der Tat, er ist recht eigensinnig«, sagt Dr. Spohn. »Durchaus auf seinen Vorteil bedacht. Andererseits macht er sehr gute Arbeit. Er weiß oft besser Bescheid als Langrock. Das Probenarchiv hat hauptsächlich er betreut, muss man sagen.«

»Ja, an der einzelnen Sache nimmt er schon Anteil«, sagt Inge, »aber nicht am großen Ganzen.«

»Vermutlich ist er ein Pessimist«, sagt Dr. Spohn.

»Sein Sohn ist ihm wichtig«, sagt Simone. »Er hat ihn allein großgezogen.«

»Das macht ihn noch nicht zum Optimisten«, sagt Dr. Spohn.

»Es würde ihm gefallen, wenn die Natur und die Menschen in unserem Land nicht so vergiftet werden würden«, sagt Monika. »Insofern ist er ein Idealist.«

»Vergiftet!«, stöhnt Inge. »Wo werden denn die Natur und die Menschen in unserem Land vergiftet?«

»Sie sind doch Chemikerin und kennen die Schadstoffe in unseren Proben«, sagt Monika.

»Ihr seid gerade ein bisschen auf dem Holzweg«, greift Anita ein. »Entscheidend ist etwas anderes: Er hat seine Frau verloren. Und zwar nicht durch Scheidung oder so etwas. Sie ist ihm gestorben. Ein Schicksalsschlag.«

Alle schauen ins Leere, als Anita die Worte »Schicksalsschlag« und »verwitwet« aufschreibt. »Wer trauert, ist schön«, sagt sie, was sie sofort bereut, obwohl es niemand zu deuten scheint. Aber sie weiß, wovon sie spricht. Trauer verleiht Größe, macht frei von allem Kleinlichen. Der Trauernde erlangt eine Reinheit und Redlichkeit, die er zu Zeiten, da das Leben bloß das Leben war, nie besaß. Deshalb ist der Trauernde ein schöner, guter und begehrenswerter Mensch, der ganz radikal er selbst ist. Auch wenn er trinkt oder sich anderweitig berauscht.

»Und er spielt sehr schön Gitarre«, sagt Monika mit fernem Blick. Das und noch einige andere Schlagworte bringt Anita zu Papier, dann reißt sie das Blatt vom Block und schreibt in einem Guss den Annoncentext. Schweigend lesen die Frauen. Nach einer Weile schenkt Simone noch einmal alle Gläser voll.

»Was kostet das überhaupt?«, will Dr. Spohn wissen, nachdem sie ex und hopp getrunken haben.

»Die fettgedruckten Worte kosten 2,60, jedes Wort bis fünf Zeichen kostet eine Mark, jedes weitere Wort 1,30«, erklärt Anita. »Wörter mit mehr als fünfzehn Buchstaben müssen doppelt bezahlt werden.« Sie schreibt eine Zahlenkolonne unter den Anzeigentext. »Alles in allem 66,20 Mark, die ersten beiden Worte fett. Geteilt durch sechs.«

Jede Frau kramt einen Schein und Kleingeld hervor. Anita nimmt das Geld entgegen und verwahrt alles in einem grauen Briefumschlag des Kombinats. Nach weiteren zweihundert Gramm Wodka und stillem Herumblättern verabschieden sich ihre Kolleginnen, leere Bleche, Backformen und Schüsseln unterm Arm.

Als sie oben auf Connys Balkon tritt, bemerkt Anita, dass die fünf noch vor dem Haus zusammenstehen. Dr. Spohn raucht, während Helga Novak sagt: »Dürfen wir das überhaupt? Über seinen Kopf hinweg? Müssen wir ihn nicht fragen?«

»Ich habe ganz andere Bauchschmerzen«, sagt Inge. »Er hat einen Antrag gestellt. Wie soll das denn klappen mit einer Beziehung?«

»Erst mal sehen, ob sich überhaupt eine meldet«, sagt Monika. »Und wenn keine schreibt …«

»Sie lassen schön die Finger davon«, sagt Inge. »Haben sich doch schon einmal verbrannt.«

»Wer fährt eigentlich?«, fragt Helga Novak. »Ich kann nicht mehr geradeaus gucken.«

»Ich«, sagt Simone.

Immer fahren die, die am meisten gesoffen haben, denkt Anita. Und dann denkt sie noch, dass nur »Schicksalsschlag« mehr als fünfzehn Buchstaben hat. An diesem Wort ist nichts zu sparen.

Zum Glück kennt Anita wen, der wen kennt, der wen kennt, der in der Anzeigenredaktion arbeitet und dessen Datsche ein undichtes Dach hat. So kann die wochenlange Wartezeit durch eine Rolle Teerpappe verkürzt werden, und schon in der Aprilausgabe erscheint in dem beliebten Magazin, dessen Redaktion mit dem Orden »Banner der Arbeit, Stufe I« ausgezeichnet worden ist, folgende Chiffre-Anzeige:

»**Eine Frau** su. verw. Dipl.-Ing. nach schwerem Schicksalsschlag. Habe 11jähr. Sohn, mit dem ich gern verreise. Spiele Gitarre, lese und treibe Sport. Ich su. eine polyglotte, schöne, lebenskluge, kinderl. Eva mit Niveau und Sinn fürs Übersinnl., mit der ich wieder lachen kann. Bin 35, 1,86 groß, habe dunkle Locken und blaue Augen. DEWAG, 7010 L., PSF 240.«

»Wenn ich es so gedruckt sehe«, sagt Dr. Spohn, »dann finde ich es etwas einfältig.«

»Geschadet hat es aber nicht«, sagt Anita und schüttet die Briefe auf den Küchentisch, die sie im Suppentopf gesammelt und versteckt hat. Karl hat wieder Nachtschicht, und Conny lernt und übernachtet bei einer Freundin.

»Wahnsinn«, sagt Simone. »Das dürften so an die zweihundert sein.«

»Wo gibt es denn solche Umschläge zu kaufen?«, sagt Helga Novak und zieht ein fliederfarbenes Kuvert aus dem Haufen.

»Dieser Umschlag ist ein Ausschlussgrund, finde ich«, sagt Dr. Spohn, die ein Fahrtenbuch vor sich liegen hat. »Ebenso wie rote Tinte oder Blümchenaufkleber oder parfümierte Briefchen.«

»Da fällt ja schon ein Viertel weg«, sagt Simone.
»Wir baten um Niveau«, erinnert Dr. Spohn.
»Erst mal sollten wir alle Briefe aufmachen«, sagt Anita, »bevor wir jemanden ausschließen. Immerhin haben sich alle viel Mühe gegeben.«
»Und die Fotos ansehen«, sagt Monika.
»Wir haben ganz vergessen«, sagt Inge zu Anita, »ein Bild anzufordern.«
»Wir wollten doch das Äußerliche nicht so wichtig nehmen.«
»Ja«, sagt Inge. »Geht's jetzt mal los?«
Anita verteilt Messerchen, und jede stapelt drei Dutzend Briefe vor sich.
»Moment«, sagt Dr. Spohn und schlägt das Fahrtenbuch auf. »Wir müssen das mit System machen. Ich habe mir etwas ausgedacht. Wir kategorisieren nach sechs Rubriken. Die Rubriken lauten: Alter, Größe, Ort, Bildungsgrad, Originalität, Niveau. So eine Art Stadt-Land-Fluss der Liebe.«
»Ich weiß nicht, ob wir das so wissenschaftlich angehen können«, sagt Inge.
»Werte Kollegin«, antwortet Dr. Spohn. »Was wir als Liebe bezeichnen, ist in Wahrheit Neigung, Genetik und Biochemie. Die sogenannte Liebe ist hormoneller Aufruhr, Nestbautrieb und Statusbedürfnis. Ergo: Wir *müssen* das so wissenschaftlich angehen.«
»Wie traurig, dass Sie die materialistische Dialektik auf etwas so Schönes wie die Liebe anwenden«, sagt Inge.
»Finde ich auch«, sagt Simone.
»Zur Orientierung ist so ein Raster gar nicht verkehrt«, sagt Anita. »Irgendein System brauchen wir doch.«
»Gut«, sagt Inge. »Weiter im Programm.« Sie öffnet den ersten Brief und liest vor: »›Schöner fremder Mann, wann fängt für uns die Liebe an?‹« Sie hält ein Foto in die Höhe, das eine üppige Frau im kurzen Kleid zeigt. »Liebe Kollegin«, sagt sie resigniert zu Dr. Spohn, »ich entschuldige mich bei Ihnen in aller Form. Sie haben absolut recht.«

Unter lautem Lachen machen sich alle an ihre Briefe. Aber das Lachen verklingt. Die Kolleginnen der Abteilung Mess- und Probentechnik müssen durch ein Wechselbad der Gefühle: Auf Neugier folgt Ärger, auf Rührung folgt Scham. Schnell ist klar, dass die Rubriken tatsächlich nicht weiterhelfen. Die Briefe fordern ihr eigenes Recht. Natürlich sind einige lächerlich, dumm, kitschig oder eitel, aber das macht nichts. Viele Frauen offenbaren ihr Innerstes, ihre Angst, ihre Lust, ob bewusst oder unbewusst. Sie vertrauen sich einem fremden Mann an, weil der den Schmerz kennt. Anscheinend haben sie niemanden zum Reden, keine Frauentagsrunde, denkt Anita, und wissen sich eben nicht gut zu helfen. Eine schreibt, dass ihre Tochter nicht mehr mit ihr spreche. Eine beteuert, dass sie eine anständige Frau sei. Eine fragt, was sich der Mann bloß einbilde, der all diese Eigenschaften von einer Einzigen fordert. Eine schreibt, dass sie auch immer Gitarre spielen wollte und dass ihre Mutter im Sterben liege. Eine schreibt, dass sie sonst nie solche Briefe schreibe. Eine gesteht, dass sie »polyglott« im Lexikon nachschlagen musste und deshalb nicht infrage kommt. Eine will wissen, ob er in der Partei sei. Eine Frau schreibt, dass sie seit fünf Jahren nicht mehr mit einem Mann geschlafen habe. Drei fragen, ob er an Gott glaube. Eine erkundigt sich, ob er kirchlich heiraten wolle. Viele wünschen sich noch ein Kind, sprechen das aber nicht aus. Viele wollen ihn treffen. Aber nur eine fragt nach seinem Namen.

»Mein Gott«, sagt irgendwann Helga Novak, »das alles wollte ich gar nicht wissen.«

»Siehst du dich im Spiegel?«, fragt Inge.

»Wir alle wollen geliebt werden«, antwortet Anita für Helga Novak. »Es ist nichts Schlimmes dabei.«

»Soll ich Nachschub holen?«, fragt Simone.

»Moment, ich glaube, ich habe hier was«, sagt Monika und hält eine Karte in die Höhe. Anita nimmt sie entgegen: nur ein schlichter weißer Karton mit ein paar Schreibmaschinenzeilen. Sie liest vor:

»Ich habe Ihre Kontaktanzeige gelesen. Auch ich habe einen Menschen verloren, auch ich ziehe mein Kind allein auf (eine Tochter im

Alter Ihres Sohnes), und ich suche einen Adam. Ich bin 31 Jahre alt, nur ein wenig kleiner als Sie, meine Haare haben die Farbe von Erdbeeren und die Länge eines Sonnenuntergangs. Ich arbeite in einer Universität. Drei Dinge möchte ich von Ihnen wissen: Welches ist Ihr Lieblingsbuch, was essen Sie am liebsten, und wie heißen Sie?‹«

»Die Länge eines Sonnenuntergangs«, sagt Simone.

»Universität«, sagt Dr. Spohn, »das hat was.«

»Na ja«, sagt Inge.

»Doch, doch«, sagt Helga Novak.

»Ein wenig Strenge, ein wenig Koketterie, ein wenig Poesie«, sagt Dr. Spohn. »Offenheit und Diskretion halten sich genau die Waage. Also ich hab nichts dagegen.«

»Leider liegt kein Foto bei«, sagt Monika und reicht den Umschlag an Anita weiter, die ihn umdreht und nach den Absenderangaben sucht.

»›C/o Devrient, Straßmannstr. 44, 1034 Berlin‹«, liest sie vor.

»Wofür steht dieses c/o?«, fragt Monika.

»›Care off‹«, sagt Dr. Spohn. »Das ist englisch und bedeutet: ›in der Obhut von‹. Oder einfacher gesagt: ›zu Händen von‹.«

»Sie wohnt wohl zur Untermiete«, sagt Simone. »Leider in Berlin.«

»Sie fragt nach seinem Namen, aber ihren behält sie für sich«, wendet Inge ein.

Vornamen sind Berührungen, man fasst sich nicht beim ersten Mal an, denkt Anita.

»Geben wir ihm jetzt diese eine Karte weiter?«, fragt Helga Novak. »Oder müssen wir ihm nicht alle Briefe zeigen, sodass er seine eigene Auswahl treffen kann?«

»Auf keinen Fall lassen wir ihn entscheiden«, sagt Anita. »Männer brauchen Hilfe. Nur Frauen wissen, wie Frauen wirklich ticken.«

»Sehr richtig«, sagt Dr. Spohn. »*Wir* wählen aus. Nüchtern und sachlich.«

»Also geben wir ihm nur diese eine Karte«, sagt Helga Novak.

»Noch nicht«, sagt Anita. »Erst müssen wir sie beantworten.«

»Sehr richtig«, sagt Dr. Spohn.

»Jetzt brauchen wir Nachschub«, sagt Simone. Sie holt den Wodka und schenkt ein. Sie trinken. Sie schweigen, sie trinken.
»Wie soll das denn gehen?«, sagt Inge nach einiger Zeit. »Wir müssen seine Adresse nennen, und dann kriegt er die Antwort.«
»Postlagernd«, sagt Anita.
»Und wir wissen gar nicht, was er am liebsten isst«, sagt Helga Novak.
»Paella«, sagt Monika.
Dr. Spohn steckt sich eine Zigarette an. »Wir dürfen der Frau um Himmels willen nicht auf den Leim gehen. Die ist raffiniert, das spüre ich. Bloß nicht brav antworten, Punkt eins, zwei, drei.«
»Das glaube ich auch«, sagt Anita. »Wir haben es mit einer Tigerin zu tun, die gezähmt werden will. So geht das Spiel.«
»Gut«, sagt Inge. »Hast du Postkarten im Haus?«

Im Betrieb gehen die Frauen Frank Friedrich aus dem Weg. Aus der Ferne jedoch beäugen sie ihn. In der Kantine beobachten sie, was er auf sein Tablett lädt, wovon er mit Appetit isst. Einmal steht Anita hinter ihm in der Schlange. Es gibt den zweiten Tag in Folge Soljanka. »Was ist eigentlich dein Leibgericht?«, fragt sie so beiläufig wie möglich. – »Komisch«, antwortet er, »das hat mich die Spohn gestern auch schon gefragt. Bin ich etwa fett geworden?«
Dr. Spohn wiederum kommt in der Kaffeepause zu Anita und flüstert: »Und, haben wir schon eine Antwort erhalten?«
»Nein«, sagt Anita, »noch nicht. Ich habe aber gehört, dass Sie ihn nach seinem Leibgericht gefragt haben.«
»Ja«, sagt Dr. Spohn.
»Hat er Paella gesagt?«
»Nein.«
»Was hat er gesagt?«
»›Alles außer Soljanka.‹« Dr. Spohn holt eine Zigarette aus der Packung. »Hoffentlich waren wir nicht zu frech mit unserer Karte. So langsam dürfte sie mal fauchen, die Tigerin.«

»Auch das gehört zum Spiel«, sagt Anita, ohne dass sie sich ihrer Sache gewiss ist. »Den anderen warten lassen. Eine Xanthippe sein.«

Vielleicht waren sie doch zu arrogant und zu beschwipst gewesen. Dr. Spohn hatte darauf bestanden, dass ein eigener Wille zum Vorschein komme. Ein bisschen Herablassung sei gar nicht verkehrt und würde doch gut zum Kollegen Friedrich passen, sagte sie. Über eine menschliche Seele könne man nur herrschen, wenn man sie sehr taktvoll unterwerfe. In jeder Liebe gebe es einen feinen Teil Verachtung. Das Verschweigen der Adresse, das Nichtbeantworten der Fragen – all das seien entscheidende Signale der Stärke.

Im Gegenzug sei es aber wichtig, Franks Sehnsucht anzusprechen, sagte Monika. Frankreich, Amerika, dieses Fernweh eben.

Auch das reize die Tigerin, sagte Dr. Spohn. Dass so jemand schwer zu halten sei. Das sei ihre Herausforderung. Außerdem könne sie hinterher nicht behaupten, es sei ihr verschwiegen worden. Dazu noch ein bisschen Charme, und fertig sei die Chose.

»Wir verstehen ihn besser als er sich selbst«, sagte Helga Novak.

»Ob ihr euch da mal nicht täuscht«, sagte Inge.

Sie entschieden sich für die Karte mit dem Völkerschlachtdenkmal. Anita holte die Schreibmaschine, und diesmal gab Dr. Spohn den Text vor:

»»Liebe Unbekannte, ich danke Ihnen für Ihre Zeilen. Wenn Ihre Haare die Länge eines Sonnenuntergangs haben, dann belegen Sie das Bad morgens sicher für die Dauer des Sonnenaufgangs. Mein Lieblingsgebäude ist ein Wohnhaus, das der Architekt Frank Lloyd Wright über einem Wasserfall in der Nähe von Pittsburgh errichtet hat (nicht zu verwechseln mit umseitig abgebildetem Baudenkmal, Letzteres ist mit der Straßenbahn erreichbar, Ersteres mit keinem der hiesigen Fortbewegungsmittel). Mein Lieblingsgetränk ist Whisky. Verraten Sie mir Ihren Vornamen? Und den Ihrer Tochter? Herzlich, Ihr F. F.««

Es dauert zehn Tage, bis eine Antwort eintrifft. Anita bringt den verschlossenen Umschlag mit zur Arbeit. Schnell sind alle Frauen informiert. Dr. Spohn schlägt vor, dass man sich mittags im Bunker zusammenfindet, im ehemaligen Probenarchiv. Sie habe einen der Schlüssel.

Anita zerreißt den Umschlag. Ihr ist ganz schlecht. Sie gibt die Karte an Simone weiter, die mit steter Stimme vorliest:

»›Lieber F. F.: Erstens: Sie weichen mir aus. Zweitens: Ist es nicht ein bisschen zu früh für häusliche Phantasien? Ziehen Sie, drittens, keine falschen Rückschlüsse aus dem Kartenmotiv, ich hatte nichts anderes zur Hand. Meine Tochter heißt Leonore. Wie heißt Ihr Sohn? Und wie lautet nun Ihr werter Name? Eva Meyenburg.‹«

»Sie ist pampig«, stellt Dr. Spohn fest.

»Die heißt ja wirklich Eva«, sagt Helga Novak.

»Es wäre fast ins Auge gegangen«, sagt Monika.

»Dann müssen wir jetzt netter zu ihr sein«, sagt Simone. »Ihr Komplimente machen.«

»Wie sieht's aus, Anita, treffen wir uns heute Abend bei dir?«, fragt Inge.

»Geht nicht«, sagt Anita, »Karl ist zu Hause. Er und Conny fragen sich schon, was wir für ein Verein sind.«

»Wir sind der Verein der fiesen Kupplerinnen«, sagt Helga Novak. »Wir bestimmen über einen Mann und stürzen ihn am Ende ins Unglück.«

»Wir stürzen ihn ins Glück«, erwidert Anita.

»Monika, bitte holen Sie doch mal die Schreibmaschine«, sagt Inge. »Ich habe zufällig eine Postkarte dabei.«

»Ihr habt 'n Knall«, sagt Helga Novak zufrieden.

Nachdem Monika die bunte Karte in die Maschine gespannt hat, ergreift Inge das Wort:

»›Liebe Eva, welche Rückschlüsse könnte man aus einem Bild ziehen, das das Sandmännchen als Kosmonauten zeigt? Hat hier jemand kosmisches Reisefieber? Oder wird von kosmischer Müdigkeit geplagt? Sie baten mich um Direktheit, also: 1. ›Schuld und Sühne‹, 2. Paella, 3. Jakob. Wollen wir uns bei einem Glas Wein weiterstreiten? Ihr, 4., Frank.‹«

»Das ist gut, werte Kollegin«, sagt Dr. Spohn.
»Woher weißt du das mit ›Schuld und Sühne‹?«, fragt Anita.
»Ich weiß, was ich weiß«, sagt Inge.

Fünf Tage später ist die Antwort da:
»Lieber Frank, verbirgt sich hinter den olympischen Ringen, die Ihre letzte Karte zieren, ein tieferer Sinn? Wenn es Ihre Zeit erlaubt, kommen Sie doch am 8. Mai nach Sandau. Bringen Sie Ihren Sohn mit. 16 Uhr im Kurgarten am Pavillon. Sie werden mich erkennen. Eva.«
»Wir haben es geschafft«, sagt Simone.
»Die Kinder als Sekundanten. Sehr gut«, sagt Dr. Spohn. »Der Vorhang hebt sich, die Schau beginnt.«
»Aber jetzt müssen wir es ihm mitteilen«, sagt Helga Novak.
»Ja«, sagt Anita. »Den Rest wird er wohl allein hinkriegen.«
Sie denkt, dass sie heute Abend noch mit Conny lernen muss. Und gern würde sie mal wieder mit Karl essen gehen. Zu zweit in einem Restaurant.

9. Freiheit den Fischen

Ein Geräusch nimmt Gestalt an. Aus einem Knistern wird ein Fauchen wird ein Summen, bis schließlich eine Stimme im Raum steht. Die Sprache ist unverständlich. Eine Frau redet, so viel ist klar, samtig und rollend, mit kleinen Glucksern. Der Frau geht es gut, sie hat gute Laune. Sie will, dass es ihren Zuhörern auch gut geht. Langsam sind einzelne Silben zu verstehen, die sich zu Worten fügen, die sich zu Sätzen formen. Die Radiofrau verspricht einen schönen Tag mit angenehmen Temperaturen und Sonne am weiß-blauen Himmel. »Endlich ist er da, der Frühling, begrüßen wir ihn mit einer Frühlingspolka. Frisch auf in den Tag.« Ein Akkordeon beginnt zappelig zu spielen, helle Jauchzer folgen, und eine Tuba furzt. Polina ist noch müde.

Die Sonne steht in ihrem Schlafzimmer und blendet die acht Spiegel ihres neuen Kleiderschrankes von Möbel-Müller, Ihrem scheißfreundlichen Einrichtungshaus direkt an der A 9. Ihr neues Bett ist groß und weich, aber sie hat nur eine Decke und ein Kopfkissen, dafür aus reiner Schafwolle, erste Schur, gekauft während der Busfahrt in die Lüneburger Heide. Sie machten Rast auf einem Hof, alles war vom Schaf, das Fleisch, die Milch, die Textilien, selbst die Seife. Während sie aßen und tranken (der Alkohol war frei), präsentierte man ihnen die Schafsdecken und -kissen. Alle kauften, also kaufte sie auch. In Itz ging sie vom Breslauer Platz, wo der Bus alle Rentner entließ, die Maximilianstraße hoch zu ihrem neuen Zuhause. Im Nieselregen trug sie den großen Wollballen, der auf einmal nach Schaf roch, vor sich her und grämte sich über den teuren und nutzlosen Kauf. Doch seit der ersten Nacht schläft sie gut in der Wolle der Lüneburger Schafe. Die eine Nacht schläft sie links, die andere rechts, um die neue Matratze von Betten-Schmidt, Ihrem scheißfreundlichen Bettenfachgeschäft, gleichmäßig zu belasten. Sie schläft tief und erinnert sich nicht an ihre Träume.

Ins Kopfteil des Betts ist das Radio eingelassen, eines mit Weckfunktion. Täglich um acht Uhr zwölf wird sie davon aus dem Schlaf geholt. Acht Uhr zwölf ist ihr irgendwann zugeflogen. Als sie den Wecker stellen wollte, drehte sich alles auf der Digitalanzeige, dann stand da acht Uhr zwölf, sie hatte nichts dagegen. Sie muss ja nicht mehr früh raus. Sie muss ja nicht mehr Öfen anfeuern, Brote schmieren, ein Kind wecken, einer Arbeit nachgehen. Zum ersten Mal in ihrem Leben kann sie ausschlafen. Trotzdem ist sie immer müde. Sie denkt an Trude Herr: »Morgens bin ich immer müde, / Aber abends bin ich wach. / Morgens bin ich so solide, / Doch am Abend werd' ich schwach.« Es liegt bestimmt an der guten Luft, dass sie immer müde ist. Am Frühling vielleicht auch. Vielleicht auch daran, dass sie manchmal abends tanzen geht oder kegeln oder bis in die Puppen fernsieht.

Es ist gut, wenn sie noch ein wenig ruht, denn heute Nachmittag muss sie frisch sein, da muss sie zum Roten Kreuz wegen Franks Sache. Es ist ein wichtiges Gespräch, so wie alle bisherigen Gespräche in Franks Angelegenheit wichtig waren. Die mit den Katholen, den Evangelen, mit Burgkreuz, Bonn und München. Alles ist wichtig, jeder Kontakt kann zur entscheidenden Information führen, zur gangbaren Brücke werden. So hat es Frank ihr erklärt. Deshalb ist sie auch zu den Schwarzröcken gegangen – *sie!* Zu den Schwarzröcken! Der Augustinerprior hat sie in seinem Büro empfangen und schweigend zugehört. Als sie geendet hatte, sagte er, der Heilige Vater sei sehr an einem Dialog mit dem Osten interessiert. Zumal er das schlimme Beispiel seines Heimatlandes vor Augen habe, wo ja der Kommunismus verheere und vernichte. Die einzige Egge, die das Unkraut des Kommunismus jäten könne, das sei Jesus Christus. Möge sein Geist erscheinen und das Antlitz der Erde erneuern, das Antlitz des Ostens. – Was sie denn nun tun könne, fragte sie. Sie hatte nicht den leisesten Schimmer, was der Mann ihr sagen wollte. – Bald jähre sich das Attentat auf den Heiligen Vater. Was sie tun könne, sei: beten.

Sie wirft den Kopf zur Seite und presst die Augenlider zu. Ich bin ein Fisch, denkt sie, ich schwimme im Licht, es müssen Jalousien her.

Sie zieht die Decke über den Kopf und betastet die Knöpfe ihres neuen Nachthemds, dessen Biberstoff weich wie Kinderhaut ist. Runter zu sind es immer sieben, hoch zu immer acht Knöpfe. Runter sieben, hoch acht. Einigen wir uns doch auf siebeneinhalb. Das ist eine annehmbare Mitte, damit können ja wohl alle leben, die Achter wie die Siebener.

Zu Ostern ist sie nicht in die Kirche, sondern auf den Bismarckturm gestiegen und hat das Land und das Städtchen betrachtet. Wie eine Büffelherde rasteten die Panzer in der Garnison, und durch die Flure vor Michelbach schob sich eine Prozession. Griesgelb blühten die Forsythien, am Fuße des Turms suchten Kinder Eier. Von oben konnte man das ganze Itztal überblicken, bis hinüber zu den Weinbergen und den Hügeln konnte man sehen, auf denen weitere Türme standen: der Ludwigsturm und der Wittelsbacherturm. Sie sah die schieferfarbenen Dächer der Stadt, die Spitztürme der Stadtpfarrkirche, den Schindelturm der Marienkirche, die Zwiebeltürme des Augustinerklosters und die schlichten, an Obeliske erinnernden Türme der evangelischen Heilandskirche. Die goldene Kuppel der russischen Kapelle sah sie auch, nur nicht die Ruine der Synagoge. Alle Glocken sprachen miteinander, während die Menschen auf die Plätze strömten, ein buntes Gewimmel. Inmitten der sprießenden Parks waren die Grünspandächer der Badehäuser und des Kasinos kaum zu erkennen. In der Ferne blinkten die Karosserien der Automobile. Helle Sandwege wanden sich um Wiesengründe und ausladende Bäume, unter denen weiß lackierte Stühle und Bänke standen. Das sah sie nicht, das wusste sie inzwischen. Weit unten spannte sich die Löwenbrücke über die Itz, die nach dem Tauwetter über die Ufer getreten war und die Auen überschwemmt hatte. Wie jedes Jahr, so hatte man ihr gesagt. Am Beginn der Brücke befand sich der untere Reimann, am Ende der Löwenstraße lag der obere Reimann. Im unteren konnte man Postkarten, Fotobände, historische Stiche und Bücher über berühmte Kurgäste kaufen – nur hier ist die rastlose Kaiserin zur Ruhe gekommen, und auch der Kini fand Entspannung in Itz, während so mancher russische Fürst an den Roulettetischen ein kleines Vermögen machte, und zwar aus einem großen. Der obere Reimann verkaufte Erbauliches für die Patres und die frommen Landfrauen, Agrarisches für die Bauern und die Mitarbeiter der BayWa, Literarisches für die Lehrer, Noten für die musizierenden Ärzte und Gesetzestexte für die Verwaltungsbeamten. Und so ist die Stadt: zwiegespalten in ein Oben und ein Unten, einen fremden, mondänen Teil und einen hiesigen, bodenständigen. In der Mitte fließt die Itz, ein Grenzflüsschen der harmlosen Art, nicht zu vergleichen mit der Elbe oder der Neiße, bloß ein Wasserpfad, an dem sich Mühlen und kleine Buchten befinden, über den Dampfer rollen, worin tief liegende Kähne treiben und Forellen springen. Zu Ostern also stand sie allein auf der Plattform des Bismarckturms. Ihr war, als hörte sie das Getümmel der Menschen in den Weinbergen, in den Dörfern, in den Parks und auf den Kirchplätzen. Die Menschen waren froh. Alle Glocken sprachen miteinander, gong-gong-gong. Auch sie war ein Mensch.

Sie schlägt die Decke zurück und taucht ins Licht. Die Radiouhr zeigt zehn Uhr sieben, huch. Verschwommen sieht sie im Spiegel, wie eine zerzauste Person ihr Gebiss aus dem Wasserglas nimmt und vertilgt und sich, gong-gong-gong, aus dem Bett schwingt. Es ist ihre Türglocke, die in abnehmender Tonfolge läutet. Die Person hat Schwierigkeiten, das Fenster zu öffnen, erst kippt es ihr entgegen, bevor nach einigem Gerüttel und Gehebel der Flügel aufschwingt. Unten, zwölf Stockwerke tiefer, steht jemand. Ein Mann. Der Mann winkt mit etwas, einem Schirm vielleicht, und ruft: »Huhu!« Sie rätselt, wer das sein könnte. Der Eiermann ist es wohl nicht, auch keiner der Krankenpfleger und auch nicht der, der Essen auf Rädern bringt für die vielen Gebrechlichen im Haus. Noch nimmt sie keinen dieser Dienstleute in Anspruch, das wäre ja gelacht. »Huhu, Paulina!«, ruft der Mann und winkt mit seinem Schirm. Sie verlässt das Fenster, um ihre neue Brille mit den blauen Gläsern und geschwungenen Goldbügeln aufzusetzen. Als sie zurückkommt, ist der Mann verschwunden.

Sie muss auf den Balkon und nachsehen, ob der Mann ums Haus herumgegangen ist. Der Balkon, eigentlich eine Loggia, nimmt die ganze Fensterfront des Wohnzimmers ein. Im Wohnzimmer stehen ein großes Cordsofa von der Caritas, eine Schrankwand mit Butzenscheiben aus Liesls Keller, ein Fernseher von Nordmende und eine Stechpalme vom Wochenmarkt. Ihr ganzer Stolz sind die Gardinen, die sie vor einer Woche im Handarbeitengeschäft von Rößler direkt am Steigenberger gekauft hat. Sie wollte sich keine Blöße geben und bezahlte bar von Dame zu Dame. Zwei Seidentücher nahm sie auch noch mit. Nach und nach würde sie sich geschmackvoll einrichten, ein paar Ölbilder und Stilmöbel kaufen, einen dunklen Tisch mit geschwungenen Beinen und: Kristallgläser. Bald würde sie Leute kennen, die sie einladen könnte, gepflegte Damen und gut situierte Herren. Kuhns Liesl würde nicht dazugehören. Die hatte es als anstößig empfunden, so viel Geld für Gardinen auszugeben, als Flüchtling, wie sie sagte. Ein Flüchtling sei sie ja nun nicht, hatte Polina geantwortet, sie sei doch bloß umgezogen. Liesls Empörung hat doch ganz woanders ihren Ursprung: Sie glaubt, dass Polina ihr Lebtag Buße tun müsse wegen der Vorkommnisse nach dem Krieg. Sie glaubt, dass die Freundin aus Jugendtagen auf immer und ewig eine Schuld trägt, der sie nur durch Demut gerecht werden kann. Sie missgönnt ihr den Überschwang, und aus ihrer Mitwisserschaft macht sie eine Forderung, die nah an der Erpressung liegt. Polina solle ihr Geld für Frank aufsparen, und für Jakob. Sie müsse sich die Freiheit ihrer Kinder etwas kosten lassen, das Geld, wohlgemerkt das von Liesl geborgte Geld, sei besser auf ein Konto gelegt als vor ein Fenster gehängt. Polina zieht die hauchzarten Gardinen zur Seite. Wie schön sie sind.

Unten auf dem Rasen steht bloß die schiefe Dame aus dem siebten. Schief steht sie neben ihrem Dackel, der vor der Rabatte katzbuckelt. Sobald er sein Geschäft erledigt hat, wird sie ihn über den grünen Klee loben und ihm ein Gutli ins Maul schieben. Sie wird das Geschäft wie die Ankunft des Messias feiern, ist doch wahr. Schon im Winter ist Polina aufgefallen, dass dieses Städtchen voller Dackel ist: Allenthalben sah und sieht sie raue, glatte, fette, spitze, watschelnde, trippelnde Dackel. Von ihren Herrchen und Frauchen werden sie Poldi, Waldi und Hexe gerufen und tragen Leibchen mit Schottenmuster und grüne Lederbänder mit silbernen Hirschen. Einer führte sogar ein Mützchen spazieren. In der alten Heimat waren die Hunde scharf gewesen, hatten nur zweimal in der Woche Fressen bekommen und sich in die Ketten geworfen, wenn der Jude oder der Russe oder der Zigeuner kam. Jenseits, in der Zone, wie Bernhard und Liesl und viele hier sagen, kannte sie einen Spitz und einen Pudel, sonst wurde nicht viel Gewese um Hunde gemacht. Diesseits, in Dackelhausen, tragen sie Mützchen.

Sie rennt zurück ins Schlafzimmer, hebelt das Fenster auf, schaut hinunter: Da ist niemand. Es klingelt erneut, und dann hört sie ein Klopfen. Sie schleicht zur Wohnungstür. Die Heiligen Drei Könige werden es ja wohl nicht wieder sein, die sie nach ihrer ersten Nacht in der Prinzregentenstraße besucht hatten. Hartnäckig hatte sie den Kindern die wohltätige Gabe verweigert, und nun steht über ihrer Tür kein Segen. Durch den Spion späht sie ins Treppenhaus und sieht Schatten und Licht. Sie sieht einen spiegelnden Boden und die dunklen Türen der anderen Wohnungen, die auch alle ein Glasauge haben und darüber einen schwarzen Klebestreifen, auf dem mit Kreide 19 * C + M + B * 82 steht. Sie hört, dass der Fahrstuhl abwärtsfährt, und plötzlich schnellt ein Gesicht in ihren Blick, ein rundes, bärtiges Gesicht, in dem die Freude steht. Sie öffnet die Tür einen Spalt, bis die Kette spannt.

»Grüß Gott, Paulina, entschuldigen Sie die Störung«, sagt Hermann Höß und schiebt einen Strauß weißer Rosen durch den Türspalt.

»Hermann«, sagt sie.

»Darf ich reinkommen, Paulina?«

»Ja, nein«, sagt sie. »Ich bin überhaupt nicht auf Besuch vorbereitet.«

»Ich will Sie ja gar nicht besuchen. Ich will Sie entführen.«

»Aber ich«, sagt sie.

»Heut ist so ein schöner Tag«, sagt Hermann. »Wir müssen einen Ausflug machen.« Der Blumenstrauß wandert zu Boden und bleibt liegen.

»Aber ich bin noch nicht so weit«, sagt sie und schreckt zusammen, als er sein Gesicht in den Türspalt schiebt.

»Paulina, Sie sind naturschön. Legen Sie ein Lächeln auf, den Rest erledigt die Sonne. Gestatten Sie mir, dass wir Ihren Tag verzaubern, die Sonne und ich.«

Sie muss an Liesls Warnung denken, dass elegante Kurbäder wie Itz auch immer Männer mit dunklen Absichten anziehen. Kurschatten, Lebemänner, Bel-Amis, die wohlhabenden Damen erst den Hof und dann den Garaus machen. Na ja, wohlhabend ist sie nicht. Sie besitzt ein Caritas-Sofa, ein Bett mit Radio und ein paar altgediente Küchenutensilien. »Woher haben Sie meine Adresse? Ich stehe noch nicht einmal im Telefonbuch.«

»Wenn solch eine Schönheit in unserem verschlafenen Örtchen auftaucht, dann spricht sich vieles herum.«

Sie kennt den Mann kaum, hat ihn nur zweimal gesehen. Das erste Mal beim Tanztee im Kurcafé und das zweite Mal beim Freiluftschach letzte Woche. Er ist ein entzückter Tänzer und ein entzückter Freiluftschachspieler, er heißt Hermann Höß, das ist alles, was sie über ihn weiß. Und dass er einen Jaguar in der Garage stehen hat. Liesl hat es ihr zugeraunt, nach dem Studium seines Schlüssels. Das nun fand sie sehr ungewöhnlich, bis Liesl ihr erklärte, dass es sich bei dem Jaguar nur oder immerhin um ein Luxusauto handle. Im Laufe der Jahre ist Liesl eine unfehlbare Schlüsselleserin geworden, die den Schlüsselbund eines Mannes genau zu deuten weiß. Sie kennt die Embleme der Autohersteller und kann einen 7er-Zündschlüssel von einem 3er unterscheiden. Sie könne sogar von den Haustürschlüsseln auf die Häuser schließen, hatte Bernhard bitter angemerkt.

Ein Jaguar also. »Hermann«, sagt Polina, »geben Sie mir zehn Minuten.«

Die Sitze sind aus kühlem Leder, die Scheiben scheinen leicht getönt zu sein, am Spiegel schwingt ein Rosenkranz. Wie eine Schärpe legt sie den Gurt um, ohne die Schnalle zu schließen. Der Motor ist kaum zu hören. Ich sitze hier wie in einer Sänfte, denkt sie.

»Kennen Sie schon die Wichtelhöhlen, Paulina?«, fragt Hermann, während er einhändig durch die Kurve steuert. Im Blaupunkt-Radio läuft Schlagermusik. »Oder die Fledermausgrotte? Sie werden staunen, wie schön unsere Heimat ist. Es ist doch jetzt auch Ihre Heimat.«

»Ich möchte lieber etwas Kulturelles unternehmen.« Wo andere Menschen sind, hätte sie am liebsten hinzugefügt. »Ich habe auch nicht den ganzen Tag Zeit. Am Nachmittag muss ich zu einem dringenden Termin.«

Sie fahren an Gymnasium und Realschule vorbei. Auf einem Hartplatz spielen Jungs Fußball, Jakob könnte einer von ihnen sein. Rechter Hand liegt die Garnison der Amerikaner. Im Torbogen steht ein Soldat mit Stahlhelm und Gewehr. Hinter dem hohen Zaun wachsen Pappeln in die Höhe, und ein weites Sportfeld mit Tribünen, Flutlichtmasten und Fangzäunen öffnet sich. Manchmal beobachtet sie die Negerkinder in der Grundschule direkt neben ihrem Haus, die Mädchen mit den Kohleaugen und Drahtzöpfen und die Burschen, die Korbball spielen und sich dabei wie Panther bewegen. Neulich beim Spazierengehen ist ihr ein Zug Soldaten in grauer Sportkluft und schwarzen Halbstiefeln begegnet. Schulter an Schulter trabten sie ihrem Aufseher hinterher, der salutierte, bevor das wogende Grau an ihr vorbeifloss.

»Darf ich fragen, was das für ein dringender Termin ist, den Sie heute Nachmittag haben?«

»Es ist wegen einem meiner Söhne. Er lebt drüben und möchte raus. Ich spreche mit vielen Stellen, die ihm vielleicht helfen können.«

»Mit wem sprechen Sie?«

»Heute mit dem Roten Kreuz.«

»Wie sollen die Ihnen denn helfen?«

»Mein Sohn sagt, dass möglichst viele Bescheid wissen müssen. Es muss bekannt sein im Westen, dass es ihn gibt und dass man ihn gegen seinen Willen dort festhält. Nur dann bewegt sich was, und ihm passiert nichts.« Sie ärgert sich, dass sie sich einem Wildfremden anvertraut.

»Sie müssen an Franke schreiben, an das Bundesministerium für innerdeutsche Beziehungen in Bonn. Der Exmann meiner Schwester ist Staatssekretär in München. Vielleicht können wir da was machen, Paulina.«

»Das habe ich doch längst. Keiner antwortet. Mein Sohn sagt, ich muss es bei allen probieren.«

»Also ich weiß nicht, ob wir hier mit dem Gießkannenprinzip weiterkommen.«

Sie hat keine Ahnung, was das sein soll, dieses Gießkannenprinzip.

Ein Lied endet, und die Radiofrau von heute früh meldet sich zu Wort: »Sie ist erst siebzehn Jahre alt. Schon mit drei konnte sie Gitarre spielen, mit vier sang sie zum ersten Mal auf einer Bühne, mit fünf nahm sie Ballettunterricht. Jetzt hat sie den Grand Prix mit 161 von 204 möglichen Punkten nach Deutschland geholt. Mit einer zu Herzen gehenden Melodie und einem hoffnungsfrohen Text. Ihr bisschen Frieden wirkt in unserer angsterfüllten Zeit wie Balsam. Und seit zwei Tagen singt die ganze Welt den deutschen Friedensgruß mit.«

Vorgestern Abend hat sie die Übertragung im Fernsehen mitverfolgt. Noch vor der Abstimmung ist sie eingeschlafen. Erst als das Mädchen ihr Lied noch einmal sang, nun schon zur Siegerin gekürt, ist sie aufgewacht. In vier Sprachen sang sie, jede Fremdsprache wurde beklatscht. Sie sei nur ein Mädchen, das sage, was es fühle. Sie wisse, ihre Lieder würden nicht viel ändern. Sie sei ein Vogel im Wind, der spüre, dass der Sturm beginne.

Am Ende des Liedes dreht Hermann das Radio leiser. Längst haben sie die Kaserne und die Wohnquartiere der Soldaten hinter sich gelassen.

»Ich wusste anfangs gar nicht, dass die Amerikaner hier stationiert sind«, sagt sie zu Hermann.

»Ja, die Zupfer«, antwortet er. »Bei mir im Kino musste die Militärpolizei manches Mal dazwischengehen. Wenn die Zupfer einen über den Durst getrunken haben, führen die sich auf wie die Hottentotten. Die saufen Hefebier aus der Flasche, und dann sind sie nach der Hälfte des Films hinüber.«

Sie fahren an einer Pferdekoppel vorbei, gefolgt von einem stattlichen Haus, vor dem ein Tulpenbaum blüht. Die Blätter gleichen den Federn jenes Kakadus, der die Kurgäste in der Wandelhalle mit seinen Pfeifkonzerten unterhält. Den größten Applaus erntet er für den Marsch, der auch in der Fernsehwerbung läuft: »Komm doch mit auf den Underberg ...«

»Drei Jahre lang habe ich ›Rocky‹ gezeigt, natürlich auf Deutsch. Bei jeder Vorstellung waren fünf, sechs Amis drin – obwohl es auf Deutsch war. Zwei kamen immer wieder, soffen sich zu und stellten sich am Schluss auf die Sitze. Bei der Szene, wo Rocky knapp gegen den Neger verloren hat und seine Freundin kommt, da schreien die aus vollem Hals: ›Adrian!‹ – ›Rocky!‹ – ›Adrian!‹ – ›Rocky!‹ – ›Adrian!‹ – ›Rocky!‹«

Er ahmt die Rufe einmal mit hoher und einmal mit tiefer Stimme nach, mit amerikanischem Akzent. Sie hat schon wieder keine Ahnung, wovon er spricht. Links der Marstall und das Palais des Erbprinzen.

»Na ja, nach dem dritten Mal hab ich die M.P.s gerufen. Handschellen ran, Knie ins Kreuz – die beiden habe ich nie wiedergesehen.«

»Sie betreiben also ein Kino.«

»Sieben in fünf Städten. Das Odeon in Itz, das Odeon in Kissingen, das Odeon in Schweinfurt, das Odeon in Kitzingen, das Odeon in Fulda, und in Burgkreuz ...«

»... das Odeon.«

»Eins und zwei.«

»Sehen Sie sich immer die Filme an?«

»Keinen einzigen. Von ›Rocky‹ kenn ich nur die Problemszene. Wissen Sie, dieses Hollywood ist nicht mein Fall. Ich muss es zeigen, weil die Leute es sehen wollen, aber es graust mich im Innersten. Alles ist so grell und so vulgär. Früher, da gab es noch schöne Filme und echte Stars.«

»O. W. Fischer«, sagt Polina und schaut aus ihrem Fenster. Abermals ein kleines Holzkreuz am Straßenrand, vor dem Blumen abgelegt wurden.

»Lilian Harvey«, sagt Hermann und schaut zu ihr.

»Johannes Heesters«, sagt sie und schaut geradeaus.

»Liselotte Pulver«, sagt er und schaut immer noch zu ihr.

»Hans Albers«, sagt sie und sieht ihn an.

»Marika Rökk«, sagt er, macht Grübchen und pfeift das »Schwalbenlied« aus der »Csardasfürstin«.

Als er lachend endet, fragt Polina: »Haben Sie Kinder, Hermann?«

»Keine Kinder, keine Frau. Nur meine Schwester.«

»In all den Jahren ist Ihnen keine begegnet, mit der Sie es hätten wagen wollen?«

»Nein«, sagt er. »Und Sie, Paulina, was haben Sie in Ihrem früheren Leben getan?«

»Ich war bei der Post. Und mein Mann, mein verstorbener Mann, war Eisenbahner«, sagt sie.

»Drei Söhne haben Sie, so sagten Sie?«

Sie wendet den Kopf. »Wohin fahren wir eigentlich?«

»Wir sind schon da«, sagt er und steuert den Jaguar auf einen Parkplatz.

Vor ihnen erhebt sich ein Haus aus rotem Sandstein: das Sanatorium Sartorius. Eine Frau mit Gehhilfe und ein Mann mit Infusionsständer schleichen über den Parkplatz. Als Rudolf die Operation hatte, musste sie sich sehr überwinden, sein Krankenzimmer zu betreten. Und als Friederike so lange lag und immer weniger wurde, war sie nur ein einziges Mal zu Besuch. Sie hasst Krankheit, sie hasst Ärzte. Sie versteht nicht, wie man aus Zeitvertreib zum Arzt gehen kann, so wie Liesl, die jeden Donnerstag zu einem Dr. Sonntag humpelt und sich ihr Schlotterknie begucken lässt. Für diesen Dr. Sonntag macht sie sich zurecht, sie schäkert mit ihm. Im Westen gehen die Menschen nicht zum Arzt, weil sie müssen, sondern weil sie können. Bernhard etwa lässt sich regelmäßig »durchchecken«, wie er sagt. Er kennt die Werte des bösen und des guten Cholesterins, die Menge der weißen und der roten Blutkörperchen. Ob ihn ein Leid plage, hatte sie ihn gefragt.

»Nitschewo«, hatte er gesagt. Sie würde uralt werden und dann einfach tot umfallen, statt Ärzte oder Kliniken aufzusuchen. Vor Kurzem hat sie eingeschweißte Erdnüsse gekauft, die bis 2014 haltbar sind. Dann wäre sie hundert. Vielleicht hebt sie die Nüsse bis dahin auf.

»Dort hinten«, sagt Hermann, während er ihr die Tür aufhält, »das ist die Saline. Zwischen den Holzpfosten ist bis obenhin Reisig gelagert. Indem man das Solewasser hindurchrieseln lässt, wird die Luft salzhaltig. Wenn Sie es also mal auf den Bronchien haben, dann müssen Sie um die Saline spazieren.«

Im Schatten des Sanatoriums und des Gradierbaus befindet sich ein großer Park, der rückwärtig von der Itz begrenzt wird. Eine Parkhälfte wird von einem Bassin beherrscht, in dem ältere Herrschaften Tretboot fahren, in der anderen liegen Bahnen im Gras, die manchmal geknickt, manchmal gebogen sind und sich manchmal zu Loopings aufschwingen. Am Ufer der Itz stehen Schilder, auf denen die einheimischen Flussbewohner erklärt werden: Hecht, Zander, Barbe. Hermann steuert eine Hütte an.

»Salam alaikum«, sagt er durch das Fensterchen.

»Servus, Hermann«, sagt ein dunkler Mann mit Schnauzbart und fremdem Zungenschlag.

»Die Dame und ich, wir spielen eine Runde.«

Der dunkle Mann beugt sich aus dem Fenster und sieht Polina an. »Ist recht«, sagt er und legt zwei Eisenstäbe, zwei Kladden mit festgebundenen Stiften und einen Ball mit Dellen auf die Ablage. »Aber net wieder bescheißen an Loch neun, gell, Hermann.«

»Von wegen, Arafat«, sagt Hermann.

»Die Dame muss aufpassen, dass der Hermann net dauernd bescheißt«, sagt der dunkle Mann zu ihr.

»Arafat, mach den Schlund dicht«, sagt Hermann gutmütig.

»Nix für ungut. Wir frotzeln doch immer, gell.«

Hermann nimmt das Zubehör und fragt: »Haben Sie schon einmal Minigolf gespielt, Paulina?«

»Nein.«

Ob geknickt oder gebogen, die Bahnen enden immer in einem Rondell mit Loch. Auf Bahn neun muss der Ball über eine schmale Rampe in ein Netz bugsiert werden. Zur Schadenfreude ihrer Freundinnen fegt eine ondulierte Dame den Ball wieder und wieder ins Gras. Hermann legt ihren Ball auf Bahn eins, stellt sich daneben, trippelt, schwenkt den Kopf vom Ball zum Loch und schlägt ein paar Mal ins Leere. Dann schiebt er die Füße vor, klappt den Kopf nach links und zurück und schlägt. In seiner Kladde notiert er, dass er zwei Schläge benötigt hat.

»Jetzt Sie, Paulina.«

Sie braucht vierzehn Schläge. An Bahn drei, einem Looping, sagt sie nach siebenundzwanzig Versuchen, dass ihr Minigolf zu albern sei. »Ich finde nicht, dass erwachsene Menschen ihre Zeit damit vertun sollten, kleine Bälle in kleine Löcher kullern zu lassen.«

»Ich finde es ungeheuer entspannend«, sagt Hermann enttäuscht. »Man vergisst die Alltagssorgen.«

»Die Leute hier wirken nicht, als hätten sie Sorgen.«

»Jeder hat Sorgen, Paulina.«

»Können wir gehen, Hermann?«

Am Kiosk kauft Hermann zwei Eis, die so fest gefroren sind, dass sie nicht hineinbeißen kann.

»Auf bald, Hermann«, sagt der dunkle Mann.

»Alaikum salam, Arafat«, sagt Hermann.

»Vielleicht sieht man sich ja einmal wieder«, sagt der dunkle Mann und reicht Polina die Hand. Als sie ihm ihre Rechte hinhält, beugt er sich aus dem Fenster und gibt ihr einen Handkuss. Sie muss an Mo denken.

Auf dem Parkplatz begegnen sie Bernhard und Kuhns Liesl. »Ach«, sagt Liesl, »der Jaguar.«

»Wir waren Minigolf spielen«, sagt Hermann und deutet zum Park.

»Wir waren Tretboot fahren«, antwortet Bernhard, »will sagen, ich habe getreten, und Madame hat so getan.«

»Jedem Tierchen sein Pläsierchen«, sagt Liesl. Sie sieht klein und zerzaust aus, Bernhard ist schlecht rasiert.

»Wir gehen gerade«, sagt Polina, die Liesl um einen Kopf überragt. »Ich muss heute noch zum Roten Kreuz, wegen Franks Sache.«
»Bist du zur Vernunft gekommen«, sagt Liesl. »Und vergiss nicht unsere Sache, du schuldest mir. Zu sieben Prozent.«
»Sei gewiss«, sagt Polina, »auf Heller und Pfennig, mit Zins und Zinseszins will ich dir alles vergelten.«
»Auf Wiedersehen«, sagt Hermann und tippt sich an die Mütze.
»Do swidanja«, sagt Bernhard und salutiert.

Bevor sie in den Jaguar steigt, hört sie leise, aber deutlich das Wort »Undank«.

»Seien Sie mir nicht böse, Hermann, aber ich mache mir nichts aus diesem Minigolf«, sagt sie, als sie langsam den Auenweg entlangfahren. Auf der breiten Wiese zu ihrer Linken werden Segelflugzeuge von einer Winde in den blauen Himmel gezogen, auf der anderen Seite des Wegs rollt eine Walze über den roten Sand eines Tennisplatzes.

»Ich kann Ihnen gar nicht böse sein«, sagt Hermann. »Es ist schon mittags durch, wie wäre es, wenn ich Sie zum Essen einlade?«

Dreimal haben Liesl und Bernhard sie zum Essen ausgeführt. Zum Jugoslawen, zum Italiener und zum Griechen. Sie lernte Schichtnudeln und Öl von Oliven kennen, erfuhr, dass Wein Kork oder Körper haben kann und dass Spaghetti alla carbonara oder al dente sein können. Das eine betrifft die Soße, das andere den Zustand. Genau hat sie es nicht verstanden. Nur an Liesls Lachen hat sie gemerkt, dass sie etwas nicht wusste. Dieses Liesl-Lachen sollte gutmütig klingen, klang aber doch nur herablassend. Aus diesem Lachen konnte sie ihren Fehler, ihre grundsätzliche Dummheit und die Jahre in der falschen Welt heraushören.

»Meine Schwester wird sich freuen«, sagt er und beschleunigt den Wagen. »Gleich da vorn an der Löwenbrücke ist der Schweizerhof. Vier-Sterne-Hotel und Feinschmeckerrestaurant. Seit zwanzig Jahren in ihrer Pacht.«

Sofort bereut sie ihre Zusage. Natürlich, sie weiß, wie man mit einem Fischmesser umgeht und wofür die dritte Gabel benutzt wird. Dennoch will sie sich nicht schon wieder blamieren.

Kürzlich traf sie im Kupsch auf eine junge Frau mit geschwungener Haube, blauer Schürze und Holzschuhen. Diese stellte sich ihr als Frau Antje vor und bot ihr an, von ihrem leckeren Käse zu probieren. Sie aber lehnte ab und sagte, dass sie gern den Nachnamen der Dame wissen wolle. Sie selbst heiße Polina Winter und wohne in der Prinzregentenstraße eins, gleich dort, jenseits der Ringstraße, hoch oben im zwölften Stock von diesem Hochhaus da. Die Frau schaute verblüfft und fragte, ob die Kundin jetzt probieren wolle oder nicht. – Erst wolle sie wissen, wie ihr Gegenüber denn nun heiße, beharrte Polina. – Frau Antje, das sei ihr Name, sagte die junge Frau hart. – Sie werde doch gewiss einen Nachnamen haben, setzte Polina nach. – Sie verkaufe hier nur Käse, Kaas, und sie heiße Frau Antje. Sie komme aus Holland, um Kaas unter die Moffen zu bringen, sagte sie. Polina fand, dass die junge Frau recht ungehalten reagierte. Gerade als sie dies beklagen wollte, wurde sie von einer kleinen Hand berührt. Die schiefe Dame aus dem siebten nahm sie beiseite und erklärte ihr im pommerschen Dialekt, dass jene Frau Antje eine ausgedachte Frau sei, also eine von der Werbung ausgedachte und keine echte Person. So wie die mit dem Waschmittel nicht wirklich Klementine heiße, sondern anders. In der Werbung gebe es viele ausgedachte Frauen. Meine Güte, wie war ihr das peinlich. Tagelang mied sie die schiefe Dame und den Kupsch und ging stattdessen zum Seifert in die Innenstadt. Sie hatte Jakob das Lesen beigebracht, indem sie die Dinge beschriftete. Jetzt bräuchte sie jemanden, der das für sie tat: die neue Welt beschriften. Als die holländische Woche vorüber und die ausgedachte Frau verschwunden war, traute sie sich wieder in den Supermarkt, wo die italienische Woche begangen wurde.

Vor dem Schweizerhof nimmt ein Page den Autoschlüssel entgegen und fährt den Jaguar in die Tiefgarage. Zwei lange, schmale Fahnen hängen vom Sims des Stuckbaus, eine trägt die bayerischen Rauten, die andere das Schweizer Kreuz. Im Foyer ist ein großes Aquarium in die Wand eingelassen, in dem ein Dutzend Fische treibt. »Heute fangfrischer Fisch« steht auf einer Schiefertafel. Zwei geschwungene Treppen führen ins Restaurant. Der Speisesaal ist gähnend leer. Schwere Vorhänge rahmen die hohen Fenster. Über eingedeckten Tischen schweben Kristallüster, aus dem Nichts kommt leise Musik. Der Teppich ist weich wie Moos. Plötzlich klappt eine Tapetentür auf, und eine Dame mit komplizierten Haaren und kompliziertem Schmuck betritt den Saal. »Hermann«, sagt sie, »es ist hohe Zeit. Drüben am Dreier wird serviert.«

»Ich habe jemanden mitgebracht. Fräulein Paulina Winter.«

»Ich lasse ein Gedeck mehr auflegen«, sagt sie und geht wieder in die Wand.

»Meine Schwester«, sagt Hermann.

Das Essen wird von drei Frauen mit Hauben und Schürzen gebracht, die jedes Mal ansagen, was sie auftun. Zuerst gibt es ein Schaumsüppchen, dann irgendein Gemüse mit irgendwelchen Körnern und mildem Schafskäse (immer das Schaf). Das Hauptgericht ist Spargel aus der Gegend mit neuen Kartoffeln und zweierlei holländischer Sauce. Dazu gibt es einen Silvaner aus dem Bürgerspital. Leise spielt die Musik, und das Besteck klimpert. Die Schwester, deren Alter schwer zu schätzen ist, hat sich ihr weder vorgestellt, noch richtet sie ein einziges Wort an sie. Nur einmal fragt sie Hermann, ob er Finja Bescheid gesagt habe, was er bejaht.

Dann entsteht Unruhe. Von irgendwo kommen Rufe. Im Duett werden Parolen skandiert, mit hellen Spitzen und dunkleren Enden. Eine Demonstration, denkt Polina, eine sehr kleine Demonstration.

Die Schwester läuft zur Balustrade. »Der Karl«, ruft sie nach hinten, »und die Tochter vom Sartorius. Ein Fotograf vom Boten ist auch da. Hermann, tu was.«

Der Name Sartorius kommt Polina bekannt vor.

Die Schwester beugt sich nach vorn. »Ja, spinnt ihr jetzt völlig, Karl?«, ruft sie nach unten.

Polina und Hermann gehen zu ihr und erblicken einen schmalen, hochgewachsenen jungen Mann mit langen Haaren und ein schönes blondes Mädchen mit dunklen Augen und Augenbrauen, das sehr zornig wirkt. Der junge Mann, Karl, auch. Sie rufen: »Freiheit den Fischen – auf euren Tischen – keine geschunden – Forellen und Flundern!« Sie stehen im Foyer, tragen Jeans, Regenbogenshirts, Stirnbänder und ein Transparent, auf dem noch einmal nachzulesen ist, was sie rufen. In der Tür steht ein Mann in Tarnweste, der in gekrümmter Haltung die jungen Menschen fotografiert. Er geht um sie herum und knipst das Aquarium, dann richtet er das Objektiv nach oben auf Hermann, seine Schwester, Polina und die Kellnerinnen, die ebenfalls herbeigekommen sind. In schneller Folge drückt er auf den Auslöser.

»Was soll das?«, fragt Hermann.

»Das ist eine Aktion«, sagt die junge Frau, »gegen Tierquälerei.«

»Ja, spinnt ihr jetzt?«, wiederholt die Schwester.

»Forellen sind Flussfische«, sagt der junge Mann, »sie brauchen Fließwasser, frisch und klar. Karpfen gehören in einen Teich, und Welse auch. Es ist Tierquälerei, alle drei in einen engen Bottich zu sperren.« Der Fotograf knipst jetzt die jungen Menschen frontal. Mit dem freien Arm weist er die beiden an, ein Stück auseinanderzugehen, damit sich ihr Transparent spannt und gut zu lesen ist.

»Wieso Flundern?«, sagt eine der Kellnerinnen.

»Wegen dem Reim«, sagt die andere.

»Es gibt auch Flusswelse«, flüstert Polina Hermann zu. Als sie klein war, erzählte ihr der Bruder, dass die Welse aus dem Schwarzen Meer die Flüsse emporwandern, riesigen Walen gleich, und die Flößer und Fischer und das Vieh, das am Fluss getränkt wird, verschlingen. Welse, die den schlammigen Grund ausfüllten, deren Barthaare vom einen zum anderen Ufer reichten, und wenn das Bein eines Schwimmers diese Antennen berührte, dann war es um den Schwimmer geschehen.

»Es gibt auch Flusswelse«, ruft Hermann nach unten.

Die jungen Leute sehen sich an, das Transparent hängt durch. Dann sagt die junge Frau: »Es ist und bleibt nicht artgerecht. Es ist Tierquälerei und Freiheitsberaubung.« Sie lässt ihren Stock sinken. »Es muss jemanden geben, der das anprangert. Es geht nicht an, dass immer weiter geschwiegen wird, während der Natur und ihren Kreaturen so viel

Böses zugefügt wird. Wir müssen ein Zeichen setzen.« Damit sieht sie den jungen Mann an, der nun auch seinen Stock sinken lässt und den Vorschlaghammer, der neben seinem Bein steht, anhebt. Für den Fotografen hält er einen Moment inne, dann geht er zum Aquarium und schlägt zu. Beim dritten Schlag platzt das Glas, und der Wasserschwall reißt ihn von den Füßen. Er liegt inmitten der Fische, im Tang, im Nass. Die Fische zappeln. »Zuerst die Forellen«, sagt das Mädchen. Weil sie die Fische nicht zu fassen kriegt, legt sie den gekippten roten Plastikeimer vor die zuckenden Forellen, und Karl schiebt sie hinein. »Jetzt rüber zur Itz«, sagt sie, und gemeinsam rennen sie aus dem Haus. Der Fotograf hält ihnen die Glastür auf und folgt ihnen.

»Hermann, ruf die Polizei und die Karla«, sagt die Schwester tonlos. Unten liegen ein Transparent, ein großer Hammer, vier glänzende und zuckende Karpfen und ein schlafender Wels. Hermann, tu dies, Hermann, tu das, sie redet mit ihm wie eine Mutter mit ihrem Kind, denkt Polina.

Der Fotograf ist wieder an der Tür und hält sie für das keuchende Paar auf. Der rote Plastikeimer ist nun mit Wasser gefüllt. Mit vereinten Kräften gelingt es dem Mädchen und Karl, die schlüpfrigen Karpfen hineinzubefördern.

»Was ist mit dem Wels?«, fragt der junge Mann. »Kann der nun auch in den Fluss? Kommt der klar da? Oder muss der auch in den Teich?«

Das Mädchen kniet neben dem reglosen Fisch und streichelt ihn.

»Was ist mit dem?«, setzt Karl nach. »Ist der jetzt hinüber? Soll der in den Fluss oder was? Und wie lange halten die da durch?« Er zeigt auf die Karpfen.

»Jetzt verlier nicht die Nerven«, sagt das Mädchen und streichelt weiter den Wels.

»Karl«, sagt eine Frau, die ans Geländer getreten ist, »schaff den Waller in den Fluss, und dann hilfst du mir beim Reinemachen.«

Der junge Mann schaut die Frau an. »Ich –«, sagt er.

»Schaff den Fisch raus, Bub.«

»Ja, Mama.« Wie eine Katze nimmt er den Wels in den Arm und trägt ihn zum Fluss.

Die Frau geht die Treppe hinunter und fängt an, Glasscherben aufzusammeln. Sie hat einen Kropf. Das Mädchen hilft ihr mit gesenktem Kopf. Als der junge Mann zurückkommt, ist die Sirene zu hören, und dann treten zwei Polizisten ein, Waffen an den Hüften. Der Einsatzwagen wirft blaue Blitze ins Foyer, der Fotograf knipst. Hermanns Schwester löst sich von der Brüstung und schreitet Stufe für Stufe den rechten Treppenschwung hinab. Sie schildert den Vorfall, die Beamten sprechen von Hausfriedensbruch, Sachbeschädigung und der Erregung öffentlichen Ärgernisses. Sie wollen den Hammer und den Eimer mit den Karpfen sicherstellen. »Sobald wie möglich erhalten Sie die Karpfen zurück.« Doch Hermanns Schwester sagt, es sei zu bezweifeln, dass man die Karpfen noch verzehren könne. Sie wolle die traumatisierten Viecher nicht zurückhaben, sie habe einen kulinarischen Ruf zu verlieren. Wer von den beiden überhaupt das Aquarium zerstört habe, will ein Polizist wissen. »Ich«, sagt der junge Mann, dennoch muss auch das Mädchen mit auf die Wache. Polina denkt an ihre sorbischen Ostereier, die sie natürlich nicht zurückerhalten hat. Sie denkt an die Fahndungsfotos von den Terroristen auf dem Itzer Postamt. Sie denkt, wie mutig von diesen beiden jungen Menschen. Sie denkt, Fische sind zum Essen da. Sie denkt, ich muss los, wegen Franks Sache. Doch Hermann sagt, so könne man den Tag nicht ausklingen lassen.

Er schiebt den schweren Filzvorhang beiseite. Es riecht schal und feucht. Aus dem Kassenverschlag holt er eine Taschenlampe und einen dicken Schlüsselbund, der Teppich hat Brandlöcher. Der Saal ist größer, als es die schmale Tür vermuten lässt. Lichtkegel liegen auf den Tapeten, grüne Notschilder schimmern am Beginn der Sitzreihen. Er geleitet sie in die erste Reihe, klappt einen Sitz für sie herunter und verschwindet ins Dunkel. In der Tiefe des Kinos leuchten zwei Fensterchen auf, es rumort im Vorführraum. Dann schwindet das Wandlicht, und der Vorhang geht auf.

Orgelmusik ertönt, Baumgrün fliegt herbei, und auf dem Stamm einer Birke erscheint der Titel: »Grün ist die Heide«. Geigenmusik. Die Schauspieler sind Sonja Ziemann, Rudolf Prack, Willy Fritsch und der fesche Hans Stüwe, den sie für immer und ewig als Architekt Fürbringer im »Tiger von Eschnapur« in Erinnerung behalten wird. Hermann kommt zurück und setzt sich neben sie. In verschossenem Agfacolor lächelt er sie an, sie lächelt verschossen zurück.

Das Bild geht auf, und drei Musikanten treiben eine Schafherde auseinander, valeri, valera, mal wieder Schafe. Sie kommen zum Haus des Oberförsters, der ihnen seinen Nachfolger vorstellt: Hans Stüwe. Dieser reicht ihnen Rauchzeug, nur Tünnes kriegt nichts ab, wegen seines schwachen Herzens. Vom Oberförster bekommen sie wie immer ein Essenspaket. »Vielen Dank, Herr Oberförster, nächsten Dienstag um fünf sind wir wieder da«, sagt der rote Hannes, gespielt von Hans Richter, der auch in der »Feuerzangenbowle« und im »Wirtshaus im Spessart« dabei ist. – »Es kann auch sechs werden«, sagt Tünnes. Hannes gibt ihm einen Klaps und sagt: »Es bleibt bei fünf. Ordnung muss sein.«

Polina beugt sich zu Hermann. »Bitte geben Sie mir Bescheid, wenn es drei ist? Wegen des Rot-Kreuz-Termins.«

»Aber ja, Paulina«, flüstert Hermann, als wären sie nicht allein.

Sie lehnt sich zurück und betrachtet Hans Stüwe, dem das Förstergrün sehr gut steht, und Sonja Ziemann, der das dunkellila Kleid mit dem gelben Gürtel auch sehr gut steht. Auf den leeren Sitzen in ihrem Rücken nehmen ihre Schwestern und ihr Bruder Platz, die kleine Anneliese, Betty, Martha, Arthur, auch Tati und Mama sind da, in Sonntagskleidung. Er kommt etwas zu spät. Seine Uniformmütze sitzt fesch auf dem Kopf, er nimmt sie ab. Die Platzanweiserin zeigt ihm mit der Taschenlampe den Weg, beleuchtet den Platz neben ihr. Er nimmt ihre Hand. Mit der anderen klopft er eine Zigarette aus dem Etui. Der Film beginnt. Ein Eichhörnchen klettert über einen Ast, es ist kein Farbfilm. Er sagt: »Armes Deutschland, wenn eure Füchse so klein sind.« Alle lachen, ihre Geschwister, ihre Eltern, niemand ist tot. Sie hat den schönsten, schlauesten und witzigsten Mann. Rechts neben ihr sitzt Liesl und schweigt. Liesl ist immer dabei, wenn es gilt. So auch in jenem Nachkriegssommer.

Ungebührlich warm ist es im Juni 1947. Wie Achtelnoten sitzen die Schwalben auf den Stromleitungen. Frank ist ein Stolperchen mit blauen Flecken und Schrammen, gerade ein Jahr alt. Nur einmal hat er für ihn Klavier gespielt, bevor er gehen musste. Da war der Junge noch in ihrem Bauch.

Nicht mehr als drei Waggons hat der Zug, der sie nach Berlin bringen soll. Frauen mit Koffern und Paketen drängen hinein. Viele müssen auf dem Gleis zurückbleiben. Einige klettern durch die Fenster, Unterröcke werden sichtbar, Kohlestriche auf den Waden sollen Strumpfnähte vorgaukeln. Sie trägt einen weißen Rock mit roten Kerzen, vormals die Weihnachtstischdecke. Ihre Schuhe sind mit Reifengummi besohlt, ihr Haar ist mit Rübensirup gefestigt. Die Menschen quetschen sich in die Gänge wie Heringe im Fass. So riecht es auch. Nur im abgeschirmten Militärwaggon gibt es noch freie Plätze. Es ist ein ehemaliger Speisewagen der Ersten Klasse, mit Vorhängen und Lampen auf den Tischen. Zwei junge russische Offiziere lümmeln in den Samtpolstern. Einer trägt den Rotbanner-Orden und die Medaille eines Verteidigers von Stalingrad. Liesl sagt es ihr. Ein Jahr lang hat sie geschlafen. Seit sie wieder wach ist, studiert sie alle Dienstgrade, Orden und Medaillen. Auf Russisch sagt Polina zu den beiden Leutnants, man solle ihnen einen Platz geben, alles sei frei. Weil sie jung und hübsch sind, dürfen sie eintreten, trotz des Kindes. Schimpfend bleiben die älteren Frauen zurück. Polina spricht auf Liesl ein, sagt, sie habe nichts zu befürchten.

Hinter offenen Fenstern bauschen sich die Vorhänge. Das Korn auf den Feldern gedeiht, es wird nicht genügend Hände geben, um es zu ernten. Frank stolpert durch den Gang, er wirft die Beine in die Höhe und schlenkert mit den Armen. Die Offiziere locken ihn mit Eiern, die sie auf dem Tisch pellen. Buratino nennen sie ihn. Er stößt sich, verzieht das Gesicht, lacht, läuft weiter. Wie eine Amme springt Liesl dem früh entwickelten Kind nach und zieht es zurück auf ihr Polster, von dem der Knabe sofort wieder abgleitet. Die Offiziere schließen die Fenster und trinken aus Feldflaschen. Sie ziehen sich an den Ohrläppchen, bis einer aufgibt. Sie stoßen an. Liesl lehnt sich nicht ans Polster.

Nach dem Spreewald sind sie müde und dösen, Polina auch. Nur Liesl und das Kind halten nicht still. Wie aufgezogen stolpert Frank durch den Gang. Dann kreischen die Bremsen, es tut einen Schlag, und das Kind fliegt durch das Abteil, als hätte ein böser Puppenspieler seine Hand im Spiel. Polinas Kopf ist nach hinten gerissen worden, sie sieht ihn nicht, den Sohn, hört nur sein Wimmern. Unter einem Sitz ziehen sie ihn hervor, die Beule auf seiner Stirn wächst wie ein Hefekloß im Dampf. Die Russen setzen sich die Mützen auf, bürsten die Eierschalen von ihren Röcken und fluchen. Liesl wiegt Frank, und Polina zieht das Fenster auf. Ein beizender Gestank schlägt ihr entgegen: Fäkalien, verkohltes Fleisch und Blut. Sie weiß, wie verkohltes Fleisch riecht. Das Fensterglas ist rot und gelb gesprenkelt vom Pferdeblut und Pferdehirn. Das Tier liegt einige Hundert Schritt hinter ihnen im Graben. Während Liesl dem weinenden und strampelnden Frank ihren kühlen Taschenspiegel auf die Stirn presst, stemmt Polina die Waggontür auf und springt ins Gleisbett. Wo gehst du hin, ruft Liesl und folgt mit dem Kind.

Der Zug steht zwischen saftigen Weiden. Die Front der Diesellok ist von Fell, Blut und Fleisch verklebt. Eine dunkle Wolke Fliegen hat sich eingefunden, Grillen zirpen. Oben in der Lok rührt sich nichts. Sie steigt auf den Tritt, zerrt an der Tür und kann sie nicht öffnen. Auf knisterndem Kies rennt sie zurück und ruft die Russen herbei. »Dawaj, dawaj.« Die Kerle folgen ihr wie dressierte Bären. Mit vereinten Kräften öffnen sie die Tür. Den blutigen Kopf auf dem Pult, liegt der Lokführer da. Es dauert zwei Stunden, bis ein anderer auf einer Lore herbeigefahren kommt.

Währenddessen dringt der Gestank durch Ritzen und Spalten, und die Russen trinken weiter. Der eine steht auf und verliert die Hose, der andere macht ihm die Hosenträger fest. So geht es hin und her. Frank lächelt schief, und Liesl lehnt sich nicht an. Endlich kann die Fahrt fortgesetzt werden. Liesl und Polina gegenüber sitzen das verbeulte Kind und der verbeulte Lokführer. Der Lokführer trägt einen Mullverband. Er sagt danke und seinen Namen: Paul Winter. Dann kommen Schrebergärten, zertrümmerte Fabriken, Bahnsteige mit unzähligen Menschen. Berlin ist zu spüren wie ein kühler Keller.

Die Russen reißen die Fenster auf und spucken auf die Stadt. Sie recken die Fäuste in den Fahrtwind und brüllen: »Kaput. Fritz kaput.« Im Schritttempo fahren sie durch den Schlesischen Bahnhof und weiter zum Alexanderplatz. Schon vom Zug aus sehen sie den Schwarzmarkt. Bevor sie in die S-Bahn umsteigen, bittet der Lokführer um Polinas Adresse. Er sieht sie an.

Die S-Bahn klettert auf Brücken, wo Bahnhöfe auf sie warten, über die sich dunkle Hängedächer spannen. Die Ruinen sind hässlich. Oft fehlen die Fassaden, wie bei einem Puppenhaus kann man in die Wohnzimmer sehen: Fransenlampen, Toilettenschüsseln. In den Schatten sitzen Kinder, ein Greis zieht einen Leiterwagen mit Backsteinen, unter einer Kastanie steht ein pissender Esel. Jeeps und Armeelaster fahren neben der Bahn her. Ein Kabelwerk taucht auf, Fertigungshallen, nur noch die Stahlgerippe stehen, enthauptete Türme, struppiger Stadtwald. Auf den Trümmern sitzen Worte, bereit, ihr etwas zu zeigen. Doch auch die Scham ist, wie der Schmerz, auf die Dauer nicht zu ertragen.

In Karlshorst fließt ein schmaler Fluss. Seine Ufer sind gleichmäßig mit Eisen befestigt, die Anlegestelle ist zerstört. An der breiten Straße stehen mehrstöckige Gebäude voller Einschusslöcher. Sie fragen Soldaten mit roten Armbinden, auf denen »KN« steht, nach dem Weg zur Kommandantur. Schaffst du es nicht, fragt Polina ihre Freundin. – Ich will es versuchen, sagt diese. In der Kommandantur will man die beiden nicht vorlassen. Sie redet auf die Ordonnanz ein, auf Russisch, vergeblich. Als sie gehen, torkeln ihnen die Offiziere aus dem Zug entgegen.

Sie lassen sich das Anliegen schildern und reden mit der Ordonnanz. Der Oberst sei auf der Bahn, sagt die Ordonnanz schließlich. Franks Beule, Liesls steifer Rücken.

Ein Geräusch nimmt Gestalt an. Aus einem Knistern wird ein Rollen wird ein Rattern. Schwarze Späne tanzen im Licht, wie Schattenlaub in einem besonnten Bergbach. Ich bin ein Fisch, denkt sie, ein Fisch. Oder bin ich ein Mensch, ein müder Mensch. Jemand hält ihre Hand, warm und trocken. Es tut ihr gut, sie schließt die Augen, doch das Licht dringt durch ihre Lider. Sie schnellt nach vorn, reißt sich los. »Dawaj!«, ruft sie.

Hermann sieht sie müde an. In seinem Sitz schiebt er sich nach oben.

»Herrgott, wie spät ist es?«, ruft sie und steht auf.

Er sucht seine Uhr, dreht das Handgelenk ins Leinwandlicht, beugt sich darüber und murmelt: »Viertel nach vier.«

»Sie sollten mir Bescheid geben. Um drei. Wegen dem Roten Kreuz!«

»Es tut mir leid, Paulina …«

»Ich heiße Polina!«, ruft sie. »Mit o!«

10. Die Schau

Klein, hübsch und bang steht sie vor ihm, ein beliebtes Monatsmagazin in der einen Hand und einen Umschlag in der anderen. »Frank, ich muss dir etwas gestehen«, sagt sie.

»Bitte keine schlechten Nachrichten, Anita«, sagt er.

»Lass uns in den Schutzraum gehen, da können wir ungestört reden. Ich habe den Schlüssel besorgt.«

»In Ordnung. Aber wieso ist der abgeschlossen? Muss ein Bunker nicht immer offenstehen?«

»Darüber habe ich noch nicht nachgedacht.«

Im flackernden Neonlicht setzen sie sich auf eine der Liegen. Am Kühlschrank klebt ein Plakat, das die verschiedenen Alarmsignale erklärt: für einen nuklearen Angriff, einen chemischen, einen konventionellen und einen zum Üben.

»Es ist ein Skandal«, sagt er, »dass sie die Proben eingelagert haben und uns bloß ein Handarchiv bleibt.«

»Die Sache ist die«, sagt sie.

Zuerst traut er seinen Ohren nicht. Dann muss er aus vollem Hals lachen, dann ist er gerührt, und nachdem er seine Annonce gelesen hat, ist er nachdenklich.

»Es sind über zweihundert Zuschriften eingetroffen«, sagt Anita. »Daraus haben wir die beste für dich ausgewählt.« Sie hebt den Umschlag hoch.

»Wie«, fragt er amüsiert, »und die vielen anderen wollt ihr mir vorenthalten?«

»Wir haben es uns nicht leichtgemacht«, sagt sie und erklärt, dass sie wissenschaftlich vorgegangen seien. »Dr. Spohn hat extra eine Methode entwickelt.«

»Na, dann kann ja nichts schiefgehen. Und wonach habt ihr ausgewählt?«

Sie zögert, bevor sie antwortet: »Wie es in deiner Annonce steht: polyglott, klug, sinnlich, übersinnlich, diese Dinge eben. Jemand mit Niveau. Eine Frau, die einen höheren Begriff von sich hat.«

»Herrschaftszeiten, meine Annonce«, sagt er. »Und wer war noch mit von der Partie?«

Sie nennt ihm die Frauen.

»Inge auch«, sagt er.

»Ich wusste ja nicht, dass ihr was miteinander hattet.« Der Kühlschrank rumort.

»Ich weiß wirklich nicht, ob ich es lustig finden soll. Kann ich wenigstens den Brief sehen, den ihr ausgewählt habt?«

Sie reicht ihm eine schlichte Karte.

»Kein Foto?«, fragt er, nachdem er den Text gelesen hat.

»Wir wollten nicht so nach dem Äußerlichen gehen.«

»Die Katze im Sack also. Und wie geht es jetzt weiter? Erwartet ihr, dass ich der Dame schreibe?«

Sie schüttelt den Kopf und gibt ihm den Umschlag. Darin befinden sich weitere Postkarten. Er liest eine nach der anderen und merkt, wie ihm das Blut in den Kopf schießt.

»Bitte entschuldige«, sagt sie.

»Auf keinen Fall«, sagt er, »auf keinen Fall mache ich mich zum Affen und tanze da an.« Er schleudert die Karten fort.

»Wir wollten dir doch nur helfen. Du bist so unglücklich in letzter Zeit.«

»Ich bin überhaupt nicht unglücklich. Es geht mir prima. Und ich möchte selbst entscheiden, wen ich treffe.«

»Versuch es doch wenigstens«, sagt sie. »Fahr morgen hin und guck sie dir heimlich an. Wenn sie dir nicht gefällt, kannst du dich immer noch aus dem Staub machen.«

»Ausgeschlossen. Ich mach das nicht. Außerdem ist morgen Schule.«

»Nein«, sagt sie, »morgen ist doch Tag der Befreiung.«

Er stellt Milch, Brot und Butter auf den Küchentisch. Er weiß genau, dass er nicht hinfahren wird. Wie einen Patienten haben sie ihn behandelt, wie einen Unmündigen. In ihren Augen ist er jemand, der den Kuchen allein nicht gebacken kriegt, einer, der durch die Gärten schnürt und von allen Früchten frisst, ohne welche zu ziehen. Massive Vorurteile. Als würden ihn die paar Daten und Stichworte auch nur im Ansatz beschreiben. Jeder Mensch ist ein Rätsel, für die andern und sich selbst. Jeder Mensch erlebt sich als ein blaues Wunder, da langt es nicht, ein paar Formeln zu basteln. Und wie unverfroren sie sein Schicksal in den Mund genommen haben, als wär's eine Anekdote. Andererseits: Wie würde *er* es denn formulieren, sein Schicksal, wenn er es versuchte? Er hat es eben noch nie versucht. Doch *so* würde er es nicht anstellen. Gut, die Informationen sind nicht falsch, er hat sie auf die eine oder andere Weise auf die Frauen verteilt. Mit der Spohn hat er mal über Architektur gesprochen und gesagt, dass er das Haus über dem Wasserfall liebe. In einer wirklich schwachen Stunde hat er Monika das mit der Paella gestanden, und mit Inge hat er den dicken Schinken gelesen. Sie hasst ihn noch immer, obwohl bloß die Chemie zwischen ihnen nicht stimmte, was sie von Berufs wegen doch begreifen muss. Aufgrund ihres eigenen Schicksals glaubt Anita seines zu verstehen, und die beiden anderen wissen auch irgendwas von ihm. Er wird beobachtet und bewertet. Das, was er diesen Frauen einzeln offenbart und dann vergessen hat, haben sie wieder zusammengesetzt, ein seltsames Mosaik. Mehr haben sie eigentlich nicht getan. Und so steht er nun in diesem Kuppelheftchen, zusammengepuzzelt. Über zweihundert Zuschriften, hat Anita gesagt. Das ist gar nicht mal übel. Gern würde er die anderen Briefchen und Fotos einmal sehen, um zu überprüfen, was er wert ist. Muss aber nicht sein. Was diese Eva schrieb, das ist nicht schlecht. Genau genommen gefällt es ihm sehr. Und jetzt mal ehrlich: Was er selbst schrieb, also was die Frauen in seinem Namen geschrieben haben, das gefällt ihm auch. Trotzdem: Fahren wird er nicht.

Er schneidet Brot auf und stellt Teller auf den Tisch. Als Jakob vom Training heimkommt, brät er ihm drei Eier. In letzter Zeit futtert der

Junge wie ein Scheunendrescher. Er sieht kantig aus, nicht mehr wie ein Kind. »Ich habe das Gefühl, du wächst«, sagt Frank. »Stell dich doch mal an den Türpfosten zum Messen. Den letzten Strich hat Oma vor einem halben Jahr gemacht.«

»Kein' Bock«, sagt Jakob und kleistert Butter auf seine Schnitte.

»Morgen oder am Sonntag, hast du da einen Wettkampf? Ich würde gern mal wieder zuschauen.«

»Nee, Wochenende ist frei. Regeneration.«

»Wann ist eigentlich dieser große Wettkampf?«

»Welchen meinst du?«

»Dieses Sichtungsding.«

»Ist noch Zeit. Am 20. Juni.«

»Vielleicht schickt Omi bis dahin die Spikes«, sagt Frank.

»Hm«, macht Jakob.

»Sag mal, schreibst du noch?«

»Hm.«

»Brauchst du nicht bald ein neues Heft?«

»Ist noch Platz.«

»Wir sollten mit Theo mal wieder zum Tierarzt gehen. Können wir doch morgen machen, wenn du keinen Wettkampf hast.«

»Der ist abgehauen.«

»Der Tierarzt?«

»Theo.«

»Seit wann?«

»Vorgestern oder so.«

»Und das sagst du mir erst jetzt?«

»Na, du wohnst doch auch hier. Außerdem kommt der schon wieder. Er ist nur grade geil.«

»Bitte?«

»'tschuldigung. Er ist auf Brautschau.«

Jakob merkt, dass Frank merkt, dass da ein »auch« in der Luft liegt. »Kann ich nach oben?«

»Ja, klar«, sagt Frank. »Morgen schlafen wir mal richtig aus, und dann mach ich uns ein festliches Frühstück. Anlässlich der Befreiung des deutschen Volkes vom Hitlerfaschismus durch die Rote Armee.«

Der Junge lächelt ein bisschen.

Als Frank zu Bett geht, kann er nicht einschlafen. Draußen schreien die Katzen. Hoffentlich bekommt Theo eine feurige Schönheit ab, denkt er. Auch unter den Katzen ist die Konkurrenz nicht gering, aber Theo kriegt das schon hin. Er steht auf und bügelt ein Hemd. Er zieht neue Saiten auf die Gitarre und raucht eine Zigarette. Noch einmal liest er die Anzeige und die Postkarten und schüttelt den Kopf. Schlafen kann er immer noch nicht. Er liegt im Bett unter den Büchern und beobachtet den Schlaf, der im Sessel lümmelt und nicht herbeikommt. Er nimmt ein Buch aus dem Regal. Ewig hat er das nicht getan. Es ist das Tagebuch einer Schriftstellerin. Er blättert und liest: »Und wo warst du, damals im Mai – Kirschbäume, die Landstraße unter der Sonne.« Dann kann er doch schlafen.

Am nächsten Morgen weckt er seinen Sohn: »Komm frühstücken.«

Mürrisch setzt sich Jakob an den Küchentisch: »Wo ist denn das Frühstück?«

»Im Auto.«

Von einem Moment auf den nächsten ist Jakob wach. »Wir machen doch etwa keinen Ausflug?«

»Keine Angst«, sagt Frank, »solche Ausflüge machen wir nicht mehr.« Er hofft, dass es stimmt. Ihm fällt ein Buch ein, das er vor vielen Jahren gelesen hat. Im ersten Gesang dieses uralten Buches beklagt der Dichter, vom rechten Weg abgekommen zu sein und sich in einem dunklen Wald verirrt zu haben, in der Mitte des Lebens stehend. Gefährliche Tiere lauern ihm auf, ein Wolf, ein Löwe, ein Pardel. Was ein Pardel ist, hat er nachlesen müssen. Es ist etwas geschehen: Er denkt wieder an Bücher.

»Wohin fahren wir dann?«, fragt Jakob.

»Erst mal Zweige holen«, sagt Frank.

Blassrosa blühen die Kirschbäume am Straßenrand. Frank parkt den Wagen am Graben, und die Sonne dirigiert ihr Orchester: Singvögel flöten, Bienen summen in den Bäumen, der Bach klimpert. Er hört ein Entenfagott und das Cello des Windes. Süß duften die Blüten. Er faltet die Hände und macht dem Jungen eine Räuberleiter. Die Äste sind knorpelig wie Polinas Fingergelenke. Er gibt Jakob den Fuchsschwanz. Der Junge sägt Zweige vom Baum ab und reicht sie ihm herab. Bienen fliegen auf. »Pass auf, dass du nicht gestochen wirst«, sagt Frank, »und nimm nur die schönsten.« Der Junge klettert höher in die zitternde Krone, es schneit. Die Blütenblätter bleiben auf Franks Haar und im Gesicht des Jungen haften. Frank nimmt den Fuchsschwanz zurück und hält die Arme auf. Im richtigen Moment greift er zu und zieht den Jungen an seine Brust. Er ist wohl kein Kind mehr, aber er riecht wie eines: nach Heu und Butter. Mit dem Zeigefinger tupft er ein Blütenblatt von Jakobs Lid und bläst es in die Lüfte. »Wir haben einen Wunsch frei.«

Der Junge betrachtet die Straße. Vier Radfahrer fliegen vorbei.

»Jeder ein Wunsch«, sagt Frank. »Wir müssen still wünschen, jeder für sich.« Für ein paar Herzschläge schließt er die Augen.

Er stellt sich vor, wie der vordere Radfahrer in den Wind steigt, abfällt und sich in den Windschatten des vorletzten krümmt. Früher haben Mutter und er den Friedensfahrern zugesehen. Unter tausend anderen standen sie am Straßenrand, und als die Rennfahrer wie ein bunter Zug vorbeirauschten, riefen seine Mutter und er: »Täve, Täve!«

»Man darf es doch nicht aussprechen, sonst geht es nicht in Erfüllung, oder?«, sagt Jakob.

»Man darf es schon aussprechen«, sagt Frank.

Jakob überlegt. Dann sagt er: »Dass sie mich nehmen. Bei dem Sichtungswettkampf, meine ich. Dass ich auf die Sportschule komme. Zuerst Spartakiadesieger, dann Olympiasieger. – Ist das zu viel auf einmal?«

»Nein, ist es nicht«, sagt Frank. »Es ist gut, wenn du große Wünsche hast. Hab ich auch.«

»Was ist dein Wunsch?«

Auch Frank überlegt. Dann sagt er: »Dass wir Oma bald wiedersehen.«

»Das wünsche ich mir auch«, sagt Jakob.

»Und dass du nicht wieder abhaust«, sagt Frank. Und dass ich gut zu dir bin. Und dass ich mich bitte nicht in die Frau mit den Erdbeerhaaren verliebe.

Sie fahren über Alleen und durch Dörfer. Auf den Plätzen stehen bekränzte Maibäume, Bänder flattern im Wind. Vor ihren Kasernen haben die Russen geflaggt. Im Fond liegt die Gitarre in ihrer blauen Hülle. Wenn sie über das Kopfsteinpflaster holpern, gibt sie Töne von sich. Sonst sind nur Klamotten und blühende Zweige im Gepäck, kein Fernglas, kein Alibi. Morgen wird er den Jungen ins Trainingslager fahren. Sie essen Brote und trinken Kakao.

Frank denkt an die Geschichte des jungen Mannes, der aus Liebe mit dem Fahrrad bis an die Ostsee gefahren ist, weil sein Motorrad kaputt war. Zuerst radelte er auf dem Seitenstreifen der Autobahn, dann, nachdem die Bullen ihn runtergewinkt hatten, über Landstraßen und Feldwege. Oben angekommen, saß seine Liebste auf dem Schoß eines anderen, sein Muskelkater war ein Witz. Sieben Wochen später haben sie trotzdem geheiratet, er und Friederike waren Jaspers und Coras Trauzeugen.

Auf der Straße nach Sandau muss Frank langsam fahren: Ein Bus ist liegen geblieben. Zwei Männer, vier Frauen und ein Junge schieben den Bus an den Straßenrand. Dort parkt schon ein Anhänger in derselben sonderbaren Farbe, es ist weder Mint noch Türkis. Auf den Seiten des Busses und dem Heck des Anhängers stehen schwarz geschwungen die Buchstaben J und P.

Die Männer und Frauen, die den Bus anschieben, sind jung. Einer ist an die zwei Meter groß und hat das Kreuz eines Schwimmers, der andere Mann hat einen hellen Anzug an. Die Frauen gehen barfuß. Sie sind wie Zigeunerinnen gekleidet, in lange bunte Röcke, Blusen mit kurzen Ärmeln und bestickte Westen. Sie haben Tücher um die Köpfe gewunden und tragen große Ohrringe und Sonnenbrillen. Sie sind schlank. Am Steuer sitzt eine Blondine im Overall. Frank hält neben dem Bus und ruft durch Jakobs Fenster: »Brauchen Sie meine Hilfe?« Als er keine Antwort bekommt, versucht er es auf English: »Need you my help?« Das sind Holländer oder Belgier, denkt er.

Eine der Frauen löst sich vom Bus, lacht ihn an und sagt: »As a matter of fact: Yes.«

»What?«, ruft Frank.

»Sie hat ja gesagt«, erklärt Jakob, und Frank fährt rechts ran. »Außerdem muss es heißen: ›*Do you* need my help.‹« Seit Beginn des Schuljahres hat er einmal pro Woche Englisch, der Mister Schlaumeier. English for you: say after me, please.

Frank steigt aus und fragt die blonde Fahrerin, die doch eher wie eine Schwedin aussieht: »What is it with the car? I mean the bus?«

»Ick gloobe, der Riemen ist hin«, sagt sie in nölendem Berlinerisch.

Frank besieht sich den Bus genauer. Nur die Farbe, dieses hintergründige Grün, ist exotisch, in Wahrheit handelt es sich um einen Barkas 1000 mit acht Sitzen, Dachluke und seitlicher Klapptür. Ein hiesiger Zweitakter, nur 46 PS, der auch mit PKW-Fahrerlaubnis benutzt werden darf und beliebt als Krankenwagen und Feuerwehrauto ist. Nur akut krank darf man nicht sein, und schnell brennen sollte es auch nicht, denn die Tachonadel bleibt zuverlässig unter 100 km/h kleben. Der Anhänger ist ein umgebauter HP 500 mit Kastenaufbau.

»Wenn Sie wollen, schaue ich mir das mal an«, sagt er.

»Ja, bitte«, sagt die Blondine, »meine Boys haben davon keine Ahnung.«

Während er seinen Kopf in den Motorraum steckt, versammeln sich alle um ihn. »Was ist das für eine ausgefallene Farbe?«, fragt er blechern.

»Tiffany Blue«, sagt die Blondine.

»Das ist doch kein Blau«, sagt er und rumpelt in den Eingeweiden des Busses.

»Der Laie denkt das gerne mal«, sagt einer der Männer, »aber es ist in Wahrheit eine Blauvariante.«

»Mein Lackierer hat sich ooch gewundert«, meint die Blondine. »Einmal hat er eine Schwalbe kotzegelb lackieren sollen, also das Zweirad, nicht den Vogel. Das sei das Bekloppteste gewesen, was man je von ihm verlangt hat. Bis ick jekommen bin mit meinem Tiffany Blue.«

»Wer ist Tiffany?«, fragt Frank und verbrennt sich die Finger am Kühler. So ein Kühler soll doch kühlen, Scheibenkleister.

»Kennen Sie ›Frühstück bei Tiffany‹?«, fragt eine der Frauen. Er weiß nicht, welche, vielleicht die, in deren englisches Messer er gelaufen ist.

»Ich kenne Frühstück bei Muttern«, antwortet er und kommt sich doof vor.

»Das ist ein berühmter Film nach einem berühmten Roman«, sagt die Frau. Es ist die Englische. »Tiffany's ist das berühmteste Schmuckhaus der Welt und spielt eine wichtige Rolle in dem Film. Es befindet sich in New York an der Fifth Avenue. Im 19. Jahrhundert haben sie für ihre Kataloge eine eigene Farbe kreiert …«

»… unser Tiffany Blue«, übernimmt die Blondine. »Seitdem machen sie jede Broschüre, jede Schleife und jede Geschenkbox in dieser Farbe.«

»Sie steht für zeitlose Eleganz, hohe Qualität und Individualität«, sagt eine andere Frau.

»Und ist mal was anderes als dieses ewige Ladabeige oder Trabiblau«, sagt die Blondine.

Frank taucht aus dem Motorraum auf und betrachtet das Grüppchen. »Ihr seid aus der Modebranche«, sagt er.

»Touché«, sagt der Mann im hellen Anzug.

»Dann habt ihr bestimmt eine Strumpfhose dabei.«

»Dutzende«, sagt die Blondine. »Wofür?«

»Euer Keilriemen ist tatsächlich gerissen.« Mit Hilfe der Strumpfhose macht Frank den Barkas wieder flott.

»Wird es bis Sandau gehen?«, fragt eine der Frauen.

»Habt ihr da einen Auftritt?« Ein duftender Lappen wird ihm gereicht, mit dem er seine Hände von Fett und Schmiere reinigt.

»Eine Schau. Wir präsentieren die neueste Frühjahrs- und Sommerkollektion des Ateliers Jenny Posner«, sagt die Blondine. »Mailand, Tokio, Sandau. Jenny Posner, dit bin ick«, sagt sie und schüttelt Frank die Hand. Dann macht sie die Armbewegung eines Conférenciers, und ihre Stimme ändert ihren Aggregatzustand: »Zu meiner Rechten, das ist René, unser Gentleman. Dieser Götterliebling hier ist Thor. Philippa ist unsere Lady, Carmen der romantische Typ, Britt ist die Sportliche. Und das da«, sagt Jenny Posner und deutet auf die englische Frau, »das ist Bella.«

»Sind das eure Namen?«, fragt Frank und gibt jedem die Hand. Jetzt erst bemerkt er, dass die Frauen unterschiedlich schön sind. Jakob und der Junge stehen abseits und sind mit Wegschauen beschäftigt.

»Künstlernamen«, sagt Bella. »Wir haben alle auch noch ordentliche Berufe.«

»Bis auf mich«, sagt Jenny Posner.

»Fahren Sie auch nach Sandau?«, fragt Bella.

»Dann kommen Sie doch zu unserer Schau«, sagt Jenny Posner. »Als kleines Dankeschön.«

»Das geht leider nicht«, sagt Frank.

»Komische Vögel«, sagt Jakob, als sie wieder im Auto sitzen.

Zwei Hotels und eine Pension haben plötzlich keine freien Zimmer mehr, nachdem Frank seinen Ersatzausweis auf den Empfangstresen gelegt hat. Er will und kann jetzt nicht daran denken, wie es auf dem Amt war. Was er dem Beamten an den Kopf geworfen hat, was der erwiderte, bevor er seinen Personalausweis abgeben und den PM 12 annehmen musste.

Nur im ehemaligen Grandhotel, einem dunklen Gebäude aus einer vergessenen Zeit, will niemand ihre Dokumente sehen. Es gibt nicht einmal Zimmerschlüssel. Ihr Flur ist ein langer Stollen, von dem alle zwanzig Schritte eine Tür abgeht. Licht plumpst durch das einzige Fenster am Ende des Ganges.

Die Tür ihres viel zu großen, viel zu hohen Zimmers ist von innen gepolstert, dahinter stehen ein Doppelbett, ein Schrank, ein Tisch mit nur einem Stuhl. An der tapezierten Wand hängt ein Konsumdruck: Birken vor einem Weizenfeld, darin Mohn- und Kornblumen. An der anderen Wand staffeln sich Bildchen aus Stroh: dreierlei Kraniche im Steigflug auf schwarzem Grund. Er lehnt die Gitarre an die Wand.

Über dem gesprungenen Waschbecken schwebt ein rissiges Stück Seife. Das ist unser Landeswappen, denkt Frank: der Metallknopf in der Seife. Nicht Hammerzirkelährenkranz, sondern der Metallknopf, der in jedem Stück Florenaseife steckt, so wie in unseren Oberarmen zwei Pockennarben stecken. Hierzulande gibt es kein einziges Stück Seife, das einfach so herumliegt, jedes haftet per Metallknopf an einem Magnetarm. Am Waschbecken dreht er den roten und den blauen Wasserhahn auf, aus beiden kommt kaltes Wasser. Er lässt das Waschbecken volllaufen und legt die Kirschzweige hinein.

Aus dem Rucksack holt er Jakobs Schlafanzug und breitet ihn auf der geblümten Überdecke aus. Der Schlafanzug liegt da, als sei es der Junge selbst: inmitten einer Sommerwiese, lang die Beine, lang die Arme. Frank prüft die Matratze der anderen Betthälfte, er setzt sich auf das Bett und sackt ein. Mit Jacke und Schuhen legt er sich hin, er streckt sich aus und liegt wie in einem zu engen Grab. Schon für eine Person ist die Matratze zu schlecht.

Er klettert aus dem Bett, stellt Jakobs Zahnbürste in das Spülglas und hängt einen Waschlappen mit den Initialen F und R an den Haken. Seine Sachen kann er später ausräumen.

»Ich bin müde«, sagt Jakob und legt sich neben seinen Schlafanzug. »Ich sag's doch, du wächst.«

Während Jakob ruht, spaziert er durch den Kurgarten. Anitas Rat ist gar nicht so verkehrt: Er wird das Terrain sondieren und sich ein Versteck suchen. Bloß nicht die Katze im Sack kaufen.

Sandau war früher ein beliebter Erholungsort mit mondäner Aura, der heute einer gealterten, inzwischen gramvollen Bühnenschönheit gleicht, die auf Betriebsfeiern auftritt. Die weitläufigen Parks mit ihren Mammutbäumen und Platanen, die verwaisten Sanatorien und baufälligen Villen, die jetzt Kinderheime, -gärten und -krippen beherbergen, sind stumme Zeugen dieser Epoche. Manche sagen, Sandau sei vornehmer als Bad Itz gewesen.

Frank kommt an leeren Pflanzkübeln aus Waschbeton, HO-Kiosken aus Asbest und langen Beeten mit violetten oder gelben Stiefmütterchen vorbei. Zwischen den Gehwegplatten wächst Löwenzahn. Die Dächer der Teehäuschen und Pagoden sind mit Teerpappe geflickt und die alten Gaslaternen durch überhohe Lampen ersetzt, die eine Krause aus fünf Lautsprechern haben.

Diese verkünden, dass um 16 Uhr eine Modenschau stattfinden wird. Frank muss lächeln: Aber nur, wenn sie es rechtzeitig schaffen mit ihrem klapprigen Bus. Auch in den Glaskästen und auf den Informationstafeln wird die Show angekündigt. Ein Schwarzweißplakat zeigt eines der Mannequins: Ihre hellen Haare sind kunstvoll geflochten und entblößen den Hals, ihre dunklen Augen sehen ihn an. Als einzigen Schmuck hat sie Tollkirschen angelegt, statt Ohrringen. Sie trägt ein schulterfreies Kleid in Weiß, vielleicht ein Hochzeitskleid. Es ist die englische Frau, Bella. Er liest, dass die Modenschau am Pavillon im Kurgarten stattfindet.

Die Besucher strömen zur Gartenmitte, und Frank folgt ihnen. Einige ältere Herrschaften in Salz und Pfeffer promenieren über die Wege, als schritten sie durch ein anderes Jahrhundert. Lachende Mädchen in Blauhemden überholen sie und reihen sich in eine Menschenschlange vor einem Kassenhäuschen ein. Wieder tönen die Lautsprecher: »Aus der Hauptstadt der DDR: Mode für die Frau und den Mann von heute. Mannequins und Dressmen führen praktische und festliche Frühjahrs- und Sommerkleidung vor, entworfen und gefertigt vom Atelier Jenny Posner aus Berlin. Bewundern Sie den neuen Schick in Strick, den Safari-Stil und die Strandmoden der Saison. Der Höhepunkt der heutigen Schau mit musikalischer Begleitung sind Kleider für die Feste des Lebens. Beginn ist um 16 Uhr am Pavillon im Kurgarten.«

Hinter dem Kassenhäuschen sieht man den Rundbau, zwischen dessen Säulen heller Markisenstoff gespannt ist. Im Schatten des Pavillons stehen ein Barkas und ein HP 500 in Tiffany Blue. Frank dreht ab. Er rennt los, um seinen Sohn aufzuwecken. Er braucht kein Versteck.

Sämtliche Plätze sind belegt. Er lässt seinen Blick über die vielen Köpfe wandern: Graue Scheitel, blondierte und toupierte Frisuren, elegante Damenhüte, steife Uniformmützen, Filzbarette mit Zipfel und lederne Politbüro-Töpfe reihen sich aneinander. Vor Jakob schiebt er sich durch die engen Stuhlreihen. Zum Ärger älterer Herrschaften schäkern die jungen Frauen im Blauhemd mit einer Gruppe Offiziersanwärter. Damen in Seide sitzen neben Grobianen, die das Wort »Strandmoden« angelockt hat.

Nur in der ersten Reihe sind noch zwei Plätze frei, reserviert durch je ein dickes Buch. Es sind die zwei Bände von »Schuld und Sühne«. Sie setzen sich, und er legt Bücher und Kirschzweige unter seinen Stuhl.

Direkt vor ihnen, keine Armlänge entfernt, verzweigt sich ein langer, schmaler Laufsteg nach links und rechts. Der von Geranien begrenzte Steg nimmt seinen Anfang am Pavillon und bildet dann das Dach eines T. Im linken Winkel ist eine Holzbühne errichtet worden, auf der vier Musiker in weißen Anzügen stehen. An einem Mikrofonständer wartet eine junge Frau mit kurzem Haar: die Sängerin, die nichts zu singen hat außer »daba-daba-du«. Neben ihr steht eine große blonde Frau im Hosenanzug, die am ausgestreckten Arm ein zweites Mikrofon hin und her pendeln lässt. Ihre Frisur erinnert an die Filmstars der Goldenen Zwanziger. Mit einem Zwinkern begrüßt sie Frank und Jakob. Als die Band einen Tusch spielt, hebt sie lächelnd das Mikrofon zum Mund. Für die nächste Stunde wird sie es nicht mehr herunternehmen.

»Bonjour, welcome, buon giorno und herzlich willkommen, verehrte Damen, verehrte Herren und liebe Kinder«, sagt Jenny Posner. Ihr Akzent ist verschwunden. »Aus der Modemetropole Berlin sind wir zu Ihnen gekommen, um Ihnen die romantischsten Kleider, die lässigsten Outfits und die festlichsten Roben dieser Frühjahrs- und Sommersaison zu präsentieren.« Ihr Singsang kommt aus der Nase und schmiegt sich dem Rhythmus der Musik an. Mit weichen Gesten begleitet sie ihn.»Herz ist Trumpf‹, lautet das Motto unserer Schau. Ich hoffe, Sie amüsieren sich ein wenig dabei, lassen sich inspirieren und finden womöglich das eine oder andere Teil, das Sie im Anschluss erwerben wollen. Für die Herren haben wir alle Exponate in den Größen 48 bis 54 vorrätig, für die Damen von m 76 bis m 94. Ich wünsche Ihnen viel Vergnügen mit unseren Dressmen und Mannequins.«

Applaus brandet auf. Die Sängerin macht »daba-daba-du«.

»Hier sehen Sie zum Auftakt«, singt Jenny Posner, »unsere maritime Kollektion. Dieser Sommer wird blau und weiß wie unsere Dessins. Die Oberteile stammen aus dem Trikotagen-Kombinat Karl-Marx-Stadt, die weiten Leinenhosen im Marlene-Schnitt aus unserem Atelier im Prenzlauer Berg, dem Montmartre Berlins. Desgleichen die Muschel- oder Bernsteinketten, die Britt und Carmen zieren.«

Im Gleichschritt staksen die zwei Mannequins nebeneinander bis zum Scheitelpunkt, wo sich ihre Wege trennen. Je am Ende ihres Stegs stemmen sie die Hände in die Hüften und winkeln ein langes Bein an. Flamingos, denkt Frank. Sie wechseln Stand- und Spielbein und wenden ihre Hüften wie Radare. Das Publikum klatscht.

»Übelst peinlich«, sagt Jakob.

»Auch die Herren«, sagt Jenny Posner, »kombinieren in diesem Sommer das Sportliche mit dem Eleganten.«

In einem blendend weißen Leinenanzug betritt René den Laufsteg, sein Borsalino ist ebenfalls weiß. Thor trägt Hemd und Pullunder zur Leinenhose. In der Hand hält er einen Tennisschläger, mit dem er Schlagbewegungen nachahmt, während er und René über den Steg schaukeln. Sieht irgendwie unrund aus, denkt Frank.

»Die dreifarbig geringelte Passe am Herrenwestover erhält durch die Folklorekante einen schmückenden Abschluss«, sagt Jenny, als Thor vor ihrer Nase den Schläger schwingt. »Und ein schöner sportiver Gag sind die lässig aufgeschlagenen Ärmel des Blazers«, ergänzt sie, hinüber zu René zeigend.

Die Boys sind nur Garnitur, denkt Frank. Man merkt an ihrer Unsicherheit und dem wohlwollenden Desinteresse des Publikums, dass sie nicht die Hauptattraktion sind. Das sind die Ladys. Die Boys sind bloß die *carpenter*, die Teppichverkäufer.

»Kommen wir zum eleganten Part«, sagt Jenny. »Philippa und Carmen führen uns Kombinationen aus Rock und Blazer vor. ›Kurz, kürzer, am kürzesten‹ lautet die Parole in diesem Frühjahr, meine Damen – und meine Herren. Wenn es nach den Pariser und Mailänder Couturiers geht, steigen in diesem Jahr die Rocksäume. Wir sagen: Die Rückkehr zum Minirock ist beschlossene Sache. Enge, das Knie umspielende Röcke, dazu hüftlange Blazer mit viel Schulter, eine forsche Dreieckssilhouette. Vortreffliche Begleiter sind moderne Broschen, glänzende Einstecktücher und Strohhüte mit kurzer Krempe.«

Welch ein Jargon! Frank muss lächeln. Dennoch gefällt ihm die Präsentation. Wie eine Geschichte, die sich ziert, steigert sie seine Spannung und Vorfreude.

»Die Herren der Schöpfung lieben das Abenteuer und die Exotik«, seufzt Jenny Posner. »Sie wollen ferne Kontinente erobern. Dazu tragen sie den neuen Safari-Look in Beige oder Oliv. Applizierte Taschen im Brust- und Schoßbereich bieten Platz für Kompass, Messer oder Fernglas.« Tropenhelme verschatten die Augen von René und Thor. Beide haschen mit ihren Schmetterlingsnetzen unsichtbare Insekten. »Die Gürtelschnallen sind handgefertigt aus echtem Horn vom Balkanwidder. Wir scherzen nicht, Mesdames et Messieurs. Die Kragen sind kurze Stehkragen, überhaupt sind das Revers und der Klappkragen kein Muss mehr. Anything goes.«

»Änißing go-es!«, schimpft ein Rentner mit Politbüro-Hut hinter ihnen. »Als ob das so einfach wäre. Es geht eben nicht änißing. Auch die Mode muss sich einer objektiven Wahrheit beugen. Nicht mal so, und dann wieder so, nur weil denen gerade langweilig ist.«

»Sei ruhig, Herbert«, sagt die Frau neben ihm.

Aus dem Pavillon treten Britt und Carmen hervor. »Die reife oder die romantische Frau darf dem Minirock ruhig entsagen und stattdessen lange, schwingende Röcke in Punkt-, Streifen- oder Blumendessins tragen. Dazu Oberteile im Strick-Schick. Die naturhafte Optik von Britts Twinset ist besonders ansprechend, die Perlenapplikation auf Carmens Pullover sehr apart. Die Perlen gruppieren sich links, Gentlemen, wo das Herz sitzt. Der größte Schmuck einer Frau ist und bleibt ihr Herz.«

Warum nicht der Kopf?, denkt Frank.

»Papa?«, sagt Jakob.

»Hm.«

»Stimmt es, dass man im Westen Frauen kaufen kann?«

»Hm.«

»In echt? Woher weißt du das?«

»Wie?«

»Ob man im Westen Frauen kaufen kann.«

»Wo hast du das denn her?«

»Von Falk Ulmen. Und der hat es aus einem Buch.«

»Ah.«

»Und, kann man?«

»Ja.«

»Papa?«

»Hm.«

»Willst du deswegen in den Westen?«

Jetzt erst erreichen die Worte sein Bewusstsein. »Nein! Um Gottes willen«, sagt er. »Wo schnappst du nur solche Sachen auf!« Er sucht einen schnellen, klärenden Satz, kann aber keinen finden. Mit ihm ist es komisch: Mal sinnt er nur und kann nichts sagen, mal spricht er nur und kann nichts denken. Mal ist er nur außen, mal nur innen. Eine Mischung wäre gut.

»Falk Ulmen hat gemeint, dass es so Frauen gibt. In geschlitzten Kleidern oder eben nackig«, setzt der Junge nach, wird aber von Jenny Posner unterbrochen:

» ... und damit sich der kleine Lord in der ersten Reihe nicht langweilt, kommt jetzt etwas für die Jugend.« Die Kapelle spielt flott auf, die Sängerin macht »trie-dap-en, trie-dap-en-du«, und Jenny Posner raunt in ihr Mikrofon: »Die jugendliche Dynamik spiegelt sich in einem sportlichen Bekleidungsstil wider, international unter dem Motto *action* propagiert. So können wir Funktionalität und fröhliches Stilgemisch bei unserer Leo bewundern.«

Ein Mädchen in rotem Rollkragenpullover und Jeans-Shorts tritt eckig über den Steg. Missmutig starrt sie auf ihre Sandalen. Ihr Mund ist rot, die Wimpern scheinen getuscht zu sein.

»Der Junge vom Bus heißt Leo?«, fragt Frank.

»Das täuscht wegen der kurzen Haare«, sagt Jakob.

»So geht die Jugend heute«, sagt Jenny Posner und scheucht das Mädchen zurück hinter den Markisenstoff. »Haben Jugendliche eher eine Vorliebe für lässige Bekleidung, gibt es doch auch feierliche Anlässe wie einen Konzertbesuch, die Jugendweihe oder wenn die Mutti wieder heiratet.« Ungeduldig sieht sie zum Pavillon hin. Die Musik tritt auf der Stelle. Als sich das Mädchen nicht blicken lässt, macht Jenny Posner einen großen Schritt und läuft, das Mikrokabel hinter sich herziehend, auf die Säulen zu. »Gleich werden wir phantasievoll-romantische Wollware zu langen Röcken für solche Anlässe sehen.« Sie beugt sich hinter die Abdeckung, und man kann sie sagen hören: »Wo bleibste denn? Mensch, Kleene, mach hinne.«

In Rock und Häkeljäckchen, mit Blumenkranz auf dem rappelkurzen braunen Haar, trottet das Mädchen endlich über die Bretter. »Eine wirkungsvolle Filethäkelpasse berandet den spitzen Ausschnitt des Jäckchens«, sagt Jenny Posner. »Käuflich zu erwerben bis Größe 164.«

Jetzt wird's aber doch mal Zeit, denkt Frank. Ein Mann aus dem Publikum sieht das ähnlich: »Was is nu mit die Bikinis?«, ruft er. Die Offiziersanwärter lachen, und die Freie Deutsche Jugend kichert.

Jenny Posner geht zurück auf das Podest und stoppt per Handzeichen die Musik. »Wenn die Mutti wieder heiratet oder zum ersten Mal ja sagt, dann ist das natürlich ein ganz besonderer Tag. Viele sagen, es sei der schönste Tag im Leben einer Frau. Zumindest ist es vorübergehend der schönste Tag im Leben einer Frau.« Ein wenig von ihrem nölenden Berlinerisch kommt durch, das Publikum lacht. Die Musiker legen ihre Instrumente ab und nehmen neue auf: Klarinette, Akkordeon, Geige.

»Auch die Schönheit geht vorüber, das ist bekannt. Doch am Brauttag soll sie ewig sein. Das passende Kleid dafür präsentiert Ihnen: Bella.« Jenny Posner gibt der Band ein Zeichen und verlässt das Podest. Die Klarinette lacht, die Geige fiedelt, und die Sängerin singt nun doch. Sie singt: »Matchmaker, matchmaker, make me a match.«

Bevor er ausreichend darüber nachdenken kann, was ein *matchmaker* ist (ein Spielmacher?), sieht er sie. Im schulterfreien Kleid aus rieselndem Weiß betritt sie den Steg. Ihr Blick findet ihn, sie begrüßen sich mit den Augen. Mit atmendem Gang kommt sie auf ihn zu. Ihr hochgestecktes Haar hat tatsächlich die Farbe von Erdbeeren. *Biondo* mit einem Hauch Kupfer. Die Renaissancemaler wären verzückt gewesen, Botticelli hätte seine Venus zum Teufel gejagt. Ich bin ein Renaissancemaler, denkt Frank. Ja, zum Teufel mit allen durchschnittlichen Schönheiten und allen durchschnittlichen Malern. So schön wie ich kann diese hier keiner anschauen. Hals, Schultern und Arme sind rank und fest, die Haut ist leicht gebräunt: Pallas, da sie vor dem Hirten steht. Statt Ohrringen trägt sie wieder Tollkirschen. Ihre Lippen wären den Malern zu voll gewesen, man darf nicht zu lang auf diese Lippen starren. Sie bleibt vor ihm stehen und lässt ihren Blick über die Kuppen ihrer Brüste zu ihm hinunterfallen – ohne Flamingobein oder Radarhüfte. Er spürt ein Ziehen in den Lenden.

»Warum kommste nicht mal rüber zu mir?«, ruft der Rüpel von eben, ohne viel Mut. Sie vernichtet ihn mit einem Augenaufschlag und bleibt allein vor Frank stehen. Alle können es sehen. Ich bin kein Kannibale mehr, denkt er, und auch kein Teppichverkäufer. In diesem Moment bin ich so was wie ein Baron. Zumindest ein Rittmeister oder Konsul, vielleicht ein Graf. Jedenfalls was Besonderes, was Adliges.

Als er sie von hinten studiert, ist da wieder das Ziehen, das ein Brennen wird. Er erfasst ihren langen Hals, den langen Rücken mit dem gedehnten Tal, aus dem sich ein bravouröser Arsch wölbt, der sich selbst applaudiert. Armer Mann, denkt er, armes Männchen. Jetzt bin ich auf einmal der siebte Gartenzwerg und doch kein Chevalier. Zurück am Pavillon wendet sie sich noch einmal um und schenkt ihm ein Lächeln: Ihre Seele zeigt sich. Zweifellos hat sie einen höheren Begriff von sich. Vielleicht kann er durch sie auch einen höheren Begriff von sich erlangen.

»Papa«, sagt Jakob, »lebst du noch?«
»Weiß nicht«, sagt er wahrheitsgemäß.

Nach der Schau sitzen alle zusammen in einem Gartenlokal: Jennys Leute, die Musiker, Frank, Jakob, Eva und Leonore. Unter blühenden Kastanien hat der Wirt vier Tische zusammengeschoben und mit weißen Tüchern gedeckt. Darauf stehen Karaffen mit Wasser und Wein, Brotkörbe, Schüsseln mit Quark, Töpfchen mit Schmalz und Platten mit kaltem Braten, Gurken und Zwiebelringen, der Käse ist mit Paprikapulver bestreut. Frank und Jakob sitzen Eva und Leonore gegenüber. Alle trinken und essen, für die Kinder gibt es einen Krug Waldmeisterbrause. Die Sonne steht tief.

Der Abverkauf war optimal, morgen wird die Truppe leer zurückfahren. Jenny Posner ist in Plauderlaune. Sie hat ihre richtige Sprache wiedergefunden und erzählt, wie alles anfing.

Angefangen hat es vor zwei Jahren. Da hat sie ihre feste Anstellung als Modejournalistin aufgegeben, um im Prenzlauer Berg ihr eigenes Atelier zu eröffnen. Leben kann sie janz jut davon. Zuerst sind sie zu dritt, bald schon muss sie Näherinnen und Gestalter anheuern, denn alles wird ihr aus der Hand gerissen. Antragsteller, die ihren Beruf nicht mehr ausüben können, arbeiten für sie. Da gibt es einen Harfenspieler, der sich zu einem Nähmaschinenvirtuosen gemausert hat, sowohl an der Veritas als auch an der alten Singer, die sie im Atelier zu stehen hat. Ein Zahnfummler fummelt für sie niedlichen Drahtschmuck zusammen, und ein Bibliothekar will nix anderes mehr als Strohhüte flechten. Wenn sie morgens um zehne ihre Butike in der Knaackstraße öffnet, steht die Kundschaft oft in Doppelreihe an. Als gäb's Appelsinen. Material zu beschaffen ist das Schwierigste. Mit der Zeit aber kennt sie ihre Pappenheimer: Die Lagerarbeiter der Gewerbemesse zweigen Stoffballen für sie ab, bulgarische Händler organisieren Baumwolle, und dann hat sie da noch einen Verehrer von der pakistanischen Botschaft, der sie mit Sari-Stoffen versorgt. Man muss eben erfinderisch sein in diesem Land, in dem jeder Rohstoff knapp ist, jetzt mal abgesehen von Weiß- und Rotkohl. Aus zwei Unterröcken macht sie ein enganliegendes Abendkleid in Indigoblau. Großmutters Leinenlaken werden zu weiten Hosen im Dietrich-Stil umgebamselt. Die Schnittmuster überträgt sie auf die Seiten des Neuen Deutschland, dann isses och mal zu was nütze. Molton-Tücher, die eigentlich Baby-Popos trocken halten sollen, werden zu Folklore-Blusen, aus wattiertem Arbeitszeug im Mao-Look entstehen bunte Jacken, die sie nächtelang mit Pailletten, Filz oder Seide bestickt, tolle Friemelei. Mit durchsichtigem Nagellack überzogene Kürbiskerne und Nudelsterne fädelt sie zu langen Ketten auf. Dit Essen nich im, sondern am Halse. Ihre große Liebe aber, das sind die Modenschauen. Als sie damit anfängt, rennen die Mädels ihr sofort die Bude ein. Die wollen nix lieber sein als Mannequins. Dressmen aber sind schwer zu finden – solche, die was taugen. Natürlich beknien sie die Homos, für sie laufen zu dürfen. Sie probiert Tänzer, Baggerfahrer, Studenten und einen Liedermacher aus, der die Jeschmeidichkeit einer Stabheuschrecke hat. Irgendwann gibt ihr Ruth den Tipp mit dem Tennisplatz. Direkt vom roten Sand weg hat sie Thor und René mitgeschleift.

»Meine Boys«, sagt sie, lächelt nach links und rechts, stößt mit dem einen und dem anderen an, küsst den einen und den anderen.

Während Jenny redet, betrachtet Frank Bella alias Eva. Er versucht, nicht zu stieren, will vermeiden, dass sich ihre Blicke kreuzen, denn auch sie ermittelt ihn. Sie hat patente Hände, schlank und doch tüchtig. Die Fingernägel sind kurz geschnitten und nicht lackiert. Diese Hände können gewiss gut nähen, Zöpfe flechten, ein Pflaster aufkleben, Tränen trocknen und streicheln sicher auch. An keinem Finger ist ein Ring zu sehen. Auf ihrem Dekolleté findet er eine Narbe, dort, wo ein Leberfleck oder Muttermal entfernt worden ist. Einmal treffen sich ihre Blicke doch, und er sieht die Einschlüsse in ihrem Augenweiß, Absplitterungen der Iris, die das Dunkelgrün der Feen hat. Ganz bewusst hat die Natur kleine Ungenauigkeiten und Fehler hinterlassen, um zu demonstrieren, dass ihre Schönheit außerhalb der Ordnung liegt. In ihrer Ohrmuschel nisten Krebse, der Ohrsaum ist durchsichtig und rotglänzend wie Granatenkern. Ich schwärme, denkt er, kann mir mal jemand eine scheuern?

Nachdem Jenny geendet hat, kommt die Rede auf den vergangenen Winter und die langen Wochen in Eis und Schnee. Sie sprechen über die zugefrorenen Seen, und Frank beschreibt das Geräusch, das entsteht, wenn sich ein Riss ins Eis schneidet. »Als würde die Sehne eines riesigen Klangbogens reißen«, sagt er, »mit einem kosmischen Hall.«

Eva sagt: »Sie sind ein Dichter. Und ›kosmisch‹ ist eines Ihrer Lieblingsworte.«

»Wieso?«, meint Jenny. »Er sagt es doch zum ersten Mal.«

Sie lächeln sich an und reden über das Schlittschuhlaufen, als sei es die schönste Sache der Welt. Es mache den Kopf frei, sagt Frank und denkt, dass »kosmisch« nicht sein Wort ist. Es ist ein Leihwort. Er fragt Eva, ob sie übersetzen könne.

»Ja«, sagt sie. »Auch rückwärts.«

»Das ist ja ganz wunderbar«, sagt er.

»Im Frühling redet ihr übers Eislaufen«, beschwert sich Jenny.

»Den beiden muss alle Dämlichkeit nachgesehen werden«, sagt René, und dann fällt ein Weinglas um. Der rote Wein läuft über die Tischdecke und hinterlässt einen Fleck auf Evas weißem Kleid, in ihrem Schoß. Sie macht keine Anstalten, mit ihrer Tochter zu schimpfen. Frank beklagt, dass das schöne Kleid nun verdorben sei. Er schraubt den Deckel vom Salzstreuer und sagt, dass Salz und kaltes Wasser das Kleid vielleicht retten könnten. Aus der Kollektion könne sie jederzeit ein neues bekommen, sagt Eva. »Nicht wahr, Jenny?«

»Kommt janz uff den Anlass an.«

Als das Schweigen schwer wird, fragt Eva: »Wieso ist Paella Ihr Lieblingsessen?« Mit der Gabel sortiert sie die Zwiebelringe an den Rand ihres Tellers. Leonore will Frank mit ihrem Blick wehtun, und Jakob hat Hummeln im Hintern.

»Warum denn auf einmal Paella?«, fragt Jenny.

Rau sagt Frank: »Wollen wir nicht Du sagen?«

»Eva«, sagt sie und hebt ihr neu gefülltes Glas.

»Frank«, sagt er und stößt mit ihr an.

»Wieso essen Sie, isst du es am liebsten?« Ihre Brauen sind seidig, ihre Stirn ist schattig.

Mit der rechten Hand greift er sich ins Genick. »Es ist ein nahezu perfektes Essen. Es enthält den Himmel, die Erde und das Wasser. Huhn, Reis, Fisch.«

»Aber in eine echte Paella gehören gar keine Meerestiere, glaube ich.«

»Tatsächlich? Mir hat mal jemand gesagt, dass ein spanischer Schriftsteller geschrieben habe, Paella sei genau so: dreifaltig. Ein Abbild der Schöpfung.«

»Wer sagt denn so etwas?«

Er führt sein leeres Glas an die Lippen. Sie weiß, dass man Paella nie allein isst.

»Also welcher Schriftsteller?«

»Ich habe es mir nicht gemerkt.«

»Und wo hast du es zum ersten Mal gegessen?«

Er macht ein nachdenkliches Gesicht.

»Etwa in Spanien?«, hilft sie ihm. Sie quält ihn, und sie hilft ihm. Er fragt sie doch auch nicht nach dem Vater ihrer Tochter. Nach ihrem Schicksalsschlag.

»Nein, leider nein«, sagt er. »Bin kein Reisekader.«

Bereits jetzt kann sich alles entscheiden. Wenn sie als Nächstes fragt, mit wem er Paella gegessen hat, dann geht es schon um alles. Dann muss er eine Entscheidung fällen und die Zukunft sofort entscheiden. Er könnte lügen und sagen: »Mit Freunden.« Zur eigenen Belustigung könnte er sagen: »Mit meiner Mutter, sie liebt diese Art von Speisen.«

Aber das Lügen hat er für die Lügner reserviert, das Lügen würde alles sofort zunichte machen. Er würde diese Frau nicht belügen, er würde höchstens sich selbst belügen. Allerdings könnte er eine Sperre errichten und antworten: »Das will ich nicht sagen.« Es wäre beleidigend. Also bleibt ihm nur die Wahrheit. Aber auch die ist elastisch. Er könnte sagen: »Mit einer Freundin.« Er könnte sagen: »Mit Friederike.« Er könnte sagen: »Mit Jakobs Mutter.« Er könnte sagen: »Mit Jakobs zukünftiger Mutter«, oder: »Mit meiner damaligen Freundin.« »Mit meiner Frau«, könnte er sagen. »Mit meiner späteren / verstorbenen / früheren / ersten Frau.« Das alles wäre wahrheitsgemäß, aber doch nicht die Wahrheit. Jeder Satz bedeutet etwas anderes, der Reinheitsgrad der Sätze unterscheidet sich. Mit diesen Sätzen verhält es sich wie mit den Eheringen: Die meisten beinhalten nur ein Drittel Gold, der Rest ist Kupfer. Selten sind die 585er und so gut wie nie die 750er oder 850er anzutreffen.

Vorerst fragt sie ihn nicht. Sie lehnen sich zurück, und Eva findet ihr Lächeln wieder.

Frank sagt: »In der schönen Stadt Naumburg habe ich es zum ersten Mal gegessen. Dort in der Nähe habe ich studiert.«

Er spürt die Erinnerung als Kribbeln in den Händen und Füßen, als Knistern im Hinterkopf. Er hört das Ticken und Schlagen der Uhren, er schmeckt die Süße, die Säure und die Schärfe.

Seine Mutter hat keine seiner späteren Freundinnen geduldet, und auch Friederike, die seine Frau wurde, hat nie ihre Anerkennung oder Zuneigung gewinnen können. Die Frauen, die Rudolf und Siegmar nach Hause brachten, hieß sie willkommen. Von Franks Mädchen und Frauen aber war keine gut genug. Sie sagte: »Was soll das für ein Essen sein? Dieser Mischmasch.«

Aber Paella war das schönste Mahl, das er je gegessen hatte. So wie die Musik vor vielen Jahren sein Wesen verändert hatte, weckte die Paella seine Sinne auf andere Art und Weise.

Sie kannten sich seit dem Weinfest, hatten den Hund ihres Onkels, einen dusseligen Setter, in der Winterkälte spazieren geführt, als Friederike ihn zu sich nach Hause einlud. Es war Fasching, ihre Schulfreundinnen und seine Kommilitonen verkleideten sich und gingen von Ball zu Ball. Friederike und Frank verkleideten sich nicht, sie entkleideten sich. Ihre Eltern waren verreist, ins nichtsozialistische Ausland, nach Hamburg. Ohne Zögern hatte sie die Regale des Vorratskellers geplündert, in denen die exotischsten Speisen lagerten: Kaviar, Früchte, Rheinwein, Muscheln, Krabben in der Dose. Sie hatte keine Angst vor Schelte. Sie hatte überhaupt keine Angst.

Über die Zubereitung und den höheren Sinn von Paella hatte sie bei einem spanischen Schriftsteller gelesen, der es als ein vollkommenes Essen beschrieb. Es war Wassermahl, Luftgericht und Erdengenuss zugleich, es enthielt die Säure des Weins, die Schärfe des Pfeffers, die Süße der Tomaten und die Farbe des Safrans. Sie sagte, es erinnere sie ein wenig an »Himmel und Erde«, weil es auch die Schöpfung nachahme. Sie fand, dass es für sie beide genau richtig war, auch wenn sie keinen Safran auftreiben konnte.

Auf dem Seidenteppich der dunklen Bürgerswohnung in Naumburg hockend, aßen sie die Paella mit Gabeln aus der Pfanne. Er war dreiundzwanzig, sie einundzwanzig, die Russen hatten Prag in ihrer Hand, sie würden nach Danzig fahren. Drinnen hatten sie es warm. Andächtig verspeiste er den Großteil der Paella, während sie ihn ansah. Schwer und glücklich ließ er sich auf den Teppich sinken. Sie zog ihn aus, dann sich. »Und was ist mit dem Riesen Richard, der Freiersfüße zum Frühstück verspeist?«, fragte er. – »Odysseus kennt keine Angst, sondern einen Trick«, sagte sie. Sie stießen an die große Standuhr, in der sich ihr Sohn, den sie in diesen Stunden zeugten, einst verstecken würde, unter einem bedrohlichen Pendel und zitternden Klangstäben. Reiskörner klebten auf ihrem Bauch, er spülte sie mit kaltem weißem Wein ab, der in ihr Nabeltal rann. Bevor er daraus trinken konnte, rollte sie ihren Bauch in einem Wellengang auf und ab, sodass der Wein über ihren Venushügel rann. Jetzt durfte er davon kosten, mit einem Zungenschlag. Sie liebten sich das ganze Wochenende. Eine um die andere

Köstlichkeit holte sie aus dem Keller. Sie fischte Ananasstücke aus der goldschimmernden Dose und garnierte ihn damit.

Als ihre Eltern nach Hause kamen, hatte sie alles notdürftig aufgeräumt. Die Vorräte waren aufgebraucht und die Uhren stehen geblieben. Richard und Erna bemühten sich um den Zorn, aber der Zorn wollte sich nicht einfinden. In ihrer Tochter wuchs zweierlei heran: ein Sohn, dessen Namen sie schon wusste, und der Tod, mit dem sie ein Abkommen geschlossen hatte.

Er versteht nicht, warum ihm das jetzt alles vor Augen steht. Warum nach dem Jubilate ein Lamento folgt. Warum sich zu dem neuen Glück der alte Schmerz gesellt, warum alles nebeneinander herläuft, warum das Vergessen nicht hält, warum Friederike zu Eva tritt, warum roter zu weißem Wein wird.

»Schlafenszeit«, sagt er zu Jakob, der zum dritten Mal gegähnt hat. Inzwischen brennen Kerzen auf dem Tisch. Leonore ist längst ins Bett gegangen, ebenfalls ins Grandhotel, wo auch Jennys Truppe übernachtet. Eva hat leise mit ihrer Tochter gesprochen, Leonore hat ihr den Gutenachtkuss verweigert und sich weder von Frank noch sonst wem verabschiedet. Jakob hebt die Hand und sagt »Gute Nacht« in die Runde. – »Schlaft gut«, sagt Eva.

Die Laternen und die Kerzen der Kastanien leuchten ihnen den Weg. Frank fällt ein, dass er die Kirschzweige und die Bücher unter seinem Stuhl am Pavillon vergessen hat. Nachdem er Jakob aufs Zimmer gebracht hat, kann er sie holen gehen und ihr geben. Sie könnten dann noch ein paar Worte wechseln, noch einen Schluck vom Roten trinken. Er könnte sie nach Leonores Vater fragen, könnte fragen, wie der gestorben ist. Er könnte ihr erzählen, dass Friederike am Krebs verreckt ist und weil die Ärzte gepfuscht haben. Er könnte ihr erklären, warum er nie wieder Paella essen wird.

Schweigend geht er mit Jakob über den langen Flur. Normalerweise müsste er jetzt bei ihm nachhorchen, wie er Eva findet. So machen sie es immer, diesmal nicht. Er öffnet die Tür. Im Zimmer brennt Licht.

Auf der einen Seite des Bettes liegt noch immer Jakobs Schlafanzug, auf der anderen liegt Leonore, angekleidet auf der geblümten Überdecke.

Frank nimmt seine Gitarre. »Schlaft gut«, sagt er und schließt die gepolsterte Tür hinter sich.

Er geht den Gang hinunter. Tag der Befreiung – welch ein Tag! Wir könnten ein Paar sein, das Gott und den Menschen gefällt.

Noch weiß er nicht, was sich hinter dem c/o verbirgt, noch kennt er nicht ihre Geschichte. Er weiß nur, dass er sie schon liebt und dass es ungenau ist.

Denn wie haltbar ist die Liebe, wenn sie mit Fragen beginnt. Wie vertrauensvoll, wenn nicht alle Namen gesagt werden. Wie einzigartig, wenn sie aus einer anderen Liebe erwächst. Wen meint das Liebesgefühl, wer wird geliebt. Wie können Leihworte und der erste Blick eine Liebe besiegeln. Wie kann alles ganz rein sein, wenn das Leben schon so weit fortgeschrieben ist. Wie soll das gut gehen, wenn einer weg will, westwärts.

Nun hat er aber schon die Gitarre in der Hand.

11. Luft

Ende Juno blüht der Klee. Die Blindschleichen ziehen in die Büsche, und das Gras riecht nach Marzipan. Die Tage sind am weitesten, Ende Juno, wenn das helle Grün ins dunkle geht, bevor die Gelbheit kommt, im Julei. Zuerst merkt man nicht, wie das Jahr kippt, von Juno zu Julei, bis der Julei mit fettem Arsch auf der Wippe hockt, während der Juno oben zappelt, bevor dann der August beide verscheucht und ganz allein sein Spiel spielt. Spätestens dann weiß man gar nicht mehr, wie es war, im Juno, als zugleich der Holunder blühte und eben auch die Linde. Dann erinnert man sich nicht mehr an die unbegreifliche Luft nach dem Gewitter oder daran, dass Akazienblüten am Schuh klebten. Was gesagt wurde, ist Schall, und was getan wurde, ist Rauch. Es dauert ein halbes Leben, bis es wieder da ist, an einem Tag irgendwo im Juno.

»Ihr seid einmal um die Welt gelaufen, jetzt liegen nur noch achthundert Meter vor euch«, wurde gesagt (von dem Mann mit dem Strohhut). – »Kopflosigkeit hilft nur bei Mundgeruch«, wurde gesagt (vom Trainer), und: »Nimm nichts von niemand.« – »So wie ich meinen Sohnemann kenne, wird er zu den Besten gehören«, wurde vom Vater gesagt. »Schön.« (von der Lady) – »Sehr schön.« (von deren Tochter) – Und von René Kupfer wurde gesagt:

»Du bist unhaarig.«

René Kupfer kauert im Startblock, ein weißes Knie auf der roten Asche, das andere berührt fast seine Wange. Sieben Jungs mit krummen Rücken warten auf das zweite Kommando, nur der achte macht Mätzchen, quatscht dummes Zeug: Kupfer. Er ist größer und breiter als die anderen. Roter Draht sprießt aus seinen Achseln, liegt um seinen Kopf. Irgendwer muss ihm eine Handvoll Sommersprossen ins Gesicht gepfeffert haben, vor seiner Haut verblasst der Schnee. Er trägt das weinrote Trikot von Motor, dem ärgsten Rivalen aus dem Norden der Stadt.

»Aus den Blöcken«, sagt der Kampfrichter und lässt das Klappbrett sinken. Die Jungen der Altersklasse zwölf erheben sich, nur Kupfer sprintet ein paar Meter mit übertriebenem Kniehub. Um sich zu stoppen, muss er seinen Körper abfangen, muss sich gegen den Kraftschub stemmen, den er selbst erzeugt hat. Kraft ist gleich Masse mal Beschleunigung. Es gibt Körperbegabungen, Muskeltalente, Durchblutungs- und Kontraktionswunder, da kannst du trainieren, wie du willst, der eine hat's, der andere nicht, Kupfer hat's: breites Kreuz, lange, kräftige Beine und Arme wie Taue. Er ist der goldene Schnitt, er springt aus dem Stand über sein Fahrrad (zwei Außenspiegel), er wackelt nicht, wenn er zwei gackernde Hühner spazieren fährt, eins auf der Stange, eins auf dem Gepäckträger.

Kupfer zeigt sein Zahnlachen, während er hinter die Startblöcke steigt und zwei-, dreimal den Kopf kreisen lässt. Die anderen schlenkern ihre Glieder, hüpfen auf der Stelle und pumpen sich voll Luft, denn die wird bald knapp werden.

»Verwarnung für Bahn vier, das nächste Mal ist das ein Fehlstart«, sagt der Kampfrichter zu Kupfer.

»Was hab ich denn gemacht?«, sagt Kupfer über die Schulter.

»Lass einfach die Sperenzchen, Sportsfreund.«

»Der Straßenbahner hat gezuckt«, sagt Kupfer und nickt in Jakobs Richtung. »Mit Absicht.«

»Wenn du glaubst, heute geht es nur um Leistung, dann bist du schief gewickelt«, sagt der Kampfrichter. »Die da vorn schauen nicht nur auf Zeit und Weite, die schauen dich ganz an. Wie du dich beträgst, ob du ein fairer Sportsmann bist, wie du mit Niederlagen umgehst, diese Sachen.«

»Was war das gleich noch mal: Niederlagen?«, sagt Kupfer, doch keiner lacht mit.

Am Ziel stehen zwei Fremde. Eine hagere Frau mit blondem Bubikopf und Turnschuhen und ein Mann mit Strohhut und Mao-Anzug.

Sie haben ihre Klemmbretter zwischen die Knie gesteckt, um die Zeiten stoppen zu können. Die regulären Kampfrichter verwenden mechanische Stoppuhren, die wie Silbermedaillen um ihre Hälse hängen, die Fremden messen die Zeit elektronisch, mit kleinen schwarzen Gehäusen. Nach jedem Wettbewerb werden sie ihre Ergebnisse und ihre Beobachtungen notieren. Möglicherweise werden sie die Dinge ganz anders bewerten als die Regulären, mit denen sie jetzt gemeinsam auf das Startsignal warten. Die Zeit muss anbrechen und losrennen, sobald die Hölzer aufeinandertreffen – wenn man es *sieht*, nicht erst, wenn man es *hört*.

»Auf. Die. Plätze.« Der Kampfrichter schlägt das Brett wieder auf, und die acht Jungen kauern sich ein zweites Mal in die Blöcke. Diesmal hält Kupfer das Maul. Während die anderen ihr Kinn auf die Brust senken, richtet er die Augen zum Ziel.

Jakob ist sein Nachbar. Er ist Kupfer näher als sich selbst, das ist ein Problem. Jakob lässt seinen Blick wandern. Er sieht den Trainer, der seine eigene Stoppuhr in der Hand hält. Der Wind hebt die tabakfarbenen Strähnen, welche die Trainerglatze tarnen sollen, mit spitzen Fingern an. Der Wind bewegt die Fahnen, fasst in die Pappeln, geht über den grünen Wall, der die Nordanlage umringt, zupft an Jakobs Startnummer und haucht seine Stirn an. Es ist kein Rücken- oder Seitenwind, es ist ein Gegenwind, der vom großen Stadion auf die kleine Anlage herabfällt.

Flutlichtmasten überragen den Steinkessel, der selbst alles überragt und hunderttausend Menschen fassen kann. Als Lok dort im März gegen Barcelona spielte, hatte Mo zwei Karten besorgt, aber Vater war krank, sodass Jakob das Stadion weiter nur von außen kennt. Vater ist nun wieder gesund. Er und sie müssen ausschlafen. Wer setzt diese Wettkämpfe immer so scheißfrüh an?

Gestern war die Lady mit ihrer Tochter angereist, und sie hatten Vaters Geburtstag nachgefeiert. Vater hatte im Puschkin einen Tisch bestellt, der schon eingedeckt war, als sie eine Viertelstunde zu früh eintrafen.

Dennoch wollte der Ober sie nicht an ihren Platz führen. Die Reservierung sei für Punkt sieben, hatte der dünne Mann, auf dessen Kehle ein schwarzer Falter saß, gesagt. Normalerweise hätte der Vater getobt, hätte eine flammende Rede über die menschenverachtende Gastronomie im Sozialismus gehalten, die ein Beweis für die Verkommenheit des gesamten Saftladens sei, und dann hätte es Lokalverbot und Sodbrennen und drückendes Schweigen gegeben. Gestern aber drehte er sich bloß lächelnd zu seiner Lady und sagte: »How funny!«

Die Lady lächelte zurück und antwortete: »O Lord, make my enemies ridiculous. And God granted it.«

Hinterm Rücken der beiden steckte sich ihre Tochter den Finger in den Hals und verdrehte die Augen, was ihn zum Lachen brachte.

Als sie am Tisch saßen, plauderte der Vater in einem fort. »Morgen geht's für Jakob um die Wurst«, sagte er. »Da kommen die von der KJS und suchen sich die Besten raus. So wie ich meinen Sohnemann kenne, wird er zu den Besten gehören.« Der Vater klopfte ihm auf den Rücken, und er nahm seinen Finger ein bisschen in den Mund und verdrehte die Augen ein bisschen.

»Schön«, sagte die Lady, und ihre Tochter sagte im selben Tonfall: »Sehr schön.«

Als der Ober nach den Getränken fragte, bestellte die Lady ein Mineralwasser mit möglichst einer Scheibe Zitrone, einen wirklich trockenen Weißwein, und wenn es nicht zu viel Mühe mache, eine Serviette zu bringen, aus Stoff oder notfalls aus Papier, dann wäre das ganz hinreißend und dankenswert. Der Vater bestellte »dasselbe«, er eine Club-Cola und das Mädchen ein Glas Milch.

Während sie auf die Getränke warteten, sagte das Mädchen: »Es muss das *Gleiche* heißen, nicht *dasselbe*.« Ihr Haar war gewachsen, sie trug Ohrringe.

Nachdem der Ober den Wein entkorkt hatte, fragte er, wer ihn probieren wolle, den Müller-Thurgau von der Unstrut. Die Lady sagte: »Der Herr«, und der Vater schob dem Ober sein Glas entgegen, der es zu einem Achtel füllte, einen Arm auf dem Rücken.

Der Vater nahm das Glas, hielt es ins Licht, kippte und schwenkte es, schnüffelte daran, schwenkte und schnüffelte und kostete schließlich mit lautem Schlürfen. Er kaute und aß den Wein und setzte plötzlich das Glas krachend ab. Seine Augen wurden groß und größer, seine Halsschlagader schwoll, sein Kopf wurde rot und roter, und seine Hände krallten sich ins Tischtuch, in die dankenswerterweise gebrachte Stoffserviette. Ein Beben ging durch seinen Körper, er sprang auf, Glas und Stuhl stürzten um, und im Krampf knickte sein Körper. Die anderen Gäste hatten sich ihnen zugewandt, Gabeln und Gläser schwebten vor ihren Mündern. Der Vater stöhnte und ächzte.

Nur unter Schmerzen gelang es ihm, seinen Stuhl wieder hinzustellen. Entkräftet nahm er Platz, strich seine Locken aus dem Gesicht und richtete sein Glas mit zittriger Hand auf. Dann streckte er den Oberkörper und sagte so gelangweilt wie möglich: »Den nehmen wir.«

Während ihn die Gäste und der Ober fassungslos ansahen, brach die Lady in Gelächter aus. Sie lachte dreckig und laut, gar nicht ladylike.

»Ja, der ist gut«, sagte der Vater, »den nehmen wir.«

Auch das Essen war gut. Es gab Sauerbraten und zum Nachtisch Windbeutel.

In der Nacht war dann das Mädchen, war Leo in sein Zimmer gekommen und hatte gefragt, ob sie sich auf den Fußboden vor seinem Bett legen dürfe. Unten auf der Wohnzimmercouch könne sie nicht einschlafen. Das Licht der Laterne sei so furchtbar, und dauernd würden Autos vorbeifahren. Er hatte gesagt, dass sie sein Bett haben könne und er sich stattdessen auf den Boden legen würde, aber das hatte sie abgelehnt. Morgen sei mal wieder Krieg, da müsse er ausgeruht sein und deshalb in seinem Bett bleiben.

Am Morgen war er leise aufgestanden. Sie schlief, gekrümmt wie eine Garnele, einen Daumen im Mund. Offenbar schlief sie immer so. Der Kater hatte sich in ihre Bauchhöhle geschmiegt und blinzelte ihm nach. Seit der Brautschau im Mai war sein Ohr gezinkt. Theo und Leo, dachte er.

Am Bahnhof stieg er in die Bahn, die in den Stadtwesten fuhr. Niemand fuhr mit ihm. Vorm großen Stadion parkten Autos, aus denen Mädchen, Jungen, Frauen und Männer kletterten. Die Linden wollten endlich blühen. René Kupfer schloss sein blinkendes Fahrrad an ein Gitter und schritt durchs hintere Tor, als sei es aus Gold. Er ging hinterher, durch ein Tor aus Stahl.

Der Trainer begrüßte ihn mit einem Handschlag und schickte ihn zu seinen Kameraden. Die rote Asche war locker und feucht wie Kaffeesatz. In knisternden Trainingsanzügen liefen sie sich warm, immer die anderen Jungs in den anderen Farben im Blick. Zu fünft machten sie Fersenlauf, Armkreisen, Wechselsprünge. Für Hürdensitz und Kerze war es noch zu feucht, sowohl auf dem Rasen als auch auf der Bahn. Nachdem sie Steigerungsläufe absolviert hatten, rief sie der Trainer in die Kabine.

»Hört mir zu, Männer«, sagte der Trainer und sah jeden lang und grau an: Smoktun, Kößling, Triebe, Krüger und Jakob Friedrich. »Fünf Jahre habe ich euch jetzt. Damals habe ich mir hundert Jungs angeschaut, die Besten aus allen Schulen im Süden. Von den hundert habe ich ein gutes Dutzend genommen. Bei vielen habe ich was gesehen. Du, Triebe, warst zu klein, aber ich hab was gesehen, und bei dir, Smoktun, war nicht klar, ob du die Schule packst, jedes Jahr ein Jammer, aber du hast.«

Smoktun nickte, und der Trainer trat einen Schritt vor. »Sieben habe ich mit in die nächste Förderstufe genommen, ins TZ. Siebeck hatte nur den großen Namen und war zu weich, und über Paul breiten wir besser den Mantel des Schweigens. Ihr fünf seid geblieben.«

Wieder sah er sie der Reihe nach an. »Wir haben den Bezirksrekord in vier mal Sechzig geknackt. Smoktun ist in Kugel auf der ewigen Bestenliste. Kößling und Smoktun haben den Speerwurfrekord eingestellt. Krüger ist in achthundert Landesfünfter, Triebe und Friedrich sind im Fünfkampf unter den Ersten. Und Friedrich war Jahrgangssieger in Weit.« Er verschränkte die behaarten Arme. »Nächste Saison will ich keinen von euch wiedersehen. Haben wir uns verstanden?«

Alle nickten. Dem Trainer war es nicht genug. »Die einen sagen, heute geht es mehr um Gesinnung als um Leistung. Ob ihr sozialistische Sportlerpersönlichkeiten seid, ob ihr gut im Pionierkollektiv und im Trainingskollektiv funktioniert. Nur dann gehört ihr angeblich auf die Kinder- und Jugendsportschule. Ich verstehe davon nichts. Ich kann nur einen guten von einem schlechten Charakter unterscheiden. Ich kann sagen, wer ein hart gekochtes und wer ein weich gekochtes Ei ist. Daher gilt für mich allein: Citius, altius, fortius.«

Der Trainer sah Smoktun an, der seinen Blick in die Ecke rutschen ließ. »Was heißt das, Smoktun?«

Smoktuns Blick kümmerte sich um die Ecke.

»Smoktun?«

Leise fragte Smoktun: »Dabei sein ist alles?«

»Kopflosigkeit«, antwortete der Trainer, »hilft nur bei Mundgeruch. – Triebe?«

»Weiter, schneller, höher.«

»So in etwa. Männer, ich erwarte Bestleistungen. Ich erwarte einen Wirkungsgrad von mindestens neunzig. Bei einigen werden neunzig nicht reichen, da will ich PBs sehen.«

Alle nickten. PB bedeutet »persönliche Bestleistung«, und der Wirkungsgrad im Mehrkampf ist die Summe der Bestleistungen in den Einzeldisziplinen im Verhältnis zum Wettkampfergebnis. Es ist wichtig, dass der Athlet im Bilde ist. Dass er genau weiß, was er und zu welchem Zweck tut. Im Sinne der Bewusstheit, der Verinnerlichung des Leistungswissens. So steht es in den Lehrbüchern, und so steht es im Trainingstagebuch.

»Du zum Beispiel, Friedrich«, sagte der Trainer. »Du hältst dich für so toll, dass du denkst, nur das Nötigste machen zu müssen. Aber wenn's schwierig wird, dann machst du die Biege.« Er tat den Armzug eines Brustschwimmers. »Das wird aber heute nicht klappen. Heute musst du dahin gehen, wo du noch nicht gewesen bist. Wo die Luft so dünn ist, dass die Dämonen trällern.«

Er wusste, was der Trainer mit dem Biegemachen meinte, hatte aber nicht die leiseste Ahnung, was die dünne Luft und die Dämonen betraf.

»Die Dämonen«, fuhr der Trainer fort, jetzt zu allen sprechend, »wollen euerm jämmerlichen Ich weismachen, dass der Schmerz unerträglich ist, dass ihr mal wieder die Biege machen sollt. Aber dagegen muss euer heroisches Ich anrennen.«

»Meinen Sie das jetzt irgendwie dialektisch?«, fragte Kößling, der immer alles verstehen will.

»Entschuldigt bitte«, sagte der Trainer und klang plötzlich müde. »Es ist auch für mich ein wichtiger Tag.« Er ging in die Hocke, sodass die Jungen zu ihm hinabsehen mussten. »Denkt bitte ans Trinken und Essen. Aber keine Bratwurst vor den Achthundert, keine Selters vor den Sprints, ist ja klar. Keiner soll aus den Kübeln und Kanistern trinken, die für jedermann sind. Meine Frau hat kalten Tee gemacht, die Kannen bleiben hier. Außerdem habe ich mit Afrika telefoniert, und Afrika hat mir ein paar Bananen geschickt.« Er deutete auf eine braune Kiste und dann auf ein Köfferchen mit rotem Kreuz. »Tapes, Salben, Pflaster sind da drin. Es wird wehtun. Und jetzt raus mit euch. Die Sechzig werden gleich gestartet.«

»Junge«, sagte der Trainer, als er die Kabine verließ. »Dein Gegner bist einzig und allein du selbst. Vergiss Kupfer.«

Aber er sieht die Adern unter Kupfers Haut, ein Geflecht blauer Flüsse – Irtysch, Ob, Ischim –, er sieht Kupfers Adamsapfel, der zuckt. Sein eigener Atem ist flach, er spürt seinen Herzschlag nicht. Schon den ganzen Morgen fühlt er sich so fern. Draußen geht der Wind, das Gras riecht nach Marzipan, und der Kampfrichter sagt: »Fertig.« Die acht Jungen recken ihr Gesäß, und da ist auch schon der Peitschenknall. Kupfer platzt aus dem Block, schnellt in die Bahn, seine Arme sicheln, seine Füße betupfen die feuchte Asche, die hinter ihm wegspritzt und auf Jakobs Schienbeine prasselt. Schnell hat er zwei, drei Schritte Vorsprung, und Jakob merkt, wie auch die anderen rechts und links in sein Gesichtsfeld laufen, ihn überholen. Das hier geht schief, denkt er und spürt plötzlich sein Herz im Hals. Er ruft sich in Erinnerung, dass auch er zwei Arme und zwei Beine hat. Wenn er gleichzeitig Reiter und Pferd ist, wie der Trainer mal gesagt hat, dann hat er auch Sporen, die er sich jetzt geben muss. Ein bisschen Boden kann er tatsächlich gutmachen. Aus dem Augenwinkel sieht er das Blau-Weiß von Kößling und Krüger. Sie sind jetzt in einer Reihe, Kupfer läuft gerade und leicht, vielleicht kommen sie noch ran, und dann ist das Rennen vorbei, sie rudern mit den Armen, trudeln scharrend aus, schon vorbei. Sie holen sich die verausgabte Luft zurück, schnappen frische, kühle Luft, während Kupfer längst zum Zielbereich stolziert, wo die Kampfrichter und die Fremden ihre Zeiten vergleichen, bis einer verkündet: »Sagenhafte sieben Komma acht«, worauf sich Kupfer zu den drei Straßenbahnern aus dem ersten Lauf des alles entscheidenden Mehrkampfs umdreht und laut und deutlich sagt: »Ihr alle seid unhaarig.«

»Pack zusammen und mach die Biege«, sagt der Trainer. Mit hängenden Köpfen sitzen die Straßenbahner in der Kabine. Er hat sieben Zehntel an Kupfer abgegeben. Sieben Zehntel im Sprint, das ist keine Meerenge, das ist ein Ozean. Er hätte nicht auf Kupfer achten dürfen und einfach so für sich acht Komma eins laufen müssen, eine neue Bestzeit. Aber mit seinen acht fünf hat er schon jetzt keine Chance mehr. Kößling, Triebe und Krüger sind im Bereich ihrer Möglichkeiten geblieben, Smoktun ist sogar acht null gerannt, nur er hat's versiebt. »Zieh dich um«, sagt der Trainer, »und gib deine Startnummer beim Kampfgericht ab.«

Als alle weg sind, löst er die Sicherheitsnadeln von seiner Nummer, der 21. Die 21 – eine Verwandte der magischen Sieben, die Siegessumme beim Siebzehn-und-Vier, die unschlagbaren Augen beim Würfeln – hat nicht gehalten, was sie versprach. Eigentlich ist er ein guter Hürdenläufer, auch wenn die Narben an seinen Knien anderes behaupten, doch heute wird seine Zeit auf der Strecke bleiben, und niemand sammelt sie ein.

War das ein Straucheln und Stürzen, als sie zum ersten Mal Hürden gelaufen sind, vor vier Jahren. Wie die Albatrosse stolperten sie durch die Zwischenräume, knickten ihre Flügel, flatterten über die Hindernisse und landeten rumpelnd. Die Ängstlicheren trippelten von Hürde zu Hürde und stiegen mehr darüber, als dass sie hüpften, die Waghalsigeren ließen sich vom Taumel mitreißen, bis eine Hürde dem Taumel ein Ende setzte. Am Ziel wartete der Trainer mit Watte und Jod.

Im Lauf der Jahre hat er ihnen die Kunst des Hürdenlaufens nähergebracht. Wo es beim Sprint nur den Wunsch vom Fliegen gebe, komme beim Hürdenlauf ein zweites Element tatsächlich zur Geltung: die Luft. Neben der Bodenarbeit gehe es um ein Flugverhalten, das der Bodenarbeit wieder zugutekommen müsse, und umgekehrt. Mitnichten sei die Überquerung der Hürde als Fortsetzung des Laufens zu verstehen. Vielmehr finde beim Hürdenlauf die Vermählung von Erde und Luft, Laufen und Fliegen statt. Das wahrhaftig zu begreifen dauere Jahre und Jahrzehnte, selbst Munkelt habe es wahrscheinlich erst in Moskau ganz kapiert, wo er mit dreizehn neununddreißig Olympiasieger wurde, allerdings unter Ausschluss des Westens.

Die anderen und er hatten immerhin so viel verstanden, dass sie im Lauf der Jahre Medaillen und Rekorde erringen konnten. Sie flattern nun nicht mehr über die Hürden, sondern ziehen nach beherztem Abdruck flach über die sechsundsiebzig Komma zwei Zentimeter hohen Hindernisse, den Gegenarm lang über dem Schwungbein, den linken am Steiß, mit gedehntem Oberkörper, sodass sie ihr Knie knutschen könnten, und das rechte Bein muss für den Augenblick so gleichwinklig und statisch sein, als habe Pythagoras seine Hand im Spiel, bevor dann das Schwungbein auf die Bahn peitscht, der tote Winkel wiederbelebt wird, sich der Oberkörper aufrichtet, ohne den Körperschwerpunkt nach hinten zu verlagern, die Arme ihre Arbeit für die Dauer von drei abgemessenen Schritten aufnehmen, bis zur nächsten Hebung, zum nächsten Flug, denn das ist das Versmaß des Hürdenlaufs, die ganze wunderbare Hindernismusik: und Erde und Erde und Erde und: LUFT – da gibt es kein Vertun, kein Trippeln oder Straucheln mehr, höchstens an der letzten, der sechsten Hürde, die darf umgetreten werden, aber nur, wenn der Auslauf (elf Meter) kompakt bleibt, so kompakt wie der Anlauf (elf Meter fünfzig).

Das hat er verstanden und gelernt. Zum Lohn bekam er weiß-blaue Spikes, rote Regenkleidung und orangefarbene Dragees (nur Vitamine). Im dritten Jahr wurde irgendein Knöchelchen seines Fußes vermessen, und die Sportärztin sagte ihm, wie groß er einmal werden würde. Zum ersten Mal hörte er die Worte »Lungenvolumen« und »Körperfett«. Alles schien mit ihm zu stimmen, und so übernahm ihn der Trainer ins Trainingszentrum. Er hielt eine Namensliste in der Hand und sagte: »Künftig legen wir auf folgende Kinder wert«, und dann fiel auch sein Name. Von nun an trainierte er viermal in der Woche, auch wenn sein Knie zickte. Er fuhr zu Wettkämpfen in andere Städte und einmal sogar in ein unbekanntes Land, ein Bruderland, da aß er was Scharfes und verbrüderte sich lediglich mit der Kloschüssel. Weil er mit elf Jahren außergewöhnlich weit sprang, schickte ihm der Obermufti eine Urkunde. Er solle weiter siegen, für sein Kollektiv und sein Land. Er sagte es keinem, aber er siegte für sich. Wenn ihm ein Sprung, ein Hürdenlauf gelang, dann war dies das Glück. Und dann legte der Trainer Wert auf ihn.

Weil er will, dass der Trainer auch weiterhin Wert auf ihn legt, nimmt er die 21 und heftet sie wieder an sein Trikot. Er schnürt seine Spikes, geht klackend hinaus und sammelt seine auf der Bahn liegende Zeit ein: neun Komma neun Sekunden, eine Bestzeit aus Erde und Luft.
»Menschenskinder«, sagt der Trainer wütend, »du bist nur schnell, wenn man dir Hindernisse in den Weg stellt.«

Bevor Bob Beamon in die Unsterblichkeit sprang, hatten die Götter alles für ihn bereitet: Ein gerade noch erlaubter Rückenwind würde ihn durch die Höhenluft von Mexico City tragen, nachdem er über die neue festfedernde Kunststoffbahn des olympischen Stadions gesprintet war und sich vom Balken mit dem nachsichtigen Plastilin in die Höhe geschraubt hatte. Das Staunen im Rund, auch dies ein höherer Zauber, würde ihn mindestens im selben Maß wie der Rückenwind oder die dünne Luft tragen. Bob Beamon musste nur eines tun: sich dem Willen der Götter ergeben und ihre Gaben demütig entgegennehmen. Denn manchmal liegt etwas in der Luft, das man nur erkennen und dann annehmen muss.

Nichts anderes tat der Negerjunge aus Queens, New York. Mit gesenktem Haupt stand er am Anlauf, tief entspannt und ruhig und bereit zu empfangen. Dann lief er los, und sein erster Schritt war pure Energie. So etwas hatte die Welt noch nicht gesehen, diesen Riss zwischen Gebet und Drang, diesen Bruch zwischen Ergebenheit und Kampf. Das war das eigentliche Wunder dieses Sprungs, die Sensation vor der Sensation. Beamon sprang und vollzog bloß noch die Prophezeiung, sechs Sekunden lang segelnd.

Nach seiner Landung entlud sich der göttliche Starkstrom: Zappelnd und schlenkernd und den Hals reckend, trabte er an der Grube vorbei, nur ein Stempel, der einen Abdruck ehrgeizigster Schönheit im Sand von Mexico City hinterlassen hatte, sichtbar für die kurze und doch lange Spanne von fünfzehn Minuten. Wer Augen hatte, konnte sehen, ob im Stadion oder vorm Fernseher, selbst wenn es sich um ein russisches Modell handelte, das jeden Moment zu verglühen drohte.

Fünfzehn geschlagene Minuten mussten Beamon und die Welt warten, bis ein Maßband herbeigeholt und die Weite ermittelt war. Denn der Abdruck lag jenseits, das neumodische Messgerät konnte ihn nicht erfassen. Als dann die Weite verkündet wurde, acht Meter neunzig, wusste Beamon nichts damit anzufangen. Das metrische System war ihm ein Rätsel, das Summen und Raunen im Stadion babylonisch.

Schließlich sagte ihm jemand, was acht Meter neunzig in Fuß und Inches waren, nämlich nahezu dreißig Fuß. Beamon verstand, dass er den bisherigen Weltrekord um fast zwei Fuß übertroffen hatte. Ein

Ozean lag zwischen der alten Weite und der neuen. Schon Jesse Owens war 1935 acht dreizehn gesprungen, alle Guten sprangen irgendwann dorthin oder ein kleines Stückchen weiter, nur Beamon hatte es weit darüber hinaus getragen, in ein unbekanntes Land, das bis zum heutigen Tag kein anderer Mensch außer ihm betreten hatte.

All das muss Beamon vage begriffen haben, denn sobald er seine Weite in Fuß und Inches wusste, brach er zusammen. Die Beine versagten ihm den Dienst, er weinte und sprach in Zungen. Wenn Götter Geschenke machen, dann liegen Gnade und Grausamkeit dicht beieinander. Zwei Jahre später war Bob Beamons Karriere vorbei.

»Acht neunzig«, sagt der Trainer, »dafür nehmen manche das Auto.«

Die Jungen kauen Bananen und trinken Tee. Um zwölf findet die dritte Disziplin statt, der Weitsprung.

»Kann Dombrowski es nicht schaffen?«, fragt Rüdiger Kößling. »Kann der nicht, wenn er auch mal guten Wind hat und so, den Rekord knacken?«

»Es ist unwahrscheinlich«, sagt der Trainer, »dass sich die Götter einen Lutz Dombrowski aus Karl-Marx-Stadt ausgucken. Dombrowski ist ein wackerer Mann, Beamon ist als Held geboren.«

Jakob kaut, und in seinem Kopf denkt es. Wie war das doch gleich, als er letztes Jahr zum ersten Mal über fünf Meter sprang? Er war ganz bei sich, und ihm war sonnenklar, dass er sich erheben würde. Ein Klopfen stört seine Gedanken, stört die Gedanken aller.

Der Trainer ruft: »Herein, wenn's kein Schneider ist.«

Es ist kein Schneider. Es ist ein Mann mit dunklen Locken und blauen Augen. »Darf ich mal eben kurz stören«, sagt der Mann, »ich muss meinem Sohnemann was Wichtiges geben.« Er hält ein paar Adidas-Spikes aus blauem Wildleder in die Höhe, mit drei weißen gezackten Streifen, Größe 37 ½, nach Ostmaß eine 25. »Von Omi«, sagt der Mann lächelnd. »Kamen vorhin mit der Post.«

Das, denkt Jakob und nimmt die Spikes, stellt alles Peinliche in den Schatten.

Schlag zwölf steht der Vater auf Höhe der Weitsprunggrube und zeigt dem Sohnemann an, wie viel er übergetreten ist oder verschenkt hat. Er reckt die Daumen und das Kinn, er zwinkert und ballt die Faust. Es soll den Sohnemann aufmuntern, der noch nicht klarkommt mit den nagelneuen Westschuhen. Wegen der Schuhe, des hampelnden Vaters und dessen affiger Lady schmort er in der prallen Sonne der Peinlichkeit, weshalb er schon einen ganz roten Kopf hat.

Die Lady steckt in einem Papageienkleid, das nur von einer goldenen Kette, die um ihren Hals läuft, gehalten wird. Sie trägt eine große Sonnenbrille und einen breiten weißen Hut, den ihr der Wind streitig macht. Sie greift nach dem Hut, ihre Achseln sind rasiert, und weil der Wind ihren Hut nicht bekommt, tut er es dem Vater nach und umfasst ihre Taille. Zum Geburtstag hat sie dem Vater einen Schlüssel aus Pappmaché geschenkt.

Drei Schritte abseits lehnt Leo am Geländer, einen Korb Erdbeeren zu ihren Füßen. Auch sie hat eine Sonnenbrille im Gesicht, eine übergroße. Ab und zu steckt sie sich eine Erdbeere in den Mund.

»Kleiner Muck, du bist dranne«, sagt Kupfer, der eine Serie von Fünfern hingelegt hat und im zweiten Versuch fünf einunddreißig gesprungen ist. Einen Fuß weiter als Jakob, wodurch die zwei gewonnenen Zehntel aus dem Hürdenlauf wieder futsch sind. »Zeig mal deinem Liebchen, was du drauf hast. Oder willste deine Pantöffelchen schonen?«

»Die Einundzwanzig«, ruft ein Kampfrichter am Ende des Anlaufs und hebt das weiße Fähnchen. Sofort schnappt sich der Wind den Stoff und spannt ihn. Es ist ein neuer Wind, ein Rückenwind. Jakob sieht zum Trainer, und der Trainer sieht zu ihm. Manchmal liegt etwas in der Luft, das man nur erkennen und dann annehmen muss. Jakob zieht seine Anlaufmarkierung zwei Handbreit nach hinten. Der Mann mit Strohhut und die dünne Frau schauen ihn an, sein Vater schaut ihn an, die Lady, sein Trainer, Triebe, Kößling, Smoktun, Krüger und René Kupfer schauen ihn an. Nicht zu vergessen Leo, als Einzige nicht zu vergessen. Endlich sagt sie seinen Kampfnamen. Hätte sie auch mal früher machen können.

Er steht ruhig am Anlauf und neigt seinen Kopf. Jemand legt ihm die Hand aufs Haar, der neue Wind. Dann läuft er los, und sein erster Schritt ist pure Energie. Seine Beine greifen aus, die Schuhe sind jetzt richtig, er tritt kürzer und sammelt Kraft für den Absprung, der sich im Stemmschritt vollzieht, und dann ist er in der Luft, so wie Beamon, sei Amon, und er muss gar nichts mehr machen in der Luft, rein gar nichts.

Er findet sich in der Grube wieder, sandtriefend. Sein Gehör ist fort, er verlässt die Grube. Ein Kampfrichter kniet sich vor den Balken und studiert das Plastilin. Endlich hebt er die weiße Flagge. Ein anderer Kampfrichter steigt in die Grube und hält den glänzenden Anfang eines Maßbandes an seinen Abdruck. Sein Abdruck hat die Form von Afrika, was gewiss an den Bananen liegt.

Der Mann und die Frau von der KJS gehen zum Balken, über dessen Mitte der erste Kampfrichter das Bandmaß strafft. Der Trainer und Kupfer kommen hinzu. Der Kampfrichter hebt den Kopf und ruft etwas, aber sein Gehör ist noch immer fort. Die Fremden schreiben seine Weite in ihre Kladden, Kupfer dreht ab, und sein Trainer lächelt.

Er sieht zu Leo, die lautlos klatscht. Er bedankt sich still beim Wind, der nur ganz kurz aufbrausen musste und sich schon wieder gelegt hat.

Im Mai, als sie einen kleinen Ausflug nach Sandau machten, am Ende des Tags der Befreiung, der mit Blütenwünschen und Saitenklängen im Auto so schön begonnen hatte und dann so unbegreiflich verhallt war, hatte er sich neben Leo in einem Bett auf einer geblümten Überdecke wiedergefunden, wie die Goldmarie neben der Pechmarie, nachdem sie gemeinsam durch einen tiefen Brunnenschacht gestürzt und auf einer Blumenwiese aufgewacht waren.

Er hatte sich gezwungen, an dem fremden Mädchen vorbeizudenken. Sie lagen in Kleidern auf dem Bett. Irgendwann kroch das Mädchen unter die Decke und zog sich raschelnd um, während er seine Sachen anbehielt. Keiner stand auf, um das Licht zu löschen. Sie schwiegen, und sie schliefen nicht. Er hörte ihren Atem. Ihm wurde warm. Er roch das Mädchen. Es roch wie eine Katze. Dann sah er den Fuchs.

Im Garten liegt ein Fuchs im Gras. Er hat die Größe eines Hundes, aber es ist ein Fuchs. Rot das Fell, bestäubt die Schnauze. Er liegt im Gras und betrachtet den Jungen. Der ruft seinen Vater. Der Vater solle den Fuchs fotografieren. Doch der Vater öffnet den Apparat und zieht den Film heraus, ein störrisches Band, das sich um sein Handgelenk und seinen Unterarm rankt. Du musst den Fuchs fotografieren, ruft der Junge, aber der Vater geht zum Haus. Die Türen und Fenster des Hauses stehen sperrangelweit offen. Wasser rauscht. Offen stehen die Türen und die Fenster. Der Junge dreht sich zum Garten. Der Fuchs ist fort. Ein Fuchs war in unserem Garten. Die Türen, die Fenster. Wasser rauscht.

Es ist das Mädchen, das am Waschbecken hantiert. Er sieht den blonden Haarwirbel auf dem Pol ihres Hinterkopfs. Er hatte einmal von einem Kind gelesen, dessen Fontanellen nicht zugewachsen waren, sodass die Welt in dessen Schädel dringen konnte. »Was machst du da?«, fragt er. Sie fährt herum, ihr Nachthemd ist nass. Er schwingt sich aus dem Bett. Ein roter Faden läuft über ihr Bein.

»Was hast du denn getan?«

»Ich habe gar nichts getan.«

»Hast du dich geschnitten?«

»Lass mich.«

Er geht auf sie zu. Sie ist ein wenig größer als er, wohin sollte sie ausweichen. »Lass mich«, sagt sie.

Am Becken hängt der Waschlappen mit dem Monogramm seiner Mutter. Er seift den Lappen ein, hält ihn dem Mädchen hin. Er hockt sich auf das Bett und sieht sie an. Helle Härchen wachsen auf ihren Schienbeinen. Dann dreht er sich um. »Du musst es stillen«, sagt er, »du musst etwas auf die Wunde pressen.« Indem er das sagt, wird ihm bewusst, dass er gar nicht weiß, wo sich die Wunde befindet. »Ich hole deine Mutter«, sagt er.

»Lass mich«, sagt sie, aber er ist schon aus der Tür auf den dunklen Gang getreten.

Nach dem Ballwurf ist es da: das alte Arschloch Angst. Am Ende des Weitsprungs sieht alles noch rosig aus. Kupfer und er haben exakt dieselbe Punktzahl, und da Kupfer eher ein Sprinter-Springer-Typ ist und er selbst ein Springer-Werfer-Typ, wird sich sein Vorsprung bei der nächsten Disziplin, dem Ballwurf, noch vergrößern. Denken alle, denkt er. Und das ist auch nötig, denn Kupfer ist wiederum der bessere Mittelstreckler, das heißt, er braucht einen soliden Vorsprung vor den Achthundert. Doch dann drischt Kupfer den Schlagball über die Siebzig-Meter-Marke. Einfach so. Mit einem Schrei schleudert er den Ball nah ans Ende des Rasenfelds, sodass die Weitenmesser zum Abdruck rennen und ihn suchen müssen. Vor Freude tritt Kupfer gegen die Hochsprungmatte, unaufhörlich. Der Trainer studiert die Ergebnislisten von dieser Saison und aus den vergangenen Jahren, er schlägt mit dem Handrücken darauf und geht kopfschüttelnd auf den Mann mit dem Strohhut zu. Jakob sieht, dass sich sein Vater und die Lady umarmen und küssen, Leo ist nirgends zu sehen. Eine flirrende Unruhe breitet sich in seinem Körper aus. Er muss aufs Klo zum Kotzen.

Zwei Männer sind in der Kabine und reden. »Was soll das, Bruno?«, sagt der eine. – »Du weißt genau, was ich meine, Gustav«, der andere.

Jakob sitzt nebenan auf dem Klo und hält die Luft an. Er zieht die Hose hoch und nicht ab und schleicht zum Türspalt. Der eine Mann ist sein Trainer, der andere der Fremde mit dem Strohhut.

»Dein Geraune, spar es dir, Herr Sokrates. Mit diesem Gerede verdrehst du die Kinder«, sagt der Fremde.

»Ich verdrehe die Kinder. Ich sage ihnen, was sie können, ich stärke ihre eigenen Anlagen, und zwar nur verbal, sodass sie das ihnen Mögliche erreichen«, sagt der Trainer.

»Egoisten, du erziehst sie zu Egoisten. Solche brauchen wir nicht in unserem Land. Wir brauchen gesunde junge Menschen mit einer gesunden Haltung.«

»Ich erziehe sie zu Individualisten. Wettkämpfer sind immer zuerst Individualisten. Das hast du nie so ganz verstanden.«

»Jetzt kommst du wieder mit der alten Leier. Ist doch allseits bekannt, was für ein toller Hecht du warst, ich kenne doch deine Rekorde.«

»Das ist gut, dass du meine Rekorde kennst. Rede ein bisschen darüber, erzähle es den Leuten hier und da, weil nachlesen können sie es ja nicht mehr, wie du gut weißt.«

»Dass du nicht verstehen willst, dass ich damals nicht anders handeln konnte, dass mir die Hände gefesselt waren. Dass du immer wieder darauf herumreiten musst.«

»Vergiss es, ich hab meinen Frieden gemacht. Ich will nur nicht, dass ihr die Kinder verderbt. Schau ihn dir doch an, deinen Kupfer. Er ist ein Monster.«

»Er ist kein Monster.«

»Ich seh doch, dass er bekommt. Von achtundfünfzig auf siebzig, mein lieber Scholli! Mit zwölf!«

»Wir haben ihm nur geholfen, über sich hinauszuwachsen.«

»Er ist euer Versuchsballon. Doch in ein, zwei Jahren, wenn die heiße Luft raus ist, wird er eine Lusche sein. Ein Wrack.«

»Wir haben die besten Ärzte. Woher nimmst du nur deine Arroganz.«

»Er ist aufgeblasen und weinerlich, und ihr pfuscht an ihm rum. Man dürfte euch gar keine Kinder mehr überlassen.«

»Aber dann würde ja auch deine schöne Kopfprämie wegfallen, lieber Bruno. Seit Jahren führst du uns die meisten zu, und ich muss sagen, es sind nicht die Schlechtesten.«

»Lasst die Pfoten von dem Zeug. Denk an Gierke, denk an Dobrand.«

»Gierke war schizoid und Dobrand asozial. Kein Wunder, er kam ja aus deiner Schmiede.«

»Mensch, Kronow, was bist du selbstgerecht geworden.«

»Ich habe nichts gegen dich, Bruno. Das musst du mir glauben.«

»Du müsstest nicht auf die Kupfers setzen, du müsstest solche wie den Friedrich nehmen.«

»Was soll denn an dem besonders sein? Er ist eitel, verstellt sich und macht nur das Nötigste, das wirst du doch nicht abstreiten können. Du kannst ihn doch genauso gut lesen wie ich.«

»Er hat nur den Sport. Kann sich reinhängen, hat es hier und hier. Er ist einer von den –«

Jakob hält die Luft an. Er hat den Schluss des Satzes nicht verstanden, und er wüsste zu gern, worauf der Trainer gedeutet hat, was er mit »hier und hier« meint: Den linken und den rechten Oberarm? Den Kopf und das Herz? Den Arsch in der Hose und die Eier dazu?

»Er hat nicht nur den Sport«, sagt der Mann, der Gustav Kronow heißt. »Er hat einen Vater, der rübermachen will, und er hat eine Großmutter, die schon rübergemacht ist. Die ganze Sippe ist westgeil. Schau ihn dir an mit seiner Uhr und seinen Bourgeoisie-Spikes.«

»Diese Bourgeoisie-Spikes trägt auch unsere Nationalmannschaft.«

»Er kann Sport machen, so viel er will, nur nicht bei uns.«

»Wenn ihr so weitermacht, dann wär das allemal gesünder. Aber du kannst es dir nicht leisten, den Zweitplatzierten nicht zu nehmen.«

»Nach den Achthundert wird er nicht mal mehr Zweiter, sondern weit abgeschlagen sein. Wenn ich mir so seine Historie anschaue und seine Natur.«

Der Trainer senkt nicht nur den Kopf, sondern auch die Stimme. Jakob versteht nicht, was er erwidert. In seiner Brust tritt ein Pferd, in seinen Ohren brandet ein Meer. Der Trainer spricht lange und leise, er spricht über ihn, Jakob Friedrich, Altersklasse zwölf, Verkehrssportgemeinschaft Süd, Startnummer 21, wohnhaft in der Regenstraße 27, geboren am 10. November 1969, am selben Tag wie Martin Luther (Reformator), William Hogarth (Maler), Michail Kalaschnikow (Waffenkonstrukteur), Hedwig Bollhagen (die mit den Tassen). Er selbst ist eine trübe Tasse, und sein Trainer zeigt Kronow womöglich gerade den verborgenen Grund dieser Tasse, erklärt ihm, was es mit diesem Jungen auf sich hat, was das für einer ist, warum der gerade richtig oder vielleicht doch nicht richtig ist, ohne dass er es mitbekommt.

Jakob stößt die Tür ein Stück weiter auf, sodass er sogar Kronows Rücken sehen kann, die strenge Falte in seinem Gehrock, aber er versteht zum Teufel nicht, was sein Trainer über ihn sagt. Nur manchmal tauchen einzelne Worte auf. Ihm ist so, als sei eben das Wort »Scherz« gefallen, aber vielleicht hat er nur einen Buchstaben überhört. Dann glaubt er, »Kulissen« und »Rhabarber« zu vernehmen, was überhaupt keinen Sinn ergibt, was hat er, Jakob Friedrich, Altersklasse zwölf, Regenstraße 27 usw., mit Rhabarber und Kulissen zu tun? Ein einzelnes »fest« fällt noch aus dem Gemurmel heraus, »fest«, denkt Jakob, im Sinn von »hart« oder wie, oder wie in »Sportfest« oder was, aber der Trainer tut ihm keinen Gefallen und murmelt weiter. Nur noch »Norm« kann er hören.

Als der Trainer geendet hat, legt Kronow den Kopf in den Nacken und seufzt. »Gustav, du weißt doch, wie die Dinge laufen.«

»Ich habe es nicht vergessen, Bruno.«

»Und du weißt doch auch, wieso das so ist. *Wir* sind es doch, die verhindern müssen, dass sich die Geschichte wiederholt.«

»Genau davon habe ich gesprochen«, sagt der Trainer.

Kronow überlegt, bevor er spricht: »Ich habe die Bombenteppiche, den Volkssturm und meinen Alten, das Nazischwein, überlebt. Am Schluss war ich noch immer ein Hitlerkind, das an den Führer glaubte. Wir alle waren so am Ende, so fertig und voller Fehl.«

»Du weißt, wie es mir ergangen ist«, antwortet der Trainer.

»Ich will mich nicht auf eine Stufe mit dir stellen, und ich will auch nicht dein Mitleid. Ich will es dir nur erklären.« Kronow setzt seinen Hut ab. »Ich stand«, sagt er, »auf dem Sportfeld, die Ränge waren zerbombt, nur die Bahn war heil. Makellose rote Bahn. Die Vögel sangen, der Löwenzahn blühte um den Krater im Rasen, und ich nahm den Ring in den Mund. Ich hatte zwei Möglichkeiten: Abbeißen oder Umdenken. Ich habe umgedacht.«

»Schmeckst du noch das Metall? Ich weiß, wie Metall schmeckt, werd es nie vergessen. Soll ich's dir beschreiben?«

Kronow lässt den Kopf nach vorn fallen. Sein Rücken hebt und senkt sich. Nach einer Weile gibt er dem Trainer eine Antwort, aber nun ist er es, den Jakob nicht versteht. Nur das Wort »Risiko« glaubt er zu hören.

Als er endet, sagt sein Trainer: »Abgemacht.«

Kronow und der Trainer schütteln einander nicht die Hand, aber auch Kronow sagt: »Abgemacht«, bevor er seinen Hut aufsetzt und die Kabine verlässt.

Der Trainer klopft sich mit der Faust gegen die Stirn. Plötzlich schreit er: »Komm raus, du dämlicher Bengel!«

Durch den Türspalt sucht Jakob den dämlichen Bengel, und dann kann er plötzlich nicht mehr schlucken.

»Komm raus«, wiederholt der Trainer, noch laut, aber nicht mehr schreiend.

Jakob stößt die Tür auf und tritt vor.

»Setz dich. Dahin«, sagt der Trainer.

»Ich wollte das nicht, ich hatte«, sagt Jakob noch im Stehen, »Durchfall, und dann hörte ich Sie und den Herrn mit dem Hut, den Herrn Kronow, und dann habe ich eben –«

»Dann hast du eben gelauscht, ohne Abspülen und Arschwischen.«

»Ja«, sagt Jakob, selbst ganz überrascht, dass ihm nichts Schlaueres einfällt.

»Ja«, wiederholt der Trainer, holt einen winzigen Kamm aus der Brusttasche seines Hemdes und nimmt Jakob gegenüber Platz. Mit der einen Hand ertastet er den tiefsitzenden Scheitel, mit der anderen setzt er den Kamm an und führt ihn vorsichtig über die Strähnen.

»Wieso ist René Kupfer ein Monster?«, fragt Jakob.

»Vergiss es einfach«, sagt der Trainer, verstaut den Kamm und nimmt sich eine Banane. Er schält die Banane und beißt hinein. Nachdem er die Banane aufgegessen und die Schale in Smoktuns Ecke geschleudert hat, nimmt er sich eine neue, schält sie, isst sie und schleudert wieder die Schale in die Ecke. Er nimmt sich eine dritte Banane und schmeißt diese, ohne sie zu schälen, in die Ecke.

»Hast du schon Chemie?«, fragt er kauend, nachdem er eine vierte Banane zurück in die Kiste gelegt hat.

Jakob macht sich Sorgen um die Bananen und den Trainer. »Erst ab der siebten. Aber mein Vater kennt sich gut aus mit Chemie.«

»Kein Wort zu deinem Vater, kein Wort zu überhaupt irgendwem«, sagt der Trainer, noch immer kauend. Er sammelt die Abfälle ein.

»Kapiert«, sagt Jakob und denkt an Leo, mit der er Worte gewechselt hat, die er sonst für sich behält.

»An Dobrand wirst du dich nicht mehr erinnern«, sagt der Trainer und kämmt sich. »Der ging gerade, als ihr kamt.«

»Der Dunkle, der den Vereinsrekord im Weitsprung hält?«

»Hielt«, sagt der Trainer mit Sekundenlächeln. »Sein Vater war aus Mosambik.«

»Stimmt«, sagt Jakob, »mein fünfter war Vereinsrekord.«

»Dobrand war gut«, sagt der Trainer, »der perfekte Springer, sprintstark, sprungstark. Ein bisschen zu klein noch, aber er würde wachsen. Er würde in seine Stärke hineinwachsen, man musste ihn nach und nach aufbauen. Als er auf die KJS ging, sprang er fünf fünfunddreißig und lief die Sechzig glatt auf acht. Ich war's zufrieden. Ein Jahr später lief er sieben zwei und sprang einen Meter weiter.«

Der Trainer schüttelt den Kopf, und Jakob denkt: Ja, so ist es. Wenn sie einen nehmen, wird man sofort noch besser. Spartakiadesieg, Olympiasieg.

»Er war explodiert, lange vor seiner Zeit«, fährt der Trainer fort. »Plötzlich konnte er auch Kugelstoßen und donnerte das Ding über fünfzehn. Ich habe es in den Jahrgangslisten gesehen und habe seine Mutter besucht. Die Mutter weinte: Ihren Marcel, den gebe es nicht mehr, es sei ein ganz anderer Marcel aus ihm geworden, einer, der nicht mehr aus dem Internat nach Hause kommt, ein wütender junger Mann, der in Fahrräder und Mülltonnen tritt und Menschen schlägt, auch solche, denen er sein Leben verdankt. Da wusste ich: Chemie. Man hat ihm Chemie gegeben, die kleinen blauen Pillen oder die kleinen weißen, vielleicht auch schon Spritzen. Musst du dir mal klarmachen:

zwölf, dreizehn.« Er klopft wieder gegen seine Stirn. »Diese Chemie lässt die Muskeln anschwellen, man kann länger und härter trainieren und erholt sich schneller. Es ist bloß die Chemie, die einen weiter springen oder schneller rennen lässt, nichts sonst. Die Chemie macht aus einem Jungen einen Mann, sie überspringt einfach die Jahre, ein Zwölfjähriger hüpft ab, und ein Fünfzehnjähriger landet ein paar Sekunden später. Ich wollte mit Dobrand reden, aber er sagte nein.«

Der Trainer nimmt jetzt doch wieder eine Banane in die Hand, schält sie aber nicht. »Als er dann wirklich fünfzehn war, sprang er unglaubliche sieben Meter weit und dann aus dem Fenster.« Er wirft die Banane in die Ecke. »Was ich sagen will«, sagt der Trainer: »Nimm nichts von niemand. Man muss nicht über sich hinauswachsen, man muss in sich hineinwachsen.« Während Jakob überlegt, welche Farbe Ätsch haben könnte, fährt der Trainer fort: »Du kannst etwas, das nicht viele können, ich hab's gesehen: Du kannst dich loslösen. Auch dir tut's weh, aber dann kannst du dich loslösen. Ich glaube nicht, dass Kupfer das kann. Ich glaube, er wird an seiner Kraft ersticken.«

Jakob weiß nicht so genau, was sein Trainer meint. Es wird wohl um das gehen, was er bereits heute Morgen angesprochen hat. Das mit den Dämonen und dem unbekannten Ort. Er fragt lieber etwas anderes: »Von welchem Ring hat der Mann gesprochen?« Weil ihn der Trainer nicht sofort versteht, ergänzt er: »Vorhin. Ich meine den Ring, den er mal im Mund hatte.«

»Ach«, sagt der Trainer und steht auf, »das war der Abzugsring einer Handgranate.« Im Hinausgehen sagt er: »Dein fünfter war übrigens auch Bezirksrekord.«

Draußen herrscht helle Aufregung. Kößling und Krüger kommen angetanzt: »Trainer, Trainer, wir sind jetzt nebenan im großen Stadion. Für die Achthundert dürfen wir ins große Stadion!«

»Wir wechseln«, sagt der Trainer, »sofort die Dornen an euren Schuhen. Die Zwölfer raus, die Sechser rein. Heute lauft ihr zum ersten Mal auf Tartan.«

»Tartan«, sinniert der Vater. »Polyiocyanate, Aluminiumsilikate, Farbstoffe. Elastisch, wetterbeständig, weitgehend alterungsresistent.«

»Beneidenswerte Eigenschaften«, sagt die Lady schmunzelnd zum Vater. Zu Jakob sagt sie: »Ich wünsche dir noch viel Glück. Wir müssen jetzt leider zum Zug. Aber wir sehen uns ja bald schon wieder.« Einen halb leeren Erdbeerkorb in der Hand, geht sie schwingend davon. Die Kampfrichter und sogar der Mann mit dem Strohhut sehen ihr nach. Auch der Vater verfolgt sie bis zum Schluss mit den Augen.

Jakob holt den Schraubenschlüssel. Die Sechs-Millimeter-Spikes aus dem Osten passen auch in seine Westschuhe.

»Heute ist ein ganz besonderer Tag.« Der Mann mit dem Strohhut steht vor den Wettkämpfern, die sich an der gebogenen Startlinie aufreihen. Von oben mögen sie aussehen wie fröstelnde Wellensittiche, die Jungen von Empor, Rotation, Motor und Vorwärts. »Denn heute«, fährt der Mann fort, »spüren wir noch den Geist Georgi Dimitroffs, dessen hundertsten Geburtstag wir vorgestern mit einer beeindruckenden Großkundgebung vor neunzigtausend friedliebenden Menschen feiern konnten. Neunzigtausend, so viele Menschen und mehr passen auch in dieses moderne Stadion, das Arbeiter und Ingenieure für euch, die Enkel Georgi Dimitroffs, erbaut haben. Für euch und eure Zukunft hat er gekämpft, der ein überzeugendes Beispiel für Mut und Unerschrockenheit war, der von den Idealen des Sozialismus durchdrungen war und wusste, dass der Sozialismus seinen Siegeszug einst vollenden wird.«

»Danke, Opa«, sagt einer von Empor.

Gustav Kronow schwenkt seinen Kopf reihauf, reihab, sodass ihn jeder versteht. »Ihr seid einmal um die Welt gerannt, um diese Startlinie zu erreichen. Jetzt liegen nur noch achthundert Meter vor euch. Für manche ist der Weg nach diesem Rennen zu Ende. Doch wer sich hier und heute als würdig erweist, wird noch viele Siege für unsere Heimat erringen dürfen und den Beweis erbringen, dass der Sozialismus seinen Siegeszug um die Welt fortsetzt. Im Namen Georgi Dimitroffs rufe ich euch zu: Sport frei!«

Wenige murmeln »Sport frei« zurück. Selbst Kupfer, der als Führender ganz innen steht, antwortet nicht. Als Zweitplatzierter steht Jakob direkt neben ihm. Nach vier Disziplinen hat er fünfzehn Punkte Rückstand, das sind sieben Sekunden, das sind fünfundzwanzig Meter. Er blickt zu seinem Vater, der das Kinn reckt, zu seinem Trainer, der sich an der Zweihundert-Meter-Marke aufgestellt hat, um ihm und seinen Kameraden die Zwischenzeiten durchzugeben.

Er selbst trägt Mos Stoppuhr, deren digitale Nullen darauf warten loszupurzeln, um dann nach achthundert Metern wieder zu gefrieren. Kupfer ist ein Zwei-Dreißig-Läufer, er ist ein Zwei-Vierzig-Läufer. Normalerweise nimmt ihm Kupfer vierzig Meter ab. Das ist die Lage. Zum zweiten Mal an diesem Tag kann er nicht schlucken.

Einer der regulären Kampfrichter geht die gebogene Startlinie ab und kontrolliert, dass keiner der drei Dutzend Jungs übergetreten ist. Er sagt: »Als erfahrene Wettkämpfer wisst ihr: Es gibt nur ein Kommando und dann den Startschuss. Zwei Runden, zur letzten die Glocke.« Er hebt ein weißes Fähnchen.

Der Mann mit dem Strohhut hält eine Pistole in den Himmel und sagt: »Auf. Die. Plätze.« Die Jungen machen einen kleinen Ausfallschritt und beugen sich über die Linie, hinter der ein Wasserfall in die Tiefe tost. Er hätte sich gern von Leo verabschiedet, doch die hat einfach die Biege gemacht.

Als der Schuss fällt, weiß er für den Bruchteil einer Sekunde nicht, wo er ist. Doch dann drückt er den Knopf an seiner Uhr und springt.

Das weinrote Hemd führt die Karawane an, und der bisherige Zweitplatzierte im weiß-blauen Trikot ist ihm auf den Fersen. Gut aufpassen, sagt er sich, dem Roten nicht in die Hacken treten. Ruhig atmen, wer muss schon schlucken, den Roten irgendwie vergessen, locker in die erste Kurve schwimmen. Und wenn die von der Außenbahn nach innen fließen: keine Rempeleien. Nicht verhaken, zweite oder dritte Stelle behaupten, Teil der Karawane bleiben.

Locker läuft er durch die erste Kurve und hebt die Neigung auf, als er auf die Gegengerade biegt. Er hört die Spikes, die am Tartan reißen, als würde der Kater seine Krallen schärfen. Es läuft sich gut auf Tartan.

Das Stadion ist eine Steingutschale, von der Sonne geweißt. Die paar Menschen, die sich darin verlieren, sehen klein aus. Sie werfen kleine Schatten. Es geht kein Wind, über der Bahn spiegelt die Luft. Die Flutlichtträger sehen aus, als ob sie ein Kind aus einem Metallbaukasten zusammengeschraubt hätte. Oben in der Nordtribüne steht die dunkle Anzeigetafel mit der Uhr. Es ist halb vier nachmittags. Spätestens Viertel nach fünf müssen sie zu Hause sein, da spielt die BRD gegen Chile, Deutschland gegen Chile.

In der Gegenkurve wartet der Trainer und blickt von seiner Uhr zu den Läufern und zurück. Als die Karawane an ihm vorüberzieht, sagt er: »Fünfunddreißig, sechsunddreißig, siebenunddreißig. Zu schnell.«

Zu Beginn der Zielgeraden schiebt sich Krüger neben ihn. Er ist einen Kopf kleiner und braun gebrannt und hat tiefschwarzes Haar. Trikot und Hose flattern an ihm. Er kann unter zwei zwanzig laufen und wird dieses Rennen gewinnen. Bevor er antritt, sagt er zur Seite: »Hopp!« Mehr sagt er nicht. Es steckt so viel Aufmunterung in diesem »Hopp!«, dass ihm die nächsten Schritte leichtfallen. Ohne Wind.

Weil sie Schiss hat, hat er keinen. Er wird ihr helfen. Nur weiß er nicht, in welchem Zimmer die Frau und sein Vater zu finden sind. Barfuß geht er über den Flur wie über Moos. Er geht von Tür zu Tür und lauscht. Die Türen sind von innen gepolstert. Nachdem er an jeder Tür seines Flurs gehorcht hat, steigt er ein Stockwerk höher und wiederholt seine Suche. Im letzten, im obersten Flur sieht er die Blütenspur. Er folgt der Spur. Mit angehaltenem Atem bleibt er an der Tür stehen, vor der die Spur abreißt. Er lauscht. Er hört nichts als sein eigenes Blut. Dann, ganz leise, vernimmt er eine Stimme. Es klingt so, als würde die Frau singen. Die Gitarre ist nicht zu hören. Die Frau hat einen Gesang angestimmt, sie singt mal hell und mal dunkel. Nun singt der Vater mit, kräftig und stet. Die Frau und der Vater singen ein

Lied. Er kehrt um. Bevor er das Treppenhaus erreicht, greift er ins Moos.

Natürlich hatte er davon gehört. Falk Ulmen hatte ihm erzählt, dass es bei seiner Schwester angefangen habe. Sie standen beim Morgenappell nebeneinander, und Falk flüsterte: »Meine Schwester blutet. Da unten.« Mehr sagte er nicht. Zum Ende des Appells sangen sie, wie passend, das Lied vom kleinen Trompeter, dem lustigen Rotgardistenblut, und lachten sich weg. Er nahm an, dass Falk Ulmens Schwester blutete, weil sie meschugge war, weil sie einen an der Waffel hatte, weil bei ihr eine Schraube locker war. Die Frage war nun, ob das Mädchen blutete, weil es auch meschugge war. Oder zur Strafe, weil es etwas Schlimmes getan hatte. Was sollte er tun mit dem Mädchen, das blutete und allein gelassen werden wollte?

Als er das Zimmer wieder betrat, war es dunkel und still. Die Vorhänge waren geöffnet, die Nacht stand vor dem Fenster.

»Ich dachte schon, du kommst nicht wieder«, sagte die Stimme des Mädchens.

»Ich habe deine Mutter nicht gefunden, obwohl ich alles abgesucht habe.«

»Ist doch egal, ob du sie findest oder nicht.«

Er legte sich neben sie. Meschugge klang sie nicht.

»Was ist das für eine Scheiße, Pa-elja?«, fragte sie.

»Keine Ahnung«, sagte er.

Sie ließ ihre Hand in seine gleiten. Ihre Hand war trocken und warm, er erwiderte ihren Druck, als sei es das Normalste von der Welt. Seine andere Hand war noch geballt.

»Ich heiße Leo«, sagte das Mädchen, »auf Leonore höre ich schon mal gar nicht.«

»Kapiert.«

»Hast du einen Spitznamen?«

»Nie gehabt.«

»Andere Vornamen? Meine sind Luise Wilhelmine Sophie.«

»Alles auf einmal?«

»So hießen Königinnen. Mein Vater fährt darauf ab, auf dieses Königszeug.«

»Ich habe keinen anderen Namen.«

»Dann müssen wir einen für dich finden.«

»Mein Vater fährt auf diese Musiksachen ab. Blues und Country und so. Bob Dylan, Johnny Cash.«

»Du musst dir einen eigenen Namen machen. Worauf fährst du denn ab?«

»Was ist mit dem Blut?«

»Hat aufgehört. Worauf fährst du ab?«

»Sport.«

»Was für Sport?«

»Leichtathletik.«

»Welche Leichtathletik?«

»Weitsprung.«

»Und welcher Weitspringer ist der Beste? Nun lass dir doch nicht alles aus der Nase ziehen.«

»Lutz Dombrowski. Acht Meter vierundfünfzig in Moskau. Olympiasieger, DDR-Meister, Landesrekord.«

»Lutz ist der Beste?«

»Im Moment schon.«

»Weltweit und aller Zeiten? Lutz passt nicht. Gibt es keinen Julius oder Anselm oder Jacques?«

»Es gibt Bob Beamon, der den Weltrekord hält.«

Leo überlegte. »Also muss es doch Bob sein. Obwohl das nicht so recht passt, klingt irgendwie zu gewöhnlich. Wie schreibt sich das: Beamon?«

Er buchstabierte es für sie.

»Dann liegt es doch auf der Hand: Be Amon, sei Amon. Du heißt jetzt Amon. Das ist dein *nom de guerre*. Das ist Französisch. Weißt du, was das bedeutet?«

»Non.« Auf Französisch konnte er noch »Ja« und »Achtung« sagen und: »Wollen Sie mit mir schlafen?«

»Das bedeutet so was wie ›Kampfname‹. Der Name, den du im Krieg führst. Meiner ist Leo, deiner ist Amon.«

»Ist denn Krieg?«

»Ja.« Sie nahm ihre Hand weg, richtete sich auf und hielt ihm die Hand wieder hin: »Ich bin Leo. Schön, deine Bekanntschaft zu machen, Amon.«

»Ganz meinerseits«, sagte er und nahm ihre Hand. »Komm ans Fenster, Leo.«

Sie standen auf, und er sah, dass sie wieder ihre Straßenkleider trug. Das Nachthemd war verschwunden. Er öffnete die Fensterflügel und seine Faust.

»Nimm eins«, sagte er.

Leo befeuchtete den Zeigefinger ihrer rechten Hand und stippte ein Blütenblatt auf.

»Wir haben einen Wunsch frei«, sagte er. »Aber wir müssen still wünschen.«

Der Mann mit dem Strohhut schlägt die Glocke zur letzten Runde. Du hörst es nicht, du siehst es nur. Ein Kampfrichter ruft die Zeiten herein, hörst du auch nicht. Deine Uhr zeigt 01:12,05 an. So schnell bist du die ersten Vierhundert noch nie gelaufen. Du siehst den Trainer, er schreit dir was zu. Seine Haare sind verrutscht, es sieht lustig aus. Er macht eine Schwimmbewegung. Irgendwo muss auch dein Vater sein.

Dann verlierst du deine Beine. Bei fünfhundert, so früh schon. Du kannst sie nicht mehr heben, die Milchsäure frisst sich die Oberschenkel hoch und blockiert die Muskeln. Deine Beine sind Knete, seine nicht. Der Rote trommelt weiter. Sein Kopf sitzt gerade auf dem Hals, deiner wackelt.

Wo bleibt der Wind? Und warum ist sie einfach abgehauen? Das hier ist doch Krieg. Aber sie ist weg, so wie deine Mutter weg ist. Du bist allein und rennst in die schwarze Einsamkeit. Dein Nacken ist zerfetzt, deine Schultern sind gerissen, und aus deinen Armen weicht das Blut: Du stirbst.

Doch plötzlich bist du nicht mehr allein. Jemand spricht dir zu. Fürsorglich fragt dieser Jemand: Junge, warum tust du dir das an? Sag mal? Musst doch nicht sterben, Jungejunge. Kannst doch ein Päuschen machen beim Sterben. He, dein Schnürsenkel ist locker. Die Westschuhe sind nicht eingelaufen, ist alles viel zu neu, zu frisch. Musst den Schnürsenkel festzurren, bevor du stolperst und hinschlägst. Was hast du denn dann gewonnen? Rein gar nichts. Rhabarber, Kulissen. Halt an, knie dich hin. Ruh dich aus. Abgemacht?

Du fragst dich, wer da spricht. Spricht da der große Reformator? Oder der Mann mit dem Strohhut? Der tote Dobrand? Oder bist du das, der da spricht? Welchem Arschloch gehört diese Stimme? Bist du dieses Arschloch, das da spricht, oder spricht da der Dämon? Oder bist du der Dämon?

Für dich weht kein Wind, kein gnädiger Wind, du kannst nicht schlucken, und niemand nennt deinen Namen. Aber du sagst zu dir oder zu dem Dämon: Halt einfach die Fresse. Denn der da stirbt, das bist zwar du, der Junge im blau-weißen Trikot, aber gleichzeitig schaust du ihm nur dabei zu, wie er stirbt. Solange du schauen kannst, kannst du nicht tot sein, kapiert? Du kannst ohne Weiteres denken: Ich sehe diesem Jungen bloß dabei zu, wie er krepiert. Ich merke, wie sich sein Gesicht zur Grimasse verzieht, weil ihm die Luft ausgeht und er nicht schlucken kann. Ich hingegen laufe weiter, auch ohne Beine, Schultern, Arme und ohne Luft. Denn heute ist ein guter Tag zum Sterben. Fünfzehn Punkte, sieben Sekunden, fünfundzwanzig Meter weg vom Roten, der plötzlich vor Kraft auf der Stelle tritt.

Und Jakob Friedrich – Altersklasse zwölf, unhaarig, Startnummer 21, bisheriger Zweiter, Novemberjunge, niemandes Kind und Sohnemann – rückt hinaus auf Bahn zwei, die Bahn der Windsucher, der Schauenden und Hoffenden, und ein gewisser Amon sieht ihm dabei zu, wie er sich das letzte bisschen Leben aus dem Leib rennt, an einem Sonntag Ende Juno. Es blühte der Klee.

12. Hecht

Bezirksverwaltung
Für Staatssicherheit   L., 1. September 1982
Abteilung XVIII   do-schn 2172

                                bestätigt
                                Stellvertreter Operativ

                                Eppisch
                                Oberst

Eröffnungsbericht zum OV „H e c h t" Reg.-Nr.
XIII/110/82

Der seit dem 19.10.1977 rechtswidrig auf Übersiedlung
nach der BRD ersuchende

    F r i e d r i c h,   Frank
    PKZ: 17 06 46 4 24 95 9
    geb. am: 17.6.1946
    Geburtsort: Guben
    wohnhaft: 7030 L., Regenstr. 27
    Beruf: Fernmeldemechaniker,
        Ing.-Ökonom
    Tätigkeit: VEB Chemiekombinat Leuna,
        Betriebsteil Proben- und
        Vermessungswesen
    Partei: parteilos
    Organisation: nicht organisiert
    Merkmale: keine

Nationalität:	deutsch
Staatsangehörigkeit:	DDR
Familienstand:	verwitwet
Kinder:	Jakob 1969
MfS:	erfasst für BV L., Abteilung XVIII

ist der Begehung von Straftaten gemäß § 97, § 100, § 142 u. § 213 StGB verdächtig.

Zur Sache

Über seine am 14.12.81 nach der BRD als Rentnerin legal übersiedelte Mutter

W i n t e r,	Polina, geb. Sauer verw. Friedrich
geb. am:	13.12.1914
Geburtsort:	Bilhorod-Dnistrowskij (Akkerman), UdSSR
wohnhaft:	8733 Bad Itz, Prinzregentenstr. 1
MfS:	nicht erfaßt

nahm F. mit einer Briefsendung vom 03.04.82 die Verbindung zum Bundesministerium für Innerdeutsche Beziehungen (BMB) auf. F. verbrachte zur Weiterleitung mit o.g. Briefsendung ein Schreiben an den Bundesminister Franke - vordatiert auf 27.03.82 - sowie einen Durchschlag einer sein rechtswidriges Ersuchen betreffenden Anfrage an den Rat der Stadt L., Abteilung Inneres, vom 19.03.1982. In dem Schreiben an den Bundesminister Franke informiert F. diesen verbunden mit der Bitte um Unterstützung bei seinem rechtswidrigen Ersuchen auf Übersiedlung nach der

BRD über seine am 05.03.82 erfolgte Vorsprache beim
Rat des Stadtbezirks Süd. Er teilt mit, daß ihm unter
Verschweigen von Gründen der Personalausweis für un-
begrenzte Dauer entzogen wurde.
Mit dem Inhalt der nach der BRD verbrachten Anfrage an
staatliche Organe der DDR vom 19.03.82 greift F. die
rechtsmäßige Entscheidung der für sein rechtswidriges
Ersuchen sowie den Einbehalt seines PA zuständigen
Organe der DDR an. Die Ausgestaltung dieses Schreibens
sowie des Anschreibens an den Bundesminister Franke
sowie des Begleitbriefs an die W. sind geeignet, die
DDR zu schädigen.
F. zweifelte in ihnen die Kenntnis und die Einhaltung
von internationalen Vereinbarungen (KSZE) durch die
staatlichen Organe der DDR an, bezeichnete ihre Entscheidungen als „inhuman" und schätzt aus „Gesprächen
mit vielen Kollegen und Mitmenschen" ein, daß viele
Bürger der DDR mit den gesellschaftlichen Normen, die
er als „psychologische Enge" und „Dogma" bezeichnet,
unzufrieden sind. Sein rechtswidriges Ersuchen auf
Übersiedlung nach der BRD begründete der F. mit dem
Motiv der Familienzusammenführung. Das Verhältnis zu
seiner Mutter ist innig, und sie ist - inzwischen hoch-
betagt und jede Freude und Gemeinschaft entbehrend -
auf die Anwesenheit ihres Sohnes und Enkelsohns ange-
wiesen.
Diese Argumentation des F. kann jedoch entlarvt werden.
In mehreren Schreiben zwischen den Jahren 1972 und
1976 an die Abtlg. Inneres des Stadtbezirks Süd hat er
die Zuweisung einer eigenen Wohnung gefordert, um -
von seiner Mutter getrennt - einen eigenen Haushalt
führen zu können, was für seine „Persönlichkeitsent-
wicklung und Emanzipation nötig" wäre. Dieses Ansinnen

wurde wiederholt negativ beschieden, da mit dem Tod seiner Frau das Anrecht auf eine eigene Wohnung verfallen ist. Darauf trat der F. demonstrativ aus dem FDGB aus.

Während der Vorladung vom 05.03.82 bei der Abteilung Inneres des Stadtbezirkes Süd sagte F., daß sein gesamtes Leben in der DDR „eine stetige Kränkung und Erniedrigung" gewesen ist. Als Mensch ist er „massiv geschädigt" worden, weshalb er nun beabsichtigt, die DDR durch Verweigerung seiner Arbeitsleistung zurückzuschädigen. „Auge um Auge", sagte der F. Sein erklärtes Ziel ist es, sich auf Kosten des Staates „einen Fetten" zu machen, um dadurch sein rechtswidriges Ersuchen gegenüber den zuständigen staatlichen Organen der DDR durchzusetzen. Weiterhin drohte F. Demonstrativhandlungen an, um seine Meinung in der Öffentlichkeit zu verbreiten. In provozierend-aggressiver Weise fragte er, ob man es wirklich riskieren will, daß er den Umzug am kommenden 1. Mai durch Tragen eigener Plakate stört, „notfalls auch splitterfasernackt". Bisher jedoch wurden keine Demonstrativhandlungen des F. realisiert.

Durch seine berufliche Tätigkeit beim VEB Chemiekombinat Leuna, Betriebsteil Proben- und Vermessungswesen, hat F. nach Auskunft des Abteilungsleiters Gen. L a n g r o c k Kenntnis von sensiblem Wissen, das der Geheimhaltung unterliegt. Dessen mögliche Weitergabe würde einen Verstoß gegen § 97 StGB darstellen.

Aus der Kausalität der Kontaktaufnahme des F. zum BMB sowie der Vorsprache in der Abteilung Inneres

kann der Vorsatz des F., eine Schädigung der Interessen der DDR herbeizuführen, abgeleitet werden.
Aus dem Fakt, daß F. die schriftliche Verbindung zum BMB nicht direkt, sondern über eine dritte Person – seine Mutter – aufnahm, kann abgeleitet werden, daß F. sich seiner strafbaren Handlung gemäß § 100 StGB bewußt war.

Im Zusammenhang mit der Absicht einer ständigen Wohnsitznahme in der BRD wurde nachgenannter Sachverhalt, der den Verdacht der Vorbereitung bzw. des Versuches strafbarer Handlungen gemäß § 213 StGB zuläßt, dokumentiert:
Nach inoffiziellen Hinweisen, die auf Berichten des F. selbst beruhen, ist der F. im Vorjahr zusammen mit seinem Sohn an die Staatsgrenze zur BRD vorgedrungen. Aus gleicher Quelle wurde später bekannt, daß sich dies am 31.08.1981 nahe der Gemeinde Dingleben/Bezirk Erfurt ereignete. Angehörige der Grenztruppen der DDR fanden bei Kontrollgängen an besagtem Grenzabschnitt Hinweise, die den rechtswidrigen Aufenthalt des F. und seines Sohnes an genanntem Tag ableiten lassen: Einerseits wurden Schuheindruckspuren in Größe 29 festgestellt, verursacht von einer Person, sowie Schuheindruckspuren in Größe 24, verursacht von einer weiteren Person. Weiterhin wurden sichergestellt ein Dreifarbkugelschreiber der Marke Rugli sowie die Seite 5/6 des „Neuen Deutschland" vom 27.07.81. Besagte Seite des Organs des Zentralkomitees der Sozialistischen Einheitspartei Deutschlands trägt Spuren von Verunreinigungen, welche auf Darmausscheidung schließen lassen. Die wahrscheinliche Annahme, daß die Fußspuren, der Kugelschreiber und die Ausscheidungen dem

F. bzw. seinem Sohn zuzuordnen sind, ist abschließend zu klären.
Inwieweit eine fahrlässige Schädigung oder Gefährdung des Jakob F. gemäß § 142 StGB besteht, ist zu prüfen.

Nach allen vorliegenden Hinweisen und Indizien besteht der dringende Verdacht, daß der F. das Verlassen des Gebiets der DDR gemäß § 213 am 31.08.81 widerrechtlich versucht oder vorbereitet hat, weshalb ihm am 05.03.82 der DPA entzogen wurde.

Dessen ungeachtet versuchte der F. am 11.08.1982 in weiblicher Begleitung „zu Urlaubszwecken" in die ČSSR einzureisen. Von den Sicherheitsorganen unseres Landes wurde ihm die Weiterreise in die ČSSR mangels fehlenden Personalausweises untersagt, worauf der F. beklagte, daß man ihn „wie einen Schwerverbrecher" behandle, und androhte, sich in der Ständigen Vertretung der BRD „zu verschanzen". F. beruhigte sich dank seiner Begleiterin. Dabei handelt es sich um

M e y e n b u r g,	Eva, gesch. Devrient geb. Meyenburg
PKZ:	04 02 51 1 12 03 7
geb. am:	4.2.1951
Geburtsort:	Wernigerode
wohnhaft:	Straßmannstr. 44, 1034 Berlin
Beruf:	Dipl.-Anglistin
Tätigkeit:	Wissenschaftliche Assistentin Humboldt-Universität Berlin, Sektion Kulturwissenschaften

Partei:	parteilos, von 1970-1980 SED
Organisation:	FDJ, FDGB
Merkmale:	von 1968-1980 verheiratet mit Gen. Thomas Devrient, Dramatiker, Sohn von Gen. Generalmajor Dieter Devrient, Stellv. Stab HV A
Nationalität:	deutsch
Staatsangehörigkeit:	DDR
Familienstand:	geschieden
Kinder:	Leonore Luise Wilhelmine Sophie 1968 Heinrich Wilhelm 1975 gest. 1978
MfS:	erfaßt für BV Berlin, Abtlg. II

Laut inoffiziellen Quellen handelt es sich bei der M. um die neue Lebensgefährtin des F. Mehreren Personen gegenüber – im Betriebskollektiv sowie im privaten Bereich – hat F. betont, daß er die M. „mit Haut und Haar" liebt. In seinen Augen ist sie „das vollkommene Weib" und er „bis über beide Ohren" in sie verliebt. Mit hoher Wahrscheinlichkeit kann ausgeschlossen werden, daß F. komplette Kenntnis von den familiären Verhältnissen der M. hat.

F. war mehrfach im Rahmen von Rückgewinnungsgesprächen und Aussprachen durch die zuständigen staatlichen Organe sowie von gesellschaftlichen Kräften des Betriebs über die Gesetze der DDR belehrt worden. Trotzdem nahm F. den Kontakt zum BMB der BRD auf, hielt sein rechtswidriges Ersuchen auf Übersiedlung in die BRD aufrecht und erneuerte es und verfestigte seine feindlich-negative Grundhaltung zur DDR. Er scheut nicht vor einer Schädigung der DDR nach innen und außen zurück, vielmehr steuert er bewußt darauf zu. Ein negativer Einfluß des F. auf seine derzeitige Lebensgefährtin, die M., und deren Tochter, Enkeltochter des Gen. Devrient, zeichnet sich laut inoffiziellen Mitarbeitern aus dem Umfeld der M. und des F. deutlich ab (IM Seele, IM Akademiker).

Die Zielsetzung der Bearbeitung des OV besteht:

1. In der Erarbeitung von Beweisen zum Nachweis des dringenden Verdachts der Begehung von Straftaten gemäß §§ 97, 100, 142 und 213 StGB. Insbesondere der Abgleich von Schuheindruckspuren mit dem Schuhwerk des Verdächtigen und seines Sohnes sowie der Abgleich der Verunreinigungen auf dem „ND" vom 27.07.81 mit dem Kot des Verdächtigen und seines Sohnes.

2. In der Verhinderung des Aufsuchens der StV der BRD durch den Verdächtigen.

3. In der Aufklärung der Pläne, Absichten, Mittel und Methoden feindlicher Kräfte, mit denen der Verdächtige oder seine Mutter ggf. bereits in Kontakt kamen.

4. In der Aufdeckung von Feindtätigkeit begünstigenden Bedingungen und Umständen sowie der Einleitung von Maßnahmen zur Beseitigung bzw. Einschränkung

dieser zur vorbeugenden Verhinderung gesellschafts-
schädigender Auswirkungen.

5. In der Einleitung von Maßnahmen zur Zersetzung
der Beziehung des Verdächtigen zur M e y e n b u r g,
Eva.

          Dobysch
          Oberleutnant

Leiter des Referates 5

Altwasser
Hauptmann

Leiter der Abteilung

Fender
Oberstleutnant

IV
FRAUEN IN ATEMNOT
Oktober 1982 – März 1983

Eine furchtbare Kraft ist in uns, die Freiheit.

13. Deutsche Hochzeit

An drei aufeinanderfolgenden Sonntagen wurden Katharina Siegenthaler und Waldemar Sauer aufgeboten. Von der Kanzel wurden sie aufgeboten, hinein ins Knarren und Hüsteln, ins Hütekneten und Händeringen, ins Frömmeln und Blitzsaubertun. Vom Pastor Immanuel Busse wurden sie aufgeboten, Kinnbart, Beffchen und Drahtbrille, und zwar als nicht mehr ledig, denn die Tochter vom Siegenthaler Wilhelm trug ein Kind unterm Herzen. Die Ehe war ein Sakrament.

Ein großes Fest mit Ochsen- und Hammelfleisch und Wein wäre der Gemeinde von Hoffnungstal (oder Kulm oder Neu-Elft) gut zupassgekommen. Die schwere Arbeit auf den Feldern war getan, das Getreide zu Kopitzen gehäuft, aufgeladen, gedroschen und geputzt. Der türkische Weizen, das Welschkorn, der Kukuruz, der Bobschai – das die weit gereisten Namen des Mais – war eingebracht, abgezogen und gerebelt. Auch die Äpfel und die Trauben waren gepflückt, die Sonne schien weiter im Most. Man hatte den Speck geräuchert, die Schweinebäuche gepökelt, in der Kammer baumelten die Würste. Nur die Kürbisse lagen noch in den Ackerfurchen, gelb.

Aber ein Fest mit allen Gaben des Herrn fand nicht statt, denn die Siegenthaler und der Sauer hatten nicht warten können. Wie betete man für Verlobte, die nicht hatten warten können? Wie bloß? Starks Gebetbuch wusste für die nahende und die erfolgte Geburt mit dreizehn Gebeten Rat, selbst ein Dankgebet zur Entwöhnung von der Mutterbrust war darin zu finden – aber wie betete man für ungeduldig Verlobte, als Gemeinde, der nicht nur Sitte und Moral, sondern auch ein Fest vorenthalten wurde?

Dass sie, die Siegenthaler Katja, die Frömmigkeit und Botmäßigkeit und die Demut vor dem Herrn finde, das könnte man beten. Ohne Sattel ritt sie ihren Orlow-Schimmel, hoch im Blut stehend, auf dem Markt brauchte sie keinen Abakus zum Rechnen und in der Kirche kein Gesangbuch zum Singen. Niemand hatte sie je mit gelöstem Haar gesehen, geschweige denn nach einem geraubten Kuss. Anständig war sie wohl, aber irgendetwas stimmte nicht mit ihr. Alles tat sie mit dem Kopf statt mit dem Herzen. Welch Wunder, dass ihr ungeübtes Herz überrumpelt wurde. Hätt' se man gebeten um Geduld und Stärke, hätt' se man die Liebe reifen lassen und zur rechten Zeit davon gekostet, hätt' se sich man gekniet und nicht gelegt ins Stroh, hätt' se man gesprochen, statt zu schweigen: »Und weil die Geduld und die Demut auch unter die guten Gaben gehören, die von oben kommen, so verleihe mir diese nach deiner Barmherzigkeit.« Hätt' se man.

Das Schicksal hatte Katja und Waldemar auf dem Markt von Weißenburg zusammengeführt. Das Schicksal hieß Wilhelm und Albert. Im Frühjahr und im Herbst strömten alle, die etwas gefertigt oder geerntet hatten und denen Odessa zu weit war, zu der Munizipalin am Schwarzen Meer. Die Kähne und Flöße kamen den Dnister herunter und löschten ihre Fracht im Hafen: Rauchwaren, Tuche, Flechtwerk. Die Stände bogen sich unter Laiben Brot, für ein paar Kopeken bekam man ein großes Stück Schwarzbrot mit Schmalz und Gurken. Zigeunerinnen lasen in Händen, Figaros glätteten krauses Haar, Scherenschleifer drehten singende Wetzräder, und Greisinnen sponnen, es duftete, und es stank. Die Russen soffen, die Tataren und die Kosaken sahen den Gäulen ins Maul und soffen, die Rumänen und die Bulgaren brachten Weizen und Wein, wenn sie ihn noch nicht ausgesoffen hatten, aber der Weizen und der Wein der Deutschen waren am besten. Und Deutsche, das sind wir.

Auch das Tuch der Deutschen war am besten. Die jungen Juden, dürr, wie es die Schneider nun einmal waren, huschten in Kniebundhosen zwischen den Ständen hindurch, prüften die Ware und feilschten. Kaufen taten sie meist bei den Sauers. Deren Tuchfabrik, Färberei und Walkerei waren bis hinüber nach Odessa bekannt. Die beste Wolle bekam der Sauer Albert vom Siegenthaler Wilhelm. Der hatte eine große Herde weißer Merinoschafe, die gaben zwölf Pfund pro Tier, daraus fertigte der Sauer die feinsten Garne und Tuche für schimmernde Anzüge, Hochzeitsanzüge zum Beispiel. Wenn also einer die Schafe hat und der andere die Webstühle, dann ist es doch im Sinne des Schicksals, wenn sich beider Kinder auf dem Markt von Weißenburg zufällig begegnen.

Und alles wäre gut gegangen, hätte es neben dem Schicksal nicht den Brauch gegeben. Der nämlich scherte sich nicht um das ungeübte Herz der Siegenthaler Katja, der mutete ihr mindestens ein Jahr Verlobungszeit zu. Dabei war die Aussteuer längst zusammengetragen, der Bräter mit dem Feuervogel war das letzte Stück gewesen. Worauf sollten sie warten? Sie war siebzehn und eine Frau, er war zweiundzwanzig und ein Mann. Ein ganzes Jahr, das war eine Ewigkeit, obwohl sie zeitlebens zusammen sein wollten. Aber was ist der stete Tag gegen die Jüngste Nacht, was das Bohnenkraut gegen die Mohnblüte, was eine Decke aus Lehm gegen den Samt- und Sternenhimmel im März, was, ihr Sterblichen, ist ein Ehebett gegen ein Lager aus Stroh, was?

Zur Hochzeit kamen nur die engsten Anverwandten. Die Brüder, die Eltern und die Schwester und nur noch ihr Döde und ihre Doda. Jeder, welcher der Siegenthaler Katja und dem Sauer Waldemar im zweiten oder dritten Grade nahestand, blieb fern. An einem Mittwochabend fand die Vermählung im Pfarrhaus statt und nicht an einem Donnerstag in der Kirche mit Glockengeläut zum Einzug und auch zum Auszug. Katja trug ein langes Kleid, weiß wohl, aber ohne Schleier. Statt des Schleiers steckte ein Blumenkranz in ihrem Haar, und ein Blumengürtel lag um ihre Hüfte, man sah ja den Schlamassel schon. Tati trug weiße Handschuhe, eine weiße Fliege und große rote Ohren zum schwarzen Anzug aus feinstem Garn. Lächeln taten sie beide nicht vor dem Pfarrhaus von Hoffnungstal oder Kulm oder Neu-Elft. Es war früh im Herbst und so trocken, dass einem nachts der Regen in den Ohren rauschte.

Bevor Pastor Immanuel Busse das Aufgebot verkünden und die Trauung vornehmen konnte, hatte er die Verlobten zur Prüfung ins Pfarrhaus bestellt. Vor ihm lagen die Schnupftabakdose, ein Blech warmen Zwetschgenkuchens (Zimt und Butterstreusel) und der Große und der

Kleine Katechismus des Martin Luther. Eine Karaffe süßen Weins hatte die Siegenthaler Katja, die berühmt war für ihre Nüchternheit, auch mitgebracht. Die Augen des Pastors wanderten von der Schnupftabakdose zum Wein, zum Kuchenblech und zurück. »Und führe uns nicht in Versuchung«, sagte Immanuel Busse endlich. »Was ist das?«

»Wir bitten in diesem Gebet«, antwortete Katja mit fester Stimme, »dass uns Gott wolle behüten und erhalten, auf dass uns der Teufel, die Welt und unser Fleisch«, sagte sie, »nicht betrüge und verführe in Missglauben, Verzweiflung und … andere große Schande und Laster.«

»Was heißt: nicht in Versuchung führen?«, fragte Immanuel Busse und sah den Sauer Waldemar an, dessen schöne große Ohren dem Sonnenuntergang huldigten.

»Wenn er«, antwortete Katja an seiner statt und legte ihre linke Hand auf die Linke ihres Bräutigams, dort trugen sie die Verlobungsringe, »wenn er uns Kraft und Stärke zu widerstehen gibt, doch so, dass die Anfechtung nicht weggenommen noch aufgehoben wird. Denn Versuchung und Reizung kann niemand umgehen, weil wir im Fleisch leben …«

»… und den Teufel um uns haben«, fuhr Busse fort, die Stimme und den Kinnbart hebend. »Und wird nichts anderes draus: Wir müssen Anfechtung leiden, ja drinstecken. Aber da bitten wir drum«, donnerte er und riss einen Kuchenfetzen vom Blech, »dass wir nicht hineinfallen und darin ersaufen.« Eine Zwetschge am Fallen hindernd, biss er zu. »Nicht darin ersaufen.« Er schenkte sich Wein ein und trank.

Die Wangen rot, bleich das Kinn, sprach Katja, dass der Waldemar und sie nur zu zweit gewesen seien. An einen Dritten könne sie sich beim besten Willen nicht erinnern. Einen Pferdefüßigen gar hätten sie nicht um sich gehabt, zu keiner Zeit. Weder in der ersten Nacht noch in der zweiten, und auch in den darauffolgenden Nächten seien sie doch ziemlich unter sich geblieben.

Um ihm den Husten auszutreiben, schlug der Sauer Waldemar dem Pastor mehrmals auf den Rücken. Tränenden Auges nahm Busse drei Prisen Tabak und schnäuzte sich in ein Laken von Taschentuch. »Und was nun«, fragte er kurz atmend, »soll ein Hausvater die Seinen lehren? Das sage mir der Bräutigam.«

Endlich legte der Sohn des Tuchfabrikanten und Färbers Albert Sauer, der immerhin die Handelsschule in Tarutino besucht hatte und dessen Haar wie Schellack glänzte, die Ohren an und sagte: »Das Benedicite und das Gratias.«

»Kann er das Benedicite und das Gratias aufsagen?«, fragte Busse.

»Ja«, antwortete der Sauer Waldemar.

»Dann sage er es auf«, verlangte der Pastor, und der Tuch-Sauer sagte beides auf. Er sprach von der Gnade des Herrn, der Mensch und Vieh Speise verdankten.

»Kann er«, sagte der Pastor Busse, »der Siegenthaler-Tochter und auch dem Vieh Speise geben?«

»Der Herr kann alles«, sagte der Sauer Waldemar.

Vergeblich suchte Busse im Gesicht des Sauer nach Hochmut, Ironie und Dummheit. Er fand nur jenen Ausdruck von brutaler Zärtlichkeit, wie er ihn häufig sah bei den Männern dieses Landes, das Entbehrung und Ertrag war, Steppe und Schwarzerde. Männer wie er streichelten das Vieh und züchtigten die Tagelöhner wie die Kinder. Ihr Glaube war Gehorsam, keine Liebe. Jeder bestellte seine Scholle, betrieb sein Geschäft, nichts hielt die Kolonisten im Geiste zusammen, außer das Überleben, das materielle Streben und eine vage Vorstellung vom Deutschsein, auch wenn sie auf den Märkten Mischa, Katja, Pjotr hießen. Und deshalb war auch seine Frage hinfällig, er stellte sie trotzdem genauer: »Ob *du* deine Braut, wenn sie dann deine Frau ist, ernähren kannst und auch das Vieh.«

»Wir wollen selber gründen«, sagte der Sauer. »Hinten in Oloneschti, nah am Dnister. Starke Hände haben wir wohl, Brüder und …«

»… eine gute Mitgift«, sagte Katja. Sie hatte hohe Wangenknochen und glich den Mariendisteln. Im Frühjahr war der Dnister ein lehmschwerer Strom, in dem ersoffenes Vieh ins Schwarze Meer trieb.

»Ich werde pflanzen hundert Obstbäume«, sagte der Sauer Waldemar, »Zwetschge und Appel. Korn und Welschkorn wird es geben.«

»Und Rosen«, sagte Katja.

»Rosen auch«, sagte Waldemar.

»Und was sagen eure Eltern dazu? Ist es nicht vorgesehen, dass er einmal die Tuchfabrik übernimmt?«

»Wir haben unsere eigenen Pläne«, sagte die Siegenthaler Katja.

Gegen diesen Trieb, diesen Eigensinn, dachte der Pastor Busse zufrieden, bin ich machtlos. Er hob sein Glas und trank vom süßen Wein. Dann bot er die Siegenthaler und den Sauer an drei aufeinanderfolgenden Sonntagen auf, ins Knarren und Hüsteln, ins Hütekneten und Händeringen, ins Frömmeln und Blitzsaubertun hinein. Die Siegenthaler trug ein Kind unterm Herzen, und die Ehe war ein Sakrament.

Im Nebel ist sie losgefahren, in aller Herrgottsfrüh, wie man dort sagt, wo sie losgefahren ist. Über unbedeutende Anhöhen ist ihr Zug gerollt, durch Tunnel von kurzer Schwärze, an Dörfern vorbei, in denen zu dieser Jahreszeit Zwiebelkuchen und Gerupfter serviert werden. Die Kirchen und Scheunen sind geschmückt mit den Früchten des Feldes, selbst das Vieh wird zum Erntedank angeputzt. In aller Herrgottsfrüh jedoch schwamm alles in Milch, nur Wetterhähne und Turmkreuze sind kurz aufgetaucht, und dann ist ihr wieder schwarz vor Augen geworden, bis das Licht im Abteil ansprang. Im dunklen Spiegel des Abteilfensters saß eine Dame mit Hut.

In der Zeitung hat sie gelesen, dass man den Kanzler gestürzt hat. Die Gelben waren gar nicht mal unzufrieden mit dem Kanzler, sie waren unzufrieden mit seiner Partei, den Roten. Sie haben mehr Selbstverantwortung und Selbstbestimmung gefordert, also mehr Freiheit. Deshalb sind sie zu den Schwarzen übergelaufen, die nun ein krisengeschütteltes Land übernehmen müssen. Millionen Arbeitslose, Milliarden Schulden. In Itz hat sie noch nicht vorbeigeschaut, die Krise, in den schmucken Dörfern auch nicht, und was der schwarze Kanzler besser machen wird als der rote, das weiß kein Mensch. Aber er schwört es schon mal, so wahr ihm Gott helfe. Seine Kraft will er dem Wohle des deutschen Volkes widmen, na hoffentlich reicht sie über die Mauer hinweg, die Kraft.

Ihr Schlaf ist Zorn. Dann steht der Zug, wie er zeitlebens steht, und die Sonne scheint.

Die Grenzer sind höflich. Lange vor der Reise hat sie alles sorgfältig ausgefüllt und kann mustergültige Dokumente vorzeigen, das Visum und die Erklärung über mitgeführte Gegenstände und Geschenke, einen Wert von tausend Ostmark nicht überschreitend, darunter keine Druckerzeugnisse, außer natürlich der Zeitung, die sie sofort übergibt. Mit gewellter Stirn überfliegen die Grenzer die gestrigen Fußballergebnisse und die Glückszahlen des heutigen Oktobertages. Und Suzi Quatro spielt nicht mehr Gitarre, sondern nur noch mit ihrem Baby, und täglich kann eine Seiko-Uhr gewonnen werden, und in Berlin sind eintausend Lammpelzmäntel zu Beginn der Wintersaison im Angebot. Von wegen Krise.

Mit drei Koffern voll ollen Zeugs ist sie ausgereist, mit vier Koffern voll schöner Gaben fährt sie zurück: Whisky, Zigaretten, Schokolade, Strumpfhosen, Apfelseife. Sie hat einen Filter für Siegmars Aquarium dabei, Zigarren für Rudolf, einen schwarzen Anzug von C&A für Frank und einen für das Kind, Größe 164. Auch anlässlich einer Dummheit soll man tadellos gekleidet sein. Was Gescheites zum Lesen gibt es auch nicht, deshalb sind im Zwischenboden des einen Koffers doch Druckerzeugnisse versteckt, und zwar zwei Dutzend Schwarten. Ihre Schwiegertöchter lieben die Geschichten zum Groschenpreis, so wie sie selbst. Die Neue jedoch soll eine Studierte sein, hört man. Die liest nicht zum Vergnügen, hört man. Nicht etwa von Frank, sondern aus zweiter und dritter und hinter vorgehaltener Hand hört man das. Von Frank ist seit Mai kaum etwas zu hören. Vom Kind auch nicht.

Zum Glück wollen die Grenzer ihre Koffer nicht kontrollieren. Der eine erklärt ihr noch, dass sie sich polizeilich melden müsse, binnen vierundzwanzig Stunden, und reicht ihr den grünen Pass zurück, auf dem ein goldener Adler seine Fittiche spannt. Dann ruckt der Zug an, und sie ist drinnen. Die Müdigkeit verlässt das Abteil, und ein Hochgefühl setzt sich neben sie.

Der Himmel ist licht, der Wald von feuchtem Grün. Hoch droben auf einem Bergkamm thront die tausendjährige Burg, Dächer und Turm vom Glast umhüllt, die Mauern sind eingerüstet. Über einen Eselspfad kann man hinaufreiten, besonders für ein Kind sollte das ein schönes Erlebnis sein, vorausgesetzt, das Kind ist nicht so störrisch wie der Esel. Oben gibt es die Luther-Stube mit dem Tintenfleck und die Elisabeth-Kemenate. Für das große Jubiläum im nächsten Jahr wird das alles wiederhergerichtet. Als Elisabeth einmal in ihrem Mantel Brot zu den Armen schmuggeln wollte, wurde sie von ihrer Schwiegermutter zur Rede gestellt. Was denn unter dem Mantel verborgen sei, fragte die Schwiegermutter. Rosen, log Elisabeth, und Rosen kamen zum Vorschein.

Am Fuß der Burg, bei Eisenach, nimmt Keinschönerland seinen Anfang und erstreckt sich bis Leipzig. Es reicht von dort, wo der Johann Sebastian Bach geboren wurde, bis dahin, wo er gestorben ist. Es ist ein Land aus Versen und Musik, es gibt kein schöneres in dieser Zeit. So sagte es der Mann zu ihr, der die deutsche Kultur und sie liebte, Ersteres mehr. Weil sie sich so gar nicht auskannte mit der deutschen Kultur, erklärte er es ihr mit rollendem R: Die gesamte Strecke zwischen den Bachstädten mit den Stationen Gotta, Erfurt, Weimar, Jenna und Naumburg, das sei eben die Perlenschnur der deutschen Kultur. In diesem Lösstal vom Fuß des Thüringer Waldes bis zur Leipziger Tieflandsbucht sei alles aufgereiht, was das Land an Bedeutendem, an Gutem hervorgebracht habe: die Druckkunst und die Klassik und die Philosophie, der Protestantismus, die Musik und die Baukunst, die Optik, die Buchgestaltung. Alles, was das Herz und der Verstand begehren. Es gebe Fachwerkhäuser und steinerne Hohlwege in den Städtchen, Burgen, stolz und kühn am Saalestrand, Wein und Schaumwein an der Unstrutt, Talsperren und Dampfer und Faltboote auf den blauen Bändern der Flüsse, es gebe Kirchen und Dome und Stifte, nie zu vergessen die schöne Utta in Naumburg. Leider, so sagte der Mann, stecke zwischen all dem auch Buchenwald fest, das Konzentrationslager. Leider.

Wenn Schulklassen oder Kollektive einen Ausflug in diesen Landstrich machen, dann besuchen sie zuerst das Haus am Frauenplan mit den Pulten, Büsten und Tafeln von der Farbenlehre, das Gartenhaus auch, um dann hochzugehen auf den Ettersberg mit dem grauen Kies, dem Krematorium, dem Arbeit-macht-frei, den Baracken, den Lampen aus tätowierter Menschenhaut, den Bildern vom Zahngold, von den Haarhaufen und Schuhbergen, den Schrumpfköpfen, der Geschichte vom versteckten Kind. Über den großen Öfen ist zu lesen: »Ich liebe die Wärme und das Licht. Darum verbrennt mich und begrabt mich nicht!« Mahnend schlägt die Glocke im Turm, und das Feuer in den Schalen brennt für die antifaschistischen Widerstandskämpfer, die unsagbares Leid litten und deren Vermächtnis »Nie wieder Krieg, nie wieder Faschismus!« allen friedliebenden Menschen Verpflichtung sein muss, hier und anderswo. Und dann dämmert es, wird Abend und Nacht, und stumm geht es im Bus, im Zug zurück aus dem Schmerzland. Nur die Dummen und Stumpfen spielen Mau-Mau, und der Kopf des Verlierers wird geschrumpft. Davon berichtete ihr mal das Kind, stockend, und sie war auch schon dort mit ihren Kollegen von der Post.

Schrecklich, das alles, so wie der Krieg, der ihnen doch auch nichts ließ, weder die Heimat noch die Habseligkeiten. Aber das Leben, Polina. An allem war doch bloß der Krieg schuld, und Katja war immer gut gewesen zu den Juden, hat ihnen Brot zugesteckt, als sie selbst kaum was hatten: Laib und Leben. Und wie ich mich schäme.

Sie öffnet das Fenster, um frische Gedanken einzulassen. Doch die Vorhänge schlagen um sich, und das Hochgefühl verlässt das Abteil. Sie selbst war nie eine Schwiegertochter gewesen. Die Mütter ihrer Männer waren tot. Geheiratet hat sie nie vor Gott, aber aus Not. Doch warum heiratet Frank? Das eine Mal war doch genug und zu viel. Lächelnd im Reisregen, da, in Naumburg, weinend am Grab, dort, in der Stadt, in der sie bald sein wird.

Und was wird aus seiner Sache? Was aus Jakob, dem hier geborenen Kind? Wer ist überhaupt diese Berliner Eva? Was ist das für eine Frau, die ihrem Sohn in so kurzer Zeit den Kopf verdreht hat? Die, Herrgott noch mal, Brot in Rosen verwandeln kann? Die keine Schwarten liest, schon mal verheiratet war, eine Tochter hat und einen echten sibirischen Fuchs, die promeniert und promoviert und irgendwie komisch ist, Brust raus, Bauch rein, Nase hoch, wie man so hört? Warum heiratet die einen, der weg will? Will die auch weg? Oder muss die jemand anders sein?

Über der Tiefebene kreist die Sonne. Wie Medizinbälle ruhen die Kürbisse auf den Feldern. Licht und Laub und gemahlene Kastanien liegen auf den Straßen. Autos überholen den Zug und werden von Schranken gestoppt. Vor den Häusern brennt der Ahorn. Graue Frauen mit bunten Beuteln warten auf Vorortzüge, Frauen ihres Alters. Niemand holt sie ab um ein Uhr zwo.

Im Advent 1941 wurde Polina Sauer 27 Jahre alt. Sie hatte ihre Heimat, ihre Schwester und ihren Bräutigam verloren, also ließ sie sich eines verschneiten Tages heiraten. Es waren weder Eile noch Liebe geboten, sie glaubte nur, jemand anders werden zu müssen.

Weil der Führer ihr Heimatland an die Russen verscherbelt hatte, standen die Sauers aus Oloneschti von einem auf den anderen Tag mit leeren Händen da. Im September 1940 forderte man alle Deutschen auf, heim ins Reich zu kehren. Nur das Nötigste durfte mitgenommen werden: getragene Oberkleider, Schuhwerk, Wäsche, die sich im persönlichen Gebrauch befand. Jeder Haushalt konnte einen zweispännigen Wagen beladen. Tati waren 50 Kilogramm Gepäck gestattet, 25 allen anderen, die gesamte Familie wog 200 Kilogramm. Was Polina besaß, passte in zwei Koffer und einen Korb: die selbstgenähten Kleider, die Teile ihrer Aussteuer. Sie hoffte, dass ihr Bräutigam aus dem Krieg zurückkehren würde. Ihr Bräutigam hieß Emil, nur wohin sollte er zurückkehren.

Dann gab es noch ein Gepäck, das nichts und schwer wog: Lieder, Fähigkeiten, Ansichten und Worte. Die Lokomotive hieß Barwoss. Der Knoblauch hieß Bibanella. Die Beule hieß Dutze, der Gänseflügel Flederwisch. Der Bahnhof Wagsall, die Birnen Gruschki. Und die Hagebutten hießen Arschkratzel. Diese Worte durften mitgenommen werden.

Nicht mitgenommen werden durften: Geldmittel jeder Art. Gold und Platin in Barren, Staub und Bruch. Edelsteine, Silber, Kunstgegenstände, Waffen, Galanteriewaren, Brieftauben, Drucksachen, Lichtbilder. Was zurückblieb, wurde in Listen verzeichnet.

Zurück blieben: der Hof in Oloneschti mit Wohnhaus, Werkstatt, Kuhstall, Pferdestall, Schafstall und Backhaus. Weideland, Vieh, Ackerland und eine Viehtränke am Fluss. Einhundert Obstbäume, Speisen für ein Jahr, Kartoffeln, Most und Würste, möge all dies den neuen Bewohnern im Halse stecken bleiben, den Russen. Sonnenblumen, Akazien, Rosen.

Den Wein goss Tati in die Viehtröge, dann band er Kühe und Schafe los, ho und jissel, jissel. Katja ließ die Hunde von den Ketten und schnitt die Köpfe der Rosen ab. Zurück blieben die heulenden Hofhunde, besoffenes Vieh und Tante Rosa, die nicht in fremder Erde ruhen, sondern lieber in unserer guten Luft hängen wollte.

Beim Abschied sangen die Mädchen, sie auch: Nun ade, du mein Heimatland. Der Bräter (erlaubt) ging mit auf Reisen und das Fotoalbum (nicht erlaubt) auch. Voller Staub waren die Kruppen der Pferde. Jenseits des Pruth salutierten die Rumänen, damals waren die Grenzen fließend. Bereits in Galatz grüßte Deutschland seine heimkehrenden Brüder und Schwestern. Wo fängt es an, dieses Deutschland, und wo hört es auf? Sie schliefen in Hangars, ein seufzender Volkskörper, sie wuschen Wäsche auf Holztischen, aber Anni hatte schon das Fleckfieber. Sie übergaben den Wagen und die beiden Orlower (Emir und Sultan). Anni musste an Bord des Donaudampfers getragen werden. Der Fluss ging zu den Wolken, die Wolken gingen zum Abendlicht, das Abendlicht ging zur Nacht. Die Maschinen stampften, und man roch den Diesel, den man tags nicht roch. Anni sang im Fieber: Polina, liebe Polina mein, wann werden wir wieder zusammen sein? Am Mohon-tag? Ach wenn es doch endlich schon Montag wär' und ich bei meiner Polina wär', am Mo-hon-tag. Ein hagerer Mann mit Schlapphut und im Lodenmantel hörte ihr lächelnd zu, er nahm ihre Seele mit. Anni wurde in einem Dorf flussaufwärts verscharrt, zur Stirn ein Katzenkreuz. Hin geht die Zeit, her kommt der Tod, und wer viele Kinder hat, kann eines entbehren. Eine liebste Schwester fehlt für immer. Im Warthegau, so erklärte man ihnen, erwarte sie eine neue Heimat. Aber Katja und Tati fürchteten, dass ihnen anderer Leute Würste und Wein im Hals stecken bleiben würden, und zogen weiter, heim ins Reich, wo sie es dann nicht mehr so genau nahmen. Im Frühjahr 1941 erreichten sie eine Fremde, die bisher die schönste war.

Einen Koffer nach dem anderen stellt der illegale Taxifahrer aufs Trottoir vor dem halben Haus. Sie gibt ihm zehn Mark West und er ihr eine Telefonnummer. Sie habe Glück gehabt, dass er zufällig am Bahnhof gewesen sei. Wenn sie in den nächsten Tagen die Stadt besichtigen wolle, die Kirchen, die Museen, die Denkmäler, den Zoo, solle sie ihn anrufen. Er könne sie auch einen Tag lang fahren und ihr alles zeigen. Es gebe viel zu sehen, er kenne die Stadt aus dem Effeff, und das Wetter werde fabelhaft sein am Wochenende, zum Heldenzeugen. – Warum er dann am Floßplatz nicht zur Karl-Liebknecht abgebogen sei, fragt sie und ergänzt: »Ich bin selber dreißig Jahre für die Post gefahren, kreuz und quer durch die ganze Stadt.« – »Man hört gar nicht, dass Sie von hier sind«, sagt der Mann. Er schlägt den Kofferraum zu, was keiner im Haus bemerkt.

In der Einfahrt parkt ein Bus mit Berliner Kennzeichen. Er hat eine sonderbare Farbe, hochkant lehnen Bierbänke daran. Am offenen Garagentor kleben noch immer Fotos von Westautos und Westmiezen, im Inneren rumort es, und am Briefkasten stehen noch immer zwei Namen. Winter steht da und Friedrich.

In den Beeten des Vorgartens wuchert der Giersch. Der große und der kleine Rhododendron haben Rost, die Cannas sind noch nicht beschnitten, und die Rosen treiben es wild. Sie haben überzählige Augen und Stängel mit sieben Blättern, die nicht knospen werden.

Das bisschen Rasen zum Haus hin ist platt getreten. Im Fensterglas wiegt sich die Birke. Ob die Scheiben sauber sind, ist schwer zu sagen, ein Fensterladen steht ab. Der Fahnenhalter, der nie eine Fahne hielt, hält jetzt einen langen weißen Läufer mit Sonnenblumenemblem. Der Wind bewegt die Fahne, die Nachbarn heizen schon.

Auf der Brüstung neben der Haustreppe stehen Backbleche zum Abkühlen. Ein Mädchen mit einem Stapel weißer Tücher kommt die Treppe herunter und sieht sie nicht. Hinter dem Haus gehen Leute hin und her. Eine schlanke Frau mit langem Haar nimmt dem Mädchen die Tischwäsche ab. Ein großer Mann spannt eine Leine, an der Lampions schaukeln werden. Jasper schichtet Holz auf das Rondell und sieht sie auch nicht.

Das illegale Taxi legt vom Bordstein ab. Drüben auf der Wiese vor dem Berg wird ein großes Zelt errichtet. Ein Armeezelt wohl, dessen graue Stoffwände von ein paar Männern gespannt werden. Rechts daneben steht ein Anhänger in der Farbe des Busses, links daneben eine hohe Holzpyramide für ein weiteres Funken sprühendes Lagerfeuer. Der miesepetrige Bauer hat ihnen die Wiese und das Brennholz überlassen. Zwei Drachen kommen den hochgespannten Leitungen sehr nahe. Der Orgelflug der Vögel.

Ein Motorrad mit Beiwagen knattert aufs Trottoir. Das ist doch Jaspers Maschine, aber unter dem Helm kommt ein fremdes Lachen zum Vorschein. Es gehört einer blonden Frau im Overall, die »Juten Tach« sagt. Aus dem Beiwagen sortiert sie eine Sonnenblume nach der anderen in ihre Armbeuge und sucht hinter einer Wolke aus Gelb und Braun den Weg am Bus vorbei.

Das Haus ist viel schmaler als in ihrer Erinnerung und das Kind viel größer. Eigentlich ist ihr Enkelsohn gar kein Kind mehr. Mit großen Augen und zwei Stühlen an den Armen steht er plötzlich vor ihr auf der anderen Seite des Schmiedezauns. Er stellt die Stühle nicht ab und sagt kein Wort. Wie die Rosen ist auch er wild in die Höhe geschossen, hat lange Glieder ausgebildet, ist spack und blass und siebenblättrig. Ob der Anzug passen wird? Als sie seinen Namen sagt, stellt er die Stühle ab und geht ins Haus. Nun stehen da zwei Stühle. Für jede Familie gibt es eine Zeit, und dann gibt es diese Zeit nicht mehr.

Lässig erscheint ein Mann in der Tür, der die Treppenstufen lässig nimmt und lässig zum Zaun kommt, zwischen den Stühlen hindurch. Sein welliges Haar ist lang, sein Schnauzer struppig. Er trägt ein Fleischerhemd. Man muss ja nicht alles vom Vorgarten ableiten, aber auch Frank sieht verwildert aus. Lässig sagt er: »Wo kommst du denn her?«

»Ich habe dir doch telegrafiert«, sagt sie.

»Wann hast du mir telegrafiert.«

»Ich habe dir telegrafiert. Ankomme ein Uhr zwo.«

»Ja, egal«, sagt er. »Wir stecken noch mitten in den Vorbereitungen.«

»Das sehe ich.«

»Deine Brille ist blau.«

So wie deine Augen, könnte sie sagen, sagt aber vernünftigerweise: »Das schont die Augen.«

»Es geht erst am frühen Abend los, und wir dachten, du kommst morgen.«

»Eine Hand mehr kann nicht schaden.«

»Die Verrückten hier«, sagt er, den Kopf lachend zu der Sonnenblumenfrau drehend, die singend aus der Garage tritt, »die haben alles im Griff.«

Die Frau winkt Frank zu und geht ins Haus, als wäre es ihr Haus. Laut und liederlich singt sie: »Fangt mich im Frack ein, schnürt mich im Sack ein – doch bringt mich pünktlich zum Altar!«

»Ist sie das?«

»Gott bewahre«, sagt Frank und öffnet die Pforte. »Du kannst dich ein bisschen hinlegen.« Er nimmt zwei Koffer auf.

»Ich bin nicht müde«, sagt sie und hebt die anderen beiden an. Umarmt wird nur auf dem Bahnhof.

Das Haus riecht fremd. Im Flur stapeln sich Kisten mit Bier und Limonade, und in der Küche stehen zwei junge Frauen am Tisch, die sie nicht kennt. Sie haben bunte Tücher um den Kopf gebunden. Durchs Fenster sieht sie, dass auf dem hinteren Rasen eine lange Tafel eingedeckt wird. Sie glaubt Cora zu erkennen.

»Das ist meine Mutter«, sagt Frank.

»Oh, Frau Friedrich, wie schön«, sagt die eine Frau und gibt ihr die Hand. »Ich bin die Britt.«

»Das freut mich aber ganz besonders«, sagt die andere und gibt ihr ebenfalls die Hand. »Hatten Sie eine angenehme Reise?«

»Ja«, sagt sie.

»Hat man Sie nicht schikaniert an der Grenze?« Die junge Frau hat ein Puppengesicht und hält ein langes Messer in der Hand.

»Nein.« Die Küche ist eng. Am Boiler über der Spüle leuchtet der rote Punkt.

»Sie müssen erschöpft sein von der Tortur«, sagt die andere, die eine dunklere Stimme hat und ebenfalls mit einem langen Messer hantiert. Auf dem Tisch liegen geschälte Kartoffeln, auf der Anrichte liegt ein Käserad, unter dem Fenster stehen die Türen des Berliner Kühlschranks offen, der Muff von alten Zwiebeln und austreibenden Kartoffeln mengt sich unter den Back- und Bratenduft.

»Ich bin nicht müde«, sagt sie. »Was kocht ihr da?«

»Gratin, Frau Friedrich«, sagt Britt und zeigt auf Back- und Auflaufformen, die mit Milch oder Sahne gefüllt sind, und darin schwimmen wohl Kartoffelscheiben.

»Und damit wollt ihr die Leute satt kriegen? Warum macht ihr nicht Kartoffelsalat?«

»Es ist ja nur eine Beilage«, sagt Britt.

»Hättest du doch was gesagt. Ich hätte Südfrüchte oder Lachs mitbringen können«, sagt sie zu ihrem Sohn.

»Es ist doch alles da«, sagt die dunklere Frau und wischt sich die Hände an ihrer Schürze ab, die, genau besehen, gar nicht ihre Schürze ist. »Wir haben sogar eine Mitternachtssuppe vorbereitet.«

»Wie war noch gleich Ihr Name?«, fragt sie die Frau.

»Sie können Philippa zu mir sagen.«

»Sie sind also nicht diejenige, welche – na, die Braut eben?«

»Nein«, freut sich Philippa, »ich bin eine Freundin.«

»Ich bin auch eine Freundin von der Eva«, sagt die Puppengesichtige, »und von dem Frank ja inzwischen auch. Wir helfen ein bisschen, damit es ein rauschendes Fest wird. Die Eva hat sich das so sehr gewünscht, nachdem es beim ersten Mal so fürchterlich danebengegangen ist. Wir freuen uns so für sie. Und für den Frank natürlich auch.«

»Ja«, sagt Frank, »ohne euch wären wir aufgeschmissen.«

Nebenan lacht jemand.

»Wo schlafe ich eigentlich?«, fragt sie ihren Sohn. »So wie früher in der Stube?«

In der Stube aber herrscht ein großes Durcheinander. Vor dem Ofen steht eine Kleiderstange auf Rädern, die voll weißer Hemden und bunter Kleider hängt. Stoffe und Tüll liegen auf dem Schlafsofa, ein Metermaß kringelt sich auf dem Teppich, der voller Flecken ist, auf dem Couchtisch hockt ein Nadeligel, und zwei Nähkästchenziehharmonikas könnten wohl für die Fingerhüte und Garnsterne ein Seemannslied spielen. Die Gardinen sind gerafft, nun sieht man den Fliegenschiss auf dem Glas. Zwei Nähmaschinen hat man ans Fenster gerückt, ihre alte Singer und eine neue elektrische. An der einen sitzt die Sonnenblumenfrau, an der anderen ein dünner Mann mit Ohrring. Lachend schieben sie Wellen türkisfarbenen Stoffs über den Nähfuß.

»Wir haben tüchtig abjenäht, du dürres Huhn«, ruft die Frau über ihre Schulter. »Kannste gleich noch mal probieren.«

»Ich habe für diesen Tag gehungert und Sport getrieben«, ertönt es hinter dem Kleiderständer, »und ich finde, es steht mir ausgezeichnet.«

Eine Frau mit schönen Brüsten tritt hinter dem Sichtschutz hervor. Sie trägt Pumps und einen spitzenbesetzten Slip. Sonst nichts. Als sie Frank und ihre zukünftige Schwiegermutter sieht, bedeckt sie ihre Brüste ohne Eile. »Es steht mir doch?«, fragt sie Frank und zieht den Bauch ein. Sie tritt auf ihre Schwiegermutter zu, den linken Unterarm vor den Brüsten, und reicht ihr die freie Hand. »Sie müssen seine Mutter sein«, sagt sie lächelnd. »Nun lernen wir uns auch mal kennen.«

Daher also weht der Wind, denkt sie, die Mutter. Ich war ja auch mal jung, aber nicht so.

»Jetzt sagt ihr mal, ob es zu weit ist«, sagt die Sonnenblumenfrau, die nun eine Brille wie Frau Doktor Pille aufhat, und hält der Schwiegertochter das türkisfarbene Kleid hin. Diese schlüpft ganz ungeniert hinein. Frank scheint es nicht zu stören, dass der Mann mit dem Ohrring alles sieht. Wie das Halskettchen fortfliegt und wieder im Dekolleté landet. Die Schwiegertochter räkelt sich in das bodenlange Kleid und dreht sich um die eigene Achse.

»Sehr schön«, sagt Frank. »Genau richtig.«

Müsste es nicht weiß sein, denkt sie, die Mutter, obwohl es das zweite Mal ist.

»Die Puffärmel puffen sehr schön«, sagt der Mann mit dem Ohrring, »und der Ausschnitt ist ganz Marilyn.«

»Passt«, sagt die Blonde und streicht über den Stoff.

»Und ich möchte die Haare wie Pamela Ewing, mit Wellen hier und hier«, sagt die Schwiegertochter.

»Wir viere machen die Haare hoch«, sagt die Blonde. »Regel Nummer eins: Die Brautjungfern dürfen der Braut keine Konkurrenz machen, nicht beim Kleid, nicht beim Schmuck, nicht bei Schminke und Haaren.«

»Frank«, sagt der Mann mit Ohrring, »du könntest dein Dress auch gleich vorführen.«

»Wollen Sie es sehen?«, fragt die Brautjungfer, die eben noch die Schwiegertochter war. »Ein weißer Smoking mit Satinrevers. Todschick.«

»Bei uns trägt der Bräutigam Weiß«, erklärt die Blonde.

»Ich werd es ja morgen vorgeführt bekommen«, sagt sie, die Mutter, und denkt an den schwarzen Anzug in ihrem Koffer. Dann geht sie und lässt alle stehen, den Sohn, die Schneider, die Jungfer, die Kartoffelköchinnen in der Küche, all die Verrückten. Sie biegt um den Türstock mit den Wachstumsstrichen, nimmt zwei ihrer Koffer und steigt die Treppe hoch.

Paul hat das Haus gekauft, als Siegmar vier war. Kohlenkeller, Waschküche, Badeofen, Kochmaschine, Birnbaum, Garage, Schuppen, Schlitten, Entsafter, Weckgläser, Teppichstange, Werkbank, Hollywoodschaukel. Ein gemütliches Heim. Sie läuft in ein Spinnennetz, das sich auf ihre Stirn legt.

In Jakobs Zimmer stellt sie die Koffer ab und zupft die Spinnweben von der Stirn. Auf dem Bett döst die Katze und hebt kurz den Kopf. Davor liegt eine Luftmatratze mit Schlafsack. Eine richtige Schlafstatt ist ja wohl nicht zu viel verlangt.

Sie geht zum Ohrensessel, den sie in die Gaube dreht. Nachdem sie sich gesetzt hat, streift sie die Schuhe ab. Rechts auf dem Bücherregal liegt das Familienalbum, in schwarzes Kaliko eingebunden. Eine zerfranste rot-gelbe Kordel hängt heraus. Sie muss das Album gar nicht aufschlagen, um die Hochzeitsbilder zu sehen.

Katja und Waldemar. Sie im langen weißen Kleid mit Blumengürtel und ohne Schleier, er im schwarzen Anzug, die Wangen und die Ohren glühen, man kann es erkennen, auch wenn das Foto nicht in Farbe ist. Auf der Rückseite der rote Stempel eines russischen Fotografen, fünf Jahre, bevor ihre Heimat rumänisch wurde. Ihr eigenes Hochzeitsbild, Horst in Uniform, runde Schultern, wässrige Augen, das Gesicht eine Schupfnudel, sie blass und hochmütig, Haare gewellt unter dem nachträglich genähten Schleier, von Liesl frisiert. Ihre Haare waren erdbeerfarben, auch ihr Mund, sie weiß es noch. Semljanika. Auf der Rückseite des gezackten Bildes der schwarze Stempel eines reichsdeutschen Fotografen, vier Jahre bevor es kein Deutsches Reich mehr gab. Dann Siegmar und Inge, er mit breitem buntem Schlips und schwarzer Mähne, sie x-beinig im geblümten Minikleid, pausbäckig und stülpnasig, die Gute. Auf der Rückseite des Farbfotos der blaue Stempel eines hiesigen Fotografen, tja. Schließlich Frank und Friederike. Sie stehen im Portal des Naumburger Rathauses, vor sich ein breitgespanntes Band. Frank kramt in der Anzugtasche nach Hellern und

Pfennigen, um sich und seine schöne schwangere Frau auszulösen. Friederike trägt die Haare wie Juliette Gréco. Sie hat eine Himmelfahrtsnase, dünne ebenholzfarbene Brauen, und aus dem Augenwinkel biegt der Lidstrich. Ein anhaltinischer Fotograf hat seinen grünen Stempel auf die Rückseite des Schwarzweißfotos gesetzt, auf den Tag genau drei Jahre bevor es Friederike nicht mehr gab.

Familienfotos von Ost nach West. Und dann gibt es noch die Fehlseiten, auf denen nur Leimspuren, zerfetzter Karton und leere Klebeecken zu finden sind.

Die Katze springt vom Bett und beschnuppert die Koffer. Sie kommt und streicht um ihre Beine, probiert ein Schnurren. Dann versucht sie ihren Schwanz zu fangen. Das Ende ihres Schwanzes ist der Anfang einer Geschichte.

Als es klopft, schiebt sie den Sessel herum, zieht ihre Schuhe an und nimmt wieder darin Platz.

Frank steckt den Kopf durch die Tür: »Hier ist jemand, der dich begrüßen möchte.«

Man sagt, der erste Eindruck entscheide alles. Ihr erster Eindruck ist ein großer Schreck: So war ich auch mal, denkt sie.

»Guten Tag, ich bin Eva«, sagt die Frau mit den erdbeerfarbenen Haaren und tritt auf sie zu.

»Das ist meine Mutter«, sagt Frank, ja wer denn sonst, und schiebt die beiden anderen Koffer neben den Ofen.

»Wir dachten, Sie kommen erst morgen«, sagt Eva und lächelt sie ruhig an. »Wir wollten Sie vom Bahnhof abholen.«

»Ich habe telegrafiert«, sagt sie und bleibt sitzen.

»Das tut uns sehr leid. Aber nun sind Sie da.«

»Ja«, sagt sie.

»Was hast du nur alles mitgebracht?«, sagt Frank und zeigt auf ihre Koffer.

»Naschereien für die Kinder, ein paar Kleinigkeiten für Edelgard und Inge, die Pumpe für Siegmar«, sagt sie. »Ihr bekommt Geld. Zwei Tage feiern mit all den Leuten, das kostet doch.«

»Es ist Geschenk genug, dass Sie da sind«, sagt Eva ohne Unterton. Alles sitzt bei ihr, das blaue Kleid, die Worte. Es wird ein schwerer Kampf werden.

»Wann kommen Siegmar und Rudolf?«, fragt sie ihren Sohn.

»Die kommen morgen zum Standesamt.«

»Habt ihr sie zu heute nicht eingeladen?«

»Sie wollten erst morgen kommen.«

»Wer kommt denn heute sonst noch?«

»Unsere Freunde«, sagt Eva.

»Die Berliner schlafen im Zelt auf der Wiese«, erklärt Frank, »und dann machen wir im Wohnzimmer ein Matratzenlager für alle, die es nicht mehr nach Hause schaffen, du kennst ja Mo und Jasper. Auch Eva schläft im Zelt«, sagt er ein bisschen zag. »Es ist ja noch nicht unsere Hochzeitsnacht.«

Schwärmerische Frauen: doppelt gefährlich.

»Beim Bauern haben wir auch zwei Zimmer reserviert«, sagt Eva. »Wenn es Ihnen recht ist, würden wir Sie gern dort einquartieren.«

»Schlafen dort auch Ihre Eltern?«

Zögernd sagt Frank: »Eva hat keinen Kontakt mehr zu ihren Eltern.«

»Wer kommt denn sonst noch von Ihrer Seite?«

»Nur meine Tochter. Leonore schläft hier bei Jakob.«

»Und wer schläft in dem anderen Zimmer beim Bauern?«

Eva wendet sich Frank zu. »Hast du es deiner Mutter denn noch nicht gesagt?«

»Es war ja keine Zeit«, erwidert Frank und sieht zur Katze, die einen halbtoten Marienkäfer belauert. Über das Fenster, in dem die Sonne steht, wandern Dutzende Käfer, und das Fensterbrett ist ein Massengrab. In der alten Heimat hießen die Marienkäfer Heilandsvögel.

»Frank hat seinen Onkel eingeladen«, sagt Eva.

Es spricht der eine für den anderen, denkt sie und betrachtet nun auch die Katze. Dann spürt sie Flügelschläge in ihrem Kopf. »Arthur ist tot«, sagt sie rau. »Längst tot. Er ist gefallen.«

»Väterlicherseits«, sagt Eva.

»Ich habe Viktor eingeladen«, erklärt Frank. »Vaters Bruder.«

»Wohin hast du Viktor eingeladen«, sagt sie. Sie kann sich nicht erinnern, dass Frank je das Wort »Vater« gebraucht hätte, außer für sich selbst.

»Wir haben ihn ausfindig gemacht«, sagt Eva. »Eine Freundin, die reisen darf, hat ihn im Telefonbuch von Lindau gefunden, und dann hat Frank ihn angerufen.«

»Lindau am Bodensee«, sagt Frank.

»Frank findet es schade, dass er seinen Onkel überhaupt nicht kennt«, sagt Eva, »und der ihn nicht. Wenn schon sein Vater nicht mehr lebt, dann sollte er wenigstens eine Verbindung zu dessen Bruder haben nach all den Jahren des Schweigens.«

»Warum?«, fragt sie Frank, aber wieder antwortet Eva:

»Das würde ihm den Vater zwar nicht ersetzen, aber er hätte immerhin eine Vorstellung von seinem Vater.«

»Sie waren ja Zwillingsbrüder«, sagt Frank, als ob sie das nicht wüsste.

»Er lebt also noch«, sagt sie.

»Er ist fünfundsiebzig und will die ganze Strecke mit dem Auto fahren«, sagt Frank. »Er war zuerst sehr erstaunt, und dann hat er sich gefreut, glaube ich. Es ist komisch«, sagt er, »die vielen Jahre über habe ich nicht daran gedacht, Kontakt zu ihm aufzunehmen, und du auch nicht. Erst die Gespräche mit Eva haben mich darauf gebracht. Eva hat keinen Draht mehr zu ihren Eltern, das Tuch ist zerschnitten, aber sie kennt sie wenigstens.« Er sieht über ihren Kopf hinweg. »Jetzt ist es für mich an der Zeit, die Lücken zu schließen und ein Stück Familie zurückzugewinnen.«

»Und ein Stück von dir«, sagt Eva, die keinen Draht mehr zu ihren Eltern hat.

»Auch ihr könntet euch drüben mal treffen«, sagt Frank, »in Itz oder Lindau. Ihr müsst euch doch nahegestanden haben.«

Weshalb, du dummer Bengel, stehe ich wohl nicht im Telefonbuch, will sie beinahe sagen.

»Ihr habt ein paar Jahre lang in derselben Stadt gewohnt«, sagt Frank. »Vater und er haben zusammen ein Geschäft betrieben.«

»Er war ein schlechter Hutmacher.«

»Im Westen hat er Immobilien verwaltet. Er hat ein Vermögen gemacht.«

»Er war ein schlechter Hutmacher und ein schlechter Mensch.«

»Wieso sagst du das. Er hat uns Pakete geschickt nach dem Krieg.«

»Ich will hier schlafen«, sagt sie. Ihr Kopf ist ein Grab toter Käfer. »Ich bin jetzt sehr müde«, sagt sie zu Eva. »Bitte seien Sie so lieb.«

»Ich fände es richtig, wenn wir du sagen würden«, sagt Eva, die Jüngere, die Siegreiche.

»Heidelberg des Ostens« wurde das Städtchen genannt, das seit sieben Jahrhunderten treue Wacht im Südosten der Kurmark hielt. Über Frankfurt kamen die Hauptstädter mit dem Blütenzug, um die Farbenpracht zu bestaunen, Kerschen, Bern' und Reneklaun. Ein Fluss, einen Steinwurf breit, teilte die Altstadt von der Neustadt, eine Brücke mit rauschendem Wehr verband sie wieder. Flussab lagen Sandbänke, auf denen sich die Schwäne und später im Jahr die Badenden ausruhen konnten. Ins Wasser ragte das Stadttheater, gegenüber rauchten die Schlote der Tuchfabrik Lehmann & Richter. Am Ufer und in der Stadt befanden sich weitere Fabriken. Weltbekannt durch ihre Güte waren die hiesigen Tücher und Hüte. Tati kannte sich mit Tüchern aus, und seine älteste Tochter, die gelernte Modistin, hatte Geschmack und geschickte Hände. Schnell fand sie Anstellung in einer exquisiten Hutmanufaktur, deren Verkaufsraum auf den Marktplatz blickte. Den Markt umschlossen eine gotische Kirche, ein Renaissance-Rathaus und barocke Bürgerhäuser. Vom Ersten Weltkrieg waren die Gebäude des Städtchens verschont geblieben, aber nicht seine Familien, wie die Kriegerdenkmäler bezeugten.

In solch einem schmucken Städtchen kann man fürs Erste vergessen. Man kann nach Feierabend hinauf zum Engelmannsberg oder nach Schönhöhe spazieren und bei einem Glas Poetko's Apfelsaft oder einem Obstwein rasten. Man kann die Himmelsleiter mit ihren insgesamt 138 Stufen hinaufsteigen, Stufe für Stufe kann man zählen, wenn man mit einem Verehrer hinaufgeht, und weil der nicht aufhören will mit dem Gehen, kann man beim Abstieg nachzählen. Der Verehrer weiß wohl, dass es einen Bräutigam gibt, doch wenn man ihm partout keinen Kuss schenken will, dann ist man auf einmal eine dahergelaufene Balkanesin, eine weiße Araberin, eine Zigeunerin, eine Russin gar, obwohl man doch eine Deutsche ist. Und plötzlich ist man wieder fremd und allein, und das schmucke Städtchen ist nicht mehr schmuck.

Auf dem Weg zur Arbeit stellt man fest, dass der Fluss gar nicht so ruhig fließt und dass die Schlote tüchtig qualmen. Seit neuestem werden in den Fabriken Militärtuche und Uniformmützen gefertigt, und auch der Sportflugplatz wird von lauten, schweren Maschinen genutzt. Am linken Flussufer produziert Borsig Maschinengewehre und Flugzeugkanonen. Weil die Männer immer knapper werden, müssen Martha und Betty Gewehrläufe drehen. Bei Mückeberg hat man Kasernen aus dem Boden gestampft, die ein ganzes Infanterieregiment beherbergen. Das Städtchen ist voller Soldaten, noch grüßen sie galant.

In der Reklame heißt es, dass sich die Frauen an der Heimatfront für ihre heldenhaft kämpfenden Männer schön halten sollen. Mit Scherk Gesichtswasser, Kaloderma und Birkenhaarwasser von Dralle sollen sie sich pflegen. Kaufen kann man die Produkte nicht, es gibt sie nur in der Reklame.

Hüte kann man kaufen, zu Dutzenden liegen sie in den Regalen der Firma Friedrich & Söhne, aber zu oft schweigt das Messingglöckchen über der Tür. Es sind schwere Zeiten, der Hut als Zeichen der Intelligenz gilt gerade nicht viel. Das sagt Viktor Friedrich, einer der beiden jungen Chefs. Den anderen sieht man kaum.

Schon einmal waren die Zeiten schlecht gewesen für die Firma Friedrich. Nach dem Krieg hatte sich der Senior selbständig gemacht. Bei Lehmann hatte er den Fez gefertigt, jenen roten krempenlosen Hochhut mit Quaste, wie er überall im Orient getragen wurde. Lehmann belieferte das gesamte Morgenland, die Marokkaner, die Perser und vor allem die Türken. Das, so dachte der Hutmachermeister August Friedrich, könne er selbst besorgen und eröffnete seine eigene Manufaktur. Im Sommer 1925 jedoch erließ Atatürk, der den Panamahut bevorzugte, das Hutgesetz. Über Nacht war der Fez verboten und die Firma Friedrich um ein Hasenhaar bankrott. Ein Jahr später kam das Hochwasser, zwei Jahre darauf das Notgeld. Vor Sorge und Gram starb der Gründer und seine Frau gleich mit. Die Zwillinge, beide Meister ihres Fachs, übernahmen die Firma, aber nur einer arbeitete.

Der andere randalierte. Mit seinen Kumpanen beschmierte er die Schaufenster der jüdischen Händler, Deutschland erwache, Juda verrecke, nieder mit der Reaktion! Und im November 38 half er gründlich mit, die kleine Synagoge am Kastaniengraben zu zerstören. Danach fuhren sie hinaus zum jüdischen Friedhof. Wäre ihnen eine Hebräerin oder eine Judenhure in die Hände gefallen, so hätten sie auch geschändet. Ansonsten verbrachte Horst Friedrich seine Freizeit auf dem Sportflugplatz oder in der Luft.

Seinem Bruder Viktor war es zu verdanken, dass die Firma wieder lief. Er entwickelte ein neues Sortiment hochwertiger Herrenhüte, das Jahr um Jahr mehr Käufer fand. Bis die Nazis den Hut in Verruf brachten. Viktor Friedrich hasste alles Grobe und Hässliche, er verachtete das völkische Getöse. Die einzige Schlacht, die er focht, war die mit dem Filz: Wasser, Druck und Dampf – Hütemachen ist Kampf. Aus einem gewalkten Lappen einen steifen Hut mit Beulen, Kanten, Krempe zu fertigen, also aus einem Nichts ein Etwas zu schaffen, nur mit Wasser und ohne Klebstoff – das war eine hohe Kunst. Mochten die großen Fabriken mehr und mehr in Wollhüten und -mützen machen, Wilke, Steinke, Brecht & Fugmann und allen voran die BGH AG, er verwendete nur Filze aus feinstem Hasen- oder Kaninhaar.

Aus der Appretur kam der Filz in die Wringmaschine, von da in die Dampfglocke. In der Anformmaschine wurde der Stumpenrand gezerrt und gezogen, es folgte das Einschneiden der Krempe. Das Bügeln, Trocknen, Bügeln, Bürsten, Futtern besorgten abwechselnd der Chef und seine Arbeiterinnen. Polina und Liesl nähten das Schweiß- und das Hutband ein. Nach drei Tagen war der Hut geschaffen, und siehe da, er war gut. Im Regal wartete er auf einen Kopf.

Wenn das Türglöckchen doch einmal läutete, eilten Polina und Liesl gemeinsam in den Verkaufsraum. Sie lachten den Postboten oder den Lieferanten an und fragten, ob denn ein stolzer Kopf nicht einen ebensolchen Hut verdiene. Außerdem regne es in Strömen, es sei die Zeit der Sommergewitter. So wie das Fell des Hasen jeden Regen überstehe, so überstehe auch ein Hut aus Hasenhaar jeden Wolkenbruch.

»Die haben schon gepoltert«, sagt das Schattenmädchen.

Vor diesem Mädchen liegt das Unglück. Es wird den falschen Menschen folgen, es wird verstoßen werden, es weiß noch nichts davon, wie auch, aber es ist schon jetzt geschieden und verwaist und auf ruppige Art einsam und lieb nur zu Tieren. All das steht auf ihrer dunklen Stirn.

»Du hast geschlafen, und die haben schon gepoltert«, wiederholt das Mädchen. »Ich soll dir Bescheid geben.«

»Warum kommt Jakob nicht. Er hat mich noch nicht einmal richtig begrüßt.«

»Er sitzt im Birnbaum und spricht mit niemandem.«

»Warum spricht er nicht.« Sie richtet sich auf. Vom Gaubenfenster gleitet der Tag ab. Sie ist weich wie ein Kind.

»Weiß nicht, so eine Art Gelöbnis. Wenn man was von ihm will, muss man es aufschreiben, und er schreibt zurück. Je später und dunkler, desto schwieriger.«

»Seit wann redet er nicht?« Ein Keil Flurlichts liegt auf dem Boden, die Koffer kauern im Schatten, niemandes Anzug, niemandes Seife, aus Knochen geseiht.

»Seit einer Woche. Seit er von der Schule geflogen ist.«

»Er ist von der Schule geflogen? Warum ist er denn von der Schule geflogen?«

»Na, er ist doch delegiert worden. Auf die KJS. Friede, Freude, Eierkuchen. Da war er zwei Wochen, und dann haben sie ihn rausgeschmissen, große Krise.«

»War er nicht gut genug?«

»Ziemlich. Aber Frank sagt, es hat nichts mit ihm zu tun oder wie gut er ist. Es ist Sippenhaft, sagt Frank. Sie haben es eigentlich auf ihn abgesehen und lassen es an Jakob aus.«

»Warum haben sie ihn dann überhaupt aufgenommen?«

»Warum, warum«, sagt das Mädchen. »Du solltest dich beeilen, wenn du noch was abkriegen willst.«

Das Mädchen tritt aus dem Zwielicht über die Schwelle in den beleuchteten Flur. Sie ist groß, schlank, wird gerade zur Frau. Sie trägt jetzt keine Weißwäsche, sondern nur ihr zukünftiges Unglück und ein Palästinensertuch. Zweimal im Leben treten wir aus einem Raum in einen anderen. Der letzte hat keine Fenster, nur Spiegel.

»Du bist Leonore«, ruft sie dem Mädchen hinterher und denkt: Du bist Anni.

»Es gibt sogar Kaviar, wenn dich das nicht anekelt, Oma Polina«, ruft das Mädchen von der Treppe zurück.

Es gibt sogar Kaviar, denkt sie. Mo und seine Beziehungen. Von draußen hört sie Gelächter. Nichts bleibt, selbst der Tod ist nicht ewig. Sie hat Menschen verloren, aber nie die Fassung. Soll er sich doch hertrauen, die ganze lange Strecke vom Bodensee. Ich werde jetzt hinuntergehen und mich zwischen die Verrückten setzen. Ich werde nach dem Jungen sehen und ihn zum Sprechen bringen, wie ich ihn zum Lesen gebracht habe. Ich werde nach sechsund-, siebenunddreißig Jahren wieder Kaviar essen.

Draußen gibt es ein großes Hallo, und endlich drückt sie jemand. Cora zieht sie an ihren üppigen Busen, Jasper umarmt sie, und Mo hebt sie kurz in die Höhe.

»Moritz, ich bin doch kein junges Mädel mehr.«

»Heute schon.«

Auf der Festtafel stehen Kerzen in Papiertüten und Sonnenblumen in hohen Vasen, darüber schimmern Lampions. Vor den dunklen Büschen, worin zwei Katzenkreuze stehen (Morle und Felix), endet die Tafel. Da sitzen Eva und Frank, hochgemut und in der Körpermitte gespalten: Pikkönig und Herzdame. Der Tag ist fast aufgebraucht, und aus dem Osten quellt Ruß. Köpfe werden gewendet, Schatten und Feuer teilen die Gesichter, Gelächter und Gespräche springen kreuz und quer über die Tafel, die Glutschrift der Raucher ist unlesbar.

Am Grill steht der schwere Wirt von der Johannaburg in langer Lederschürze, bewaffnet mit Zange und Gabel. Er wendet das Fleisch, dreht das Spanferkel am Spieß, ein Gießer vorm Hochofen oder ein Folterknecht.

Das Käserad ist gebrochen und liegt auf der Werkbank in der Garage. Dort ist das Büfett aufgebaut, Blut von Roter Beete und Krumen von Brot auf dem Tischtuch. Die Teller sind buntgemischt, die weißen mit Goldrand zwischen denen mit Zwiebelmuster. Besteck in Bierkrügen, Senf und Senfgurken und die geleerten Auflaufformen. Sie kratzt den letzten Rest Gratin heraus, es schmeckt ihr. Sie isst einen Löffel Kaviar und noch einen. Es ist wirklich alles da. Die salzige Brut der Störe.

Eine Frau macht sich an der großen Zinkbadewanne zu schaffen, in der Bier- und Wodkaflaschen schwimmen. Die Frau fischt darin, und der Ärmel ihres Samtpullovers wird nass. Sie flucht: »Schmitten, du bleedes Aas, du dumme Kuh, du dusslige Rohrdommel.« Dann merkt sie, dass sie nicht allein ist, und lacht. »Ich sollte aufhören mit dem Saufen«, sagt sie, »ich muss ja noch fahren.« – »Ja«, sagt sie, »trinken Sie nicht weiter, wenn Sie noch fahren müssen. Oder wir rufen Ihnen ein Taxi. Es gibt eine Telefonzelle ein paar Straßen entfernt.« – »Man kriegt kein Taxi in diesem Land«, sagt die Frau. – »Ich schon«, sagt sie. – »Man kriegt auch keinen Mann.« – »Sie sollten wirklich nicht mehr trinken. Und die Nerven behalten.« – »Da weißt du nämlich auch nicht weiter, du gute Fee«, sagt die Frau und torkelt über Kronkorken nach draußen, eine Flasche in der Hand.

Eine feine Mondsichel ist in das Kohlepapier geritzt. Wenn der Oktobermond in den Erdzeichen Steinbock, Jungfrau oder Stier steht, spricht man von Kältetagen. Das sind Tage, an denen einen friert, obwohl schönstes Wetter herrscht. Man muss sich und die Kinder warm kleiden. Ein dünnbekleideter Junge sitzt im Birnbaum und wirft die Früchte hinab. Er will weg sein, und gleichzeitig soll man bemerken, dass er weg ist. Im Halbrund brennen Fackeln, Schatten huschen vorbei.

»Jakob«, ruft sie in das Geäst. »Komm doch einmal herunter, Junge. Wir haben uns noch gar nicht richtig begrüßt.« – Der Junge schweigt und regt sich nicht. – »Ich habe dir auch ein Geschenk mitgebracht.« – Der Junge schweigt. – »Es ist ein richtig … cooles Geschenk. Wenn du herunterkommst, sage ich dir, was es ist.« – Der Junge schweigt. Er war schon immer anspruchsvoll bestechlich. – »Es ist ein ziemlich gutes Geschenk. Soll ich es etwa wieder mitnehmen?« – Der Junge schweigt. Stattdessen spricht das Mädchen, das neben sie getreten ist: »Ich hab doch gesagt, dass er die Klappe hält. Du musst ihm alles aufschreiben, und er liest es dann oben mit einer Taschenlampe.«

»Das ist doch völlig übertrieben«, sagt sie.

»Ja, aber es geht schon seit Tagen so.« Leonore reicht ihr einen linierten Ringblock und einen Filzstift. Im Licht einer Fackel schreibt sie auf ihrem Oberschenkel: »Mein lieber Jakob, wir haben uns so lange nicht gesehen, und nun sitzt du da oben, und ich bin hier unten. Dabei habe ich mich so auf dich gefreut. Ich habe dir ein kuhles Geschenk mitgebracht. Komm doch bitte herab und bringe mir eine Birne mit. Deine Oma.«

Leonore steckt sich den Stift in die Gesäßtasche, nimmt das Heft zwischen die Zähne und klettert wie ein Eichhörnchen zu dem Schatten. Ein Taschenlampenlicht scheint auf. Dann erlischt es, und Leonore steigt wieder herab. Sie gibt ihr eine Birne und den Block. Beide treten zur Fackel und lesen: »Guten Appetit.«

Ein Fauchen lässt sie aufzucken. Neben ihnen lodern Flammen auf, Funken sprühen, es knackt und stinkt nach Benzin. Jasper hat das

Lagerfeuer auf dem Rondell angesteckt, die Gäste klatschen. »Stockbrot für die Kinder«, ruft er, »lasst euch das nicht entgehen.« Der Junge sitzt jetzt über dem Feuer.

Während die anderen Kinder Hefeteig um ihre Stecken wickeln, bittet Jasper um die Aufmerksamkeit der Gäste. Sie und das Mädchen gehen zurück zur Festtafel.

»Die Frauen haben einen herben Verlust zu beklagen«, sagt Jasper. »Morgen geleiten wir den berühmtesten Junggesellen der Stadt zum Altar.« Allgemeines Ah und Oh. »Lange hat er sich mit Händen und Füßen gesträubt, doch dann kam eine, und sie haben einander erkannt, wie es so schön heißt.« Er macht eine Pause, und alle Welt sieht zu Eva hin, die entschuldigend die Schultern hebt.

»Für den Fall, dass du was übersehen hast«, sagt Jasper, »musst du jetzt gut aufpassen, Eva.«

»Da gibt es nichts zu übersehen«, ruft Frank, und die Heiterkeit kennt keine Grenzen.

»Wir«, sagt Jasper, »kennen Frank ja schon ein wenig länger, und es ist unsere Pflicht, der Braut reinen Wein einzuschenken. Damit sie hinterher nicht sagen kann, keiner hätte sie gewarnt.«

Eva tut unsicher, und Frank ruft, die Faust schüttelnd: »Nu pogodi!«

»Hier also«, sagt Jasper, »sehen wir Frank.«

Ein Kamel stolpert den schmalen Weg zwischen den Rosenbeeten auf das Feuer zu und bleibt davor stehen. Ein paar Frauen lachen schrill, die Brote der Kinder verkohlen.

»Ich bin Frank, das Kamel«, sagt das Kamel durch eine Öffnung im Filz. Es hat Ohren, einen Schwanz mit Quaste und zwei Höcker. Eine Frau kann nicht aufhören zu lachen.

»Hallo Frank.«

»Hallo Wärter«, sagt das Kamel.

»Woher weißt du eigentlich, dass du ein Kamel bist?«, fragt der Wärter das Kamel.

»Ich habe ein Fell.«

»Aber Kamele haben ein sandfarbenes Fell. Sandfarben wie die Wüste.

Deins ist irgendwie anders, schmutzig. Und du bist nicht in der Wüste. Du bist hier im Zoo. Schau nur, all die Menschen, die dich begaffen.«

Das Kamel schwenkt seinen Kopf zu den Gästen. Die lachende Frau muss die Tafel verlassen vor lauter Lachen. »Ich weiß, dass ich ein Kamel bin«, sagt das Kamel.

»Kamele haben zwei Höcker«, sagt der Wärter. »Du aber hast nur einen. Du bist ein Dromedar.«

»Wo soll ich denn bitte schön nur einen Höcker haben«, sagt das Kamel.

»Dort oben, auf deinem Rücken.«

»Du denkst also, ich bin ein Dromedar«, sagt das Kamel.

»Ja«, sagt der Wärter. »Alle denken das. Wir haben hier in unserem Zoo nur Dromedare, auf dem Schild vor deinem Gehege steht, dass du ein Dromedar bist, also bist du eins.«

»Auch wenn ich keine Augen hinten habe«, sagt das Kamel und wirft seinen Plüschkopf zurück, »so weiß ich wohl, dass ich nicht nur einen Höcker besitze. Ich besitze zwei.«

»Woher, du dummes Tier, willst du das wohl wissen?«

»Jemand hat es mir gesagt.«

»Wer hat es dir gesagt?«

»Ein anderes Kamel.«

»Es gibt hier gar keine anderen Kamele. Du kannst somit gar nicht wissen, wie ein Kamel aussieht.«

»Du hast dich verraten. Du hast *andere* gesagt. Also gibt es wenigstens mich.«

»Du bist spitzfindig, verdrehst mir das Wort im Mund.«

»Aber ich habe ein Tier mit zwei Höckern getroffen, und es hat mir versichert, dass ich von seiner Art bin. Ich bin also im Bilde.«

»Wo soll denn ein Kamel bei uns so plötzlich auftauchen? Du bist umgeben von Dromedaren und einem Wassergraben.«

»Es war, als der Zirkus hier gastierte. Hinter den Felsen, da gab es ein wunderbares Wesen mit zwei Höckern, und die waren geschmückt mit bunten Kappen und mit Fransen.«

»Das war eine Dompteurin oder eine Akrobatin auf zwei Beinen, du dummes Tier.«

»Es hatte vier Beine und zwei Höcker auf dem Rücken, ich kann doch zählen. Es hat gesagt, ich sei von seiner Art.«

»Weißt du, was ich allmählich glaube? Ich glaube, du tickst nicht ganz richtig hier oben. Ich mache mir ernsthaft Sorgen um dich, Dromedar.«

»Warum fragst du nicht die Zoobesucher?«, sagt das Kamel.

»Dazu gibt es überhaupt keinen Anlass«, sagt der Wärter. »Es ist wissenschaftlich bewiesen, dass du ein Dromedar bist.«

»Aber die Besucher haben Augen im Kopf. Es ist doch eine ganz einfache Frage, dazu braucht man doch keine Forschung zu betreiben.«

»Die Wissenschaftler unseres Zoos irren sich nie. Sie haben einen Weltruf.«

»Wissenschaft ist Irren.«

»Wissenschaft ist Erkennen.«

»Wissenschaft ist Staunen.«

»Wissenschaft ist Verändern.«

»Dann«, sagt das Kamel, »werde *ich* eben die Besucher fragen.«

»Wie hochmütig und selbstgerecht muss man sein, sich über die Wissenschaft zu stellen? Außerdem: In welcher Sprache willst du fragen? Es sind Menschen, und du bist ein Tier. Ein ziemlich dummes, nebenbei bemerkt.«

»Dann«, sagt das Kamel, »werde ich den Zoo verlassen und mich auf die Suche nach dem Zirkus machen.«

»Niemand«, sagt der Wärter, »verlässt den Zoo. Wo kämen wir denn da hin? Dann würden auch die Warzenschweine behaupten, sie seien Kamele, und wegwollen. Und dann sagen die Pinguine, sie hätten zwei Höcker, und wollen auch weg, und dann wollen die Flamingos auch zwei Höcker haben und weg, muss man sich mal vorstellen! Wir könnten den Laden dichtmachen, weil kein Mensch nur für Schafe Eintritt zahlt. Und überleg mal, wie es dir draußen ergehen würde: Du würdest kein Futter finden, hättest kein warmes Paarhuferhaus im Winter, und keiner würde deine Sprache sprechen.«

»Du bist auch ein Mensch, und wir unterhalten uns.«

»Zufällig spreche ich Dromedarisch.«

»Aber wir«, ruft ein empörtes kleines Mädchen, das von ihrem Brotstock überragt wird, »verstehen dich auch. Und außerdem ist das kein Kamel und auch kein Dromedar. Das sind zwei Menschen, ich kann ihre Füße sehen.«

Die Zoobesucher lachen, und der Wärter sagt: »Psst, Minchen, das soll doch keiner wissen.«

»Du veräppelst auch alle«, sagt Minchen ernst.

»Touché«, ruft ein eleganter Mann.

»Uff, wir sind aufgeflogen«, sagt Jasper. »Hier kommen wir nicht mehr raus.« Cora und Mo werfen das Kamelkostüm ab.

»Liebe Eva, wir hoffen, du hast dennoch etwas gelernt«, sagt Mo, und die drei verbeugen sich.

»Was denn«, ruft die betrunkene Frau aus der Garage über den Applaus hinweg. »Das Ende hat keinen Schluss.«

Frank erhebt sich und sein Glas. »Ja, das Ende hat keinen Schluss«, sagt er. »Aber das macht nichts, denn die Geschichte wird ja gut ausgehen. Eva hat mich längst durchschaut.« Er beugt sich zur Braut. »Ich bin das glücklichste Kamel der Welt.« Sie lacht, er richtet sich auf. »Das alles wäre nicht passiert, wenn Anita mich nicht animiert hätte – Anita, wo bist du?« Er schirmt seine Augen ab und prostet einer kessen kleinen Frau zu, die zurückprostet.

»Aber ich habe sie gezogen«, ruft die junge Frau neben ihr.

»Dann danke ich auch dir, Monika. Und ich danke den Berlinern, die sich hier so mächtig ins Zeug gelegt haben. Vor allem danke ich dem Minchen. Wenn es nicht klappt mit der Eva, dann nehme ich dich.« Er küsst das entrüstete Kind auf den Mund, es wird fortwährend gelacht.

Als sich Frank setzt, steht Eva auf. Sie sagt nur einen Satz: »Es war sehr kalt in meinem Haus, doch hier brennt ein Feuer.«

Frank, dieser blöde Bengel, steht wieder auf, und wieder küssen sie sich. Er gibt ihr einen Schmatz, wie Katja gesagt hätte. Dann wird getrunken. Auf uns. Auf die Liebe. Auf die Gesundheit. Auf die Kinder, besonders auf das Minchen. Auf die, die gegangen und gefahren sind. Auf die Freundschaft. Auf das Feuer, darauf, dass unsere Herzen immer stolz und tapfer brennen mögen. Auf den Mangel und die Katzen, auf die, die geblieben sind, auf die Bäuche der Männer, auf den Tanz und den Wein, Freunde, auf die Worte, die wahren und schönen, überhaupt: auf die Schönheit und das Rauchen und die Höcker der Kamele – und die der ... na, ihr wisst schon. Auf den Zimt von Ceylon oder Sri Lanka, auf die weißen und auch auf die schwarzen Katzen, auf die Körperertüchtigung, auf das Fahren in alten Autos durch grüne Alleen, so jung kommen wir nicht mehr zusammen, Freunde. Auf die Ideen, aber auch auf die Dinge, denn die sind genauso wichtig wie die Ideen. Auf die Natur und den Menschen und auf die Natur des Menschen. Auf die Arbeiterklasse und den lieben Gott, der das alles erschaffen hat und dann in Rente gegangen ist. Auf die Frau Welt und den Vogel federlos und sogar auf den Sozialismus. Auf den Wind, das himmlische Kind, auf Kleider, die Leute machen, auf das Jenseits, das Diesseits und die Hölle, die es ja gar nicht gibt. Auf die Preußen und die Sachsen und den Wohlklang ihrer Sprachen, und, Freunde, nicht zuletzt: auf die Musik.

Und jetzt wird gesungen. Den Anfang macht Mo mit seinem Seemannsbariton: »Auf der Reeperbahn nachts um halb eins, ob du'n Mädel hast oder ob keins.« Die Sonnenblumenfrau löst ihn ab mit einem Reutterschen Couplet: »Nehm' Se'n Alten!« Es werden Jacken und Decken geholt, denn der Mond hat tatsächlich Kälte gebracht. Der schwere Wirt von der Johannaburg singt zart und schön: »In der Straße, mein Schatz, wo du wohnst.« Jetzt fasst sich Cora ein Herz. Sie streicht ihr Haar zurück und singt nicht minder zart: «Yesterday.« Dann singt sie: »Brüderlein und Schwesterlein« von Johann Strauss. Alle sind ganz still geworden, und niemandem will ein passender Anschluss einfallen, bis sich die Brautjungfern und Eva im Halbkreis aufstellen. Rhythmisch beginnen sie zu klatschen. Eine summt, die anderen summen mit, und Eva sagt: »Oh happy day.« Sie sagt: »When Jesus washed.« – Die anderen antworten: »When he washed.« – Sie sagt: «When Jesus washed.« – Die anderen: »When he washed.« – Sie: »He washed my sins away.« – Die anderen: «Oh happy day.« – Sie: «Lord, it was a happy day.« Die Gäste jubeln und fordern eine Zugabe, die nach kurzer Beratung erfolgt: »Swing low, sweet chariot, comin' for to carry me home.«

Inzwischen hat Frank die Gitarre geholt und Jasper die Mundharmonika. Sie spielen zwei, drei Mississippisongs. Dann spielen sie zwei schnellere Bluesnummern. Die Sonnenblumenfrau hat sich auf Mos Schoß gesetzt. Als alle glauben, dass nun nichts Großartiges mehr kommen kann, rücken Franks Arbeitskolleginnen zusammen und pfeffern in die Nacht: »Dor Saggse liebt das Reisen sehr, un ihm liecht das in'n Gnochen, drum fährt er gerne hin un her in sein'n drei Urlaubswochn. Bis nunder nach Bulgarchen dud er de Welt beschnarchen.« Selbst die Preußen stimmen in den Refrain ein: »Sing, mei Saggse, sing! Es ist en eichen Ding un ooch ä düchtches Glück um d'n Zauber der Musik. Schon des gleenste Lied, des leecht sich off's Gemüt, un macht dich oochenblicklich zufriedn, ruhich und glicklich!«

Im Juni 1941 sagt Viktor Friedrich viel Regen voraus. Er sagt, der Untergang der Welt stehe bevor. Wie ein Dieb in der Nacht werde der Tag kommen, da die Himmel zergehen. Die Elemente würden schmelzen, und die Erde würde verbrennen.

Sein Bruder lacht nur. Es geht voran, sagt er. »Wir überrollen den liederlichen Russen. Petersburg und Moskau werden in Kürze dem Erdboden gleichgemacht, wir retten die Welt vor der bolschewistischen Bestie. Das Fräulein Polina kennt sich doch aus mit den Russen, hat doch tapfer unter ihnen gelebt. Sie kann doch aus erster Hand sagen, wie dankbar die Welt dem Führer sein darf.«

»Das Fräulein Polina«, sagt Viktor, »hat zu tun und ist übrigens mit einem Frontkämpfer verlobt. Wann meldest du dich?« – »Ich«, sagt Horst, »werde hier gebraucht.« – »Wofür?« – »Um mit dem Fräulein Polina ins Kino zu gehen.«

»Geh ruhig«, sagt Liesl. »Im Grunde ist er ein guter Kerl, und vor allem ist er gut gestellt.« Beides ist unwahr.

Im Kino läuft »Friedemann Bach« mit Camilla Horn und Gustaf Gründgens, dem Generalintendanten. Horst möchte aber »Kampfgeschwader Lützow« und wieder und wieder »Stukas« sehen. Er trägt jetzt auch ein Halstuch. Er will »Jud Süß« mit Kristina Söderbaum und Heinrich George sehen und »Reitet für Deutschland« mit Willy Birgel. Sie mag lieber »Hauptsache glücklich« mit Heinz Rühmann und Hertha Feiler, auch wenn dieser Film nicht staatspolitisch oder volkstümlich wertvoll oder jugendwert ist. Er erwärmt bloß das Herz und bringt allerdings Horst Friedrich auf Ideen. Sie wischt seine Hand von ihrem Knie.

Im Vorspann läuft die Deutsche Wochenschau, schmetternde Fanfaren und schnarrende Berichte von den Erfolgen an der Ostfront. Im Juli werden erste Luftangriffe auf Moskau geflogen. Auf 150 Kilometer können die Piloten der zweiten Angriffswelle das Flammenmeer sehen. Der Russe antwortet mit schwerer Fliegerabwehr, aber unsere Piloten behaupten sich in einem heldenhaften Kampf. Mit Unterstützung der Rumänen stößt die Heeresgruppe Süd zum Schwarzen Meer vor. Scheunen brennen, Panzer fahren durchs Korn, junge Frauen in Kopftüchern verbergen Kinder unter ihren Schürzen, Frauen ihres Alters. In zwei großen Kesselschlachten bei Uman und Kiew wird der Iwan aufgerieben. Nach der Einnahme Odessas im Oktober dringen unsere Truppen bis zur Krim vor.

Tati ist heiter. Er sagt, sie könnten bald zurückkehren. Er sagt, sie solle auf die Rückkehr ihres Bräutigams warten, der ihre Heimat für sie zurückerobere. Es gebe keinen Grund, dem Werben eines Stutzers und Weiberhelden nachzugeben, bald seien sie wieder wer, sagt er, keine Verjagten und Heimatlosen mehr. Er untersagt es seiner Frau, einen Nagel in die Wand zu schlagen.

Noch im Sommer ist das Lyzeum zum Lazarett geworden, wegen Einberufungen haben Geschäfte geschlossen, und im September ist der Davidstern aufgegangen. In den Ausflugsgaststätten sind Israel und Sara nicht erwünscht, auf den Bänken nicht, im Theater nicht, und Horst sagt zu Liesl: »Willst du ein deutsches Mädel sein, lass dich nicht mit Juden ein.« Liesl hat sich mit Viktor eingelassen. Sie erzählt, in der Berliner Hedwigskathedrale amtiere ein Kaplan mit Judenstern am Messgewand. Auch Pfarrer Schulz gehört zu den Juden.

Am 26. September endet die Kesselschlacht um Kiew mit dem bisher größten Erfolg der Wehrmacht. Der Gegner erleidet unvorstellbar blutige Verluste, über eine halbe Million Feinde kommen in deutsche Kriegsgefangenschaft, zwölfmal so viele Menschen, wie das Städtchen Einwohner hat. Weitere Erfolge bahnen sich an, die Operationen laufen planmäßig. Sondermeldung, Trommelwirbel, Fanfaren, Pause, Lieder der Nation, dann: neue Schlachtenerfolge. Am 10. Oktober meldet das Oberkommando der Wehrmacht auf einer Pressekonferenz, dass der Feldzug im Osten gewonnen sei.

Arthur kann diesen Irrsinn, diesen Blutrausch nicht mehr ertragen, aber Tati sagt: »Wenn ich deine Jahre und noch keinen Krieg erlebt hätte, hätte ich mich längst aufgemacht gen Osten, so wie der Stocker Emil, und hätte unser Land zurückgeholt.«

Arthur sagt: »Wir sind eingefallen in das friedliche Land der Bauern und Arbeiter, wir brandschatzen und morden.«

Tati atmet mit den Ohren und spricht mit dem Mund: »Was die Russen mit uns gemacht hätten, wenn wir geblieben wären, das weißt du wohl. Geschändet hätten sie unsere Frauen, unsere Höfe und unser Vieh hätten sie uns genommen, und wir hätten gehen müssen nach Sibirien oder Kasachstan. Es sind keine Menschen.«

Arthur sagt: »Es sind Menschen wie wir, aus Fleisch und Blut, und sie haben sich erhoben gegen ihre Unterdrücker. Siegen wird der Sowjetmensch.«

Tati schreit: »Rädä deitsch, du dummer Bängel!«

Katja sagt: »Ach ihr. Was ist es mit diesen Sowjetmenschen und was mit den Hitleristen. Abgesprochen haben sie sich, sodass wir mussten unsere Heimat verlassen.«

Tati sagt: »Noch zur Baumblüte werden wir zurück sein.«

Also lässt Polina Horst Friedrich wissen, dass sie nicht mehr mit ihm auszugehen wünscht. Bald komme ihr Bräutigam aus dem Krieg zurück, noch vor dem Winter, und im Frühjahr werde sie mit ihrer Familie heimkehren.

Fortan geht sie allein oder mit Liesl ins Kino. Im Osten kommt der Regen, die Herbstnässe, die Schlammzeit, und dann kommt der Schnee. Im Heeresbericht heißt es, man müsse nun im Wesentlichen Ruhe halten. Also scheinen die Angriffe auf Petersburg und Moskau erfolglos gewesen zu sein. Der Feldzug gegen die Russen ist noch nicht vorbei. Aus Afrika werden heftige Kämpfe gemeldet. Gar nichts ist vorbei. Am 11. Dezember erklärt Deutschland den USA den Krieg. Tati ist verstummt, Arthur nach Berlin gegangen, Martha und Betty drehen Gewehrläufe, Tante Rosa und Anni schlafen für immer, niemand kauft Hüte, und Katja bindet einen Kranz aus Tannengrün mit vier roten Kerzen. Mit Apfelpunsch feiern sie Polinas Geburtstag. In der Zeitung mehren sich die Todesanzeigen: Heldentod im Kaukasus, in tiefstem Schmerz. Unser jüngster, lieber Sohn, guter Bruder, treusorgender Gatte, einziger Sohn, getreu seinem Fahneneide fiel er für das Vaterland, im Felde, im blühenden Alter von 25, 28 Jahren, mein geliebter Bräutigam. In unsagbarem Schmerz.

Einen Tag nach ihrem Geburtstag erhält sie die Nachricht.

Und was bekam des Soldaten Weib aus der alten Hauptstadt Prag? Aus Prag bekam sie die Stöckelschuh. Und was bekam des Soldaten Weib aus der Lichterstadt Paris? Aus Paris bekam sie das seidene Kleid. Und was bekam des Soldaten Weib aus dem weiten Russenland? Aus Russland bekam sie den Witwenschleier.

Weiß zergehen die Himmel, die Welt erstickt im Schnee. Die Wasser sind gefroren, sie stürzt. Nur gut, dass sie kein Waisenkind geboren hat.

Am Freitag vor Heiligabend heiraten Viktor und Liesl. Sie geht nicht hin. Sie geht nirgendwohin. Doch Horst Friedrich wirft Schneebälle an ihr Fenster. Sie solle wenigstens mit zum Fest kommen, Viktor und Liesl hätten einen Saal am Zindelplatz gemietet. Es gebe Pellkartoffeln und Quark mit Leinöl, eine Delikatesse in diesen Zeiten der Kartoffelnot. Auch werde eine Kapelle musizieren. All das könne sie auf andere Gedanken bringen. Sie müsse ja nicht tanzen. Sie solle sich etwas Hübsches anziehen und ihre Papiere mitnehmen, es gebe seit neuestem Kontrollen.

Auf dem Weg durch die Stadt hakt er sich bei ihr unter. Vor dem Rathaus bleibt er stehen. Er habe noch etwas zu erledigen, sagt er. Es gehe ganz schnell. Er spricht zwei Passanten an, ein junges Paar. Ob die beiden ihre Papiere dabeihätten und sich je fünf Mark verdienen wollten?

Das Rathaus riecht nach Bohnerwachs. Unter seinem Mantel trägt Horst die SA-Uniform. Der Standesbeamte sagt seinen Namen: Horst August Traugott Friedrich, geboren am 13. April 1907 in Forst, zwiefach geschieden, Vater dreier Kinder. Ob sie, Polina Sauer, geboren am 13.12.1914 in Weißenburg oder Akkerman im damals zaristischen Russland, den hier anwesenden Horst Friedrich unter den Augen der beiden Trauzeugen ehelichen wolle? – »Sag ja«, flüstert Horst. Und weil Polina Sauer ihre Heimat, ihre Schwester und ihren Bräutigam verloren hat, weil der Krieg andauert, weil Schnee fällt und weil sie glaubt, jemand anders sein zu müssen, sagt sie: »Ja.«

Als sie das Rathaus verlassen, läuten die Glocken der Stadt- und Hauptkirche, die ein Jahr später wegen des großen Metallmangels abgenommen werden. Ihr einziges Hochzeitsgeschenk ist ein Buch, das ihr der Standesbeamte überreicht hat. Gesamtauflage sämtlicher Ausgaben bisher: 8 345 000 Exemplare, wie stolz auf der Impressumsseite vermerkt wird. Für das Foto näht sie sich nachträglich ein weißes Kleid, mit Schleier.

Ein Geräusch nimmt Gestalt an. Ein Scheppern wird zum Schellen wird zum Läuten. Sie setzt die Brille auf. Die Katze, die bei ihr geschlafen hat, springt vom Bett und streckt sich. Jakob und das Mädchen schlafen auf dem Boden. Er hat die Nacht durchquert, vom Bodensee bis hierher, und jetzt ist er da. Sie greift nach dem Glas mit den Zähnen.

Der Tag ist blass und kühl, es riecht nach Kohle. Die Haustreppe ist voller Scherben – Geschirr, Keramik, zertrümmerte Waschbecken –, und vor der Pforte steht ein Mann. Sie kennt den Mann. Er ruft: »Habe ich Sie geweckt, gnä' Frau?«

»Alle schlafen noch«, sagt sie erleichtert und tritt über die Scherben hinweg.

»Die jungen Leute haben entweder keinen grünen Daumen oder sind arbeitsscheu«, sagt der Gärtner und deutet auf den Vorgarten.

»Die jungen Leute haben andere Sorgen«, sagt sie.

»Keiner ist sorgenfrei«, sagt der Gärtner. »Drüben bei Ihnen sieht es ja auch nicht so rosig aus.«

»Wie meinen Sie das?«

»Nu, in der Politik und in der Wirtschaft, meine ich.«

»Sie müssen nicht alles glauben, was in der Aktuellen Kamera gesagt wird oder im Schwarzen Kanal.«

»Ich bringe auch nur die Blumen«, sagt der Gärtner und zeigt mit seinem Armstumpf auf eine Schubkarre voller Rosenblüten. An einem Holm hängt eine Schlaufe. »Da wären ein Brautstrauß aus einundzwanzig roten Rosen, weiße Rosen für die Kirche und Rosenblätter zum Streuen für die Blumenkinder.«

»So viele«, sagt sie und nimmt einen Kübel entgegen.

»Die junge Dame wollte es so. Schon in den Ferien hat sie alles bestellt, da waren die Knospen noch gar nicht entwickelt.«

»Sie kriegt, was sie will.«

»Jetzt will sie Ihren Sohn mit nach Berlin nehmen.«

»Ach, Berlin?«

»So heißt es.«

»Wo haben Sie eigentlich Ihren Hund gelassen?«, fragt sie und lässt sich das Säckchen mit den Rosenblättern geben.

»Der ist schon vorausgehumpelt«, sagt der Gärtner, »gen Himmel. Und übrigens sehe ich Tagesschau.«

Sie trägt die Blumenkübel in die Garage. Dahinter steht die verwüstete Festtafel: Weinlachen, zersprungene Gläser, Essensreste, umgestürzte Bierbänke, Asche, Kippen und Kotze auf dem Tischtuch. Das Feuerholz ist verkohlt. Vor den Büschen turnt eine rosa Frau im hautengen Dress, die Haare von einem geflochtenen Stirnband gehalten, die Waden in Stulpen, alles in Rosa.

»Was machen Sie da?«, fragt sie die Frau. Es ist die Brautjungfer, die kurz die Schwiegertochter war.

»Guten Morgen«, sagt die Brautjungfer und stößt ihr linkes Knie zum rechten Ellenbogen. »Ich mache Ährohbick.«

»Wie bitte?«

»Popgymnastik«, sagt die Frau. »Enorm in Form.« Sie stößt ihr rechtes Knie zum linken Ellenbogen.

»Ging es denn noch lange gestern?«

»Oh, bis in die Puppen«, sagt sie und lässt ihre Hüften kreisen.

»Kamen noch letzte Gäste?«

»Nur ungebetene.«

»Ungebetene?«

»Ja, der ABV kam. Die Nachbarn haben ihn wegen Ruhestörung gerufen. Nicht mal Jenny und Philippa konnten ihn besänftigen, also ist die Fete in diese Kneipe verlegt worden, in die Johannaburg. Da ist es leider hitzig geworden. Die Boys und dieser Matrose haben sich gekloppt, am Schluss gab es eine Riesenkeilerei. Jetzt schlafen sie ihren Rausch aus.«

»Und sonst ist niemand mehr gekommen? Kein Herr aus dem Westen?«

»Nein«, sagt die Frau und reckt ihren Hintern den Büschen entgegen. »Aber bitte geben Sie mir sofort Bescheid, wenn ein Herr aus dem Westen kommt.«

Zum Standesamt kommt kein Herr aus dem Westen. Leonore im weißen Kleid muss sich das Lachen verkneifen, als die Standesbeamtin die Namen der Trauzeugen verliest: Gerd-Moritz Kleeberg und Joachim-Rainer Schuhmann. Nur Frank heißt Frank, und Eva heißt Eva. Eva trägt ein langes, schulterfreies Kleid in Weiß und die Haare offen. Frank hat einen cremeweißen Smoking an, der wie angegossen sitzt. Jakob steckt auch in einem cremefarbenen Smoking. Zu ihrer Rechten sitzen Siegmar und Mario in zu großen schwarzen Anzügen von C&A. Die Standesbeamtin bittet die Trauzeugen, die dunklen Brillen abzunehmen. Im Gegensatz zu Mo und Jasper darf der Staatsratsvorsitzende seine Brille aufbehalten. Nach den Unterschriften legt die Beamtin »Ballade pour Adeline« auf, gespielt von Richard Claydermann. Eva weint, und Jakob reicht seiner Großmutter einen Zettel. Darauf steht: »Malefiz ist kein cooles Geschenk. Trotzdem danke.« Nach der standesamtlichen Trauung fragt Frank, wo nur Onkel Viktor bleibe.

Auch zur Kirche kommt er nicht. »Die Schweine werden ihn nicht reingelassen haben«, sagt Frank bitter. – »Komm«, sagt Eva, »wir werden für ihn beten, und vielleicht kommt er ja noch.« – Nein, denkt sie. Der kommt nicht mehr, der hat nicht den Mumm. Sicher ist sie sich nicht.

Auf der Orgel in der Dorfkirche wird Bach gespielt. Zur Begrüßung der preußischen Gäste seien die Brandenburgischen Konzerte besonders geeignet, erklärt der Pfarrer. Es sei eine festliche Musik, eine weltliche zwar, aber sie erhebe die Herzen. Tiefe Bassstöße und tanzender Jubelklang. Der Pfarrer sieht wie ein Junge aus, der seinen Turnbeutel vergessen hat. Schiefer Pony, schmales Gesicht, Nickelbrille. Aber er spricht gut. Er erzählt, dass er Frank und Eva durch lange Gespräche kennengelernt habe. Da hätten sich ja zwei gefunden, sagt er, die eine kundig der Sterne, der andere kundig des Ruderns. Sie müssten nur darauf achten, sich zu ergänzen und einander nie aus dem Blick zu verlieren. Eva habe sich als Trauspruch eine Zeile aus dem ersten Korintherbrief des Apostel Paulus gewünscht: »Die Liebe verträgt alles, sie glaubt alles, sie hofft alles, sie duldet alles.« Frank dagegen habe sich etwas aus dem Psalter ausgesucht: »Du gibst meinen Schritten weiten Raum, dass meine Knöchel nicht wanken.« Er, der Pfarrer, habe beide eines Besseren belehren müssen. Denn die Brautleute seien jeder für sich sehr starke Charaktere, die an den jeweils anderen Ansprüche stellten. So erwarte Eva, dass Frank um der Liebe willen seine Freiheit einschränke. Frank erwarte von seiner Frau, dass sie ihm genau diese Freiheit aus Liebe gewähre. »Der Fehler beider«, sagt der Pfarrer, »lag darin, dass sie die Bibelworte in einem persönlichen, einem egoistischen Sinn an den anderen richteten. Diese Worte aber sind an Gott zu richten. Die Liebe und die Freiheit, die hier zur Rede stehen, sind nicht kleinlich. Sie sind nicht äußerlich oder materiell, sie sind weder durch Siege zu erringen noch durch Niederlagen zu erpressen. Die göttliche Liebe und die göttliche Freiheit sind zutiefst innerlich und friedfertig.« Deshalb, so der Pfarrer, habe er dem Paar auch einen anderen Trauspruch empfohlen, und Frank und Eva hätten zugestimmt. Der neue Spruch sei sehr zeitgemäß, er gelte nicht nur für das Zusammenleben von Mann und Frau, sondern auch für den Umgang von Gesellschaften und Staaten miteinander. »Von uns Deutschen ist im Laufe der Geschichte viel Leid ausgegangen«, spricht der Pfarrer, »und auch hier und anderswo ist das Unheil ansässig. Deshalb sage ich euch mit den Worten von Jesus Christus: Selig sind, die Frieden stiften, denn sie werden Gottes Kinder heißen. Gebt euch die Hand zum Friedensgruß.« Leonore, die ein Blumenkörbchen auf dem Schoß balanciert, reicht ihrer neuen Großmutter die Hand. Diese sieht ihren Enkelsohn an und hält ihm die Hand hin. Er nimmt sie. »Friede sei mit dir«, sagen sie gleichzeitig. Mo schüttelt die Hände von Evas Freunden, die ihn geschlagen haben, Siegmar nimmt Rudolfs gesunde Hand, Jasper und Cora reichen sich die Hände. Dann werden Eva Meyenburg und Frank Friedrich getraut. Für beide ist es das zweite Mal. Zum Auszug singt die Gemeinde »Hevenu shalom alechem, wir wollen Frieden für alle«. Leonore und Jakob streuen Rosenblätter. Vor der Feldsteinkirche lassen sich Frank und Eva fotografieren. Jakob wird das Bild einkleben, es ist jetzt sein Album, seine Geschichte. Dann kommen Franks Arbeitskolleginnen, und jede hält einen Strauß weißer Ballons in den Händen. Ans Ende der Schnüre sind Glückwunschkarten geknotet, die in alle Welt segeln und auf dem Postweg zurückgesandt werden sollen, möglichst von weit her. Jeder Gast erhält einen Ballon, ein jeder soll einen guten Wunsch auffliegen lassen. Wer weiß, bis wohin es die Ballons schaffen, vielleicht bis nach Ceylon. Wie große Glühbirnen tanzen sie über den adretten Frisuren, dann zählt eine Frau von zehn bis null, und die Ballons taumeln in den Himmel. Ein roter ist auch darunter. Kopf im Nacken, blinzeln die Gäste den Ballons noch lange hinterher. Der Herr aus dem Westen ist nicht erschienen. Zum Essen, sagt Frank, würden sie nicht ins Puschkin, sondern in die Parkgaststätte gehen. Im Puschkin hätten sie Hausverbot.

»Eva, wirf jetzt den Brautstrauß«, ruft die Brautjungfer, die kurz die Schwiegertochter war. »Ich bin so was von bereit.«

»Lass lieber die Hände davon, Mädchen«, sagt die große Blonde.

»Ja, Eva, wirf jetzt«, sagt eine andere Brautjungfer.

»Ich möchte den Strauß nicht werfen«, sagt Eva. »Ich möchte ihn auf das Grab von Franks erster Frau legen.«

Die ist so gerissen, die will sogar die Erinnerungen an eine Tote beherrschen, denkt ihre Schwiegermutter. Mehr will sie jetzt nicht denken. Obwohl sie das könnte.

Sie könnte sich daran erinnern, wie sie Spätschicht gefahren ist im Sommer 1972, damit sie tagsüber auf das Kind aufpassen konnte, während Frank bei seiner sterbenskranken Frau war. Sie könnte sich daran erinnern, wie sie manche Nachtfahrt bis in den Norden führte, auf der schlecht beleuchteten Straße der Deutsch-Sowjetischen Freundschaft. Mehrmals fuhr sie am St. Georg vorbei, nie hielt sie an. In der Nacht vom 21. auf den 22. August musste sie ein Telegramm in Wiederitzsch zustellen. Auf dem Rückweg parkte sie direkt vor dem Krankenhaus. Das Pförtnerstübchen war nicht besetzt, auch auf der Station war niemand. Die Schwestern, die Ärzte und der Pförtner saßen draußen im Pavillon und feierten, dass sie am Leben waren. Ihre Schwiegertochter teilte sich ein Zimmer mit fünf anderen Frauen ohne Eierstöcke und Brüste, nur hinter ihrer Stoffwand brannte Licht. In Friederikes Bett lag ein altes glatzköpfiges Kind wach. Als das Kind sie bemerkte, rollte es sich aus dem Bett und trippelte in einem Flügelhemd auf sie zu. Das Kind war kleiner als Friederike, hatte gelbe Zähne, gelbe Augen und stank beizend. Es griff ihre Hand und sagte etwas. Sie antwortete, dass sie nicht viel Zeit habe. Ihr Auto parke draußen mitten auf der Straße, sie müsse es gleich wegfahren. – Sie möge sich bitte setzen und ihm etwas erzählen, sagte das Kind. Es finde keinen Schlaf, es liege in tausend Sorgen. Alle würden behaupten, sich nicht vor dem Tod, sondern nur vor dem Sterben zu fürchten. Bei ihm sei es umgekehrt, sagte das Kind mit dünner Stimme. Es fürchte nicht das Sterben, nicht die Schmerzen, es fürchte den Tod. Dass geliebte Menschen mit so viel Trauer weiterleben müssten, fürchte es, während man selbst ins absolute, heillose Nichts eingehe. In die ewige Gegenwart, die schwärzeste Bodenlosigkeit, nur dass du es weißt. Ob sie, Polina, nicht von einem Jenseits erzählen könne, das eine Verbindung zum Diesseits halte. Von einem Ort der Seligkeit, auf den sich die Lebenden freuen könnten? – Das könne sie jetzt leider nicht, sagte sie, weil ihr Auto draußen so ungünstig parke. Sie habe nur einmal vorbeischauen wollen und müsse das Auto jetzt schnell wegfahren. Wenn sie das nächste Mal komme, schon bald, werde sie davon erzählen. Viel wisse sie zwar nicht darüber, denn ihre eigene Mutter habe nichts vom Paradies gehalten, aber ihr werde schon etwas dazu einfallen. – Ob sie Hunger habe, fragte das Kind und zeigte auf eine Plastebox auf dem Nachttisch, worauf auch eine Vase mit Kornblumen stand. Man koche hier recht gut, wolle es aufpäppeln, mit Huhn und Obst, aber es könne nichts essen. »Bitte nimm das Abendmahl mit«, sagte das Kind. – »Bis bald«, sagte sie, die Box greifend. – »Kannst du nicht noch ein bisschen bleiben«, bettelte das Kind, auf dem Bett sitzend. – »Ein andermal«, sagte sie. »Es ist wegen dem Auto.« – »Bitte«, sagte das Kind und sah sie mit großen

Augen an, »sei an meiner Stelle Jakob eine Mutter.« – »Was redest du denn da«, sagte sie und ging schleunigst zu ihrem Auto. Bevor sie losfuhr, fraß sie das köstliche Huhn und die frischen Trauben auf. Sie sah noch, wie der Tod im Lodenmantel auf das Pförtnerhäuschen zulief. Der Pförtner feierte mit den Ärzten und Schwestern, dass er am Leben war. Sie hätte ihn rufen sollen, den Pförtner. Daran könnte sie sich jetzt erinnern. Tut sie aber nicht.

14. Wemfall und Eszett

```
Bezirksverwaltung
Für Staatssicherheit            L., den 13.09.82
Abtlg. XVIII/5                  do/2172
```

A k t e n v e r m e r k
Zum OV „H e c h t" – FRIEDRICH, Frank

Am 09.09.82 wurde im Rahmen einer sportärztlichen
Untersuchung eine Stuhlprobe des Sohnes des Verdächtigen sichergestellt, um einen Abgleich mit dem
von Grenzschützern unseres Landes sichergestellten
verunreinigten Neuen Deutschland vom 27.07.81 vorzunehmen – siehe Eröffnungsbericht zum OV Reg.-
Nr. XIII/110/82. Zum Zweck des optischen Vergleichs
wurde der Stuhl des FRIEDRICH, Jakob auf ein Druck-
erzeugnis appliziert. Es wurde vermieden, dies mit
einer Ausgabe des Zentralorgans der SED vorzunehmen. Statt dessen wurde die Ausgabe des LDPD-Zen-
tralorgans Der Morgen vom 10.09.82 verwendet, das
in Papierqualität dem ND gleicht. Da jedoch die
Verunreinigungen auf dem ND vom 27.07.81 starken
Verwitterungsprozessen ausgesetzt waren, war ein
optischer Vergleich nicht zielführend. Auf ein-
gehende Nachfrage sagte Dr. Lindner, Laborleiter
des St. Georg-Krankenhauses, ein intestinales
Ökogramm des Julistuhls sei ebenfalls nicht zielführend, da dieser mit den Monaten so „unspezifisch

wie alles Organische" geworden sei. Was den Septemberstuhl anbelangt, gebe es „keine Anzeichen auf Pilzbefall oder Dissidenz".
Es wird davon abgesehen, eine Stuhlprobe des Verdächtigen sicherzustellen.
Der F., Jakob wird zum 15.09.82 von der KJS relegiert.

         Dobysch
         Oberleutnant

Telegramm			Deutsche Bundespost	
Datum	Uhrzeit	TSt	ITZ 10	
01/10/82	09.22	Empf	IIIC LPZG	DDR =

POLINA WINTER
PRINZREGENTENSTR. 1
(8733) BAD ITZ 10

ANKOMME MORGEN 13.02 UHR HBF. MUTTI

STRENG GEHEIM
OPERATIVE AUSKUNFT DER ABT. XII
ZUM SUCHAUFTRAG EING. 02.10.82 VON

+++++++++++++++++++++++++F10+++++++++++++++++++++++

VIKTOR
FRIEDRICH
13.04.07   +BRD/REISEANTRAG-44

ERFASZT FUER:
* BY LPZ
  ABT. XVIII/GEUTSCH

★

Bezirksverwaltung
Für Staatssicherheit   L., den 03.10.82
Abtlg. XVIII/5   de/2179

A k t e n v e r m e r k
Zum OV „H e c h t" - FRIEDRICH, Frank
_____

Am 02.10.82 wurde das Wohngebiet des Verdächtigen
durch den Unterzeichner kontrolliert. Ein mehrfaches
Befahren der Regenstraße und Umgebung wurde registriert. Dabei wurden im Zeitraum von 06.47 Uhr -
13.48 Uhr nachgenannte Feststellungen getroffen:

- 06.47 - vor der Garage des Verdächtigen parkten ein türkiser Barkas - 1000 - polizeil. Kennz. ICY 3-10 - und ein rotes Motorrad - Jawa - mit Beiwagen.
- 06.51 - eine unbekannte blonde weibl. Person im Alter von ca. 30 Jahren und zwei unbekannte männl. Personen im Alter von ca. 35 Jahren wankten in anscheinend stark alkoholisierten Zustand - von Süden kommend - auf das Wohngrundstück Regenstr. 27. Bevor die drei Personen das Haus betraten - die Tür war nicht verschlossen - küsste die weibl. Person abwechselnd beide männl. Personen, deren Gesichter Spuren eines Handgemenges trugen.
- 07.17 - aus dem Wohnhaus des Verdächtigen trat eine unbekannte braunhaarige weibl. Person in rosaner Sportbekleidung und begab sich über einen Haufen aus Keramikbruch - es handelt sich dabei anscheinend um die Überbleibsel des sog. „Polterabends" - in den hinteren Teil des Wohngrundstücks.
- 07.35 - eine männl. Person von unterdurchschnittlichen Wuchs im Alter von ca. 65-70 Jahren erschien - von Süden kommend - vor besagten Wohngrundstück, eine Schubkarre mit Blumenschmuck schiebend. Die Person tat dies trotz Armamputation mit Hilfe von einer Tuchschlinge o.ä. Es kann abgeleitet werden, das es sich bei der männl. Person um einen Gärtner handelt, namentlich um den Betreiber der Fa. BLUMEN-MERTENS in der Regenstr. 7.

- 07.37 - eine blauhaarige weibl. Person im Alter von ca. 65 Jahren erschien im Hauseingang und begab sich über den Keramikbruch zum Gartenzaun. Es kam zum Wortwechsel mit dem Betreiber der Fa. BLUMEN-MERTENS. Dieser reichte der Person angelieferten Blumenschmuck, der aus Rosen - weiß und rot - bestand. Die weibl. Person trug die Blumen in die Garage.
- 08.54 - vor dem Wohngrundstück des Verdächtigen hielt ein PKW - Wartburg Tourist - hellgrau polizeil. Kennz. AM 56-09 mit Blumenschmuck auf der Motorhaube. Eine unbekannte männl. Person im Alter von ca. 35 Jahren und eine unbekannte weibl. Person im Alter von ca. 35 Jahren verliesen den PKW und betraten das Wohngrundstück des Verdächtigen.
- 08.57 - auf dem Bürgersteig vor dem Wohngrundstück des Verdächtigen parkte ein beiger PKW - Trabant - polizeil.-Kennz. SKX 8-85 ab. Eine männliche Person im Alter von ca. 30 Jahren u. eine weibl. Person im Alter von ca. auch 30 Jahren und ein Kind (männl.) von ca. 6-8 Jahren verliesen den PKW und betraten das Wohngrundstück des Verdächtigen.
- etwa 09.15 - die stark alkoholisierte weibl. Person von 06.51 Uhr verlies in einem türkisen Kleid und mit einer Tasse das Wohngrundstück des Verdächtigen. Sie überquerte die Regenstr. und ging zu den Zelt, in

welchen weitere Festgäste nächtigten.
Kurz darauf verlies ein Mann im Alter von
ca. 35 Jahren das Zelt und steuerte den
Hagebuttenstrauch an, in welchen Unterzeichner sich verborgen hielt. Der Mann, der einen Bart und ein Fleischerhemd und sonst nichts trug, urinierte gegen den Hagebuttenstrauch. Dank vorschriftsmäßiger Tarnung mit Hilfe von Gräsern, Laub, Geäst u.ä. wurde Unterzeichner von dem Mann nicht enttarnt. Nachdem der Mann zurück zum Zelt gegangen war, verlies Unterzeichner unentdeckt das Versteck, um sich in sein Dienstfahrzeug zurückzuziehen und einen Kleiderwechsel vorzunehmen.

- 09.30 - wurden die vor genannten Fahrzeuge an der Straßenkreuzung Regenstr. - Newtonstr. mit Fahrtrichtung Markkleeberg festgestellt / sie befuhren laut hupend die Fritz-Austel-Str. und bogen in die Städtelnerstr. ein / in der Fahrzeugkolonne wurden drei weitere PKW - Typ Lada, Wartburg, Trabant - mit Blumenschmuck festgestellt.

- 09.55 - die vor genannten Fahrzeuge wurden vor dem Rathaus Markkleeberg-West - darin befindet sich das Standesamt - auf den da vor befindl. Parkplatz festgestellt.

- 10.30 - wurden die Fahrzeuge am Ortsausgang Markkleeberg-West laut hupend festgestellt.

- 10.45 - wurden die Fahrzeuge vor der evang. Kirche Markkleeberg festgestellt.

- 11.30 - erschien eine männl. Person in weißen Anzug im Alter von ca. 35 Jahren und eine weibl. Person in weißen Kleid im Alter von ca. 25-30 Jahren, dazu die zuvor festgestellten festlich gekleideten Männer und Frauen.
- 11.41 - erhoben sich etwa 30-50 Luftballone von weißer Farbe in den Himmel und flogen in Richtung Nord-Ost in einer Flughöhe von etwa 40-130 Metern davon.
- 12.00 - wurden die Fahrzeuge auf dem Parkplatz des HO-Speiserestaurants „Parkgaststätte" in der AGRAR festgestellt. Die bisher nicht festgestellten poliz.-Kennz. der PKW vom Typ Lada, Wartburg, Trabant konnten festgestellt werden: SU 1-12 - Lada -, SBK 30-33 - Wartburg -, I 7-52 - Trabant. Der Trabant war grau mit Regenbogenstreifen vorn u. hinten u. seitlich.
- 12.19 - erschienen ein männl. Kind oder Jugendlicher (ca. 12 Jahre) vor der „Parkgaststätte" und ein weibl. Kind oder Jugendliche (ca. 13-14 Jahre). Gemeinsam verliesen sie den Ort mit unbekannten Ziel.
- 13.27 - erschien eine männl. Person in weißen Anzug im Alter von ca. 35 Jahren und eine weibl. Person in weißen Kleid im Alter von ca. 25-30 Jahren. Hand in Hand verliesen sie die „Parkgaststätte" und bestiegen den PKW des Verächtigen (Typ Škoda, polizl. Kennz. SB 58-32). Sie fuhren ab.
- 13.48 - erklomm Unterzeichner einen mittel belaubten Baum Ecke Fritz-Austel-Str./Steinweg, vermutlich eine Ulme, um einen der weißen

Luftballone sicherzustellen. Der Ballon
diente zum Transport einer Grußbotschaft
(Anlage).

Wertung:

Mit den vor genannten Feststellungsergebnissen
werden die Hinweise auf die geplante Eheschliesung
des Verdächtigen bestätigt. Aus ihnen kann abgeleitet werden, das der Verdächtige am 02.10.82 das
Standesamt Markkleeberg auf suchte, um mit der
MEYENBURG, Eva die Ehe zu schliesen. Anschliesend
wurde die Eheschliesung in der evangelischen Kirche
wiederholt. Die Mutter des Verdächtigen - WINTER,
Polina - die zur Eheschliesung ihres Sohnes die Einreise in die DDR ankündigte, scheint eingereist zu
sein, wenn es sich bei ihr um die um 07.37 aufgetre-
tene blauhaarige weibl. Person im anscheinenden Alter von ca. 65 Jahren handelt. Zur Zeit liegt keine
Dokumentation über die beantragte Einreise der Mutter des Verdächtigen vor. Ebenso wenig über die Einreise des FRIEDRICH, Viktor, des in Lindau/BRD lebenden Onkels des Verdächtigen. Dieser hatte seine
Einreise telefonisch angekündigt. Die Verbindungen
des Verdächtigen in die Bezirke Berlin, Rostock u.
Leipzig, die aus den festgestellten PKW-Kennz. abzu-
leiten sind, sind teilweise bekannt.

Masnahmen:

-Überprüfung Suchaufträge zur Person F., Viktor.
-Überprüfung mit FS der festgestellten PKW-Kennzei-
chen bei der Abtlg. VIII der BV Rostock, Berlin und

Leipzig zur Personifizierung der Kraftfahrzeughalter, Kraftfahrzeugnutzer und deren Familienangehörigen.

Dempner Ultn.

Warum ist diese Ehe nicht verhindert worden? Augenblicklich soll das Wesentliche geprüft werden: Friedrich dingfest machen, Zersetzung der Meyenb., Entziehung des Erziehungsrechts etc. pp. Gen. Dempner wird ab sofort die VoPo bereichern. Er wird sich mit deM Dativ und deM Eszett bekannt machen.

Devrient
GM

Rückantwort:	Familie Friedrich	Bitte
	Regenstr. 27	frei
	7030 L.	machen
	DDR	

Heute haben Eva Meyenburg und Frank Friedrich geheiratet. Mit ihnen freuen sich alle Verwandten und Freunde und besonders ihre Kinder Jakob und Leonore. Wo immer der Wind diese Karte hinträgt, über Berge, Gewässer und Ländergrenzen hinweg, und wem immer sie vom Himmel in die Hände fällt – der möge einen Gruß an die glücklichsten zwei Menschen auf Erden senden.

Bezirksverwaltung
Für Staatssicherheit   L., den 28.11.82
Abtlg. XVIII/5   do/2172

A k t e n v e r m e r k
Zur Person FRIEDRICH, Frank - PKZ: 170646 4 24959

Am 26.11.82 wurde, um 7.15 Uhr, auf dem Wohngrundstück Regenstr. 27 eine männliche Person mit einem Kind im Alter von 11-13 Jahren festgestellt. Beide Personen bestiegen den in der Garage des Grundstücks befindlichen PKW - Typ Škoda/grün - polizl. Kennz. SB 58-32 und entstiegen diesem wieder, da der PKW offenbar nicht ansprang. Beide Personen schoben den PKW aus der Garage auf die Regenstr. Während das Kind sich an das Steuer des Škoda setzte, schob die männl. Person den PKW an, bis dieser ansprang. Darauf fuhr das Kind ca. vier Minuten lang die Regenstr. hinab und hinauf, bevor es anhielt. Es wechselte auf den Beifahrersitz und ließ die männl. Person ans Steuer. Um 7.27 Uhr fuhr der PKW in Richtung Fritz-Austel-Str. ab. Der PKW wurde bis zum Schkeuditzer Kreuz verfolgt, wo er auf die Transitstrecke abbog mit Fahrtrichtung Berlin.
Bei benanntem PKW handelt es sich um das Fahrzeug des F.
Es kann vermutet werden, daß es sich bei den festgestellten Personen um den F. sowie dessen Sohn handelt.

                                      Dobysch
                                      Oberleutnant

15. Berliner Ironie

Dort, wo der 365 Meter hohe Fernsehturm seinen Schatten auf die älteste erhaltene Kirche der Stadt wirft, wo sich die Spree etwa 30 Kilometer durch das Häusermeer schlängelt, wo man über den 1390 Meter langen, viel besungenen Boulevard Unter den Linden schlendert und wo man sich an der Weltzeituhr auf dem Alexanderplatz trifft: Da ist Berlin, die Hauptstadt der Deutschen Demokratischen Republik – eine Stadt, auf die die Bürger des ganzen Landes stolz sind und in der sie gern zu Besuch verweilen.

So manches weiß man aus Presse, Funk und Fernsehen über Berlin: Dass es den Palast der Republik auf dem Marx-Engels-Platz gibt, vom Volk für das Volk gebaut, dass es den Pergamon-Altar auf der Museumsinsel gibt, das Sowjetische Ehrenmal in Treptow oder den Tierpark in Friedrichsfelde, wo das Wahrzeichen der Stadt ein angemessenes Zuhause gefunden hat: der Bär. Anderes erschließt sich dem Besucher erst auf den zweiten Blick.

Dass Berlin eine sozialistische Wiedergeburt erleben durfte, verdankt es der Befreiungstat der Sowjetsoldaten. Im Mai 1945 gaben sie den Berlinern die Chance, nach den finsteren Jahren des Faschismus völlig neu anzufangen und den Weg des Friedens zu beschreiten. Heute ist es kaum noch vorstellbar, dass vor bald 40 Jahren rund um den Alexanderplatz nur noch wenige Gebäude standen, dass die heutige Karl-Marx-Allee, so weit das Auge reichte, Trümmer bedeckten. Von Bauschaffenden aus der ganzen Republik wurde in entbehrungsreicher Arbeit ein neues Berlin errichtet. In Marzahn zum Beispiel, wo bis zum Jahr 1985 neue Wohnungen für 100 000 Bürger gebaut werden, kann man alle Dialekte hören, die in der DDR beheimatet sind. Natürlich packen auch die Berliner selbst kräftig mit an.

Berlin ist reich an revolutionären und humanistischen Traditionen. Hier hat Karl Marx, der größte Sohn des deutschen Volkes, studiert, und Friedrich Engels hat an der Berliner Universität Vorlesungen gehört. Wladimir Iljitsch Lenin weilte mehrmals in Berlin, und unzählige Dichter, Philosophen, Forscher und in der internationalen Arbeiterbewegung bekannte und geachtete Führer wie August Bebel, Franz Mehring, Clara Zetkin, Ernst Thälmann, Karl Liebknecht und Rosa Luxemburg wirkten in der von Industrialisierung und Armut gepeinigten Metropole.

Wie keine zweite Stadt spiegelt Berlin die widerspruchsvolle, von erbitterten Klassenkämpfen gezeichnete Geschichte zwischen Fortschritt und Reaktion wider: Hier wurden Karl Liebknecht und Rosa Luxemburg von national-chauvinistischen Schergen heimtückisch ermordet, und hier befand sich die Sitz- und Schaltzentrale der Ausbeuterklasse, der Konzernleitungen und Banken. Berlin war die Stadt des militaristischen Preußentums, in welcher der Imperialismus mit besonderer Härte und Grausamkeit gegen die fortschrittlichen Kräfte vorging. Es war die Stadt des Reichstagsbrandes und die Kapitale des hitlerfaschistischen Staates, dessen Ende mit dem Hissen der roten Fahne auf dem Brandenburger Tor und dem Reichstag verkündet wurde.

Fünfzehn Jahre später, am 13. August 1961, erlitten in Berlin die »Politik der Stärke« und das langfristig vorbereitete »Roll back« der restaurativen Mächte die entscheidende Niederlage. Durch die Sicherung der Staatsgrenzen wurde die sozialistische Gesellschaftsordnung der DDR zuverlässig geschützt und dem Imperialismus endgültig die Möglichkeit versperrt, seinen Herrschaftsbereich nach Osten auszudehnen.

In der Folgezeit ist Berlin zum Zentrum des politischen, wirtschaftlichen und geistig-kulturellen Lebens unseres Landes geworden. Die Jahre nach dem VII. Parteitag gehören auch für die Hauptstadt zu den erfolgreichsten. Allein an einem Arbeitstag wurden 1975 für rund elf Millionen Mark mehr Waren als 1971 erzeugt. Und im Fünfjahrplan 1976 bis 1980 überschritt die jährliche Industrieproduktion Berlins den Wert von 17 Milliarden Mark.

So nimmt es nicht wunder, dass jahraus, jahrein Millionen Besucher aus dem In- und Ausland nach Spreeathen strömen, um sein Flair, seine

Sehenswürdigkeiten, Parks und Gewässer zu genießen. Eine Fahrt mit den Schiffen der Weißen Flotte über Spree, Dahme, Seddin- oder Müggelsee lohnt immer. Und wie jeder Großstädter liebt der Berliner das Grüne nicht nur vor den Toren, sondern auch inmitten seiner Stadt, die mit 550 Hektar gepflegten Freizeitanlagen aufwarten kann. Ein besonderer Anziehungspunkt für Jung und Alt ist der Kulturpark im Plänterwald mit Riesenrad und Kosmosgondel. Der Pionierpark im Stadtbezirk Berlin-Köpenick bietet alljährlich Zehntausenden Kindern Freude und Förderung im Geiste Ernst Thälmanns.

Berlin, die Hauptstadt der DDR, wird mit jedem Jahr schöner. Überzeugen Sie sich selbst davon!

Die gewürfelte Zeit: Von allen Seiten ist es zu früh, doch in Wahrheit ist es zu spät. Weiß erhebt sich das fünfstöckige Haus über seinem Sockel. Auf dem Hoheitsgelb klebt der Adler, schwarz, das Eisengitter ist noch vor den Eingang geschlagen, aber einer sitzt schon im Glashäuschen, und einer friert in moosgrünem Mantel und Wintermütze davor. Sobald das Gitter hochgezogen ist, in gut einer Stunde, werden sie das Gitter sein. Es gibt Smog, den wir Industrienebel nennen, und etwas zwischen Regen und Schnee. Die Scheibenwischer arbeiten, schau nicht zu lange hin, die schauen schon zurück, direkt davor darfst du ohnehin nicht parken, wie das Schild besagt, verrückt bist du ja noch nicht. Du bist nur irgendwas davor. Am besten parkst du ein paar Straßen weiter. Die Hannoversche entlang, Richtung Charité, oder die Chausseestraße hoch, Richtung Dorotheenstädtischer Friedhof, oder die Wilhelm-Pieck rüber, Richtung Alex, oder die Friedrichstraße runter, Richtung Tränenpalast. Auch die Lokale sind noch geschlossen, das Oranienquell, die Salatplatte, das Kaffee-Eck. Vor der Altstoffhandlung in der Almstadtstraße, die mal Grenadierstraße hieß, kannst du in Ruhe parken und dann um die Ecken gehen wie der Ostwind. Denn den haben sie hier, einen Ostwind, der unter den Mantel kriecht und in die

Wange zwickt, ohne dass er diesen Asbesthimmel, aus dem die nassen Flocken fallen, wegblasen könnte. Mittags vielleicht, wenn der Nebel nicht mehr so dicht ist, könnte ein Dotter in diesem Himmel aufschlagen, ein blasser Trost. Deine Ruhe aber hat sich seit der vergangenen Nacht nicht mehr blicken lassen. Da ist sie hochgeschreckt und durch die halbe Stadt gehastet, immer an der Mauer entlang, deine Ruhe, und die Nachtschwärmer von der anderen Hälfte glotzten ihr nach von den Plattformen, während sie sich da und dort ausweisen musste, deine Ruhe. Nun tust du es ihr gleich und streunst durchs Scheunenviertel, früher mal Ghetto und Halbwelt, heute bloß noch Verfall: Brandwände, vermauerte Fenster, starrende Löcher, Wellblechzäune. Ein Hund ohne Herrn pinkelt an eine Litfaßsäule, über ein Stück Brache zickzackt ein Kaninchen. Du liest das Wort koscher in Fraktur, du hörst Jiddisch, du gehst hier durch die deutsche Geschichte. Ein Strickladen nennt sich Frau Wolle. Ein Mann mit Baskenmütze fährt einhändig Fahrrad, seine freie Hand ist gar nicht frei, er hält darin einen Regenschirm, der feuchte Schnee bestürmt ihn und dich, frei ist ein kurzes und ein schweres Wort. Auf dem mürben Putz entzifferst du andere Schriften – Leihbibliothek, Colonialwaren –, das rätselhafte Hebräisch krümmt sich, ein Satz fängt eine Motte. In der Gipsstraße stößt du auf eine Gedenktafel: In diesem Haus wohnten Widerstandskämpfer der Gruppe Baum, 42 in Plötzensee hingerichtet – Sala Kochmann –, ihr Kampf ist auch unser Kampf. In der Kleinen Auguststraße entdeckst du den niedrigen Ziegelschatten der Synagoge an einer hohen Wand. Das Schild am Zaun erinnert daran, dass das Haus daneben von Bürgern des WBA 2 Berlin-Mitte im VMI geschaffen wurde, was auch immer das heißen mag. Du gehst hier durch die deutsche Geschichte, aber eigentlich geht die deutsche Geschichte durch dich. In der Linienstraße stehen eine gusseiserne Pumpe und ein Wartburg ohne Räder. Die Erker ragen über deinen Kopf, du schreitest die Parade der Gaslaternen ab, über die Tucholskystraße hinweg, wo es eine prächtige Altbauwohnung gibt, in der sich gut leben ließe. Du könntest noch ein paar Haken schlagen, vielmehr solltest du noch ein paar

Haken schlagen, nein, umkehren solltest du. Aber das weiße Haus zieht dich westwärts, als wäre es ein Magnet und du ein Eisenspan. Wir alle sind doch bloß Späne, manchmal werden wir angezogen, manchmal abgestoßen. Selten zupft uns einer am Ärmel und drängt uns in eine Kaschemme, um uns eine Geschichte zu erzählen und die Zeit anzuhalten, doch viel zu oft streben wir aus dem Kraftfeld einer Liebe. Und immer, wenn dich eine Liebe abgestoßen hat, zog dich eine andere an, denkst du. Alle reinen Gefühle, denkst du, ergeben doch nur ein Salzfässchen voll Glück, so auch die Halsüberkopfliebe. Es ist ja sogar wissenschaftlich erwiesen, dass die Halsüberkopfliebe nur ein paar Monate währt und wenige Körnchen anhäuft, bevor sie der Schutzundgewohnheitsliebe Platz macht, denkst du und gehst einer Krankenschwester hinterher, deren Handschuhe, Schal und Mütze bunt sind. Bunt steigt die Krankenschwester am Oranienburger Tor in den dreckstarrenden Bus, der U-Bahnhof ist stillgelegt. Du solltest noch mal anders oder genauer nachdenken. Über dich und sie, deine schöne Frau. Doch die Versatzstücke deines Denkens halten schlecht zusammen. Alle Sätze reißen, und durch den Mund atmest du sie aus, ins kahle Geäst der Bäume, wo sie lose im Ostwind schaukeln, im Kohlenmief. Die Sätze, die mit Du, und jene, die mit Ich beginnen. Zerrissen sind die Sätze, diese Stadt, diese Zeit. Da die Sätze zerrissen und veratmet sind, ist auf einmal viel Platz in deinem Schädel. Platz für ein kurzes und schweres Wort. Dieses Wort macht sich breit in deiner Kopfküche, sortiert seine Tinkturen ins Kopfbad und stellt seine sieben Paar Schuhe in den dunklen Flur. Im Hinterstübchen lümmelt es auf dem Kanapee und klaut in der Waschküche deines Kellerbewusstseins Dessous von der Leine.

Im Sommer war alles ganz einfach. Die Kinder spielten Tischtennis und Flaschendrehen in ihren Ferienlagern, und Frank Friedrich und Eva Meyenburg konnten ihre Halsüberkopfliebe in vollen Zügen genießen.

Um Berlin schlugen sie aber immer einen großen Bogen. Sie fuhren nach Potsdam und glitten in großen Filzpantoffeln über die preußischen Intarsien. In einem Kahn ruderten sie auf den Stechlinsee, vielmehr ruderte er, und sie sagte »backbord« oder »steuerbord«, doch was davon ist rechts und von wem aus gesehen? Starr stand ein Hecht im Wasser.

Das Schloss Rheinsberg war nicht zu besichtigen, da dort der Diabetes mellitus kuriert wurde. Verbotsschilder und Zäune hielten Kunstsinnige und Romantiker vom Musenhof des Kronprinzen Friedrich fern. Wo er dereinst Flöte gespielt und wo sein Bruder, der große General und Mann der Schrift, zu den rauschendsten Bällen geladen, wo Claire und Wölfchen sehr ausgelassen verliebt gewesen waren, da campierten nun die Zuckerkranken aus dem ganzen Land. Die Innenräume waren von Paravents zerteilt, in den Ballsälen standen Eisenbetten und Tauchbecken, und aus den mit Seide bespannten Wänden wuchsen grüne Waschbecken mit Plastehähnen und Plastesiphons, so erzählte man es ihnen gegenüber im Café Deutsches Haus. In den Schlosspark jedoch drangen sie ein, beäugt von einer dicken Frau, die einem dünnen Mann Schatten spendete.

Auf der Portalplatte von Prinz Heinrichs Grab stand in französischer Sprache: »Wanderer! Erinnere dich, dass Vollkommenheit nicht auf Erden ist. Wenn ich auch nicht der beste der Menschen habe sein können, wenigstens gehöre ich nicht zu der Zahl der Schlechten.« Eva übersetzte es flüssig.

In Hoppegarten besuchten sie die Galopprennbahn und hatten Glück in der Liebe: Bei einem Jagdrennen setzten sie einen blauen Karl Marx auf ein Pferd namens Nofretete, das ihnen im Führring mit seinem sehnigen Wuchs und seiner tänzelnden Unrast sehr bedeutend erschienen war. Und tatsächlich schob sich das Tier vom Start weg an die Spitze des Feldes. Am Torhausbogen jedoch beschrieb der Parcours eine Diagonale. Alle Pferde nahmen den richtigen Kurs, bis auf Nofretete. »Was macht denn dieses ägyptische Biest?«, rief Eva entsetzt und lief zur Tribüne, um das ägyptische Biest besser sehen zu können. »Dreh um, du

Scheißkuh!«, schrie sie von dort, und alle staunten, dass diese Lady wie eine Seeräuberin fluchte.

Franks Nachbar, ein kleiner Mann mit Schiebermütze, sagte durch den Mundwinkel: »Nomen est omen. Dit rechte Ooge von dem äjyptischen Biest is blind.« – »Frau Meyenburg«, rief Frank, »es ist doch nur Geld. Komm wieder neben mich!« – »Dit heeßt neben *mir*«, maulte der kleine Mann. »Wir sind hier in Berlin.« Doch in Berlin waren sie eben noch nicht.

In den ersten Wochen fragte er sich, ob das immer so weitergehen würde. Ob sie weiterhin den richtigen Takt, das richtige Maß finden würden, ob sie auch morgen und übermorgen die Pausen zwischen den Worten richtig abmessen würden und die Länge ihrer Schritte, ihrer Umarmungen, ihrer Blicke, ob ihre Erregungen stimmig sein würden und ihre Erlösungen, ob das alles auch künftig richtig sei.

Es blieb richtig. Sie liebten sich auf einem Felsen in der Sächsischen Schweiz, und es machte nichts, dass es nur die Sächsische war. Es machte ihm auch nur im ersten Moment etwas aus, dass man sie an der tschechischen Grenze abwies. Stattdessen würden sie eben eine Woche an der See verbringen.

So steuerten sie über eine Landstraße, die die Augustwärme gespeichert hatte, weiter gen Norden. Der Himmel wurde tintig, und eine brennende Sonne rollte über den Horizont. Auf dem Rücksitz des Škodas ging dem RFT-Rekorder der Saft aus, und Janis Joplin sang trunken und tief: »Freedom's just another word for nothing left to lose.« Eva sprach von einem Schiffshebewerk ganz in der Nähe, er von Thor Heyerdahl und fliegenden Fischen. Da schossen aus den schwarzen Wäldern back- und steuerbords unzählige kleine Schemen hervor, die wie Ascheflocken im Sonnenfeuer tanzten. »Schau dir das an«, sagte Eva. – »Was ist das?«, fragte er. »Vögel?« – »Nein, Fledermäuse.« – Über das Lenkrad geduckt, betrachtete er das Schauspiel. »Was machen die da?« – »Dreimal darfst du raten.« – »Na ja«, sagte er, »die Straße hat sich aufgeheizt, die Thermik ist ideal. Ich schätze mal, sie lassen es sich gut gehen. Sie spielen.« – »So ein Blech«, sagte sie und stemmte ihre nackten Füße mit den lackierten Zehennägeln gegen die Armatur. »Gib mir eine Zigarette.« – Er fingerte eine Club aus der Schachtel, steckte sie an und hielt ihr die brennende Zigarette hin. Sie tat einen tiefen Zug und sagte: »Sie fangen ihr Abendbrot.«

Sie liebten sich in einem See, und nur ein Haubentaucher beobachtete sie dabei. Sie lagen auf märkischem Sand und sahen dieselben Sternschnuppen. »Wann warst du am glücklichsten?«, fragte Eva. – »Als Jakob zur Welt kam«, sagte er wahrheitsgemäß. »Und du?« – »Jetzt.« – Sie schwiegen ausgiebig, dann fragte er: »Wie war Leonore als Kind?« – »Ich weiß es nicht«, antwortete sie. »Ich habe es vergessen.« – »Wie warst du als Kind?«, fragte er weiter. – »Auch das habe ich vergessen«, sagte sie, und nach einer Pause: »Wie warst du als Kind?«

Plötzlich konnte er sich erinnern und erzählte ihr alles. Wie er aufgewachsen war, Kartoffeln und Quark, die hohen und die tiefen Töne, der Beginn einer Reise, dass ihn sein Stiefvater vermöbelt hatte, dass seine Mutter distelschön und stechend gewesen war, wie er seine erste Frau kennengelernt hatte, Paella und Wein, und wie sie gestorben war, ich gebe dich frei, wie ihm das Leben danach aus den Händen geglitten war und er es wieder zu fassen versucht hatte, aber es blieb ein Stück Seife mit Eisenknopf, sein Leben. Er hielt nichts zurück oder nur ganz wenig. Er erzählte ihr von seinem Sohn, den er mit Sorge, Verwunderung und Liebe aufwachsen sah. Er erzählte ihr von seinem ersten Mal mit einer Renate. Renate hatte gesagt, er solle aufpassen, und er hatte gesagt, sie solle ihm ein Zeichen geben, wenn er ihr wehtue. Renate aber hatte etwas anderes gemeint, und er hatte sich seiner Unerfahrenheit so sehr geschämt, dass er sie nicht hatte wiedersehen wollen. Schlampig fand er sie dann auch. Er traute sich nicht, nach Evas erstem Mal zu fragen.

Mit ihr kam die Erinnerung zurück. Er erzählte ihr sogar vom Saufen und von den Frauen, dass er seine Wut an ihnen gestillt hatte. »Kompensation von Ohnmachtsgefühlen. Die Starre, das Gefühl von Gefangenschaft laden zu Maßlosigkeit ein«, sagte Eva. Niemand wusste so viel über ihn. Was wusste er über sie?

In den Dünen von Kühlungsborn weinte sie und sagte, es sei vor Glück. Wenn sie jetzt sterbe, dann wäre es nicht schlimm, sagte sie, denn nun hätte sie ja geliebt. Das könne nicht sein, sagte er, er sei doch nicht der erste Mann, den sie liebe. Doch, sagte sie.

Sie tranken Küstennebel und aßen Räucherfisch. »Diese Villa dort würde mir gut stehen«, sagte er, als sie zurück zum Zeltplatz gingen. – »Ach, dieser kleine Größenwahn macht dich so liebenswert«, sagte sie. – »Wenn du schon so was sagst, dann lass wenigstens das ›klein‹ weg«, sagte er und dachte: oder das »liebenswert«.

Nach einem einsamen Strandspaziergang traf er sie in Gedanken versunken an der Mole. Unbeobachtet starrte sie in die Wellen, mit umwölkter Stirn. »Mein schönes Fräulein, darf ich wagen, meinen Arm und Geleit ihr anzutragen?«, sprach er sie von der Seite an. Sie erschrak und sah ihm völlig entgeistert entgegen. Lange sah sie ihm so entgegen. Dann holte sie ihr Lächeln hervor, und ihre Stirn straffte sich. »Ich lasse mich ungern von Fremden anquatschen«, sagte sie.

Nach zwei Tagen im Zelt schmerzte ihr Allerwertester, und mit viel Glück fanden sie ein Gästezimmer in einem umgebauten Schweinekoben. »Würde es dich kränken, wenn ich dieses Stück Cervelatwurst äße?«, fragte sie am Frühstückstisch mit tödlichem Augenaufschlag. Ihm blieb nichts anders übrig, als »I wo« zu sagen. Danach schminkte sie sich »für den Strand«. Mit einer Nadel sortierte sie ihre Wimpern. Sie wand ihre Haare zu einem Nest und steckte einen Bleistift hindurch.

Im Strandkorb las sie in einem blauen Buch mit dem Titel »Die Theorie des Romans«. Irgendwann zog sie den Bleistift aus dem Haar und unterstrich einige Sätze. Danach behielt sie den Stift im Mund. Oft schüttelte sie den Kopf. Ein paar Jungmänner hatten sie erspäht und kamen, Frisbee spielend, immer näher. Einer warf ihr die Scheibe vor die rotglänzenden Zehen, während die anderen die Luft anhielten. Vor Stolz machte sie einen ganz langen Hals.

Am Abend rochen ihre Haare nach Sonne, Tang, Zigaretten, Hering und Sonnencreme. Ihre Haare, tatsächlich lang wie der Sonnenuntergang, hatten den Tag aufgezeichnet.

»Frau Meyenburg«, sagte er während ihres letzten Frühstücks mit vollem Mund, »willst du mal einen anderen Nachnamen ausprobieren?« – »Welchen denn?« – »Na, den meinen.« – »Aha«, sagte sie und: »Ja.«

Das Gedächtnis, sagt Montaigne, Platon zitierend, ist eine große und mächtige Gottheit. Doch die wenigsten wissen, was sie will, sagte Frank, sich selbst zitierend.

Und in Berlin waren sie noch nicht.

Das Gitter ist oben, der Eingang offen. Der Polizist aus dem Glashaus hat sich zu dem anderen gestellt, sie sind das Gitter. Zur vollen Stunde sind weitere Männer aufgetaucht, gescheitelte Männer in beigem Zivil mit Handgelenktaschen. Wie die Bordsteinschwalben schlendern sie nun hin und her und sehen jedem Passanten ins Gesicht. Zum Beispiel dem großen Dünnen mit schwarzem Haar. Du beobachtest ihn und sie, während du dich im Hauseingang der Nummer 131 B wie ein Schüler nach dem Klingelstreich versteckst. Du hast selber eine Handgelenktasche dabei, die prall in deiner Armbeuge liegt. Darin befinden sich die ungültigen Beweise deiner Existenz: deine Geburtsurkunde, der PM 12, deine Fahrerlaubnis, zu der sie drüben Führerschein sagen, dein Diplom, dein Lebenslauf zwischen Kriegsende und Kaltem Krieg, dein Familienbuch mit den Heirats- und Sterbeurkunden, eine Postkarte, die das Sandmännchen als Kosmonauten zeigt, der rückseitige Text will dir nicht einfallen, die Abschriften der Eingaben und Briefe, die du im Laufe der Jahre verfasst hast. All diese Dokumente hast du zusammengesucht und eingepackt, bevor du voll guter Hoffnung nach Berlin fuhrst, um hier ansässig zu werden mit deiner Frau und deinen Kindern, auch denen, die noch geboren werden sollten. Als hättest du es gewusst, aber du hast es nicht gewusst. Du weißt es erst seit gestern Nacht, und jetzt willst du weit weg. Während du um die Ecke schielst, springen die Augen des großen Dünnen vom Eingang zu den Wächtern und zurück. Er trägt einen grünen Bundeswehrparka, dem Fähnchen auf dem Oberarm fehlt das Emblem. Er ist in deinem Alter und kommt die Hannoversche rauf bis zur Kreuzung, wirft Blicke über beide Schultern, überquert die Straße, geht an der kleinen Verkehrsinsel mit der Würfeluhr vorbei und dreht auf deiner Seite nach Westen ab. Seine Augen springen in alle Himmelsrichtungen. Er ist langsamer als die Studenten, Wissenschaftler und Arbeiter, die etwas vorhaben, aber schneller als die Männer mit den Handgelenktaschen, die nichts vorhaben. Mit langen Schritten folgst du ihm. Als eure Schultern sich berühren, sagst du: »Lass dir nichts anmerken, wir haben den gleichen Plan. Geh weiter, und guck nach vorn.« Der große Dünne stößt eine Atemwolke aus und geht mit dir. In einem Hauseingang gegenüber vom veterinärmedizinischen Institut, dessen zerschossene, graubraune Fassade mit der Straße knickt, bleibt ihr stehen und seht euch an. »Das ist viel zu auffällig, wie du hier rumschleichst«, sagst du. »Die haben schon Lunte gerochen.« – »Ja, wie soll man es denn anstellen?«, sagt er. – »Zuerst mal Nerven behalten«, sagst du und grinst. Er kommt aus deiner Gegend, und es tut gut, dass es einen gibt, der mehr Schiss hat als du. – »Ja, und dann? Wie schafft man es, dass sie einen nicht vorher abfangen?« Ein grün-weißer Shiguli fährt langsam die Straße hinunter. Du trittst den schweren Türflügel auf, und ihr landet im Zwielicht eines Durchgangs. Zwei eiserne Gleiskanäle liegen im Boden, Stuckgirlanden hängen von der Decke, aus der Wand brechen die Gesichter pausbäckiger Engel mit zerschlagenen Augen, Nasen, Mündern, rechts nimmt eine gedrechselte Treppe ihren Anfang. »Ich heiße Frank«, sagst du, »vor sieben Jahren habe ich meinen ersten Antrag gestellt.« – »Rüdiger«, sagt der andere. »Ich habe noch gar keinen gestellt, aber ich hab die Faxen dicke. Wir wollten uns selbständig machen, meine Frau und ich, wir sind Uhrmacher. Seit zwei Jahren wird es abgelehnt.« – »Jetzt weiß ich das alles über dich«, sagst du, »und könnte einer von denen sein.« Sein Kopf ruckt, irgendwo im Halbdunkel gurrt eine Taube. »Woher kommst du?«, fragst du den großen Dünnen, der auch einer von denen sein könnte. Er nennt den Namen deiner Stadt, und du reichst ihm die Hand, weil so nervös keiner von denen ist. Er trägt drei Armbanduhren übereinander. »Pass auf«, sagst du, »wir müssen klüger sein als die. Sie werden alles daransetzen, dass wir nicht reinkommen. Deshalb sind wir Ausländer. Sprichst du eine Fremdsprache?« – »Russisch, aber nicht sehr gut.« – »Das nützt uns nichts. Wir müssen Westler sein, verstehst du, Amis oder Briten.« – »Sprichst du denn Englisch?« – »Ordentlich«, bluffst du. – »Dann hast du es gut«, sagt er. »Ich kann nur schlecht Russisch und noch schlechter Französisch.« – »Sag mal was auf Französisch«, sagst du. – »Merde«, sagt er. – »Das sollte reichen«, sagst du. »Wir sind Diplomaten von den Alliierten.« – »Glaubst du wirklich, dass wir wie Diplomaten wirken?« – »Woher sollen die wissen, wie sich echte Diplomaten verhalten?«, sagst du. – »So ungebildet sind sie auch nicht«, sagt er. – »Sie sind einseitig gebildet«, sagst du. »Das ist unsere Chance.« – »Ich habe eigentlich«, sagt der Große, »nichts zu verlieren.« – »Ich«, erwiderst du, »eigentlich auch nicht.« Euer »eigentlich« sollte man euch um die Ohren hauen, denkst du und atmest den Gedanken aus. – »Also los«, sagt er. »Allez der Kosmonauten.« – »Moment noch«, sagst du. »Lass uns die Jacken tauschen, dich haben sie schon im Visier.« Bevor er seinen Parka auszieht, holt er einen DIN-A5-Umschlag und eine Zahnbürste aus den Tiefen seiner Taschen. Auch am linken Handgelenk trägt er drei Armbanduhren. Weil du auf dem Schlauch stehst, fragst du: »Wofür brauchst du die?« Im nächsten Augenblick kommst du von selbst drauf: Wenn er einmal drinnen ist, wird er nicht mehr rausgehen. Es sei denn, in den Westen.

Nach den Sommerferien wurde es schwierig. Frank Friedrich war an seine Stadt gebunden, Eva Meyenburg an ihre. Jeden Freitag oder Samstag reiste sie zu ihm, mit ihrer Tochter oder allein, und am Sonntagabend oder Montag früh fuhr sie zurück. Nie besuchte er sie in Berlin. Immer am Mittwoch fand er eine Postkarte in seinem Briefkasten: »Bin durch Dein Land gefahren, habe Deine Wolken gesehen, Deinen Mond,

Deine Nachtlichter. Ich führe mir immer nur Dich vor Augen und das von Dir Besessene.« Wenn sie es sagte, dann war es wohl so, dann war das tatsächlich sein Land. Oder sie schrieb: »Ich will mit Dir Tapeten von den Wänden reißen, das Klo bunt anmalen, ein Regal für Deine und meine Bücher zimmern, eine Kartoffelsuppe mit Dir kochen, Du schälst, und ich schnipple oder umgekehrt.« Da war noch nicht geklärt, in welcher Stadt sie würden wohnen wollen. Und sie schrieb: »Ich habe über Deine Worte nachgedacht. Du hast gesagt, Du bist eher der lutherische Typ. Ich glaube, ich bin eher der katholische Typ. Und dann ist das, was wir machen, wohl Ökumene.« Schließlich, zweckdienlicher: »Ich habe eine Annonce in der BZ gelesen: ›Königspaar samt Infanten sucht angemessene Bleibe.‹ Ich ahne, wer sie aufgesetzt hat. (Eine gewisse Eva, um der ausgleichenden Gerechtigkeit willen!)« Da war klar, dass sie in Berlin würden leben wollen. Er schrieb: »Nun geh und kaufe Stoff für Deine Schleppe. Am 3. Oktober ist es so weit, Du.« Und: »Hätte Botticelli Dich gekannt, er hätte keine andere Frau mehr gemalt. Das hast Du bestimmt schon mal gehört.« Sie schrieb zurück: »Abgegriffen genug wäre es. Ich sehe zu, dass ich mich schon am Freitag freimachen kann. Doppelter Wortsinn!« Im Schreiben wurde alles noch viel größer, der Übermut, die Freude, die Sehnsucht, die Liebe, und am Freitag, kurz bevor seine zukünftige Frau erschien, waren sie makellos, die Frau und die Zukunft.

Doch als Herr und Frau Friedrich machte sie die Entfernung zunehmend gereizt. Wie an allem mangelte es in ihrem Land auch an Wohnraum, und niemand wollte ihnen einfach so drei, vier schöne Zimmer in der Hauptstadt vermachen. Eva hatte zwar eine Unterkunft in Berlin, aber kein Zuhause. Ihre Wohnung war geteilt, der Name ihres geschiedenen Mannes stand noch auf dem Klingelschild, seine Schuhe und Strümpfe befanden sich in einem verriegelten Zimmer, eine Schreibmaschine auch. Gelegentlich schlief er seinen Rausch darin aus, wenn er aufwachte, griff er in die Tasten. Er besaß noch einen Wohnungsschlüssel.

Es passte Frank nicht. Doch er bekam nicht viel zu hören von diesem ehemaligen Ehemann, der ein Schriftsteller ohne Buch war und eine zweite Wohnung im Prenzlauer Berg behauste. Eva sagte, sie sei damals einfach zu dumm gewesen, und dass sein Name noch an der Tür stand, dass er auch noch einen Schlüssel einbehielt, das sei reine Schikane. Er sei eben ein Sadist. Sie vermied es, seinen Namen zu nennen. Er hieß: »Leonores Vater«, »der Schreiber« oder »das Schwein«.

Das Schwein allerdings sei bereit, seine Hälfte der Wohnung zu räumen, wenn Eva das auch täte – »Warum auch immer.« Wenigstens könne sie so versuchen, die Zweiraumwohnung gegen etwas Größeres einzutauschen, nah bei der Universität.

Also setzte Eva eine neue Anzeige auf: »Biete im Rahmen eines Ringtauschs 2-R.-Altb.-Whg. in Friedrichshain. Ebenerdig, einkaufs- u. verkehrsgünstig, Gasheiz., Zi. 19 u. 15 qm groß. Suche dafür 3/4-R.-Altb.-Whg. mit IWC u. Stil in Mitte od. Friedrichshain.« Auf eine Mittwochskarte schrieb sie: »Ihr werdet euch wohlfühlen in Berlin. Die Sportschule ist in Hohenschönhausen, und vielleicht nimmt man Dich beim Betonwerk Grünau oder bei der NARVA. Du wirst dich bestimmt verbessern in Deiner Arbeit.« Er hatte nichts gegen einen Neuanfang in Berlin, Wand an Wand mit dem luxstarken Westen. »Wenn Du am 26. Nov. kommst«, schrieb sie, »können wir fünf Wohnungen besichtigen. Ich bin sicher: Unsere wird darunter sein.« Die Sportschule war da schon vom Tisch.

Man muss nur zwei Stufen nehmen, um in den Alkoven zu gelangen, wo der Pförtner sitzt. Das ist dann schon westdeutsches Hoheitsgebiet, also los. – »How many roads must a man walk down«, sagst du zu dem großen dünnen Franzosen, der deine Lederjacke trägt. – »Oui. Merde«, antwortet dieser. Ihr schlendert so, wie ihr glaubt, dass Westdiplomaten schlendern: das ganze Selbstbewusstsein einer freien, prosperierenden Kulturnation in der Hose. Der erste Handgelenktaschenmann, der euch entgegenkommt, stutzt, aber hält euch nicht auf. Ein zweiter folgt ihm, ein paar Meter vor euch. Weil dir auf Englisch nur Songs einfallen, sagst du zu deinem Franzosen: »A hard rain's a-gonna fall.« – Er antwortet: »Oui. Merde.« – »The times they are a-changin'«, sagst du, der zweite Mann ist schon ganz nah. – »Oui. Merde.« – »My friend«, sagst du, »words don't come easy, I know it. But find other words.« – »Merde«, sagt dein neuer Freund, der jetzt gar nicht mehr schlendert, sondern immer langsamer und zögerlicher einen Fuß vor den anderen setzt. Vom veterinärmedizinischen Institut dringen spitze Töne herüber, Quieken und Kreischen. – »Bürger, weisen Sie sich aus«, sagt der Mann mit Handgelenktasche, der jetzt vor euch steht und zu euch hochschaut. – »Listen, the pigs«, sagst du zu deinem Franzosen und drehst dich zum Institutsgebäude um, im Putz das ganze kyrillische Alphabet der Kalaschnikows. – »Die Ausweispapiere!«, sagt der Mann. – »We are strangers«, sagst du und kannst es gerade noch vermeiden, »in the night« hinzuzufügen. »I was born in Chicago«, erklärst du, »in nineteen forty-six.« Danke, Mister Butterfield. Zu deiner Überraschung sagt der Franzose »Bonjour Paris« und zieht dich mit sich. – »Halt!«, ruft der Mann euch nach, doch ihr geht einfach weiter, darauf wartend, dass euch seine Rufe wie Schneebälle ins Kreuz treffen. Aber der Mann bleibt still, und auch die Grünen, die den Eingang bewachen, sprechen euch nicht an. Auf einmal bist du mit einem Fuß im Westen und mit dem anderen im Osten, dann stehst du mit beiden Beinen im Alkoven. Der Franzose allerdings rutscht auf der zweiten Stufe aus. Er ruft: »Scheiße!« Ein Grüner hilft ihm auf und hält ihn fest. Du setzt einen Fuß zurück in den Osten und ziehst den falschen Franzosen zu dir. »Thank you«, sagst du zu dem Polizisten, »thank you so very much.« Die Tür mit dem Aluminiumrahmen öffnet sich nach außen, und trockene, warme Luft schlägt euch entgegen. Ein Mann mit Schnauzbart und blauem Pullover sieht euch und den grünen Türsteher fragend an. – »Ich heiße Rüdiger Pfeiffer«, keucht dein neuer Freund, »und ich beantrage politisches Asyl.«

Endlich: Nach acht Stunden Fahrt, zwei gottlosen Buletten auf der Raststätte und einem Anschubmanöver nach Art des Sisyphos treffen Frank und Jakob Friedrich in der Hauptstadt der DDR ein. Auf paradebreiten Straßen fahren sie zum Zentrum, Lastkähne auf der Spree, Gasometer, Schornsteine, Bunker und Wassertürme zwischen Industriebrachen und Mietskasernen. Die Treptower Platanen werfen ihre Rinde ab, das Riesenrad im Plänterwald blinkt. Sie passieren Schwimmhallen mit gefalteten Dächern, die grüßenden Zwillingstürme am Frankfurter Tor, das Kosmos-Kino und das International. An dessen Fassade wirbt ein großes düsteres Bild für den Film »Die Mahnung«. Unter fliehender Schrift hockt Georgi Dimitroff und starrt finster auf das Restaurant Moskau.

Vor die Neubauten hinterm Alex sind Banner gespannt: »Frieden ist nicht Sein, sondern Tun.« Die gefesselten Tannenbäume auf den Balkonen müssen noch einen Monat auf ihre Befreiung warten. Die Fassaden ähneln Adventskalendern, etliche Türchen mit gelbem Licht sind schon geöffnet, auch einzelne violette. Jenseits der Mollstraße stehen nur Häuser aus dem vorigen Jahrhundert. Vor einer Ampel muss Frank scharf bremsen, weil junge Leute mit schwarzen Haaren und Jacken über Rot latschen. Die Laternen glühen auf, und von der Tafel einer Eckkneipe prostet ihnen der Schultheiß-Mann zu. Der Škoda holpert über das Kopfsteinpflaster. Sie parken vor einem Fleisch- und Wurstwarengeschäft. Im Schaufenster hängt ein Plakat: »7. Oktober 1982. Geschichte entsteht an allen Tagen des Jahres.« Auf das Fensterglas hat der Meister mit weißer Farbe ein einziges Wort gepinselt: »Gehirn.«

Jenny Poseners Haus in der Kollwitzstraße erkennen sie am Barkas, der grau in der Dämmerung parkt. Das Haus ist eingerüstet. »Achtung! Freistrahl- und Farbspritzarbeiten.« In Frank Friedrichs Stadtführer aus dem VEB Tourist Verlag kann man lesen: »Im Prenzlauer Berg hat der Kapitalismus vielen alten Wohnbestand und damit ein schweres Erbe hinterlassen. Aus dem Staatshaushalt werden Jahr für Jahr erhebliche Summen aufgewandt, um die Altbausubstanz zu erhalten und zu modernisieren.«

Trotzdem blättert im Treppenhaus die Ölfarbe von der Wand. Balken stützen die Einfahrt. Auf einem Schild steht: »Achten Sie auf Ihren Kopf.« Ein guter Gedanke. Frank und Jakob steigen bis unters Dach und geraten an eine weiße Tür, die trotz Papierrolle von oben bis unten vollgeschrieben ist: »Schrat war hier mitm Auto, Fr. ca. 13.30. Und nu?« – »Bin jetzt in Bienes Wohnung, Kuß, Philippa.« – »Axel hat lang genug gewartet. Viel Erfolg auch im persönlichen Leben!«

Frank klopft und denkt, dass jener Axel recht hat: Immerzu wartet man hierzulande – auf ein Auto, auf Apfelsinen, auf eine Wohnung, auf einen Menschen, dass der Sozialismus zum Kommunismus wird, dass das Leben beginnt oder einfach nur irgendwas passiert. Und so viele Parolen, immerzu soll man sich den Worten beugen.

Eva öffnet die Tür: »Endlich seid ihr da! Wir haben ewig auf euch gewartet!«

Jenny und Leonore schieben sich an ihr vorbei, rote Baskenmützen auf den Köpfen und Reisetaschen über den Schultern. »Warnemünde wartet nicht, kleener Lord«, sagt Jenny zu Jakob und gibt Frank einen Kuss. Leonore begrüßt Jakob mit einem lächelnden »Hallo!«.

Frank streicht seinem Sohn über den Kopf und sagt: »Mach es gut, mein Großer, und geh nicht so steckensteif über den Laufsteg. Am Montag will ich Erfolgsmeldungen hören!«

Während die anderen die Treppe hinunterpoltern, sieht er Eva an, und sie sieht ihn an. Im Schreiben sind sie sich nah, in der Wirklichkeit müssen sie die Nähe immer wieder neu errichten. Eva gibt ihm einen flüchtigen Kuss und lässt ihn gar nicht erst in Jennys Wohnung, die ihnen für das Wochenende zur Verfügung steht. »In einer halben Stunde haben wir die erste Besichtigung, auf der Fischerinsel«, sagt sie.

Der Mann im blauen Pullover horcht dem Tuten nach, das so laut ist, dass du es auch hörst, und legt den Hörer auf. Er sagt, es sei noch zu früh. Ihr möchtet bitte warten, bis jemand von der Rechtsabteilung kommt, sagt er und führt euch in die niedrige Eingangshalle. Unter dem Fenster zur Straßenseite befindet sich eine Sitzecke. Ihr versinkt in den Polstern. Es gibt einen Kaffeeautomaten und drei Standaschenbecher. Auf niedrigen Tischen liegen Westzeitungen und -zeitschriften aus, in silbernen Bechern stecken Zigarettensträuße. Du arbeitest dich aus dem Polster hoch und angelst dir eine Stuyvesant. Rüdiger Pfeiffer sagt kein Wort. Er hat sich in ein Magazin vertieft, ein Automobilmagazin. Es riecht nach Westpaket. Du rauchst. Dann nimmst du dir den neuesten SPIEGEL. Schwer und biegsam liegt das Heft in deiner Hand. Du überfliegst das Inhaltsverzeichnis, blätterst die glatten, schimmernden Seiten um. Auf Biegen und Brechen willst du in diese Sechs-Zylinder-Leichtmetall-Welt, diese Piloten-Chronographen-Welt, diese Johnnie-Walker-Postgiro-Spiegelreflex-Welt von bestechender Trinitron-Bildschärfe und Farbechtheit. In dieser Welt sind alle glattrasiert und mit Schwung frisiert, die Männer sind solvent und schuppenfrei, die Frauen haben ein Funkeln in den Augen und gesundes Zahnfleisch. In Karottenhosen und gelben Pullundern spielen oder fahren sie Golf oder bald auch den neuen kleinen Mercedes, der in den nächsten Tagen vom Band rollt. Einen Fuhrpark kann man aber auch leasen, und wenn man als Sekretärin vom Chef eine Flasche Tipp-Ex zum Geburtstag bekommt, muss man erst mal einen Jägermeister trinken. Seiko übrigens sagt, dass die Zukunft der Uhr im Quarz liegt. Weiß das der Pfeiffer? Weiß Rüdiger Pfeiffer, der das Automagazin verschlingt wie ein Diabetiker einen Liebesknochen, dass er im Westen arbeitslos sein wird? Und wie wird sich diese Westwelt zu dir verhalten? Diese heitere Welt der formschönen Technik und freundlichen Dunkelbiere? Wird es Arbeit geben für dich? Braucht diese Welt einen Chemieingenieur? Und welchen Menschen wirst du begegnen? Monika Lehnert etwa, die Pommery trinkt und von der PVG-Krankenversicherung auch am Strand von Malindi geschützt wird? Wirst du dir das Reisen leisten können? Den Frühling in der Türkei, das andere Klima Españas? Wirst du das Leben genießen können, mit einem großen Scotch in der Hand? Wirst du über der Gegenwart die Zukunft nicht vergessen und dich absichern für ein sorgenfreies Alter, etwa mit Bundesschatzbriefen, denn da werden aus einem Tausendmarkschein in sieben Jahren 1693 Westmark? Was wird in sieben Jahren sein? Was in siebzehn und siebenundzwanzig? Was wird aus der Vergangenheit bei all der Zukunft? Geht es allein um eine bessere Zukunft, oder geht es nicht auch um eine bessere Vergangenheit? Wer wird sich um das Grab kümmern, und was wird aus Eva und was aus Jakob – mein Gott, Eva. Du atmest aus und blätterst weiter. Zwischen Autos und Alkohol, Tabak und Technik sind bleigrau die Politik und die Gesellschaft gezwängt. Das ist dir jetzt zu mühsam, du willst das Heft weglegen, aber dann zwingst du dich dazu, die Nachrichten zu lesen, die euch vorenthalten werden. Darum geht's dir doch, das sollte dir doch keine Mühe bereiten. Es kommt dir doch nicht so sehr auf die Konsum-, sondern auf die Meinungs- und die Pressefreiheit an: die Presse nicht als Sprachrohr, vielmehr als Kontrollinstanz der Politik. Und der SPIEGEL ist *die* Kontrollinstanz schlechthin, hier wird alles ohne falschen Zweck aufgedeckt, nicht wahr: Dass vor Breschnews Tod zum Beispiel drei Parteisekretäre, zwei Ideologen, ein Kybernetiker, der Vize-Atomminister, zwei politische Kommissare, der Premier von Georgien und der Vizechef des KGB-Grenzschutzes einfach so starben. Danach waren die Machtverhältnisse geklärt, und mit Breschnews Ableben am 10. November war also der Weg frei für Juri Andropow. Diese Zusammenhänge und Machtkämpfe blieben euch im Osten natürlich verborgen, wo man euch für dumm verkauft. Am 10. November, da hast du für Jakob und seine Gäste einen Kinderpunsch bereitet und einen Käseigel gebaut. Tags darauf wolltet ihr um 11 Uhr 11 in der Abteilung die Korken knallen lassen. Anita hatte schon die Hütchen und die Nasen verteilt, denn die Welt wusste noch nichts von Breschnews Ende, doch Langrock kam euch zuvor und überbrachte die Nachricht. Er verbat sich und euch das Feiern, worauf du sagtest: Jetzt gibt es aber zwei Gründe! Mit Anita, Monika und einem Disponenten habt ihr euch dann im Bunker verschanzt und immer wieder Na sdorowje! gerufen und das Bruderland hochleben lassen. Im anderen Bruderland, in Polen, bringen Geheimverhandlungen zwischen Kirche und Staat Lech Wałęsa die Freiheit, wie du dem SPIEGEL entnimmst, der nichts verschweigt und alles sorgfältig berichtet. Ich bin ungebrochen, sagt Wałęsa. Christiane F. ist auch ungebrochen und macht jetzt Musik. Auf ihrer ersten Maxi-Single ironisiert sie ihre Heroinsucht und singt: Ick bin so süchtig, dein Lenkrad zu fühlen, woher weiß der SPIEGEL nur solche Sachen. Biermann singt auch wieder. Von aufmerksamen Medien begleitet, reist er durch 26 westdeutsche Städte. Lieber Gott im Herzen als Marx im Arsch, droht er, der Racheengel, den ganzen linken Friedensheuchlern von der DKP. Und in der Rubrik Kultur stellt der SPIEGEL den ersten Fressführer durch die DDR vor. Demnach steht die Ausflugsgaststätte Müggelsee-Perle in Küche und Service weit über dem Landesdurchschnitt, während Auerbachs Keller bloß lauwarm abschneidet. Das Puschkin und die Parkgaststätte finden keine Erwähnung, und das Ministerium für Handel und Versorgung nennt das Werk eine Unverschämtheit. Aber es gibt auch Annäherung: Bundespräsident Carl Carstens und DDR-Staatschef Erich Honecker nutzen ihre Teilnahme an den Trauerfeierlichkeiten für Leonid Breschnew in Moskau, um über den deutsch-deutschen Reiseverkehr zu sprechen. Carstens bittet um bessere Reisemöglichkeiten für DDR-Bürger. Honecker antwortet zwar mit dem Hinweis auf höhere Devisenkosten, die den Westwünschen entgegenstünden, dennoch sagen die Bonner nach dem Gespräch: Da kann sich was bewegen. Indes macht Neukanzler Kohl in Washington klar, dass er Neuwahlen auch deshalb will, um für die Stationierung amerikanischer Atomraketen ein klares Votum zu erhalten. Für die SPD soll Vogel ins Rennen gehen. Ansonsten weiß der SPIEGEL zu berichten, dass im Wismarer Hafen Werktätige für schmutzige Arbeit mit Westgeld entschädigt werden, wie du gerade noch wahrnimmst, denn ein Mann in grauem Anzug steht plötzlich vor dir. »Herr Friedrich?«, sagt der Mann, der durch die Nase spricht. »Ich bin Dr. Unger von der Rechtsabteilung. Wenn Sie mir bitte den Gang entlang folgen würden?« Der Mann und Pfeiffer schauen dir dabei zu, wie du den SPIEGEL weglegst und dich aus dem Polster drückst. Du reichst Dr. Unger die Hand, die dieser zögernd nimmt, und gehst ihm nach. Weil du deine Handgelenktasche vergessen hast, musst du noch einmal umkehren. Über den Rand seines Automagazins beobachtet Pfeiffer, wie du fünf Stuyvesant aus dem Zigarettenbecher klaubst. »Bis später«, sagst du. – »In Freiheit«, sagt er.

»Ich bin echt kein WBS-Sibzsch-Typ«, sagt Frank, als sie wieder auf der Gertraudenbrücke stehen und auf das Schleusenhäuschen blicken. Das Hochhaus, in dessen fünfzehntem Stock sie eben eine Wohnung besichtigt haben, wirft seine Lichter auf den schwarzen Fluss. »Dieser schlimme Küchenverschlag mit Durchreiche. Die ganze Bude völlig überhitzt dank Fernwärme, und der PVC im Flur stinkt wie Leuna. Arbeiterschließfach, das, oder von mir aus Bonzenschließfach. Nebenan das Haus des ZK, und so sehen die Gestalten hier auch aus.« Frank zeigt auf zwei Männer mit Hut und Aktentasche.

»Ich bitte um Entschuldigung, dass ich dir das zugemutet habe«, sagt Eva und stößt sich vom Geländer ab.

»Das einzig Gute ist, dass man die Nachrichten am Springer-Haus lesen kann«, ruft er ihr nach. Die zwei Knilche sollen es ruhig hören, doch sie drehen sich nicht um.

Unter der Brücke treten drei Gestalten hervor, ein Mädchen, zwei Jungs. Die Jungs tragen einen Bierkasten. Aus dem Hauseingang fällt ein gelber Fetzen Licht, und kurz ist das bleiche Gesicht des Mädchens zu erkennen, bevor die Nacht in ihr Gesicht greift. Eine Bierflasche zersplittert.

Über den nassen Asphalt geht Frank zum Auto, vor dem Eva wartet, die Arme verschränkt. »Was sehen wir uns als Nächstes an?«

»Es ist nicht weit, aber ganz anders«, sagt sie kühl. Im Auto schaltet sie das Leselicht neben dem Rückspiegel ein. »Tucholskystraße, Altbau, drei große Zimmer, Küche mit Speisekammer, Mädchenkammer, großer Keller, keine AWG-Kosten.«

»Wo ist der Haken?«

»Werden wir ja sehen.«

Doch es gibt keinen Haken. Zwar ist das Haus baufällig, aber alle Häuser sind baufällig. Und obwohl es keine Heizung in der Küche gibt und in einem der Zimmer nur einen Kachelofen (aber was für einen: einen mit Wappen!), verfügen die zwei großen Zimmer über elektrische Nachtspeicherheizungen. Im Bad stehen eine Wanne mit Löwenfüßen und ein schlanker Badeofen. Die Fenster sind groß, und selbst die Mädchenkammer hat ein schmales Oberlicht. Eigentlich ist es eine Vierraumwohnung. Eine mit hohen Decken, Stuck, Flügeltüren und Eichenparkett. Die Himmelsrichtung ist Westen, es gäbe also Nachmittagssonne. Eva kann ihr Glück kaum fassen.

Die Mieterin der Wohnung heißt Anna Trunckbrodt und ist eine sehr kleine Dame, die Pulswärmer, eine runde Brille und einen dünnen grauen Dutt trägt. Besorgt fragt sie, ob den Herrschaften die Wohnung auch gefalle.

»Sie ist hinreißend«, schwärmt Eva. »Nicht wahr, Frank?«

Frank steht vor einer dunkelrot gestrichenen Wand, an der von unten bis oben Dutzende Puppen mit Rüschenkleidern und Porzellangesichtern hängen. Es sieht aus wie ein vertikaler Puppenfriedhof. »Was ist das?«, fragt er die kleine Dame.

»Das war mein Hobby«, antwortet sie. »Das Hobby meines Mannes ist nebenan.«

Nebenan gibt es eine dunkelblau gestrichene Wand, an der von unten bis oben Dutzende Flaschen mit Buddelschiffen befestigt sind. Ein vertikaler Schiffsfriedhof.

»Er hat sie alle selbst gebaut, aus Zündhölzern«, erklärt die kleine Dame. »Jeder hatte seins, so haben wir es bis zum Schluss gut miteinander ausgehalten. Darauf muss man schon achten«, sagt sie, einen hellen Finger hebend, »dass es gerecht zugeht und dass jeder seins hat.«

»Wie wär's mit Klöppeln«, flüstert Frank Eva zu, die Tränen der Rührung in den Augen hat.

»Es wird natürlich alles vorher entsorgt«, sagt die Dame, »falls Ihnen diese Wohnung zusagt.«

Nun ist Eva gar nicht mehr froh.

»Es nützt ja nichts«, sagt die kleine Dame. »Was soll ich denn alleine weitermachen mit den Puppen? Oder glauben Sie, dass sich heutzutage noch jemand für Buddelschiffe interessiert?«

»Na, dann finden Sie eben einen mit Briefmarken«, sagt Frank.

»Ach«, winkt die kleine Dame ab, »ich war immer bloß für Buddelschiffe.«

»Die Tauschwohnung ist wirklich gut«, sagt Frank, ohne sie je gesehen zu haben. »Einkaufsgünstig, ebenerdig, preiswert.«

»Ja«, sagt die kleine Dame, »das ist schön.«

»Dann wollen Sie die Wohnung gleich morgen besichtigen?«, schlägt Eva vor. »Am Nachmittag?«

»Übermorgen wäre mir lieber«, sagt die kleine Dame. »Da besuche ich ohnehin mein Enkelchen, in derselben Straße.«

»Sind Sie zum ersten Mal Großmutter geworden?«, fragt Frank aus Höflichkeit.

»Oma bin ich schon elfmal, aber zum ersten Mal Uroma«, lächelt die Dame. »Familie«, fährt sie ernst fort und hebt wieder ihren hellen Finger, »ist das Wichtigste auf der Welt. Wenn Sie eine Familie haben, die zusammenhält, kann Ihnen nichts passieren.«

Mit kurzen Schritten bringt sie Eva und Frank zur Tür. »Ich habe in dieser Wohnung das Licht der Welt erblickt«, sagt sie zum Abschied.

Aus der Telefonzelle an der Kleinen Hamburger Straße ruft Eva das Schwein an. Sie steht im matten Licht des Glaskastens und wickelt das Kabel um ihren Finger.

Dr. Unger bittet dich, auf dem braunen Lederstuhl vor seinem Schreibtisch Platz zu nehmen. Im Westen setzt man sich nicht, man nimmt Platz. Auf seinem Schreibtisch stehen ein Kristallaschenbecher, ein Holzbänkchen mit vier Pfeifen, eine Tabakdose, ein Kaktus, ein Becher mit Stiften und Pfeifenreinigern, ein Bilderrahmen und ein Wimpel des

1. FC Nürnberg. Du vermutest eine Ehefrau und zwei wohlgeratene Kinder in dem Bilderrahmen, der Junge wird Fußball spielen. Dr. Unger geht zum Fenster, lässt die beigefarbenen Lamellen aufeinander zulaufen, bis kein Tageslicht mehr in sein Büro fällt, und schaltet die Deckenbeleuchtung ein. Bevor er sich hinter seinen Schreibtisch setzt, deutet er auf ein Plakat neben der Tür, auf dem ein graugrünes Insekt abgebildet ist. Er hebt die Augenbrauen und sagt durch die Nase: »Was können wir für Sie tun?« – »Mein Name ist –«, hebst du an. – »Ja«, sagt Dr. Unger und zeigt wieder auf das Insekt. Das Krabbeltier hat sechs Beine, einen kleinen Kopf mit langen Fühlern und einen dreieckigen Unterleib. – »Es ist so«, sagst du, »dass ich vor sieben Jahren zum ersten Mal einen Ausreiseantrag gestellt habe und seitdem wieder und wieder. Aber immer wird mein Anliegen abgewiesen, und nun weiß ich mir keinen anderen Rat, als mich an Sie zu wenden.« – Dr. Unger hat die Ellenbogen aufgestützt und sieht seinen Fingern dabei zu, wie diese einen rot-weiß geringelten Pfeifenreiniger verbiegen. – »Meine Mutter«, sagst du, »ist vor einem Jahr in die Bundesrepublik gegangen.« – Dr. Unger hebt den Kopf. »Ist sie legal ausgereist?« – »Ja, sie ist Rentnerin. Wir hoffen nun, dass unsere Familie bald wieder zusammenleben kann«, du zeigst auf den Wimpel, »in Bayern.« – »Wie viele Personen gehören zu Ihrer Familie?« – »Da ist einmal mein Sohn Jakob, er ist gerade dreizehn geworden.« – »Ja«, sagt der Mann und winkt wieder in Richtung des Insekts. Du machst dir wirklich nichts aus Insekten, du kannst nicht mal einen Mistkäfer von einem Maikäfer unterscheiden. – »Sind es noch weitere Personen?«, fragt Unger. – Du sagst: »Meine Frau.« – »Die Mutter Ihres Sohnes?« – »Nein, seine Mutter ist tot.« – »Mein Beileid«, sagt der Mann. – »Er war noch ganz klein und hat gar keine Erinnerungen«, sagst du. – »Das tut mir leid«, sagt Dr. Unger. – »Jedenfalls wird seit Jahr und Tag jeder Antrag abgelehnt«, fährst du fort, denn du bist ja hier nicht beim Pfarrer. »Ich habe an den Rat der Stadt geschrieben, den Rat des Stadtbezirks, an Honecker, Stoph und Sindermann. Nichts. Ich habe fast den Verdacht, dass ich aus irgendwelchen speziellen Gründen festgehalten werde.« –

»Sind Strafverfahren gegen Sie anhängig?«, fragt Dr. Unger. – »Nein«, sagst du. »Ich arbeite in der chemischen Industrie, und da habe ich eben ein bestimmtes Wissen ...« Unger stiert auf das Insekt und dann auf dich. Womöglich macht er keinen Unterschied zwischen euch. Plötzlich pfeift er eine Melodie und fragt dich, ob du das Lied kennst. Die Melodie kommt dir irgendwie bekannt vor, aber ein Text will dir dazu nicht einfallen. Du zuckst mit den Schultern, und Dr. Unger pfeift die springende Tonfolge noch einmal. Er kann schön pfeifen durch den Ring seiner Lippen. Weil du noch immer nicht draufkommst, singt er dir die Anfangstakte vor: »Auf der Mauer, auf der Lauer sitzt 'ne kleine –« Schön singen kann er auch und starrt wieder das Insekt an. So also sieht eine Wanze aus. – »Tja«, sagt Dr. Unger, »da gibt es im Grunde genommen wenig, was wir von dieser Stelle aus für Sie tun können. Der Wunsch nach Familienzusammenführung erhöht natürlich die Ausreisechancen. Vor allem müssen Sie sich an das Bundesministerium für innerdeutsche Beziehungen in Bonn wenden«, sagt er und kramt in der Schublade seines Schreibtischs. – »Das haben wir doch längst«, sagst du etwas ungehalten. »Meine Mutter hat an Franke geschrieben und jetzt auch schon an Barzel. Sie war bei Krethi und Plethi und wird auch nur vertröstet. Ich weiß ja nicht«, sagst du, »vielleicht hat Kohl gar kein Interesse an uns, den anderen Deutschen. Wir können ihn ja auch nicht wählen.« – »Die Bundesregierung wird sich wie eh und je für Sie verwenden«, sagt Dr. Unger, »da gibt es keine andere Haltung.« Aus der Schublade zieht er ein Formular, das er dir reicht. »Wenn Sie das bitte gründlich studieren und ausfüllen möchten.« Ein gut leserlicher Hinweis warnt davor, den Fragebogen in die DDR zu versenden oder mitzunehmen. Du trägst deinen Namen, dein Geburtsdatum, deine Anschrift ein, machst Angaben zu Jakob, Eva und Leonore, zu deiner Mutter und zu deinem Onkel Viktor in Lindau, der gehört ja auch zur Familie. Dann reichst du das Formular an Unger zurück, der sich inzwischen eine Pfeife gestopft und angezündet hat. Er überfliegt die vier Seiten und fragt: »Warum wollen Sie überhaupt ausreisen? Sie haben doch gerade erst eine neue Familie gegründet.« Du bist ganz baff. Eine ganze Weile lang fällt dir keine Antwort ein. Ungers Tabak riecht nach Vanille. Dann sagst du: »Das ist eine lange Geschichte«, obwohl du hättest sagen können: Diese meine Wunde ist durch nichts zu schließen. – »Moment mal«, sagt Dr. Unger jetzt, kräuselt die Nase und zeigt mit dem Mundstück seiner Pfeife auf Leonores Namen. »Das ist Ihre Stieftochter?« – »Ja«, sagst du. – »Das da«, sagt er und tippt auf Devrient, »ist also ihr Nachname? So hieß Ihre Frau mal?« – »Bis sie geschieden wurde«, antwortest du. – »Also heißt der Exmann Ihrer Frau so?« – »Genau.« – Dr. Unger klopft seine Pfeife aus und erhebt sich: »Bitte warten Sie einen Augenblick. Ich hole Sie gleich ab.« Die Fühler der Wanze sind länger als ihre Beine.

»Wir haben Glück, dass die Sicht heute so gut ist. Die ganze Stadt liegt uns zu Füßen.«

»Ja, wir haben Glück. Schau, das da ist der Dom. Seit diesem Jahr ohne Gerüst.«

»Und dort drüben ist deine Arbeitsstelle, die Uni, nicht wahr?«

»Die Philosophen haben die Welt nur verschieden interpretiert, es kommt drauf an, sie zu verändern.«

»Von wem ist das?«

»Das ist von Marx. Steht Gold auf Marmor im Treppenhaus meiner Arbeitsstelle.«

»Marx ist Murks, und in diesem Satz steckt das ganze Übel.«

»Weißt du, in den Kastanien hinter dem Dom lassen sich im Herbst die Stare nieder. Das ist ein Lärm, das solltest du mal erleben. Manchmal sitze ich in meinem Büro unterm Dach, und auf einmal ist das Licht weg. Als würde jemand ein dunkles Tuch über den First ziehen. Das sind die Stare, die darüber hinwegrauschen und die Kastanien ansteuern. Ein Schwarm von schwarzen Jahren. Auf dem Nachhauseweg höre ich sie dann in den Bäumen, noch bevor ich sie sehe. Aber ich geh nicht unter ihnen durch, es ist scheißgefährlich. Sie sind zu Hunderten! – Warum lachst du?«

»Schnatterinchen.«

»Ich habe sonst niemanden zum Reden.«

»Wirf mal einen Blick in den Westen. Die roten Flecken, das sind ihre Tennisplätze, die blauen ihre Swimmingpools.«

»Und das Graue dort, das sind ihre Trabantenstädte. Da wohnen jene, die die Bälle aufsammeln und die Pools putzen.«

»Ja, das Theater des Westens. Es gibt die ganze Bandbreite. Aber alle haben die gleichen Chancen.«

»Träum weiter. Der Westen hat eine eigene Grammatik, er kann unverbrüchliche Worte steigern. Zum Beispiel das Adverb ›gleich‹. Außerdem gibt es nichts Einsameres als einen Swimmingpool im Winter.«

»Ist das da nicht die Siegessäule?«

»Du willst nicht mitdenken.«

»Dostoprimetschatelnosti. Ist es nicht erbärmlich, wie wenig vom jahrelangen Russischunterricht bleibt.«

»Ich kann noch Russisch.«

»Ich kann nur noch sagen, wo und wann ich geboren wurde. Und ich weiß, was Laubhütte auf Russisch heißt. Denn Lenin hat sich in Rasliw in einer Laubhütte versteckt, f schalaschje. So einen Mist haben sie uns eingetrichtert. Mit einem leibhaftigen Russen habe ich nie sprechen können.«

»Ich hatte mal einen Brieffreund in Omsk.«

»Soso, einen Brieffreund.«

»Die Siegessäule ist übrigens ein Kriegsdenkmal.«

»Und der Russenpanzer davor ist ein Friedensdenkmal.«

»Kann man so sehen.«

»Kann man eben nicht.«

»Ja, Frank.«

»Eva, was ist denn mit dir?«

»Nüscht.«

»Ich finde, diese Stadt ist wie ein Roman. Da oben, das ist doch der Knast von Moabit, wo Franz Biberkopf einsaß.«

»Er saß im Tegeler Gefängnis.«

»Echt? Seine Strafe aber begann mit seiner Freilassung, das weiß ich genau.«

»Es ist doch immer nur ausgedacht und zusammengereimt.«

»Du gräbst dir und deinem Fach gerade selber das Wasser ab.«

»Ach, all diese Selbstsüchtigen, diese gekränkten Kinder, die der Welt weismachen wollen, es gehe ihnen um die Allgemeinheit. Es geht ihnen doch immer nur um sich. Muttersöhnchen und eitle Fatzken sind das, die ihre Familien mit Füßen treten und keinen Sinn für Diskretion haben. Die behaupten, was zu erfinden, aber ihre Erfindungsgabe reicht noch nicht mal bis zur nächsten Ecke, hinter der der Besucher verschwindet, der etwas Wirklichkeit ins Haus gebracht hat, was dann gleich ins Tagebuch oder sonst wo hineingeschmiert wird. Schriftsteller sind Schweine.«

»In welch ein Wespennest hab ich denn da gestochen?«

»Ist doch wahr. Alle romantisieren ihn immer, den Schriftsteller.«

»Apropos, Eva: Morgen, das klappt wirklich mit der Besichtigung?«

»Wie oft denn noch: um vier.«

»Komm, ich zeig dir, wo ich als Kind in den Westen geschlüpft bin.«

»Du warst im Westen?«

»Vor dem Mauerbau. Martha und Katja wohnten an der Warschauer Brücke. Als Junge war ich in den Ferien bei ihnen. Sie sind auf die Märkte gefahren, bis nach Potsdam, um Kurzwaren zu verkaufen. Schon als Stift war ich ein begabter Füßlingverkäufer. Die Damen haben geseufzt und mir die Dinger aus der Hand gerissen.«

»Dass du irgendwas zwischen Krämer und Eintänzer bist, das wusste ich ja. Aber dass du Berlin kennst, hast du mir nie gesagt.«

»Beide Seiten. Als ich älter war, hab ich mich vor dem Markt gedrückt und bin heimlich mit der S-Bahn nach Gesundbrunnen gefahren. In den Kneipen habe ich Akkordeon gespielt, bis ich das Geld für eine Kinokarte zusammenhatte. ›Das süße Leben‹ mit Anita Ekberg! Ich konnte nächtelang nicht schlafen.«

»Meine Rede.«

»Ach, komm schon. Die Stadt hat mich immer fasziniert.«

»Und jetzt bist du bald ein Berliner.«

»Erst mal muss ich meinen Ausweis wiederkriegen, eine Arbeit finden und die Zuzugsgenehmigung erhalten.«

»Erst mal musst du deinen Ausreiseantrag zurückziehen, schätze ich.«

»Wieso? Weil ich sonst keine Genehmigung kriege?«

»Frank, was findest du nur an diesem Scheißwesten. Dein Sohn ist hier, ich bin hier. Hast du nicht gehört, was Frau Trunckbrodt gesagt hat? Ohne Familie ist alles nichts.«

»Laufend machst du den Westen madig. Was weißt du überhaupt darüber, Eva? Und du fragst nie, was ich über den Osten weiß. Ich habe dieses Land hier vermessen, und ich kann dir sagen, dass es vergiftet ist.«

»Ich weiß mehr über den Westen als du.«

»Natürlich.«

»Ich war einmal da.«

»Wo warst du.«

»In Kassel.«

»Wie kommst du nach Kassel.«

»Kassel ist die Hölle.«

»Ich fragte, wie du dahin kommst.«

»Wegen meines kleinen Sohns. Wir wollten, dass er wieder gesund wird.«

»Du hast einen Sohn? Wo ist dieser Sohn?«

»Er ist eingeschlafen.«

»Er ist?«

»Er schläft in den Lüften.«

»Eva, warum hast du mir das nie erzählt!«

»Ich habe es dir geschrieben, auf die erste Postkarte. Du hast mich nie gefragt.«

»Ich dachte, du meintest deinen Mann, den du verloren hast.«

»Ich meinte meinen Sohn.«

»Was war mit deinem Sohn.«

»Er ist in Kassel eingeschlafen. Keiner der bedeutenden Westärzte hat ihn heil gemacht. In den Lüften kannte er niemanden, aber jetzt kennt er deine Frau. Ich bin froh, dass er in ihrer Obhut ist. Sie gibt gut auf ihn acht. Ich habe ihr versprochen, dass ich auch auf dich und Jakob achtgeben werde. Dass ich euch glücklich mache.«

»Eva –«

»Er heißt Heinrich. Nicht meine Idee. So ein alter Name für so ein kleines Kind. Aber er ist immer so ernst gewesen wie ein alter Mann. Nach der ersten Operation stand er am Ende eines langen Krankenhausflurs und wartete auf mich. Je näher ich kam, desto kleiner wurde er. Er lächelte nicht, bewegte sich nicht, er sah mich nur an, mein Sohn, der zweijährige Greis. Ich bin so froh, dass Heinrich bei Friederike ist.«

»Das Leben ist zu Ende mit dem Tod.«

»Nein, Frank. Solange wir uns erinnern, ist niemand gestorben.«

»Und warum hast du mir nicht gesagt, dass du schon einmal im Westen warst?«

»Der Westen konnte auch nicht helfen. Der Westen ist ein Parkhaus, ein Kaufhaus. Darin habe ich meinen Sohn verloren. Ich musste zurückgehen, um ihn wiederzufinden.«

»Was war mit Leonore in der Zeit? Haben sie sie als Pfand zurückbehalten?«

»Nein. Sie war dabei. Sie hing sehr an ihrem kleinen Bruder.«

»Aber wie geht das denn, dass sie euch alle rausgelassen haben.«

»Es ist alles meine Schuld. Dabei kann ich doch lesen. Ich hätte ja nur eins und eins zusammenzählen müssen. Denn du hast es mir ja gleich am Anfang geschrieben, wo du am liebsten wärst. Ich schäme mich, dass ich so dumm gewesen bin.«

»Ja, Eva. Du warst gewarnt.«

Raum 417 hat keine Fenster. Decke und Wände sind mit Holz verschalt, ein großer, sich verjüngender Tisch nimmt ihn fast zur Gänze ein. Dr. Unger zieht für dich einen Stuhl hervor und nimmt an der langen Tafel Platz. Über euren Köpfen streuen Neonröhren ihr hartes

Licht. »Hier können wir ungestört reden«, sagt Unger, nun nicht mehr durch die Nase sprechend. »Das ist unser abhörsicherer Raum.« – »Sieht aus wie eine Sauna«, sagst du. – »Ja«, lächelt Unger, »so warm wird es hier auch. Wir gehen nämlich davon aus, dass die Stasi unsere Büros verwanzt hat oder ihre Richtmikrofone auf uns hält. Darum haben wir diesen faradayschen Käfig bauen lassen. Alle wichtigen Dinge werden hier besprochen.« – »Was ist denn plötzlich so wichtig?«, fragst du. – »Der Name Devrient«, sagt Unger. Bevor du nachfragen kannst, ertönt ein Signalton, und das Lämpchen neben der Tür leuchtet auf. Unger geht zur Tür und lässt eine große Frau mit Bluse und plissiertem Rock ein. Die Frau nickt dir freundlich zu, stellt ein Tablett auf dem langen Tisch ab, verteilt Unterteller und Tassen und schenkt dir, Unger und sich Kaffee aus einer chromglänzenden Kanne ein. Dann setzt sie sich links neben dich. »Herr Friedrich«, seufzt sie, »weiß Ihre Frau von Ihrem Ausreiseantrag?« Du musterst die Frau, deren Alter schwer zu schätzen ist. Sie hat kurz geschnittene Fingernägel und trägt außer einem Siegelring keinen Schmuck. – »Natürlich«, antwortest du. – »Will Ihre Frau auch ausreisen?«, fragt die fremde Frau. – »Meine Frau«, sagst du ohne Überzeugung, »geht dahin, wo ich hingehe.« – »Das dürfte schwerlich klappen«, sagt die Frau und blickt dich steingrau an. – »Wieso«, sagst du und fragst dich, ob sie dein Hinterstübchen verwanzt haben, die Typen von der Ständigen Vertretung. – »Dr. Unger, bitte«, sagt die Frau, lehnt sich zurück und führt ihre Kaffeetasse zum Mund.

Drei Frauen mit einem Baby warten vor dem Haus Nummer 44. Das Baby schläft in einem Wickeltuch, das sich seine junge Mutter, die selbst noch ein Kindsgesicht hat, um den Körper gewunden hat. Es ist ein sterbensgrauer Sonntag.

»Meine Frau lässt sich entschuldigen«, sagt Frank Friedrich und gibt den Frauen die Hand. »Es geht ihr nicht gut, sie bat mich, Ihnen die Wohnung zu zeigen.«

»Was hat sie denn?«, fragt die alte Frau Trunckbrodt besorgt. »Kopfschmerzen«, sagt Frank und öffnet die Haustür mithilfe eines Durchsteckschlüssels. Gleich links liegt die Wohnung. Mit einem Schnalzen springt das Licht an. Eva hat ihm gesagt, dass Leonores Vater ihr versprochen habe, sein Zimmer zu öffnen und aufzuräumen. Natürlich sei er nicht anwesend.

Dennoch pulst das Blut in Franks Ohren. Er schließt die Tür auf, das Baby gibt einen Laut von sich, die Tür öffnet sich einen Spaltbreit und prallt zurück. Das Baby weint. Die Tür ist angekettet.

Auf dem Klingelschild steht nur der Name Devrient.

»Die Devrients«, sagt Unger, »sind sozusagen preußischer Uradel. Das ist eine alte hugenottische Familie, die seit Generationen dem Staat dient, egal, wer gerade über Preußen herrscht. Die Laufbahn ist immer gleich: Graues Kloster, Militär, Jurisprudenz, Synode, Partei, Staatsapparat.« – »Nicht wahr, Dr. Unger?«, sagt die Frau und lächelt kaum merklich. – »Im Fall von Devrient«, fährt Unger verschnupft fort, »kam der Krieg dazwischen.« – »Nun, der Krieg kommt ja immer dazwischen«, wendet die Frau ein. »Sagen wir so: Die Nazis kamen dazwischen. Devrients emigrieren in die Schweiz, es gibt befreundete Bankiers. Die Schweiz aber ist ein unsicherer Kantonist, ha, also weiter nach London. Dieter Devrient ist der Benjamin, das Nesthäkchen, noch keine achtzehn. Geige, Aktzeichnen, Enemy Alien. Wie kommt so einer zu den Kommunisten? Dank Einsamkeit und Exil.« Die Frau wirkt betrübt. »Als es ungemütlich wird für die Deutschen in England, flieht Devrient allein nach Moskau. Dort Komintern und KPD, Arbeit als Modellbauer, Heirat mit Jekaterina, einer Funktionärstochter. Im Mai fünfundvierzig Rückkehr nach Deutschland.« – »Wer ist Dieter Devrient?«, fragst du. – »Der Schwiegervater Ihrer Gattin«, sagt die Frau, »also der Ex-Schwiegervater.« – »Und der Großvater Ihrer Ziehtochter«, ergänzt Unger und nimmt den Faden auf: »Nach fünfundvierzig das Übliche, soweit bekannt: MfS, SED, Spionageabwehr, Diplom-Jurist, Geburt dreier Kinder: Tatjana, Timur und Thomas. Promotion an der JHS Potsdam, ein paar Jahre später Promotion zum Dr. phil. an der Humboldt, zur selben Zeit, als sein Sohn Thomas dort studiert.« – »Der Exmann Ihrer Gattin«, erklärt die Frau. – »Heute«, fährt Unger fort, »ist Devrient Generalmajor und verantwortlich für die militärische Aufklärung gegen uns, die Staaten und die NATO. Er ist einer der wichtigsten Männer des Apparats. Trotzdem Fagott und Lyrik. Ein kultivierter, weltgewandter Mann, gern gesehener Jagdgast in der Schorfheide beim Generalsekretär oder bei Theaterpremieren.« – »KMO und VVO in Gold«, sagt die Frau, »unser Feind.« – »Woher wissen Sie das alles?«, lachst du, der du nicht mal die Hälfte verstanden hast. »Und warum erzählen Sie mir diese James-Bond-Geschichten?« – »Seien Sie doch nicht naiv«, erwidert die Frau mit dem grauen Blick. »Glauben Sie, wir überlassen denen das Feld?« – »Sie sind …«, sagst du und suchst nach dem richtigen Begriff, »… von der West-Stasi.« Du merkst, dass du seit geraumer Zeit schwitzt. – »Ich darf doch bitten«, sagt Unger. – »Wir versuchen nur«, sagt die Frau, »alle fried- und freiheitsliebenden Deutschen zu schützen.« Sie steht auf. »Unger, öffnen Sie diese Schwitzhütte.« Dr. Unger geht zur Tür und drückt einen Knopf. »Wir helfen Ihnen gern«, sagt die Frau, »lieber Herr Friedrich.« Da ist er wieder, dieser Herr Friedrich, der dir nicht geheuer ist. Du musst an den ABV denken, der dir den Herrn in der letzten Faschingssaison vor die Füße gespuckt hat, und soeben hat man ihn dir mit etwas Gift gereicht. »Sie haben nicht irgendwen geheiratet«, sagt die Frau. Von außen wird die Tür geöffnet. – »Eva«, sagst du, »ist ihr eigener Mensch.« – »Sehen Sie«, sagt die Frau, »das versuchen wir Ihnen gerade zu erklären: Sie ist mitnichten ihr eigener Mensch.« – »Sie ist geschieden und hat sich von diesen Leuten losgesagt«, sagst du und fragst dich, ob sie dir zu verstehen geben wollen, dass *du* nicht dein eigener Mensch bist, obwohl sie deiner unverbrüchlichen Freiheit zu ihrem Recht verhelfen sollen. – »Wie gesagt, Herr Friedrich, wir helfen Ihnen gern«, wiederholt die Frau und verlässt den Raum. Du siehst diesem Unger ins Gesicht, er sieht weg. »Was passiert mit meinem Fragebogen?« – »Der geht sofort nach West-Berlin und von da an einen Staatssekretär im BMB, der sich um die Lösung humanitärer Fragen kümmert.« Du nimmst deine Tasche und schüttelst den Kopf. Du bist ein ganz kleines Tier, womöglich eine Wanze. In der Halle wartet inzwischen ein Dutzend Menschen, Männer und Frauen, paarweise und allein. Sie sitzen in den Polstern und haben ihre Köpfe in Nachrichtenmagazine und Autohefte gesteckt. Sie sehen dich nicht. Rüdiger Pfeiffer ist nicht darunter. Unger reicht dir die Hand und sagt: »Lassen Sie sich von uns helfen, Herr Friedrich.« Eine Schleuse und zwei Stufen später bist du wieder im Osten. Ein Mercedes parkt vor dem weißen Haus, und ein eleganter Mann erwartet dich. »May I see your passport, Sir?«, sagt er. Du kramst eine Stuyvesant aus der Tasche, sie ist geknickt. Du brichst eine Hälfte ab und suchst vergeblich nach einem Feuerzeug. Es ist ja Pfeiffers Parka, den du trägst. Der Mann gibt dir Feuer.

Berlin, die Hauptstadt der DDR, wird mit jedem Jahr schöner. Überzeugen Sie sich selbst davon!

16. Helsinki

Frank Friedrich L., den 11.12.1982
Regenstr. 27
7030 L.

Kanzlei des Staatsrates der DDR
Abt. Eingaben der Bürger
<u>102 Berlin</u>
Marx-Engels-Platz

<u>Betreff:</u> Antragstellung auf Familienzusammenführung und Ausreise aus der DDR

Am 1. Dez. 1982 stellte ich wiederholt o.g. Antrag für meinen Sohn Jakob Friedrich, meine Frau Eva Friedrich, geb. Meyenburg, ihre Tochter Leonore Devrient und für mich beim zuständigen Stadtbezirk. Daraufhin wurde ich zum 9. Dez. 1982 vorgeladen. Der Stellvertreter des Inneren, Herr Diesel vom Stadtbezirk Süd, lehnte den Antrag ab, ohne sich die Mühe zu machen, eine eindeutige Begründung dafür zu geben. In all den Jahren meiner vergeblichen Antragstellung hielt das keine der zuständigen Stellen oder Personen für nötig. Dabei verstößt der ablehnende Bescheid gegen Geist und Wort der UN-Charta und der KSZE von Helsinki. Der lapidaren Begründung des Herrn Diesel, daß es kein Gesetz der DDR gibt, das eine Ausreise gestattet, möchte ich das Interview E. Honeckers mit der „Saarbrücker Zeitung" entgegenstellen, wo es in

Beantwortung der dritten Frage heißt: „Die DDR hält sich an das Völkerrecht ... Völkerrecht geht vor Landesrecht."
Das ist Bestandteil der Verfassung der DDR: „Die allgemein anerkannten, dem Frieden und der friedlichen Zusammenarbeit der Völker dienenden Regeln des Völkerrechts sind für die Staatsmacht und jeden Bürger verbindlich." Kapitel 1, Artikel 8, Absatz 1.
In diesem Sinne hat die DDR als Signatarstaat Verpflichtungen übernommen, die sich aus der UN-Charta

   Art. 1, Abs. 3)
   Art. 2, Abs. 2)
   Kapitel IX, Art. 55, Punkt c)
   Kapitel XVI, Art. 103

ergeben.
In der KSZE unter Kapitel VII heißt es: „Auf dem Gebiet der Menschenrechte und Grundfreiheiten werden die Teilnehmerstaaten in Übereinstimmung mit den Zielen und Grundsätzen der Charta der VN und mit der Allgemeinen Erklärung der Menschenrechte handeln."
Jedoch stehen diese von der DDR signierten Dokumente in krassem Widerspruch zu der vom Stadtbezirk gefällten Entscheidung. Offensichtlich sind dem Herrn Diesel die Artikel der Allgemeinen Erklärung der Menschenrechte, insbesondere

   Art. 2, Absatz 1,2
   Art. 3
   Art. 12
   Art. 13, Absatz 1,2

Art. 15, Absatz 1,2
Art. 18
Art. 19
Art. 28
Art. 29, Absatz 1,2 und 3

nicht bekannt.
Ich verwahre mich entschieden dagegen, daß die Bearbeitung meines Antrages unter Vorzeichen geführt wird, die den Dokumenten der Vereinten Nationen und der KSZE widersprechen und meine Grundfreiheiten erheblich einschränken. Ich erwarte die erneute Bearbeitung meines Antrages auf Ausreise und Entlassung aus der Staatsbürgerschaft der DDR für mich und meine Familie.

                                        Frank Friedrich

Bezirksverwaltung
für Staatssicherheit   L., 19. Januar 1983
Abteilung XVIII/5   do/2172

<u>A k t e n v e r m e r k zu OV - „H e c h t"</u> Reg.-Nr. <u>XIII/110/82</u>

Am 09.01.83, 18.30 Uhr, wurde durch den Unterzeichner das Wohngebiet des Verdächtigen kontrolliert.

Dabei wurde an Hand der erleuchteten Wohnräume des Verdächtigen festgestellt bzw. vermutet, daß eine Zusammenkunft von mehreren Personen in der Wohnung des Verdächtigen erfolgte.
Unmittelbar vor dem Wohngrundstück des Verdächtigen war ein PKW VW-Golf/ocker mit dem polizl. Kennz. SN 07-57 geparkt.
Im Ergebnis der Überprüfung des PKW-Kennzeichens am 10.01.83 wurde als Fahrzeughalter der

P f e i f f e r, Rüdiger
geb. am: 18.08.50
wh.: 7030 L., Helenenstr. 12

ermittelt.
Pf. ist als RE-Person für die BV L. KD L.-Stadt erfaßt.
Aus o.g. Feststellungsergebnis kann geschlußfolgert werden, daß der Pf. sich am 09.01.83, in der Zeit um 18.30 Uhr, im Haus des Verdächtigen in der Regenstr. 27 aufhielt.
Hiermit wird dokumentiert, daß der Verdächtige Kontakt zum Pf. hat.

Dobysch Obltn.

★

ZEUGNIS

DEUTSCHE DEMOKRATISCHE REPUBLIK
Zehnklassige allgemeinbildende polytechnische Oberschule

Jakob Friedrich
geb. am 10.11.1969 Klasse 7b

1. Halbjahr 1982/83

Betragen	4	Ordnung	4
Fleiß	4	Mitarbeit	5

ZENSUREN

Deutsche Sprache und Literatur	3	Werkunterricht	4
Literatur	4	Einführung in die sozialis. Produktion	5
Muttersprache	4		
Mündlicher und Schriftl. Ausdruck	3	Techn. Zeichnen	/
		Produktive Arbeit	/
Rechtschreibung und Grammatik	2		
Russisch nach 3-jährigem Unterricht	4	Geschichte	3
Staatsbürgerkunde	5		
Mathematik	4	Kunsterziehung	4

Physik	4	Musik	4
Astronomie	/	Sport	5
Chemie	/	Biologie	3
		fakultativ	
Geographie	4	Nadelarbeit	/
Englisch	3	Französisch	/
nach 1,5-jährigem Unterricht		nach jährigem Unterricht	

Versäumnisse: 17 Tage entschuldigt, 23 Tage unentschuldigt

L., den 4. Februar 1983

Dornbusch   *A. Papaioannou*
  Direktor / Schulleiter   Klassenleiter

Kenntnis genommen: *Eva Friedrich*
                                   Erziehungsberechtigte

Frank Friedrich   L., den 08.02.1983
                        Regenstr. 27
                        7030 L.

Rat des Stadtbezirkes Süd
-Innere Angelegenheiten-
Schenkendorfstr. 10-14
7030 L.

Betreff: Antragstellung auf Familienzusammenführung
         und Ausreise aus der DDR

Sehen Sie sich der Tatsache gegenübergestellt, daß
ich mit heutigem Datum mein Arbeitsrechtsverhältnis
mit dem VEB Chemiekombinat Leuna aufkündige. Ich
betrachte diesen Schritt als eine Form des Protestes.
Damit will ich ausdrücken, daß ich mit aller
Konsequenz zu meiner Antragstellung stehe. Weiterhin
will ich darauf hinweisen, mit welcher Ignoranz
und Rücksichtslosigkeit bestehende Verträge und Gesetze
gebrochen und hintergangen werden. So werden
humanitäre Fragen einer inhumanen Praxis unterworfen.
Mir bleibt keine Wahl.

                                    F. Friedrich

17. Die große und die kleine Geduld

»Ja-kob!«

Bleib liegen, steh nicht auf. Es könnte eine Sommerwiese sein, in der du lang liegst. Du wärst überzählig und könntest eine Sprache denken, die nicht registriert ist. Du könntest den im Bach fließenden Tag stauen und umleiten. Sauerampfer könntest du kauen, während am Himmel ein Kondensstreifen ausflockt. Das ist doch schön. Auch die Furcht und die Scham flocken irgendwann aus. Bleib also liegen. Lass Jakob Friedrich aufstehen. Ihr wisst beide, dass hinter Schön Scheiße lauert, und wer aufsteht, tritt rein. Du brauchst jetzt nicht aufzustehen. Er muss. Bleib also liegen. Schließ die Augen, und schau ins Blaue. Schau ihn an, wenn du musst, aber schließ die Augen. Es ist sein Name, der gerufen wird, nicht deiner.

»Ja-kob!«

Eine Silbenstufe wird mit links, eine mit rechts genommen, der Name steigt die ganze Treppe hoch, bis vor die Unmissverständlichkeit, hinter der jener Ja-kob im Bett liegt. Dreizehn Haare hat er inzwischen am Sack und dank ML ein Zelt errichtet, das er schleunigst abbauen muss, wenn er sich nicht blamieren will. Eigentlich steht ML für Marxismus-Leninismus. Jakob und Falk haben sich die beiden Buchstaben ausgeliehen, um unverfänglich darüber reden zu können. Bei den Großen haben sie sich das abgehört, die auch etwas sagen und etwas anderes meinen. Wofür steht RGW? Wofür EVP? Hinter jeder Abkürzung versteckt sich ein Witz. Hattest du heute schon ML?, fragt Falk auf dem Schulhof. Weil bald Frühling ist, üben die Vögel wie blöd. – Ja, in der nullten Stunde, grinst Jakob. Er steht auf einem Pausenstein, Hände in den Hosentaschen. – Aber wir haben noch gar kein ML, sagt Kerstin, die als einziges Mädchen auch auf einem Stein stehen darf. – Du nicht, wir schon, sagt Falk. – Ist fakultativ, sagt Jakob, nullte Stunde. – Klaro, sagt Kerstin, und Maulwürfe spielen Mau-Mau.

»Ja-kob!«

Die Tür fliegt auf, und jetzt fängt der unabwendbare Tag an. Hoch atmend steht Leo im Raum, in Wollsocken und Nachthemd, Haare wie der Pumuckl. Beidhändig hält sie die Strickjacke mit der Filethäkelpasse zu. Scheiße, bist du taub? Schnell dreht er das ML-Zelt zur Seite. Warum schreist du denn so. – Du musst sofort kommen!, schreit sie weiter. – Wieso denn? – Wir haben Herrenbesuch! – Was denn für Herren? – Vier Herren von der Straße! – Von der Straße? – Und zwei Damen von nebenan! – Von nebenan? – Quatsch mir nicht alles nach, und komm endlich!, schreit sie. – Hör mal auf, so zu bläken! Wegen ML kann er noch nicht aufstehen. Wieso hat Vater die überhaupt reingelassen?, fragt er, um Zeit zu gewinnen. – Mutter hat sie reingelassen!, schreit Leo. Und: Dein Vater ist gar nicht nach Hause gekommen. Im Handumdrehen knickt das ML-Zelt ein. Das M steht in Wahrheit für Morgen und das L für Latte. Es ist Sonntag, der 13. März, 9 Uhr 33. Jetzt kann Jakob Friedrich aus dem Bett steigen. Besser gesagt: Er muss.

»Ja-kob!«

Seit er nicht mehr trainiert, pennt er bis in die Puppen. Seine Muskeln wachen gar nicht mehr auf, seine Arme schlenkern am Körper, und die Knie tun ihm seit Neuestem weh. Sein großer Zeh ist nicht mehr der längste, er gehört jetzt zu den Menschen, denen nicht zu trauen ist. Über Nacht wird ein weiches Haar auf seiner Oberlippe zu einem borstigen, und die Haut, durch die sich das Haar gebohrt hat, entzündet sich. Auch seine Nasenspitze und seine Vorhaut entzünden sich einfach so, na ja, und in seiner Ohrmuschel nistet ein Mitesser, der das Ohr zum Glühen und dann zum Platzen bringt. Schon zweimal hatte er eine eitrige Beule auf dem Kinn und musste sich von seinem Vater einen Stipps Penatencreme draufmachen lassen, wie ein Mädchen. Er kennt seinen Körper nicht mehr, der plötzlich ML hat, auch in Staatsbürgerkunde, der schwillt und juckt. Er zieht die blaue Trainingsjacke von der KJS über, die er einfach behalten hat, und folgt Leo. Im Linoleum sind die Schnittwunden zu sehen, die seine Schlittschuhe hinterlassen haben. Im ersten Stock hockt Theo und späht, umringt von seinem Schwanz, durch die Treppenpfosten nach unten. Vier gescheitelte Herren stehen vor Eva, und Elvira Voss und Gundula Meister füllen den Rahmen der Flurtür aus. Eva trägt einen blauen Kimono mit fauchendem Drachen. Darunter ist sie nackt, weil sie so schläft. Sie stemmt die Hände in die Hüften und sieht aus wie eine schöne Meißner Vase mit zwei Henkeln. Sie ist barfuß. Ich, sagt sie laut und fest, verwehre Ihnen den Zutritt zu meinem Haus. Mein Mann kommt jeden Moment heim, und dann wird er Sie des Hauses verweisen. Mein Haus, mein Heim, denkt Jakob, der hier nicht erst seit drei Monaten, sondern schon immer lebt, und auch mein Vater, den er sein Leben lang kennt.

»Ja-kob!«

Einer der gescheitelten Herren holt ein Formular hervor. Der Bezirksstaatsanwalt hat angeordnet, dass die Wohnräume Ihres Mannes durchsucht werden, um beweiskräftige Gegenstände und Unterlagen sicherzustellen. – Was meinen Sie mit beweiskräftigen Gegenständen und Unterlagen?, fragt Eva. Lose Haare zerteilen ihr Gesicht. – Das missen Sie Ihren Mann frogen, sagt Elvira Voss, die Frau des ABV, in breitem Dialekt. Man würde ihr drei Kinder zurechnen, aber sie ist bloß fett. – Sie werden die Organe nicht an der Ausübung ihres Auftrages behindern, sagt der Mann, der Sandalen trägt, das werden Sie nicht. – Nu lassense die Herrschafden endlich ihre Orbeid mochen, sagt Elvira

Voss. – Wieso, sagt Eva, sind außerdem diese Frauen in meinem Haus? – Sie wurden als unbeteiligte Zeugen hinzugezogen. Wir handeln nach Recht und Gesetz. – Guten Morgen, Eva, sagt Gundula Meister, als trete sie erst jetzt ein. – Sind das alle, die sich momentan im Objekt befinden?, fragt der Herr und zeigt auf Jakob und Leo, die auf der untersten Treppenstufe stillstehen. Eva nickt. – Und hier, geht es hier zum Keller?, will einer der anderen wissen. – Ja, sagt Elvira Voss. Ein dritter Herr schiebt sich an Leo und Jakob vorbei und steigt die Treppe hoch. Er riecht nach nichts, und er hat kein Gesicht. Dachboden ooch noch, ruft er vom ersten Stock nach unten, und der vierte folgt ihm. Weil ihm das nicht behagt, kommt Theo herunter und setzt sich zwischen Leo und Jakob. Ich hatte gefragt, ob das alle im Objekt Befindlichen sind, sagt der Mann scharf zu Eva. – Aber das ist eine Katze, sagt Eva. – Ich untersage Ihnen, die Arbeit der Organe durch Falschaussagen zu behindern, sagt der Herr und macht sich Notizen. Ist das eine männliche oder eine weibliche Katze? – Weder noch, sagt Eva. Der Herr hört auf zu schreiben. Ich warne Sie, sagt er. – Aber es stimmt, sagt Jakob und hasst sich dafür, dass seine Stimme so piepsig klingt. – Bis vor einer Woche, sagt Eva, war das ein Kater. Dann wurde ihm das Skrotum abgezwackt. Der Herr sieht sie an. Er wurde kastriert, erklärt Leo leise. Noch immer sind ihre Augen ganz groß. Sie hat Schiss. Jakob hat auch Schiss. Wie der Herre, so's Gescherre, sagt Elvira Voss. – Jetzt bitte, Genossin Voss, sagt der Mann gereizt. Zu Eva sagt er: Ich warne Sie. – Nein, ich warne Sie, ruft Eva, und nun wackelt ihre Stimme doch. Sobald mein Mann da ist, wird er dem hier ein Ende machen. Der Herr steckt seinen Notizblock ein und geht an Eva vorbei in die Küche. – Der gommt so schnell nisch wieder, sagt Elvira Voss, die einfach nicht ihr Maul halten kann, und dann wird der das vornähme Gedue ganz schnell vergehn. Sie schält sich aus ihrem Pelzmantel, legt ihn über den Arm und stampft, die Pelzmütze auf dem Kopf, dem Gescheitelten hinterher. Die haben mich rausgeklingelt, flüstert Gundula Meister, ich hatte keine Wahl. – Leonore, sagt Eva und bewegt ihre Arme, die nur zu drei Vierteln von den Kimonoärmeln bedeckt sind, du gehst in den Keller und passt ganz genau auf, was der Mensch da macht. Ich bleibe hier im Erdgeschoss, und du, Jakob, sagt sie zu Jakob, kontrollierst die beiden oben. Merk dir alles, was sie mitnehmen, was sie reden und tun. – Was soll ich machen?, fragt Gundula Meister. Soll ich Frank Bescheid geben? – Ich habe keine Ahnung, wo er ist. Bevor auch sie in die Küche geht, sagt Eva noch: Man hat immer eine Wahl.

»Ja-kob!«

Der Mensch ist nicht nur ein gesellschaftliches, er ist auch ein biologisches Wesen. Ihn kennzeichnen der aufrechte Gang (Hände sind für die Arbeit frei), ein hoch entwickeltes zentrales Nervensystem (Ausbildung der Sprache, des Denkens und des Bewusstseins, planmäßige Arbeit, lange Jugendperiode zur bewussten Förderung durch Lernen und Training) und ein Leben in der Gesellschaft (humanitäre und hygienische Pflichten und Verantwortung für Mitmenschen und Gesellschaft). Der Mensch pflanzt sich geschlechtlich fort und ist lebendgebärend wie die anderen Säuger. Er ist vor allem aufgrund der hohen Entwicklung seiner geistigen Fähigkeiten in der Lage, den Zeitpunkt seiner Fortpflanzung und die Anzahl seiner Nachkommen weitgehend selbst zu bestimmen. Die Geschlechtsreife erlangt der Mensch in der Pubertät durch die Ausbildung seiner primären und sekundären Geschlechtsmerkmale. Die Pubertät aber ist ein schwieriges Thema, das oft falsch angepackt wird. Das sagt zum Schulanfang die neue Biolehrerin Fräulein Eichhorn, die frisch aus dem Seminar kommt. Sie will nichts wissen von einem Unterricht aus der Mottenkiste, will, dass die Schülerinnen und Schüler der 7b ihre Lehrbücher wegpacken und ohne Scheu das im Grunde gar nicht so schwierige und alle betreffende Thema der Pubertät anpacken. Die Jungen sollen eine Jungenwandzeitung, die Mädchen eine Mädchenwandzeitung zur Pubertät gestalten, ganz in ihren eigenen Worten. Die elf Jungen der Klasse, von denen maximal drei ernsthaft in der Pubertät stecken, finden sich im Werkraum zusammen. Sie sind angehalten, die inneren und die äußeren Merkmale der Pubertät anhand der Beobachtung des eigenen Körpers zusammenzustellen und auch etwas zur Körperpflege zu sagen. Lange sagen sie nichts. Sie schneiden drei farbige Kartonkreise aus und schreiben PUB, ER und TÄT darauf. Jeder reißt sich darum, die Buchstaben auszumalen. Als es nichts mehr auszumalen gibt, sagt Falk, dass Schuster mal erzählen solle, er habe die meisten Haare am Sack und im Gesicht. Inwiefern habe sich sein Körper verändert, jetzt mal abgesehen von den Haaren, was man im Übrigen auch schon mal aufschreiben könne. – Nu ja, sagt Schuster, ich bin aus dem Chor geflogen. Falk notiert: In der Pubertät wird die Stimme schlecht. Und was noch? – Nu ja, sagt Schuster. – Was? – Pickel, springt der kleine Kolja mit der reinen Haut bei. Auch am Rücken, übelst Streuselkuchen. Falk notiert: In der Pubertät gibt es Streuselkuchen. Und was noch? – Samenerguss, sagt der kleine Kolja mit seiner hellen Stimme. Falk notiert: In der Pubertät ergießt sich der Samen. Sonst noch was? – Träume, sagt Gottscheidt verträumt. Man hat so Träume. – Was für Träume?, fragt Falk. – Nu ja, sagt Schuster, von Weibern. – Von der Eichhorn, sagt Gottscheidt. – Von Sonja aus der Neunten, sagt Mirko Thiele. – Von Jakobs Schwester, sagt Falk. – Ist nicht meine Schwester, sagt Jakob. – Und von seiner Mutti, sagt Falk. – Das ist auch nicht meine Mutter, sagt Jakob. – Umso besser, sagt Falk, dann kannst du es mit beiden machen. Oder bist du noch gar nicht in der Pubertät? – Halt die Fresse, sagt Jakob. – Gereiztheit wegen dem Sexualhormon Testosteron, sagt der kleine Kolja. Falk notiert: In der Pubertät gibt es stärkere Gereiztheit wegen den Hormonen. Ich glaube, wir haben jetzt alles, sagt er. Sie heften ihre schütteren Erkenntnisse auf das Tuch, versuchen ihre wenigen Schnipsel möglichst eindrucksvoll über den roten Untergrund zu verteilen. Als die Mädchen den Klassenraum betreten, geraten Stolz und Entsetzen aneinander. Denn die Wandzeitung der Mädchen ist voll. Sie ist mit ellenlangen Zetteln, eng beschriebenen Kästen und expliziten Bildchen versehen, farbig ausgeschmückt und durch schnörklige Überschriften gegliedert. Kaum ein Fetzchen vom roten Tuch ist zu erkennen. Die Pubertät der Mädchen ist eine Gala, die der Jungen ein Zahnarztbesuch, dem durch Albernheit der Schreck genommen werden soll. Die Ergebnisse der Jungen präsentiert der kleine Kolja. Er spricht, als würde er über Vulkangestein oder Kolchosen reden. Nach zwei Minuten ist der Spuk vorbei. Nun gut, sagt Fräulein Eichhorn. Die Mädchen stellen ihre Wandzeitung gemeinsam vor. Jede nimmt sich eines Themas an. Peinlicherweise haben sie sich nicht auf die weibliche Pubertät beschränkt, sondern auch alles zur männlichen gesammelt. Sie haben Bücher zu Hilfe genommen und sprechen ohne Ironie. Bei Jungen, sagt Yvonne Schmitt, wachsen Bart und Schamhaare, und die Brust und der Rücken werden breiter. Allerdings setzt dieses Wachstum später als bei Mädchen ein, die natürlich an anderen Stellen wachsen. – Am Arsch, flüstert Falk. – Stimmbruch, sagt Doris Liebers, bezeichnet die körperliche Entwicklung von Kehlkopf und Stimmbändern, die gegen Ende der Pubertät zu einer Veränderung der Stimme führt. Bei Jungen vergrößert sich der Kehlkopf mehr als bei Mädchen. Gewöhnlich dauert es etwa ein halbes Jahr, bis man sich daran gewöhnt hat und die Töne beim Sprechen nicht mehr verrutschen. – Claudia Rothe erklärt: Der Junge bekommt auf der Oberlippe, am Kinn und an den Wangen Haare, den Bart eben. Zuerst ist es nur ein weicher Flaum, der dann stopplig wird. Ob ein Junge sehr viele Barthaare hat oder so gut wie gar keine, ist erblich bedingt. Wann der Bart zu wachsen beginnt, ist unterschiedlich. Bei manchen fängt es schon mit zwölf an, zum Beispiel bei Konrad Schuster, andere bekommen nie einen. Der Bart ist ein sekundäres Geschlechtsorgan. – Auch der Damenbart, flüstert Falk. Am Schluss spricht Kerstin. Sie redet über Scheidenflüssigkeit, Ejakulat und den Geschlechtsakt. Die Mädchen hören zu und werfen Seitenblicke auf die Jungs. Die feixen dümmlich. Sie sind einen halben Kopf kleiner und ihre Köpfe einen ganzen Farbton roter. Das habt ihr toll gemacht, Mädchen, sagt Fräulein Eichhorn, ich bin stolz auf euch. Davon können sich die Jungen eine große Scheibe abschneiden. Bitte hängt die Wandzeitungen auf, und ich schlage vor, dass die Jungs ihre Beiträge im Laufe des

Schuljahres ergänzen, bei ihnen ist ja noch reichlich Platz für Entwicklung. Doch nach den Winterferien verschwinden die Wandzeitungen und Fräulein Eichhorn. Falk sagt, sie habe einen Braten in der Röhre, zubereitet von einem Lehrer der 8. Polytechnischen Oberschule Hedda Zinner, also ihrer Schule. Das mit den Träumen, denkt Jakob, das hätte man vielleicht noch aufschreiben können. Und auch zur weiblichen Brust ist, im Gegensatz zur Menstruation, zu wenig gesagt worden.

»Ja-kob!«

Ein Herr wühlt im Damenschrank herum. Dort, wo früher Vaters Holzschrank stand, nimmt ein hohes weißes Möbel die ganze Breite der Wand ein. Hinter fünf Türen werden Evas Kleider aufbewahrt, hinter zweien Leos, alle Türen stehen offen, und der Herr zerrt ein Kleidungsstück nach dem anderen heraus: die von Jenny Posner geschneiderten Unikate, die Capes, Gürtel, Schals und den sibirischen Fuchs. Er befingert alles, fasst in Hosentaschen, wendet Jacken, wirft jedes Stück zu Boden, der Kleiderberg wächst und erdrückt den Fuchs, bunte Tücher und Strumpfhosen segeln auf Leos Bett. Es ziemt sich nicht. Entweder ist der Herr kein Herr, oder die Damen sind keine Damen. Jakob steht im Flur und beobachtet mit einem Auge den Herrn. Mit dem anderen beobachtet er den anderen Herrn, der nebenan in Vaters Zimmer auf dem Teppich kniet und Fotoalben, Aktenordner und Schnellhefter aus der Schrankwand nimmt. Ein-, zweimal blättert er durch ihr Leben, Brocken, Sandau, Friedhof, Cap Arkona, dann stülpt er das Album um, schüttelt es, aber es fällt kein loses Bild oder Blatt heraus. Also wirft er das Album in die Mitte des Raums, die Jakob nicht einsehen kann. Dann nimmt er einen dicken Ordner zur Hand, über dessen Rand Malpapiere und farbige Kartons ragen. Es sind Jakobs Zeichnungen und Klebearbeiten von der Kinderkrippe bis jetzt, die der Vater jeweils mit einer Altersangabe versehen und abgeheftet hat: Jakob, 9 J., Picasso mit fünf, Mein Jakob im Alter von drei. Die ersten Bilder zeigen grimmige Sonnen mit dürren Strahlen, es folgen Schneemänner, Sonnenblumen und Panzer in Tupftechnik, dann Vogel-Aquarelle, Ernteszenen im Kartoffeldruck, Stillleben, Munchs Schrei als Linolschnitt, am Schluss Selbstporträts mit viel Deckweiß im Auge. Es ist peinlich. Dürers Hase fehlt. Der Herr im Nebenzimmer schöpft perlmuttfarbene Unterwäsche aus dem Schrank und legt sein Gesicht hinein. Noch peinlicher. Er findet einen Flakon mit Zerstäuber, sprüht den Duft ins Zimmer und riecht ihm nach. Dann wirft er den Flakon weg, und der Glaswürfel poltert über den Boden. Der andere Herr kniet nun nicht mehr, er hat sich auf den Teppich gesetzt und blättert in einem Magazin mit nackschen Weibern. Er faltet das Poster in der Heftmitte auf und streicht es glatt. Miss November ist blond und braun. Ihr Haar fängt das Licht, das andere Haar verschluckt es. Sie sehen sich lange an, Miss November und der Herr. Sie haben keine Zukunft, denn Miss November lebt weit weg: Weizen, Weide, Wald, das Land eher flach, anders als sie selbst – das ist Wisconsin, da ist sie geboren. Ihre Mutter fragt noch, ob es denn unbedingt Vegas sein muss, und dann steht sie schon drin, mitten im Leben. Heute verdient sie ihr Geld als Model. Außerdem hilft sie einem Freund beim Verkauf von Trucks. Jakob weiß genau, was der Herr jetzt denkt, denn er hat es selber gedacht: unbestimmter Artikel oder Possessivpronomen? Ein Freund oder mein Freund? Er müsste nach Vegas fahren und das Frollein auf Herz und Nieren prüfen, der gekrümmt auf dem Teppich hockende Herr, der Miss November soeben aus der Heftmitte reißt, zusammenfaltet und in seiner Jacke verschwinden lässt. Er bleibt auf dem Teppich, weil er vermutlich ML hat und nicht aufstehen kann.

»Ja-kob!«

Auch der andere Herr hat seine Jacke anbehalten. Deren Bund rutscht nach oben und entblößt einen haarigen Steiß, als er Leos Matratze, die mal Jakobs war, hochstemmt. Auf der blaugesteppten Unterseite kann man die Ländereien von Dero königlich-bettnässender Hoheit bestaunen, von Jakob dem Ersten, der vergessen hat, dass er einmal nah am Wasser gebaut hatte, oben wie unten, und sich jetzt wieder dafür schämen muss. Schon als kleines Kind hat er sich geschämt, wenn er in einem feuchten Bett aufwachte, wie ihm jetzt einfällt. Er versteckte die Schlafhose, legte ein Handtuch zwischen Laken und Matratze und hoffte bei kaltem Unterleib, dass es niemand entdecken würde. Einmal verriet ihn die Großmutter, ansonsten blieb es in der Familie, und dann hörte es auf. Jetzt aber fördert es der Herr wieder zutage. Was soll nur der Herr von ihm denken und was der andere, der seine peinlichen Bilder gesehen hat? Auf dem Lattenrost findet der Herr ein Poesiealbum oder ein Tagebuch, jedenfalls ein schwarzes Buch. Der Herr legt Leos Geheimnisse in einen Plastekorb, auf dem ein Etikett klebt. Beschlagnahme Hecht steht darauf. Die sind vom Anglerverein, denkt Jakob. Er muss Leo sagen, dass man ihr Buch herausgefischt hat, dass sie sich schon mal aufs Schämen vorbereiten soll, aber er kann nicht weggehen. Er weiß nicht mal, ob er dem anderen Herrn folgen soll, der nicht mehr auf dem Teppich sitzt, sondern sich in den Tiefen des Raums, womöglich an Vaters Büchern, zu schaffen macht. Doch der Angler hält ihn davon ab. Der Angler wühlt in dem Weidenkorb herum, in dem sie alle vier ihre Schmutzwäsche sammeln. Kurzerhand kippt er den Korb aus, Vatersocken knüllen sich im Ärmel eines schwarzen T-Shirts von Leo, eine von Evas Blusen klammert sich an Jakobs Jeans. Das Knäuel Schmutzwäsche landet vor dem großen Kleiderhaufen. Der Angler zieht ein schwarzes Höschen daraus hervor. Er riecht daran, prüft den Spitzenstoff mit den Fingerkuppen, riecht noch einmal daran und lässt es in seiner Jacke verschwinden. Sein Gesicht ist nicht mehr leer, es ist rot. Aber wenn es rot ist, dann empfindet der Angler Scham. Das ist interessant. Ach nee, ruft von nebenan der andere Herr, das musst du sehen, Dempner. Erschrocken blickt der Angesprochene auf. Doppelt interessant: Er schämt sich nicht nur, er hat auch Schiss. Und auf einmal denkt Jakob, dass es so rum richtig ist: Nicht er oder Leo müssen sich schämen, nicht ihnen muss etwas peinlich sein. Die Herren vom Anglerverein, die sollten sich was schämen, und es sind auch keine Herren! Jener, der Dempner heißt, wechselt den Raum. Keen Rang und keen Name, Genosse Oberleutnant, raunt er, aber Jakob hört es trotzdem. – Drauf geschissen, du Idiot, sagt der Genosse Oberleutnant. – Zu Befehl, Genosse Oberleutnant Dobysch, sagt Dempner. Das wären dann schon mal zwei Namen und ein Dienstgrad, denkt Jakob. Die werde ich mir merken, und wenn Vater heimkommt, er kommt ja jeden Moment heim, dann werde ich ihm die Namen und den Dienstgrad sagen können. Ich werde ihm vom Hecht-Korb berichten, von der geklauten Miss November und vom gestohlenen Schlüpfer. Ich werde mir alles einprägen, Eheringe, Steiße und Sätze der Typen, die gar keine Herren sind, ich werde mir den Geruch ihrer Scham und ihrer Furcht merken. Und dann: Nu pogodi, ihr Kunden, ihr Angelarschlöcher!

»Ja-kob!«

In der Nacht hat es Streit gegeben. Der Vater hat gerufen, Eva solle aufhören mit ihrer Feigheit und Hörigkeit, während Eva gesagt hat, dass es nicht rechtens sei, sie alle da mit hineinzuziehen, er, Frank, denke nur an sich. Blödsinn, es sei doch nur eine einmalige Aktion, er müsse etwas unternehmen, er werde sonst noch verrückt vom Nichtstun, was könne schon passieren. Außerdem solle Eva zusehen, dass sie ihre Sache endlich geregelt bekomme, dann müsse er auch nicht so was anstellen. Es sei nicht ihre Sache, hat Eva geantwortet. Seinetwegen, um Franks willen, kümmere sie sich darum. Aber dass er mit diesem Pfeiffer hier Abend für Abend herumsitze und sie sich wie die Schuljungen verhielten, das gehe ihr gewaltig gegen den Strich. Ob er, Frank, denn nicht merke, was das für einer sei? Sie rede schon wie seine Mutter, hat der Vater geantwortet, aber er sei eben kein Schuljunge mehr. Er werde sich jetzt ein für alle Mal aus der Vormundschaft befreien, und zwar mithilfe von Gleichgesinnten. Gleichgesinnte, schönen Dank auch, hat Eva gesagt. Hinter Franks Rücken würde dieser Typ versuchen, ihr an die Wäsche zu gehen, ob er das denn nicht merke. Ein schöner Freund sei das, auf den er da baue. Sie, hat der Vater gerufen, sei so maßlos kokett, dass sie alles nur durch die eine Linse betrachten könne. Es tue ihm leid, aber es gehe leider nicht immer um ihre Attraktivität. Sie, hat Eva erwidert, verbitte sich derartige Reden. Maßlos sei allein die Impertinenz, mit der er, Frank, oben auf seinen Egoismus noch derartige Anschuldigungen sattle. Sie für ihren Teil setze nicht ihre Familie aufs Spiel, sie könne gut und gerne hier leben. Ich aber nicht, hat der Vater gesagt. Jakob hat im Versteck gesessen und gelauscht, bis der kastrierte Kater meinte, dass es nun höchste Zeit zum Schlafen sei. Nach einer Weile ist der Vater noch einmal zu ihm gekommen und hat sich auf die Kante seines Bettes gesetzt. Er hat gleichmäßig geatmet und sich schlafend gestellt. Sein Vater hat nach Rauch, Marbert Man, Schnaps und Leder gerochen. Mit dem Handrücken hat er ihm über die Wange gestrichen und ist ihm mit den Fingern durchs Haar gefahren. Es ist zwecklos, hat der Vater gesagt, ich weiß, dass du wach bist. Er hat die Augen aufgeschlagen und den Vater nicht nur gerochen, sondern allmählich auch gesehen. Gehst du noch weg?, hat er, das Kind, der Junge, der junge Mann gefragt. – Ja, hat der Vater geantwortet. – Zu Pfeiffer? – Ja, zu Pfeiffer. Es stimmt, der Vater und dieser Pfeiffer sehen sich fast jeden Tag. Den ganzen letzten Samstag war Pfeiffer hier gewesen. Den Vormittag haben sie sich in Vaters Zimmer verschanzt, das nun auch Evas Zimmer ist, und Eva hat gekocht. Zusammen mit Pfeiffers blasser Frau Karola und Pfeiffers blasser Tochter Jana haben sie zu Mittag gegessen, dann haben sie einen Spaziergang gemacht. Pfeiffer und der Vater sind vorneweg spaziert, sie haben Pläne geschmiedet, sie haben mit den Armen gerudert, sie waren weit vorneweg mit ihren Plänen. Nachmittags haben sie den Fernseher eingeschaltet, um den Ausgang der Wahl zu verfolgen. Der Vater ist aufs Dach gestiegen und hat die Antenne nach Westen gebogen. Ist völlig unscharf, hat Pfeiffer zu ihm gesagt, zu Franks Jungen. Flitz mal hoch und sag's ihm, hat Pfeiffer gesagt, aber Franks Junge ist nicht geflitzt. Er ist in die Küche gegangen, wo die Pfeiffer-Damen den Abwasch machten, während Eva rauchte und in einem Buch las. Im E-Werk arbeitete sie als Sekretärin, denn einer muss ja für das Brot und die Milch sorgen. Abends und am Wochenende promovierte sie. Sie durfte keinen Nagel in die Wand schlagen. Promovieren macht auch blass. Am Küchentisch hat Franks Junge an seine Großmutter geschrieben. »Liebe Omi«, schrieb er, »danke für die Bravo, Inge hat sie vorbeigebracht. Meine Zensuren«, schrieb er, »sind ganz okey, guter Durchschnitt, würde ich mal sagen, im Einzelnen wird dich das nicht interessieren. Eigentlich habe ich mich kaum verschlechtert, und wenn, dann liegt's am Alter. Das wenigstens sagt Papa, von dem ich dich wie immer schön grüßen soll. Er sitzt vor dem Fernseher und verfolgt ganz gespannt die Wahlen drüben bei dir. Sport mache ich keinen mehr. Der Trainer bettelt zwar, aber ich habe irgendwie keinen Bock. Theo haben wir letzte Woche entmannen lassen, weil doch bald das Frühjahr kommt und wir nicht wieder so einen Zinnober erleben wollen wie im letzten Jahr. Jetzt jubelt Papas Kumpel wegen der Wahl, und ich soll dir schreiben, dass du den Bräter schon mal in den Ofen stellen sollst, denn es wird nun ganz schnell gehen, und Papi hat Hunger auf sein Leibgericht (Kohlrouladen, soll ich schreiben, also schreibe ich es dir). Hast du auch den Kohl gewählt? Schöne Grüße, dein Jakob.« Später, am Abend, hat Pfeiffer noch mehr gejubelt, der Wodka hat ihm dabei geholfen, auch beim Singen: Deutschland, Deutschland über alles, über alles in der Welt, hat er gesungen. Da lag Franks Junge schon im Bett, schlaflos wie jetzt. Aber morgen fährst du mich zur Christenlehre, sagt er zum Vater, der noch immer auf der Bettkante sitzt, jedoch den Reißverschluss seiner Lederjacke zugezogen hat. – Pionierehrenwort, sagt der Vater, und nach einer kurzen Pause sagt er ohne Ironie: Die man liebt, mit denen streitet man. Zumindest ich. Mit deiner Mutter habe ich auch gestritten. Noch einmal streichelt er seine Wange. Willst du mich irgendetwas fragen? Er will schon den Kopf schütteln, doch da wird ihm klar, dass das feige ist. Nicht nur der Vater ist feige gewesen in all den Jahren, er selbst war es auch. Also fragt er: Wie hat meine Mutter gerochen?

»Ja-kob!«

Der Angler legt das Opernglas in den Fangkorb. Wer wohnt oben?, fragt er. Jakob schweigt. Sie wohnen oben, sagt der Typ namens Dempner und steigt die Treppe hoch. Was mach ich denn jetzt?, denkt Jakob. Bleibe ich hier unten bei dem Oberleutnant, der Vaters Bücher durchblättert, oder folge ich diesem Dempner, der mich gesiezt hat? Der wird doch nichts von mir beschlagnahmen, und hallo, wieso beschlagnahmen die überhaupt etwas von Vater, ist das wirklich Recht und Gesetz? Oben öffnet der Typ namens Dempner die quietschende Tür. Er ist der erste Erwachsene, der mich gesiezt hat, denkt Jakob. Sicher glaubt der, dass ich Vaters Komplize oder so bin. Und es stimmt ja, wir waren doch gemeinsam an der Grenze, was ich mir nicht ausgesucht habe, dass das mal klar ist, ich wusste ja gar nicht, wohin die Reise geht. Aber ich war mit. Ich habe es nie jemandem erzählt. Vater ist es mal rausgerutscht, am Abend, bevor Großmutter in den Westen umgezogen ist. Ich habe dichtgehalten, und wenn mich einer von den Typen fragt, und die fragen mich bestimmt, werde ich einfach lügen, denn Lügner darf man belügen, mit zweitem Gesicht. Aber ein zweites Gesicht zu haben ist anstrengend. Warum muss ich ein zweites Gesicht haben. Warum muss ich alles abwägen. Warum steh ich immer nur dabei, gucke immer zu und belausche andere. Warum sage ich Falk nicht, dass er Mist redet, warum sage ich meinem Vater nicht, dass er Mist macht. Er gibt sich einen Ruck und folgt dem Typen namens Dempner. Der geht durch sein halbdunkles Zimmer, schaut nach links, rechts, oben, unten und fällt dann vor dem Bett auf die Knie. Mit einer Taschenlampe leuchtet er unters Bett. Unter dem Schottenrock, denkt Jakob, ist gar nichts, und unter dem Bett ist auch nichts, außer dem Feuerwerk seiner Ergüsse, das auf den ochsenblutfarbenen Dielen weiterblüht. Angefangen hat alles mit Lady Chatterley, denkt er, aber muss ich mich schämen vor einem Typen, der Schlüpper klaut? Der Schlüpferdieb lässt den Strahl seiner Taschenlampe in alle Ecken des Zimmers fallen. Der Strahl wandert über Urkunden, Medaillen,

Bravo-Poster, den Lok-Wimpel und das kleine Regal, auf dem das Fotoalbum liegt und die Matrjoschka mit seinen Milchzähnen steht. Kühn oder Baum, fragt der Typ, wer is nu der beste Lokscher? Er legt die Taschenlampe ab und greift etwas aus dem Regal. Ist das Ihror?, fragt er. Es dauert einen Moment, bis Jakob den Stempelkasten erkennt. Oder isses den Vati seiner? Jakob denkt und denkt. Lügner darf man belügen, aber wohin führt eine Lüge? Der Stempelkasten, das ist mein Eigentum, denkt er, meine Sache. Eine Sache von mir hat doch nichts mit der Sache von Vater zu tun. Oder stimmt das gar nicht? Haben alle Sachen, die sich in unserem Haus befinden, etwas mit Vaters Sache zu tun? Wenn das so ist, dann können sie auch meine Sachen beschlagnahmen, und dann komme ich in den Knast. Sie werden mich doch nicht in den Knast stecken? Und wie komme ich überhaupt auf Knast? Und was genau bedeutet Komplize noch mal? Nu, sagt der Typ, dann isses wohl den Vati seiner. – Nein!, ruft Jakob, ist meiner, mein Stempelkasten. – Trotzdem muss ich den jetzt konfitz-, trotzdem muss ich den jetzt beschlagnahmen. Er legt den Stempelkasten auf das Bett, in dem Jakob so gern liegen geblieben wäre. Scheiße, denkt er, Scheiße, Scheiße! Er nimmt die Beine in die Hand und rennt aus dem Zimmer. Er springt die Treppe hinunter, er war mal ein guter Hürdenläufer, Erde und Erde und Erde UND Luft, er landet im ersten Stock und springt weiter in Vaters Zimmer. Doch es ist zu spät: Zwischen Büchern, Ordnern, Zeitungen, Opernglas und Playboy liegt schon die Karte im Fangkorb. Die Lehrer haben recht: Er ist nicht nur ein Einzelkind, ein Bruder Leichtfuß, ein Faulpelz, er ist vor allem ein Hans Guckindieluft und ein Esel, der sich selbst immer zuerst nennt. Wäre es anders, wäre er ein ordentlicher, aufmerksamer und anteilnehmender Mensch, dann wäre er nicht mit dem anderen Typen nach oben gegangen, um auf seine Sachen aufzupassen. Dann wäre er unten geblieben, hätte kapiert, wonach der Oberleutnant sucht, und hätte verhindert, dass er es findet. Wenn er seine sechs Sinne beisammen gehabt hätte, dann hätte er die Landkarte rechtzeitig verschwinden lassen, worin der Vater ihren Weg, ihr Versteck und den Durchschlupf des Rehs markiert hat. Solch ein Fehler darf mir nicht noch einmal passieren, denkt er. Angestrengt überlegt er, welche Funde den Vater sonst noch in Schwierigkeiten bringen könnten, aber in seiner Brust tritt ein Pferd, und in seinen Ohren brandet ein Meer. Bin ich jetzt völlig meschugge? Dann endlich kapiert er – Scheiße, Scheiße, Scheiße! –, worauf es jetzt ankommt: Ich muss ihn warnen! Ich muss meinen Vater warnen!

»Ja-kob!«

Zur Einschulung bekam Jakob von seiner Großmutter einen Stempelkasten geschenkt. Der Stempelkasten Famos enthielt Gummilettern, Holzmatrizen und ein Stempelkissen. Ein ganzes Blatt Papier bedruckte Jakob mit dem Wort Baum. Papier wird ja aus Bäumen gemacht, seine waren blau. Er stempelte das Wort Oma und das Wort Papa. Er stempelte alle Namen, die er kannte, Jaspa, Falg. Sie alle waren blau. Sein blauer Opa Rischart, der in jenem Altweibersommer noch lebte, lachte rasselnd und nannte ihn seinen kleinen Kaffeesaggsen. Jakob solle mal sagen, Regen werden wir kriegen, er sagte es, und Richard behauptete, es habe wie Regenwürmer kriechen geklungen. Richard führte vor, wie es hochdeutsch und wie es bei Jakob klinge, aber der Junge hörte keinen Unterschied heraus. Ein halbes Jahr später konnte der Junge besser reden und stempeln, aber Richard, der Kuchen-Opa Richard, hatte sich schon auf den Friedhof verkrümelt. Es war nun niemand mehr am Leben, der mit seiner Mutter verwandt war, außer ihm. So beschloss sein Vater, die eingemotteten Kleider seiner Frau zu verkaufen. Friederike hatte ihre Kleider selbst genäht, sie hatte die Stoffe gefärbt, hatte Bettwäsche und alte Mäntel zu eleganten Kleidern umgearbeitet. Sie war berühmt gewesen für ihren guten Geschmack. Vor bald sechs Jahren war Flämmchen verbrannt worden, aber ihr guter Geschmack war noch in aller Munde. Nach ihrem Tod hatte Polina die Kleider in Baumwollsäcken verstaut, hatte Rainfarn und Kampfer hineingelegt und die Säcke vernäht. Weiß und stumm hingen sie all die Jahre in einer Hälfte des Schranks. Friederike stand auf jedem Sack, als befinde sich darin je eine Mutter. Nie hatte Jakob sich getraut, eine Naht zu öffnen, um wenigstens eine Friederike zu befreien. Bevor man sie aber verkaufen könne, die Kleider der Mutter, müsse man Reklame machen, hatte der Vater gesagt. Jakob solle ihm helfen, den Verkauf anzukündigen, und seinen Stempelkasten zum Drucken von Plakaten holen. Jakob brachte den Kasten und der Vater Leim, eine Malerrolle und ein Holzbrett. Darauf klebten sie spiegelverkehrt den Plakattext. Der Vater tränkte die Rolle mit Tinte, fuhr damit über die Lettern, und Jakob stempelte mehr als zwanzig Plakate für die Nachbarschaft: % Achtung ! Am 2. 4. um 17.00 + Bei Friedrich § Fetzige Kleider ? Werden verkauft – Solange der Vorrat reicht & Regenstr 27 =. Er hängte sie im Kindergarten und vor der Schule auf, in der nach Pisse stinkenden Telefonzelle, an der Litfaßsäule (Lok gegen Chemie), am Konsum, am Apelstein Nr. 34, an der Bretterwand der Gärtnerei (schlau, denn Frauen kaufen Blumen) und in der Johannaburg (dumm, da hocken fast nur Männer und rufen: Grand Ouvert!, Wer schreibt, der bleibt!). Wegen des berühmten guten Geschmacks seiner Mutter konnten sie sich am 2. April 1977, es war ein Samstag, vor Interessentinnen kaum retten. Unter vielen anderen kamen Gundula Meister von nebenan, Cora und Elvira Voss. Gute Reklame, sagte der Vater. Die Frauen warteten in der Küche und im Wohnzimmer, die Räume wollten bersten vor Frauen. Zum Glück hatte die Großmutter Dienst. Der Vater kam mit den Kleidersäcken, legte sie auf den Couchtisch und schnitt den ersten auf. Natürlich waren nur Kleider darin, und die rochen nach sechs Jahren Kampfer. Die Frauen gingen auf den Sack los und zogen die Kleider heraus. Die Kleider waren sehr schön, und jede Frau nahm sich ein schönes Stück von seiner Mutter. Die Frauen, die zu kurz gekommen waren, rissen die anderen Säcke auf. Bitte, drängeln Sie nicht, es gibt mehr Kleider als Körper, sagte der Vater. Es gab aber auch mehr Körper als Kleider, denn Friederike Friedrich war eine schlanke Frau mit langem Rücken und langen Beinen gewesen. Die Frauen hielten sich die Kleider an und sahen prüfend an sich hinab. Sie schüttelten den Kopf, stiegen in ein Kleid, ohne den Reißverschluss schließen zu können, und kauften trotzdem. Fuffzehn Mark? Oder das Doppelte? Der Vater verhandelte nicht. Er nahm, was man ihm gab. Elvira Voss kaufte drei, vier Kleider zum Spottpreis, Gundula Meister und Cora kauften auch, alle kauften. Nur ein Brokatkleid rückte der Vater nicht heraus, es war das Ballkleid seiner glänzenden Erinnerung. Am Schluss war alles verteilt, bis auf das Brokatkleid und einen knappen Tennisrock aus Frottee. Nehmen Sie ihn einfach mit, sagte der Vater zu Elvira Voss, die auch den Tennisrock mitnahm und zum Schuheputzen verwenden wollte. Als Einzige fragte die hübsche Sonderschullehrerin, die danach noch ein paarmal zu Besuch kam, wem all die wunderbaren Kleider gehört hätten. Seiner Frau, sagten Elvira Voss und Cora aus einem Mund. Als alle weg waren, ging Jakob auf sein Zimmer und pulte die Gummilettern vom Stempelbrett. Er löste die Worte und die Sätze auf, entfernte die Leimreste und sortierte die Buchstaben zurück in den Stempelkasten Famos, damit sie später zu neuen Worten und Sätzen zusammengefügt werden konnten. Zum Beispiel könnte er sich Worte ausdenken, die völlig in der Luft hingen, denen nichts entsprach und die es trotzdem auf den Punkt brachten. Habseligkeiten wäre so ein Wort, oder Verewigen. Doch die Buchstaben waren begrenzt, allein für Habseligkeiten würden schon drei kleine e draufgehen. Weit kam man also nicht mit dem Stempelkasten Famos. Nach einiger Zeit klopfte der Vater und brachte ihm seinen Anteil vom Verkauf. Es waren rund dreihundert Mark. Deine Mutter hatte einen guten Geschmack, sagte er bloß, aber das war ja längst bewiesen. Von dem Geld kaufte sich Jakob ein Schwert, eine alte Voigtländer, einen kleinen getigerten Kater, den er Theo nannte, und ein Briefmarkenalbum. Durch seine Großmutter ließ er alle Sondermarken und Bogen der Deutschen Post der DDR beschaffen. Ein Bogen vom Vorjahr war den Olympischen Spielen und dem Zentralstadion gewidmet, obwohl die Olympischen Spiele in Australien stattfanden, wo Waldemar Cierpinski den Marathon gewann. Der Sommer kam, Jakob wurde vom Trainer gesichtet, und die geschmackvollen Kleider seiner Mutter spazierten durch die Straßen, an Frauen in Atemnot.

»Ja-kob!«

Ich flehe dich an, sagt Eva. Geh zur Telefonzelle und ruf Jasper an. Er soll kommen, ich pack das nicht allein. – Aber ich gehe hier nicht weg, sagt Jakob. Er steht auf dem Bürgersteig. Vor der Einfahrt parkt ein Lada mit vier Scheinwerfern. Dessen Kennzeichen lautet S 4–14. Eva hat Tränen in den Augen. Sie trägt noch immer den Kimono, aber darunter eine Strumpfhose und ein Hemd des Vaters. Sie hat ihr Haar zusammengefasst und einen Bleistift hindurchgesteckt. Die lackierten Zehen stecken in Vaters Gartenbotten. Damit stiefelt sie zurück ins Haus, stapp-stapp-stapp. Es tut ihm leid, aber er kann hier nicht weg. Er muss den Vater warnen. Er hat schon einen dicken Fehler gemacht, jetzt will er nicht noch einen machen. Sobald er das Röhren des Škodas hört, diesen einzigartigen Sound, der sich einem Sportauspuff Marke Eigenbau verdankt, will er auf die Straße treten und den Vater durchwinken. Rasch will er auf den Lada zeigen, vier Finger in die Luft recken, die stehen für die Anzahl der Typen in ihrem Haus und die der Lada-Scheinwerfer, mit der anderen Hand will er eine Wink- oder Schwimmbewegung machen, wie er sie vom Trainer kennt. Der Vater würde ihn verstehen und die Biege machen. Jakob steht auf dem Bürgersteig, in der Birke über ihm tratschen zwei Amseln, die keine Angst mehr vor dem entmannten Kater haben. Er kann nicht zur Telefonzelle gehen und Jasper anrufen, es tut ihm sehr leid.

»Ja-kob!«

Um die Ecke biegt Falk. Er seilt ein blinkendes Etwas ab, ruckt an der Schnur und lässt es hinaufklettern zur ausgestreckten Hand. Er pfeift, er ist völlig losgelöst von der Erde, wie das Raumschiff von Major Tom. Seine Turnschuhe sind brandneu. Er stellt sich neben Jakob und sieht mit Wohlgefallen dem Auf und Ab der leuchtenden Scheibe zu, und er pfeift. Nach einer Weile sagt er: Willst du auch mal? – Kein' Bock, sagt Jakob. – Ist aber übelst, sagt Falk. – Seh ich ja, sagt Jakob. – Wenn ich schneller mach, dann ändert sich die Farbe, sagt Falk, hier. – Ja. – Echt übelst, oder? – Ja, übelst. – Habt ihr Besuch?, fragt Falk und glotzt kurz auf den Lada. – Ja. – Wir haben auch Besuch. Schau, sagt er, hebt sein Bein und lässt den blauen Puma-Turnschuh mit dem weißen Schwung kreisen. Messeonkel, sagt er. Jakob schweigt. Mit Klettverschluss, sagt Falk, voll übelst. Er senkt das Jo-Jo ab, ruckt, und grün blinkend wandert es wieder nach oben. Machst'n hier eigentlich? – Warten, sagt Jakob. – Auf deine Schwester?, fragt Falk und dreht den Kopf zur Seite. – Ist nicht meine Schwester, sagt Jakob. – Oh, 'tschuldigung, sagt Falk, wusste ja nicht, dass du verknallt bist. – Jakob sagt: Nonsens. Das sagt sein Vater auch ab und zu. – Na ja, ich kann's ja verstehen, sagt Falk. Ich habe noch nie so eine schöne Frau an unserer Schule gesehen. Jakob will sagen, dass Leo noch gar keine Frau ist, aber Falk ergänzt: Nur deine neue Mutti, die ist noch schöner. – Wie oft denn noch: Das ist nicht meine Mutter, sagt Jakob. – Klar, sowieso, sagt Falk. Dann sagt er: Verfickte Kacke. Das Jo-Jo baumelt am Ende der Schnur und schafft es nicht mehr nach oben. Falk wickelt es auf. Ist die wenigstens zu Hause, deine Nicht-Mutter?, fragt er. Alle sind zu Hause, bis auf meinen Vater, denkt Jakob. Denn wir wollen euch drei mit auf Probefahrt nehmen, sagt Falk und seilt das Jo-Jo wieder ab. Unser Messeonkel hat einen neuen Monza in Metallic, drei Liter, 180 PS, von null auf hundert in acht Sekunden. Du bist so ein Kind, denkt Jakob, der heute zum ersten Mal gesiezt worden ist. Pass mal auf, sagt er zu Falk, ich muss kurz weg. Leonore und Eva kommen jeden Augenblick von der Kirche zurück. Sie haben sich angehübscht, du kannst sie dann gleich zur Probefahrt einladen, okey? Und wenn mein Vater vorher nach Hause kommt, dann musst du es hinkriegen, dass der gleich weiterfährt, kapiert? Der hätte nämlich was dagegen, dass die beiden mit dir Probefahrt machen. Ich an deiner Stelle würde mir was einfallen lassen, dass der gleich weiterfährt. – Oberübelst, sagt

Falk. Er fängt das Jo-Jo ein. Und euer Besuch ist die ganze Zeit allein im Haus?

»Ja-kob!«

Beim Hexenritt, sagt Meister Kronow, lernt der Springer, sich der tragenden, hebenden Wirkung des Stabes anzuvertrauen und seine Hemmungen zu überwinden. Man hat ein erstes starkes Sprungerlebnis, das sich emotional in hohem Maße auswirkt, sagt Meister Kronow. Nach einem Anlauf von fünf bis sieben Schritten sticht der Springer den Stab in die Sandgrube, springt ab und hängt am gestreckten oberen Arm. Die Beine werden gegrätscht, der Stab wird dazwischengenommen. In dieser Form lässt sich der Springer über die Senkrechte tragen. Als Jakob zum ersten Mal den Hexenritt übt, kommt es ihm vor, als würde ihn ein Riese in die Lüfte schieben. Er jauchzt, und in seinen Armen und Beinen, auch in seinem Kopf, krabbeln Käfer. Grinsend geht er zurück zum Anlauf und stellt sich in die Reihe hinter Kößling, Smoktun und Triebe, die wie er seit gut einer Woche in der Kinder- und Jugendsportschule trainieren. Vormittags und nachmittags trainieren sie, und dazwischen haben sie Unterricht. Sie sind Externe, die zu Hause schlafen dürfen, während die anderen im Internat wohnen. Meister Kronow trainiert sie nicht nur im Stabhochsprung, bei ihm haben sie auch Kunst und Geschichte. Sie zeichnen Dürers Hasen nach, Meister Kronow beugt sich über Jakobs Blatt und sagt: Das habe ich schon mal schlechter gesehen. In Geschichte meldet er sich regelmäßig und nennt die Ursache, den Verlauf und die Wirkung der Oktoberrevolution. Nach dem Hexenritt trainieren sie den Stabweitsprung, in den dusteren Hallen der Deutschen Hochschule für Körperkultur. Der Stabweitsprung mit halber Drehung enthält bereits wichtige Elemente des Stabhochsprungs. Neben dem Einstich und Absprung werden hier das seitliche Vorbeischwingen der Beine, der Armzug und die Drehung entwickelt. Wie Tarzan schwingen sie an einem Tau und müssen ihren Mut, ihre Kraft und ihre Motorik – also ihre Eignung – unter Beweis stellen. Vom höchsten Punkt lassen sie sich in eine mit Schwämmen und Schaumkeilen gefüllte Grube fallen. Wie Amphibien versinken sie darin und tauchen wieder auf, Fallen will auch gekonnt sein. An Ringen sollen sie ihre turnerischen Fähigkeiten verbessern, denn Stabhochsprung ist die komplizierteste Disziplin der Leichtathletik, die neben Sprint-, Sprung- und Schwungfähigkeiten auch das Stemmen, die Streckung und Drehung aus der L-Position verlangt. Sie üben den flüchtigen Handstand aus der Rolle rückwärts, um die Überquerung der Latte zu simulieren. Dann dürfen sie zum ersten Mal auf die richtige Sprunganlage. Sie pudern ihre Hände mit Magnesia, klatschen sich Staub zu und greifen den Glasfiberstab auf der richtigen Höhe. Später erst werden sie das Harz benutzen dürfen. Warum soll man einem Stabhochspringer nie die Hand geben? Weil er einen nicht wieder loslässt. Als Jakob dran ist, ruft Meister Kronow: Friedrich, komm mal rüber. Er lässt den Stab sinken und legt ihn abseits. Wenn man den Stab einfach fallen oder so rumliegen lässt, dass jemand mit seinen Spikes drauftritt, kann sich ein Haarriss bilden, und nun stell dir mal vor, er bricht, wenn du in drei, vier Metern Höhe bist. Jakob trabt zu seinem neuen Trainer. Dieser reicht ihm ein Plasteröhrchen und sagt: Geh mal aufs Klo und mach da eine Stuhlprobe rein. Bei Kronow ist immer das Klo im Spiel, denkt Jakob, vom Klo aus hat er ihn belauscht, auf dem Klo gibt es die Vitamintabletten, aber egal. Am laufenden Band haben sie sportärztliche Untersuchungen, und er füllt das undurchsichtige Röhrchen mithilfe eines Plastelöffelchens. Auf dem Röhrchen steht schon sein Name. Als er zurück in die Halle kommt, setzt er sich neben Meister Kronow auf die lange Bank. Er legt das Röhrchen zwischen sich und ihn, und beide schauen sie den Stabhochsprung-Frischlingen dabei zu, wie sie sich abmühen. Smoktun buckelt über die aufgelegte Höhe, ohne an die Drehung zu denken, Kößling verpasst den Einstich, und Triebe zertrümmert fast die Latte. Meister Kronow und Jakob lachen gemeinsam. – Ist ein langer Weg, sagt Kronow kopfschüttelnd. – Ich mach dann mal wieder mit, sagt Jakob, der dem Meister beweisen will, dass er es besser kann. Die Urkunden für die Frischlingstaufe liegen schon parat, drüben auf dem Lederrücken des Sprungpferdes. Auf den vorgedruckten Linien stehen Smoktuns, Kößlings, Triebes Namen. – Lass mal, sagt der Meister zu Jakob Friedrich, dessen Urkunde fehlt.

»Ja-kob!«

Er geht vorbei an den Garagen, an der alten Eiche, am 1900-Kilopond-Schlosserkran. Er geht seines Weges, tritt auf die Fugen zwischen den Steinplatten, aber das ist jetzt scheißegal. Das Land ist noch ganz grau, nur die Weiden bringen ein wenig Gelb hinein. Der Vater kommt meist vom Anfang der Straße angefahren, nicht vom Ende her. Sein Junge lauscht und geht ihm entgegen. Wo der Vater nur bleibt? Vielleicht ist der Škoda liegen geblieben. In der Telefonzelle muss er die Luft anhalten, so sehr stinkt es darin nach Pisse. Er wählt Jaspers Nummer. Als Cora sich meldet, bläst er die Luft aus und atmet rasch durch die Nase ein, das ist weniger eklig als durch den Mund. Kann ich mal Jasper haben?, sagt er. – Wer ist denn da?, fragt Cora. – Ich bin's, Jakob. – Worum geht's denn? – Kann ich mal bitte Jasper haben? – Er ist in der Werkstatt. – Holst du ihn? Es knistert in der Leitung. Während er auf Jasper wartet, studiert er den Handzettel, der neben dem grauen Telefonkasten klebt. Der Zettel hat die Größe eines halben Blatts und ist bedruckt mit fünf blauen Zeilen. In der ersten Zeile steht: Frieden schaffen – Reisen machen! In der zweiten Zeile steht: DDR-Bürger! In der dritten, vierten und fünften der restliche Text. Jakob, was gibt's?, meldet sich Jasper. – Ja, hallo, sagt er. Ich soll dich anrufen. Wir haben nämlich Besuch. – Wer hat gesagt, dass du mich anrufen sollst? – Eva. – Was ist das für Besuch? – Herrenbesuch. – Sag ihr, dass ich in zehn Minuten da bin. Bevor er die stinkende Telefonzelle verlässt, kratzt er den angeleimten Handzettel von der Zellenwand. Seine Atmung ist ihm egal. Fetzenweise reißt er den Zettel ab, fetzenweise frisst er ihn auf.

»Ja-kob!«

In diesen Tagen sagt sie meistens ja und selten nein. Ihre Laune ist aus dem Keller ins Dach geklettert. Sie hat sich schön gemacht. Sie ist weltgewandt, parliert, zeigt ihre guten Manieren und trägt auf, was sie ein halbes Jahr lang in ihren Kammern gehortet hat. Sie ist gnädig gestimmt, heller, sie hat nämlich ein Rendezvous. So sieht sie darüber hinweg, wenn Jungs, die noch keine vierzehn sind, an der Philipp-Rosenthal-Straße durch den Zaun schlüpfen und sich auf das Messegelände stehlen. Ein bisschen zürnt sie wohl, wenn die Jungs den Sowjetischen Pavillon meiden und die sozialistischen Landmaschinen, ein bisschen schämt sie sich, wenn sie an den bundesdeutschen Ständen nach Offklabern und Diedn betteln, nach Guhlis ooch. Aber sie vergibt leichter in diesen Tagen. Sie weiß, dass sie ihren Schützlingen nicht immer alles bieten kann, der Alltag ist grau und rau. Sie hat ein Rendezvous, und die Ihren sollen auch ein wenig Spaß an der Freude haben. Selbst dem älteren Herrn mit Baskenmütze wird sie keine Schwierigkeiten bereiten. Soll er ruhig am Xerox-Stand seine Weltkriegsfotos kopieren. Das Kopieren ist eine Unsitte des Westens, bei ihr zu Hause ist alles nur einmal da, bis auf die zwei Rathäuser und die zwei Bachkirchen. Dieser Tage lässt sie den Herrgott einen guten Mann sein, dieser Tage schlägt ihr Herz hoch im Dekolleté, dieser Tage genehmigt sie sich schon mittags einen Kirsch im Café Corso am Neumarkt, einen Plausch und einen Plunder. Sie wird nach dem Weg gefragt, in fremden Sprachen, zum Brühl geht es da und dort entlang, de rien, au revoir. Wie gut, dass ihr Vater, der Kantor, der Musikdirektor, der Großmaler darauf geachtet hat, dass sie mindestens Französisch lernt. Ein beleuchteter Globus stand in ihrer Kinderstube, der guten. Sie kann einen Zitrön von einem Porsche unterscheiden und findet den Zitrön scharmanter. Da man sie kennt und ein wenig fürchtet, bekommt sie zu Abend selbstverständlich einen Tisch im Auerbachs Keller, sogar in der Weinstube, wo das Fass steht, auf welchem – es ist ja bekannt. Sie verkehrt eben mit den richtigen Leuten und wird vorbeigeführt an der

Warteschlange, die treppauf bis in die Mädlerpassage reicht. Ihr Rendezvous hat sie im Tivoli oder in der Tanzbar Femina. Ihre Beine sind glatt, sie ist angeputzt, ihr Mund ist voll und rot. Während sie wartet, kontrolliert sie den Lippenstift im Handspiegel und formt ein M und noch ein M mit ihrem Mustermessemund. Ihre Augen sind wie Lichter, sie ist eine Frau in den besten Jahren, sie verachtet den Genuss nicht, sie spricht dem Weine zu, sie hat ihre Erfahrungen gemacht und dennoch ihre Prinzipien, sie hat Stil, und heute will sie verführen. Auf wen wartet sie? Nein, es ist kein Bundi, auf den sie wartet. Nicht, dass man ihr keine Offerten macht, oh, an Offerten von gut riechenden Herren mit Eheringschatten mangelt es nicht. Sie könnte wählen zwischen einem Vertriebsleiter aus Celle, einem Vertriebsleiter aus Hannover und einem Vertriebsleiter aus Metz sogar. Doch sie hat sich für einen Mann von hier entschieden. Sie kennt ihn seit Jahren, er entwischt ihr immer wieder, und er sucht sie aufs Neue. Wo bleibt er nur? Er wird sie doch nicht enttäuschen in diesen umtriebigen Tagen. Er wird ihr doch keinen Korb geben. Er wird doch nicht so mit ihr umgehen, wo sie so gnädig gestimmt ist, wo sie über alles hinwegsieht und verführen will. Nein, das kann nicht sein. Sie hatte viel Geduld mit ihm, diesem Westentaschen-Odysseus, aber die reißt jetzt. Wer ist sie denn? Nu? Sie ist noch immer die Stolzeste und Schönste. Sie, die Messestadt Leipzig.

»Ja-kob!«

Nach Vanille, sagt der Vater, so wie du. Als du zur Welt kamst, habt ihr beide nach Vanille gerochen. Der Vater öffnet den Reißverschluss seiner Jacke und sagt: Rück mal ein Stück rüber. Der Junge rückt ein Stück rüber, und der Vater legt sich neben ihn, als werde er ihm gleich ein Indianerbuch vorlesen. Er lacht leise. Du warst, sagt er, schon im Mutterleib bockig. Wenn wir ins Kino gingen, und es war dir zu laut, dann hast du wie verrückt gestrampelt und geboxt. Deine Mutter hat versucht, dich zu beruhigen, sie hat deinen Namen gesagt, denn sie ahnte, dass du ein Junge wirst, und sie wusste, wie du heißen sollst. Sie hat deinen Namen gesagt und durch ihren Bauch deinen Kopf gestreichelt. Dein Kopf war deutlich zu spüren, ich hab ihn auch gestreichelt, das hat dich beruhigt. Aber es war dein Arsch. Die Hebamme sagte uns später, dass es dein Arsch gewesen sein muss, den wir so hingebungsvoll getätschelt haben. Du bist also das Kind mit dem gründlich gesalbten Hintern. Vater und Sohn lachen. Der Vater hört früher auf. Vor allem bist du, sagt er ernst, in Liebe gezeugt und in Liebe geboren. Das sollst du nie vergessen. Er holt tief Luft. Jetzt bist du schon so groß. Er schweigt. Dann sagt er heiser: Auf deinem Namen hat sie bestanden. In der Bibel gibt es den Jakob, der in der Wüste die Himmelsleiter sieht, auf der die Engel auf- und niedersteigen. So solltest du heißen. Sie, sagt der Vater, hatte diese tückische Krankheit in sich, den Krebs, und sie wusste, dass sie – dass sie selbst da hochklettern würde, Scheiße. Der Vater atmet laut, und der junge Mann namens Jakob, der mit dem gesalbten Hintern, denkt: Es ist gut. Die ewigen Jagdgründe. Es ist doch gut. Langsam wird der Atem des Vaters ruhiger. Noch ein ganzes Weilchen bleibt er neben seinem Sohn liegen. Dann zieht er den Reißverschluss seiner Lederjacke zu und steht auf.

»Ja-kob!«

Du bist mal mein Freund gewesen, sagt Falk. – Ist mein Vater inzwischen aufgetaucht?, fragt Jakob mit Tintenmund. – Deine Mutter ist aufgetaucht. Von wegen Kirche und angehübscht, ey. – Und mein Vater ist nicht aufgetaucht? – Was weiß ich, wo dein Vater steckt, du Kunde. Ich weiß nur, dass du übelst komisch geworden bist. Du erzählst Abfall und lässt dir nicht in die Karten gucken. Ich werd irgendwie nicht mehr schlau aus dir. – Aber du, möchte Jakob sagen, du bist nur noch eklig, immer unter der Gürtellinie, hör dir mal zu, ey. Du kommst hier an mit deinen Westsachen, deinem Scheiß-Jo-Jo, während die gerade unsere Sachen klauen oder beschlagnahmen. Was interessiert mich der Monza von deinem Messeonkel, wo ich bloß den

Škoda von meinem Vater sehen will. Du denkst immer nur an deinen Spaß, aber ich hab Schiss, was bist denn du für ein Kunde, was für ein Blutsbruder, wenn du das nicht kapierst? Aber wie immer sagt er nichts, und Falk, dessen Sommersprossen noch nicht zurückgefunden haben, winkt einfach nur ab und sagt: Verfickte Kacke. Er senkt das Jo-Jo, ruckt an und lässt Jakob stehen. Sie verlieren sich aus den Augen.

»Ja-kob!«

Plötzlich hört er ein feines Grollen, ein leises Knattern, und sein Herz schlägt schneller. Ja, ja! Das ist Vaters Wagen! Er geht auf das Geräusch zu und tritt auf die Straße. Er wird den Vater durchwinken, sie können sich dann hinterm Schuttberg treffen oder beim Bauern, dort will er ihm alles erzählen. Er späht die Straße hinunter, erst mal sieht er ein Motorrad, ein weinrotes Motorrad mit Beiwagen, es kommt näher, der Fahrer steuert das Motorrad über den Bordstein, das Motorrad ist eine Jawa und der Fahrer Jasper. Jasper stellt die Maschine und das irreführende Geräusch ab, er nimmt den Helm vom Kopf und öffnet seine schwere Joppe. Darunter trägt er das T-Shirt mit dem coolen Löwen. Der Löwe hat Turnschuhe an, eine verspiegelte Sonnenbrille auf der Schnauze und hält sich lässig ein gelbes Schild vor den Bauch. Lieber schön in Leipzig als häßlich in Paris!, steht darauf. Jakob erinnert sich, wie stolz Mo war, drei der T-Shirts von einem stadtbekannten Grafiker ergattert zu haben. Jasper und Mo haben sich sofort eines übergezogen, der Vater hat sich geweigert. Komm, komm. – Sind alle im Haus?, fragt Jasper. Er wirft einen Blick auf den Lada und streicht Jakob über den Kopf. Den Helm in der Hand, springt er die Treppe hoch. Die Nachbarn heizen, sie nicht.

»Ja-kob!«

Um die andere Ecke, hinter der der Süden und das Pfarrhaus mit der kleinen Feldsteinkirche liegen, biegt Kerstin, Zopf und Cello auf dem Rücken. Weder beim Jugendgottesdienst noch bei der Christenlehre warst du, sagt sie. Sie ist kein Thälmannpionier, hat nur in Sport und Stabü eine 2, braucht keinen Tintenkiller und singt: Eine feste Burg ist unser Gott. Das, so ihr Vater, der Pfarrer Wenzel, sei die Marseillaise der Lutherzeit gewesen. Am 10. November wird Martin Luther fünfhundert und Jakob Friedrich vierzehn. Jakob weiß noch nicht einmal, ob er überhaupt jemanden einladen will, doch für Luthern ist schon eine Riesenfete in Planung. Am laufenden Band sprechen sie in der Christenlehre über den großen Reformator, der widerrufen sollte, aber nicht konnte, der gesagt hat, die Weltlichen hätten nichts zu melden, die Fürsten seien auch nur Zeitliche, was zähle, sei die Schrift allein, er selbst, Martin Luther, sei niedrig, das Wort Gottes alles. Wir haben uns heute, sagt Kerstin, Lutherthesen für unsere Zeit überlegt. Die wollen wir an unsere Kirchen schlagen. – Aha. – Helme zu Kochtöpfen, zum Beispiel. Panzer zu Mähdreschern. Der Glaube ist stärker als die Angst. Schwerter zu Pflugscharen. – Immer und überall, sagt Jakob, muss man irgendeinen Scheiß bekennen. Zu Luther im Lutherjahr, zu Marx im Marxjahr, zur Pub-er-tät im Jahr der Pub-er-tät. Und immer mit Musik und Wandzeitung. – Warum bist du denn so gereizt?, fragt Kerstin betroffen. – Testosteron, sagt Jakob. Ihm fällt auf, dass ML auch für Martin und Luther stehen könnte.

»Ja-kob!«

Und dann sind da die Feuer. In den Gärten verbrennen sie das feuchte Laub. Rauch steigt in die Lüfte. Im Herbst gibt es auch Laubfeuer. Was abgestorben ist, muss verbrannt werden. Bei Nässe hilft Benzin. Die Mutter wurde auch verbrannt. Als er acht war, fragte er einen Bestatter, wie Verbrennen geht. Verbrennen geht so: Per Knopfdruck wird die Anlage in Betrieb gesetzt. Wenn die Skala achthundert Grad anzeigt, wird der Sarg in den Ofen gefahren und die Hitze auf tausend Grad erhöht. Der Verbrennungsvorgang benötigt bis zu zweieinhalb Stunden, je nach Verstorbenem. Dann zerfallen Sarg und Toter zu Asche. Jeder Leiche wird ein kleiner Schamotteziegel mit Nummer beigegeben, der sich unverbrannt wiederfindet, sodass eine Verwechslung ausgeschlossen ist. So geht Verbrennen, und wie Begraben geht, erzählte ihm ein Friedhofsgärtner: Mit der Spitzhacke wird die harte Erdkruste geöffnet, dann kommt der Spaten zum Einsatz und sticht die erste Schicht ab. Für den lockeren Boden kann eine Schippe benutzt werden, die Wurzelfinger der Bäume und Sträucher werden mit einem Beil abgehackt. An Seilen wird der Sarg hinabgelassen und auf Holzbohlen gesetzt, damit die Seile wieder hinaufgezogen werden können. Die Angehörigen werfen ein paar Handvoll Erde auf den Sarg und manchmal eine Nelke oder Sonnenblume, je nach Jahreszeit, bevor die Friedhofsgärtner das Loch wieder zuschippen. Am Anfang wölbt sich ein Erdhügel über dem Grab, doch obwohl die Erde gar nicht in das Loch passen kann, glättet sich im Lauf der Zeit der Boden, als sei nichts darunter. Für eine Urne muss nur ein kleines Loch gegraben werden, und darüber wölbt sich fast gar nichts, kaum die Erde noch der Himmel. So geht Begraben bei Menschen, bei Katzen ist alles viel einfacher. Viermal im Jahr gehen sie zum Grab. Im Frühjahr, um das Grab herzurichten und andächtig davor herumzustehen, im Sommer, um den Stein zu waschen und andächtig davor herumzustehen, im Herbst, um das Grab mit Tannengrün abzudecken und andächtig davor herumzustehen, und zu Weihnachten, um eine Kerze anzuzünden und andächtig davor herumzustehen. Man kann andächtig vor einem Grab stehen, aber Asche bleibt Asche. Es gibt überhaupt keine Technik, mit deren Hilfe man ein lebendiges Bild von der Mutter herstellen kann, Aquarell taugt nicht, Linolschnitt auch nicht. Manchmal wirft die Wolke einen Schatten, oder der Wind hebt den Mut, doch im Stammbaum sitzen Nesträuber. Im vergangenen Jahr war er einmal außer der Reihe am Grab gewesen, am Tag der Hochzeit. Da stahl er sich mit Leo von der Feier und ging mit ihr quer durch die Stadt zum großen Friedhof. Er führte sie durch das Wegenetz, das den Adern eines Lindenblatts entspricht. Zum ersten Mal erzählte er jemandem von den vier Jahreszeiten des Andächtigseins. Er zeigte ihr das Krematorium in der Mitte des Lindenblatts, den Teich, den Urnengarten, die Birke mit der Warze und die Toten des Luftkriegs. Ein Kampfflieger ruht unter einem Propeller, ein Kapitän unter einem Anker, ein Infanterist unter einem Stahlhelm. Er zeigte ihr die schönsten Engel, die kürzesten und die längsten Leben und die altmodischsten Namen. Da erst wurde ihm klar, dass er auf dem Friedhof zu Hause war. Am Grab spottete er über das nutzlose Andächtigsein und gab mit der verbrannten Mutter an. Leo war still. Dann erzählte sie, dass sie mal einen Bruder hatte. Sie wisse gar nicht, ob der auch verbrannt worden sei, verbrennen klinge so schlimm. Aus der Ferne näherte sich ein richtiges Brautpaar. Leo zog ihn hinter den Grabstein eines Privatiers, und aus ihrem Versteck beobachteten sie, wie Vater und Eva sich vor der niedrigen Erikahecke aufstellten, die Hände vorm Schoß, als fange gleich die dritte Trauung des Tages an. Dann raffte Eva ihr Kleid, stieg über die Hecke und legte ihren Brautstrauß vor den Granit mit dem goldenen Namen und dem goldenen Satz, kitschiger geht's nicht. Nachdem sie gegangen waren, griff sich Jakob den Strauß und schmiss ihn auf den großen Kompost. Die Blumen faulten, an den Rückseiten der Birken wuchs das Moos in die Höhe, Laubfeuer brannten, in den Wasserbecken trieben Gesichter: der Engel der Güte, der Engel der Trauer, der Engel der Vergebung. Nur Allegorien, so hieß es, nur Kitsch. Aus dem Hahn an der Weggabelung fiel der Vierzig-Sekunden-Tropfen, und er fällt.

»Ja-kob!«

Der Fang war gut. Die Angler tragen einen vollen Korb und einen gefüllten Kissenbezug auf die Straße. Sie stellen den Korb neben den Lada und legen den Kissenbezug obenauf. Eva muss eine Unterschrift leisten, Gundula Meister und Elvira Voss auch. Zum Schluss unterschreiben der Anführer und Oberleutnant Dobysch. Dobysch gibt Jasper seinen Ausweis zurück. Jakob sucht Leos Blick. Noch immer hat sie Schiss. Das hier ist Krieg, will er ihr zu verstehen geben. Das passiert nicht dir, das passiert jemand anders, einer gewissen Leonore Devrient, die da neuerdings auch auf dem Briefkasten steht. Du aber bist Leo und guckst ihr nur zu, wie sie schissig guckt. So spricht er ihr still zu, bevor ihn der Schlag trifft: Aus dem Fangkorb hängt eine rot-gelbe Kordel. Das darf nicht sein! Nachdem er aus dem Zimmer gerannt ist, hat der Typ also nicht nur seinen Stempelkasten, sondern auch sein Fotoalbum beschlagnahmt. Aber das geht nicht! Das Album ist seine wichtigste Sache, die darf man ihm nicht wegnehmen. In dem Album sind die Bilder seiner Familie versammelt, die Großmutter zweimal als Braut, der Vater als Schlüsselkind, Oma Katja mit Zahnlücke und Taschentuch im Rockbund, Rosa und Albert mit Karakulmütze, seine Mutter im Brokatkleid, als zornige Tennisspielerin, mit Kopftuch auf dem Sozius einer MZ, als junge Mutter mit einem glucksenden, speckigen Kind, ein Jahr, bevor sie die Leiter nahm. Das geht gar nicht. Auf einmal ist da wieder ein feines Grollen, ein leises Knattern. Alle heben die Köpfe. Wie soll er den Vater jetzt noch warnen? Doch es ist ein großes goldenes Auto, das vorfährt. Ein Mann in den besten Jahren lässt das Fenster herunter. Er klappt seinen Schnauzer hoch und zeigt seine Zähne. Mit Schaumstimme sagt er: 'n Abend allerseits. Ich möchte die Damen auf eine kleine Spritztour einladen. Er schaut Eva und Leo an, im Beifahrersitz lümmelt Falk, das Autoradio spielt ABBA. Mutter und Tochter stehen mit verschränkten Armen auf dem Trottoir. Niemand sagt etwas. Die Angler starren den Mann an. Der Anführer zückt Stift und Block und notiert das Kennzeichen. Während alle starren, zieht Jakob sein Album unter dem Kissenbezug, der als Schuhsack dient, hervor. Nur Leo bemerkt, wie er es in seinen Hosenbund schiebt, unter die blaue Trainingsjacke von der KJS. Bloß eine kleine Runde drehen, sagt Falks Messeonkel. Niemand antwortet. ABBA singt. Der Messeonkel sagt: Schade. Er tippt sich an die Schläfe und wünscht allerseits 'n angenehmen Abend. Der goldene Wagen fährt ab, von null auf hundert in acht Sekunden. Die Angler salutieren, laden ihren Fang ein und bringen ihn zum Ausnehmen. Gundula Meister und Elvira

Voss gehen weg. Jasper, Eva, Leo und Jakob umarmen sich. Sie stehen im Kreis, halten sich einen Moment lang fest, kurz berühren sich ihre Köpfe, Stirn an Stirn stehen sie. Komm, komm, sagt Jasper. Sie sollen ihn anrufen, jederzeit, sagt er und tritt die Jawa an. Leo zieht ihre Strickjacke um die Schultern und kehrt zurück ins Haus. Jetzt stehen nur noch Eva, Jakob und die von allen vergessene Kerstin vor dem Zaun. – Hau einfach ab, sagt Jakob zu ihr, und still wendet sie sich nach Süden. Bevor Eva hineingeht, sagt sie: Jetzt bist du der Mann im Haus.

»Ja-kob!«

Und nun blühen schon die Forsythien. Bald müssen sie zum Grab gehen, es ist mal wieder so weit. Jakob wird den Vater daran erinnern, wenn er nun endlich mal nach Hause kommt. Es gibt viel zu erzählen, jeder Satz eine Geschichte. Er wird dem Vater seine Fehler gestehen und von seinem Triumph berichten. Allein wartet er auf dem Trottoir, das Album im Rücken. Er steht auf dem Bürgersteig, vor dem halben Haus, in dem er schon immer lebt. Die anderen sind fort. Er hat das Brummen der Fahrzeuge noch im Ohr und das Stundenläuten der Glocke. Im Süden graben die Bagger im Meer der Urfische. Wieder häutet sich ein Jahr und das alte versteinert. Morgens ist die Stadt immer Graustadt, zur großen Pause aber lässt sich ein Seehimmel bestaunen, gewaschen und licht, durchzogen nur von hoch gespannten Leitungen. Mittags auf dem Schulweg begleiten ihn Tellergeklapper und Bratenduft, nachmittags hört er Feierabendmusik, Autos, schließende Türen. Heimkehrgeräusche. Er wartet. Die Amseln besprechen seine Lage: Er ist ein Junge, der allein an einem Zaun steht und wartet. Womöglich ist er schon ein Mann, immerhin ist er der einzige Kerl im Haus, er hat ML und wird gesiezt. Schämen müsste er sich eigentlich nicht, und die Fehler hat nicht er gemacht, auch wenn das Flugblatt in seinem Bauch aus seinem Stempelkasten stammt. Der Kater streicht um seine Beine. Vor der Nacht kehren die Zugvögel zurück.

Er wird weiter warten, mit der kleinen Geduld des Tages und der großen Geduld der Jahre. Es kann hier nicht so schlecht sein, wenn die Zugvögel zurückkehren.

»Ja-kob!«

V
DER MANN IM HAUS
März 1983 – Januar 1984

Von allen Seiten her kam ich in Deine Schuld.

18. Habseligkeiten

Leipzig, den 13.3.1983
9.30 - 17.30
Zeitraum der Durchsuchung

Durchsuchungs- und Beschlagnahmeprotokoll

Auf Anordnung des Staatsanwaltes des Bezirks Leipzig

Wurden die Wohn- oder sonstige Räume des/der

F r i e d r i c h	Frank	17.6.1946
Name	Vorname	geb. am

7030 Leipzig	Regenstr.	27
Ort	Straße	Nr.

durchsucht, um Gegenstände und Unterlagen, die als Beweismittel von Bedeutung sein könnten oder nach den Strafgesetzen der Einziehung unterliegen, zu beschlagnahmen oder sicherzustellen.

Der Staatsanwalt war - nicht - zugegen.

Folgende unbeteiligte Personen wurden hinzugezogen:

1. V o s s,	Elvira	geb. am 2.4.41	LVB in Leipzig
Name	Vorname	Geburtstag	Arbeitsstelle

Im Krähenwinkel 12, 7030 Leipzig
Wohnanschrift

2. M e i s t e r ,   Gundula   geb. am 8.9.47   Hausfrau
Name   Vorname   Geburtstag   Arbeitsstelle

Regenstr. 26, 7030 Leipzig
Wohnanschrift

Das Protokoll umfaßt   2 Blatt   39 Posten

                                                Jacoby Mj.
                      Unterschrift und Dienstgrad des Mitarbeiters

                                                Dobysch Oltn.
                      Unterschrift und Dienstgrad des Mitarbeiters

---

Es wurden beschlagnahmt und in Verwahrung genommen:

Lfd. Nr.	Menge Anzahl	Gegenstand	Genaue Bezeichn. des Fundortes
1.	5	frankierte Briefumschläge mit Inhalt	Küche
2.	1	Hermes-Kalender mit Eintragungen und 7 inliegende Zettel mit Notizen u. 1 Einlieferungsschein v. 8.2.83	"
3.	1	Bescheid über Ablehnung ... v. 24.2.83	"
4.	1	Rückseite eines Schreibblockes „Schwerter zu Pflugscharen"	"
5.	1	Blatt A4 „Kontraste" am 20.12.82 in der ARD	"

6.	10	Blatt A4 Kohlepapier	Wohnzimmer
7.	9	Blatt A4 „Tätigkeitsbericht Teil III Herbstsynode 1982" mit Anstreichungen und Notizen	"
8.	1	Versandtüte A4 mit 9 Blatt maschinenschriftlichen Aufzeichnungen	"
9.	1	Hefter A4 mit 39 Blatt Aufzeichnungen betreffs „Antrag auf Familienzusammenführung" und „Ausreise aus der DDR"; weiterhin 2 Einlieferungsscheine und 2 Briefumschläge mit Inhalt und 1 Zettel inliegend	"
10.	1	Adressenverzeichnis	"
11.	2	unvollständige Kartenspiele mit pornographischem Inhalt	Schlafzimmer
12.	4	Hefte mit pornographischem Inhalt	"
13.	1	Blechschachtel mit pornographischen Fotos	"
14.	5	Fotos mit Personen	"
15.	1	Abschlußzeugnis des F. v. 23.8.66	"
16.	1	Fachschulabschluß des F. v. 27.7.70	"
17.	1	Zeugnis der Volkshochschule, Englisch v. 17.1.67	"
18.	1	Wanderkarte „Eichsfeld" mit Markierungen	"
19.	7	Hermes-Kalender (1977-1982) mit Eintragungen	"
20.	58	frankierte Briefumschläge mit Inhalt	"
21.	5	unfrankierte Briefumschläge mit Inhalt	"
22.	1	Umschlag mit Aufschrift „Katze im Sack" mit einem Heft „Das Magazin" mit Anstreichung und 3 Briefkarten	"

23.	1	Umschlag mit einem Heft „Das Magazin" mit Anstreichungen und 3 Briefkarten	"
24.	1	Umschlag mit Aufschrift „Mittwochskarten" und 17 Briefkarten	"
25.	21	frankierte Ansichts- und Postkarten	"
26.	1	frankierter Luftpostbrief	"
27.	2	Telegramme	"
28.	1	Notizbuch A5 mit Eintragungen	"
29.	1	KDT-Qualifikationsnachweis v. 5.5.81	"
30.	1	Klarsichthülle mit inliegenden: - Entwurf des Arbeitsgesetzbuchs mit Anstreich. - 2 Zeitungsteilen der LVZ mit Anstreichungen - 1 Verfassung der DDR mit Anstreichungen - Abschrift des GBL Teil II Nr. 6 v. 26.2.74 (Vergleich mit UN-Charta) - Charta der Vereinten Nationen (allgemeine Erklärung der Menschenrechte) - Heft für „Entspannung und ..."	"
31.		Reisepaß Friederike Friedrich	"
32.		Schreibmaschine Nr. 5576017	"
33.	1	Notizbuch A5 mit Eintragungen	Kinderzimmer/ 1.OG
34.	1	Kinderstempelkasten „Famos"	Kinderzimmer/ Dach
35.	1	Fotoalbum	"
36.	1	Notizbuch A5 mit Aufschrift „Neues Lexikon für Kinder" mit Eintragungen	"
37.	1	Paar Wanderschuhe Gr. 29	Keller
38.	1	Paar Turnschuhe Gr. 24	"
39.	7	Ordner mit Aufschrift „Leuna"	Garage

Mit meiner Unterschrift bestätige ich, daß während
der Durchsuchung nichts beschädigt und keinerlei
Gewalt angewandt wurde. Den durchsuchten Räumlichkeiten wurden nur die im Protokoll von Position 1. bis
39. aufgeführten Gegenstände und Unterlagen entnommen.
Vor Beginn der Durchsuchung wurden im Beisein der
unbeteiligten Personen fotografische Übersichtsaufnahmen der Räumlichkeiten der Wohnung des F. angefertigt.
Die Räumlichkeiten wurden in dem Zustand verlassen,
wie sie vor der Durchsuchung im Beisein der unbeteiligten Personen vorgefunden wurden.
Die Anordnung zur Durchsuchung lag vor.
Es wurden 3 Ausweise für Arbeit und Sozialversicherung des F. sichergestellt.

Elvira Voss   *Gundula Meister*
Unterschrift des Staatsanwalts
oder der unbeteiligten Personen

Gemäß § 91 StPO bin ich über das Beschwerderecht
belehrt worden.

Eva Friedrich
Unterschrift des Inhabers der durchsuchten Räume
oder seines Stellvertreters

★

BV für Staatssicherheit Leipzig, 13. März 1983
Untersuchungsabteilung we
KT 7/83

Sicherstellungsprotokoll

Am heutigen Tage wird durch das Untersuchungsorgan der
BVfS Leipzig

        1 PKW, Typ „Škoda MB 1000"
        polizeiliches Kennzeichen: SB 58-32
        Fahrgestell-Nr.:   36 14 78
        Km-Stand: 72 123

mit nachfolgend aufgeführten Gegenständen sichergestellt:

1. 1 Autoradio „Konstant"
2. 2 Sicherheitsgurte
3. 1 Ersatzrad
4. 1 Nußkasten komplett
5. 1 5-Liter-Kanister (Oel)
6. 1 5-Liter-Plastekanister (Wasser)
7. 1 braune Ledertasche mit div. Werkzeugen u. Ersatzteilen
8. 1 Abschleppseil
9. 1 Handfeger
10. 1 Flasche Bremsflüssigkeit
11. 1 Plastebeutel mit Ersatzlampen
12. 1 Zylinderkopfdichtung
13. 1 Sanikasten
14. 1 Blechdose mit div. Schrauben

15.	1	blauer Arbeitskittel
16.	2	Paar Lederhandschuhe
17.	1	Parkscheibe
18.	3	Eiskratzer
19.	2	Staatenkenner DDR
20.	1	Sonnenbrille im Etui
21.	1	ND vom 25.2.1983
22.	3	Handtücher
23.	1	Deo-Spray 8x4
24.	1	Taschenlampe
25.	1	Regenschirm im Etui
26.	1	Buch „Ich fahre einen Škoda"
27.	1	Buch „Wie helfe ich mir selbst"
28.	1	Bleistift
29.	1	Rollenpflaster
30.	1	Autokarte der DDR
31.	1	Stadtplan von Leipzig
32.	1	Autokarte von Westeuropa
33.	1	Reiseprospekt von „Sumava"
34.	2	Pack. Tempo-Taschentücher
35.	1	Federball, Eigenbau
36.	1	Heft „Erste Hilfe"
37.	1	Schachtel „Hafnia"-Pflaster
38.	1	braunes Zigarettenetui
39.	1	angerissene Schachtel Zigaretten „Club"
40.	1	Kugelschreiber
41.	1	Flaschenöffner
42.	1	Tube Augensalbe
43.	1	Blechdose Pfeifentabak
44.	2	Ledermützen
45.	1	Schal
46.	1	Handgelenktasche mit:

47.	1	Geldbörse – Inhalt: 12,79 M und 1 Zahn
48.		Toilettenpapier
49.	1	Taschenmesser
50.	1	Beutel Pfeifentabak „exzellent"
51.	1	Vierkant mit Griff
52.	1	braune Schlüsseltasche mit 5 Schlüsseln
53.	1	gelbe Brieftasche mit:
54.	1	PA auf den Namen PFEIFFER, Rüdiger, Nr. XIII 1885038
55.	1	Zulassungsschein SN 07-57 (PKW VW des PFEIFFER, Rüdiger)
56.	1	Kfz.-Steuer- und Versicherungskarte für den PKW SN 07-57
57.	1	Fahrerlaubnis, Nr. C 420517, auf den Namen PFEIFFER, Rüdiger
58.	1	Berechtigungsschein zur Fahrerlaubnis, Nr. C 420517
59.	1	Personenbeförderungs-Erlaubnisschein zur Fahrerlaubnis, Nr. C 420517
60.	1	Schulungskarte für Verkehrsteilnehmer
61.	1	Postabholer-Ausweis, Konto-Nr. 5612-41 1222848
62.	1	Bezugsberechtigung für Propangasflaschen
63.	1	Merkblatt der Staatsbank der DDR
64.	1	Entschädigungsquittung über 133,00 M
65.	1	Verwarnungsquittung der VP über Ordnungsgeld 5,-- M
66.	1	Quittung vom Gebrauchtwarenhaus Leipzig über 240,-- M
67.	4	Bilder einer weiblichen Person
68.	1	Bild eines Kindes
69.	1	Bild einer Stadtansicht
70.	1	„Trinkerausweis"

71. 259 Blatt DIN A6 mit dem Aufdruck „Frieden
        schaffen – Reisen machen! ..."
72.   2 Tuben „kittifix"
73.   1 Lottoschein 6 aus 49 4 Tips 02/51/11

Der Sicherstellung ging die kriminaltechnische Untersuchung des Fahrzeugs voraus, wobei tatrelevante Gegenstände aus diesem asserviert wurden (vergl. Protokoll über die Untersuchung eines Kraftfahrzeugs vom 13.3.1983, KT 7/83).

                        K l e i n m a n n
                        Leutnant

19. Strohwitwe

Wer Töchter und Schwestern hat, der sollte mit ihnen verschwinden, besser heute als morgen. Ein paar Habseligkeiten und die Töchter und Schwestern sollte er schnappen und in einen der mit Stroh ausgelegten Güterwaggons verfrachten, die mit Funkenschlag westwärts flogen, in einen anderen Tag. Denn der Tommy, der Johnny und der Jacques hatten weit weniger zu rächen als der Iwan, der von Osten heranrollte.

So wimmelte es seit Jahresbeginn auf den Bahnhöfen von Töchtern und Schwestern. In Drillichzeug kauerten sie in den kalten Hallen, RAD-Mädel neben BDM-Mädeln, die blonden Haare voller Läuse, Rotkreuz-Schwestern neben ganzen Lyzeums-Klassen mitsamt ihren Lehrerinnen. Verlauste Kerle mischten sich darunter, Landser, Zwangsarbeiter und Bonzen, alle ohne Abzeichen und Erinnerungen, alle in Zivil, als hätte es nie ein Oben und Unten gegeben, nie den ganzen deutschen Wahn. Die verlausten Mädel wogen eine leere Hand gegen eine Hand voll Graupen ab, den schnellen Trost gegen ihre rostige Zukunft, und trieben es mit den verlausten Kerlen.

»Die Ratten«, sagte Katja, »verlassen das sinkende Schiff.« – »Die Katzen auch«, sagte ihr Sohn Arthur, der gegen den Strom angereist war, um seinen Schwestern und Eltern die Leviten zu lesen. Bei den beiden jüngeren Schwestern, die noch immer Gewehrläufe für den Endsieg drehten, fing er an. Ob Martha und Betty wie zwei dumme Hühner darauf warten wollten, bis das MG 131 und die MK 103 hier gleich neben Borsig zum Einsatz kämen, gack-gack? Ach Wuwa, ach Volksopfer, ach Heldenmut: Volkszorn und Grips seien die Gebote der Stunde. »Packt eure Sachen, und macht euch aus dem Staub. Die Front«, sagte er, »ist nur noch zehn Tage entfernt.«

In der Dämmerung kam der Vater vom Schanzenbau nach Hause. Er trug Spaten und Hacke in den Keller des Häuschens, das sie vor drei Jahren sehr günstig von sehr hastigen Leutchen gekauft hatten.

Das bisschen Grün drumherum hatten sie auf hundert Jahre gepachtet. »Früher hast du den Boden umgegraben, um zu säen«, sagte Arthur, der am Kopf des Tischs saß und Tee rauchte. – »Welch hoher Besuch«, sagte Tati und wusch im Spülstein Gesicht und Hände, »kommt der Klassenkampf heut ohne dich aus.«

Das Häuschen lag auf der Ostseite des Flusses. Es war gemütlich. Sie hatten Tisch und Anrichte und sogar das eingeweckte Obst übernommen, auch fünf große Glasballons mit Johannisbeer- und Pflaumenwein, alles war wirklich sehr günstig und sofort zu gebrauchen gewesen. Nur der Türpfosten musste gespachtelt und lackiert werden wegen des kleinen Dings, der kleinen Kapsel, die die Leutchen beim Abschied eilig geküsst und dann abgerissen hatten. Im Gärtchen standen eine Laube und ein Kirschbaum, das Kleinvieh machte Mist.

»Wir«, sagte Tati, »haben hier Wurzeln geschlagen und werden kein zweites Mal Hab und Gut lassen. Wir haben doppelt dafür bezahlt.« Arthur hätte nun so einiges erklären können über das Schlagen von Wurzeln und das Bezahlen. Er war kleiner, aber viel kräftiger als der Vater, der am Ende seines sechsundfünfzigsten Jahres aussah wie am Ende des siebzigsten: riesige Ohren am Schädel auf dünnem Hals. Doch Arthur gab den Platz am Kopf des Tisches frei und sagte bloß: »Das letzte Hemd hat keine Taschen, an welchen Besitz klammert ihr euch. Habt ihr denn vergessen, wie schnell es gehen kann.«

»Den Russen, mit denen du es hältst«, sagte der Vater und setzte sich mit seinem eisigen Hintern auf den gewärmten Stuhl, »werd ich nimmermehr was überlassen. Sie werden es mir aus den Händen reißen müssen.«

»Nicht die Sowjets werden es euch nehmen. Hitler hat es euch längst genommen, heute vor zwölf Jahren und noch mal vor viereinhalb.« An diesem 30. Januar hatte Goebbels nur sechzehn Minuten gefaselt, während er in früheren Jahren drei Stunden lang aus dem Empfänger geschrien hatte.

»Rädä deitsch«, sagte Tati zu seinem Sohn. Der hätte nun einiges sagen können über das schlechte, das ungepflegte Deutsch, dem endlich die Luft ausging, doch er sagte nur: »Das tu ich doch, Vater. Seht zu, dass ihr rauskommt. In ein, zwei Wochen sind sie da.«

»Es sind keine Menschen«, sagte der Vater und schüttelte den Schädel.

»Rache ist menschlich«, sagte Arthur, »nehmt die Mädel und nur das Nötigste.«

»Wären es Menschen«, sagte der Vater, »wärst du nicht hier.« Katja verdunkelte die Fenster und zündete eine Kerze an.

Durch schwarze Straßen ging Arthur zu Polinas Wohnung auf der anderen Seite des Flusses. Windeln trockneten am Kachelofen, und die große Schwester sagte Ball, Baum, Frosch. Sie sang vom Mond, der aufgegangen war, sie schaukelte einen Weidenkorb auf Kufen. Mit Leib und Seele war sie eine Mutter und wollte nicht wahrhaben, dass sie auch eine Tochter und Schwester war.

Auf dem Papier war sie noch eine Ehefrau, etwa in den Briefen, die Horst Friedrich mit »Dein Mann« enden ließ. Am 20. Juli des vergangenen Jahres hatte er ihr geschrieben, dass der geliebte Führer gottlob unverletzt geblieben sei. Die Vorsehung meine es also doch gut mit dem deutschen Volke. Er und seine Kameraden, schrieb der Fliegerhauptmann Horst Friedrich, würden nun gestärkt die vor ihnen liegenden Aufgaben im Osten angehen. Schwere Aufgaben seien das, über die sich nicht sprechen lasse. Bald aber würden sich die Dinge zum Bessern wenden. Mit deutschem Gruße, Dein Mann. Zu ihrem Geburtstag schrieb er, dass sie lediglich Raum gegen Zeit eintauschen würden zum Vorbereiten des Gegenschlags. Bald würden sich die Dinge zum Bessern wenden. Mit deutschem Gruße, Dein Mann. Sie schickte Lichtbilder von Rudolf auf dem Eisbärfell. Die Abzüge klebte sie in das Album aus schwarzem Kaliko.

Tatsächlich wendeten sich die Dinge nach Weihnachten zum Bessern: Die Russen eroberten Beuthen, Kattowitz und Königshütte und hatten so das gesamte oberschlesische Industriegebiet in ihre Hand gebracht. Litzmannstadt hieß wieder Łódź, und bald würde die Rote Armee die Oderlinie und gewiss auch das Städtchen erreichen, das seit

Jahrhunderten tapfer am Rand der Kurmark Wacht hielt. Wo fing es an, dieses Deutschland, und wo hörte es auf? Gottlob war die Post jetzt unterbrochen.

»Wie stellst du dir die Zukunft vor?«, fragte Arthur seine Schwester, die doch kein dummes Huhn war. Die Stadt sei Garnisonsstadt mit vier Kasernen, einem Militärflugplatz und mehreren Versorgungseinrichtungen der Wehrmacht. Auf dem Weg nach Berlin sei das ein wichtiger Brückenkopf, den die Rote Armee im Handumdrehn besetzen werde, er wisse es aus sicherer Quelle.

Polina zuckte nicht einmal mit den Schultern. An so etwas Lachhaftes wie eine Zukunft konnte sie beim besten Willen keinen Gedanken verschwenden. Sie dachte bis zur Grenze des Tages. »Ich warte hier«, sagte sie. – »Hast du etwa auch Wurzeln geschlagen«, fragte Arthur. – »Ich warte einfach hier«, wiederholte sie. – »Doch nicht auf den Goldfasan«, sagte Arthur. – »Auf unsere gerechte Strafe«, sagte sie und war nicht weniger überrascht als der Bruder.

Am nächsten Morgen gingen sie zum Haus der Eltern. Arthur schob den Kinderwagen, als sei er der Vater. Rudolf war dick eingepackt, war nur Augen. Polina trug einen Tornister mit Windeln, Milchpulver, Rosinen, Tomatenmark, Wolle, Strickzeug und dem Fotoalbum auf dem Rücken. Dreimal hatte sie ihre eheliche Wohnung abgeschlossen. Auf der Brücke kam ihnen ein Mann mit Drahtverhau im Gesicht entgegen. Der Mann schob auch einen Kinderwagen, aber es lag kein Kind darin. Hinter ihm ging eine frierende Frau, den einen Schritt tat sie im Schnürstiefel, den andern im Holzschuh. Dahinter kamen Greise, Frauen und Kinder gegangen, kamen gefahren. Die Kinder bogen zum Fluss und füllten Eimer und Kannen, sie führten Ochs und Pferd zum Saufen. Wagen an Wagen schlängelte sich der Treckwurm durch die Oststadt: Heuwagen, Leiterwagen und Karren mit Bündeln und Ballen und immer wieder Kinderwagen ohne Kinder. Die Flüchtlinge waren stumm vor Hunger und dem erblickten Grauen. »So sind wir vor vier Jahren hier angekommen«, sagte Arthur. »Das ist unsere Vergangenheit und die Vorwegnahme unseres Schicksals.« Die Vorsehung, dachte Polina, meint es wohl doch nicht gut mit dem deutschen Volke, ja hat es denn das deutsche Volk mit der Vorsehung gut gemeint?

Arthur blieb. Am 6. Februar wurden Schwangere und Mütter mit kleinen Kindern aufgefordert, die Stadt zu verlassen. Am Bahnhof stand ein Zug für sie bereit, Personalausweise, Lebensmittelkarten, Kleiderkarten waren mitzunehmen. Die Fabriken evakuierten die wertvollen Stoffe und Filze, ihre LKWs nahmen auch Menschen mit. Nun ade, du mein Heimatland. Hatte Liesl den Zug oder einen der LKWs bestiegen? Was geschah mit all den Hüten, denen es in den letzten Jahren an Köpfen gemangelt hatte? Und war Liesls Sohn, der kleine Martin, immer noch so gelb im Gesicht?

Im Abstand von nur einer Woche hatten Rudolf und Martin das Licht der Welt erblickt, wie man so sagt. Ihre Zwillingsväter kannten die Zwillingsvettern nur von Fotos und einem Heimaturlaub. Nach dem Urlaub war der eine Vater freiwillig zurück zum Weltkrieg gegangen und der andere unfreiwillig.

Am 12. Februar rief ein anderer Martin Frauen und Mädchen auf, in den Volkssturm einzutreten. Ein neues Sirenensignal namens »Feinalarm« würde das Herannahen der Front anzeigen. In der Nacht zum 14. Februar wurde Dresden durch die Royal Air Force nahezu völlig zerstört, Sprengbomben deckten die Dächer ab, damit die Brandbomben besser wirken konnten. An eben diesem 14. Februar kam Tati mit Hacke und Spaten nach Hause und sagte, der Räumungsbefehl sei ausgegeben worden, alle sollten die Stadt verlassen. Für die Befehlsverweigerer kam drei Tage später der Feinalarm. Dann war es samstagsstill, und dann begannen die Fensterscheiben leise zu klirren.

Wer schon einmal Grund und Boden lassen musste, der besteigt keinen Zug und keinen LKW, der räumt das Haus nicht, das er zu besitzen glaubt. Der hockt sich mit seinen Kindern, darunter drei Töchter, in seinen Keller, den er zuvor durch Holzbalken abgestützt hat. Der igelt sich ein und hofft, dass der Feind über ihn hinwegbraust auf dem Weg nach Berlin. Wer allerdings auf eine gerechte Strafe wartet, der denkt bis zur Grenze des Tages, an dem Licht in den Keller fällt. Besser heute als morgen.

Leben setzt sich durch. Leben ist Überleben, Unkraut vergeht nicht, Ordnung ist das halbe Leben. So sagt die Frau und sieht herüber. Wer ist diese Frau? Sie hat die gelben Hände auf die Decke gelegt, die Decke ist fest über ihren Leib gespannt, und aus dem Rücken der einen Hand wachsen zwei Schläuche. Ihr Arm ist steif, die Hände sind wirklich gelb wie Zwiebelschalen, das muss vom Jod sein. Die Frau hat sich verletzt, die Frau ist gestürzt. Man weiß ja nie, was einem passieren kann, sagt die Frau, nuschelnd, man muss auf alles vorbereitet sein. Jeden Tag saubere Unterwäsche, als hätt ich's nicht geahnt. Was wollt ich jetzt gleich noch mal sagen? Die Zähne der Frau sprudeln im Wasserglas. Auf dem Tisch steht ein schöner Tulpenstrauß. Ach ja, mein Gatte war da, sagt die Frau. Sie führt einen Gatten ins Feld, dabei trägt sie noch nicht mal einen Ehering, schönen Dank auch. Wer in dieser Generation, da die Frauen mit den Frauen schwofen, noch einen Gatten hat, der glaubt, den Hauptgewinn gezogen zu haben. Da lachen ja die Zähne. Einen Hauptgewinn hat gezogen, wer eben keinen Gatten mehr hat, so rum wird ein Wanderschuh draus, meine Gutste. Ein Kavalier in diesen Jahren, das geht gerade noch an. Alles andere ist perdu, man will vom Küssen nichts mehr wissen, jetzt ist der Altweibersommer da, und das Meer zieht alle Namen zurück. Die Wellen brechen, es ist ein Höllenlärm, ein Sirren und Schlagen, wie schafft man es, die Hände nicht vor die Scham, sondern oben zu halten? Nun bist du ruhig, du. Auch deine Zeit verrinnt, du. Springt da ein Tennisball, klickt da das Pendel eines Metronoms, oder ruckt da der große Zeiger der Bahnhofsuhr vor und vor, du doofes, dürres Huhn? Tulpen sind die einzigen Blumen, die in der Vase weiterwachsen, bevor sie welken, dein Deutsch hat Rost, ist siebenblättrig. Du musst die Sprache pflegen wie einen Garten, und du musst immer gut essen. Gesundheit ist das

Wichtigste. Mein Gatte, sagt die Frau, kommt später noch mal wieder. Wer ist diese Frau? Eine Krankenschwester löst die Bremsen. Die Frau wird auf den Gang geschoben, gefolgt von ihrem Infusionsständer. Sie werden gleich abgeholt, sagt die Krankenschwester. Sie bekommen ein schönes Einzelzimmer, die schönen Blumen bringe ich nach, so schöne Tulpen. Alles schön. Die Frau liegt jetzt auf dem Gang. Neben ihr sitzt ein Mann in Latzhose. Ein blutiges T-Shirt hängt aus seinem Maul. Leben ist Krieg. Sind Sie der Golfschläger oder die Kettensäge?, fragt ein Sanitäter den Mann. Der Mann stöhnt ein Wort in sein T-Shirt. Ich habe Sie nicht verstanden, sagt der Sanitäter. Der Mann hebt das T-Shirt an und nuschelt: Ich bin die Flex. – Dann die Flex, sagt der Sanitäter. Haben Sie Ihre Versichertenkarte dabei? Der Mann nickt. Dann kommen Sie, sagt der Sanitäter, wir gehen zur Zahnklinik. Können Sie laufen? Wieder nickt der Mann und nimmt das T-Shirt aus dem Maul: Wieso Zahnklinik. Man versteht ihn kaum. – Die nähen am besten, und es soll doch nicht nur heil, sondern so schön wie vorher werden, sagt der Sanitäter. – Noch schöner, sagt der Mann. Das Maul des Mannes ist das Maul eines Welses. – Wenn es den Golfschläger, die Kettensäge und die Flex gibt, was bin dann ich?, fragt die Frau. Die Beule? Die Ohnmacht? Der Hinfall? – Sie sind der Apoplex und der Schulterbruch, sagt der Sanitäter. – Und wer bin ich?, fragt die Frau. Ach Gottchen, fährt sie sogleich selbst fort, ich weiß es ja: Ich bin ich. Mein Leben lang versuche ich, jemand anders zu sein, und begegne doch immer nur mir. Überall ich. Die Worte lösen sich schwer vom Gaumen. Das ist die Narkose, sagt der Sanitäter zu dem Mann in der Latzhose. – Weckt mich auf in einem Jahr, sagt ihm die Frau nach. Ordnung ist das halbe Leben. Nur was, bitte schön, ist die andere Hälfte? Was?

Alle Welt war starr vor Staunen, als im Herbst 1942 die Rote Armee zum Gegenschlag ausholte und die siegverwöhnte Wehrmacht über die Steppen jagte. Im schnellen Vormarsch warfen die russischen die deutschen Truppen bis hinter Rostow zurück. Im Frühjahr 1943 kam die Katastrophe von Stalingrad, und dann ging es Schlag auf Schlag: Rückzug von Kalatsch, von Woronesch, von Orel, von Kursk, von Wjasma und Brjansk. Charkow und Kiew gingen verloren, Dnjepropetrowsk und Kriwoi Rog, Nikolajew und Odessa, die Schöne am Schwarzen Meer, die Diva am Rand der alten Heimat. Die Deutschen zogen sich von Petersburg zurück, mussten Luzk und Rowno räumen, Tarnopol, Cernowitz, den gesamten Osten. Das Blatt hatte sich nicht nur gewendet, es brannte, und der Krieg, den die Deutschen in die Welt getragen hatten, kam zu ihnen zurück.

1942 waren mickrige drei Bomben auf ihr Städtchen gefallen. Man hatte es wohl gehört, war aber von Explosionen in den Fabriken ausgegangen, so etwas kam vor. Drei Jahre später hagelte es Bomben mit Schall und Rauch.

Zuerst wurden die Kasernen und die deutschen Stellungen beschossen, dann ging es der Stadt an den Kragen. Am Sonntagnachmittag übte die feindliche Artillerie ein halbes Stündchen, montags um zehn, es war der 19. Februar, begannen die sowjetischen Kanoniere gründlich mit ihrer Arbeit. Von den Anhöhen kollerte der Donner und rollte über die Siedlung bis zum Zentrum. Die Fensterscheiben schepperten, und als die ersten Granaten in den Gärtchen einschlugen, zerbarst das Glas, und der Putz fiel ab. »Gurken« nannten die Russen die goldfarbenen Geschosse, wie passend. »Sa Rodinu – Fürs Vaterland!« oder »Na Berlin – Nach Berlin!« pinselten sie darauf, dann luden, visierten und feuerten sie. Nach einer Stunde pausierten die Kanoniere, und der Kommandeur der 33. Armee der 1. Belorussischen Front forderte die deutschen Befehlshaber auf, die Stadt zur offenen Stadt zu erklären. Das Central-Kino brannte, das Postamt auch. Der Oberbürgermeister sprach sich für die Kapitulation aus, doch Kreisleiter und Kampfkommandant lehnten ab, und so nahmen die sowjetischen Schützen am Dienstag, dem 20. Februar, pünktlich um zehn Uhr wieder ihre Arbeit auf. Man konnte die Zeit nach den Russen stellen, sie hatten wohl genügend Uhren beschlagnahmt. Diesmal dauerte der Beschuss zwei

Arbeitstage lang, und die fleißigen Katjuschas, die gewaltigen Haubitzen und die weitreichenden Divisionskanonen gaben erst am Mittwoch um 20 Uhr Ruhe. Am Donnerstag war die Infanterie an der Reihe. Punkt zehn hörte man die ersten Gewehrsalven. Es klang, als würden Knallerbsen gegen die Wand geworfen. Tiefer sprachen die MGs, und noch hohler im Bauch war das Rasseln der Panzer zu spüren. Leichte Jagdlafetten, schwere Kampfpanzer vom Typ »Iosip Stalin 2« und die besten Tanker der Welt, die T-34, fuhren über die sieben Köpfe der Familie Sauer / Friedrich, die seit nunmehr fünf Tagen im Keller hockte.

Der gestampfte Lehmboden summte, das Stroh hüpfte, von der Kellerdecke rieselte leise der Schnee, alle waren besoffen, das Kind auch. Rudolfs Ohren waren mit Watte verschlossen, und Polina fütterte ihn, sobald er die Augen aufschlug, mit vergorenen Erdbeeren aus einem der Weckgläser. Während er in einem gepolsterten Waschtrog schlief, klapperte seine Mutter mit den Stricknadeln und trank den süßherben Johannisbeerwein, der ihr besser schmeckte als der Pflaumentrunk. Tati trug einen Pelzmantel und seine Karakulmütze, Katja einen Zobelhut und einen Mantel mit Zobelkragen. Auch sie tranken und sahen aus wie wohlhabende betrunkene Händler vom Fuße des Kaukasus. Martha und Betty waren zu besoffen zum Flennen, und Arthur schnitzte Späne vom Brennholz. Zu seinen Füßen kräuselte sich die Zeit.

Fast kann man sich gewöhnen an eine herandonnernde Lebensgefahr, erst recht, wenn einem der Obstwein hilft. Etwas anderes ist es, wenn die Gefahr in zwei Stiefeln steckt und ganz nah kommt. Einmal mehr klirrte oben Fensterglas, ein Wunder, dass überhaupt noch welches im Rahmen saß. Aber diesmal war nicht die Druckwelle einer Detonation schuld, sondern ein Mensch. Über ihren Köpfen war also einer in ihr Haus geklettert und ging nun darin herum. Auf knallenden Hacken marschierte er durch die Küche, durch die gute Stube, durch die Diele bis vor die Kellertür. Arthur führte den Finger zum Mund und glotzte alle mit gestülpten Augen an, als sei er ein nachtaktives Tier im Berliner Zoo. Vom besoffenen Rudolf ging keine Gefahr aus, wohl aber von Betty und Martha, die schon den Mund zum Schreien aufgerissen hatten. Unter Arthurs Lemurenblick legten sie die Hand darauf. Die Kellertür öffnete sich, und ein Lichtkeil fiel nach unten. Ist das schon der Jüngste Tag, fragte sich Polina. Im selben Moment verschattete sich das Kellerfensterloch hinter ihren Köpfen: Ein Paar brauner Wickelgamaschen nahm davor Aufstellung. Dann klirrte wieder Glas, etwas polterte über die Dielen, und die Gamaschen nahmen Reißaus. Oben an der Kellertür platzte ein mit Blitz und Donner gefüllter Ballon, und ein deutscher Landser flog ihnen treppab vor die Füße, mitten ins Stroh, das eigentlich für das Kleinvieh angeschafft worden war. Der Landser war voll Ruß und Blut und auf der Stelle tot. Arthur hielt Betty und Martha nun doch den Volksmund zu, Polina und Katja besorgten das selbst.

Wer die Anhöhen hatte, der hatte die Stadt. Die Höhen im Osten hießen in jenem zugehaltenen Volksmund »Lustberge«. Die schweren Kämpfe bis in den März galten allein ihnen. Die Wolfhöhe wechselte 147-mal den Besitzer, die Bismarckturm-Höhe elfmal an einem Tag. Schulen, Kirchen und Wohnhäuser fielen in Schutt und Asche – die Hand vorm Mund, das war die Geste dieser Tage und Wochen.

Tati nahm die Hacke und hieb dem Landser, der wie eine tote Ratte im Stroh lag, ein Grab. Arthur half mit dem Spaten, den Lehm stampften die drei Schwestern wieder fest, zum Tanze geht ein Madel. Mit der Stricknadel ritzte Polina ein Kreuz in den Boden, ohne Haken, und streute Stroh darüber.

In den Feuerpausen trug Arthur Stuhl, Decken, Volksempfänger, Spiegel, Schüssel, Mehl und Salz herunter. Er erzählte ihnen, was sie längst wussten: Die sowjetische Luftwaffe flog regelmäßig die Stadt an und unterstützte mit Raketen und Bordwaffen die Bodentruppen. Die Altstadt stand in Flammen, ein gewaltiger Feuerschein ragte empor. Staffeln von bis zu zwanzig Schlachtflugzeugen schwärmten zwölf- bis fünfzehnmal am Tag heran, sie zählten mit. Bei den schwersten Detonationen flogen den Mädeln die Röcke hoch, ein neuer Tanz begann. Ein Assel-Treckwurm zog über die Ziegel und verschwand in einem schwarzen Loch. Der Mensch kann sich wohl zusammennehmen, aber dieses abscheuliche Zittern seiner Gliedmaßen kann der Wille nicht verhindern. Über ihnen war der Tod, daran änderte auch der Obstwein nichts.

Arthur schlich dennoch nach draußen, um die eingelagerten Kartoffeln aus der kleinen Miete hinter der Laube zu holen. Das Kleinvieh machte keinen Mist mehr, und der Nachbar und seine Frau, alte Leute, wurden mit erhobenen Händen erschossen. Einfach so, weil Krieg war. 's ist leider Krieg, und ich begehre, nicht schuld daran zu sein.

»Es sind eben doch keine Menschen«, sprach Tati. – »Wer ist wohl jetzt noch ein Mensch«, sprach Arthur. So langsam gingen ihnen die Gründe, der Wein und der Mut aus, Polina die Wolle. Am soundsovielten Tag sagte sie: »Ach, hätt ich doch bloß nicht immer nur linksrum gestrickt!« Alle mussten fürchterlich lachen, Polina auch. Sie ribbelte die Jäckchen und Söckchen auf und fing wieder von vorn an.

Zur Monatsmitte meldete der Rundfunk – stell es leiser, stell es leiser – eine deutsche Gegenoffensive zur Eroberung der Höhenkette. »Der Bolschewist ist vollkommen überrascht. Unsere Kanoniere haben einen hohen Feiertag. Diese urdeutschen Glockentöne fahren dem Bolschewisten in die Glieder. Er glaubte uns niedergekämpft, zermürbt, durch sein fast pausenloses Feuer in den vergangenen Tagen. Aber er weicht.« Während des Rückzugs musizierte der Bolschewist ein bisschen auf der Stalinorgel.

Arthur sagte, er wolle über den Fluss gehen und nachsehen, was von den Lebensmitteln in Polinas Wohnung noch übrig sei. Tati erinnerte sich daran, beim Volkssturm zu sein. Er zog die Armbinde über und nahm die Panzerfaust aus der Holzkiste. Auf dem Merkblatt, das er in der Kiste ließ, stand: »Die Panzerfaust ist Deine Pak! Du kannst mit ihr jeden Panzer bis auf Entfernung von 80 m abschießen. Lies Dir dies Merkblatt richtig durch, dann kann Dir, wenn es darauf ankommt, nichts passieren.« Pah!

★

Geht denn die Post nicht mehr? Ist denn irgendetwas mit der Post nicht in Ordnung? Drüben, bei den alten Kollegen, oder hier, im Verteilerzentrum, oder wie sie das nennen? Denn die Post ist überfällig. Ein Brief von Eva, eine Karte von Jakob, ein Sterbenswörtchen von Frank gar. Sie werden ihn doch wenigstens schreiben lassen. Siegmar könnte zumindest ein Telefonat anmelden, dann erführe sie etwas, wenn es sein müßte, auch nachts um zwei, so wie neulich, als Eva sie aufweckte. Und warum antwortet ihr Helmut Kohl nicht? Dankt er ihr so die Wählerstimme? Gleich nach der Wahl hat sie ihm geschrieben und dann wieder, als die Sache mit Frank passierte. Liest der denn seine Briefe nicht? Wozu ist der denn Bundeskanzler, wenn der seine Briefe nicht liest? Längstens hätte er ihr antworten müssen, da waren ja selbst die Unseren besser. Jeden Tag lauscht sie, ob der Zusteller kommt, manchmal, wenn ihre Fenster und die Hochhaustür offen stehen, hört sie das Klappern der Kästen. Als spielte einer Xylophon auf nur einem Ton. Obwohl sie müde ist, dreht sie sich dann aus dem Bett und zieht den neuen Morgenmantel über, den alten hat sie nicht finden können zur Hochzeit. Die Leute beäugen sie im Lift, weil sie so salopp und in Pantinen vor die Tür geht. Flüchtig grüßt sie die Dackeldame auf dem Weg zu den vierundachtzig Briefkästen. Aus ihrem Fach zieht sie einen Packen Papier: Reklame vom Kupsch und die bunten Beilagen des Itzer Wochenmarkts und des Itzer Boulevards, Wurfblättchen, in denen Zenzi von Rößler, Foto-Video Schaft, der Schuh-Müller und der Sport-Gerlach werben, die Frankonia auch und der Möbel-Anger an der A 9. Wenn die nur alle ihren Namen unterbringen können! Oft ist ein Brief von der Sparkasse dabei, wo sie ein Girokonto hat, manchmal eine Einladung zum Torwandschießen, dem Gewinner winkt ein Wochenende mit dem neuen BMW-Cabrio oder dem wendigen Ford Fiesta. Immer mal wieder beglückwünscht sie die Lottogesellschaft, denn schon jetzt gehört sie zu den Glückspilzen. Am 24. April findet sie endlich ein Kuvert im Kasten, das per Hand beschriftet wurde. Sie steckt das Kuvert in die Manteltasche und fährt klopfenden Herzens nach oben. Noch vor der Wohnungstür reißt sie den Brief auf. Darin steht: »Ach! Dieses Jahr werde ich Ihr nicht wiedersehen und dafür fühle ich schon ein bißchen traurig. Ich war immer so gut empfangen. Ihr wart immer so freundlich mit mir ... Aber ich hoffe trotzdem ihr bald wiederzutreffen. Ihr weißt, daß unsere Haus für die ganze Familie (und Freunden) immer frei und ganz höfnen ist. Vielleicht wird ihr einen anderen Aronsson in das Schwimbad treffen. Allerdings, meine zwei Jahre junger Bruder wird den ersten halb Julli bei Plaschek wohnen. Ich glaube, daß er zur Schule gehen wird, und dann wird der Stefi ihn wahrscheinlich treffen (er spielt auch gern tennis ...) Letzte Woche hatte ich meinem Abitur ... Und Dienstag habe ich den Deutschen Prüfung zu machen. Dann werde ich auf die Ergebnis wachten. In Julli werde ich nach Kapstadt fahren für drei Wochen, wo ich hoffe einen Arbeit zu finden. Nach dies, muß ich zu einen trainingslagern teilnehmen. Nächste Jahr werde ich Sud Frankreich studieren (Aix). Ich habe beschloßen nur Deutsch und Englisch während zwei Jahren zu lernen um weniger Fehler in meine Briefe zu machen. Es ist schlimm: Ich hab das Gefühl, daß ich meine Deutschesprache vergessen habe ... Zum Schluß, den letzten Wochenende September werde ich eine sehr große Fest machen, um meinem 18. Geburtstag zu feiern. Ich hoffe natürlich, Stefi, Heike, Karl und auch die Anger zu sehen. Ich werde ihr später eine Einladung schicken. Bitte läßt ihr von ihnen hören ... Ihre Sylvain Aronsson!« Auf dem zerrissenen Kuvert steht als Empfänger: »Familie Sartorius, Freiherr-vom-Stein-Weg 1, 8733 Bad Itz, Allemagne«. Das ist oben am Fuß des Bismarckturms, die feinste Wohngegend von Itz, wie gelangt solch ein Brief in ihren Postkasten? Den Namen Sartorius hat sie schon mal gehört. Sie faltet den Brief zusammen und legt ihn zurück ins Kuvert. Das Kuvert legt sie neben das Telefon. Das Telefon ist tot. So wie Tati, Katja, Anni, Betty, Tante Rosa und Arthur.

Tritt für Tritt knirscht das Glas. Die weißen Pfeile an den Trümmerwänden zeigen an, wo sich die Luftschutzräume befinden. So viele haben es nicht geschafft, trotz Feinalarms. Ein hagerer Mann im Lodenmantel und mit Schlapphut steigt durch den Schutt, geht über die Scherben. Mit seinem Schäferstab berührt er die Stirn eines jeden Toten, die des Hitlerjungen, dessen schmale Brust breit genug für ein Eisernes Kreuz und eine Kugel war. Die des Grenadiers, der die Granate noch in der Hand hält, die des gekränkten Verehrers vom Heimatschutz, der jetzt die Himmelsleiter ganz allein hinaufsteigen muss, alle 138 Stufen, nur hin zu. Bis nach Ostern folge dem Lodenmann, unsichtbar. Eine Mine hat dem Apotheker den Fuß abgeschlagen. Erschlagen wurde der Notar, vielleicht vom Hohn, war er doch Mitglied einer schlagenden Verbindung, als er studierte, drüben am Rhein. Die Wacht am Rhein singt jetzt niemand mehr, der Ami und der Franzmann schiffen über den deutschen Strom, der Tommy verbrennt Hamburg und Dresden, und der Iwan marschiert auf Berlin und hat nur kurz alles dem Erdboden gleichgemacht, damit es hier aussieht wie bei ihm zu Hause. Die Schwerkraft, die hat etwas Anziehendes, aber die Worte sind durchsichtig. Ein Unteroffizier hat seinen Unterschenkel verloren, ein Oberfeldwebel seinen Oberarm und das Bataillon die Schlacht. Auf Französisch ist der Krieg weiblich, la guerre, warum eigentlich. Zwei kleine Mädchen, keine sieben Jahre alt, liegen da wie zwei schlafende Püppchen, ganz süß. Ein paar Meter weiter sitzt ein Junge an einer Litfaßsäule, den ungeküssten Mund voll Staub. Irgendwo in der Ukraine sitzt genau so ein Junge mit genau so einem Mund an genau so einer Litfaßsäule. Schwere Aufgaben, über die sich schlecht sprechen lässt. An einer rauchenden Ruine steht ein Mädel mit Zöpfen: Wenn das mal nicht unsere Martha ist. Das hier, spricht unsere Martha zu sich selbst, das war mein Bruder. Aber Mädel, antwortet Martha, das kann doch kein Mensch sein, geschweige denn ein junger Mann. Das da ist ein verkohlter Hund, so schwarz und klein und gekrümmt, wie er dort liegt, und nur sein Rückgrat leuchtet weiß. Er war so ein starker Kerl, erwidert Martha, die Unbelehrbare, doch immer, immer Streit mit Tati. Und einen harten Schädel hatte der, es war manches Mal zum Haareraufen. Martha zeigt sich, wie das Haareraufen geht. Aber die Opfer, sagt

Martha, sind nicht umsonst erbracht worden. Wir haben heldenhaft gekämpft, die Unseren haben die Roten in Schach gehalten und werden es weiter tun, so lange Atem in ihnen ist. Nun kommt ein Windchen auf, und dem Schäfer, oder was auch immer das für einer ist, fliegt der Hut vom Kopf. Doch weil es, wie recht lange schon, mehr Hüte als Köpfe gibt, bückt er sich und greift einfach einen der herumliegenden. Zu Ostern feiern wir die Auferstehung unseres Herrn Jesus Christus. Er war tot, doch sehet, er ist lebendig von Ewigkeit zu Ewigkeit, dass wir nicht lachen, und hält die Schlüssel der Hölle und des Todes in der Hand, das nun ist sicher wie das Amen in der Kirche. Ein schwarzes Lamm stakst von Soldat zu Soldat und stöbert nach Tabak. Der Stadt- und Hauptpfarrkirche fehlen Dach und Glas. Durch die hohen Fensterbögen fliegen die Krähen, Aas im Schnabel. Am Altar feiern sie ihre Messe, auch wenn die Orgel aus den Fugen geraten ist. Ob Barock oder Renaissance, alle Häuser am Markt sind verheert, auch jenes, das die Firma Friedrich & Söhne beherbergt hat. Schweiß und Fleiß sind aufgezehrt, das Rathaus ist zerhauen. Auf dem Sims sitzen die Worte und schauen von oben herab. Sie bemerken einen, auch wenn man glaubt, unsichtbar zu sein. Es sind die Worte Standgericht, Schuhwerk, Fahnenjunker. Die Worte Handgranate, Schulterstück, Panzerfaust. Wie Perverse im Königspark lauern sie einem auf und zeigen, was sie darunter tragen. Sie zwingen einen zum Hinsehen, als erwarteten sie irgendetwas. Schnell weiter, dem Mann im Lodenmantel nach, der über die Achenbachbrücke geht und einen noch immer nicht bemerken will. Unten bummelt der Fluss, das Theater ist völlig unversehrt geblieben, die ganze Westseite hat es weniger hart getroffen. Auch das Haus, in dem die Wohnung der kleinen Familie Friedrich liegt, ist nahezu unbeschädigt. Im Eingang steht eine junge Frau, hinter sich einen Kinderwagen: Wenn das mal nicht unsere Liesl ist. Mit weißer Kreide schreibt sie auf die Ziegelwand: Liesl Friedrich (Kuhn) ausgebombt. Jetzt bei Vogel in Ludwigstr. Darunter steht, ebenfalls mit weißer Kreide: Bredensteins leben alle. Daneben: Dirksens ebenso. Und: Magda Fenske ist nach Kufstein. Auch Liesl bemerkt einen nicht. Wenn einen keiner bemerkt, dann ist man wohl schon tot. Liesl schwatzt mit dem alten Nachbarn aus dem dritten. Der sagt: Ich traue der Ruhe nicht, die Sowjets führen etwas im Schilde. – Die Russen, sagt Liesl, sollen den Amerikanern den Krieg erklärt haben. Der Roosevelt ist tot, jetzt wendet sich unser Schicksal noch einmal. – Bitte nicht mehr albern sein, sagt der Nachbar, bitte. – Wenn ich nicht bald Post aus dem Feld bekomme, sagt Liesl, werd ich noch verrückt. Im Kinderwagen schreit der gelbe Martin. Ihr Sohn sollte öfter an die frische Luft, sagt der Nachbar. Da lacht die Liesl, wie irre. Nur ganz langsam beruhigt sie sich. Dann sagt sie mit Grabesstimme: Und warum ist Polina nicht zu Hause? Wo ist sie bloß? Man könnte sich nun bemerkbar machen und der Liesl dreimal auf die Schulter tippen. Man könnte in den dritten Stock gehen und die Wohnung öffnen öffnen öffnen. Man könnte drei schamlose Worte fangen: Feldpost, Feinalarm und noch irgendeines. Man könnte dem Mann im Lodenmantel an den Fluss, über den Fluss oder in den Fluss folgen. Denn der Fluss, unsere Marne, hat keine Eile. Der Fluss ist nicht so, er tät schon warten. Der Fluss geht zu den Wolken, die Wolken gehen zum Abendlicht, das Abendlicht geht zur Nacht. Hin schwindet die Zeit, her kommt der Tod, und wer viele Kinder hat, kann eines entbehren. Wer nur ein Kind hat, der geht über den Fluss und sorgt für dieses eine Kind.

Doktor Sonntag ist gar kein richtiger Doktor, das heißt, er ist wohl ein Arzt, aber er hat keinen Doktortitel, wenigstens steht keiner auf seinem Schild, da steht nur: Eberhard Sonntag, Allgemein- und Badearzt. Dennoch ist Doktor Sonntag beliebt. Er ist braun gebrannt, beschäftigt drei braun gebrannte Praxishilfen, er pflegt zu scherzen, seine Zähne sind so weiß wie seine Polohemden, er läuft Marathon, macht Bergtouren, zeigt sich bei Konzerten mit seiner Frau, die Inkaschmuck oder Lapislazuli trägt, was besonders schön zu blauen Augen und brauner Haut passt. Doktor Sonntag hat die Zeit und das Geld. Er hasst Krankheiten, er sieht seine Patientinnen – mehrheitlich sind es Frauen – lieber außerhalb der Praxis, trotzdem kommen sie bei jedem Zipperlein, und alle nennen ihn Herr Doktor. Zu Ostern kann er sich nicht retten vor Eiern, zu Weihnachten nicht vor Kerzen, es heißt, dass er von so manch betuchter Witwe geerbt hat, und zwar mehr als den beißwütigen Terrier. Und er ist im Lions-Club. Liebes Fräulein Winter, sagt er und blickt Polina tief in die Augen, ich bin untröstlich. – Sind die Werte denn so schlecht?, fragt Polina und zieht ihre Hand zurück. In der anderen hält sie noch immer das Magazin mit dem grünen Umschlag des Lesezirkels, das sie im Wartezimmer gelesen hat, bevor man sie aufrief. – Bewahre, sagt Doktor Sonntag und hebt die Hände, ruki wwerch. Sie haben die besten Werte von all meinen Patientinnen. Ihre Physis ist robust, einfach bewundernswert. – Und warum sind Sie dann besorgt? – Ich sagte untröstlich, und untröstlich bin ich, weil es jetzt keinen Grund mehr gibt, dass wir uns so bald wiedersehen. Der Doktor leckt seine Zähne und nimmt ihre Krankenakte vom Tisch. Mit einem Kugelschreiber von Bayer notiert er etwas und drückt einen Summer. Auf dem Tisch liegen bereits sechs, sieben andere Akten wie Patiencekarten. Die Sprechstundenhilfe holt ihre Krankenakte und legt drei neue auf den Tisch. Hinter dem Doktor hängen selbst gemachte Safarifotos: ein Nashorn im Sonnenuntergang, Doktor Sonntag mit Massai-Schild und -Speer, Frau Doktor Sonntag auf einem Kamel vor einer Pyramide, beide lächeln. An der gegenüberliegenden Wand hängt ein Kalender mit Arztwitzen, daneben großformatige Arztkunst in Ocker. Der silberne Rahmen ist hübsch. Also dann, sagt Doktor Sonntag, der Sonntagsdoktor, strotzen Sie weiterhin so vor Gesundheit. Er greift ihre Hand. Mit dem grün eingebundenen Magazin verlässt sie das Sprechzimmer. Es ist der Stern vom gestrigen Donnerstag. In fetten roten Buchstaben steht auf der Frontseite, verborgen vom grünen Einband: »Hitlers Tagebücher entdeckt.« Sie zieht den Mantel an und lässt das Heft in ihrer Handtasche verschwinden. Als sie die Praxis verlassen will, ruft ihr die blonde Sprechstundenhilfe nach. Ertappt geht Polina zum Tresen, auf dem blühende Kirschzweige stehen. Sie haben Ihre Überweisung vergessen, sagt die Sprechstundenhilfe. – Überweisung?, fragt sie erleichtert und nimmt den kirschblütenfarbenen Zettel entgegen. Darauf stehen in kindlicher Schrift ihr Name, ihre Krankenkasse und die Worte »chronisches Erschöpfungs-Syndrom/Depression«. Gestern lief im ZDF zum ersten Mal Denver Clan: ein Biest und ein Engel im Streit um einen guten Mann. Gute Männer sind rar, und in jeder Frau steckt eine Helle und eine Dunkle. Denver Clan hat ihr viel besser gefallen als Dallas.

»Wärst du bloß nicht gegangen raus«, sagte Katja zu Polina und kleidete sich schwarz.

Das, was man für Arthur hielt, wurde auf dem Ostfriedhof verscharrt. Jemand setzte ihm ein Katzenkreuz. Liesl sagte, er habe in Berlin mit einer Frau in wilder Ehe gelebt, jemand müsse der Frau Bescheid geben, wenn alles vorbei sei.

Es schien tatsächlich so, als sei alles vorbei. Zu Ostern kehrte eine gespenstische Ruhe ein, eine Tage dauernde große Stille. Katja räumte das Haus auf, fegte die Scherben und das Stroh zusammen, schloss die Fenster mit Pappe und trug alles aus dem Keller nach oben, bis auf den Landser. Sie verschloss die Kellertür. Es sang kein Vogel, und die Bäume, die nicht weggesprengt und zerschossen waren, wappneten sich für die Blüte, auch der Kirschbaum im Garten.

Am 16. April jedoch eröffneten die Armeen der 1. Belorussischen und der 1. Ukrainischen Front die »Berliner Operation«. Sie umgingen die Stadt, ließen sie links und rechts liegen, kesselten Halbe ein und marschierten auf die Reichshauptstadt zu.

Der Himmel war unverschämt blau, die Butterblumen leuchteten gelb am Rand der Krater, und oben glitzerten die Silberfischchen. Man hörte das Insektensurren einzelner Flieger, das Summen der Kampfverbände, sah das Stanniolblitzen ganzer Geschwader, die Richtung Westen flogen. Hier und da vernahm man das schütternde Krachen ferner Bombeneinschläge. Die Bomber kümmerten sich nicht mehr um die Stadt, die Artillerie und die Infanterie der nachrückenden Truppe schafften das allein.

Katja, ihre Töchter samt Rudolf, Martin und Liesl zogen wieder in den Keller, in dem es nach Marzipan und Fäulnis stank. Rudolf und Martin schrien, weil die Wein- und Obstvorräte aufgebraucht waren, Singen und Wiegen halfen nichts, und niemand hatte den Nerv zu stricken. Katja streute wieder Stroh, holte Stühle, Decken und die letzten Kartoffeln. Sie riss Handtücher in Streifen, die sich jeder vor Mund und Nase band. Martin und Rudolf wurden im Gesicht gewindelt.

Weil die paar Volkssturm-Greise und -Jünglinge, unter ihnen Tati, dem Schwung und der Überzahl der Russen nichts entgegenzusetzen hatten, räumten sie am 20. April den Gubener Brückenkopf. Während Pioniere die Fluss- und die Eisenbahnbrücken sprengten, ging Tati durch den Geschoss- und Kugelhagel nach Hause. Mit der Linken schulterte er die Panzerfaust, die Rechte trug er in der Manteltasche.

Indes feierte der Führer seinen 56. Geburtstag, sie waren gleich alt, Tati und der Führer. Allerdings feierte der Führer nur ein bisschen, ihm war nicht recht nach Feiern zumute. Mit den sonst so großartigen Geburtstagsüberraschungen war es in diesem Jahr auch nicht weit her. Dass Nürnberg, die Stadt der Parteitage, in amerikanischer Hand war, dürfte keine besondere Überraschung für den Führer gewesen sein. Dass die Russen noch dreißig Kilometer vor Berlin standen und es nicht rechtzeitig zur Feier im kleinsten Kreis schafften, wohl schon eher. Goebbels hielt eine weinerliche Rede. »Unser Unglück hat uns reif, aber nicht charakterlos gemacht«, munkelte er. »Deutschland ist immer noch das Land der Treue. Sie soll in der Gefahr ihren schönsten Triumph feiern. Niemals wird die Geschichte über diese Zeit berichten können, dass ein Volk seinen Führer oder dass ein Führer sein Volk verließ. Das aber ist der Sieg.« Auch die verbündeten Japaner sprachen vom Siegen durch Nachgeben, aber nur im Judo.

Liesl sagte durch den Mundschutz, sie sei in den Turnverein eingetreten, weil Viktor gern geturnt habe, sie sei in den BDM eingetreten, weil man gemusst habe, und die Feste und Fahrten hätten ihr immer viel Freude gemacht. Betty sagte, sie sei kegeln gegangen, weil ihr Verlobter es gern getan habe, auch seinen politischen Überschwang habe sie sich zu eigen gemacht. So tue man das doch, als Frau, als Nicht-Hiesige. Ganz richtig sei es wohl nicht gewesen, aber bestimmt keine böse Absicht, ganz bestimmt nicht. Tati, der soeben nach Hause kam, könne das bezeugen. Nicht wahr, Tati?

Aber Tati wollte nichts sagen zum Probelauf in Reue und Selbstgerechtigkeit. Er ließ die Panzerfaust sinken. Katja zog den Stoff vom Mund und sagte: »Wärst du bloß nicht gegangen raus.« Immer noch trug Tati seine Hand in der Tasche, und plötzlich wusste Polina, was die Worte auf den Ruinen ihr hatten zeigen wollen: Der Krieg benutzte die Gliedmaßen, die Faust, die Schulter, die Hand, er benutzte sie in den Worten und in der Wirklichkeit.

Ein Granatsplitter hatte Tati die rechte Hand aus dem Gelenk geschlagen. »Mir ist so weh«, sagte er, »so kalt. Und solch ein Durst wütet in mir drin.« Er zeigte seinen Armstumpf her und holte mit der Linken die abgetrennte rechte Hand aus der Manteltasche, sie steckte im Handschuh. Liesl legte ihre Hand vor den Mund, Martha kippte ins Stroh.

Wohin tat man eine lose Hand? Die Hand war so leicht. Als sie sich auf den Scheitel gelegt hatte, als sie geschlagen hatte, als sie dem Kleinvieh den Hals umgedreht und einen Wassertrieb vom Obstbaum gesägt hatte, war sie so stark, so schwer gewesen. Polina tat die Hand in den Rumtopf und den Deckel oben drauf.

Tati sagte, ihm tue die rechte Hand weh, so weh. Polina sagte, er habe sie verloren, habe sie selbst soeben hochgehalten. Ach, sagte Tati, sie solle sie finden, seine gute Hand. Sie sei hier, sagte Polina. Sie solle sie holen, sagte Tati, er wolle sich von ihr verabschieden, wolle sie noch einmal schütteln. Sie habe ihm so gute Dienste geleistet, vor allem drüben, in der alten Heimat. Meiner Hände Arbeit. Doch als Polina ihm die Hand geben wollte, war Tati schon verdurstet. Weder von seiner Hand noch von seiner Frau und seinen Töchtern hatte er sich verabschiedet. Polina zog den Handschuh und den Ehering ab. Main Tate is a Schwarewasnik. Sie gab Katja den Ring.

Was ist der stete Tag gegen die Jüngste Nacht, was das Bohnenkraut gegen die Mohnblüte, was ein Boden aus Lehm gegen den Samt- und Sternenhimmel, was, ihr Sterblichen, ist ein Ehebett gegen ein Lager aus Stroh, was?

Dass der Stern-Reporter Gerd Heidemann achtunddreißig Jahre nach Kriegsende die geheimen Tagebücher Adolf Hitlers fand, ist nichts weniger als eine historische Sensation. Weder SS-General Mohnke, der die Reichskanzlei bis zu Hitlers Tod verteidigte, noch SS-Adjutant Otto Günsche, der die Verbrennung von Hitlers und Eva Brauns Leichen überwachte, wussten von der Existenz der Tagebücher. Gerade mal dreizehn Jahre alt war Gerd Heidemann, als das Dritte Reich in Trümmer fiel. Aus dem zerbombten Hamburg in die Lüneburger Heide evakuiert, drückt sich der Pimpf nach Schulschluss bei der am Dorfrand kampierenden Panzer-Division »Hitlerjugend« herum. Die Siebzehnjährigen von der Waffen-SS brachten dem Kind, das zu ihnen mit glänzenden Augen aufblickte, das Zerlegen von MGs und das Schießen bei. Wenige Monate später sah Heidemann die befreiten abgemagerten Insassen des nahe gelegenen Konzentrationslagers Bergen-Belsen. Er hörte die Erwachsenen über die Gräuel tuscheln, die dort geschehen waren. Achtunddreißig Jahre danach hält er die intimsten Aufzeichnungen jenes Mannes in Händen, in dessen Namen das alles geschehen war. Am 16. April 1945 notierte dieser: »Die schon erwartete Großoffensive hat begonnen. Stehe uns der Herrgott bei.« Nach dem Attentat vom 20. Juli 1944 besuchte Hitler im ostpreußischen Reservelazarett Carlshof den verwundeten Generalmajor Walther Scherff. Hitler war bei dem Anschlag im Führerhauptquartier nur leicht verletzt worden. Im Tagebuch verspottete er die Verschwörer und warf ihnen Beziehungen zum blaublütigen Offizierskorps vor, das er hasste. Am 26. Juli 1944 skizzierte er, wie er die Bombe platziert hätte. »Wenn die Bombe anders gelegt worden wäre, ihre Wirkung ist nicht auszudenken.« Mit seinen Serien, etwa über den Juwelier von Maidanek, oder dem Vorabdruck der Hitler-Biographie Joachim Fests hat der Stern seit je über die Jahre der Nazi-Tyrannei aufgeklärt und informiert. So auch mit der sensationellen Veröffentlichung der geheimen Hitler-Tagebücher.

Als Licht in den Keller fiel, war Polina überhaupt nicht unten. Sie war im ersten Stock und schlief.

Nach oben war sie gegangen, um für sich und die Schwestern etwas Schwarzes zu holen. Sie war in ein Kragenkleid von Martha gestiegen und hatte sich an Bettys Schminktisch gesetzt. Sie hatte sich die Läuse aus dem Haar gekämmt, die Augenbrauen nachgezogen, Lippenstift und ein wenig Veilchenduft aufgetragen. Dann hatte sie sich in Bettys Bett gelegt und war eingeschlafen. Sie roch nach Veilchen und Hund, Frauen können nicht so tief graben wie Männer.

Als sie wieder aufwachte, standen Rotarmisten im Garten und rauchten: Männer in Uniformblusen und Pumphosen, Pistolentaschen am Koppel, die eine Zigarette herumreichten. Ein Kalmücke war darunter, breiter Schädel, Schlitzaugen und gelbe Haut. Die Schiffchen saßen so schief auf ihren Köpfen, als seien sie daran festgenietet. Statt Stiefeln trug einer Lappen an den Füßen. Ein anderer sah zu ihr hoch und rief: »Frejlin!« Schnell zog sie den Kopf zurück.

In der Küche saßen Katja, Betty und Liesl mit den beiden Kindern. »Wo bist du bloß gewesen!«, sagte Katja. – »Sie haben Martha mitgenommen«, flüsterte Liesl. – »Die Panzerfaust haben se gefunden, und Martha hat am dämlichsten geguckt«, sagte Katja. – »Wohin mitgenommen?« Die Frauen wussten es nicht, dämlich allesamt. »Haben sie die Gräber entdeckt?« Kopfschütteln.

Im Garten sagte Polina zu den vier Russen: »Gdje schtab palka?« Ebenfalls auf Russisch sagte sie, dass ihre Schwester unschuldig, unschädlich – beswrední – sei. Die Panzerfaust – Faustpatron – habe dem Vater – Otjez – gehört. Der Vater aber sei gefallen, gestorben – umer. Die Soldaten waren beeindruckt und betrunken.

Vor dem Haus stand ein Panjewagen mit Maultier. Der Kalmücke setzte sich auf den Kutschbock und sagte: »Dawaj!« Polina war fast einen Kopf größer als ihr Fahrer. Geschickt wich er Schutt und Leichen aus. Ausgebrannte Panzer standen am Straßenrand. Ein Tatare entriss einem Greis ein Fahrrad und fuhr damit gegen einen gesprengten Kübelwagen, es löste zahnlose Heiterkeit bei seinen Kameraden aus. Die Heiterkeit war so groß, dass die Kameraden neben dem Fuhrwerk herliefen und riefen: »Komm in Haus, Gretl. Fick-fick, bite schon.« Ein Soldat sprang auf und kletterte zum Kutschbock. Zum ersten Mal seit zwei Jahren fasste sie ein Mann an, sie sagte, dass sie die Gonorrhö habe. Der Soldat nannte sie eine Hündin und sprang vom Wagen. Das Lachen des Kalmücken machte das Maultier scheu.

Die Häuser sahen aus wie Puppenstuben, es fehlten die Fassaden, aber die Tische waren noch gedeckt. Nur die Tischdecken hingen auf die Straße. Vergeblich hielt sie nach dem Bismarckturm Ausschau.

Im Hof des Bataillonsstabs standen zwei Panzer. Mit fliegenden Fingern spielte ein Jüngling Akkordeon. Soldatinnen in langen Röcken saßen auf Ketten und Drehtürmen, in den Rohren steckten Kirschzweige. Von oben konnte man gut auf Deutschland und seine Frauen spucken.

Beim Stab wusste niemand etwas über Marthas Verbleib. »Gdje dom NKWD?«, fragte Polina den Kalmücken, und dieser sagte: »Dawaj!«

Im Quartier der GPU in der Mittelstraße wusste man etwas über Marthas Verbleib. Vier Sterne, das ergibt einen Hauptmann, einen Kapitan. Dem erklärte sie, dass ihre Schwester unschuldig sei, die Panzerfaust dem Vater gehört habe, der Vater gefallen sei und sie die Gonorrhö habe.

»Dann müssen wir«, sagte der Hauptmann in gepflegtem Deutsch, »Ihre Schwester freilassen und Sie ins Lazarett bringen.«

»Nein«, sagt sie. – Ob etwas mit ihrer Familie sei, ihren Söhnen, drüben? – »Nein.« – Ja, was denn dann mit ihr sei? – »Ich bin nur ein bissel frühjahrsmüde«, sagt sie. Was der Oktoberwind nicht geschafft hat, schafft der Aprilwind: Die letzten Blätter fallen. Dann regnet es, dann hört es auf zu regnen, dann regnet es wieder. An den Bäumen springt das Grün an, auf den Verkehrsinseln blühen Tulpen gelb und rot, der Schallschutz an der Umgehungsstraße wird erneuert, die Umgehungsstraße auch. Die Panzer und der Frost haben den Asphalt zerstoßen, nun fräsen große Maschinen den Belag ab. Kipplader schütten dampfenden Teer in die Spur, der von einer trägen Güterlok glatt gezogen wird, dann rollt eine tutende Walze darüber. Arbeiter in gelben Leibchen sehen zu und rauchen, der Verkehr staut sich bis zur Itzbrücke, auch ein Jaguar kommt nicht schneller voran. »Irgendwas ist doch mit dir«, sagt Hermann. »In letzter Zeit bist du so«, er setzt den Blinker und schert aus, »verschlossen.« Im Park bringen die Männer von der Stadtgärtnerei die ausgewaschenen Wege und die ausgeschwemmten Beete in Ordnung. Auch in diesem Frühjahr ist der Fluss wieder über die Ufer getreten, jetzt eilt er trüb dahin, die Enten und die Schwäne trauen sich nicht hinein. Aber die Parks sehen schon wieder manierlich aus. Auf der großen Wiese machen Kurgäste Gymnastik. Durch die Veilchenstraße fährt ein grüner Käfer mit offenem Fenster, aus dem laute Musik weht. Auf der Heckscheibe steht in bunter Schrift: Abi 1983. Wie hat sich das Jahrhundert nur so schnell aufgebraucht? Drüben am Schweizer Haus werden die Fenster gestrichen. Weißt du, wie ein Schweizer Käse gemacht wird? Man nimmt ein Dutzend Löcher und tut den Käse drumherum. Weißt du, wie eine Strohwitwe gemacht wird? Man nimmt einen Klafter Luft und klebt das Stroh dran. Und weißt du, dass eine Dame von Welt nur vom Haarlack, der Schminke und ihrer sauberen Wäsche zusammengehalten werden kann, und sonst ist nichts in ihr drin außer dem Schlaf? Ach, Hermann. Früher hat sich diese Dame am Wechsel der Jahreszeiten erfreut. Sobald es Frühling wurde, erfasste sie ein Übermut, eine Genugtuung, dass es die Welt gab, die Maiglöckchen und einen neuen Anfang. Früher erinnerte sie sich an noch frühere Küsse, an helle Abende, an die Lichterketten in den dunklen Kastanien zur Kirchweih, an ein Duftband aus Flieder. Dieses Band ist zerschnitten, Frühling, das ist ein falscher Fuffzscher. Sie gehen an der Saline, an der Minigolf-Anlage und am Sanatorium Sartorius vorbei. In diesem Fluss kann man weder Barbe noch Zander noch den Hecht sehen. Zu Beginn der Woche hat sie den nicht für sie bestimmten Brief abgegeben. Eine hohe Mauer umfasste das Anwesen, auf dem Messingschild stand nur »A. S.«. Mit einem Summen war die Pforte aufgesprungen, und über einen langen gepflasterten Weg war sie auf das hohe Haus mit den vielen Gauben zugegangen. Neben der Tür standen auf tönernen Füßen zwei Buchskugeln, auf Höhe ihres Kopfes hing eine getöpferte Eins, darunter ein ebensolches Namensschild. In von Kinderhand gelegten Schlingen stand darauf, dass hier Heike, Stefan, Anton und Marianne Sartorius wohnen würden, zusammen mit dem Glück, wie ein Kleeblatt und ein Hufeisen betonten. Abermals klingelte sie, und eine Frau mit Kropf öffnete. Die Frau sah sie aus kleinen Augen an. Umständlich erläuterte sie, wie sie das Kuvert aufgerissen, dass sie nicht auf den Empfänger geachtet habe und sich nicht erklären könne, wie der Brief in ihren Kasten geraten sei. Schweigend nahm die Frau den Brief an und schloss den Flügel. Irgendwo hatte sie diese Frau schon mal gesehen, ihr ist entfallen, wo. Ihr Gedächtnis ist eine Sanduhr, die keiner umdreht. Markisen in verschossenem Orange sind vor die Fenster des Sanatoriums gespannt. Aus einem Kofferradio schunkelt ein Lied, das sie mag. Roger Whittaker singt mit seinem Bariton: »Wenn es dich noch gibt, sag, wo ich dich finde. Ich muss dich wiedersehn, suche dich überall.« Dann wird das Lied von einem Brüllen, einem Schlagen und Sirren übertönt. Bei solch einem Höllenlärm setzt ein Herz, das ohnehin schon schwach und nicht auf der Hut ist, für ein paar Schläge aus. »Ah, die Organspender rasen wieder, es ist Frühling«, ruft Hermann. Sein Haar flattert. Auf dem großen weißen H neben dem Parkplatz landet ein Rettungshubschrauber. Die Büsche neigen sich, Sand steigt auf, und sie rennt los.

»Wärst du bloß nicht gegangen raus«, sagte Katja. Sie meinte Polina und nicht Martha.

Der Kalmücke stand in der Tür, das Käppi in der Hand, den breiten Kopf gesenkt. Am Schluss, nach all der Schande, hatten seine Kameraden Liesls und Bettys Finger in den Mund genommen, um Ehe- und Verlobungsring abziehen zu können, mit Spucke und Zähnen. Betty wusch sich den ganzen Tag, und Liesl sagte, wenn sie jetzt nicht bald Post aus dem Feld bekäme, dann tue sie sich wirklich etwas an, doch das Schicksal ließ sich nicht erpressen.

Mäuser, ein früherer Kollege Tatis, Färbermeister und Kommunist, kam vorbei und sagte, jetzt würde eine neue Gesellschaft aufgebaut werden, nach dem Vorbild der Sowjetunion. Eine neue Verwaltung würde man einrichten, es würde Kleiderkarten, Lebensmittelkarten, Wohnraumzuteilung und eine gute medizinische Versorgung geben, antifaschistische Jugendausschüsse, antifaschistische Kulturkreise, antifaschistische Betriebe und Schulen würden ins Leben gerufen werden. Alle seien eingeladen, am Neubeginn mitzuwirken, der gemeine Mann habe von den Sowjets nichts zu befürchten. Es gebe hier keinen gemeinen Mann, sagte Katja, nur Frauen und zwei tote Männer, und ob denn schon ein antifaschistischer Friedhof ins Leben gerufen worden sei. Was eigentlich, fragte Mäuser, aus ihrem Arthur geworden sei, solche Kerle benötige man jetzt für den Wiederaufbau. Falls ihr Hilfe braucht, ihr wisst ja, und guten Tag noch. – Heil Hitler, sagte Martha und schlug sich die Hand vor den Mund.

Die gute medizinische Versorgung ließ auf sich warten, und an die frische Luft wollte Liesl mit ihrem Sohn um keinen Preis gehen. So legte Polina den blassen Rudolf und den gelben Martin in ihren Kinderwagen, Lederriemchen und Gummireifen, und machte sich auf den

Weg zur GPU-Kommandantur. »Mina« stand in kyrillischer Schrift auf vielen Schildern, alle Orts- und Hinweisschilder waren nun zweisprachig. Sie blickte so entschlossen drein, dass sich ihr niemand näherte. Dem groß gewachsenen Hauptmann zeigte sie das gelbe Kind. Im Vergleich zu dem blassen Jungen könne er ersehen, was mit diesem Kind nicht stimme. Er, sagte der Hauptmann, kenne sich aus mit Kindern und werde veranlassen, dass beide im Lazarett behandelt würden. Auch für sie werde er einen Platz beschaffen. Das sei in Wahrheit nicht nötig, sagte Polina und schlug die Augen nieder, doch falls er von zwei Plätzen auf einem Friedhof wisse. Der Hauptmann sah sie erschrocken an und sagte, die Kinder würden es schaffen. Es sei nicht für die Kinder, sagte Polina.

Im Lazarett bekam Rudolf Farbe, und Martin bekam noch mehr Farbe. Er schaffte es nicht. Als sei dies nicht genug, erreichte Liesl die lang erwartete Post aus dem Feld: Ein Kamerad überbrachte ihr Viktors Bibel und sein eigenes Beileid. Liesl sagte: Weckt mich auf in einem Jahr.

Martin, Tati, seine rechte Hand und Viktors Bibel wurden neben Arthur auf dem Ostfriedhof beigesetzt. An Grabsteine mit eingravierten Namen war nicht zu denken. Ein bisschen Platz war noch, den bekam Betty, die sich für zu schmutzig gehalten hatte, um weiterzuleben. Polina beneidete sie alle, selbst den Landser, der in ein Massengrab geworfen worden war.

Der Kalmücke kalkte ihren Keller, und am 9. Mai wollten seine Kameraden das Kriegsende nicht allein feiern. Aus der russischen Sprache formte Polina Nasenringe und zog sie daran aus dem Haus. Der Kalmücke, der ein Mensch und kein Tier war, sagte, weil ihre Frauen tot seien, suchten sie sich deutsche Frauen und machten mit ihnen, was die Deutschen mit ihren Frauen gemacht hätten, abgesehen vom Erschießen. Nur für den Moment seien sie Tiere, verzweifelte Tiere, so wie Frejlin Liesl, nur habe die keine Waffe und keine Gewalt zur Hand. Das sei keine Entschuldigung, maximal eine Erklärung. Im Auftrag des Hauptmanns, der auch ein Mensch war, brachte er Speck, Kartoffeln und Lebertran. Für Polina hatte er einen großen Fliederstrauß dabei, für Liesl einen kleinen, es war ja im Wonnemonat Mai.

Die Flüchtlinge kehrten zurück, die Straßen wurden von Schutt und Faschisten gesäubert, das Plündern und Vergewaltigen wurde geahndet. Es war Frieden. Peace, Mir, Paix. Jetzt war die schlimmste Zeit.

Martha erzählte, was man so von den Russen hörte, wie sie hausten, wie sie fraßen. Sie kochten ein Huhn und schütteten die Brühe weg, sie feuerten ein Magazin auf einen klingelnden Wecker, sie pissten in ihre Stiefel, sie waren so furchtbar unzivilisiert. Sie könne, sagte Polina, diese Rede nicht ertragen, es sei eine Schande, Martha zuzuhören.

Im Juni saß Witja, so hieß der Kalmücke, weinend auf den Stufen des Hauses. General Bersarin, der Kommandant Berlins, Träger des Leninordens, Befehlshaber der ruhmreichsten Armee, der 5. Stoßarmee, und der ruhmreichsten Front, der 1. Belorussischen, sei tot. Außerdem werde die UdSSR in den Krieg gegen Japan eintreten, und er befürchte, nach Japan verlegt zu werden. Das liege wohl näher an seiner Heimat, aber kommen wir denn gar nicht mehr aus diesem verdammten Krieg heraus? Auch im Russischen ist der Krieg weiblich, selbst der vaterländische.

Ein paar Tage später, am 20. Juni, erschienen polnische Soldaten auf den Stufen des Hauses. Sie trugen SS- und Wehrmachtsuniformen und riefen: »Packen, packen! Wenn bleiben, als Spion erschossen!« Katja packte schnell ein paar Habseligkeiten in die zwei Kinderwagen, und die Frauen zogen trotz großer Hitze ein Kleid über das andere und darüber noch je einen Wintermantel. Liesl nahm Rudolf auf den Arm, Katja griff den Bräter, Martha und Polina schoben die Kinderwagen ohne Kinder. An der Steigung wurden sie zum ersten Mal kontrolliert. Alles, was den Polen gefiel, nahmen sie sich, und Rudolf konnte wieder in den Wagen gelegt werden. Doch Polina hielt am Fotoalbum fest und Katja am Bräter. Der Fluss war jetzt eine Grenze, auf einer Brücke aus Brettern und Bohlen überschritten sie ihn. Am Westufer warf ein Mann einen Schlüsselbund ins Wasser. Die Schlüssellöcher auf der anderen Seite waren nun polnisch, so wie die Häuser, die Gärten, die

Anhöhen, die Baumblüte, die Himmelsleiter. Wenn von der Heimat so viel Leid ausgegangen ist, dann taugt sie sowieso nichts, und was ist das schon, Heimat.

»Ich freue mich, Sie lebend anzutreffen«, sagte der pensionierte Lehrer aus dem dritten Stock. »Ja, so ist das eben«, sagte seine Frau, »wir müssen stille und zufrieden sein mit dem, was sie uns geben. Seit Pfingsten habe ich keinerlei Fettigkeiten mehr auf die Zunge bekommen, keine Butter, kein Schmalz. Heut nur ein Pfund Rübenschnitzel und Sago, und das Feuerholz holt mein Walther aus dem Walde.«

Dreimal schloss Polina die eheliche Wohnung auf. »Wo ist dein Hochzeitsgeschenk?«, fragte Katja. Zuerst verstand sie nicht, dann doch. Kurz überlegte sie, nur den Einband zu entfernen, damit Horst das Buch noch vorfände. Dann schüttelte sie heftig den Kopf und bat die Frau des Lehrers um ein wenig Feuerholz. Alle Wimpel und Broschüren, die Modellbomber aus Balsaholz, die Bücher über das Fliegen und den Luftkampf gab sie in die Flammen, die Hemden, die Uniformen, das Hochzeitsgeschenk. Sie lüftete und beschloss, jemand anders zu werden.

Nach einer Woche hatte der Hauptmann sie ausfindig gemacht. Er saß vorn neben Witja, und hinten auf dem Panjewagen standen ein Sauerkrautfass und ein Klavier.

Professor Sartorius ist ein echter Professor und ein echter Doktor. Er trägt eine Nickelbrille, ein blaues Häubchen, ein blaues Nicki und blaue Hosen. Der blaue Mundschutz hängt unter seinem Kinn. Der Professor sagt, sie solle sich keine Sorgen machen. Dank der Narkose werde sie nichts spüren. Die Operation werde eine gute Stunde dauern, sei reine Routine. »Wir sind keine Amateure«, lächelt er. Danach müsse sie den Arm ein wenig schonen, entzündungshemmende Mittel einnehmen und recht bald mit der Krankengymnastik beginnen, bereits nach drei Tagen. Wenn Sie fleißig übe, könne sie die volle Beweglichkeit wiederherstellen. Es könne aber dauern, über ein Jahr. Die OP-Schwester schaltet die sieben Sonnen ein und fährt ein Wägelchen ans Bett. Darüber hinaus habe er sich, sagt der Professor, mit ihrem Hausarzt, dem Herrn Sonntag, in Verbindung gesetzt. Nicht nur der Arm, sondern auch ihre Seele brauche im Anschluss so etwas wie Krankengymnastik. »Aber jetzt operieren wir erst einmal.« Später am Tag bekomme sie ein schönes Einzelzimmer, Freund Höß habe sie geupgradet, ein feiner Mensch. Sie kennt dieses Wort nicht: geupgradet. Als sich der Professor die Hände wäscht, fragt sie ihn, ob er den Brief erhalten habe. Interessiert dreht er sich um. »Den Brief?« – »Den Brief mit dem Trainingslager und dem Abitur. In dem steht, dass das Haus für Ihre Familie immer offen steht und ein großes Fest gemacht wird.« – Der Professor zieht den Mundschutz über und sagt dumpf: »Aber natürlich habe ich den Brief erhalten.« Er zwinkert ihr zu. »Danke, dass Sie mir so nett geschrieben haben.«

Das E klemmte, aber das störte sie nicht. Wolodja spielte wunderschön. Er kannte alle Stücke auswendig und spielte sich woandershin. Sie nahm er mit. Am Ausklang ihrer Reisen öffnete er die Augen, sie waren blau, und er lachte. Seine Mütze und sein Koppel lagen auf dem lackschwarzen Deckel, sein Lachen war arglos.

Die Klavierinstrumente, die vor dem Siegeszug des Radios gebaut worden seien, also die aus den zwanziger Jahren, es seien dies die besten Klavierinstrumente, sagte er. Dieses hier sei ein Gläser-Piano, ein gutes Klavierinstrument. Im Konservatorium hätten sie ein Förster- und ein Seiler-Klavierinstrument aus der Kriegszwischenzeit stehen, man wisse nicht, ob sie noch da stünden, und einen gestutzten Flügel von Steinway und einen Konzertflügel von Bechstein aus Berlin habe es auch, nun ja, wohl gegeben.

Er nahm Mütze und Koppel herunter, öffnete den Deckel und machte sich am klemmenden E zu schaffen. Mit einer Stricknadel zügelte er das Hämmerchen, schlug an und ließ den Ton zur Prüfung antanzen. Er war ein strenger Prüfer. Als er zufrieden war, schloss er den Deckel, warf den Uniformsaum wie die Schöße eines Fracks nach hinten, nahm elegant auf dem Sauerkrautfass Platz und sagte: »Es spielt jetzt für Sie, meine Dame, Waldemar Wolkow aus Sankt Petersburg am Gläser-Klavierinstrument eine deutsche Musik.« Er neigte den Kopf, blitzte Polina an, schloss die Augen, setzte einen Ton, wiederholte den Ton, und dann suchte sich eine einfache Melodie sämtliche Erhabenheit zusammen, die sich unter den Tasten und im Resonanzraum versteckt hielt. Ein taktvoller Bass half der Melodie, und beide, Melodie und Bass, gingen immer selbstbewusster miteinander um, immer gelöster, bis sie in atemberaubendem Einklang alles ausmaßen, den ganzen großen Dom der Welt. Auf schwer fassliche Art wurden die irdischen Ausdrücke, wurden Klage, Jubel und Anmut übertroffen von einer vierten Dimension, der Gnade. Polina weinte und überlegte, wann sie zuletzt geweint hatte. Dieser Wolodja versah sie mit Musik und Güte. Nach dem letzten Ton sagte er bloß mit schönem rollendem R: »Paradies.«

Martha sang gehässig: »Man müsste Klavier spielen können, wer Klavier spielt, hat Glück bei den Frau'n.« Entschieden wurde, dass das Klavier in Rudolfs und Polinas Zimmer wohnen sollte. Niemand fragte, wem es vorher gehört hatte. Ein Klavier muss gespielt werden, sonst verliert es seinen Klang, sonst bringt es nur bucklige Töne hervor. Ein Klavier gehört also dem, der es spielt. Wolodja kam jeden Tag, um darauf zu spielen. Für Katja spielte er die Polka, für Martha Operettenweisen, für Rudolf russische und deutsche Kinderlieder, nur für Liesl hatte er keine Musik, Liesl wollte immerzu schlafen. Sie alle trugen Schwarz, das Kind natürlich nicht.

Für Polina spielte er die Trost- und Gnadenmusik. Es sei genau genommen eine Einschlafmusik, erklärte er. »Vor zweihundert Jahren konnte der russische Gesandte am Hof vom starken August nicht mehr gutt schlafen. Er hatte Sorgen. Da batt er den besten Komponisten aller Zeiten, er lebte in Leipzig, für ihn eine Einschlafmusik zu schreiben. Der Komponist war damals so alt wie Gitler oder dein Papa, als sie just zu Grabe gingen. Dem Komponisten war eine Frau gestorben und kleine Kinder, er hatte viele Kämpfe gekämpft, litt am Augenstar und hatte sein letztes Kind gezeugt, danach kein Kind mehr. Er hat sein ganzes Erdenleben mit dieser Musik« – Wolodja suchte das richtige Wort – »verwunden.« Er sprach ein Deutsch aus den Büchern. »Du Tor« sagte er statt »du Dummkopf«. Es war ein altmodisches, ein lustiges Deutsch. Ein guttes Deutsch war es. »Zum ersten Mal gespielt hat die Musik ein Junge, ein Klavierinstrumentschüler. Die ganze Nacht musste er dem Gesandten das Stück vorspielen. Auch als es dem Gesandten wieder gutt ging, musste er spielen und spielen.« Das Stück sei ein Wunder. Es sei sehr streng gebaut, Geometrie auf dem Notenpapier, und trotzdem sei es frei wie ein Vogel. Der erste Teil bestehe aus sechzehn Sätzen, das seien die sechzehn Stufen der Jakobsleiter, da hinauf führe das Stück in eine andere Welt. Am Tor zu dieser neuen Welt gebe es eine neue Ouvertüre, kraftvoller und mit mehr Bravo gehe es voran, die letzte Variation sei ein toller Freudentanz, ein Kehraus aller Melodien und Muster, dann klingende Stille: Paradies.

»Die ersten Töne sind leicht, versuche es doch selbst einmal.« Er griff ihre Hände, sie zog sie zurück und stand auf. Er sagte: »Stolz ist ein potemkinsches Dorf.« Er sagte: »Edel sei der Mensch, hilfreich und gutt.« Er sagte, dass er eine Frau und zwei Mädchen habe.

Darf man denn trotzdem lieben? Trotz der Frau und der Kinder? Trotz allen Schmutzes, aller Rohheit und Gewalt? Geht das denn, dass ein Herz wieder erweicht, nachdem es so lang auf der Hut und ganz starr gewesen ist? »Ach, was ist das schon, die Liebe. Menschen können töten, Menschen können lieben«, sagte der Lehrer aus dem Dritten, er hieß Spohn. Der Mensch sei irgendwas zwischen Hass und Güte. Er sei Biologie und Geschichte, ein vernunftbegabtes Säugetier, das die Vernunft immer wieder mit Hufen trete, also mehr Biologie als Geschichte. Ein Knäuel aus Eigensinn, Weinerlichkeit, Herdentrieb und Fluchtinstinkt, zur Hälfte Fug und zur anderen Unfug, wohl mehr Unfug als Fug – das sei der Mensch, die Krone der Schöpfung. »Er lebt, zeugt, nennt es Liebe, frisst und säuft, er zerstört, bleibt allein, dann stirbt er allein. Mehr ist zum Menschen nicht zu sagen.« Er sagte es weit weg von den Ohren seiner Frau. Und was ist mit der Liebe, was mit der Kunst und der Schönheit? Der Lehrer Spohn sagte: »Hirngespinste.«

Dann waren es eben die schönsten Hirngespinste, die sich denken ließen. Im Julei empfand sie wieder Freude, so schnell ging das: die Freude des Riechens, die Freude des Essens, die Freude des Badens, die Freude des Haarekämmens, die Freude des Kindwiegens, die Freude des Körpers, die Freude der Luft. Als Einzige trug sie nicht mehr Trauer. Ihr war nicht mehr blau, nicht mal mehr grün, ihr war jetzt rot. Wenn sie von ihm geliebt wurde, reiste sie durch sich selbst und kam in Gegenden, wo sie noch nie gewesen war. Ihr Kopf glühte und steckte ihren Körper an. So etwas mag der Kopf vergessen, der Körper vergisst es nicht. Durch ihn war sie wieder da, sichtbar für sich und andere. Wolodja konnte alles, wirklich alles.

Nur nicht Auto fahren. Sein Chauffeur konnte auch nicht Auto fahren, er kam mit nur einer Pferdestärke viel besser zurecht als mit achtundfünfzig, aber er tat es mit großer Würde: schlecht Auto fahren. »Witja, na Berlin!«, rief Wolodja vom Rücksitz des grauen, stromförmigen Adlers, und in waghalsigem Bogen fuhren sie auf die Reichsautobahn 13, auf der es wegen der Krater nicht allzu gut voranging.

In Berlin gab es: Kinos, Tanzbars, den Tiergarten, Whisky, den Schwarzmarkt und also Strumpfhosen und Ohrringe aus böhmischem Granat. Solche Ohrringe fallen auf, solch emsiges Klavierspiel fällt auch auf, solch eine fröhliche Autofahrerei erst recht.

Auf beiden Seiten wurde geredet: Kapitan Wolkow, dessen Brüder die Deutschen ermordet hatten, hielt sich eine Deutsche, hochmütig und nicht mehr ganz jung war die, Mutter eines Kleinkinds, Frau eines verschollenen SA-Mannes, aus irgendeinem Grund sprach sie Russisch, Volksdeutsche wohl. Wladimir Wolkow versorgte sie und ihre Familie, amüsierte sich mit ihr, fuhr, entgegen dem Schukowschen Befehl, mit ihr nach Berlin, was auch Offizieren verboten war. Hatte er schon den Tripper? Wolkow, der zu Hause Frau und Kinder hatte. Auf

Parteiversammlungen wurde alles der Länge und Breite nach besprochen, bevor ihn der Oberst selbst zur Rede stellte: »Genosse Hauptmann«, sagte dieser, »Sie kennen den Befehl, sich nicht zu fraternisieren und mit der deutschen Bevölkerung nur dienstlichen Umgang zu haben. Sie kennen das Berlin-Verbot. Was soll das werden, Towarischtsch Kapitan? Sie wollen doch zurück zu Ihrer Familie und nicht nach Sibirien. Lassen Sie es dabei bewenden, Sie hatten Ihr Vergnügen.«

Wolodja kam jetzt heimlich, leise spielte er Klavier. Er spielte für noch jemanden, und mit dem Auto fuhren sie nur nachts. »Pfui«, sagte Liesl, »du solltest dich was schämen. Du gehst mit einem, der der Mörder deines Vaters oder meines Mannes sein könnte, mit einem Iwan, einem Bolschewiken von der Geheimpolizei. Ein guter Mensch soll das sein? Bei der GPU in der Mittelstraße, da wird gefoltert und verschleppt, alle wissen das.« Polina machte kehrt und gab Liesl eine Ohrfeige, die sie von den Füßen holte. Alle fünf Finger hatte sie im Gesicht, zwei ganze Tage lang. »Und was machst du, wenn dein Mann nach Hause kommt?«, rief Liesl.

Inzwischen dachte Polina über die Grenze des Tages hinaus, allerdings nicht sehr viel weiter. Sie dachte von Wolodja bis Wolodja. Er hatte sie neu erschaffen, fürs Erste genügte ihr das. Die Zukunft war nicht mehr lachhaft, aber formlos.

Doch was soll das für eine Liebe sein, die nur von Tag zu Tag reicht? Wen meint das Liebesgefühl, wer wird geliebt. Wie können Klavierinstrumentmusik und Lebertran eine Liebe besiegeln. Wie soll sie gelingen, diese Liebe, wenn das Leben schon so weit fortgeschrieben ist, wenn ihn das klemmende E stört und sie nicht. Wenn sie bald für ein Kind mehr sorgen muss.

Die Frau hat Menschen, aber nie die Fassung verloren, jetzt baut sie ab. Sie begreift nicht, wieso in diesem Einzelzimmer zwei Sträuße stehen. Wenn einer von ihrem Gatten ist, von wem ist dann der andere, der karge? Was willst du überhaupt, sagt die Frau, nach all den Jahren. – Dein Sohn hat mich angerufen. Der wollte was von mir, aber eigentlich will er was von dir. Ihre Kopfhaut juckt, doch die Frau kann den Arm nicht heben. Und was willst du? – Wie alt ist der Russenbengel inzwischen? Sechsund-, siebenunddreißig? Du hältst ihn noch immer zum Narren. Alle hältst du zum Narren. Der Mann, der da spricht, kommt aus dem Nichts. Er hat weißgescheiteltes Haar, seine Wangen sind von geplatzten Äderchen durchzogen, er trägt ein Eisernes Kreuz und einen grauen Lodenanzug. Mir hast du alles geraubt, sagt er, meinen Namen, meinen eigenen Sohn. – Ich wollte nie etwas Böses, sagt die Frau, ich war immer nur in Not. – Ich sollte den Leuten hier sagen, was du für eine bist. – Sag es bitte mit deutschem Gruß, erwidert die Frau. Sie lächelt zu den Sträußen hin. Wo bekommt man zu dieser Jahreszeit so schönes Stroh?

An Mauern, an Türen, an Zäunen, an Litfaßsäulen: Überall klebten die Vermisstenanzeigen. Auch diese Blätter nahm der Herbstwind mit, der pünktlich im Oktober kam. Gelegentlich wusste ein Augenzeuge, bei welchem Tieffliegerangriff dieser oder jener verbrannt war, an welchem Tag und in welcher Stadt dieser oder jener gesehen, gefallen, gefangen genommen oder gehängt worden war. Manchmal fand sogar einer zurück, ein einfacher Soldat, der aus Holland oder Afrika heimgelatscht, angeschwommen oder hergezuckelt kam. Der Schreck auf beiden Seiten war dann immer sehr groß und überwog das, was Freude nicht genannt werden konnte. Hohe Tiere – graue Wölfe oder goldene Fasane – kehrten nicht zurück, denn der Iwan hatte weit mehr zu rächen als der Tommy, der Johnny oder der Jacques. Kleinvieh traute sich bisweilen.

Polina hatte nirgendwo einen Zettel angeklebt, denn sie vermisste Horst Friedrich nicht. Doch eines Tages, Japan hatte längst kapituliert, stand er trotzdem vor der Tür, grußlos und fast nicht zu erkennen in seinem Räuberzivil, mit Bart und Schiebermütze. Gar nicht erst zu Wort kommen ließ er sie. Er wisse alles, sagte er, seine Schwägerin Liesl habe er getroffen, sie habe ihm alles erzählt. Aber er sei ein Realist und nicht nachtragend. Sie solle ihn einlassen, ihr sei vergeben, er müsse sich verstecken. Natürlich wolle er auch seinen Jungen sehen und sich mit seinem Frauchen wieder vertragen, Schwamm drüber. Ein Bad müsse er nehmen, auch Schwamm drüber, das Loch in seinem Bauch müsse dringend gestopft werden, Bratkartoffeln, oh wie himmlisch wäre das.

»Jeden Moment«, sagte sie, »kommt Wolodja heim, und dann gnade dir Gott. Nimm die Beine in die Hand, du, und lauf, so weit du kannst.« Ihr Bauch war noch diskret.

»Gut«, sagte er, den der Krieg auch gelehrt hatte, die Reichweite zwischen einem Wort und einer Tat abzumessen.

»Es gibt bei uns keinen Platz für Menschen von deinem Schlag. Laufe, du«, setzte sie nach.

»Unter einer Bedingung«, sagte er, als könnte er Bedingungen stellen. Hinter ihr schrie das Kind: ab jetzt nur ihr Kind, nicht seins.

»Was?«

»Ich bleibe tot«, sagte er. »Behalte du deinen Iwan, ich bleibe tot und gehe zum Ami. Später dann wird sich Liesl von Viktor scheiden lassen, also von mir.« Liesl und Horst: Sie hatten Polina durchschaut und längst alles besprochen. Unsichtbar und durchschaubar, das sind zwei verschiedene Paar Schuh.

Während Polina Güte walten ließ und Liesl nicht vor die Tür setzte, ging ein Toter über die Elbe und fing ein neues Leben an, in Lindau am Bodensee. Bald war Liesl mehr als eine Schwägerin, aber dafür gab es kein Wort.

Muss es denn immer und für alles ein Wort geben. Und wieso muss die Liebe gelingen, sie muss doch nur da sein. Sie muss sich zur Wehr setzen, das wohl, siegen muss sie nicht.

20. Konkret

        Leipzig, 13.03.1983
        Beginn: 02.00/04.00 Uhr
        Ende: 03.40/06.10
        2 Exempl./2. Ausfertigung
        jac

Vernehmungsprotokoll
des Beschuldigten

FRIEDRICH, Frank
Geb. am 17.06.1946 in Guben
Beruf: Ingenieur
zuletzt: ohne Beschäftigung
wh.: 7030 Leipzig, Regenstr. 27

    <u>Mitteilung</u>: Sie werden beschuldigt, diskriminierende Schriften verbreitet zu haben.
Sie werden über Ihre Rechte als Beschuldigter gemäß §§ 61 und 91 StPo belehrt. Ihnen wird weiter mitgeteilt, daß von dieser Beschuldigtenvernehmung eine zusätzliche Schellaufzeichnung angefertigt wird.
    <u>Frage</u>: Sie erhalten Gelegenheit, sich dazu zusammenhängend zu äußern!
    <u>Antwort</u>: Ich halte den Inhalt der Schriften, die ich gemeinsam mit meinem Freund PFEIFFER, Rüdiger entwarf, herstellte und im Stadtgebiet von Leipzig angeklebt und ausgelegt habe, nicht für diskriminierend, sondern für unsere Meinung zur Friedensinitia-

tive. Diese Meinung wollten wir durch die Verbreitung der Schriften anderen Personen bekanntmachen. Daß ich mich entschloß, in dieser Art und Weise aktiv zu werden, resultiert aus meiner die Verhältnisse in der DDR zumindest in Teilbereichen ablehnenden Haltung und der Nichtgenehmigung meiner Ausreise in die BRD. Was wir gemacht haben, ist ja den Sicherheitsorganen durch unsere Festnahme bekannt.

Frage: Welche weiteren Personen waren an der Verbreitung diskriminierender Schriften beteiligt?

Antwort: Außer dem PFEIFFER, Rüdiger und mir war an dieser Aktion niemand beteiligt.

Frage: Wie kam die Vereinbarung der Vorbereitung diskriminierender Schriften zwischen Ihnen und anderen Personen zustande?

Antwort: Es bestand lediglich eine Vereinbarung zwischen PFEIFFER, Rüdiger und mir, „Handzettel" herzustellen. Diese Vereinbarung kam im Verlaufe eines mir nicht mehr genau erinnerlichen Gespräches zwischen uns am Montag, dem 07.03.1983, möglicherweise in der Volksschwimmhalle in der Arno-Nitzsche-Straße, zustande.

Frage: Wann und unter welchen Umständen wurden diskriminierende Schriften durch Sie hergestellt?

Antwort: Entsprechend der Vereinbarung vom 07.03.1983 hatte ich mir Stempeltypen aus dem Stempelkasten meines 13jährigen Sohnes einschließlich des dazugehörigen Stempelkissens genommen. PFEIFFER, Rüdiger und ich hatten jeweils schwarze Stempelfarbe gekauft. PFEIFFER hatte ein Paket weißes Schreibpapier gekauft. Diese Materialien brachten wir in meine Wohnung. Am Dienstag oder Mittwoch Vormittag sprachen wir über den Inhalt des Textes, der auf die Zettel gestempelt werden sollte. Entsprechend unserer Vereinbarung zum Inhalt des Textes entwarf ich diesen handschriftlich nach unseren gemeinsamen Vorstellungen. Der Text lautete: „Frieden schaffen – Reisen machen! DDR-Bürger! Fordert die komplette Durchsetzung und Einhaltung der KSZE-Schlußakte auch in der DDR." Nach diesem Entwurf klebten teils PFEIFFER, teils ich die Gummistempeltypen auf ein Holzbrettchen. Mit dieser Matrize fertigten wir mehrere Probestempelungen an. Das von Herrn PFEIFFER mitgebrachte weiße, unlinierte Schreibmaschinenpapier war bereits auf das Format A6 zurechtgeschnitten. Aus der Tatsache, daß PFEIFFER etwa 250 Blatt im Format A4 hatte, nehme ich an, daß wir insgesamt etwa 800 bis 1000 Blatt im Format A6 hatten, die ich am Vormittag des 09.03.1983 in meiner Wohnung und PFEIFFER am 10.03.83 verarbeiteten. Am Vormittag des 10.03.1983 brachte ich den Teil der von mir hergestellten Schriften, die Matrize, das Stempelkissen und die Stempelfarbe in einem Plastebeutel verpackt in den Uhrenladen, in dem PFEIFFER, Rüdiger tätig ist, und übergab ihm diesen Beutel. Den Teil des von ihm zurechtgeschnittenen Papiers, den er zu mir gebracht hatte, hatte ich bestempelt. Nach der Übergabe des Materials, das ich mit meinem PKW vom Typ „Škoda MB 1000" zu PFEIFFER, Rüdiger transportiert hatte, fuhr ich nach Hause. Unter mir nicht konkret bekannten Umständen fertigte PFEIFFER bis zu unserem Zusammentreffen am Abend des 12.03.1983 weitere derartige Schriften an. Bei der Übergabe des Materials an PFEIFFER am Vormittag des 10.03.1983 vereinbarten wir, uns am 12.03.83 in seiner Wohnung zu treffen und gegen 20.00 Uhr in die Leipziger Innenstadt zu fahren und dort die von uns gefertigten Schriften anzukleben bzw. auszulegen. Wir vereinbarten, daß jeder Leim mitbringt. Entsprechend dieser Vereinbarung fuhr ich am Abend des 12.03.1983 zu PFEIFFER, Rüdiger.

Frage: Wo befinden sich die zur Herstellung der Schriften verwandten Materialien?

Antwort: Die Stempelmatrize und das Stempelkissen befinden sich bei Herrn PFEIFFER. Wo er diese konkret aufbewahrte, weiß ich nicht. Inwieweit noch Papier und Stempelfarbe da sind, weiß ich nicht.

Frage: Sagen Sie zu den konkreten Umständen der Durchführung der Aktion aus!

Antwort: Ich fuhr am Abend des 12.03.1983 mit meinem PKW „Škoda" zur Wohnung des Herrn PFEIFFER nach 7030 Leipzig, Helenenstr. 12. Wir schafften 1 oder 2 Pakete in Zeitungspapier gewickelter Schriften in meinen PKW. Ich fuhr den PKW entsprechend gemeinsamen Festlegungen während der Fahrt zuerst zum Bahnhof Stötteritz. Dort stellte ich den PKW kurz nach 20.00 Uhr in einer mir nicht konkreter erinnerlichen Nebenstraße ab. Zu Fuß begaben wir uns zum Bahnhof Stötteritz, wo wir in einem Durchgang etwa 4 Schriften anklebten, weiter zur LVB-Haltestelle, wo wir ebenfalls ca. 4 Schriften anklebten, und zur Telefonzelle an der Haltestelle, in die wir mehrere Schriften legten. Zum Ankleben dieser, wie auch der anderen Schriften, hatte ich eine neue Tube handelsüblichen Leim, dessen Bezeichnung mir nicht mehr erinnerlich ist, und PFEIFFER, Rüdiger drei Tuben „Kittifix" genommen. Beim Ankleben unserer Schriften gingen wir stets gleich vor. Ich hatte die Tube Leim, mit der ich an der entsprechenden Klebestelle Leim aufbrachte, während PFEIFFER, Rüdiger in seiner Handgelenktasche die Schriften transportierte und an den entsprechend mit Klebstoff versehenen Stellen aufdrückte.

Vom Bahnhof Stötteritz fuhren wir mit dem PKW zur Russischen Gedächtniskirche, wo ich wiederum meinen PKW parkte. Von dort begaben wir uns zur Leninstraße, in südlicher Richtung durch den Wilhelm-Külz-Park weiter zum S-Bahn-Haltepunkt Messegelände, entlang der Richard-Lehmann-Straße, der Zwickauer Straße und der Semmelweisstraße zurück zum PKW. Dabei klebten wir etwa an 20 unterschiedlichen Stellen, hauptsächlich in der Richard-Lehmann-Straße und am S-Bahn-Haltepunkt Messegelände, an Elektromasten, Litfaßsäulen, an Taxi- und LVB-Haltestellen, an die Gebäude der Technischen Messe, die Orthopädische Klinik und die Russische Gedächtniskirche insgesamt etwa 40 bis 45 Schriften.

Von dort fuhren wir mit dem PKW weiter zum Bayrischen Bahnhof, wo ich den PKW in der Emilienstraße parkte. Wir begaben uns zu Fuß in den Bayrischen Bahnhof, wo wir in der Vorhalle etwa 4 Schriften auf die bereits geschilderte Weise anklebten.

Nachdem wir uns zum PKW zurückbegeben hatten, fuhren wir zum Martin-Luther-Ring, weiter über Dittrich-Ring und Dr.-Kurt-Fischer-Straße zur Nordstraße, wo ich den PKW abstellte. Wir begaben uns zu Fuß über Erich-Weinert-Platz und Rudolf-Breitscheid-Straße zum Leipziger Hauptbahnhof. Im Hauptbahnhof legten wir jeweils mehrere Schriften an die Telefonzellen, auf den Querbahnsteig, vor die Schalter in der Osthalle, insgesamt etwa 30 Stück.

Vom Bahnhof begaben wir uns über die Goethestraße zum Café Hochhaus am Karl-Marx-Platz, wo wir ebenso wie in der Theaterpassage jeweils etwa 4 Schriften

anklebten. Beim Ankleben der Schriften in der Theaterpassage wurden wir von VP-Angehörigen festgenommen. Die Festnahme erfolgte gegen 23.30 Uhr.
Auf die geschilderte Weise verbreiteten PFEIFFER, Rüdiger und ich insgesamt 80 bis 100 Schriften. Die insgesamt 50 Schriften, die wir bei unserer Festnahme bei uns hatten, wollten wir noch in der Leipziger Innenstadt anbringen und auslegen. Der größte Teil der von uns hergestellten Schriften befindet sich noch in Zeitungspapier verpackt auf dem Rücksitz meines abgestellten PKW. Möglicherweise sind auch noch Schriften im Handschuhfach des PKW. Diese Schriften wollten wir in anderen Stadtgebieten Leipzigs auf die gleiche Art und Weise verteilen und anbringen.
Ich möchte noch ergänzen, daß eine gebrauchte Tube „Kittifix", nachdem deren Inhalt verbraucht war, von mir die Brücke südlich des S-Bahn-Haltepunktes Messegelände auf das Gelände der Deutschen Reichsbahn hinuntergeworfen wurde.
Die Durchführung dieser Aktion ist mir nicht konkreter erinnerlich, und ich kann dazu keine konkreteren Angaben machen.

Frage: Welche Maßnahmen zur Absicherung Ihrer Anonymität bei dieser Aktion realisierten Sie?

Antwort: Wir hatten uns stets umgesehen, ob wir beobachtet werden oder andere Personen in der Nähe waren. Damit wir die Zettel besser greifen konnten und uns nicht mit Leim beschmutzten, hatten wir die Finger von Gummihandschuhen abgeschnitten, die wir über unsere Finger zogen, wenn wir die Schriften anfaßten. Meine Gummihandschuhe hatte ich am Morgen des 11.03.1983 in einer Drogerie am „Kreuz" gekauft und zerschnitten.

Frage: Warum wollten Sie nicht als Urheber dieser Schriftenaktion bekannt werden?

Antwort: Aufgrund des Inhaltes des Textes war mir klar, daß eine Verbreitung dieser Schreiben nicht den Interessen der DDR entspricht, die Staatsorgane der DDR darauf reagieren und wir mit Sanktionen seitens der DDR im Falle unserer Entdeckung rechnen müßten. Zu einer derartigen Auffassung gelangte ich auch, da ich weiß, daß seitens der DDR-Organe auch gegen Losungen wie „Schwerter zu Pflugscharen" oder „Frieden schaffen ohne Waffen" vorgegangen wurde.

Frage: Welche Vereinbarungen und Festlegungen hatten Sie für den Fall Ihrer Entdeckung getroffen?

Antwort: Dazu habe ich mit niemandem Vereinbarungen oder Festlegungen getroffen, da ich nicht mit unserer Entdeckung gerechnet habe.

Frage: Wer weiß von Ihrer Aktion zur Verbreitung diskriminierender Schriften?

Antwort: Davon hat außer den Beteiligten, PFEIFFER, Rüdiger und mir, niemand Kenntnis.

Frage: Warum führten Sie diese Aktion am Abend des 12.03.1983 durch?

Antwort: Das ergab sich aus unserer Überlegung, daß wir die hergestellten Schriften aus Sicherheitsgründen schnell aus dem Haus haben wollten, und aus der Tatsache, daß am 13.03.1983 die Leipziger Frühjahrsmesse 1983 eröffnet wird und wir diesbezüglich hofften, möglichst viele Menschen mit unseren Schriften konfrontieren zu können.

Frage: Was veranlaßte Sie zur Auswahl und Festlegung der Orte der Durchführung Ihrer Aktion?

Antwort: Auch diesbezüglich war unsere Überlegung, daß möglichst viele Menschen die Schriften lesen sollten, ausschlaggebend. Da unseren Überlegungen zufolge in der Innenstadt und um das Messegelände zur Messe die meisten Menschen sind, legten wir diese Orte fest, um unsere Vorstellung zu realisieren.

Frage: Wozu realisierten Sie die Herstellung und Verbreitung dieser diskriminierenden Schriften?

Antwort: Wir wollten die DDR-Bürger anregen, überhaupt bzw. intensiver über die Möglichkeit der Friedenssicherung durch die Verbesserung der persönlichen Kontakte nach der Völkerverständigung sowie die KSZE-Schlußakte und deren Verwirklichung durch die DDR nachzudenken. Wir wollten verdeutlichen, daß auch seitens der DDR zwar viel vom Frieden geredet wird, bisher jedoch keine Fortschritte zur Friedenssicherung erzielt wurden. Diesbezügliche Fortschritte halten wir aber hauptsächlich realisierbar durch eine Einhaltung der KSZE-Schlußakte seitens der DDR in bezug auf die Festlegungen zur Verbesserung der Reisemöglichkeiten, im Bereich der Familienzusammenführungen und zum Austausch zwischen Ost und West auf den unterschiedlichsten Gebieten. Wir gingen dabei davon aus, daß Personen in Staaten unterschiedlicher Systeme, die befreundet sind, auch nicht aufeinander schießen. Mit unseren Schriften wollten wir dazu beitragen, daß sich die DDR-Bürger über diese Probleme mehr Gedanken machen und der gegenwärtigen und künftigen Realisierung unterzeichneter Völkerrechtsverträge nicht desinteressiert, sondern kritisch gegenüberstehen, darüber diskutieren und entsprechende Anfragen an DDR-Massenmedien oder -Organe richten und sich so die Durchsetzung der KSZE-Schlußakte verwirklicht.

Frage: Welche ausländischen Einrichtungen und Personen sind über diese Aktion informiert?

Antwort: Davon haben keine ausländischen Einrichtungen oder Personen Kenntnis.

Frage: Welche Beziehungen unterhalten Sie zu ausländischen Einrichtungen und Personen?

Antwort: Ich selbst habe im November 1982 die Ständige Vertretung der BRD in der DDR aufgesucht, „wie Sie wissen". Bei den dabei mit Mitarbeitern dieser BRD-Einrichtung durchgeführten Gesprächen informierte ich diese über meine Aktivitäten zur Übersiedlung in die BRD zu meiner dort lebenden Mutter auf der Grundlage einer Familienzusammenführung. Ich hoffte diesbezüglich auf Unterstützung für die Durchsetzung meiner Familienzusammenführung und der entsprechenden Bestimmungen der KSZE-Schlußakte in meinem Fall. Dazu wollte ich, wobei mir klar war, daß diese Entscheidung von den DDR-Organen getroffen wird, keine Möglichkeit ungenutzt lassen, um meine Interessen zu wahren und die DDR durch die Einbeziehung der BRD-Einrichtung zu veranlassen, die gegen mich bisher ergangenen Entscheidungen abzuändern und mich in die BRD zu lassen. Unabhängig von meinen Bemühungen in der DDR versucht meine Mutter

    WINTER, Polina geb. Sauer
    68 Jahre alt
    Beruf: Zusteller
    zuletzt: Rentner
    wohnhaft: Bad Itz, Prinzregentenstr. 1 (BRD),

mit der ich in regelmäßigem Briefwechsel stehe und die letztmals im Oktober 1982 bei mir in der DDR weilte, zu helfen. Sie unterhält Verbindungen zum Bundesministerium für Innerdeutsche Beziehungen der

BRD, damit sich dieses auf Verhandlungsebene für mich einsetzt und die DDR veranlaßt, mir die Ausreise in die BRD zu genehmigen. Darüber hinaus habe ich noch lose Verbindungen zu einem Bruder meines verstorbenen Vaters, dem

>FRIEDRICH, Viktor
>75 Jahre alt
>Beruf: Hutmachermeister
>zuletzt: Immobilienverwalter
>wohnhaft: Lindau (BRD)

Frage: Inwieweit haben Sie weitere Straftaten begangen?
Antwort: Ich habe keine weiteren Straftaten begangen.
Frage: Inwieweit haben Sie von der Begehung von Straftaten durch andere Personen Kenntnis?
Antwort: Ich habe auch von durch andere Personen begangenen Straftaten keine Kenntnis.
Frage: Möchten Sie Ihre Aussagen ergänzen oder präzisieren?
Antwort: Ich möchte keine Ergänzungen und Präzisierungen vornehmen.

>Ich habe das Vernehmungsprotokoll gelesen. Die Antworten entsprechen inhaltlich meinen Aussagen.

Jacoby, Mj.   Frank Friedrich

★

Leipzig, 16.03.1983
Beginn: 09.00/14.00 Uhr
Ende: 10.50/16.00
2 Exempl./2. Ausfertigung
jac

Vernehmungsprotokoll
des Beschuldigten

FRIEDRICH, Frank
geb. am 17.06.1946 in Guben
Beruf: Ingenieur
zuletzt: ohne Beschäftigung
wh.: 7030 Leipzig, Regenstr. 27

Frage: Inwieweit trugen Sie sich mit der Absicht, die DDR auf ungesetzlichem Wege zu verlassen?

Antwort: Natürlich habe ich in der Vergangenheit mit solchen Gedanken gespielt, mehr nicht.

Frage: Welche Möglichkeiten sahen Sie für ein ungesetzliches Verlassen der DDR?

Antwort: Ich sah keine konkreten Möglichkeiten. In der Vergangenheit „schwebte" mir mal vor, mich einfach in einen internationalen Reisezug zu setzen und mich an der Westgrenze festnehmen zu lassen, um dann aus der Haft in die BRD abgeschoben zu werden.

Frage: Inwieweit besprachen Sie Möglichkeiten eines ungesetzlichen Verlassens der DDR mit anderen Personen?

Antwort: Es läßt sich sicherlich nicht vermeiden, daß man, wenn man über Übersiedlungsprobleme spricht, auch solche Probleme bespricht.

Frage: Mit wem haben Sie darüber gesprochen?
Antwort: Bestimmt auch mit PFEIFFER, Rüdiger.
Frage: Welche Gedanken äußerten Sie ihm gegenüber zur Problematik eines ungesetzlichen Verlassens der DDR?
Antwort: Das weiß ich nicht mehr. Auf alle Fälle besprachen wir dazu keine konkreten Sachen.
Frage: Hielten Sie sich jemals im Sperrgebiet zur BRD-Grenze auf?
Antwort: Nach Einsichtnahme in meine sichergestellten und mir vorgelegten Taschenkalender von 1980-1983 kann ich mit hoher Wahrscheinlichkeit nein sagen.
Frage: Ihnen wird eine Wanderkarte „Eichsfeld" vorgelegt. Ist Ihnen diese Karte bekannt?
Antwort: Da mein Name und meine Anschrift auf dem Deckblatt handschriftlich notiert sind, kann ich mit hoher Wahrscheinlichkeit sagen, daß es sich bei der mir vorgelegten und in meinem Haus sichergestellten Karte um mein Eigentum handelt.
Frage: Äußern Sie sich zu den mehrfarbig mit Kugelschreiber eingetragenen Markierungen!
Antwort: Ich habe den Eindruck, daß es sich dabei um Kinderkritzeleien handelt.
Frage: Welches Kind haben Sie im Verdacht?
Antwort: Das weiß ich nicht.
Frage: Auf welchem Wege gelangten Sie zurück von der Grenze?
Antwort: „Ich falle nicht auf Ihre Unterstellungen herein."
Frage: Sind Sie im Besitz eines Reisepasses der DDR?
Antwort: Ja, ich besitze einen Reisepaß. Er ist auf den Namen meiner ersten, 1972 verstorbenen Ehefrau Friederike FRIEDRICH ausgestellt.

<u>Frage:</u> Weshalb haben Sie diesen Reisepaß noch in Ihrem Besitz?

<u>Antwort:</u> Mir hat bisher niemand gesagt, ob ich diesen Paß abzugeben habe.

<u>Frage:</u> Was haben Sie unternommen, um sich zu informieren, wie Sie mit einem solchen Dokument umzugehen haben?

<u>Antwort:</u> Ich habe nichts diesbezüglich unternommen.

<u>Frage:</u> Weshalb nicht?

<u>Antwort:</u> Weil ich den Reisepaß als Andenken an meine Frau behalten wollte.

<u>Frage:</u> Welche Veränderungen wurden in diesem Reisepaß vorgenommen?

<u>Antwort:</u> Ich habe das Paßbild meiner verstorbenen Ehefrau aus dem Paß herausgetrennt, weil ich ein Foto dieser Art nicht hatte.

<u>Frage:</u> Was bezweckten Sie damit?

<u>Antwort:</u> „Na, was schon?" Von mir aus kann mir das Untersuchungsorgan auch noch eine Paßfälschung anhängen, oder von mir aus auch die ganzen Paragraphen des Strafgesetzbuches. Mir ist das alles egal, denn diese Unterstellungen sind absurd und unrichtig. Ich denke momentan nur an mich. Außerdem wird man mich sowieso bald aus der Haft entlassen müssen, weil sich einflußreiche Stellen der BRD für meinen Fall einsetzen.

> Die Seite wird inhaltlich nicht bestätigt!
> Bis auf meine eigenen Abänderungen.

<u>Frage:</u> Wer hat davon Kenntnis, daß ein solcher Reisepaß Ihrer verstorbenen Ehefrau existiert?

Antwort: Meine jetzige Ehefrau Eva hat den Reisepaß sicherlich schon mal gesehen. Ansonsten weiß keiner, daß ein solcher Paß überhaupt existiert.

Frage: Wer hat davon Kenntnis, daß Sie das Paßbild Ihrer verstorbenen Ehefrau aus dem Dokument herausgetrennt haben?

Antwort: Davon weiß keiner was. Warum sollte ich das jemandem erzählen? Außerdem finde ich es reichlich eigenartig, daß ich nach dem Paß gefragt werde. Um den Paß zu fälschen, wäre es doch notwendig gewesen, Stempeleintragungen zu ändern, und solche Beziehungen in den „Untergrund" habe ich nicht und hatte auch keinerlei Absicht, derartige Änderungen vorzunehmen oder vornehmen zu lassen.

Frage: Welche „Stellen der BRD" werden sich nach Ihrer Auffassung für Sie einsetzen?

Antwort: Meine Mutter, Polina WINTER, sie siedelte am 15.11.1981 in die BRD über, hat sich seit dieser Zeit in meiner Übersiedlungsangelegenheit zur Familienzusammenführung bemüht.

>Ich habe das Vernehmungsprotokoll gelesen. Die darin enthaltenen Antworten entsprechen inhaltlich meinen Aussagen.

Jacoby, Mj.   Frank Friedrich

Leipzig, 21.03.1983
Beginn: 08.15 Uhr
Ende: 09.45 Uhr
2 Exempl./2. Ausfertigung
jac

Vernehmungsprotokoll
des Beschuldigten

FRIEDRICH, Frank
geb. am 17.06.1946 in Guben
Beruf: Ingenieur
zuletzt: ohne Beschäftigung
wh.: 7030 Leipzig, Regenstr. 27

Frage: Was geschah nach der Herstellung der Zettel mit dem von Ihnen und PFEIFFER, Rüdiger gefertigten Druckwerkzeug?

Antwort: PFEIFFER besaß das Druckwerkzeug zuletzt. Er wollte es verstecken, wo, weiß ich nicht.

Frage: Weshalb sollte das Druckwerkzeug versteckt werden?

Antwort: Damit es nicht gefunden wird.

Frage: Weshalb sollte das Druckwerkzeug nicht gefunden werden?

Antwort: Wir mußten damit rechnen, daß wir bei der Verbreitung der Zettel gegriffen werden.

Frage: Welcher Zusammenhang besteht zwischen der Beseitigung des Druckwerkzeuges und Ihrer eventuellen Festnahme?

Antwort: „Damit wir nicht hier sitzen müssen."

Frage: Weshalb nahmen Sie an, daß Sie und PFEIFFER,

Rüdiger infolge der Zettelaktion inhaftiert werden könnten?

Antwort: „Weil Sie und Ihresgleichen keine Wahrheit und Kritik vertragen."

Frage: Welche weiteren Gründe bestanden dafür, daß das Druckwerkzeug versteckt werden sollte?

Antwort: Ich kenne keine weiteren Gründe.

Frage: Inwieweit sollte das Druckwerkzeug nach der Zettelaktion am 12.03.1983 nochmals Verwendung finden?

Antwort: Möglicherweise wollten wir das Druckwerkzeug nochmals verwenden.

Frage: Unter welchen Umständen wollten Sie und PFEIFFER, Rüdiger das Druckwerkzeug wiederverwenden?

Antwort: Ich weiß nicht mehr, ob PFEIFFER und ich dazu Gedanken ausgetauscht haben.

Frage: Nach Aussagen des Beschuldigten PFEIFFER, Rüdiger hat er mit Ihnen darüber gesprochen, die gleiche oder eine ähnliche Zettelaktion erneut durchzuführen, falls die Zettelverbreitung am 12.03.1983 keine Reaktion in der Öffentlichkeit hervorruft. Äußern Sie sich dazu!

Antwort: Ich räume die Möglichkeit ein, daß wir darüber gesprochen haben, als es darum ging, was mit dem Druckwerkzeug passieren soll.

Frage: Inwieweit wurden zwischen Ihnen und PFEIFFER, Rüdiger Möglichkeiten zum Verstecken des Druckwerkzeuges besprochen?

Antwort: Ich wüßte nicht, daß wir darüber gesprochen haben.

Frage: Nach Aussagen des Beschuldigten PFEIFFER, Rüdiger haben Sie ihm diesbezügliche Vorstellungen Ihrerseits benannt. Äußern Sie sich dazu!

Antwort: Ich sagte schon, daß mir so etwas nicht mehr gegenwärtig ist.

Frage: Der genannte Beschuldigte gibt an, daß Ihre Vorstellungen dahin gehend waren, das Druckwerkzeug innerhalb Ihres Grundstückes zu verstecken. Was haben Sie dazu anzugeben?

Antwort: Möglicherweise haben PFEIFFER und ich darüber gesprochen.

Frage: Wie stellen Sie sich Ihr weiteres Leben vor?

    Ich habe das Vernehmungsprotokoll gelesen. Die darin enthaltenen Antworten entsprechen inhaltlich meinen Aussagen.

Jacoby   Frank Friedrich
(Major)

21. 101 Ansichten eines entkleideten Mannes

Man tritt nicht ein. Man wird hineingestoßen. Also muss es richtiger heißen: Die ihr hineingestoßen werdet, lasst alle Hoffnung fahren.

Ich bin weg, er ist weg, man ist da. Das höchste der Gefühle ist ein Du.

Du räumst alles aus den Taschen, deinen Schlüsselbund, das Sturmfeuerzeug, die Tic-Tac-Schachtel. Du legst deine Dinge in eine Plasteschale und stülpst alle Taschen aus. Du ziehst den Anorak aus und auch die Unterwäsche, denn hier wird geheizt. Du drehst den Ring ab, sollst dich bücken, hast Gummifinger am Arsch, Taschenlampenlicht fällt auf dein gotisches Rundfenster, dann wirst du ausgestülpt. Deine Füße sind bleich, deine Achseln nass, dein Schwanz ist kleinmütig. Du hast Gummifinger an der Vorhaut, dann erhältst du harte, geknickte Wäsche. Das Hemd muss aus Nesseln gewebt sein, warum sollte es sonst so stechen. Wenn dir dein Bart, deine Koteletten und deine Frisur etwas später auch abgenommen sind, die Merkmale deiner Männlichkeit und deines Geschmacks, bist du ein völlig entkleideter Mann. Noch trägst du in dir dein Aufbegehren, deine Erinnerungen und deine Hoffnung. In der eigentlichen Kleiderkammer warst du also noch gar nicht. Du wirst ein bisschen Glück gebrauchen können. So wie mit der Unterwäsche. Weil immer etwas passieren kann, hast du zum Glück saubere Unterwäsche angezogen, und es ist ja auch was passiert. Ist die saubere Unterwäsche ein Indiz, das gegen dich verwendet werden kann?

Auf der zweiten Glocke der Naumburger Wenzelskirche steht: O REX GLORIE CRISTHE VENI CVM SANCTISSIMA PACE. AMEN 1518. Das Leben des Türmers hängt an einem Seil: Wasser und Brot.

Sie protokollieren völlig anders, als wir reden. – Unterstellen Sie mir, dass ich das Protokoll fälsche? – Es ist ein völlig falscher Ton. – Das ist eben Protokollstil, ganz ordnungsgemäß. – Da fängt doch das Problem bereits an. – Unterschreiben Sie jetzt freundlicherweise mal? Es ist schon spät, ich habe auch eine Frau zu Hause, und die lässt kein gutes Haar an Ihnen. – Ja, es ist spät. – Unterschreiben Sie. Für drei? Für fünf? Die halbe Packung? – Geben Sie her.

Alles Kopfsache. Deine grauen Zellen.

Telefonieren ist zwar verboten, aber alle führen Ferngespräche. Ein Klopfen an die Heizung oder Wand ist ein A, zweimal klopfen ist ein B, dreimal ein C. Zum Glück heißt hier keiner Zander. Einer heißt Bernd, eine Annemarie, und einer heißt Klaus. Ein Ruediger meldet sich nicht zu Wort. Klaus und Annemarie heißen beide Kramer, Klaus ist Zwohunderteins, Marianne Zwohundertdrei, du bist dazwischen, die Zwohundertzwo. Du bist ihr Kind, Engelchen, Bengelchen: flieg. Aber Klaus' und Annemaries Kind heißt Ramona. Im Alphabet der Ungnade ergeben acht, fünf, neun und dreizehn Klopfer das Wort Heim. Das Buchstabenende ist eine kleine, das Wortende eine längere Pause, die Faust setzt den Punkt, so geht Telefonieren. Manche Nacht wird geschnattert, morgens fast nie, aber nachmittags wieder. Die Morgenverzweiflung, die Nachmittagsverzweiflung und die Nachtverzweiflung unterscheiden sich. Häufig verwendete Worte: Frau, Anwalt, Mann, Sprecher, Westen, frei, Sohn, Mutter, Schweine, Bautzen, Tochter, Vogel. Wenn niemand telefoniert, ist es auch nicht ruhig. Die Reifen des Essenwagens quietschen, die Luken klappen, Tauben gurren, ein Schließer latscht, der andere stampft, ein dritter knallt die Hacken auf den Boden. Riegel gehen, Türen kreischen, und wenn ein Schließer einen Strafgefangenen über den Flur führt, rasselt er mit den Schlüsseln. Nachts und tags sind Schreie zu hören, viehische Schreie. Wer schreit?, erkundigt sich jemand klopfend. Krueger, antwortet einer. Hurensoehne, perverse Schweine, klopfen die anderen. Danke fuer Komplimente, kommt es zurück: Der Feind hört mit. Lange ist es schockstill. Dann ruft einer ins Rund: D-U-R-C-H-H-A-L-T-E-N-! Nach dem Hörsturz geht Telefonieren nicht mehr.

Oft bist du an dem altehrwürdigen Gebäude vorbeigefahren. Nie hat es sich etwas anmerken lassen.

Zur Begrüßung steht der Gastgeber nicht auf, diese Art von Gastfreundschaft ist das also. Immerhin nickt er. Vor ihm liegen saharafarbene Aktenhefter, auf einem liest du: OV Hecht. Rechts auf einem Beistelltisch sitzt die schnippische Olympia. Der Gastgeber kommt ganz gut mit ihr zurecht, er verwendet kein Adlersuchsystem, sondern vier bis sechs Finger zum Tippen. Eine Brille trägt er nicht. Rechts von dir ist links von ihm. Rechts von ihm stehen ein Tonbandgerät und ein graues Telefon auf dem Tisch, rechts hinter ihm gibt es einen Panzerschrank, auf dem ein dreiarmiger Kerzenleuchter und ein Kaktus stehen, sonderbarer Altar. Man sagt, die Flammen essen den Rauch. Es gibt noch einen mit Fotoholz furnierten Schrank zu seiner Linken, und Ernst Thälmann schaut ihm über die Schulter. Auf der Tapete blühen tausend blasse Flieder, die Gardine ist ein grüner Schilfgürtel. Ein monumentaler Kristallaschenbecher wartet an der Tischkante. Wer legt eigentlich fest, welche Ikone in verschossenen ORWO-Farben oder im DEFA-Stil an die Wand gehängt wird? Ob der frühere Strafgefangene Erich Honecker, Kapo in Brandenburg, oder Rosa Luxemburg, die in der Zelle schreiben und lesen durfte, oder Wladimir Iljitsch Lenin, der sich während der U-Haft ein Studierzimmer einrichtete, oder der KZ-Häftling Thälmann, der nach elf Jahren Einzelhaft in Buchenwald erschossen wurde? Vielleicht liegt es beim Gastgeber, vielleicht beim Zufall. Der Gastgeber ist ein Optimist, er trägt Sandalen. Er ist verheiratet. Groß scheint er nicht zu sein, er sitzt aufrecht, hat zarte Hände und schenkt sich Fencheltee nach, die Etiketten hängen aus der Thermoskanne. Er drückt das Katzenauge und holt aus seiner Aktentasche zwei Schachteln Risaer und fünf Packungen Cabinet. Wenn die aufgeraucht sind, sind wir fertig. Für heute. Ich weiß, es ist nicht Ihre Marke. Ich leg Ihnen trotzdem mal drei hierhin. Rauchen hilft dem Erzählen auf die Sprünge. Du darfst die Zündhölzer abbrennen und zu Figuren auf deinem eigenen Tisch legen, so erschaffst du einen Pfau, einen Porsche und den Eiffelturm. Dein Tisch ist ein paar Zentimeter niedriger als der Tisch des Vernehmers. Der Aschenbecher füllt sich mit Cabinet-Asche. Pappeln aus Rauch wachsen schnell in die Höhe, Buddelschiffe kreuzen, bevor sie vom Kerzenstrudel verschluckt werden. Wissen Sie, wo Sie hier sind? – Im Knast. – In was für einem Knast? – Gestapo. – Sie haben keine besonders hohe Meinung von uns. – Nee. – Wir kommen ohne Ihre Wertschätzung klar. – Warum haben Sie keinen ordentlichen Beruf erlernt? – Nun sagen Sie nicht, dass Nussknacker kein ordentlicher Beruf ist. – Wieso glauben Sie, dass ich eine harte Nuss bin? – Ich habe Ihre Frau kennengelernt. Spaß beiseite, und wir stellen hier die Fragen. Fangen wir mit der Feststellung der Personalien an. – Die kennen Sie doch längst. – Name? Die Tür ist braun gepolstert, wie im Grandhotel von Sandau. Als alle Päckchen aufgeraucht sind, ruft der Gastgeber einen Pagen.

Zuerst glaubst du, deine neue Frau mit deiner ersten Frau zu betrügen, dann glaubst du, deine erste Frau mit deiner neuen Frau zu betrügen, dann glaubst du, deine Mutter mit deiner neuen Frau zu betrügen, so wie du sie mit deiner ersten Frau betrogen hast, und schließlich gelangst du zu der Überzeugung, von deiner ersten und deiner neuen Frau betrogen worden zu sein. Nur deine Mutter war immer aufrichtig zu dir.

Man bestimmt hier nicht über das Licht. Die Schalter befinden sich nicht in der Zelle, sondern auf dem Gang. Manchmal knipsen sie das Deckenlicht aus, oft lassen sie es die ganze lange Nacht flackern, oder sie schalten nur das kleine Licht über der grauen Stahltür ein, wenn sie alle halbe Stunde einen Kontrollblick durch das Guckloch werfen, den Spion. Ordnungsgemäß schläft man, wenn man auf dem Rücken liegt und die Hände auf der Decke lässt. Aber man schläft nicht. Bei nächtlichem Aufschluss springt ein Taschenlampenlicht durch die Zelle, weil man doch nicht ordnungsgemäß auf der Pritsche liegt, sondern seitlich, das Gesicht zur Wand, die Hände zwischen die Knie geklemmt. Der Brennpunkt liegt auf der Schläfe, rutscht zur Stirn und weg, dann zappelt das Deckenlicht an und brennt nervös bis zum Morgengrauen. Das Tageslicht wird von Glasziegeln gefiltert, man merkt, wann die Sonne scheint, aber die Sonne wird Matsch, Sonnenauf- und Sonnenuntergänge werden Matsch, Frühling und Sommer werden Matsch, das kurze oder lange Licht eines Tages wird püriert und einem vor die Füße geklatscht, hier auf den PVC, als habe es der Feldwebel aus der Gulaschkanone geschöpft. Auch du seist ein kleines Licht.

In der UdSSR gibt es die Stadt Marx, auf der anderen Flussseite liegt die Stadt Engels, wie heißt die Brücke, die beide Städte miteinander verbindet? Richtig, Leninbrücke.

Die Unterschrift ist eine massiv abgewertete Währung, aber es ist die einzige, die du zum Heimzahlen hast, indem du sie verweigerst. Der Beschuldigte hat eben NICHT eingeräumt, dass seine Ehefrau in die Pläne eingeweiht war. – Wie Sie wollen, dann unterschreibe nur ich. Dieses angebliche Ich zäunt seine Unterschrift ein. Der Klassenbeste will verhindern, dass gespickt wird, dass Namensraub begangen wird, dabei ist seine Unterschrift so wertlos wie ein Aluminiumchip der Staatsbank der DDR. Die 50-Pfennig-Münze hat einen geriffelten Rand.

Ich bitte mir die Möglichkeit zu geben, den Rechtsanwalt Dr. VOGEL in Berlin mit meiner Verteidigung zu beauftragen. Ich bin weg.

Über das Liegen, das Sitzen und das Gehen bestimmt man auch nicht. Am Tag muss die Schlafpritsche an die Wand geklappt werden, man darf nicht einmal den Steiß gegen die Kante drücken, Anlehnen ist untersagt. Wenn das Essen durch die Luke gereicht wird, darf man

Tisch- und Sitzfläche heraufklappen. Nachdem man Schüssel und Becher zurückgegeben hat, muss man die Holzscheiben wieder an die Wand kippen. Es sind Sitz- und Stützgelegenheiten. Wenn man muss, dann muss man sich auf das Klosett mit Wasserspülung setzen, das direkt neben der Tür montiert ist. Das Wort Intimsphäre wird hier ebenso häufig benutzt wie weiches Klopapier. Bis in die Nacht muss man beim Vernehmer sitzen, auf einem miserabel gepolsterten Stuhl, in den Stoff sind Rosen gewebt. Da sehnt man sich schon wieder nach dem unnatürlich langen Stehen am Nachmittag in der Zelle, wobei man sich während des Stehens in der Zelle nach dem Sitzen beim Vernehmer sehnt. Irgendwas tut immer weh, die Füße oder der Hintern. Wenn der Vernehmer wutentbrannt den Raum verlässt, er ist wirklich nicht groß, kann man kurz aufstehen und sich die Beine vertreten. Die Beine kann man sich auch beim Freigang im sogenannten Tigerkäfig vertreten oder wenn man über einen der langen Flure geführt wird, treppauf, treppab, hin zum Vernehmer. Gehen kann man in der Zelle, hin und her, aber nur mit kleinen Schritten. Die kleinsten Schritte macht man beim Tipptopp, beim Schuhorakel, aber das hier ist kein Mannschaftssport, das ist eine Solonummer. Bitten sind in Pawlows Namen vorzubringen: Möge die Simulation des Gehens irgendwie den Bewegungsdrang sättigen. Alles Kopfsache. Aber das Liegen, das Sitzen und das Gehen sind hier so unnatürlich bemessen, dass es dem Kopf schwerfällt, den Körper zu überlisten. Der Körper weiß, was eine würdige Raumzeitverfügbarkeit ist. Er weiß es einfach. Damit ist alles über dieses würdelose Land gesagt.

Arbeitslose gibt's bei uns nicht. Sie sind ein Arbeitsverweigerer.

Die erste Nummer fällt in der Kleiderkammer: Der Mann im blauen Kittel mustert dich und sagt: Bi mal Daumen eene Zweenfuffzsch, nu? Er wackelt mit dem Daumen. Aber nisch mehr lange. Die nächste Nummer ist die dreistellige Zimmernummer. Die Zwohundertzwo ist das zweite Gästezimmer im zweiten Stock, Zimmer ohne Aussicht. Man bekommt diese Nummer aufgedrückt, man ist die Zwohundertzwo. Erst als Krüger mit einzieht, ist man die Zwohundertzwo-Zwo, und Krüger ist die Zwohundertzwo-Eens. Der Anstaltsarzt wiegt einen auf 85 Kilogramm und misst einen auf 1,84 Meter. Er befindet einen für haft-, transport- und vernehmungsfähig. Wo sind die zwei Zentimeter abgeblieben, die man draußen größer war? Wird man in so kurzer Zeit schon kleiner? Die Amis messen in Fuß und Inches. In den Knastfilmen wird der Sträfling immer neben der Messlatte fotografiert. Als sie dich fotografieren, fühlst du dich feist und schuldig. Wie groß wird der Junge sein, wenn du rauskommst? Wie groß in einem, in zwei, in fünf, in zehn Jahren? Das hängt davon ab, ob du ein 97er, ein 100er, ein 106er oder ein 107er wirst. Stell dir das bloß einmal vor: Bis zu zehn Jahre weg zu sein, falls sie dir zur landesverräterischen Nachrichtenübermittlung noch Spionage anhängen wegen der Kombinatsordner in der Garage. Der Vernehmer hält es für möglich, es hängt aber auch ein bissel von dir ab, wer hatte nun die Idee mit den Flugblättern? Da verschlägt es dir glatt das Gehör, stell es dir besser nicht vor. Den Vernehmer interessieren zwei andere Nummern sehr: Die 213 (ungesetzlicher Grenzübertritt) und die 29 (deine Schuhgröße). Ja, die 29 ist deine Schuhgröße. Er hat sogar zwei Paar deiner Schuhe zur Hand, die Stiefel aus der Effektenkammer und die Wanderschuhe aus deinem Keller. Ob das noch Thüringer Erde sei, da an der Sohle. Na, wir finden es schon heraus. Die Zelle misst der Länge nach dreizehn Fuß und der Breite nach achteinhalb. Der Tigerkäfig misst der Länge nach einundzwanzig Fuß und der Breite nach neun. Bitte noch ein bisschen vom Wachstum des Jungen miterleben. Wenn es sein muss, nur die zwei Zentimeter, die dir abhandengekommen sind. Die 142 ist auch anhängig: Verletzung von Erziehungspflichten in geistig-sittlicher Hinsicht mit erheblicher sozialer Fehlentwicklung. Ihren Sohn hatten Sie doch dabei an der Grenze, leugnen Sie doch nicht, Schuhgröße 24. Schreiben es ja selbst in Ihrer Kontaktanzeige: Habe elfjährigen Sohn, mit dem ich gern verreise. Außerdem sei ein Tagebuch des Jungen sichergestellt worden, dessen Inhalt schnurgerade auf den Paragraphen 142 zuführe. Die entscheidende Zahl aber, der Dividend, wird am Tag der Urteilsverkündung fallen. Der Divisor ist, laut Dr. Peters, zwei. Pssst!

Man darf nicht Zelle sagen, man hat Verwahrraum zu sagen.

Ist es nicht egal, ob man die dritte, die vierte oder die letzte Matrjoschka ist? Das Land ist gefangen, das Gefängnis ist gefangen, du bist gefangen, deine Seele ist in deinem gefangenen Körper gefangen. Deine Seele ist die kleinste Matrjoschka, das Holzpüppchen mit dem hölzernen Kern.

Beim Ausziehen schnalzen die Gummihandschuhe. Du hast entschieden, ihnen zu verzeihen, falls Verzeihen einmal nötig sein sollte: Dein Arschloch und deine Vorhaut sind keine Kollaborateure.

Dr. Vogel hat mich beauftragt, Ihre Verteidigung zu übernehmen. Peters mein Name, Dr. Peters. Wie geht es Ihnen? Einigermaßen? Gut. – Wie lange?, fragst du. – Peters macht: Pssst! Das kennst du doch, dieses promovierte Psst!, diese verdrehten Augen, diesen warnenden Zeigefinger, diese gescheitelte Vorsicht. Fast ist es zum Lachen. Wie lange?, wiederholst du. Wie lange werden sie mich wegsperren? – Pssst! – Ich will das jetzt wissen: Was unternehmen Sie zu meiner Verteidigung? Welches Strafmaß habe ich zu erwarten? – Die halbe Zeit. Pssst! Nur die halbe Zeit. Der Divisor ist also bekannt, fehlt noch der Dividend. Zwei durch zwei macht eins, zum Beispiel. Zehn durch zwei, das ergibt allerdings fünf. Sechsunddreißig Jahre plus fünf Jahre sind einundvierzig Jahre. Dreizehn Jahre plus fünf Jahre, das macht achtzehn Jahre. Mit achtzehn ist der Mensch ausgewachsen.

In Naumburg pflaumst du Richard an: Das hast du schon einmal gesagt. Richard antwortet ruhig: Und ich werde es wieder sagen. Du erinnerst dich nicht mehr, was er schon einmal gesagt hat und wieder sagen wird. Nur noch an deine Erregung und seine Ruhe erinnerst du dich.

Bei Kafka, den man nur unter der Hand lesen kann, geht es in erster Linie gar nicht um die Strafinstanzen, um das Monströse der Urteilsbürokratie, die sogenannte äußere Ungerechtigkeit. In erster Linie geht es bei Kafka um die Selbstsucht des Beschuldigten, von ihm aus beurteilt. Lesen darf man hier nicht.

Selbst der größte Schriftsteller kann den Knast immer nur als den Knast beschreiben und den Häftling immer nur als den Häftling. Dem Knast ist nichts abzugewinnen, zum Knast ist alles gesagt, seit Generationen erleben alle im Bau das Gleiche, von Giacomo Casanova über Angela Davis bis Nelson Mandela. So viele Stäbe, so viele eiserne Türen, so schlechtes Essen, die immer gleiche Hitze und Kälte, die immer gleichen Wächter und Vernehmer, so viele zufallende Luken, so viele asservierte Schlüssel, Uhren, Feuerzeuge, so viel Solidarität mit Fliegen, Mäusen, Schaben, Tauben, Ratten, so lange schon. Ja, der Kreislauf der Freiheitsberaubung.

Kippe all deine Empfindungen, dein Schicksal und deine Sachen auf den großen Tafelberg am Rand der Stadt, gegenüber von deinem halben Haus. Hege die Hoffnung, dass irgendwann ein Junge darin herumstöbert, eine zersprungene Linse aus der öligen Erde zieht und hindurchschaut. Und was er dann sieht, durch den Dreck und den Riss der Zeit, ja, das ist die große Frage. Vielleicht sieht er dich inmitten der anderen.

Im Erzgebirge ist das Wasser hart, im Elbsandsteingebirge ist das Wasser weich. In Auschwitz wurde man vergast, in Bautzen wird man nicht vergast. Im Knast erleben nicht alle das Gleiche.

Vom Untersuchungsorgan wurde mir aus meinen Effekten 1 Schachtel Zigaretten Marke »CLUB«, Inhalt 6 Zigaretten, ausgehändigt. Frank Friedrich.

Erkennen Sie diesen Stempelkasten wieder? – Ja. – Dieser Stempelkasten, Typ Famos Nummer 524, wurde in Ihrer ehelichen Wohnung sichergestellt. Ist das der Stempelkasten, dem Sie die Gummistempeltypen für das Druckwerkzeug entnahmen, mit deren Hilfe Sie die Zettel, beginnend mit Frieden schaffen – Reisen machen, bedruckten? – Ja. – Woran erkennen Sie, dass es sich um eben diesen Stempelkasten handelt? – An den Aufdrucken. – Sie meinen die mehrmalige Druckaufschrift an der Pappinnenseite des Deckels, die da lautet: JAKOB FRIEDRICH 7030 LEIPZIG REGENSTR. 27 sowie JAKOB FRIEDRICH 1b? – Ja.

Wenn das Eis eines zugefrorenen Sees springt, klingt es, als würde die Sehne eines riesigen Bogens reißen. Der Hall ist kosmisch.

Aus einem kleinen Fehler kann man stets einen ungeheuerlich großen machen, wenn man auf ihm beharrt, wenn man ihn tief begründet, wenn man ihn zu Ende führt, Lenin.

Auf den Gängen sieht man die Mithäftlinge nicht. Bernd, Klaus und Annemarie bleiben nur Klopfzeichen. Vor jeder Gittertür gibt es Stoppstriche, mit dem Gesicht zur Wand muss man warten, bis das Gitter aufgeschlossen ist. Es gibt Ampeln, die rot aufleuchten, wenn andere Paare sich nähern, Gesicht zur Wand. Es gibt Spiegel und Kameras, die FK 2010 von RFT. Wenn du aufmuckst, muss bloß der Alarmdraht gezogen werden, der auf Hüfthöhe die Wand entlangläuft. Euer Knast ist gesichert wie die Grenze, sagst du. – Besser, sagt der Vernehmer, Sie haben doch den Vergleich. – Ihr behauptet immer, die Grenze stehe da zum Schutz vor den Imperialisten. Aber der Stacheldraht oben weist nach Osten, ist gegen die eigenen Leute gerichtet.

Man muss das einmal gesehen haben, dann hat man es verstanden. – Womit Sie zugeben, an der Grenze gewesen zu sein. Der Lichtraum, die Treppen und die Geländer sind mit Stahlnetzen und Gittern abgeschirmt wegen Leuten wie Krüger und Pfeiffer.

Mit dem Charakter verhält es sich wie mit einem Reisepass: Beides zeigt sich an der Grenze.

Happy Birthday und auf ein Wort, Teddy, als Sohn und Führer deiner Klasse. So, Teddy, kann's doch nicht gehen. Was ist denn aus dem Völkerfrieden geworden? Und dass die Internationale das Menschenrecht erkämpft, das haben deine Kumpels hier längst vergessen, Teddy. Die haben dich im S-tich gelassen. Dabei hat's der Karl doch auch vom Balkon des Berliner Schlosses gerufen, dass in der neuen Welt freie, frohe und friedliche Menschen leben werden, war doch auch in dem DEFA-Schinken zu deiner Verherrlichung zu sehen, den sich schon die Schulkinder anschauen mussten. Aber so isses nich gekommen, Teddy. Dat geht den Leuten hier bannig gegen den S-trich. Mog man klar Schipp, Teddy, an deinem Geburtstag.

Vom Untersuchungsorgan erhielt ich am heutigen Tag 2 P. Zigaretten Marke »Juwel 72«, zu 2,50 M je P. Die Kosten (5,– M) für die Zigaretten gehen zu Lasten meines Kontos in der UHA und sind dem Untersuchungsorgan zu übergeben. Frank Friedrich. Ich bin weg.

Den Lebenslauf schreibt man nicht im Verwahr-, sondern im Schreibraum. Die Blätter sind abgezählt: fünf Blatt DIN A4. Daneben liegen zwei Kugelschreiber. Zur Not kann das Leben auf die kleinkarierten Rückseiten verlegt werden. Die Szymborska sagt: Ungeachtet der Länge des Lebens hat der Lebenslauf kurz zu sein. Die Landschaften sind durch Anschriften zu ersetzen. Von allen Lieben genügt die eheliche, nur die geborenen Kinder zählen. Schreibe, als hättest du niemals mit dir gesprochen und dich von Weitem gemieden.

Ich heiße Frank Friedrich. Ich bin weg.

Viele sind an der Graupenprüfung gescheitert, aber du bittest um Nachschlag. Drei Teller isst du von Richards infernalischer Graupensuppe, ohne mit der Wimper zu zucken. Friederike bleibt der Mund offen stehen, ja, du willst sie wirklich. Richard sagt zum Abschied, beim nächsten Mal darfst du übernachten. Erna blickt sauer wie die Suppe, den Mund graupenhaft verkniffen. Und das soll alles gewesen sein, fragst du Friederike, das soll der einäugige, sich von Freiersfüßen ernährende Riese Richard gewesen sein? Noch weißt du nicht, dass Richard keine Einladung ausgesprochen, sondern die zweite Prüfung anberaumt hat.

Sie hat patente Hände, schlank und doch tüchtig. Die Fingernägel sind kurz geschnitten und nicht lackiert. Diese Hände können gut nähen, Zöpfe flechten, ein Pflaster aufkleben, Tränen trocknen und streicheln. An einem Finger steckt ein schmaler Ring. Wenn man zwei breite 585er-Ringe einschmelzen lässt, erhält man zwei schmale 750er. Ein Graveur kann Name, Datum, Reinheitsgrad einritzen.

Wer zu Unrecht eingesperrt wird, der ist noch lange nicht im Recht.

Nach Aussage des Beschuldigten Pfeiffer, Rüdiger haben Sie verlautbaren lassen, dass Sie auf die DDR – Zitat – scheißen. Äußern Sie sich in diesem Zusammenhang zu den Ihnen vorgelegten verunreinigten Zeitungsseiten aus dem Neuen Deutschland vom 27.07.1981. – Ich kenne diese Seiten nicht. – Nach Aussage des Beschuldigten Pfeiffer, Rüdiger haben Sie das Passbild Ihrer ersten Frau aus deren Reisepass entfernt, um ein Bild Ihrer jetzigen Frau hineinzukleben, die laut vorgenanntem Beschuldigten Ihrer ersten Frau ähnlich sieht. – Das ist absurd, Friederike war brünett. – Nach Aussage des Beschuldigten Pfeiffer, Rüdiger sind Sie der Anstifter und Rädelsführer der Zettelaktion gewesen. – Nein, wir haben uns das zusammen ausgedacht. Und ich glaube Ihnen Ihre Lügen nicht. Zeigen Sie mir die schriftlichen und unterschriebenen Aussagen von Rüdiger Pfeiffer. – Nach Aussage des Beschuldigten Pfeiffer, Rüdiger waren Ihre Ehefrauen in Ihre Pläne eingeweiht.

Am 17. 6. 1946 wurde ich als Sohn der Eheleute Frau Polina Friedrich, geborene Sauer, und Herrn Horst Friedrich in Guben, Pestalozzistr., geboren. Ich war zweitgeborener Sohn und wurde auf den Namen Frank getauft. Mein Vater fiel im Zweiten Weltkrieg an der Ostfront und galt als vermisst. Wir, mein älterer Bruder Rudolf, geboren 1944, meine Mutter und ich, zogen nach meiner Geburt nach Leipzig und wohnten anfangs in der Kanzlerstr. Meine Mutter lernte den Lokführer Paul Winter kennen, den sie 1948 ehelichte. Im März 1950 wurde mein Halbbruder Siegmar Winter geboren. Zur damaligen Zeit war mein Stiefvater Alleinverdiener, und meine Mutter besorgte den Haushalt. Es ist mir nicht erinnerlich, daß wir unserem Stiefvater mit besonderer Zuneigung begegneten. Für uns war die Mutter unser zentraler Anlaufpunkt, wo wir Geborgenheit und Liebe entgegennehmen konnten.

Nach einem weiteren köstlichen Graupenmahl darfst du bei den Reinhardts übernachten. Und zwar neben Richard. Wenn er eingeschlafen ist, dann schleichst du einfach zu mir, flüstert Friederike dir zu. Ich finde übrigens, flüstert sie weiter, dass dir Vaters Nachthemd ausgezeichnet steht. Ich will wissen, was darunter ist. Sehnlich. – Schlafe gut, mein Junge, sagt Richard, der die Hände wie zum Gebet über seinem großen Bauch gefaltet hat. Als sich dieser Bauch gleichmäßig im Mondenschein hebt und senkt, schlägst du das schwere Federbett behutsam auf. Zwei Wecker ticketacken. Dem großen Blasebalg entweicht Richards Graupenatem, also setzt du ein Bein auf den Boden und das zweite hinterher. Wie lieb von dir, dass du mir eine Wärmflasche machst, kommt es aus dem Blasebalg. In meinem Bauch rumort es, zu viel von der guten Graupensuppe, es tut mir leid, mein Junge. In der Küche verbrühst du dich beim Befüllen der Wärmflasche, der

Kuckuck ruft. Wie ein Feuertuch klebt das Nachthemd an deinem Bauch und deinem Zinnsoldaten. Das heiße Hemd vom Leib zupfend und leise fluchend, gehst du, die Wärmflasche unterm Arm, den Flur entlang. Friederike steckt den Kopf aus ihrer Tür: Wo bleibste denn? – Dein alter Herr passt auf wie ein Schießhund. Ich hab ihm eine Wärmflasche machen müssen. – Warum stehst du denn so komisch da? – Ach, nichts. – Hast du eingepullert? – Friederike! – Schon gut. Erzähl ihm vom Meer, das macht ihn müde, und dann komm endlich. Also erzählst du vom Meer. Ich liebe das Meer, spricht Richard. Wie ein Bötchen in schwerer See fährt die Wärmflasche auf und ab. Der Anblick von Richards Bauch bringt dich dazu, die zwei Walgeschichten zu erzählen, die du kennst, die von Jonas und die von Moby Dick. Richard wird ruhiger, ab und zu furzt er, also erzählst du von Odysseus und Äolus, dem Herrn der Winde, und endlich schläft er ein. Als du zur Tür schleichst, kommst du dir tatsächlich vor wie Odysseus, der sich unter den Schafen des geblendeten Polyphem aus der Höhle stiehlt. Doch Richard ist nicht geblendet. Junge, schnauft er, du bist so unruhig, dass es mir wirklich schwerfällt einzuschlafen. Erzähl mir jetzt von den Bergen. Ich liebe die Berge. Du machst kehrt und erzählst von den Bergen, bis dir die Vögel ins Wort fallen. Dein Zinnsoldat ist verwundet, das Nachthemd klebt, nasskalt inzwischen, an deinem Unterleib, und du sprichst von Heidi und dem Ziegenpeter. Du ahmst sogar die Krachlaute des Schweizerdeutsch nach. Weil Richard noch immer zur Decke starrt, gehst du zur Legende von Rübezahl über und stattest Rübezahl mit einem böhmischen Akzent aus, immerhin liegt das Riesengebirge zur Hälfte in der TscheSSR. Du klingst ein bisschen wie Karel Gott, und es scheint zu helfen. Wenigstens schaffst du es bis vor Friederikes Tür. Du öffnest die Tür, die große Standuhr schlägt, und umgeben von heruntergebrannten Kerzen liegt Friederike da, schlafend. Aber das Klosett ist den Flur runter, sagt Richard, der hinter dir aufragt. Als du wieder neben ihm liegst, sagt Richard, dass er zur Abwechslung dir jetzt mal was erzählen würde. Danach schläft er ruhig ein, und du bleibst bis zum Rasseln der Wecker blitzwach neben ihm liegen. Du hast verstanden und dich dann trotzdem von Friederike verspeisen lassen.

Ich bitte folgende Gegenstände aus meinem Auto meiner Ehefrau Eva Friedrich zu übergeben: 1 Taschenknirps (Schirm), 1 Körperspray (8 x 4). Frank Friedrich. Ich bin weg.

Wenn ein Stasi-Knast nicht mit einem KZ zu vergleichen ist und eine Strafvollzugseinrichtung der DDR nicht mit einem Gulag der UdSSR, dann ist folglich die Angst eines Stasi-Strafgefangenen auch nicht mit der Angst eines KZ- oder Gulag-Insassen zu vergleichen, nicht wahr. Zehnjahres- oder Lebenslänglichangst ist nicht gleich Todesangst, oder. Auch bei der Folter, auch bei den Menschenversuchen gibt es Abstufungen, Dunkelhaft ist nicht gleich Wasserfolter, ein deutscher Wissenschaftler müsste das mal genau scheiden und auswerten. Vermutlich ist es längst geschehen im Zuständigkeitsbereich der Jurisprudenz, die eine Geisteswissenschaft ist. Ebenso wenig sind die verübten Kriegsverbrechen mit den erlittenen zu vergleichen, es kann immer nur ein Leid neben dem anderen stehen, eine reichsdeutsche Vergewaltigung neben einer sowjetischen, zum Beispiel. Ein deutscher Arzt oder Psychologe müsste ein für alle Mal etwas Abschließendes über den Wahnsinn des Vergleichens sagen.

Lügner darf man belügen, Frank Friedrich.

Wir müssen irgendwas machen, sagt Pfeiffer, ich kann nicht länger warten, ich dreh sonst durch, Flugblätter. Der Text muss ein Knaller werden. Da muss alles drinstehen, die ganze Scheiße, was uns ankotzt, aber gut gesagt. Wer das liest, muss sofort betroffen sein. So wie in Polen, da haben sie neulich auch eine Flugblattaktion gemacht. – Ich will aber keine Revolution anzetteln, sagst du. Flugblätter, ok, aber kein Krawall. Was ist mit Schwerter zu Pflugscharen? – Janein, sagt Pfeiffer, das ist mir zu weich. – Im Deutschlandfunk haben sie berichtet, dass in Dresden und Jena mit dieser Losung demonstriert wurde, und alle sind verhaftet worden. – Am Bayrischen Platz hat einer einfach nur einen Namen in eine Telefonzelle gekritzelt: Bahro. Was meinst du, wie das wirkt. Das fährt dir in die Glieder wie ein Stromstoß. – Ich weiß. – Warum bist du denn so mutlos? – Wir müssen auch an die Konsequenzen denken. Das ist kein Jungenstreich. Aber du hast schon recht, wenn wir untätig bleiben, sind wir Memmen. – Wir brauchen was in der Art: Noch ist Polen nicht verloren, einmal kommt der Tag der Rache, Freiheitsadler, auf! Erwache! Lasst uns kämpfen, wie geschworen. Noch ist Polen nicht verloren! – Was gefällt dir daran? – Die Ausrufezeichen und die Reime. – Ich finde, es hat nichts mit unserem Anliegen zu tun. – Und wie ist das, was ich mir hier notiert habe: Immer aber gilt noch mit Recht die Klage, dass wir nicht politisch genug sind. Damit wir dies immer mehr werden, dafür muss jeder redliche Deutsche denken und streben und auf seine Weise den Kampf durchkämpfen helfen, der nicht allein auf den Schlachtfeldern entschieden werden kann. Arndt. – Es kommt ein falscher Ton rein. Bei Arndt denkt man doch immer gleich an das Gefasel vom ganzen Deutschland. – Ja, eben. – Das ist nicht mein Fall. Es sollten unsere eigenen Worte sein. Du kannst ja trotzdem einen Reim und ein Ausrufezeichen verwenden. – Jedenfalls müssen wir die Aktion im Westen ankündigen. Wir brauchen die Öffentlichkeit drüben. Das ist eine Nachrichtengesellschaft, wenn wir unser Anliegen da nicht platzieren, kräht kein Hahn nach uns. Wir müssen die Medien für unseren Fall interessieren. Auch als Schutz. – Ich mag mir gar nicht ausmalen, was passiert, wenn es schiefläuft. – Ich meine, die im Bundesministerium wissen ja durchaus, dass es uns gibt, doch sie rühren sich erst, wenn sie öffentlich unter Druck gesetzt werden. – Angenommen, die Westmedien berichten vor der Aktion davon? Dann können wir einpacken. Außerdem sind wir kleine Fische. Warum sollten die sich für uns interessieren? – Aber klar doch. Wenn du eine Geschichte zu verkaufen hast, interessiert sich der Westen für dich. Wir müssen eben eine Geschichte draus machen, eine große Sache. – Wir müssen vor allem klarstellen, dass wir humanitäre

Gründe haben. – Wir müssen denen sagen, wie sehr wir hier fertiggemacht werden, die ganze Schikane. Denk an Report oder Kennzeichen D: Wenn es einen politischen Skandal gibt, dann berichten sie auch. Und die Bundesregierung kauft sowieso nur politische Häftlinge frei. – Rüdiger, ich will nicht einfahren. – Mir wär's recht. Alle Politischen werden früher oder später abgeschoben. – Ja, aber erst nach ein, zwei Jahren. Die musst du durchstehen. Genau wie deine Familie.

Ich vermisse dich so sehr in meinem Jahr 1966, als ich zwanzig wurde und mich nach einer großen Liebe sehnte. Weißt du noch, als der Kohlegeruch sich mit dem Frost mischte, dieser metallische Himmel, als du beim Sehen schon wusstest, dass er dir Erinnerung sein würde, als er mit dem Schließen der Augen schon Vergangenheit war, von nun an für immer vermisst. Ich bin weg.

Wodka schmeckt nach Vanille, Paella nach Himmel und Erde.

Krüger sagt, er habe Pfeiffer im Haftkrankenhaus getroffen, nachdem bei ihm selbst alle Sicherungen durchgeknallt seien. War er da wegen seines Kopfes?, fragst du. Nach eurer Verhaftung hatten euch die Ziviltypen Handschellen angelegt und zu einem unscheinbaren Wartburg gezerrt. Einer riss die Tür auf, ein Zweiter richtete Pfeiffer auf, und ein Dritter wuchtete seinen Kopf gegen die Kante des Autodachs. Eine Unachtsamkeit des Verhafteten beim Einsteigen, alles Kopfsache. Du hast dich gekrümmt und nicht strecken lassen, sodass sie dich schließlich bloß auf die Rückbank warfen. Eingekeilt zwischen zwei Wächtern, ging es zuerst zum Revier in der Ritterstraße. In dieser Mitternacht war die Stadt heller als sonst. Pfeiffer heulte Blut und Tränen. – Denk an alles, was wir besprochen haben, rauntest du ihm zu. – Mein Kopf, wimmerte er. – Schnauze halten, kam es von der Seite. – Ja, sagte Krüger, es war definitiv der Kopf. Der war völlig kaputtgespielt, der Kopf von diesem Pfeiffer.

Wieso hast du dich damals eigentlich nicht in der Ständigen Vertretung verschanzt? Das wolltest du doch. – Janein.

Einen Tag nach dem Ableben meiner Frau wurde mir vom Stadtbezirk die Streichung meines Wohnungsantrags nahegelegt. Da wir nur noch zu zweit seien, so die Begründung, bestehe keine Dringlichkeit mehr. Ich sah mich von staatlicher Seite immer wieder enttäuscht und war weg. Frank Friedrich.

Die Wahrheit ist immer konkret, Lenin.

Was das Erzählen anbelangt, ist der kleine Jakob genauso unersättlich wie sein Großvater. Beiden musst du ausschweifende Geschichten spinnen, und weder dein Sohn noch dein Schwiegervater schlafen ohne Weiteres ein. Bin ich denn so ein lausiger Erzähler?, fragst du Richard beim Frühstück. – Du bist ein Erzähler in Eile, sagt Richard mit vollem Mund, so was merkt der Zuhörer sofort, und dann versucht der Zuhörer, den Erzähler zu fesseln, denn alles kann immer auch andersherum betrieben werden. Friederike spricht weder mit dir noch mit ihrem Vater. Doch nachdem du in den nächsten Tagen und Wochen die Kugelpfirsichprüfung, die Singvereinprüfung, die Tennis-, die Kaffeeklatsch- und sogar die Hundeprüfung bestehst, sagt Richard zu seiner Tochter: Flämmchen, ich hab ihn mir von allen Seiten beguckt, es sind überwiegend gute Seiten. Du wirst nicht die reinste Freude an ihm haben, er versteht nichts vom Meer und nichts von den Bergen, aber deine Freude wird überwiegen. Nimm ihn, und Erna, hör auf zu flennen.

Ihre Frau hat erklärt, dass sie nicht in den Westen will. Sie glaubt nicht, dass das Leben im Westen besser ist. Außerdem wird der Vater Ihrer Ziehtochter einer Übersiedlung des Mädchens nie zustimmen. Er ist unserem Land sehr verbunden, so wie seine ganze Familie. Haben Sie den ersten Mann Ihrer Frau kennengelernt? Sind Sie über die Familienverhältnisse in Kenntnis gesetzt? Ihre Frau ist sehr kooperativ.

Der Schließer sagt: Das ist Nummer Eens. Och wenn Sie eher da waren, sind Sie Nummer Zwo. Wer von der Tür rechts schläft, bekommt die Eens, Sie schlafen links, sind also die Zwo. In Zukunft melden Sie sich als Zwohundertzwo-Zwo und Sie, Krüger, als Zwohundertzwo-Eens. Und keene Fisimatentchen. – Zwohundertzwo-Zwo, sag mal, wieso bist du hier, fragt Krüger, der nach Chemie stinkt. Er sieht aus wie ein begossener Pudel. Von Kopf bis Fuß wurde er desinfiziert, weil die Tauben seine Zelle zugeschissen hatten und er voller Milben war. Mitsamt seiner Sträflingskleidung wurde er desinfiziert. – Politischer, sagst du. Dieser Krüger ist schikaniert worden, so ist es über den Zellenfunk gekommen, der wird kein Zuträger sein. Und warum bist du hier? – Na, auch Politischer. Warum sollte man sonst in einem Stasi-Knast sitzen? Krüger ist keine dreißig, hat rappelkurze blonde Haare, eine Nackenfalte und eine gebrochene Nase. Und sie haben dich hart rangenommen?, fragst du. – Sie haben's versucht, aber mich kriegen sie nicht klein. Ich war Boxer. Krüger zieht sein nasses Hemd aus. Hier, alles aus Stahl. Stell dich mal drauf. Er legt sich auf den Boden. Na los, stell dich drauf, Bauch oder Brust, egal. – Lass mal, Zwohundertzwo-Eins. – Ich hab gesagt, du sollst dich da draufstellen. Krügers Stirn teilt eine Ader, dick wie ein Regenwurm. – Ist gut, ich mach's. Wegen des verdammten Fußpilzes lässt du die kratzenden Socken an und stellst dich auf Krügers Bauch. Du stehst auf seinem Bauch wie auf einem Straßenpflaster. Siehst du, Nummer Zwei, hart wie Kruppstahl, sagt Krüger. – Ja, sagst du, so eine Muskulatur hab ich noch nie gesehen. – Das will ich meinen, sagt Krüger und steht auf. Nachts fragt er: Was wirste alles machen, wenn du erst mal im freien Deutschland bist? – Mit einem Flugzeug immer nach Westen fliegen, sodass nie Tag wird, sagst du. In Paris über eine Brücke gehen, ein Konzert von Dylan hören. Und du? – Ein Konzert von Heino. – Machst du Witze? – Wieso soll ich Witze machen? – Ach nichts, Heino ist super. – Erzähl mehr, was du im Westen machen willst. – Ich habe mal in einer Reportage gelesen, wie einer aus den Alpen nach Italien runtergefahren ist, zahllose Serpentinen mit Motorbremse. Oben am Pass gab's noch Schnee und Eis, unten dann Zitronen und Palmen. – Ich geh als Erstes in' Puff, Frankfurt, Kaiserstraße, oder Hamburg, Große Freiheit. – Was genau hast du eigentlich angestellt? – Die Mauer muss weg, hab ich gerufen. – Und mehr nicht? – Na ja, an Führers Geburtstag. Volksverhetzung. Als Krüger denkt, dass du schläfst, holt er sich einen runter. Danach weint er. Das Licht brennt.

Was ist denn mit dem Sohn vom Pohlenz oder mit Graumanns Gerd?, barmt Erna. Die entstammen alteingesessenen Familien und machen dir seit Langem den Hof. Also, nichts gegen Sie, lieber Frank, aber Sie studieren ja noch, und wir kennen Ihre Familie überhaupt nicht. Vielleicht haben Sie ganz andere Vorstellungen vom Leben. – Hallo?, sagt Richard, ist da die Hauptpost zu Leipzig? Ich möchte gern mit Frau Polina Winter sprechen. – Was machst du denn da?, ruft Erna. – Guten Tag, hier spricht Richard August Reinhardt aus Naumburg. Wir kennen uns nicht, aber wir reden uns besser beim Vornamen an, denn in Zukunft werden wir miteinander verwandt sein. Ich schlage dir vor, sofort in ein Taxi zu steigen, damit du pünktlich zur Verlobungsfeier unserer Kinder hier bist. Auf meine Kosten. Polina, du bist herzlich eingeladen, bei uns zu übernachten. Ich gebe dir jetzt deinen Herrn Sohn, den der Blitz getroffen hat. Du aber, der Herr Sohn, fragst dich, ob deine Mutter jetzt auch neben Richard schlafen muss. Ob sie zur Prüfung antreten muss, fragst du dich, zur großen Erzählprüfung, damit du Friederike auch wirklich zur Frau nehmen kannst.

Der Hecht ist ein allein stehender Raubfisch. Die Maräne zum Beispiel ist ein Schwarmfisch.

Es gibt eine Kopfsprache, eine Briefsprache und eine Protokollsprache. Die Brief- und die Protokollsprache, die du selbst schon zensiert hast, werden geschwärzt, gefiltert und übersetzt. Nur auf die Kopfsprache kann nicht zugegriffen werden. Die bleibt in einer harten Schale.

In der Diktatur wird die Individualität plattgemacht, so sieht's doch aus. – Nahein, hier wird sie erst geschaffen. Wie wir Sie ernst nehmen und von allen Seiten beleuchten, das kriegen Sie nirgendwo sonst geboten. Wir geben uns so viel Mühe mit Ihnen. Glauben Sie, im Westen kümmert sich irgendeine Sau um Ihre Ansichten, um das, was Sie denken, wo Sie herkommen? Dem Westen ist das scheißegal. Dort sind Sie ein ganz kleines Licht, völlig anonym. Alle Beziehungen sind Nutz- und Marktbeziehungen. Wenn Sie Geld haben, wenden sich Ihnen die Menschen zu. Ohne: keine Chance. Wir setzen kollektiv die Maßstäbe. Im Westen muss man sich den Maßstab seines Handelns komplett selbst erarbeiten. Man macht so viele Fehler, da nützt auch eine Lebensversicherung nichts. – Auch das ist Freiheit: das Recht auf Fehler. Ich will meine Fehler selbst machen. Und ja, Sie zollen mir Beachtung. Nur ziehen Sie die völlig falschen Schlüsse. – Sie sind ein Kohlhaas. Es soll Gerechtigkeit geschehen, auch wenn die Welt darüber zugrunde geht. Durch Ihre Unversöhnlichkeit verspielen Sie ein Recht, das Sie vielleicht sogar besitzen, ich sage vielleicht. Wir haben Sie mit Bildung versorgt, Sie kennen doch sicher den Kaukasischen Kreidekreis: Wer nachgibt, erhält Recht. – Geben Sie doch nach. – Sie sind unverbesserlich. Aber Sie wissen, dass ich hier an was rühre, nämlich an Ihren Hochmut und Ihre Selbstgerechtigkeit. Auch im Westen wird einer wie Sie scheitern. Sie werden immer im Parkverbot leben. Jede Vorschrift wird Sie kränken, ein Rezept wie ein Gesetz. – Wenn keine Gerechtigkeit geschieht, geht die Welt zugrunde.

Wer völlig entkleidet ist, trägt nur noch seine Scham.

Den Ingenieur Friedrich, Frank, verheiratet, ein Kind, in dieser Sache in Untersuchungshaft seit dem 12. 3. 1983 in der UHA des MfS Leipzig, Verteidiger Rechtsanwalt Dr. Peters, sowie den Uhrmacher Pfeiffer, Rüdiger, verheiratet, ein Kind, nicht vorbestraft, in dieser Sache in Untersuchungshaft seit dem 12. 3. 1983 in der UHA des MfS Leipzig sowie seit dem 7. 4. 1983 im Haftkrankenhaus Dösen, Verteidiger Rechtsanwalt Dr. Jagoda, klage ich an, mehrfach handelnd Verbrechen gegen die DDR begangen zu haben. Es sind dies Verbrechen gemäß den Paragraphen 99 in Verbindung mit 22, 106 Ziffer 2 in Verbindung mit 22 Ziffer 2 und 213 in Verbindung mit 63 StGB. Ich beantrage, das Hauptverfahren vor dem Bezirksgericht, 1. Senat, zu eröffnen.

Dem Staatsanwalt, dem Richter und beiden Verteidigern klebt ein Bonbon am Revers.

Dem Inschenjör ist nichts zu schwör, sagt Richard. Bald musst du Frau und Kind ernähren, mein Junge, daher habe ich meiner Kombinatsleitung klargemacht, dass ich einen Gehilfen brauche. Hier ist ein Helm, morgen um sieben geht die Reise los. Richard fährt einen schwarzen Wolga mit blauen Samtsitzen. Er behauptet, dass einst Berija damit chauffiert wurde. Jetzt wird Richard Reinhardt, Messexperte im Chemiekombinat Leuna, von seinem Gehilfen, einem frischgebackenen Ingenieur und zukünftigen Schwiegersohn, damit chauffiert. Ich liebe das flache Land, sagt Richard, was fällt dir zum Flachland ein? Während du vom Tal der Könige und vom Tal des Todes erzählst, döst Richard auf dem Beifahrersitz. Sobald du innehältst, schreckt er hoch, also redest du und redest, wobei du das Land betrachtest. Bei Wolfen musst du die Lüftung abstellen. Du steuerst den Wagen über die Elbbrücke vor Wittenberg, linker Hand steht ein Häuschen auf dem Damm, dann kommt der braune Turm, der Plaste und Elaste aus Schkopau anpreist, dann taucht die Schlosskirche auf, und rechts wehen die weißen Fähnchen der Schornsteine. Auf der Hutablage liegen eure Bauhelme. Ich liebe die Seenlandschaft, sagt Richard weiter nördlich. Von ihm lernst du, wie man Lärm-, Staub-, Bodenmessungen und früher Feierabend macht. Ihr besucht Hühnerfarmen, Schweinemastanlagen, Textilbetriebe und Kokereien, in denen das Kohlenmonoxid die schönsten Ohnmachtsanfälle verursacht. In einer Talkumfabrik bei Karl-Marx-Stadt arbeiten nur Frauen. Ohne Mundschutz stellen sie Babypuder her, unterm Mikroskop sieht man gleich die langfasrigen Teilchen, die die Lunge zersetzen. So geht das nicht, Genosse Direktor, sagt Richard zum Fabrikdirektor. Der Puderstaub ruiniert die Gesundheit, du musst deine Arbeiterinnen aufklären. – Bitte, Kollege, melde mich nicht, sagt der Direktor. Wie ich höre, wirst du bald Großvater. Deine Tochter, würde ich mal sagen, muss sich nie mehr um Babypuder kümmern. – Lass mal gut sein, Genosse Direktor, sagt Richard. Auf der Heimfahrt sagt er zu dir: Ich stelle mir vor, dass Flämmchen eins von den eingestaubten Mädels ist. In einem Steinbruch bei Pirna arbeiten nur Männer. Im Sägewerk haben sie hundert Dezibel am Ohr. Richard schreit einen der Männer an: Kollege, warum nimmst du keinen Hörschutz? – Huhä?, schreit der Mann zurück, worauf Richard auf seine Kopfhörer deutet. Der Mann schreit: Löffelrente, fümf Pfeng, alles paletti. Ein anderer zeigt seine zerquetschte Hand vor: Spur der Steine, sagt er grinsend. – Ich stelle mir vor, dass du einer von den Jungs bist, sagt Richard auf der Rückfahrt. Auf euren Touren organisiert er Spanferkel, Radeberger, Zement oder Kupferrohr. In einem viel zu dunklen mitteldeutschen Kombinat staubt er dann doch ein Fahrrad für sein Enkelkind ab. Dieses Enkelkind wird ein Junge werden und Jakob heißen, so hat es ihm seine Tochter erklärt. Mit zehn wird dieser Jakob an die Pedale reichen.

Ich kann keine Noten lesen, aber es ist so eine schöne Musik in mir.

Um meiner Mutter das Gefühl zu geben, daß ich an meinem Versprechen festhalte, schickte ich ihr zur Einsichtnahme einen jeweiligen Durchschlag meiner gestellten Anträge. Ihre Dankbarkeit darüber und ihre Hoffnung auf ein baldiges Zusammensein bekundete sie in all ihren Antwortbriefen. Für mich war es mehr denn je moralische Verpflichtung, meiner Mutter im Alter beizustehen, genau so, wie sie es ein ganzes Leben lang für mich getan hatte. Ich bin weg.

Achtung, Vernehmerwitz: Auf einer Kundgebung legt sich ein Parteiredner mächtig ins Zeug: Im Frühjahr werdet ihr alle Bananen bekommen, in drei Jahren werdet ihr alle einen Farbfernseher haben und in fünfen ein Auto. Ruft einer aus dem Publikum: Und wo bleibt das Klopapier? – Ach, leck mich doch am Arsch. – Ja, das ist die individuelle Lösung, aber wo bleibt die kollektive? Der Vernehmer lacht.

Über dem Klo einer Ausflugsgaststätte steht auf einem Schild: Verlassen Sie diesen Ort, wie Sie ihn vorzufinden wünschen. Jemand hat daruntergekritzelt: Kants Spülung ist defekt.

Nun bist du siebenunddreißig Jahre alt und kennst Deutschland nicht.

In den Dünen hat Eva falsch zitiert: Und welch ein Glück, geliebt zu werden, doch lieben, Götter, welch ein Segen. Eva hat das Lieben über das Geliebtwerden gestellt. Du hast es nachgelesen, bevor du dich zu Jakob ans Bett gesetzt hast, bevor du weggegangen bist. Richtig heißt es bei Goethe: Und doch, welch Glück, geliebt zu werden, und lieben, Götter, welch ein Glück. Das Geliebtwerden ist also nicht schlechter als das Lieben. Als junger Mann hast du das Gedicht, ja: geliebt. Jetzt widert es dich an. Denn es ist ein scheinheiliges Gedicht. Es ist kein Liebesgedicht, es ist ein Abhaugedicht. Das lyrische Ich flieht. Seine Flucht ist anheimelnd, Caspar-David-Friedrich-Kulisse. Das lyrische Ich will heroisch und leidend dastehen, schon klar. Pflichtgemäß eine Strophe Abschiedsschmerz, das verheulte Pfarrersmädel bleibt zurück, während das lyrische Ich fest im Sattel sitzt. Aber es sind nicht die Ankunftserinnerung und das Gedenken an den Frühling, die das Hochgefühl auslösen: Es ist das Abhauen, das dem lyrischen Ich ein wohliges Kribbeln in die Lenden jagt. Es reitet weg und trägt in der einen Satteltasche die Liebe und in der anderen das Geliebtwerden davon. Goethe war und ist scheiße. Ich bin weg und auch scheiße.

Ein nackter Mann hat so gut wie keinen Einfluss auf die Gesellschaft, sagt Twain. Gandhi behauptet das Gegenteil.

Es gibt ja diese Vorstellung vom Erwachsenwerden, auch in der Geschichte. Das Leben als ein Bildungsroman, das sich verbessernde Menschengeschlecht. Ich sage Vorstellung, weil mehr ist es doch nicht, worauf Sie alles gründen. Ja, es gibt Entwicklung, es gibt gute Kräfte, der Mensch lernt, eignet sich Fähigkeiten an, aber dann, von einem bestimmten Punkt an, ist ein Plateau erreicht. Dann dreht alles nur noch, wiederholt sich, Rückfälle sind nicht ausgeschlossen, Kriege. Es gibt sie nicht, die auf ein gutes Ziel zulaufende Geschichte, die sich an Widersprüchen reibende und immer weiter verbessernde Gesellschaft. – Sie wollen doch nicht behaupten, dass wir seit der Sklavenzeit, seit der Feudalgesellschaft keinen Fortschritt gemacht haben. – Haben wir durchaus. Wir haben uns gut entwickelt, haben hinzugelernt. Aber jetzt geht es nicht weiter und vor allem nicht nach Plan. Das moderne Lebensgefühl war schon zur Zeit der Renaissance voll ausgebildet, das Ich. Seitdem hat sich an dieser Front nichts Wesentliches mehr getan. – Das ist doch abenteuerlich und ziemlich dumm. In Oberitalien ging es doch erst los mit der merkantilen Emanzipation einer kleinen Kaufmannsschicht. Dann die frühbürgerliche Revolution in Mitteldeutschland, Müntzer, es folgte die Aufklärung, ein Bürgertum entstand, dann formierte sich das Proletariat, organisierte sich, eine Revolution folgte auf die andere, 1789, 1848, 1917, und jetzt haben wir immerhin schon den Sozialismus auf deutschem Boden. – Und worin besteht die Verbesserung? Die Geschichte geht ihren Weg und ist erst nachträglich lesbar. Marx hat geirrt, als er sagte, sie sei veränderbar. – Aber Sie wollen doch auch Ihre Geschichte verändern, deshalb sitzen Sie doch hier. – Ich möchte nicht die Geschichte drehen, ich verlange nur die Einhaltung der allgemeinen Menschenrechte. Was da formuliert wurde als weltweites Grundgesetz, das ist unser bestmöglicher Entwicklungsstand. Zum ersten Mal wurde das in der amerikanischen Unabhängigkeitserklärung festgeschrieben. Da heißt es, dass alle Menschen gleich sind in dem

Sinn, dass der Staat eines jeden Leben, Freiheit und Streben nach Glück sichern soll. Wir müssen nicht darüber hinausdenken. Wir brauchen nicht von der klassenlosen Gesellschaft sprechen, es gibt so etwas nicht. Es genügt, in einer ausdifferenzierten Welt die Grundrechte eines jeden zu sichern, Leben, Freiheit, Glück. – Sie reden völlig unwissenschaftlich. – Nach Ihrer Vorstellung sind Sie die Speerspitze des Proletariats, und ich bin ein renitentes Subjekt, die Speerspitze der Reaktion, die Sie schleifen wollen. Aber das geht nicht. Wenn man nur einer einzelnen legitimen Sache nicht gerecht wird, einem einzigen Freiheitswunsch, dann ist die ganze große Sache Käse, das ist meine Meinung. – Was legitim ist, bestimmen wir. – Eben. Aber Sie müssen diese Grundspannung aushalten, nur dann sind Sie legitim. Sie müssen sich anhören, was die Einzelnen zu sagen haben. – Was meinen Sie, was ich hier gerade tue. – Ja, weil Sie zufällig einen guten Tag erwischt haben. – Stimmt, meine Frau war sehr freundlich zu mir. – Schön für Sie. – Warum nur haben Sie Ihre Frau sitzenlassen? Ich verstehe das nicht, wenn ich mir diese Fotos so anschaue.

Bitte, bitte, holt einen, einer hat es nicht so gemeint kürzlich, bitte. Lasst uns ein bisschen quatschen, bitte. Über den Sozialismus, lasst uns über den Sozialismus quatschen. Ja, einer hat vielleicht nicht alles richtig gemacht, ja doch, es stimmt ja, mit so einem hätte man selbst keinen Spaß. Nicht fallen lassen jetzt, bitte, einer will sich bessern. Holt einen, einer macht auch gleich Meldung, ganz ordnungsgemäß, Strafgefangener Zwohundertzwo-Zwo meldet, in der Zelle zu sein, nein: im Verwahrraum. Ohne Wenn und Aber tritt einer raus, dreht gleich das Gesicht zur Wand, ohne zu schielen, Hände offen auf dem Rücken. Und einer wird nicht aufmucken, einer wird sich alles anhören und versuchen, sich zu bessern. Selbstkritik. Bitte.

Jeder Reiz wird durch Ausbleiben oder Wiederholung stumpf.

Ein Leipziger, zum Beispiel Frank Friedrich, will eine Naumburgerin, zum Beispiel Friederike Reinhardt, testen. Auf dem Weinfest, zum Beispiel, fragt er sie: Kennse Schillern? Sie antwortet: Ich bin doch kein Glühwürmchen. Test bestanden.

Ich bin, genau wie Sie, gebunden an diesen verfluchten Ort, gefangen geradezu. Ich verstehe ja meine Frau bis zu einem bestimmten Grad: Ich verbringe den Tag und die halbe Nacht hier mit Ihnen, Sie sehe ich öfter als meine Frau, von Ihnen erfahre ich alles, von ihr nichts mehr. Wenn ich nach Hause komme, schläft sie längst, und wenn ich aufstehe, ist sie schon weg zur Arbeit. Man entfremdet sich, es ist nicht leicht, die Frau eines Genossen zu sein, und es ist nicht leicht, ein liebender Genosse zu sein. Ich hatte immer viel Verständnis für meine Frau. Sie hatte es schwer, schon als Kind. Ihre Eltern haben sie ins Heim abgeschoben, mit vier, da kommt das wahrscheinlich auch her, das Labile. Keine Sorge, ich habe das Gerät ausgeschaltet. Meine Frau, ich stelle sie mir vor auf einer Schaukel. Schiefer Pony, selbst geschnitten, sie macht solche Sachen, verunstaltet sich. Sie hat diesen Selbsthass. Ich führe es mir vor Augen. Sie ist nicht mehr bei den Kleinen, aber noch nicht in der großen Gruppe, keiner will sie. Die Erzieherinnen blicken bei ihr nicht durch, den meisten ist sie zu schön, Mädchen verübeln das anderen Mädchen, also ist sie einsam, verachtet sich dafür und macht sich hässlich. Bis ihr auffällt, dass sie Schlag bei Jungs hat. Von denen holt sie sich, was ihr sonst niemand gibt: Anerkennung. Sie kapiert immer besser, wie sie Wirkung erzielt, große Augen, lange Haare, der Busen wächst, ein hübsches Ding eben. Eines Tages heißt es, ein Mann und eine Frau würden ins Heim kommen und ein Mädel adoptieren wollen. Alle richten sich her, und sie legt sich besonders ins Zeug. Der Mann ist nett, die Frau ist schön, beide streicheln ihr über den Kopf, fragen, wie alt sie ist und wie sie heißt. Sie sagt, wie alt sie ist und dass sie Eva heißt. Der Frau stockt das Blut, das unserem Mädchen längst gefroren ist, denn es sind ihre eigenen Ollen, die da vor ihr stehen. Das ist doch der Hammer, da dreht man doch durch. Mit fünfzehn haut sie ab und treibt sich rum. Sie sieht aus wie achtzehn, niemand sucht sie. Sie hängt sich an Typen, reist Schaustellern hinterher, Kerle halten sie aus. Ich seh's förmlich vor mir, sie fährt Autoscooter, und es funkt oben am Elektronetz, während ihr so ein Windhund ins Lenkrad greift. Aber sie verbessert sich: Fotografen quatschen sie an und Modelackaffen. Ihr Aussehen ist alles, was sie hat, ihr ganzes Kapital. Natürlich schwärmt sie von der ganz großen Liebe. Irgendwann heiratet sie einen armen Poeten von rotem Adel, denkt, das ist sie, die ganz große Liebe. Sie kriegt früh ein Kind, holt die Schule nach, der Schwiegerpapa besorgt ihr einen Studienplatz, sie modelt, will was aus sich machen und gibt ihre Tochter in die Wochenkrippe. Sie würden jetzt sagen, dass sich die Geschichte immer wiederholt, und in unserem Fall würde ich Ihnen fast recht geben. Sie verstößt den Poeten und nimmt den nächsten Besten. Irgendwann tauche ich auf, weil ich bei Berlin studiere. Ich verfalle ihr natürlich, himmle sie an, schwärme, verknalle mich bis über beide Ohren. Sie lässt sich scheiden, und jetzt leide ich an ihr wie ein Hund. Man soll eben keine Weiber heiraten, die man auf einer Modenschau kennengelernt hat. Was glauben Sie denn, was die treibt, während ich hier bei Ihnen festsitze? Einmal Flittchen, immer Flittchen! Abends duscht sie nackt im Garten, ich weiß, dass die Nachbarn schon Logenplätze vermieten, und sie will ja Zuwendung, weil ich sie ihr nicht geben kann, weil ich hier mit Ihnen festsitze. Dubiose Kerle gehen bei uns ein und aus, während ich hier gefangen bin. Gerade jetzt, zu dieser schönen Jahreszeit. Aber Eva kennt kein Pardon. Heißt Ihre Frau nicht auch Eva? – Ja.

Die größte Hilfe für einen Häftling ist die Phantasie. Die schlimmste Strafe für einen Häftling ist die Phantasie. Das größte Glück für einen Häftling ist die Erinnerung. Das größte Unglück für einen Häftling ist die Erinnerung.

Ich bin ein Adler, ich bin ein Löwe, ich bin ein Berg, ich bin der Wind geschwind, ich bin ein Riese, ich bin ein Wasserfall, ich bin eine Pauke, ich bin eine Posaune, ich bin ein Meer, ich bin ein Mustang, ich bin das wogende Büffelgras, ich bin ein Sänger, ich bin ein Denkmal, ich bin der springende Punkt, ich bin das Feuer, ich bin die Sonne, ich bin: gefangen in einem Zementstall, gefangen in einer Maschendrahtvoliere, gefangen in einem Glasziegelaquarium und in meinem Kopf.

Liebes Evchen, warum schreibst Du mir nicht, höre, Du musst mir schreiben. Du sollst nicht nackt duschen, ich meine, im Garten, kleide Dich ordentlich, bleibe im Haus. Trinke nicht, achte auf Dich. Warum schreibst Du nicht.

Zwohundertzwo-Zwo, offstehn. Sie gehen off Transport. – Nee, das könnt ihr doch nicht machen. – Ruhe, Zwohundertzwo-Eens. Sie sind jetzt nur noch Zwohundertzwo. – Kopf hoch, Krüger.

Der Beschuldigte Frank Friedrich wuchs, bedingt durch den Tod des Vaters, in zwiespältigen Familienverhältnissen auf. Rückschläge im privaten Bereich, insbesondere nach dem Tod seiner ersten Ehefrau, ließen beim Beschuldigten Unverständnis und Uneinsichtigkeit in Bezug auf gesellschaftliche Realitäten aufkommen. Von zuständigen staatlichen Organen getroffene, jedoch den Vorstellungen des Beschuldigten zuwiderlaufende Entscheidungen veranlassten ihn zunehmend, gesellschaftliche Erscheinungen ausschließlich einer tendenziös negativen Betrachtungsweise zu unterziehen, notwendiges gesellschaftliches Engagement abzulehnen und persönliche Probleme in den Vordergrund zu stellen. Darin wurde er noch durch den zeitweiligen Empfang von Sendungen des westdeutschen Fernsehens bestärkt. Daraus erwuchs schließlich sein strafbares Handeln.

Deine Frau sitzt reglos da. Irgendetwas ist mit ihrem Gesicht passiert, ihr Gesicht ist wie aus Porzellan und ein klein wenig schief. Sie sieht nicht zu dir her. Nur wenn du nicht schaust, blickt sie dich an, du spürst es und siehst sie auch nur an, wenn sie wegschaut. Dank dieser komplizierten Inszenierung treffen sich eure Blicke nicht. Das alles hier ist eine komplizierte Inszenierung, bloß diesmal stehst du auf der Bühne, und sie sitzt im Publikum. Es ist nicht der Tag der Befreiung, es ist der Tag der Freiheitsberaubung.

Ich liebe die Sonne, sagt Richard mit dünner Stimme. Er bereitet sich darauf vor, seiner Tochter nachzufolgen. Statt von der Sonne zu erzählen, fragst du ihn: Hast du immer alles richtig gemacht? – Aber wollen, sagt er. Sein Krebs haust nicht im Kopf, er haust im Darm. Den Kuchen rührt er nicht an. In seiner großen, dunklen Wohnung ist es jetzt still, Erna fuhrwerkt nicht mehr darin herum, und die Unruhen der Uhren arbeiten auch nicht mehr. Nur noch das Drehpendel der Jahresuhr schwingt. Es gibt die große Standuhr mit dem Glockenschlag, einen Regulator, der aussieht wie eine gotische Kanzel, Tischuhren, Kaminuhren aus Messing und Marmor, die Kuckucksuhr in der Küche und eben die Jahresuhr mit dem Glasdom. Richard allein durfte die Uhren aufziehen und stellen, die Pendel anstoßen, die Ketten mit den schweren Tannenzapfen ausgleichen. Am späten Morgen ging er durch die Wohnung und brachte die Zeit in Ordnung. Aufziehen darf man die Uhren erst, wenn die Öfen geheizt sind. Nie darf man sie überdrehen. Geh bis zum ersten Widerstand, aber weiter geh nicht. Ein letztes Mal ziehst du die Standuhr auf, die alle Geheimnisse für sich behielt. Wo findet man das heutzutage noch, so gute Manieren, solch eine Diskretion. Pfeiffer sammelt alte Armband- und Taschenuhren, die Kollektion ist seine Rente. Er will die ganze Sammlung mit rübernehmen. Manne Krug ist doch auch mit seinem gesamten Hausstand ausgereist, den Antiquitäten und den Oldtimern. Du findest das Flämmchen nicht, aber du hörst das Ticken von Richards abgelaufenen Uhren.

Rüdiger Pfeiffer wuchs in geordneten Familienverhältnissen auf. In der Privatfirma Leisegang in Leipzig erlernte er den Beruf des Uhrmachers und arbeitete dann in verschiedenen Betrieben in diesem und artfremden Berufen. Da Pfeiffer den dort geforderten Leistungen nicht gerecht wurde und ihm eine vom Elternhaus anerzogene kleinbürgerliche Denkweise anhaftete, sah er nur auf privatem Sektor Möglichkeiten, insbesondere seine finanziellen Bedürfnisse zu befriedigen.

Wie ein Hase auf Amphetamin sitzt Pfeiffer da, aufrecht, die Pfötchen im Anschlag. Er schaut immer wieder zu dir, an der Schulter seines Verteidigers vorbei, er dreht sich zu seiner Frau um, die bleich neben Eva sitzt, einen Kopf kleiner. Eva trägt ein weißes Sommerkleid, ihre Haare fallen lang, du kannst den schönen Schwung ihres Halses gar nicht sehen. Jakob fehlt. Er ist zum Glück noch keine Vierzehn.

Die Glockenmänner auf dem Krochhaus erinnern an den Uhrturm von Venedig. Zu ihren Füßen steht OMNIA VINCIT LABOR. Zwei Löwen wenden sich ab von der Zeit. Warum heißt es nicht AMOR, hat Eva gefragt, als sie neu in der Stadt war: OMNIA VINCIT AMOR.

Ein Glücksstreben kann ein anderes Glücksstreben zunichtemachen. Ein Freiheitswunsch einen anderen.

Mit der zu erwartenden Aburteilung wegen meiner »Verbrechen gegen die DDR« ziehe ich endgültig einen Schlußstrich unter dieses Land, das ich einst als meine Heimat bezeichnet habe. Diese Heimat ist mir zum Sinnbild von Inhumanität und Verlogenheit geworden. Jegliche Grundlage für eine weitere Existenz in der DDR ist zerstört. Ich verlange die unverzügliche Entlassung aus der Staatsbürgerschaft der DDR! Damit beende ich meinen Lebenslauf für die DDR, Frank Kohlhaas.

Am 31. August 1981 versuchte der Beschuldigte Frank Friedrich, die DDR auf ungesetzlichem Wege zu verlassen. Gemeinsam mit seinem Sohn, dem damals elfjährigen Jakob Friedrich, begab sich der Beschuldigte im Raum Dingleben, Bezirk Erfurt an die Staatsgrenze, um einen Grenzdurchbruch nach der BRD durchzuführen und nicht mehr in die DDR zurückzukehren. Angehörige der Grenztruppen der DDR fanden eindeutige Beweise für den Vorgang: Einerseits wurden Schuheindruckspuren in den Schuhgrößen der Genannten festgestellt, weiterhin wurden sichergestellt ein Dreifarbkugelschreiber der Marke Rugli aus dem Besitz des Beschuldigten sowie das Blatt 5/6 des Neuen Deutschland vom 27.07.81. Besagte Seiten des Organs des Zentralkomitees der Sozialistischen Einheitspartei Deutschlands tragen Spuren von Darmausscheidungen, die laut Laborgutachten zweifelsfrei vom Beschuldigten stammen.

Am letzten Tag der großen Ferien kann man sich noch einmal verkriechen. Man kann in den Tag träumen oder durch die Gärten streunen. Im Birnbaum kann man sitzen und auf alles hinabschauen. Es sei denn, man ist jemand anders.

Der Barkas mit den spindgroßen Zellen bringt dich und vier andere zum Hauptbahnhof. Die Stadt ist finster. Wie Erstklässer, die eine Nachtwanderung machen, rottet ihr euch auf dem Parkplatz zusammen, umstellt von euren Betreuern. Es sind kaum Menschen auf den Straßen, westlich schimmert matt die Blechbüchse, östlich rotiert das Doppel-M auf dem Hochhaus. Es ist eine laue Nacht. In solchen Nächten hast du Serenaden gesungen, bist nackt in den Kiesgruben geschwommen, hast bei Kerzenschein mit deinen Freunden geklönt oder schöne Frauen geküsst. Im Gänsemarsch geht ihr los, zwei rauchende Taxifahrer glotzen euch an. Pfoten auf'n Schwanz runter, sagt einer eurer Betreuer. Ihr tragt Zivil und Handschellen. Deine Hose rutscht, du hast wirklich keine Zweiundfünfzig mehr. Dein alter Anorak riecht nach einem Deo, das dir fremd vorkommt. Die Märzunruhe, die Aprilangst, die Maieifersucht, die Junitaubheit, die Juliverrücktheit und die Augusterinnerungen – all das ist weg. Die Liebe, das Geliebtwerden. Du denkst nur bis zur Grenze des Tages, du denkst nur an dich. Es sind deine Schritte, die du hörst.

Deine Scham ist eine Zeugin der Anklage. Die Strafe kann gar nicht hoch genug ausfallen für einen wie dich. Du bist schuldig. Nicht wegen der Grenzsache oder der Zettelaktion, sondern weil du deine Frau, deinen Sohn und deine Mutter da mit hineingezogen hast. Jedes Urteil wirst du demütig annehmen, im Namen des Volkes.

In der Strafsache gegen Frank Friedrich und Rüdiger Pfeiffer wegen landesverräterischer Nachrichtenübermittlung und anderem hat der 1. Strafsenat des Bezirksgerichts Leipzig in der Hauptverhandlung vom 18. August 1983 für Recht erkannt: Der Angeklagte Friedrich wird wegen mehrfacher landesverräterischer Nachrichtenübermittlung in Tateinheit mit gemeinschaftlich begangener staatsfeindlicher Hetze und versuchten ungesetzlichen Grenzübertritts zu sechs Jahren Freiheitsstrafe verurteilt.

Sechs durch zwei macht drei, drei plus dreizehn macht sechzehn. Bleiben zwei Jahre, in denen du deinem Sohn beim Wachsen zusehen kannst, das ist lind. Eva hat ihre große Sonnenbrille aufgesetzt, Pfeiffer stützt sich auf den Tisch, seine Schultern zucken, aber für ihn sind es nur zweieinhalb Jahre durch zwei, seine Frau schnäuzt sich. Zur Urteilsbegründung dürft ihr euch alle wieder setzen.

Die Gesellschaftsgefährlichkeit des Handelns der beiden Angeklagten, vor allem des Friedrich, besteht in dessen Intensität und Unversöhnlichkeit. Mit ihren Kontakten zu ausländischen Einrichtungen haben sie die Treuepflicht gegenüber der Gesellschaft verletzt. Ihr Handeln unterstützt außerdem revanchistische Kreise in der BRD, die die infolge des Zweiten Weltkriegs entstandenen Gegebenheiten missachten, die Existenz zweier deutscher Staaten negieren und ein Deutschland in den Grenzen des Jahres 1937 propagieren.

Auf einem entlegenen Gleis, draußen vor der dunklen Halle, wartet der Grotewohl-Express, der euch und ein paar andere nach Brandenburg bringen wird, Bahnreisende letzter Klasse. Ein paar Trinker werden von der Transportpolizei abgeführt, der Nachtzug nach Prag oder

Budapest dampft vor sich hin, schwarze Falter stürzen aus den Kuppeln: Fledermäuse, die ihr Nachtmahl fangen. Ihr seid so ziemlich die einzigen Reisenden. Nur an Gleis elf herrscht nächtlicher Trubel. Frauen und Männer stehen auf den Zehenspitzen, winken und schließen Kinder in die Arme. Ein um Stunden verspäteter Zug aus Ribnitz-Damgarten hat die letzten Ferienlagerkinder nach Hause gebracht. Morgen geht die Schule wieder los. Von welchem Gleis ist eigentlich deine Mutter abgefahren? Fröhlich schwatzend, ziehen die übermüdeten Mädchen und Jungen an der Hand ihrer Eltern ab, der Vater trägt den Koffer, die Mutter die Abenteuer. Niemand schert sich um euch Nachtgestalten, bis auf einen groß gewachsenen Jungen mit einem Akkordeonkoffer, einer Reisetasche und ungewohnt vollem Gesicht. Allein verlässt er Gleis elf und sieht zu euch herüber. Du erkennst ihn auch. Du hebst deine gefesselten Arme über den Kopf. Er winkt nicht zurück. Pfoten auf'n Schwanz!

Als der Richter geendet hat, sagt eine der Schöffinnen, die dich an Anita erinnert: Ihre Not rechtfertigt es nicht, sich gegen Ihre Mitmenschen zu wenden. Gegen uns.

Zuerst läuft Speichel unter die Zunge, dann sammelt sich Flüssigkeit vor dem kleinen Damm der Lider, und weil die Augen keine Schwämme sind, werden Wangen und Hals nass.

Drei Meter entfernt sitzt deine Frau, und ihr seht euch nicht an.

He's leaving – leaving – on that midnight train to Georgia – leaving on a midnight train. Said he's going back – going back to find – to a simpler place in time. Oh yes he is.

Es muss wohl doch heißen: Der du eintrittst.

22. Einreiseantrag

XVIII/5   Leipzig, 26.05.1983

Vorschlag zum Einreiseantrag für W i n t e r, Polina
vom 29.05. - 02.06.83 zur Teilnahme an der Beisetzung
ihres Sohnes F r i e d r i c h, Rudolf am 30.05.1983

Trotz Vorliegen humanitärer Gründe wird vorgeschlagen,
die beantragte Einreise abzulehnen.

Begründung

Der zweite Sohn der W., der F r i e d r i c h, Frank,
sitzt seit dem 12.3.1983 in der UHA des MfS Leipzig
wegen Verbreitung von ca. 60-80 Flugblättern staats-
feindlichen Inhalts in der Nacht vor der Eröffnung
der LFM 83. Er nahm persönlichen Kontakt zur Ständigen
Vertretung der BRD auf, erkundete die Möglichkeiten
eines ungesetzlichen Grenzübertritts und nahm über die
W. postalische Verbindung zum BMB auf. Der F. besitzt
eine zutiefst feindliche Einstellung zur DDR. Mit
hoher Intensität unternahm und unternimmt die W. Aktivitäten zur Unterstützung seines ungesetzlichen Antrags
auf Übersiedlung nach der BRD.
Nach ihrer Übersiedlung in die BRD wurde W.s Verbindung
zur Feindorganisation HVD bewiesen.

Sowohl aus dieser Sicht erscheint es gerechtfertigt, den jetzt gestellten ER-Antrag abzulehnen. Hinzu kommt die op. Lage unmittelbar in Zusammenhang mit Feindaktivitäten im Umfeld der Besuchsreise des MdB und Vorsitzenden der SPD-Bundestagsfraktion Dr. Hans-Jochen Vogel beim Staatsratsvorsitzenden Erich Honecker.

                                                  D o b y s c h
                                                  Hauptmann

bestätigt:
Leiter der Abteilung

A l t w a s s e r
Major

23. Tanzen

»Was heißt das?«, fragt Eva. Einen Schriebs vom Vater hält sie ihm unter die geschwollene Nase, aus Sri Lanka, Ceylon oder vom Mond. Winzig klein und mit Kuli hat der Vater etwas auf die Innenseite einer Zigarettenschachtel gekritzelt. »Was ist das für ein Wort?« Mit Stutenaugen glotzt sie ihn an, die Wimperntusche ist überall, nur nicht auf ihren Wimpern, und am liebsten will sie das Wort aus ihm rausschütteln. »Keine Ahnung, woher soll ich das wissen? Ich kann das Wort auch nicht entziffern.« »Liebes Evchen«, steht ganz oben auf dem Kassiber. Natürlich ist das Wort lesbar, man muss nur den Vater und seine Schrift lang genug kennen. Das Wort lautet »Schauer«, und es ist nicht der Regen gemeint.

Mo tritt nicht ein. »Bist du allein zu Haus?«, fragt er und bleibt auf dem spiegelnassen Bürgersteig stehen. – »Ahoi, Mo!« – »Ahoi, Jakob! Braucht ihr irgendwie Hilfe?« – »Eva ist drinnen, soll ich sie holen?« – »Lass mal, muss gleich weiter. Geh heute noch auf große Fahrt.« – »Deine Uhr, die ist immer noch erste Sahne, aber die Zahlen sind ganz blass geworden. So ein Batterieknopf wäre gut.« – »Ist notiert. Und wenn ihr in Seenot seid, funkst du mich an. Kennst ja das Morsealphabet.« – »Aber wohin soll ich funken, du bist doch weit weg.« – »Nur so eine Redensart. In drei Monaten bin ich wohl zurück. Hier, tu das in dein Sparschwein. Jetzt nimm schon.« – »Danke, Mo.« – »Nicht der Rede wert. Ahoi, du Leichtmatrose.«

Jasper repariert den Boiler und sagt zu Eva: »Komm, komm.« Der Pfarrer klemmt seine Hände zwischen die Knie und redet leise auf Eva ein. Es gibt Menschen, die können gleichzeitig rauchen und weinen. Eva schlägt nun doch einen Nagel in die Wand und hängt einen Heiligen mit Blattgoldschimmer daran. Siegmar nimmt Werkzeug aus der Garage mit. Eva fragt, was das soll. Einmal kommt Anita, und sie sitzen in der Küche, bis die Kerzen runtergebrannt und die Weinflaschen voll Wachs sind.

Eva geht zum Verhör und hat danach keine Worte. »Ich will dir den Kummer ersparen«, sagt sie so leise, dass er die Ohren spitzen muss. Den einen Tag fegt sie die Spinnweben und die Ganker von der Decke, den anderen fällt sie ihr auf den Kopf, die Decke, und sie muss irgendwohin gehen.

Weil das Haus Geräusche macht, wacht er mitten in der Nacht auf. Evas Bett ist kalt, Leos auch. Mit einer Zwanzig-Pfennig-Münze in der Schlafanzugtasche geht er im Regen zur Telefonzelle. Im Dunkeln latscht er dauernd auf die Grenze, wen kümmert's. »Hallo, hier ist Jakob, ist Eva bei euch?« – »Ja, ich bin allein.« – »Nein, ich hab keine Angst, wollte nur mal fragen.« – »Ja, sie wird schon bald zurück sein.« In der Telefonzelle hängt ein neuer Zettel: Ein entlaufener Kater wird vermisst. Odin ist eine europäische Kurzhaarkatze mit braun-schwarz getigertem Fell. Bauch und Pfoten sind weiß, die Augen hellbraun.

Das Fernsehballett zeigt Bein, mit seinem Dioptrienblick versucht Schnitzler ihn zu hypnotisieren, der Sendeschluss ist ein Dauerton, den er irgendwann überhört wie die Geräusche im Haus. Manchmal ist die Nase spitzer als die Ohren: Es riecht nach Regen, Eva ist zurück. »Wir müssen uns an Bergs halten«, sagt sie und legt den Knirps in die Spüle. »Beide waren sie eingesperrt und sind hierher *wiedereingegliedert* worden. Jetzt sitzt er erneut ein, und sie trägt die ganze Sorge, ohne sich beugen zu lassen. Die üble Nachrede, und der Mann im Gefängnis. Eine bewundernswerte Frau. Warst du einkaufen?« – »Leo war dran, nicht ich.« – »Wo ist Leonore?« – »Weiß ich doch nicht.« – »Wie«, sagt Eva und lässt sich auf einen Stuhl fallen, »soll ich denn zurechtkommen, wenn ihr nicht mal die wenigen Aufgaben erfüllt, die ich euch auftrage.« – »Mich brauchst du nicht zu schimpfen, ich war nicht an der Reihe.« – »Jakob, wir haben jetzt eine wirklich schwierige Zeit. Dein Vater hat uns mit all dem alleingelassen, und ich muss so viele Probleme tragen, mit denen ich dich gar nicht belasten will, aber wenn du mir nicht mal das Wenige abnehmen kannst, um das ich dich bitte.« – »Ich. War. Nicht. Dran!« – »Schon gut, ich weiß, es ist auch für dich sehr belastend. Du hast dir das genauso wenig ausgesucht wie ich. Hast du was gegessen?« – »War ja nichts da.« – »Soll ich dir ein Ei braten?« – »Eier sind aus.« – »Wie spät ist es überhaupt?« – »Nach Sendeschluss.« – »Hat Leonore gesagt, wo sie hingeht?« – »Ich. Weiß. Es. Nicht!« – »Dann leg dich bitte schlafen, morgen ist ja wieder Schule.« Zum Einschlafen wäre Watte nützlich, bei all dem Geschrei. Denn jetzt sind alle wieder da, die noch da sind.

Wer hat das gemacht? Wer hat allen Würdenträgern ein Hitlerbärtchen verpasst? Mit schwarzem Folienstift? Dem Erich Honecker? Dem Willi Stoph? Dem Wilhelm Pieck? Dem Ernst Thälmann, der armen Clara Zetkin und sogar dem Karl Marx und dem Friedrich Engels, die doch ausreichend Bart besitzen, weiß und wehend, und die mit so einer dunklen Scharte auf der Oberlippe überhaupt nichts anzufangen wissen? Man muss sagen, dem Willi Stoph, der sonst immer so blass und fad aussieht, steht das Bärtchen am besten. Aber Frau Schreiber darf so etwas nicht denken. Aus dem Klassenzimmer der 6a holt sie sich einen der nicht kippelnden Stühle. Mit ihrer eigenen Watte und ihrem eigenen Nagellackentferner säubert sie die Bilder, die auf zwei Meter dreißig Höhe an der mit Ölfarbe gestrichenen Wand hängen, den hohen dunklen Flur rauf und runter. Regelrecht rubbeln und reiben muss die Horterzieherin Frau Schreiber, sodass der Saum ihres Rockes um ihre Waden schwingt. Herr Dr. Müller, Frau Dornbusch, Herr Kretzschmann, Herr Baudach, Fräulein Papaioannou, ja, fast der gesamte Lehrkörper steht bleich im Flur, oben pendeln die Leuchten, unten Frau Schreiber, die Schüler der 7b, der 7a, der 6a und der 6b quellen schier aus ihren Klassenzimmern, deren Türen von Steinbögen eingefasst sind wie Kirchenpforten. Aus dem Jungenklo, dessen Tür auch so heilig umrahmt ist, tritt der Schüler Jakob Friedrich, klaß wosjem böh, und schlendert, unbemerkt von den verunstalteten Kommunisten, von der schwingenden Frau Schreiber und vom kopfschüttelnden Lehrkörper, zurück zu seinem Klassenzimmer.

»Hier kam ein Qualitätsprodukt zum Einsatz«, sagt Frau Schreiber, »garantiert keines aus sozialistischer Herstellung.« Zum Beschriften der Folien, die auf den Polylux-Projektor gelegt werden – Tortenstücke von den Reichstagswahlen –, werden natürlich wasserechte Stifte von hier verwendet. Es sind dies wackere Folienstifte, aber wenn man ehrlich ist, und in solch einem Fall von reaktionärem Vandalismus sollte man ehrlich sein, muss man zugeben, dass ihre Striche dünn und blass ausfallen. So ein fettes, sattes Schwarz, wie es Clara Zetkin und Willi Stoph auf der Oberlippe tragen, bringt nur ein Westfilzer zustande, ein dicker Edding. Wer kann so ein Ding besitzen, wer ist groß und hintertrieben genug, um so etwas zu tun? Die kleineren Schüler kommen kaum infrage, Armlänge und Bewusstseinsstand reichen noch nicht für derlei Konterbande. Erfahrungsgemäß wendet die Pubertät vieles zum Schlechten, auch die Länge des Arms und den Stand des Bewusstseins, also muss der Täter in den Reihen der Siebt- bis Zehntklässler dieser unterwanderten Polytechnischen Oberschule zu finden sein. »Halt«, sagt Frau Dornbusch, die Direktorin, als Frau Schreiber den Stuhl vor Clara Zetkin schiebt. »Eine dieser Schmierereien sollten wir als Beweis aufheben.« – »Muss es denn ausgerechnet Clara Zetkin sein?«, fragt Frau Wilke, die Russischlehrerin, und stiftet eine kurze Ratlosigkeit. Ja, kann man denn den einen Genossen über den anderen stellen? Darf man guten Gewissens sagen: Die Zetkin ist uns weniger wert als der Pieck und muss verschandelt bleiben? Soll dem Vorsitzenden des Ministerrats so eine Tyrannenbürste eher zugemutet werden als dem Staatsratsvorsitzenden? Nun ja, es ist doch ein großes und gutes Ganzes, und wenn es der Wahrheitsfindung behilflich ist, darf man den Einzelnen nicht über dieses Ganze stellen. »Zu Beginn der Vierten erwarte ich«, sagt Frau Dornbusch, »alle siebten, achten, neunten und zehnten Klassen vor der Turnhalle«. – »Een fauler Appel kann den ganzen Korb verderben«, sagt Frau Schreiber, worauf Herr Müller sagt: »Keiner ist so faul, dass er nicht wenigstens als abschreckendes Beispiel dienen könnte.«

Stillschweigend haben die Siebt- bis Zehntklässler einen heftigen Wettstreit im Lungern und Lässigtun vereinbart. Bis hoch zur Stuckdecke ist der Flur vor der Turnhalle mit Hormonen gefüllt. Die Großen kämmen sich oder klauen einander die Kämme, die in den Arschtaschen ihrer Jeans stecken. Worin stecken die? Doch wohl in den Gesäßtaschen ihrer Nietenhosen! Der Mittelscheitel symbolisiert die Zweiteilung des männlichen Gehirns in bescheuert und vollbescheuert sowie den Geschmack der Zeit. Es gibt auch ein paar Popper mit Seitenscheitel, und so gescheiteltes Haar muss sehr oft aus der Stirn geschwungen werden. Mit hochgestelltem Kragen und gezuckertem Haarhelm macht einer auf Shakin' Stevens. Zahnspangen blitzen, man kaut Kaugummi und biegt sich vor Lachen. Es riecht nach Bohnerwachs und Schulspeisung, die in grünen Kübeln geliefert wird, und die Fabrikarbeiterinnen der Küche haben schon die Deckel abgeschraubt, die ebenso gut einen U-Bootturm versiegeln könnten. Einer aus der Achten tritt zu einer Pausenhofschönheit aus der Neunten und stößt sein Becken dreimal vor, ohne ihren Hintern zu berühren, ohne dass sie etwas merkt. Er sagt »Puffreis«, und wieder biegen sich alle vor Lachen. Die Mädchen haben Pudelfrisuren, sie klimpern mit den Wimpern, »biste in den Farbkasten gefallen, Susanne«. Jede Zweite hat sich ein Tuch mit eingewirktem Lametta um den Hals gewunden. Die Mädchen sind immer sehr beleidigt und verziehn de Gusche. Aber die Jeans, pardon: Nietenhosen sind so eng, dass die Hintern platzten, wenn du hineinstechen würdest. Beleidigt *und* sexy tun, das soll mal einer verstehen. Wie die Schießhunde passen Frau Schreiber und Herr Kretzschmann auf, dass sich niemand auf dem Klo die Hände wäscht. Filzstiftspuren wären Indizien. Falk Ulmen übt, möglichst laut mit der Zunge zu schnalzen, wofür ihm ein Großer mit schütterem Oberlippenbärtchen einen Klaps auf den Hinterkopf gibt: »Nickneger.« – »Ey, du Kunde«, ruft Falk und bekommt als Zugabe eine Kopfnuss, worauf Herr Kretzschmann noch einmal die Nüsse gerecht verteilt und dann pfeifend, die Hände hinterm Rücken verschränkt, den Flur entlangflaniert, bis zu dessen zwielichtigem Ende, wo Leo an der Wand lehnt und die Zipfel ihres Palästinensertuchs und Sören Fischer um den Finger wickelt. »Frolleinchen, Schuh von der Wand, oder sind wir ein Klapperstorch.« Sören Fischer aus der 10a besteht aus schulterlangem Haar, Nietengürtel und Jeansjacke mit vier Ansteckern: Peace-Dreizack, No Future!-Slogan, Udo Lindenberg und Rosa Luxemburg. Aus seinem T-Shirt hängt ein Kreuz. Er gehört der Jungen Gemeinde an, spielt Schlagzeug und kann die nölende Stimme von Lindenberg täuschend echt nachahmen (»Aber sonst ist heute wieder alles klar auf der Andre-a Do-ri-a!«). Weil er schon sechzehn ist, fährt er eine ETZ 150.

Ein einzelner Tisch steht in der nach Schweiß, Leder, Fernwärme und Sockenmuff riechenden Turnhalle. Dahinter thront Frau Dornbusch, ihr zur Seite sitzen Dr. Müller und Fräulein Papaioannou. In der Nische stehen die Kästen, die Böcke und das Sprungpferd beisammen, der Schwebebalken ist immer noch so lang und dünn, der Barren ist neidisch auf den Stufenbarren, wegen der Stufe und Maxi Gnauck. Wie im Kindergarten nach dem Waschen muss man zuerst die Hände vorzeigen und wenden. Als Vorstrafenregister liegt das Klassenbuch vor Dr. Müller aufgeschlagen, Fräulein Papaioannou ist Schriftführerin. Zwei wackere sozialistische Folienstifte kreuzen sich auf dem dicken Gesicht vom Strauß. »Was denkst du, Jakob«, fragt Frau Dornbusch, »warum macht wohl jemand so etwas?« – »Das kann nur ein Revanchist und Feind des Sozialismus gewesen sein«, antwortet Jakob eine Spur zu wohlfeil. – »Man muss es ja nicht gleich so drastisch formulieren«, sagt Frau Dornbusch. »Es kann auch jemand gewesen sein, der nicht so viel nachgedacht hat und nur einen dummen Streich spielen wollte.« – »Kann natürlich auch sein.« – »Ich finde das schon sehr richtig gesagt«, meint Dr. Müller, der FDJ-Sekretär der Schule. »Kennst du konkret einen Feind des Sozialismus und einen Revanchisten, Jakob?« – Der Angesprochene überlegt kurz und antwortet dann, weil man sich ja kooperativ zeigen muss: »Pfeiffer.« – »In welche Klasse geht dieser Pfeiffer?«, fragt Frau Dornbusch. – »Wir haben keinen Pfeiffer an unserer Schule«, sagt das hübsche Fräulein Papaioannou, Jakobs Klassenlehrerin. – »Das ist ein Bekannter«, erklärt er und sagt dann zum Glück doch nicht: von meinem Vater. Bekannter, Verwandter, Freund – er muss höllisch aufpassen, er darf hier keinen Fehler machen und muss trotzdem kooperieren. Eva hat es ihm eingebläut: Wir stehen unter Beobachtung, der kleinste Fehltritt kann uns zum Verhängnis werden. – »Aber kennst du konkret so jemanden an unserer Schule?«, fragt Dr. Müller. »Überleg genau.« – »Also ich weiß, dass Herr Kretzschmann in der Hitlerarmee war«, antwortet er und tut so, als gebe er dies ungern preis. »Er hat in Griechenland gekämpft, da hat die Sonne seine Haare ganz weiß gemacht, er hat es selbst einmal konkret vor der Klasse erzählt. Jetzt sind sie es ja von alleine und andauernd. Ich meine, weiß. Die Haare.« – »Du willst doch nicht behaupten, dass ein altgedienter Genosse wie der Kollege Kretzschmann diese Schweinerei veranstaltet hat?«, fährt ihn Dr. Müller an. Traurig betrachtet ihn Clara Zetkin. Sie sieht aus wie eine Omi aus dem Altersheim, die einem bösen Pfleger wehrlos ausgeliefert war. – »Nein, das meinst du doch nicht«, sagt Frau Dornbusch. – »Nein.« – »Und unter den Schülern, fällt dir da jemand ein, der so etwas gemacht haben könnte?«, fragt Fräulein Papaioannou. – Jakob zuckt mit den Schultern und möchte am liebsten sagen: Sören Fischer, 10a. Woher kommt nur diese Bösartigkeit? Stammt die ganz allein aus ihm selbst? – »Kennst du jemanden, der konkret im Besitz von Folienstiften aus dem NSA ist?«, fragt Herr Müller. – »Wenn einer solche Sachen hat, dann Falk Ulmen«, sagt Jakob, den Blick nach draußen auf die Schrebergärten gerichtet. – »Seid ihr nicht befreundet?«, wendet Fräulein Papaioannou ein. – »Hallo Jakob, hallo Falk, tschüs, Jakob, tschüs, Falk«, sagt Jakob. – »Wir wollen hier keine haltlosen Denunziationen lostreten«, sagt Frau Dornbusch. »Ganz geradeaus gefragt: Hast du, Jakob, diese Schmierereien gemacht?« – Plötzlich schnürt ihm irgendwas die Kehle zu, spannt sich über seinen holzigen Adamsapfel, in seinen Schläfen pocht das Blut, beide Wangen glühen, und seine Augen werden feucht. »Nein!«, ruft er und stampft doch tatsächlich mit dem Fuß auf. »Ich bin außerdem Rechtshänder.« – »Warum sagst du das?« – »Na, weil das nur ein Linkshänder hingemalt haben kann.« Mit links nimmt er den Folienstift und verpasst dem Strauß ein Bärtchen. »Eben so«, sagt er mit erstickter Stimme. Für den Maltest haben die Lehrer ein Zeitungsfoto von Franz Josef Strauß, dem bayerischen Ministerpräsidenten, beschafft und eine Polylux-Folie darübergelegt. – »Woher weißt du solche Sachen?«, fragt Frau Dornbusch. – »Ich bin Rechtshänder«, wiederholt er. – »Besitzt du Stifte aus der BRD, Jakob?« – »Nein!« – »Jakob, bist du unserem Land gegenüber positiv eingestellt?«, fragt Frau Dornbusch. – »Ja!«, schluchzt er und darf sich auf die Bank an der Sprossenwand setzen, bis er sich beruhigt hat.

Fräulein Papaioannou macht Notizen. Es wird sowieso nichts Neues dabei herauskommen. Seit dem vierten Schuljahr schreibt sie die immer gleichen Dinge in sein Zeugnis, in die Gesamteinschätzung, wie es heißt. Er sei ein temperamentvoller Schüler. Er sei geistig beweglich. Er finde selbständig richtige Problemlösungen. Er schöpfe seine Reserven nicht aus. Disziplinverstöße erkenne und verurteile er, schließe sich aber zu selten aus. Erfolgreich nehme er an sportlichen Wettkämpfen teil. Das steht Jahr für Jahr in seinem Zeugnis, merci, chérie. »Mal etwas anderes«, sagt Frau Dornbusch und kommt zur Sprossenwand. Verdammt, jetzt passiert's, denkt er. Jetzt wird sie mich nach meinem Vater fragen. Als Einzige weiß Kerstin Bescheid und hält dicht, ansonsten sagt er auf Nachfragen: »Mein Vater ist auf Montage. In Ceylon, heute heißt das Sri Lanka.« Aber Frau Dornbusch schiebt nur ihr Handgelenk mit der kleinen Seiko-Uhr vor und sagt: »Du hast doch auch so eine Quarzuhr. Weißt du, wie man die einstellt? Meine geht völlig falsch.« – »Wenn Sie mir«, sagt Jakob mit belegter Stimme, »eine Nadel geben, kann ich Ihnen helfen.«

Er unterschreibt, dass er die Sudeleien weder zu verantworten hat noch weiß, wer sie zu verantworten hat. Mit seinem Namenszug verspricht er, bei der Überführung des Täters mitzuhelfen. »Warum hat es denn bei dir so lange gedauert?«, fragt Kerstin. »Und warum hast du so rote Augen? Hast du geweint?« – »Nonsens«, sagt er. Leo interessiert es nicht die Bohne, warum es bei ihm so lange gedauert und ob er vielleicht geweint hat. Schuldig bekennen wird sich der kleine Kolja. Ganz allein habe er die Bärte hingemalt. Ein Junge aus der Achten wird dasselbe behaupten. Der kleine Kolja und zwei Meter dreißig! Er hätte Dr. Müller fragen sollen, wie es Fräulein Eichhorn geht und ob es jetzt konkret ein Junge oder ein Mädchen geworden ist.

Am Ende dieses verregneten und idiotischen April steht ein riesiger Lamellenpilz auf dem Rasen. In Physik ist der Zug abgefahren. Die erste Rasur hinterlässt Blut.

Im Mai hört die Fragerei nicht auf, nur diesmal ist Leo dran. »Wo ist mein Lippenstift«, will Eva wissen, »und wo ist mein Rock?« Soll Leo doch sehen, wie sie zurechtkommt. Sie hat Ausgangssperre. Der Flieder stinkt.

Früher ging es in den Maiferien immer ins Trainingslager. Der frisch geschnittene Rasen vor dem Gutshaus duftete, sag dreimal schnell »getrocknetes Gras«, oder sag einfach: »Heu, Heu, Heu.« Zum Wecken blies der Trainer die Trompete, sie kletterten aus den Dreifachbetten, stiegen hüpfend in ihre Trainingshosen und schlurften über den Kiesweg aus der herrschaftlichen Einfahrt. Erst auf dem Sträßchen fingen sie an zu rennen. Brennnesseln und Bremsen warteten auf ihre Waden, Nacktschnecken hatten Leimspuren gelegt. An der Kehre hatten sie den Schlaf und die Bremsen abgeschüttelt, Tau glitzerte auf den Wiesen, wer ein Leben ohne Kinder wollte, pinkelte an den elektrischen Weidezaun. Vor der letzten Steigung sagte Krüger »Hopp!«, und sie sprinteten bis in den Speisesaal. Wie kann ein ganzer Raum nach Butter und Hagebuttentee riechen. Jeden Morgen wurden die Ergebnisse der Friedensfahrt ausgehängt. Ampler und Raab sind Helden wie wir, da spreizt es sich viel leichter in den Hürdensitz, da schockt man den Medizinball viel weiter und hebt auch beim zwölften Steigerungslauf ordentlich die Knie. Aber bloß nicht in die Ausdauergruppe gesteckt werden! Abends erzählte einer Geister-, Stuntman- oder Indianergeschichten, einer, der sich damit auskannte. Zur Disko waren die Mädchen nicht wiederzuerkennen. Dass sich eine rotbäckige Kugelstoßerin in eine Fee mit Seidenhaar verwandeln kann, ist doch Hexenwerk.

Weil er nicht mehr trainiert, kann er die diesjährige Friedensfahrt komplett im Fernsehen verfolgen. Der Prolog findet in Warschau statt, Ludwig gewinnt hauchdünn vor Raab. Die erste Etappe entscheidet dann Raab im Stadion von Olsztyn für sich und übernimmt das Gelbe Trikot.

Leo ist mit Jenny Posner unterwegs und präsentiert deren neue Kollektion. Das Gute und das Schlechte an der Mode ist, dass jedes Frühjahr und jeden Herbst alles von vorn losgeht. Zuerst hat Eva nicht zugestimmt. Wenn ihre Tochter keine Vieren oder Fünfen mehr nach Hause brächte, wenn sie sich an Absprachen hielte und sich einen anderen Ton zulegte, dann könne man darüber reden. »In Wahrheit ist sie nur neidisch, dass sie hierbleiben muss«, sagte Leo. »Außerdem passt sie nicht mehr in die Klamotten.« Jenny Posner reiste eigens an, tiffanyblau parkte der Barkas auf dem Trottoir. »Aerobic, Jogging und zum Abend nur was Leichtes«, rief sie aus dem Fenster, als sie mit Leo abfuhr. – »Oder auch mal ein Buch lesen«, sagte Eva. Wie ein Elternpaar im Trauerteig, das sein rankes Kind in die Ferien verabschiedet, standen sie am Zaun. Rund und träge hockte der kastrierte Kater auf der Hausschwelle, und ja, der Flieder stank.

Eine Traueranzeige liegt im Briefkasten. Friedrich, Rudolf ist nach jahrelanger Krankheit verschieden. Er hat von 1944 bis 1983 gelebt, also keine vierzig Jahre. Es beklagen den Tod ihres Mannes, ihres Vaters, ihres Sohnes, ihres Bruders, ihres Schwagers und Vetters: die Anverwandten. Die Beisetzung findet auf dem Südfriedhof statt. »Ein Mann lebt ohnehin nur so lange, wie er Kinder zeugen kann«, sagt Eva. »Eine Frau so lange, bis eines ihrer Kinder stirbt.« Ein Mann, denkt der nicht genannte Neffe des Toten, lebt so lange, bis er stirbt. Das Gleiche oder dasselbe gilt auch für eine Frau.

Ohne einen einzigen Etappensieg gewinnt Falk Boden die Gesamtwertung. Ludwig und Raab teilen sich die Einzelerfolge, Vorjahressieger Ludwig wird bester Bergfahrer, bester Sprinter und vielseitigster Fahrer, aber nur Gesamtdritter. Die Radrennfahrer der DDR dominieren auch die Mannschaftswertung. Alle fahren italienische Colnago-Räder, die mit dem dreiblättrigen Kleeblatt. Noch nie hat er ein vierblättriges gefunden, außer mal in einem Kochbuch.

Er sieht Formel Eins und den Musikantenstadl, er sieht Ein Colt für alle Fälle und Willi Schwabes Rumpelkammer: »Grün ist die Heide, die Heide ist grün. Aber rot sind die Rosen, wenn sie da blüh'n.« Dabei vernachlässigt er seine Pflichten. Er geht zur Telefonzelle und ruft Eva im Büro an: »Ich wollte dir sagen, dass ich schon alles erledigt habe. Darf ich ein bisschen fernsehen? Ferienprogramm? Und wann kommst du noch mal nach Hause?« Noch immer wird Odin vermisst. Da sie »am Abend« gesagt hat, kann er noch weiter glotzen. Das Wohnzimmer sieht aus wie ein Schweinestall. Erdnussflips liegen auf dem Couchtisch, auf dem Fensterbrett stehen Evas voller Aschenbecher und zwei leere Fläschchen Goldbrand, ein Apfelgriepsch und ein BH liegen auf dem Sessel. Es riecht streng: Theo hat in die Ecke gepisst. Man muss über die Anschaffung eines Katzenklos nachdenken, noch hilft 8 x 4. Mit eingeklappten Ohren sitzt das Tier da und sieht einem dabei zu, wie man fernsieht. »Na, du Pfeife, du fetter Eunuch, du schwuler Kater. Was hast du mit Odin gemacht? Hast du den verhext, zerstückelt und aufgefressen? Bist du deshalb so fett geworden?« Vom Vortag sind noch klebrige Makkaroni übrig, die pult er aus dem

Topf und wirft dem Kater ab und zu eine vor die Pfoten. Mit der Zunge nimmt der sie auf und beißt sie tot. Wie schön das war, dem kleinen Tiger zum ersten Mal beim Saufen zuzusehen. Wie die Milch auf die Katzenzunge sprang, und dann die Gänsehaut, als das kleine Reibeisen über seinen Arm fuhr. Hans Rosenthal findet es spitze, dass er sein Glied mit drei Handgriffen steif machen kann. Eva nicht. Dass er seinen Pflichten nicht nachkomme, das kenne sie ja schon, dass er sie jetzt auch noch so dreist belüge, sei eine bittere Enttäuschung für sie. Er glättet seine Trainingshose und sagt: »Es ist doch noch gar nicht Abend.«

Nach der Modewoche hat Leo einen Flitz. Sie bindet sich Tüllbänder ins Haar, trägt Pumphosen aus Fallschirmseide, lackiert sich Finger- und Zehennägel blau. Abends büxt sie aus und kommt erst am nächsten Nachmittag heim. »Es ist ganz einfach«, sagt Eva, »ich informiere deinen Vater oder gleich deinen Großvater.« Leo verspricht, sich zu bessern, doch als Theo in ihr Bett pisst, flippt sie völlig aus. Sie reißt die Bettwäsche herunter und schleudert sie einem an den Kopf. Man solle sie sofort waschen und die Scheißkatze auf die Müllkippe schmeißen. Sie tritt Theo in den Bauch. Am nächsten Morgen liegt der Kater vor der Waschküche. Fliegen kriechen über seine Augen. Er trägt das Tier ins Haus, die Fliegen kommen mit. »Du hast meinen Kater auf dem Gewissen«, sagt er zu Leo, die an ihrem Schminktisch sitzt, »er hat sich umgebracht.« Durch den Spiegel schaut sie ihn und das Fellbündel an. »Tiere begehen keinen Selbstmord«, sagt sie. – »Und was ist mit den Lemmingen?« – »Eine Erfindung von Walt Disney.« Unter dem weißen Jasmin gräbt er ein Grab, dort, wo schon die beiden anderen Katzen ruhen. Auf dem Spaten fährt er zur Erde. In der Garage zimmert er ein Kreuz aus Holzlatten. Was soll darauf geschrieben stehen, außer dem Namen? Bestimmt nicht das, was der Vater auf den Stein der Mutter schreiben ließ. Mit seinem schwarzen Edding malt er vier Buchstaben auf das Holz: »T-H-E-O«. Vier fahrn nach Lodz.

Die Großmutter schreibt Briefe. Er solle auch mal zu Edelgard und Marion gehen und ihnen kondolieren. Ruhig auch mal bei Rudolfs Grab vorbeischauen. Nicht den Kontakt zu seiner eigentlichen Familie abreißen lassen. Sie schreibe übrigens mit der linken Hand, weshalb es auch ein bissel krakelig aussehe. Sie habe einen kleinen Unfall gehabt, nichts Beunruhigendes. Er ist nicht beunruhigt. Er schreibt nicht zurück. Er fängt auch kein neues Notizbuch an. Er geht zu keiner Menschenseele, ob tot oder lebend. Er hält bloß still und guckt zu.

Aus Evas Portemonnaie maust er zwanzig Mark und besucht die Kleinmesse. Von den Spielautomaten kommt er schlecht los. Mit dem Zeigefinger muss man gegen eine Metalllasche schnippen, um eine Münze in den richtigen Schacht segeln zu lassen. Trifft man in den roten Schlitz, rasseln fünfzehn Münzen nach unten. Es fühlt sich an, als ob sie durch den eigenen Körper rasseln. Nachdem er pleite ist, krabbelt er unter das Trittgitter, um verlorene Münzen aus dem Kies zu klauben. Über ihm stehen die Spieler, er kann ihre Schuhgrößen lesen. Mehr Kippen als Münzen liegen im Kies. Nachdem er auch die gefundenen Münzen verspielt hat, bettelt er die Spieler an, die gerade eine Glückssträhne haben. Als ihm niemand mehr etwas abgibt, streunt er über das Gelände. Zuckerwatte, Büchsenwurf, kandierte Äpfel, Geisterbahn und Autoscooter. Hinter dem Fluss liegt das große Stadion, die Flutlichtmasten zeigen sich. In ihren Trainingsanzügen fahren die Jungs von der KJS Karussell. Er sieht Smoktun, Krüger, Kößling, er sieht Kupfer. Sie lachen und versuchen, die Ketten des Nebenmanns zu fassen. Er macht die Biege. Er wird Altstoffe sammeln und an den Automaten seinen immensen Reichtum begründen. Am Luftgewehrstand fliegen ihm Porzellansplitter ins Gesicht.

Wenn man den Daumen auf die Sonne drückt und die Lider eng macht, schneit es. Im Messinglicht schweben die Flocken, manche als Funken, andere als Daunen, es werden immer mehr, je länger und tiefer man schaut: ein Schneetreiben im Juni, die Welt wohnt in einem Schüttelglas. Eine einsame Flocke lässt sich nicht wegpusten, tanzt von der Nase auf die Hand auf den Fuß, sie hängt an einem. Scheinheilige Pappeln.

Leo erklärt ihm, dass sie seine Hilfe braucht. Er soll zu Eva sagen, dass er nach Wachau in die Disko will. Weil er noch keine vierzehn ist, soll er vorschlagen, dass seine große Schwester ihn begleitet. Das mit Theo tue ihr leid. »Um Mitternacht seid ihr zurück«, sagt Eva, »nehmt den Bus.« Leo hat noch eine Bitte: In seinem Turnbeutel soll er Evas Häkelkleid aus dem Haus schmuggeln. Er denkt, wenn Leo ein Kleid von Eva ausleiht, dann kann ich ja Vaters Jeansjacke anziehen. Wie lustig, wir gehen als Eva und Frank tanzen. Nur zweimal muss er die Ärmel umkrempeln. Hinter der Bushaltestelle zieht sich Leo um. Er ist sprachlos. Es ist in der Tat eine große Verantwortung, der Mann im Haus zu sein. Zufällig kommt Sören auf der ETZ vorbei, auch er will nach Wachau. Am Lenker schaukeln zwei Helme. Zu dritt fahren sie über die Landstraße. Er sitzt zwischen Eva und Sören, dessen Integralhelm riecht nach Mann, ihre Beine sind weich. Die Kirschblüte ist längst vorbei, die Früchte reifen blau, und der Himmel ist grün. Auf der Kreuzung neben der Klapsmühle hat es einen Unfall gegeben. Ein Moped liegt im Graben, und ein Polizist regelt den Verkehr. Schnell nimmt ihm Sören den Helm ab und setzt ihn auf, und Leo rückt so dicht auf, dass er wie Schmelzkäse zwischen zwei Scheiben Toast verschwindet. »Zügisch weiterfohrn mit Ihren Motorrad«, ruft der Polizist und schlenkert seinen Stab. Er erkennt den Polizisten und spürt Leos Brüste und Sörens Schultern.

Das Highlight von Wachau ist die Lichtorgel, die aus LKW-Rückleuchten zusammengebaut ist. So was gibt es sonst nur bei Peter Schilling. Im Schwarzlicht sieht man gerade mal die Zähne, die Socken und Leos Kleid. Ganz allein tanzt ihr weißes Kleid durch den Raum. Sören trinkt nicht, raucht nicht und tanzt nicht. Wenn eine härtere Nummer gespielt wird, nickt er vor sich hin, die Haare fallen ihm ins Gesicht. Seine Kumpels begrüßen ihn mit einem Schulterklopfen und schreien ihm lautlos Sätze ins Ohr. Das Fiese ist, dass man ihn nicht mal hassen kann. Der DJ raunt ins Mikro: »Der nächste Song ist für dich, Schneewittchen. Wir lieben deine Maschen.« – »Bist du auch so ein Tanzmuffel?«, fragt sie ihn. Die ersten Takte von »Stairway to Heaven« kommen, und sie zieht ihn auf die Tanzfläche. Die Mädchen legen Wange und Unterarm auf die Jungsschultern und machen glasige Augen. Die Jungs knicken die Hälse und setzen ihre Hände an die Mädchenhüften, jetzt ist es ein geschlossener Stromkreis. Leo stellt ihn vor sich auf und fängt an, sich zu bewegen. Sie hat gar nicht vor, eng mit ihm zu tanzen. Sie tanzt zu ihm hin, von ihm weg, um ihn rum. Sie dreht sich, blickt ihn über die Schulter an, lächelt, wirft den Kopf immer so, dass ihr Haar über eine Schulter fällt. »Amon, die Arme, die Hüften!« Einmal muss er einfach die Hand nach ihr ausstrecken, um sie anzufassen, aber sie tritt einen Schritt zur Seite, und ihre Augen blitzen. Herrgott, ist dieses Lied lang. Ihr Blick besagt: Untersteh dich, nicht nach mir zu fassen, aber berühr mich bloß nicht. Werd erst mal ein Mann. Weiß man natürlich nicht, wenn man noch nicht mal vierzehn ist. Man weiß ja im Grunde gar nichts mit unter vierzehn.

Von seinem Taschengeld kauft er für sich und Leo eine Limo. Immer wieder drängeln sich andere vor, und als er zurückkommt, ist sie verschwunden. Sören auch, obwohl gerade »Highway to Hell« gespielt wird. Die Zahlen der Stoppuhr sind unlesbar, er muss einen Punker nach der Zeit fragen. Es ist schon Viertel vor zwölf. Noch einmal sucht er überall nach den beiden. Auf ex trinkt er die Limo aus und nimmt den Bus. Die Unfallstelle ist geräumt. Das Haus ist dunkel. Von innen lässt er den Schlüssel stecken und holt sich Watte für die Ohren von ihrem Schminktisch. Ein Punker mit Armbanduhr, wo gibt's denn so was.

Am Johannistag dreht das Jahr um. Auf der Wiese brennt ein großes Feuer. Die Eichenspinner sind nicht bei Trost, im Mehl nisten Motten, und durch den Briefkasten führt eine Ameisenstraße. Eins nach dem anderen zerdrückt er die Tierchen, die wie kyrillische Buchstaben aussehen. Die überlebenden transportieren die toten Ameisen ab. Alles Gute zum Geburtstag, Vater, ich bin dein Kind.

Bevor das schwarze Auge des Tümpels sein grünes Lid schließt, springen die Fische in den Juli. Im Topf stockt die Milch, es gibt hitzefrei, es gibt Zeugnisse, und dann gibt es Ferien. Acht Wochen lang bleiben die Zensuren verschollen.

Mit einer Handbewegung fegt Eva Tiegelchen, Döschen und ein Glas mit Pinseln, Pinzette, Feile und Ohrstäbchen von Leos Schminktisch. Auch das Holzkästchen mit dem doppelten Boden. »Reg dich ab«, mault Leo, »ich bin kein Baby mehr.« – »Gnade dir Gott, wenn mir so was noch mal zu Ohren kommt«, ruft Eva.

Vor dem Haus fährt Sören auf und ab, den zweiten Helm am Lenker, doch Leo lässt sich nicht blicken. Man darf nicht mal seinen Namen nennen, weil sie einen dann anguckt und man zu Staub zerfällt. Im doppelten Boden des Holzkästchens sind zwei Packungen Mondos Gold versteckt. Jeden Tag schleicht er sich in ihr Zimmer und guckt nach, ob sie noch da sind.

Timo Meister von nebenan, der Beruf mit Abitur macht und schon eine ETZ 250 fährt, will wissen, ob seine Schwester die ganzen Ferien über zu Hause ist. »Ist nicht meine Schwester«, sagt er, es hängt ihm zum Hals raus. Er spuckt Timo Meister vor die Füße und sagt: »Meine Aule ist voll weiß, weil ich seit drei Tagen nix getrunken habe. Ohne Essen hält man es wochenlang aus, aber ohne Trinken nicht länger als drei Tage. Mah sehn, ob ich morgen Blut spucke wie die Kameliendame.« Da fällt dem Pickelheini nichts mehr ein, und er kickt den Starter. Bevor er losfährt, schiebt er doch noch mal sein Visier hoch. »Ich habe gehört, dass dein Vater im Bau ist.« – »*Auf* dem Bau«, sagt er. »Montage in Sri Lanka.«

Seidig gekämmt und seidig lächelnd gehen sie zum Gottesdienst, alle starren sie an, das Lächeln und die Haare tun weh. Es ist ein Sonntag aus der langen Reihe der Sonntage nach Trinitatis, auch Gott hat irgendwie Ferien. »Guter Gott«, sagt der Pfarrer zum Feriengott, »wir danken dir, dass beim Kirchentag in Dresden so viele Menschen den Mut gefunden haben, deinem Ruf zu folgen. Deinem Wort gemäß wollen wir Vertrauen wagen, damit wir leben können. Wir bitten dich: Gib uns den Mut und die Kraft, denjenigen beizustehen, die an den Rand unserer Gesellschaft gedrängt sind. Gemeinsam rufen wir: Küh-ri-hä Äläj-hi-sonn.« Das ist Griechisch und bedeutet »Herr, erbarme dich«. So was lernt man im Konfirmationsunterricht. Er ist zwar nicht getauft, aber der Pfarrer hat vorgeschlagen, dass er dem Unterricht »beiwohnt« und mit vierzehn entscheidet, ob er eine Erwachsenentaufe machen möchte. Konfirmation bedeutet die Erneuerung des Taufbundes und dass man Wein aus dem Kelch trinken darf. Man sagt noch mal ja zueinander: Ja, war okey so mit der Taufe. »Guter Gott«, spricht der Pfarrer im grünen Gewand und streckt die Arme aus, »wir bitten dich: Steh denen bei, die ihrer Freiheit beraubt sind. Lass sie nicht verzagen, schenke ihnen Mut und Hoffnung und den Trost des Gebets. Gemeinsam rufen wir: Küh-ri-hä Äläj-hi-sonn.« Alle müssen den Ruf wiederholen, ob sie wollen oder nicht. Kerstin blickt vielsagend herüber. Wenn einem danach ist, kann man selbst Fürbitten schreiben und in den Fürbittenbriefkasten werfen.

Weil die Frau des Pfarrers töpfert, töpfert Eva auch. Sie hat eine Drehscheibe in die Küche gestellt, halbnackt formt sie Vogeltränken und Krüge. Ihre Brüste und ihr Gesicht sind schlammbespritzt, abends duscht sie sich mit dem Gartenschlauch ab. Wenn der Schlauch den ganzen Tag in der Sonne liegt, ist das erste Wasser heiß. Im Kimono sitzt sie auf der Treppe und raucht. Sie ascht in einen Aschenbecher, der noch nicht gebrannt ist.

Vor dem großen Schrank liegt wieder ein Kleiderhaufen. Aber Eva sortiert bloß die Sachen aus, die ihr nicht mehr passen. Sie beklagt ihr schlechtes Bindegewebe, ihren »Kummeraspik«. Sie zerrt Vaters Kleidung aus dem Schrank, hängt die Schlipse in die Büsche. Sie macht Modenschau in Vaters Kleidern und in ihren. Sie singt »trie-dap-en, trie-dap-en-du«, er hört es bis in die Waschküche. Er hat Wäschedienst und soll ihre Hosen besonders gut »im Zwickel« waschen. Das Brokatkleid passt ihr nicht, sie führt einen Veitstanz auf, es kommt auf den Haufen.

In der DDR wird wohl bald Westgeld verteilt werden, weil eine ganze Milliarde davon über die Grenze kommt, mit Bürgschaft der Bundesrepublik, wie es in der Tagesschau heißt. Mit Westgeld ist nicht zu spaßen, es ist zu schade für die Kleinmesse und die Automaten.

Guter Gott, ich bitte dich, mach die Mutter locker, auch an den ETZs der Rocker, Küh-ri-hä Äläj-hi-sonn.

»1977 – 1983« schreibt er auf das Katzenkreuz. Am Tag des freien Buches las ein beleidigter Schreiberling an ihrer Schule. Er sei kein Autor, sondern ein Schriftsteller, belehrte er Fräulein Papaioannou, die ihn ansagte. Was einen guten Roman ausmache, fragte sie ihn schüchtern. Dass er nützlich für die Gesellschaft und mindestens so viele Jahre am Leben sei wie eine Katze. Theo wurde nur sechs.

Damit er nicht vergisst, wie sein Vater aussieht, klebt er dessen Passbild unter den Holzbaldachin seines Bettes. Guter Gott, wie geht Beten. Guter Gott, hast du wenigstens einen schönen Ferienplatz abbekommen. Guter Gott, dann sei auch mal gut. »Wenn du wüsstest, was ich über deinen Vater weiß«, lallt Eva, »wenn du wüsstest.«

Am achten Sonntag nach Trinitatis fehlt die erste Packung. Weder in Leos Rucksack noch in einer ihrer Hosen findet er das Schächtelchen mit dem goldenen Globus. Drei Gummifuffzscher passen in die Schachtel, gequetschte Engerlinge. Sie wird doch nicht gleich alle aufgebraucht haben. Er ist wie Quecksilber.

Spielleute mit Schalmeien und Pauken ziehen durch die Stadt, bunte Fahnen wehen überall. In der letzten Juliwoche treten die besten jungen Sportler der Republik gegeneinander an. Unzählige freiwillige Helfer bereiten den Besuchern des siebten Turn- und Sportfestes und der neunten Kinder- und Jugendspartakiade einen unvergesslichen Aufenthalt. Auf der Haupttribüne des Zentralstadions recken abertausend Hände weiße und blaue Fahnen in die Höhe und stellen damit eine Friedenstaube auf Himmelsgrund dar. So wird dem innigen Friedenswunsch der dreieinhalb Millionen Mitglieder des DTSB Ausdruck verliehen. Dynamosportler bilden die berühmte Menschenpyramide, und im Capitol fordern die jungen Athleten: Weg mit dem Nato-Raketenbeschluss! Und jetzt kommt der Hammer: Die Altersklasse 14 startet gar nicht! Die AK 14 muss an der Schauübung der Kinder- und Jugendsportschulen teilnehmen! In roten und grünen Hosen und weißen Leibchen müssen Smoktun, Kößling, Triebe, Krüger und Kupfer Liegestütze auf gelben Kästen machen. Der Rasen ist gemustert wie ein Schachbrett, jeder hat seinen Quadranten, den er nicht verlassen darf. Keine Wettkämpfe für Smoktun, Kupfer und Kößling! Dämlich grinsend müssen sie mit Tüchern wedeln, sie müssen Bänder schwingen und über Springseile hüpfen. Mensch, der Juli ist gar kein schlechter Monat, denkt er, bis die zweite Mondo-Packung verschwunden ist. Wie ein Stasi-Typ kramt er im Wäschekorb und im Schrank herum. Nicht mal Luft holt er dabei und erstickt fast, als er die zerrissene Hülle ohne einen einzigen Engerling findet. Er geht zu Eva und sagt so gelassen wie möglich: »Wusstest du übrigens, dass Leonore Geschlechtsverkehr praktiziert.«

Es ist Sommer. Von oben nach unten schreibt er auf Theos Kreuz, was sein Vater in den Grabstein meißeln ließ. Es ist der reinste Kitsch, aber er hat keine bessere Idee. Die Jägerzäune riechen nach Gift und die Dächer nach Teer. Auch ein vollgepinkelter Grashüpfer kann noch springen. Der Himmel sieht gehäkelt aus.

Eine Dame und ein Herr beugen sich zum Briefkasten, suchen den Garten und die Straße ab. Eine schwarze Limousine mit Fahrer parkt am Bordstein. So ein überlanges, wuchtiges Auto mit Gardinen in den hinteren Fenstern und Fähnchenhaltern auf den Kotflügeln hat er noch nie von Nahem gesehen. Die Dame ist üppig und hat rot gefärbtes Haar, der Herr wirkt drahtig und trägt trotz der Hitze einen Anzug. Am Revers klebt was. Wenn das keine Vogelscheiße ist, dann ist es ein Abzeichen, und zwar kein Peace-Anstecker. Wäre gut, wenn sich der Mann im Haus so langsam mal blicken ließe. »Guten Tag«, sagt die Frau und zupft an den Blüten ihrer Bluse, »wir suchen unsere Enkeltochter.« Da er nicht sofort ausrechnen kann, wer gemeint ist, fragt er, wie die Enkeltochter denn heiße. »Leonore Luise Wilhelmine Devrient«, sagt die Frau, »und Sophie.« Von so jemandem hat er schon mal gehört. »Wo ist Thomas?«, ruft Eva von hinten. »Guten Tag, Eva«, sagt der Mann, »Thomas ist verhindert und hat uns hergeschickt.« – »Manche Dinge ändern sich eben nie.« Eva sieht frisch aus. – »Das gilt wohl auch für dich«, sagt der Mann. – »Bitte, Dieter, nun fangt nicht gleich wieder so an«, sagt die rote Frau. »Können wir eintreten?«

»Darf ich Ihnen etwas zu trinken anbieten?«, fragt der Mann im Haus. Der Abwasch ist gemacht, ein weißes Stofftuch liegt auf dem Küchentisch, und ein kleiner Wiesenstrauß steht in einer Porzellanvase. Der Herr im Anzug sieht sich ungeniert um, die Frau verstohlen. »Ein Glas Selters, wenn ihr habt«, sagt die Frau. Sie hat einen Monsterbusen. Als er das schäumende Wasser einschenkt, versucht sie zu lächeln. »Und du bist also Jakob?« Artig nickt er. Gestern Nacht hat er sich mit dem Filzer eine Tätowierung auf den Rumpf gemalt, wie sie der Harpunier Queequeg aus »Moby Dick« hat. Diese Tätowierung wird auch das Salzwasser so schnell nicht abwaschen können. »Es wäre gut, wenn du zu Ende packst«, sagt Eva. »Und überleg noch mal, ob du das Akkordeon wirklich mitnehmen willst.« – »Geht's ins Ferienlager«, sagt der Mann im Anzug. Gerade weil es nett klingen soll, klingt es brutal. – »Auf den Darß«, antwortet er. – »Aber nicht zu weit rausschwimmen.«

Siebenmal tritt er auf die unterste Treppenstufe, erst laut, dann immer leiser. Still bleibt er stehen, holt siebenmal Luft und krabbelt ins Versteck. Darin liegen die Taschenlampe, das Fotoalbum und ein paar zerkrümelte Katzenköpfe. Er nimmt die Kachel vom Loch. Leos Großmutter hat Krampfadern. – »Persönlich ist es tragisch«, sagt Leos Großvater. »Bezirksrekord im, was war es noch, Weitsprung.« – »So seid ihr«, sagt Eva, »lasst euern Hass schon an Kindern aus, und es ist euch egal, was ihr damit anrichtet.« – »Ich bedaure, dass du dich offenbar noch mehr radikalisiert hast.« – »Emanzipiert, Dieter.« – »Wir haben dir so viele Türen geöffnet und zahlreiche Wege gewiesen, aber du bist immer wieder abgewichen und rückwärtsgegangen.« – »Wieso hat Thomas keine Zeit für sein Kind. Er hatte doch auch Zeit, uns aus der Wohnung zu werfen.« – »Nur echte Emanzipation vermag es, dunkle Geschicke zu überwinden, die Vergangenheit abzuschließen und bewusst in eine hellere Zukunft zu treten.« – »Das sind Vorkriegsansichten. Hast du noch nie etwas von Trauerarbeit gehört.« – »Auch uns hat es sehr viel Kummer bereitet«, sagt die Frau, »aber fünf Jahre sind eine lange Zeit, und das Leben muss einfach weitergehen.« – »Unser Leben ist weitergegangen, wie ihr seht. Das eures Sohnes nicht.« – »Er ist selbst noch ein Kind, deshalb sind wir ja auch hergekommen.« – »Wir können dir nur raten, mit den Organen zu kooperieren. Sage dich von dem Mann los, und geh zurück nach Berlin. Wir können nicht nur Leonore helfen«, sagt Leos Großvater, »sondern auch dir ein weiteres Mal.« – »Mein Mann und mein Sohn brauchen mich.« – »Du hast den Jungen adoptiert.« – »Ja. Und Frank hat Leonore adoptiert.« – »Hast du dir mal überlegt, warum er bis zur Hochzeit gewartet hat, um sich dann sofort verhaften zu lassen?« – »Was heißt hier lassen?« – »Er musste doch wissen, was auf so eine Flugblattaktion folgt.« – »Wie immer bist du bestens informiert, Dieter.« – »Sieh doch den Realitäten ins Auge. Er wollte seinen Sohn in Sicherheit wissen, um ungestört seine rechtswidrige Ausreise zu erzwingen. Nichts anderes wird man ihm in der Ständigen Vertretung gesagt haben: Wer einsitzt, wird früher oder später abgeschoben. Sehen Sie zu, dass jemand in der Zwischenzeit auf Ihr Kind achtgibt.« – »Er hat dich benutzt, Mädchen«, ergänzt die Frau. Evas Zehen krümmen sich. »Kriminelle wie ihn wollen wir hier nicht mehr haben«, sagt der Mann. »Wenn sie einen Teil ihrer Strafe abgesessen haben, lassen wir sie ziehen. Aber dir muss doch klar sein, dass Leonore um jeden Preis bleibt. Und du bist ihre Mutter.« Keiner regt sich. Dann sagt der Mann: »Wir können nicht mitansehen, wie unsere Enkelin abdriftet.« – »Jahrelang habt ihr weggesehen und euch nicht um Leonore gekümmert. Man darf sich nicht Großvater schimpfen, nur weil man zu Weihnachten eine Ernst-Busch-Platte schenkt. Ich will euch sagen, warum ihr hier seid: Die paar Bonzen, die noch über dir stehen, haben dir Feuer unterm Arsch gemacht. Wenn du keine Scherereien bekommen willst, musst du der Schlampe und ihrer Tochter Zucht und Ordnung beibringen.« – »Du bist ordinär«, sagt der Mann. – »Ja«, begehrt Leos Großmutter auf, »auch für Dieter ist es schädlich.« – »Wir kommen hier nicht weiter«, sagt der Mann und steht auf. Seine schwarzen Schuhe glänzen. »Wir möchten jetzt Leonore sprechen.«

Wenn man der Mann im Haus ist, dann ist es eben so, dass man immer alle warnen und schützen muss. Er klemmt die Kachel vors Loch und hastet die Treppe hoch. Leos Bett ist noch warm. Über das, was auf dem Spiegel steht, möchte er lachen. Es ist doch immer eine große Portion Dummheit mit im Spiel.

Die See schäumt. Wenn der rote Ballon oben ist, darf nicht gebadet werden. Der Sand ist ein kühles Grab, der Grabhügel muss festgeklopft werden. Muscheln formen die Organe nach, soweit bekannt, Tang die Schamhaare, das Klopfen geht in den Rumpf. An der Meereskante fahren Containerschiffe. Grenzsoldaten steigen über das Grab, Sand rieselt ins Auge. Mal alle Pflichten vergessen, mal vergessen, der Mann im Haus zu sein, einfach mal ein ganz normaler Junge von fast vierzehn Jahren sein, der aber die Dünen nicht betreten soll, obwohl dahinter der FKK-Bereich liegt. Krabben sterben von zwei Tropfen Ammoniak, Quallen brauchen mehr, spitz ist das Dünengras. Wenn es Linie ist, dann gibt es eben Wiederholung. Der Volleyball fliegt ins Wasser, die Frisbeescheibe fliegt ins Wasser, der Handfederball fliegt ins Wasser. Gegen den Wind und die Blicke einen Kral aus Schwemmholz bauen. Fischer, wie tief ist denn nun das Achterwasser? Wenn kein Betreuer schaut, Pferdeküsse verteilen. Arme verdrehen, beim Völkerball eine Rötung werfen, Taue zwirbeln, Köpfe abschlagen bei der Kissenschlacht. Eben ein ganz normaler Junge sein. Wer fast vierzehn ist, darf nächstes Jahr sowieso nicht mehr mitfahren, weil er Geschlechtsverkehr praktizieren könnte. »Warum hast du dich so vollgemalt?« Dem Kummerkasten werden anvertraut: das Heimweh und die Gewalttätigkeit eines fast vierzehnjährigen Jungen. »Warum willst du andern weh tun? Reiß dich zusammen, Kerl. Willst doch nicht vor der Zeit heimgeschickt werden.« In der Früh ein Appell, ein Datum, eine Lufttemperatur, eine Wassertemperatur, eine Losung und eine Windstärke. Ein Mann vom Marineclub verteilt Seilstücke und zeigt den Trompetenstich, den Rundtörn mit zwei halben Schlägen, den Roringstek und die englische Trompete. Ein fast vierzehnjähriger Junge beherrscht das alles blind und rührt keinen Finger. Während der Mittagsruhe treffen die großen Jungs hinter der Waschbaracke auf die großen Mädchen. Sie roochen und legen mit Russisch Brot BUMSFIDEL und MOSE. Ein fast vierzehnjähriger Junge beißt aus einem I die unbiblischen Umlaute. Alle Mädchen sind hässlich, nur in eines mit gepunktetem Haarband könnte man sich vergucken, mit ein bisschen Mühe, ach nee. JAKOB in den Sand schreiben und wegspülen lassen, AMON hinschreiben und wegspülen lassen. Nach der Hälfte flennen die Betreuerinnen, und die Betreuer machen lange Strandgänge. Libellen, diese gläsernen Insekten. Immer geht es um Liebe. Neptun kommt übers

Meer, Tang in der Krone und am Dreizack, im Netz die neuen Namen. Nicht mal am großen Lagerfeuer will das Akkordeon gespielt werden. Die Nachtwanderung und die Abreise lassen sich verschlafen. Am Nachmittag kommen die Neuen. Wenn der rote Ballon oben ist, darf nicht gebadet werden. Der Volleyball fliegt ins Wasser, die Frisbeescheibe fliegt ins Wasser, der Handfederball fliegt ins Wasser. Bei der ersten WM der Leichtathleten gewinnen die Sportler der GDR zehn Goldmedaillen, die Amis gewinnen acht, die Russen sechs, unser Oertel gluckst. Hingsen wird wieder von Thompson geschlagen so wie Schmid von Moses. Auch Meyfarths Bär wird nur Zweiter, die FRG taugt nichts. »Liebe Kerstin, heute habe ich einen Hühnergott gefunden, Kyrie Eleison. Bis jetzt ist das Wetter schön. Nur an vier Tagen durften wir nicht baden. Das Wasser ist angenehm warm. Alles ist ganz klasse. Ich habe ein Kreuz gemacht, wo ich gerade sitze. Bis bald, Dein Jakob.« Mit Gebrüll ins Wasser stürzen, wenn der Ballon oben ist. Sich von der Gruppe entfernen. Von Grenzern zurückgebracht werden. Stubenarrest und drei Tage Küchendienst verpasst bekommen, aber nur, weil die Zeit so gut wie abgelaufen ist und man wirklich einen Bernstein vorzeigen kann. Behaupten, den Fahrtenschwimmer zu haben. Als einziger Junge nicht tanzen. Lange das einzige Mädchen, das auch nicht tanzt, anstarren. Dann mit wildem Mut dieses kurzhaarige, knabenhafte Mädchen auffordern. »Wenn du dich da mal nicht irrst«, sagt das Mädchen. Sich ganz selbständig bewegen, von ihr wegtanzen, zu ihr hintanzen, um sie rumtanzen, ab und zu über die Schulter blicken. Every Breath You Take. Herrgott, jetzt flennt die. Und Herrgott, das ist gar kein Mädchen, das ist eine Betreuerin. Bei der Ankunft im Bahnhof vergeblich auf den Zehenspitzen stehen und Ausschau halten. Jemanden erblicken, der weitergeht, einen Mann mit kurzem Haar und ohne Bart. Der die Hände über den Kopf hebt. Sich bewusst werden, keinen einzigen Ton gespielt und kein einziges Mal ICH gedacht zu haben in diesem salzigen Monat August. Und Seemanns Braut ist die See.

»Freundschaft!«, sagt Dr. Müller, und die 8b mault zurück: »Freundschaft!« – »Sie sind jetzt keine Kinder mehr«, sagt Dr. Müller. Er wird sie in Geschichte unterrichten und ist ihr neuer Klassenlehrer. Für ihn ist es eine Frage der Ehre, dass die ganze Klasse geschlossen in die FDJ eintritt. Kathrin Wilms ist unsterblich in ihn verliebt. »Diese Oogen!« – »Kathrin, nun schmachten Sie mich nicht so an.« Wenn es nach Kathrin Wilms ginge, könnte er sie weiter duzen. Dr. Müller sagt, Dr. Oetker verdiene sich eine goldene Nase mit Rüstungsgeschäften, Pudding und Backpulver seien nur Tarnung. Alle, deren Eltern studiert haben, sollen sich melden. Alle, die auch studieren wollen, sollen den Arm oben lassen. Alle, die keine Westverwandtschaft haben, sollen den Arm oben lassen. Alle, die ernstlich daran denken, der FDJ nicht beizutreten, sollen den Arm runternehmen. – »Na, ein rückwärtsgewandtes Element gibt es immer«, sagt Müller. – »Ich bin Christin«, sagt Kerstin, »und werde konfirmiert.« – »Das dürfte dann schwierig werden mit der EOS«, sagt Müller. »Und warum melden Sie sich noch, Jakob?« Eva sagt, dass er tun und lassen kann, was er will. Er soll nur bedenken, dass sein Vater etwas gegen die FDJ hat. In seinem Alter habe sie alles allein entschieden, da habe sich kein Erwachsener um sie gekümmert, alles habe sie nur mit sich ausgemacht. Er solle sich überlegen, ob er getauft werden oder in die FDJ eintreten wolle. Er könne nicht auf allen Hochzeiten tanzen, man müsse sich entscheiden im Leben.

Am 3. September wird Uwe Raab Straßenweltmeister der Amateure. Selbstlos helfen ihm Drogan und Barth über eine kleine Schwäche in der Mitte des Rennens hinweg, Ampler und Radtke fangen die Ausreißer ein. Hauptsache, einer von den Unseren gewinnt. Bei den Profis gewinnt der Amerikaner Greg LeMond. Die Profis fahren hundert Kilometer mehr. Würden Raab und Ludwig das durchstehen? Würden sie im Profilager unter Profibedingungen siegen? »Na klar«, sagt Falk. – »Quatsch«, sagt Jakob, »die Profirennen sind viel härter.« Er muss jetzt für die Profis sein. »Nur de Harden gomm' in Garden«, sagt der kleine Kolja.

In der einen Woche haben sie PA, in der anderen ESP. In ESP lernen sie, eine technische Zeichnung von einem Metallstück anzufertigen, in PA lernen sie, das Stück Metall auf die vorgezeichnete Größe zu feilen. Selbständig fahren sie zum E-Werk, zeigen ihre Werksausweise vor und finden sich in der Wellblechbaracke hinter dem Umspannwerk ein. Sie tragen blaue Kittel, die nie Falten bilden, aus der Brusttasche lugt die Schieblehre. Obwohl Arbeitsschutz großgeschrieben wird, dringen beim Entgraten Eisenspäne in ihre Fingerkuppen. »Immer auf dem Strich feilen«, sagt der Meister, und alle lachen. Der Meister sagt, er sei nicht von gestern und wisse sehr wohl, dass die Damen in der Nordstraße, im Schatten des Interhotel Merkur, sozusagen auch auf dem Strich feilen. Falk sagt zu Kerstin: »Wer nicht studieren darf, entgratet sein Leben lang.« Wenn die Sirene heult, haben auch sie Feierabend. Einige verabreden sich in der Eisbar gegenüber vom E-Werk. »Kommst du auch mit?«, fragt ihn Kerstin. Aber weil Eva aus einer der Baracken tritt, sagt er »ein andermal« und versteckt sich im Pulk. An der Seite eines nicht allzu großen Mannes geht Eva über das Werksgelände, gemeinsam halten sie am Werkstor ihre Ausweise hoch. Der Mann ist bartlos, hat einen Fassonschnitt. Sie gehen zu einem Trabi, der Mann hält Eva die Tür auf, der Trabi keckert los. Er kettet sein Rad vom Zaun und springt auf. Der blaue Aufkleber auf der Heckscheibe zeigt keine Taube, sondern eine Schlange. Er atmet die Abgase des Zweitaktgemischs ein. Bloß nicht in die Straßenbahnschienen kommen. An der Stadtbücherei biegt der Trabi ab. Er ist nicht in Form und völlig aus der Puste. »Lies mal wieder!« steht groß auf dem Fenster der Bücherei.

»Von den blauen Bergen kommen wir, unser Lehrer ist genauso dumm wie wir. Mit der Brille auf der Nase sieht er aus wie'n Osterhase, von den blauen Bergen kommen wir.« Wer im Stimmbruch ist, singt scheußlich. Der Rechenschieber muss gegen einen Taschenrechner ausgetauscht werden, es müssen Fallbleistifte und ein neuer Zirkel gekauft werden, wie das alles ins Geld geht. In den nächsten Ferien soll er arbeiten und etwas zuschießen. Mit dem neuen Zirkel kann man Namen von Musikgruppen in die Bank ritzen. Zappa, Black Sabbath und Kiss mit blitzartigem S stehen schon da. SS oder SS 20 haben ebenfalls zwei Blitze. Ein Mann von der Gesellschaft für Sport und Technik tritt vor die Klasse und fragt, wer sich fürs Segelfliegen interessiere. Alle Jungs melden sich. Diejenigen, die schlechter als Zwei in Sport stehen, sollen den Arm runternehmen. Diejenigen, die Plomben haben oder eine Brille tragen, sollen den Arm runternehmen. Diejenigen, die nicht in die FDJ eintreten werden, sollen den Arm runternehmen. Diejenigen, die Westverwandtschaft haben, sollen den Arm runternehmen. Jetzt meldet sich nur noch Falk Ulmen. Klar, ein Messeonkel ist kein echter Onkel. Statt mit Schlagbällen werfen sie jetzt mit Handgranaten. »Von den blauen Bergen kommen wir, ficken schon seit achtzehnhundertvier. Lassen unsern Samen in den Unterleib der Damen, von den blauen Bergen kommen wir.«

Das erste Gedicht, das sie in der zweiten Klasse auswendig lernen mussten, geht so: »Ganz unverhofft, an einem Hügel, sind sich begegnet Fuchs und Igel. ›Halt‹, rief der Fuchs, ›du Bösewicht! Kennst du des Königs Order nicht? Ist nicht der Friede längst verkündigt, und weißt du nicht, dass jeder sündigt, der immer noch gerüstet geht? – Im Namen seiner Majestät, geh her und übergib dein Fell!‹ Der Igel sprach: ›Nur nicht so schnell! Lass dir erst deine Zähne brechen, dann wollen wir uns weiter sprechen.‹ Und alsogleich macht er sich rund, schließt seinen dichten Stachelbund und trotzt getrost der ganzen Welt, bewaffnet, doch als Friedensheld.«

Am Monatsende beginnt die DDR mit dem teilweisen Abbau von Selbstschussanlagen an der innerdeutschen Grenze, heißt es im Westfernsehen. Und Kinder aus dem nichtsozialistischen Ausland im Alter von sieben bis vierzehn müssen jetzt nicht mehr 7,50 DM pro Tag umtauschen. Die Bundesregierung begrüßt diese Maßnahmen, die mit dem vielen Westgeld zu tun haben, das aber in der Regenstraße noch nicht eingetroffen ist.

»Jakob, nehmen Sie den Kaugummi raus, aber bisschen plötzlich!« – »Woher wollen Sie denn wissen, dass der einen im Mund hat?« – »Seine Ohren wackeln.« Nach der Geschichtsstunde pult der Schüler Jakob Friedrich, dessen Vater vor Jahren und seitdem immer wieder einen Ausreiseantrag gestellt hat und der wegen einer Flugblattaktion und vieler anderer Verbrechen gegen die DDR inhaftiert ist, den Kaugummi von der Unterseite seines Stuhls. Mit den Waden schiebt er den Stuhl zurück und steckt sich den Kiesel wieder in den Mund. Zu seinem Klassenlehrer sagt er kauend, dass er nicht in die FDJ eintreten werde. Die ganze Klasse hört es. »Ist das Ihr eigener Entschluss«, fragt Dr. Müller, »oder hat das jemand anders für Sie entschieden?« – »Da bin ich ganz allein draufgekommen«, sagt Jakob Friedrich mit wackelnden Ohren. Als seine Stiefmutter in der Nacht nach Hause kommt, erwartet er sie in der Küche. Wie besessen beißt er auf dem geschmacklosen Kaugummi herum. »Ich werde mich nicht taufen lassen«, sagt er zu ihr, »auch wenn du es gern möchtest.« – »Dann wirst du ein Blauhemd?«, fragt sie mit schwerer Zunge und steckt sich eine Duett an. »Auch das nicht«, sagt er. »Ich will in gar keinem Verein sein.« Sie klemmt sich die Zigarette in den Mund und klatscht in die Hände, bis die Asche zu Boden fällt. »Bravo«, sagt sie höhnisch aus dem Mundwinkel, ein Auge zugekniffen. »Bravo. Du bist auf dem besten Weg.« Es klatscht sich besser ohne Ehering. Er geht in die Garage und holt Hammer und Nagel. Der Kaugummi bekommt einen Ehrenplatz neben seinen Medaillen. Nicht für die Schule, sondern für das Leben lernen wir.

Damit er Leo nicht vergisst, klebt er ein Foto von ihr neben das Passbild seines Vaters. Vor dem Einschlafen redet er mit sich und den Bildern. »Es geht vorbei, es geht weiter«, sagt er, »die Wolken werden ziehen. Die Bäume werden ausschlagen, irgendwann wird es nicht mehr so schlimm sein, ein Vogel wird singen, ein Regen wird nur noch ein Regen sein.« Er darf nicht ungerecht sein: Es kamen nicht nur warme Milch und Kartoffeln von der Großmutter, sondern auch warme Worte.

An und für sich ist der Oktober ein schöner Monat. Das Licht ist stofflich, die Luft riecht nach Eicheln, obwohl die noch hängen, die Kastanien sprengen aber schon ihre Morgensterne, und der Wind weht durch die Hallen. Schwer trägt der Birnbaum, es ist mal wieder ein Birnenjahr. Am Schuppen lehnt der lange Pflücker mit der Krone und dem teefarbenen Beutel.

Am Tag vor den Herbstferien flaggt die Schule und die halbe Straße: Das Land feiert Geburtstag. Seine Gründung war die schwerste Niederla- des dtschen Fismus und der Endepunkt in der Geschichte unseres Volkes, von dem so viel Eid ausging. Die neuen FDJler bilden den Ostflügel des Gevierts, das sich vor der Schule formiert hat. Der Wind ist ein unwirscher Friseur, und der Ozialismus ist die einzige Gesellschaftsordnung, die das Wohl, die Freiheit und die Ürde des Menschen ver-. So sagte es Erich Honecker auf dem zehnten Parteitag, und so wiederholt es Frau Dornbusch mit zerzauster Dauerwelle. Der Lehrkörper bildet die Stirnseite des Gevierts, die Direktorin steht an einem Pult mit Emblem. Der Wind ist auch ein garstiger Tonmeister, er klopft aufs Mikro, bringt die Boxen zum Pfeifen und zerreißt manch Wort und manch langen Satz der Direktorin. Sich mit ganzer Kraft für ihr Land, den Ozialismus, die Völkerung und den Wieden einzusetzen, das geloben die Neuen feierlich. Die jüngsten Pioniere überreichen den jüngsten FDJlern je eine rote Nelke, die Zipfel ihres Halstuches kitzeln ihre Nasen. Weil sie die zwei verängstigten Jungpioniere nicht bloßstellen wollen, nehmen auch Kerstin Wenzel und Jakob Friedrich eine Blume entgegen. »Frndschaft!«, ruft Frau Dornbusch, und »Frndschaft« nölen die FDJler zurück. Abschließend werden für besondere sportliche Leistungen im vergangenen Schuljahr ausgezeichnet: der Judoka Robby Meyer im Blauhemd und der Leichtathlet Jakob Friedrich im T-Shirt (Nicki!). Sie erhalten Urkunden und zur Abwechslung mal Nelken. Der Obermufti höchstpersönlich hat die Urkunde aus Büttenpapier unterschrieben. Vom Tafelberg fliegt sie bis nach Lößnig, die Nelken kommen auf Theos Grab. Der Leichtathlet Jakob Friedrich müsste mal wieder Leichtathletik machen. Er müsste auch mal wieder zum Grab seiner Mutter gehen. Er müsste mal wieder Kastanienmännchen mit Streichholzgliedern bauen.

Obwohl es an Geld mangelt, möchte Eva an der Rüstzeit teilnehmen. Auch er soll mitfahren und bei Bibelolympiade, innerer Einkehr, Töpfern, Musizieren, Geselligkeit und Wanderungen einfach mal ein ganz normaler Junge sein. Mit Händen und Füßen sträubt er sich dagegen. »Rüstzeit ist Stabü für Gott«, sagt er. Er sagt es zu Eva, zu Kerstin und zum Pfarrer. Am Ende fährt Eva allein, und er geht allein ins Kino.

Im Lindenfels sieht er einen Kung-Fu-Film. Wie die Pandabärchen hängen die Kämpfer im Bambus, sie schlagen Salti vom Pagodendach und ohrfeigen sich mit den Ärmeln ihrer Kittel. In dunkler Nacht blitzen ihre Shuriken. Über die ganze Leinwand ist der schwarz umhüllte Kopf eines Ninjas zu sehen. Nur die Augen sind zu erkennen, dunkle Löcher in kaltem Weiß. Das ist jetzt wohl der Dämon. Plötzlich fragt er sich, ob sonst noch jemand im Kino ist, abgesehen von dem alten Arschloch Angst, das sich hier irgendwo in seiner Nähe niedergelassen hat. Doch er ist ganz allein mit seiner Angst. Etwas sticht in seinen Nabel und tiefer. Als er das Kino verlässt, können sich seine Augen kaum an das strahlende Licht gewöhnen. Am Adler fällt die Bimmel aus. Er will nicht nach Hause gehen und geht irgendwohin. Er steigt einem Mädchen im kurzen Kleid und mit kräftigen Beinen nach. Er latscht bis zur Nordstraße, aber keine Frau feilt momentan auf dem Strich. Im Intershop des Merkur maust er eine Dose Haarfestiger von Schwarzkopf. Er macht sich einen Bangor und geht so über die Zickzackbrücke zur Blechbüchse. Der Wind kommt nicht an gegen seinen Hahnenkamm, Qualitätsprodukt. Guckt nur, ihr alle. Schwarz fährt er Straßenbahn, heute zeigt er's denen von den Leipziger Verkehrsbetrieben mal so richtig. Die Lehrlinge vor den Reichsbahnbaracken haben keine Ferien, sie johlen ihm nach: »Kleenes Stachlschwein.«

In der Garage kramt er Lackdosen und Pinsel hervor. Er muss die Borsten mit Verdünner reinigen und auch dem zähen Billardgrün Verdünner zufügen. Das Chromgelb ist ganz ausgehärtet und das Fernblau auch. Er streicht den Zaun in der Farbe des Škoda. Es ist mühsam, er überlegt, Vaters Lackierpistole zu benutzen, versteht aber nicht, wie sie funktioniert.

Falk Ulmen, der mal sein bester Freund war, macht eine Rennbremsung auf dem Bürgersteig. »Schaue Haarfrisur«, sagt er. Der kann sich den Mund fusslig reden, der Kunde. »Anstrengend? Das Streichen?«, fragt Falk. Birkenlaub haftet am Zaun, er überstreicht es einfach. »Soll ich dich mal ablösen?«, versucht es Falk weiter. Der Pinsel bewegt sich, ab und zu bleibt eine Borste im Lack kleben. »Ich kann gut streichen«, lässt Falk nicht locker. Er steigt von seinem Gefährt, das ein BMX-Rad darstellen soll, und legt es auf den Bürgersteig. Im Schneidersitz hockt er sich auf den Boden und starrt ihn an. Nach einer Weile sagt er: »Meine Schwester kommt nicht mehr zurück.« Das Gleiche, denkt sein ehemaliger Blutsbruder, könnte ich auch sagen, obwohl es ja gar nicht meine Schwester ist. Er lässt den Pinsel sinken und überlegt. Genau genommen vergeht Blutsbrüderschaft nicht. Er schluckt, räuspert sich und sagt: »Ich …« – »Ey, mach das noch mal«, sagt Falk. Voller Verwunderung sagt er noch einmal: »Ich.« Wieder ist seine Stimme schwer wie ein gebrannter Ziegel, der tief in einen Schacht fällt. Liegt es daran, dass er seit zwei Tagen mit niemandem gesprochen hat, oder ist das jetzt endlich der Stimmbruch? Vorsichtig, als könnte er die neue Stimme ramponieren, sagt er: »Was bekomme ich?« Die Stimme hält. – »Übelst«, sagt Falk mit seiner noch hellen Stimme und drückt sich hoch. »Na ja, ich würd dir 'n Türknopf, 'n angebissenen Appel, 'ne tote Ratte, 'n Glasauge und 'ne Dose Orange vermachen, wenn ich auch mal 'ne Runde streichen dürfte, Master Jack.« Sie lachen, bis ihre Adamsäpfel schmerzen, hoho und hihi.

Von zu Hause holt Falk eine verbeulte Dose »Gefahrenanstrich«, den die Reichsbahn für Lichtmasten, Tunneleinfahrten und Prellböcke verwendet. Falk malt damit die geschmiedeten Ringe im Zaun an, während sein Blutsbruder die Streben billardgrün streicht: Bleistift, zwei Apfelsinen, Bleistift, zwei Apfelsinen. Der Briefkasten bekommt auch einen Gefahrenanstrich. Während sie streichen, sagt er ab und zu ein Wort, sehr darauf bedacht, die tiefen Noten sparsam zu verwenden. »Da«, sagt er, und »Hand«, als sich Falk selbst lackiert. »Wann kommt denn deine«, fragt Falk, »Tante Polly wieder?« Er zuckt die Schultern und sagt bloß: »Kannst da schlafen.« Er macht einen Bogen um die hellen Laute und zeigt auf das Haus. »Okey«, sagt Falk.

Sie hängen das Sonnenblumenbanner auf und spannen die Hängematte zwischen die Wäschestangen, den Wind freut's. Auch Falk macht sich einen Bangor, jeden Morgen frischen sie ihre Hahnenkämme auf. Sie ernähren sich miserabel. Weder ihren humanitären noch ihren hygienischen Pflichten kommen sie nach. Zehn Tage lang sehen sie fern. Abwechselnd richten sie die Antenne aus.

Drüben protestieren über eine Million Menschen gegen die Aufstellung amerikanischer Atomwaffen. Kinder malen Plakate: »Schülerpower gegen Raketenbauer«. Bei Blockaden greift die Polizei ein, mit Knüppeln und Wasserwerfern, aber Hiroshima darf sich nicht wiederholen. Petra Kelly und Otto Schily – das sind Abgeordnete einer neuen Partei – reisen nach Ostberlin und überreichen Erich Honecker einen persönlichen Friedensvertrag, den der Obermufti auch unterzeichnet. Unterschreibt der eigentlich alles? Honni nimmt eine Nachbildung der Plastik »Schwerter zu Pflugscharen« entgegen, und Margot hat Polinas Haarfarbe: Omablau. Auch Franz Josef Strauß war in diesem Jahr schon zu Besuch. Ob die alle umtauschen mussten?

Als Eva heimkommt, sieht das ganze Haus aus wie ein einziger Schweinestall. Sie steigt aus dem Trabi ihres nicht sehr großen Arbeitskollegen und berührt mit dem Finger den Zaun. Sie steht auf ihrem langen Schatten, der Himmel hat die Farbe von Zimt, sie hebt den Kopf, und möglicherweise erblickt sie hinter der Gardine den bestfrisierten Tieftöner der ganzen Stadt, o Ma-ma. Der aber behält sein wohlklingendes Geheimnis für sich und lässt alle Fragen nach dem Vorhandensein seines Gripses und seines Anstands unbeantwortet. Der Wind pflückt die gärenden Birnen, die Gruschki, und die Amseln berauschen sich daran.

Bei Metzi im Schuppen roochen sie. In der Ecke steht ein Kanonenofen, der glüht, und an der Bretterwand hängen echte Fickfotos. Metzis Eltern arbeiten Schicht. Sie würfeln um Geld. Sechs Bierdeckel liegen auf der Stiege, auf jeden ist eine Augenzahl gemalt. »Jetzt kommt wetten die Drei, alles auf die Drei.« Es kommt die Doppel-Fünf. Er ist kein Liebling der Götter und will es nicht wahrhaben. Er verspielt seine Schlittschuhe und seine Adidas-Spikes. Einer muss immer diesen dämlichen Spruch loslassen, Pech im Spiel und so. Ihre Hahnenkämme bauen sie sich jetzt mit Zuckerwasser, Metzi, Konrad, Kolja, Falk und Jakob. Sie sind die Zocker, sie sind die Punker. Sie hören Lindenberg. Lässig singen sie mit: »Hallo Erich, kannst mich hörn? Hallololöhchen hallo.« Früh wird es dunkel, eine orangefarbene Blase umhüllt die Köpfe der Laternen.

Am Krähenwinkel läuft er dem Trainer in die Arme. Er schnippt die Kippe weg. »Wenn du nicht zu mir kommst, muss ich eben zu dir kommen«, sagt der Trainer. »Stell dich mal gerade hin. Schleichst durch die Dämmerung wie ein dickes, eins achtzig großes, qualmendes Fragezeichen. Es war einmal ein Athlet. Mach das Maul auf.« – »Was soll ich sagen.« – »Stimmbruch auch noch. Wenn du deine Lauscher aufsperrst, schenke ich dir ein paar Weisheiten, ganz umsonst. Nu?« – »Ja doch.« – »Ad eins: Sei ein Ausrufezeichen. Ad zwei: Wenn dereinst der Große Zahlenmeister kommt und dich anzählt, dann interessiert den nicht, *ob* du das Rennen gewonnen hast. Den interessiert nur, *wie* du es gelaufen bist. Kapiert? Ad drei: Wer laufen will, muss trainieren. Wintertraining ist noch immer in der Karl-Tauchnitz-Straße, zum Beispiel morgen um fünf, sine tempore. Ad vier: Der Leichtathlet wird im Winter gemacht. Ad fünf: Triebe ist auch zurück. So weit alles klar?« Also ist Dabeisein doch alles.

Triebe will nicht darüber reden, warum er nicht mehr auf der KJS ist. Beim Aufwärmen geht er ihm aus dem Weg, bei der Pendelstaffel klatscht er einen Kleinen ab, und beim allgemeinen Dehnen stellt er sich lieber an eine entfernte Stelle des Kreises. Der blonde Reither aber sucht seine Nähe. »Ich hab die Fünfermarke geknackt«, sagt er armkreisend. – »Gut.« – »Ich stell jetzt um auf Schrittweitsprung.« – »Alle Achtung.« – »Aber fünf einundsiebzig, das pack ich nie. Der Trainer sagt, dein Rekord ist für die Ewigkeit. Wie bei Beamon.« – »Na ja, einer wird ihn schon mal knacken.« – »Nie im Leben.« Weder Triebe noch er tragen die blauen Trainingsjacken von der KJS. Im Vereinsheim hängt eine große Tafel mit allen Vereinsrekorden. »Unsere Besten« steht darauf, und es sind Ergebnislisten zu allen Disziplinen angeheftet, sauber geführt mit grüner, roter, schwarzer und blauer Tinte. Sein Name wird noch daraufstehen. Jetzt kneift seine alte Trainingshose. Er atmet kurz, schon das Aufwärmen hat ihm zugesetzt, das miserable Essen und das Roochen sind schuld. Der Trainer steht neben einer dicken Matte, über die ein breites Gummiband gespannt ist. Vor die Matte schiebt er ein Sprungbrett. »Wir trainieren heute Hoch-Weitsprung«, ruft er und erklärt die Technik. »Friedrich zeigt vor. Auf geht's.« An beiden Ständern schiebt er das Band in die Höhe und klatscht in die Hände. Ehrfurchtsvoll machen die Jüngeren Platz und reihen sich hinter dem Rekordhalter Friedrich ein. Seit vier Monaten steht dieser erstmals wieder an einem Ablaufpunkt. Das Korbballbrett ist hochgeklappt, die Ringe und die Taue hängen unter der Decke, der Siebenmeterkreis verliert seine Farbe, und die Hälfte der Lampen brennt nicht. Friedrich rennt auf die dustre Ecke zu, in der die Matte liegt, donnert auf das Sprungbrett, müht sich nach oben, zerrt seine Beine nach vorn, spannt mit den Fußspitzen das Gummiband, spannt es weiter, dann rutscht es ab und schnalzt mit voller Wucht auf seine weit aufgerissenen Augen.

Die Röntgenbilder besagen, dass sich die Rauten des Bandes auf seine Iris geprägt haben. Bei Tageslicht kann er nicht mal eine Sekunde lang die Augen offen halten, weil sie sofort brennen und tränen. Bei Kerzenlicht kann er die Augen zwei Sekunden lang aufmachen. Er sieht dann einen rautenförmigen Kerzenschein. Jeden Tag führt Eva ihn zur Poliklinik, wo man ihm eine Tinktur unters Lid träufelt, die zuerst höllisch ätzt und dann für eine Stunde seinen Schmerz lindert. Sie könnten es auch einfacher haben, sagt Eva, sie kenne einen Arzt, der Hausbesuche macht. Der Arzt bringt dieselbe Tinktur mit und redet nicht viel. »Wie geht es dir?«, fragt er. »Ist es gleich auf beiden Augen? Wie lang kannst du das rechte offen lassen?« Auch Eva verliert kein Wort zu viel. Sie duzt den Arzt, tauscht aber nur knappe Mitteilungen mit ihm aus. Sein Gesicht ist eine fleischfarbene Raute, er fährt einen Trabi.

Am Morgen seines Geburtstags hat Eva schon das Haus verlassen. Er darf die Tinktur jetzt selbst träufeln, muss aber die Augen immer noch geschlossen halten. Im Haus kennt er sich blind aus. Es sind vierzehn Stufen in den ersten Stock und zwölf Fuß nach rechts, dann kommt Leos Zimmer. Hinter der Schwelle sind es genau neun Fuß hin zu ihren Schrankfächern, in denen noch ihr Geruch liegt. Von der Haustreppe bis zum Briefkasten sind es zwölf Schritte, die letzten zwei rechtsrum. Er findet drei Kuverts. Mittags kommen Kerstin und Falk. Auf dem Cello spielt sie »Viel Glück und viel Segen auf all deinen Wegen«, Falk singt gar nicht mal schlecht. Kerstin bietet an, ihm die Briefe vorzulesen. Einer ist von seinem Vater aus der »StVE Brandenburg«, Falk weiß inzwischen Bescheid. Der zweite stammt von seiner Großmutter, und der dritte hat keinen Absender. Den hebt er auf. Seine Großmutter schreibt, dass ein Päckchen auf dem Weg und Gesundheit das Wichtigste sei.

»Mein lieber Jakob, wie unendlich traurig bin ich, daß ich diesen Tag nicht mit Dir verleben kann. So gern hätte ich mit Dir angestoßen, denn vierzehn, das ist ein Alter, wo man auf das Leben trinken muß, das vor einem liegt. Mit vierzehn habe ich Rudolfs AWO geklaut und auf der Asche einen astreinen Unfall damit hingelegt. Du sollst Dir kein Vorbild an mir nehmen, in so gut wie gar nichts. Deine Mutter hat für Dich vorgesehen, daß Du einmal etwas Tolles wirst, ein Rechtsanwalt oder ein Dirigent. Ich rate Dir, sei einfach Du selbst. Hab weiter den Mut, Dir Deine eigenen Gedanken zu machen und danach zu handeln, darum geht es doch im Leben. Ich bin stolz auf Dich, daß Du Dir kein Hemd (wir beide wissen, in welcher Farbe) in den Schrank gehängt hast, aber überlege bitte noch einmal, ob Du nicht doch zur Taufe gehen willst. Du mußt nicht so verbiestert sein, wie ich es zu oft war. Und he, es ist nie verkehrt, auf der sicheren Seite zu stehen, was das ewige Leben angeht, ok? Wenn man vierzehn ist, erlauben es einem die ▇▇▇ Menschen hier, in Begleitung eines Erwachsenen zum Besucher zu kommen. Ich denke viel an Dich, und manches berichtet mir Eva, aber ich möchte doch mit eigenen Augen sehen, wie groß Du geworden bist. Es würde mich freuen, wenn Du mich besuchen kommst. Nun laß es Dir gutgehen und hau ordentlich auf die Pauke mit Deinen Freunden. Auch ich hänge heute einen frischen grünen Frosch – so heißen die Teebeutel hier – in meine ▇▇tasse, und ich hebe diese meine ▇▇tasse und trinke auf Dich, mein lieber großer Junge. Dein Papi.«

Kerstin schweigt. Dann sagt sie: »Über einigen Worten sind ganz oder zum Teil schwarze Balken.« – »Das machen die Aufseher«, erklärt er, »sie zensieren, was ihnen nicht paßt.« – »Der erste Teil von ›tasse‹ ist geschwärzt«, sagt Falk, »wieso.« Kerstin grübelt, wie der zensierte Wortteil lauten könnte: »TEEtasse, KAFFEEtasse, HENKELtasse? Was hat denn der Henkel von der Tasse verbrochen?« – »Es ist nicht der Henkel, der was verbrochen hat, es ist das Blech.« – »Apropos«, sagt Falk und raschelt mit einem Beutel. »Ich habe zwar keinen Schampus, aber

Zin-za-no aus der Hausbar meines Vaters.« Auch Kerstin trinkt mit. Hätte er nicht gedacht.

Früher als sonst kommt Eva nach Hause. Sie drückt ihn an sich und begrüßt seine Freunde. Er riecht ihr Parfüm und keinen Schnaps. »Ich habe Omas Päckchen abgeholt, und ich habe Ananasringe bekommen. Während ihr auspackt, mache ich zur Feier des Tages Toast Hawaii. Dann stoßen wir zusammen an.« In dem Päckchen befinden sich nach Aussage von Falk ein Fläschchen Clearasil, ein Rasierer von Gillette und ein Briefchen Klingen. Er lehnt es ab, sich von Falk rasieren zu lassen. Der findet Toast Hawaii »Hammer«, und Kerstin fragt, warum er immer so fies zu Eva ist. »Auf der Rüstzeit war sie total nett, und auch Wolf ist ein Netter.« – »Wer ist Wolf?« – »Na, ihr Bekannter.«

Nachdem Kerstin gegangen ist, baut Falk ihm aus Clearasil noch einen Punker. »Seit ich blind bin, weiß ich nicht mehr, wie mein Vater aussieht«, sagt er zu seinem Freund. »Grad wenn ich mich besonders anstrenge, dann sehe ich ihn überhaupt nicht vor mir.« – »Er sah aus wie Magnum«, sagt Falk, »mit dunklen Locken und Schnauzer.« – »Stimmt.« Jetzt hat er ein falsches Bild von seinem Vater, aber er hat eins.

Am Abend hört er noch ein wenig fern. Nach langjährigen Arbeiten wird die Wartburg wieder für den Besucherverkehr eröffnet, ohne Tintenfleck. Im Westfernsehen sagen sie, die Wartburg wurde restauriert, im Ostfernsehen sagen sie, sie wurde rekonstruiert. Hier übersetzte Luther die Bibel ins Deutsche, ein Instrument der Emanzipation. Luther kämpfte gegen Wucher, Bettelei und Zehnten an sowie gegen die großen Kapitalgesellschaften, etwa die Fugger, die Inkarnation des Frühkapitalismus. Martin Luther, dessen Geburtstag sich heute zum fünfhundertsten Mal jährt, ist seit Neuestem einer der besten Söhne des deutschen Volkes, ein Urahn der progressiven Kräfte. Schon seine Mami wollte, dass mal was Tolles aus ihm wird.

Er muss ein Passbild für seinen Personalausweis machen lassen. Den Abzug könnte er unter den Baldachin seines Bettes kleben, zu Leo und Vater. Nachdem er mit beiden gesprochen hat, träumt er, dass er sich mit Vaters Dachshaarpinsel einschäumt. Das ganze Gesicht, bis auf die Augen. Doch als er den Rasierer ansetzen will, ist sein Gesicht blank. Der Schaum ist eingezogen, sein Kopf ist wohl ein Schwamm.

In weniger als acht Minuten erreicht eine von der BRD abgeschossene Pershing-II Moskau. »Konjunktiv eins«, sagt Dr. Müller nachsichtig, »würde erreichen.« Im Dezember geht er wieder zur Schule. Aber acht Minuten, das ist schlimm. Wie viele Minuten braucht sie dann bis zur 8. POS Hedda Zinner? Wegen der hohen Zielgenauigkeit werden Cruise-Missiles und Pershing-Raketen – sie treffen auf fünfundzwanzig Meter genau – als Erstschlagwaffen bezeichnet. Es sind Angriffswaffen, obwohl die NATO behauptet, ein Verteidigungsbündnis zu sein. »Unsere Arsenale könnten mit einem Schlag vernichtet werden, und dann könnten wir nicht mehr abschrecken«, erklärt Dr. Müller, »Konjunktiv eins.« Sicher, unsere Waffen dienen nur der Abschreckung und Verteidigung, so wie die Mauer uns vor den Imperialisten schützt. Die USA sitzen interkontinental im Trockenen, während ihre Verbündeten in Europa auf einen Krieg zusteuern. Natürlich unterbricht die SU die Genfer Gespräche, natürlich müssen angesichts dessen die Abrüstungsverhandlungen zum Erliegen kommen. »Der Stacheldraht an der Grenze zeigt aber nach Osten«, sagt er laut, »in unsere Richtung.« Mit eigenen Augen hat er es gesehen.

In Evas Kulturbeutel findet er eine Packung, die ursprünglich einundzwanzig grüne Dragees enthielt. An vier Stellen ist die Rückseite zerplatzt: Am Mo, am Di, am Mi und am Do wurde verhütet, immer den Pfeilen nach. Er drückt die restlichen Pillen in den Ausguss.

Händeringend, herzklopfend und kopfschüttelnd vermisster Amon! Hoch sollst du leben, an der Decke kleben, niemals runterfallen, niemals Arsch aufknallen, dreimal hoch! Vierzehn Lenze, Kinners, wie die Zeit vergeht. Bewahr Dir mal Dein sonnscheß Gemieht, dann kann Dir nix passieren. Meinen eigenen Arsch hab ich mir ganz schön aufgeknallt. Tut jetzt nicht so viel zur Sache, aber mit vierzehn war er noch heile. Sie nennen das hier Internat, ich nenne es Heim. Sie nennen das hier Kaderschmiede, ich nenne es Mutprobe, Blutprobe, Glutprobe. Es tut mir echt leid, daß ich mich nicht ordentlich von Dir verabschiedet habe, kleiner, großer Amon. Ich hatte solchen Horror vor den Alten, aber es hat ja nichts genützt. Meine Spiegelnachricht hast Du gelesen und vernichtet? Sehr leid tut es mir auch um Theo, echt und ehrlich. Und um Frank tut es mir leid. Um Dich sowieso, um mich und sogar um Eva. Ich denke oft an das letzte Jahr und frage mich, warum alles so schiefgelaufen ist. Ich weiß es nicht. Vielleicht haben wir uns nicht genügend angestrengt, vielleicht haben wir zwei nicht dolle genug gewünscht. Zumindest ich habe das Blütenblatt damals nicht weggepustet, sondern aufgehoben, wie Du siehst. Vielleicht war das der Fehler. Nimm es und puste Du für mich. Ich versteh nix vom Pusten, glaub mir. Take it easy, altes Haus. Deine Dich ewiglich liebende Helga Hahnemann.

NATO und Waldsterben und Tennis. Streiks und Videorekorder und Pornokinos und Neonazis. Mutlangen, DaDaDa, schneller Brüter, Flick-Affäre. Türken, die die Straße kehren, und Kinder, die anschaffen. Graf Lambsdorff, die Serve-and-Volley-Gräfin, Graf Zahl, der King dieser Stadt – ganz hoch auf der Leiter. Und dann fiel ich ab, ja dann fiel ich ab.

»Rede mit mir!«, ruft Eva. Eine leere Packung Ovosiston hält sie ihm unter die geschwollene Nase. Das Aluminium ist durchlöchert. »Ich flehe dich an, rede mit mir!« Mit Stutenaugen glotzt sie ihn an, die Wimperntusche ist überall, nur nicht auf ihren Wimpern, und am liebsten möchte sie ein Wort aus ihm rausschütteln. Dann schüttelt sie nur ihren Kopf und schleudert die Packung fort. »Ich weiß, dass du es weißt! Na, da weißt du es eben. Es ist eh zu spät. Und ich weiß, was ich weiß.« Sie geht zu ihrem schimmernden Heiligen. »Wir sind sowieso verloren. Wir alle haben uns versündigt und sind verloren.« – »Was ist das überhaupt für ein hässlicher Vogel?«, fragt er. »Der Schutzpatron der Heulsusen oder was?« – »Mein Gott«, sagt sie, »du bist genauso verkommen wie dein Vater. Voller Niedertracht und Selbstsucht und dummer Verbohrtheit.« Sie macht ein Gesicht, als wolle sie vor ihm ausspucken. »Verdorben und ohne jedes Mitgefühl!« Er ist größer als sie und stärker. Seit er wieder sehen kann, macht er jeden Tag Dauer- oder Intervallläufe am Berghang. Ein kleiner Schatten wird für immer auf seiner Iris bleiben, eine Schliere, die hochrutscht, wenn er in den Himmel guckt, und abgleitet, wenn er zur Erde schaut. Er nimmt die Schere vom Haken, packt sie mit der Faust und geht auf seine böse Stiefmutter zu. Glotzäugig weicht sie zurück. »Mich«, sagt er, »wirst du nicht abschieben. Mich kriegst du nicht klein. Ich bin hier zu Hause.« Seine Stimme ist heiser und tief. »Das hat ein Nachspiel«, sagt sie.

Früher hat er in der Vorweihnachtszeit für alle Platzdeckchen gefädelt und Untersetzer gebrannt. Mit einer Nadel hat er Volksmusiknachmittage lang bunte Perlen in eine gefettete Florenadose sortiert und diese auf der Herdplatte geschmolzen. Die Freude konnte gar nicht so groß sein, wie alle immer taten. Denn nie hat irgendjemand sein Glas auf einem seiner lutschergroßen Untersetzer abgestellt, nie! Obwohl sie im Land der Untersetzer und Platzdeckchen lebten. Er kauft eine Kerze und geht doch nicht zum Grab.

Bauchkneifend vermisste Helga! Wohin soll ich dir denn schreiben? Nicht mal eine Anschrift hast du mir hinterlassen. Und Eva kann ich nicht fragen, bis wir an den Küchenverhandlungstisch zurückkehren, um die Abrüstungsgespräche wiederaufzunehmen. Wo immer du bist, denk daran, daß es vorbeigeht, daß die Wolken ziehen und die Bäume ausschlagen werden. Irgendwann wird es nicht mehr so schlimm sein,

ein Vogel wird singen, ein Regen wird nur noch ein Regen sein. Kopf hoch, und schlafe gut. Dein dich ewiglich liebender Heinz Rennhack. Ach, was ich dir auch immer mal noch sagen wollte: Dir muss es nicht leidtun. Mir schon. Verzeihung.

Eva geht zur Weihnachtsmotette. Als sie wiederkommt, schenkt sie ihm ein Buch: »Die Abenteuer des Werner Holt«. Er hat nichts für sie. Das Päckchen von der Großmutter ist nicht angekommen. Weil Eva die Geduld fehlt, übernimmt er das Kochen. Beidseitig würzt er das Fleisch, mariniert es, würfelt Zwiebeln, Gurken und Speck darüber. Er rollt das Fleisch auf, sticht fünf Spieße hinein und formt die nächste Rolle. Nichts quillt heraus. In Polinas Bräter schmort er die Rouladen. Eva liest und raucht, während er den Rotkohl zerkleinert. Zwischendurch sagt sie: »In drei Wochen ist Besucher.« Er stückelt Äpfel und Zwiebeln, zerlässt Gänsefett, brät die Zwiebeln an, schüttet das Kraut hinein, es muss etwas angeschmort werden, bevor man Rotwein und Brühe angießen kann. Später kommen noch Marmelade, Apfelsinensaft, Nelken, ein Lorbeerblatt, Salz und weißer Pfeffer hinzu. Und Mottenmehl, zum Andicken. Vom Kochwein schenkt er zwei Gläser voll und reicht eines Eva. Sie stoßen an.

Zu Silvester bleibt er allein. Kolja macht in seinem Keller eine Party und hat ihn eingeladen, aber er wird nicht erscheinen. Eva geht tanzen, und er sieht fern. Er hat sich ein Ragout fin zubereitet, mit Pilzen und Erbsen aus der Dose und einer kaum klumpenden Mehlschwitze, die er mit süßem Weißwein abgelöscht hat. Er hat das Silberbesteck seiner Großeltern herausgesucht und eine Serviette mit Monogramm. Nach seinem Dinner for One schaut er Radball. Wie Stierhörner sind die Lenker nach oben gebogen, und die Sättel fallen fast vom Hinterrad. Wenn einer der vier Spieler sitzt, sieht es nach Plumpsklo aus, wie lustig. Einer jongliert den Ball mit dem Vorderrad, einer hüpft auf dem Hinterrad. Auf einmal schneit es. Er rappelt sich hoch, nimmt die Weinflasche und poltert die Treppe rauf. Verpasse ich halt das Nachspiel, denkt er und klettert durch die Luke aufs Dach. Als die Raketen in die Höhe pfeifen, sagt er mit tiefer Stimme: »Prosit Schaltjahr!« Dann fliegt er davon.

Weil das Haus Geräusche macht, wacht er mitten in der Nacht auf. Es sind nicht die paar Raketen, die noch pfeifen, nicht die paar Böller, die noch knallen, auch nicht der Holzwurm, der im Gebälk hockt. Es ist etwas anderes, das er hört. Ein Schaben, ein Rascheln, dann Schritte. Ein Keil Flurlichts fällt auf die Dielen seines Zimmers. Ganz ruhig bleibt er im Bett liegen. Der Keil vergrößert sich, und ein Schatten tritt herein. »Schlaf weiter, ich will nur ein paar Sachen holen«, sagt der Schatten. – »Du hast Nerven, mich so zu erschrecken«, antwortet er. – »Reg dich ab«, sagt der Schatten und setzt eine Tasche neben den Ofen. »Du hast wie ein Baby geschlafen.« – »Ich bin kein Baby.« – »Hör ich ja. Rück mal 'n Stück.« – »Ich dachte schon, du kommst nie wieder.« – »Ich habe Mutter nicht gefunden, obwohl ich alles abgesucht habe.« – »Ist doch egal, ob du sie findest oder nicht.« Sie legt sich neben ihn und lässt ihre Hand in seine gleiten. Ihre Hand ist trocken und warm, er erwidert ihren Druck. »Hast du das Blütenblatt?«, fragt sie. – »Dafür ist es jetzt zu spät«, sagt er, »das funktioniert nicht mehr.« Still liegt sie neben ihm, er hört nicht mal sein Herz, nur ihren Atem. »Was«, fragt sie schließlich, »hast du dir denn gewünscht, vor anderthalb Jahren?« – »Dasselbe wie du. Oder muss es das Gleiche heißen?« Dass man so ruhig und ohne Angst neben einem Mädchen liegen kann! Oder muss es Frau heißen? – »Das spielt keine Rolle. Was hast du dir gewünscht?« – »Na, dass sie nie im Leben zusammenkommen. So wie du.« – »Ich hab mir das nicht gewünscht.« – »Echt jetzt? Was hast du dir dann gewünscht?« – »Was anderes.« Übelst, denkt er, und weil er nicht auf den Kopf gefallen ist, denkt er gleich hinterher: Sie hat sich gewünscht, dass die zusammenkommen. Dass wir alle zusammenkommen. Aber gepustet hat sie nicht. Wie Hammer ist das denn. Jetzt steht sie auf und geht zu ihrer Tasche. Darin befindet sich der Rekorder. Sie drückt eine Taste. Eine Geige legt den Faden einer traurigen Melodie: City, »Am Fenster«. Im Flur geht das Licht aus. »Komm, Tanzmuffel.« Sie zieht ihn aus dem Bett, setzt seine Hände auf ihre Hüften und faltet ihre hinter seinem Hals: ein geschlossener Stromkreis. Ganz dicht an seinem Ohr sagt sie: »Vom Tanzen kriegt man keine Kinder, echt nicht.« Einmal wissen, dieses bleibt für immer.

VI
DAS HERZ IST EIN MUSKEL
Juli 1984 – September 1984

Es ist eine Welt, gegen die Welt zu halten.

24. Familienaufstellung

Ungebührlich warm ist es im Juni 1947. Wie Achtelnoten sitzen die Schwalben auf den Stromleitungen. Der Zug, der sie nach Berlin bringt, hat nur drei Waggons. Frauen mit Koffern und Paketen drängen hinein, viele müssen auf dem Gleis zurückbleiben. Sie trägt einen weißen Rock mit roten Kerzen, früher die Weihnachtstischdecke.

Im abgeschirmten Militärwaggon sitzen nur zwei sowjetische Offiziere. Liesl und Polina Friedrich sollen Platz nehmen, hübsch und jung genug sind sie. Liesl lehnt sich nicht an. Das Stolperkind weint, das Stehaufkind lacht. Zu Hause hütet Katja den anderen Sohn, der bald drei wird.

Der Fahrtwind bauscht die Vorhänge. Durch den Gang stolpert der Junge voran, er wirft die Beine in die Höhe und schlenkert mit den Armen. Die Offiziere locken und necken ihn. Er stößt sich, weint, lacht, strampelt, torkelt weiter. Liesl springt ihm nach, sie sorgt sich wie eine Amme, nur halten kann sie den Jungen nicht. Als der Zug kreischend bremst, fliegt er durch das Abteil, als hätte ein böser Puppenspieler seine Hand im Spiel. Den Kopf schlägt er sich an, und auch der Zugführer erleidet eine Kopfverletzung. Das Fensterglas ist rot und gelb gesprenkelt, es stinkt nach Pferd. Soll man die Fenster öffnen oder doch geschlossen lassen, während man in dieser Gluthitze wartet?

Endlich kann die Fahrt fortgesetzt werden. Der Sommer hat das Land verbrannt, nur der Weizen steht gut da. Franks Beule, Liesls steifer Rücken. Es kommen Schrebergärten, zertrümmerte Fabriken, Bahnsteige mit unzähligen Menschen. Berlin ist ein kühler Keller, in dem der Schutt eines ganzen Hauses liegt. Die Russen reißen die Fenster auf und brüllen: »Kaput. Fritz kaput.« Auf den Trümmern sitzen Worte, bereit, ihr etwas zu zeigen. Doch auch die Scham ist, wie der Schmerz, auf die Dauer nicht zu ertragen. Im Schritttempo fahren sie durch den Schlesischen Bahnhof und weiter zum Alexanderplatz. Schon vom Zug aus sehen sie den Schwarzmarkt, den es noch immer gibt. Sie trägt die Ohrringe aus böhmischem Granat, dem Lokführer gefallen sie.

Auch in Karlshorst sind die Gebäude zerschossen. Sie fragt Soldaten mit roten Armbinden nach dem Weg zur Kommandantur. Sie fragt Liesl, die ein Jahr lang geschlafen hat, ob sie es schaffe. In einem Wohngebiet blühen schon die Linden, ganz ohne Geruch, in einem Garten steht eine Zinkwanne, in der Kinder planschen. Der Junge zappelt in ihrem Arm. Ausgerechnet die Rheingoldstraße müssen sie überqueren. Sie wird es Liesl nicht vergessen, dass sie ihr zur Seite steht. In der Einfahrt zum Hauptquartier unterbrechen Offiziere ihr Gespräch. Staunend blicken sie ihnen nach. Liesl krallt sich an ihr fest. Der Junge will wieder selber laufen. Sie muss ihn hinunterlassen, er reißt aus, stolpert über das Rondell, die zwei Treppenstufen hoch. Triumphierend hält er sich an einer der vier Säulen fest, die das Vordach tragen. Er lacht wie einer, der überall hinkommt, solange man ihn nur vom Überallhinkommen abhalten will. Auch die Offiziere lachen aus voller Ordensbrust, und einer ruft: »Ty moj molodez!«

Im Vorraum stiefelt der Junge über den spiegelnden Marmor, noch immer krallt sich Liesl an ihr fest. Die Tür zum Kapitulationssaal steht offen. Er wirft die Beine hoch, seine Beule scheint ihn nicht zu schmerzen, und er marschiert in den Saal, in dem das Ende des Dritten Reichs besiegelt wurde. An grünen Tischen und unter einer Kassettendecke, einem Lampenkranz und den vier Fahnen der Siegermächte. Ein junger Oberleutnant (drei Sterne) stellt sich dem winzigen Eindringling in den Weg. Der Junge hält sich an der Ausbuchtung seiner Uniformhose fest und schaut selig nach oben. »Hinaus«, sagt der Oberleutnant und rümpft die Nase, »hinaus geschwind.« Er will sie nicht zum Kommandanten vorlassen, wie sie hier überhaupt hereingekommen seien. Das laute Reden ruft die Ordonnanz herbei. Sie erklärt sich der Ordonnanz, auf Russisch, vergeblich. Auf der Stelle müssen sie das Gebäude verlassen, Liesl zieht sie, und sie zieht den sich sträubenden Jungen mit. Der Junge ruft: »Neino! Neino!« Und er ruft: »Meino! Meino!« Draußen torkeln ihnen die Offiziere aus dem Zug entgegen. Sie reden mit der Ordonnanz, hitzig. Der Oberst sei auf der Bahn, sagt die Ordonnanz schließlich.

An den zerschossenen Pfählen und Mauern der Rennbahn kleben Plakate, die für das Deutsche Traber-Derby am 22. Juni werben. Sie schleifen den Jungen über den Sandweg, der unter alten Kiefern zur Bahn führt, vorbei an einem bleifarbenen Reiterdenkmal. Seine Windel ist voll. Im Kapitulationssaal, am Bein des Leutnants, muss er sich erleichtert haben.

Auf der Bahn, einem Oval, das groß wie ein Flugfeld ist, zieht ein einziges Gespann seine Runden. Dreimal trabt der Braune mit dem kleinen Mann im Sulky vorbei, eine Staubwolke hinter sich herziehend, bis er vor ihnen, den einzigen Zuschauern, zum Stehen gebracht wird. Ein tiefes Zittern breitet sich unter dem glänzenden Fell aus, wie Wellen, von den Schultern zu den Lenden über den sehr langen Rücken. Der Fahrer trägt einen weißen Helm mit rotem Stern und eine große Brille, die an Fliegenaugen erinnert. Was die Damen wünschen, fragt der Oberst auf Deutsch, auf einmal sind sie also Damen. »Sprechen denn alle Russen Deutsch?«, flüstert Liesl, die es wohl besser weiß. Sie selbst fasst sich ein Herz und antwortet in seiner Sprache. Hauptmann Wladimir Wolkow, sagt sie. Weißrussische Armee, Guben, sagt sie. Entfernt, sagt sie, denunziert und entfernt. Vom Brief seiner Eltern spricht sie, in jeder Zeile Güte und Herzlichkeit, der Sohn habe ihnen alles erzählt, er werde sich scheiden lassen. Binnen Jahresfrist werde er aus Sibirien zurück nach Leningrad dürfen und, so Gott wolle, wieder am Konservatorium unterrichten. Seine Eltern möchten sie, ihre liebe Tochter, und ihren ersten Enkelsohn dann auch in die Arme schließen. Das alles sagt sie ohne Punkt und Komma, auf Russisch. Sie sagt nicht, dass ihre Kräfte seit einem Jahr tauen und seine Abwesenheit eine Grube voll Tauwasser ist, an deren Rand sie steht. Als sie geendet hat, kramt sie den Brief und ein paar Fotos hervor, die Wolodja und sie zeigen.

Der Oberst macht keine Anstalten, diese Beweise entgegenzunehmen. Ob sie glaube, sagt er auf Deutsch, dass sie die Einzige sei, die zu ihm komme. Das ganze Land sei voller Frauen, die eben noch einem Nazi in den Armen gelegen hätten und jetzt auf die Männer zurückgriffen, die da seien: die Soldaten der Roten Armee. Gut, gut, so sei sie eben, die menschliche Natur. Auch in den deutschen Frauen sei eine Natur. Doch man möge diese Natur nicht ständig mit Liebe und Schicksal verwechseln. Sie fasst ihre Ohrringe an und sagt auf Deutsch, dass es doch wohl umgekehrt sei: dass die Soldaten der Roten Armee auf die deutschen Frauen zurückgriffen, wenn man überhaupt so sagen könne. Sie zieht Liesl zu sich, der Oberst schweigt. Und war es nicht Wolodja, der eines Tages vor ihrem Haus stand, ein Klavier und ein Sauerkrautfass auf der Ladefläche?

Sie nimmt den Jungen, der ganz still war, und stellt ihn gerade hin. Diesmal bleibt er auf dem Fleck stehen. Sein Federhaar klebt am Kopf. Mit tellergroßen Augen sieht er den Wagenlenker und das Pferd an. Sie hebt ihn hoch und sagt auf Russisch: »Das ist sein Sohn. Der Sohn eines russischen Offiziers.« Jetzt erst schiebt der Oberst die Brille auf den Helm und betrachtet den Jungen, der auf einmal wie wild strampelt. Weil er so heftig strampelt, muss sie ihn wieder absetzen. Der Junge stakst auf das Pferd zu und lässt sich zwischen dessen Hufe plumpsen. Der Braune senkt den Kopf und bläst ihm seinen Atem ins Genick.

Wer das Kind so zugerichtet habe, fragt der Oberst. »Ein Pferd«, platzt Liesl heraus. »Wir nicht. Ein Pferd war's. Jetzt ist es tot.« Sie schreit sich die Seele aus dem Leib. Ungläubig sieht der Oberst vom Kind zu den Frauen und zurück. Dann lacht er. Er lacht so laut, dass der Braune scheut. »Nehmen Sie den Knaben fort, ich fürchte um mein Ross.« Er sagt »Knabe« und »Ross«. Polina nimmt den Sohn des Russen an sich, der unverkennbar alles von ihm hat: den breiten Kopf, die blauen Augen, das Lachen, das die großen Ohren aufspannt. Den Eigensinn und die Unrast hat er wohl von ihr. Unter den Pfiffen einer Peitsche springt der Braune ins Geschirr und zieht den Oberst auf die Bahn hinaus. Eine Staubwolke wirbelt über das Geläuf.

Schweigend marschieren sie durch die Trümmerstadt. An einer Pumpe windeln und waschen sie den Jungen, unter dem Wasserstrahl kühlen sie ihren Puls. Niemand weiß so viel über sie wie Liesl. Von Anni weiß sie, von Arthur, von Horst, von Tati, von Betty, von Wolodja, von der Klaviermusik, vom Hütemachen, vom Autofahren. Sie weiß, dass die Schwägerin geliebt hat, als ihr eigener Sohn starb, als sie ihren eigenen Mann betrauerte, als ihr Gewalt angetan wurde, wohl auch schon. Ein Jahr lang hat sie geschlafen und ist mit nichts aufgewacht.

Es ist heiß, es ist Sommer. Das Kind ist eingenickt, schwer liegt es in ihren Armen und wird immer schwerer. Irgendwann gibt sie es Liesl, die es an Martins statt nimmt. Auf einmal sind ihre Arme ganz leicht, wie ihr Kopf und ihr Herz. »Das hier, Lieselotte, ist nie geschehen«, sagt sie. »Nichts von all dem ist je geschehen.« Sie wird es Liesl vergessen, sie wird es selbst vergessen. »Der Junge wird Frank und er wird Friedrich heißen«, sagt sie. Am Schlesischen Bahnhof besteigen sie einen Zug.

Seit dem frühen Morgen steht sie am Herd. Sie schmort Rouladen, gefüllt mit Speck, Zwiebeln, Senf und Gurken, so, wie ihre Mutter es sie gelehrt hat. Die Polenta blubbert, und auf der hinteren Herdplatte köchelt die Krautsuppe, der Borschtsch. Dessen Zutaten waren gar nicht so leicht zu bekommen: Kaum ein Supermarkt hat Weißkohl und Rote Bete vorrätig. Im Backofen bräunt ein Streuselkuchen.

Die ganze letzte Woche hat sie Bettwäsche, Rasierschaum, Einwegrasierer, einen Schlafanzug Größe 52, Hausschuhe, ein kleines Kassettenradio und ein Rätselheft für ihren Sohn gekauft. Fieberhaft hat sie überlegt, was er noch benötigen würde. Ohrstäbchen, Doppelkorn und Gewürzgurken fielen ihr noch ein, und eine Zehnerkarte für die Minigolfanlage hat sie auch schon gekauft.

»Er wird sich erst mal ausruhen wollen«, hat Hermann zu bedenken gegeben. Geduldig hat er sie auf ihren »Raubzügen« begleitet, bis nach Burgkreuz, Schweinfurt und Würzburg, wo sie einem Straßenmusiker seine Maultrommel abschwatzte. Nur am Schluss, als sie noch einmal in das Tabakgeschäft musste, hat er im Auto gewartet. »Sorge dich nicht, ihr werdet euch gut verstehen«, sagte sie auf der Rückfahrt. »Er kann im Odeon als Kartenabreißer anfangen«, sagte Hermann, »nur bis er etwas in seinem Beruf gefunden hat, meine ich.« – »Weißt du, das ist ganz lieb von dir, aber er hat studiert.« – »Es wird nicht leicht sein, etwas zu finden, bei der allgemeinen Lage. Wann und wie sein Diplom anerkannt wird, muss man auch noch sehen. Es wäre ja nur für den Start.« – »Wirklich, das ist sehr lieb, Hermann.« Auf der Itz, die in diesem Sommer sehr wenig Wasser führt, tauchte die »Old Lady« auf, ein für Touristenfahrten umgebauter Mississippi-Dampfer. Die prächtigen Schornsteine dienten nur der Zier, ein Elektromotor trieb das Boot an. Das Ring-Ting-Ting und die tiefen Hornstöße kamen vom Band. »Ich mache mir nur Sorgen wegen seines Abschlusses«, sagte sie zu Hermann, der den Jaguar wie immer sicher durch die Kurven steuerte. »Ob man sein Diplom anerkennt, meine ich. Aber vielleicht soll man sich nicht immer so viel den Kopf zerbrechen. Es wird schon alles gut werden.« – Hermann sah sie von der Seite an und sagte schließlich: »Da hast du recht.«

Jetzt läuft ihr die Zeit davon, und sie muss sich ranhalten. Sie öffnet den Kühlschrank, der voller Ansichtskarten klebt. Als sie den weißen Speck und das Fleischpaket sieht, fällt ihr siedend heiß ein, dass sie noch die Rouladen zubereiten muss. Gleich kommt der Zug, und sie hat mit der Hauptspeise noch gar nicht angefangen! Sie holt alles aus dem Fach, das Fleisch, den Speck, die Marmelade, den Senf und die Hefe. Was kommt gleich noch mal in die Rouladen? Wo ist bloß das Kochbuch für Frischvermählte? Dunnerlittchen, aber da dampft es ja schon auf dem Herd! Da sind doch schon die Rouladen! Irgendwer hat die Rouladen schon gemacht. Wer war das denn? Na, so was. Empört schüttelt sie ihre Locken.

Als es klingelt, wirft sie die doppelten Zutaten in den Mülleimer und legt die Frau im Spiegel darauf. Wie immer ist Hermann auf die Minute pünktlich. Sie bindet die blaue Schürze ab und richtet den Spitzenkragen ihrer Bluse und ihre Haare. Silvia: Eine Woche im Leben der Königin. Von ganz oben fährt sie nach ganz unten und muss aus dem Keller wieder ins Erdgeschoss steigen.

Vor dem Haus wartet Liesl. »Was willst du denn hier nach all den Jahren?«, hätte sie fast gefragt, aber dann fällt ihr zum Glück ein, dass Liesl mitkommen wollte. Klein und gelb steht sie vor ihr. »Bin ich zu früh?«, fragt sie. »Nein, nein, da kommt er doch schon.« Geräuschlos biegt der Jaguar in die Zufahrt.

Das Wetter ist so schön, dass Hermann den Himmel hereinlassen muss, wie er sagt. »Den Frisuren wird es kaum schaden, meine Damen.« Auf den Bergkämmen schäumt das Grün, die Rapsfelder sind ausgelegt wie gelbe Frotteetücher an Badeseen. Hupend überholen sie eine Gruppe Radfahrer, alle tragen knallbunte Leibchen. Liesl lacht wie ein Backfisch. Heuwender quirlen die Auenwiesen, die Parabolschüsseln der Erdfunkstelle blenden, flach fließt die Itz dahin, im Auto hört man die Grillen zirpen.

Noch vorm Spessart tauchen am Straßenrand Zeichen auf: weiße Linien auf schwarzen Täfelchen, das immer unfertige Haus des Nikolaus. Ein Konvoi Schützenpanzer biegt aus einem Forstweg, Männer mit Schmiere im Gesicht und Blattwerk um die Helme sperren die Straße ab. Hermann salutiert, und die Soldaten salutieren zurück. »Auf dem Truppenübungsplatz findet ein großes Manöver statt«, erklärt er und wird durchgewunken. Entfernt hört man Detonationen. »Wie das kracht«, sagt Hermann. – »Ja, das kracht unheimlich«, sagt Liesl. Immer wieder müssen sie Traktoren und Heuwagen überholen, die Bauern weichen kein Stück zur Seite.

Bald fangen die Schulferien an, die Bayern sind immer die Letzten im Land, und in ein paar Tagen wird der historische Umzug stattfinden. Dann werden alle Persönlichkeiten, die jemals in Itz gekurt haben, in blumengeschmückten Kutschen durch die Gassen gefahren, und das Volk darf ihnen noch einmal zujubeln. Dem Kaiser Franz, dem Zaren Alexander, dem Fürsten, der die Quelle entdeckte, dem Verteidiger der Stadt gegen die Schweden, einen Bienenkorb warf er auf die Angreifer. Wie in jedem Jahr wird Zenzi von Rößler die Sisi verkörpern, mit kunstvoll gewundenem Haar, schlank wie ein Mädchen, und der Chef der Kläranlage wird ihr König Ludwig sein. Husaren werden vorbeireiten, Bauern mit geschmückten Ochsen und Bierfässern im Leiterwagen werden vorüberziehen, Kinder mit Strohpüppchen im Arm und der Apotheker Samuel Itzer werden winkend durchs Spalier der Schaulustigen gehen. Ein Markt mit schwerem Brot und mildem Schafskäse, mit dinkelgefüllten Kissen und Honig, mit hundert Sorten Bier und Wurst und Fleisch wird die Menschen selbst aus Burgkreuz anlocken. Die Autohäuser und die Banken werden Luftballons aufblasen lassen, Hüpfburgen und Torwände werden aufgestellt werden, die FDP, unsre CSU, die neu gegründeten Republikaner und sogar die SPD werden an Ständen für ihre Sache werben und Flaschenöffner, Wahlprogramme und Grillzangen verteilen: CSU, damit nichts anbrennt. Die Quellkönigin wird gekürt werden, Blasmusik wird spielen, es wird ein Reitturnier und eine große Tombola geben. Segelflugzeuge werden bunte Bänder hinter sich herziehen, und der Tennisverein wird sein alljährliches Jedermannsturnier veranstalten. Frank hat doch mal gespielt, vielleicht weiß er noch, wie es geht, fifteen-luv. Er wird Augen machen. Wie im Schlaraffenland wird es sein für ihn, der all das ja noch nie erlebt hat. Ganz am Schluss wird es ein großes Feuerwerk geben. Sie wird sich für ihn freuen, und wie.

Zu der Trine allerdings wird sie nicht mehr gehen. Dafür hat sie jetzt absolut keine Zeit mehr. Überhaupt hat sie sich immer sehr unwohl gefühlt, wenn sie zu Frau Doktor musste. Wenigstens der Titel ist echt. Gegangen ist sie freilich nur, weil der Professor es ihr geraten hat. Da saß sie dann jede Woche auf der Kante eines Diwans und tauschte Blicke mit fetten Buddhas. Andauernd musste sie Frau Doktors Fragen beantworten. »Wer ist Liesl?«, »In welchem Verhältnis standen Sie zu Ihrer jüngsten Schwester, Anneliese war wohl der Name?«, »Woran ist Ihr ältester Sohn erkrankt?«, »Wie werden Sie Ihren mittleren Sohn begrüßen?«, »Waren Ihr Mann und sein Bruder eineiige Zwillinge?« Bei ihrer letzten Sitzung hatte die Trine eine große weiße Tafel vor dem Diwan aufgestellt. »Heute möchte ich gern mit Ihnen einen Stammbaum Ihrer Familie erstellen. Vieles ist mir da noch unklar geblieben«, sagte sie und wippte auf und ab. Für die Männer hielt sie einen blauen Edding in der Hand, für die Frauen einen roten. »Fangen wir mit Ihren Großeltern an«, sagte sie. Ja, fangen wir getrost mit dem Schicksal an. »Wissen Sie, Frau Doktor, ich war damals noch sehr klein. Ich weiß nur noch, dass Albert auf dem Lehmofen schlief. Ich weiß nicht mal, ob ich das selbst gesehen hab oder ob Katja es mir erzählt hat.« – »Katja war Ihre Mutter.« – »O ja, Katharina Siegenthaler. Ohne Sattel ritt sie ihren Orlower, beim Rechnen brauchte sie keinen Abakus, nie war ihr Zopf lose.« – Mit Rot schrieb Frau Doktor »Katharina Siegenthaler« oben links auf die Tafel. »Mit welchen drei Adjektiven würden Sie Ihre Mutter charakterisieren? Welche drei Eigenschaften fallen Ihnen spontan ein?« – »Sie war die Mutter von uns allen.« – »Ich meine, welche Empfindungen hatten Sie für Ihre Mutter und haben Sie heute?« – »Aber sie ist doch längst tot.« – »Können Sie es bitte versuchen?« – »Alle sind längst tot.« – »Wie ist es mit Ihrem Vater? Wie war sein Name?« – »Tati.« – »Das ist ein Kosename. Wie hieß er im richtigen Leben?« – »Ich glaube, er hieß Arthur. Glaube ich.« – »Wie lang liegt die Beerdigung Ihres Sohnes zurück?« – »Na, hören Sie mal, wie reden Sie denn mit mir! Alle meine Söhne leben. Dreier Stück an der Zahl: Rudolf, Siegmar und Frank. So heißen die.« – »Aber sagten Sie nicht, dass einer …« – »Ach, nun hören Sie schon auf. Der Rudolf schläft doch nur am Tage, weil er Nachtschicht hat.« Es klopfte, und ein Mann mit schmalem Gesicht und vollem Grauhaar steckte den Kopf durch die Tür. Die Therapeutin entschuldigte sich und verließ den Raum mit den Buddhas, den Lampions und Büchern und Masken an den semmelgelben Wänden. Auch sie stand auf und legte ihr Ohr an die Tür. »Der greise Mensch kann nicht mehr zum Kind werden, er wird kindisch«, hörte sie Frau Doktor sagen. Dann vernahm sie Schritte, und als es lange still blieb, stahl sie sich davon. Vor ihr lief ein Kokosläufer die Treppe hinunter. Darauf würde sie nie wieder einen Fuß setzen.

Noch vor Gemünden schließt Hermann das Schiebedach, und ein Geräusch nimmt Gestalt an. Ein Raunen, das zuerst noch zart und unwirklich ist, aber plötzlich dick wird, bis es als Rauschen im Auto ist, für einen Moment tatsächlich den Innenraum ausfüllt, um dann auf die Lederpolster zu fallen. Ach, das Zugfahren, immer das Zugfahren. Paul war Lokführer. Vor ihm setzte sie das zweite Gesicht auf. Eine Stunde früher stand sie auf und machte sich zurecht. Sie brauchte diese Stunde, um die Falter einzufangen. Dann war sie frisch, nie sah er sie in Auflösung.

Hermann parkt direkt am Bahnhof. Wenige Autos stehen da, ein rotes und ein gelber Laster von der Post. Eine kleine Zugmaschine bringt drei Briefcontainer mit Posthorn auf den Parkplatz. Warum ist mein ganzes Leben nur so gut verlaufen, denkt sie, so ohne Sorgen? Das ist doch ungerecht. Ende 1947 zog sie weg aus dem nun geteilten Städtchen, dorthin, wo sie niemand kannte und anguckte, von der Neiße an die Pleiße. Zur Sicherheit heiratete sie und gab den geborgten Namen weg. Sie lebte hier und jetzt, hatte ein schönes Haus und einen schönen Garten. Die anderen Söhne und ihre Familien kamen zu Besuch. Kaffee und Kuchen auf dem Rondell unterm Birnbaum, Kartoffeln und Quark auf dem Küchentisch. Am Türstock zeichnete sie an, wie es mit ihrem Enkel aufwärts ging. Es gab den Dienst, die Jahreszeiten, die Gräber und immer zu essen und zu trinken. Der Frühling verging, der Sommer war nicht heiß. Es gab federleichte Tage, da lastete nichts auf ihr, keine Vergangenheit, keine Zukunft. Alles war in Ordnung. Bis ihr Sohn unruhig wurde und zu strampeln anfing, als sei er ein Kleinkind, dieser dumme, dumme Bengel! Stark muss man doch sein. Alles geht doch vorbei, ein Regen ist nur ein Regen. Tauwasser ist Tauwasssser, ein Fluss ist ein Fluss, der zu den Wolken geht, und die Wolken gehen zum Abendlicht, und das Abendlicht geht zur Nacht. Finster ist die Nacht, und sehn kann ich eich nicht. Wo seid ihr olle? Wo, um Himmels willen? Tati, Mame, Betty, Anni, Arthur? Und wo bist du, main Lieb? Wieso habt ihr olle kain bissel Herz? Sagt an! Hobt Gnade und sprecht mit mir! Denn wie bin ich gerannt, als ich das Gewicht von dere Hand suchen ging, die so leicht worden war. Wo denn finde ich eich? Gesucht hob ich eich überall, muss ich denn dere Leiter nehmen und im Himmel nach eich suchen? Die Russen, ausgelöscht sei ihr Name, die Deitschen, ausgelöscht sei ihr Name, Staub sind se, Staub sind wir, nichts als Staub. Du bist nichts, und du deswohlgleichen auch nicht! Eire Herzen werden vor eich sterben, diese trägen Sticke Fleisch in eirer Brust. Die Angst wird eich auffressen, oh, ihr spürt se kaum. Und ollein werdet ihr sein. Mutterseelenollein, vaterseelenollein.

Allein steht sie auf einem Bahnsteig. Unkraut sprießt aus den Ritzen, und ein Dornenstrauch wächst aus einem Waschbetonkübel. Sie stellt sich auf die Zehenspitzen. Haben sie ihn jetzt doch wieder gekascht? Weggebracht, verhaftet, verbannt? Ein langer grüner Zug parkt am Gleis. Ein Bahner kontrolliert die Räder. Ganz hinten, am Ende des Gleises, ist noch jemand. Ein Mann. Der hockt auf einem Koffer. Sie läuft los, und der Mann steht auf. Wie sie ihn begrüßen wird? Na so, wie es sich gehört. Der Kopf mag vergessen haben, was sich gehört, der Körper hat es nicht vergessen. Denn das ist er doch: bartlos, kurzes Haar, in Zivil. Aber ja! Bissel schmal ist er geworden, doch die Haltung und die Augen: wie eh. Sie eilt auf ihn zu, ihr ist rot. Die Freude des Eilens, die Freude des Atmens, die Freude des Windes und des Innehaltens. Endlich. Sie senkt den Kopf und schämt sich für das viele Glück, das ihr widerfährt. Die Welt ist so ungerecht, warum nur hat sie solch ein unverschämtes Glück? Dann hebt sie den Kopf, breitet die Arme aus und sagt: »Wolodenjka, milyj, nakonjezto!«

25. Gute Seele

Bericht zur Person F R I E D R I C H, Eva

Am Sonntag, dem 3. Juni 1984, betrat ich gegen
20 Uhr 45 das Wohnhaus der FRIEDRICH, Eva. Der Anlaß war die Bitte der FRIEDRICH um ein Gespräch.
Ich traf die FRIEDRICH in stark aufgelöstem Zustand
an. Obwohl im ganzen Haus nur Kerzen brannten (auch
bereits auf der Haustreppe standen Lichter in Pergamentpapier), war der verwahrloste Zustand der
Wohnräume nicht zu übersehen. Kleidung lag lose herum, die Kücheneinrichtung war voller Spritzer (die
F. beschäftigt sich seit einiger Zeit mit dem Töpfern), dreckiges Geschirr und volle selbstgefertigte
Aschenbecher standen herum. Im Wohnzimmer befand
sich ein Wäschekorb mit Leergut, das der Adoptivsohn der F., der F R I E D R I C H, Jakob angeblich
längst zur Annahmestelle bringen wollte. Die FRIEDRICH selbst wirkte fahrig und machte den Eindruck,
als würde sie auch ihre eigene Person vernachlässigen. Sie hat an Leibesumfang gehörig zugelegt, was
nicht allein auf eine gesteigerte Nahrungszufuhr
zurückzuführen ist, wie die FRIEDRICH später auch
einräumte. Unter Tränen sagte sie zu vorgerückter
Stunde, daß sie „ein Kind unter dem Herzen" trage.
Wie sie gestand, ist sie durch Verkehr mit „einem
Bekannten" schwanger geworden. Den Namen dieses Mannes wollte die F. nicht nennen. Fest steht jedoch
für sie, daß sie ihr Kind zur Welt bringen wird. Sie
sei bereits über die Zeit, wo man noch eingreifen

kann. Sie habe einmal ein Kind verloren und wird
das kein zweites Mal ertragen. „Eines Tages werde
ich wohl zu ihm fahren", sagte die F., „es kommt
aber nicht mehr zu mir zurück." Christlich Informierte wissen, daß die F. damit den aus der Bibel
bekannten König David zitierte. Die FRIEDRICH macht
keinen Hehl daraus, daß sie regelmäßig in die Kirche geht. Sie gibt zu, an ein Leben nach dem Tod zu
glauben. Sie hat keine Angst vor dem Tod, sie denkt
ihn sich als Befreiung, so sagt sie. Sie ist nur
noch hier wegen ihrer Kinder, sonst hat sie alles
verloren, gab die FRIEDRICH an, ihren Stolz, ihre
Würde, vielleicht sogar ihren Verstand. Von „gewissen Leuten" werde sie drangsaliert. Auf Nachfrage
sagte die F., daß sie damit ihren Exmann, ihre
früheren Schwiegereltern und „die anderen Schweine
von der Stasi" meint. Bevor sie aber das alles zum
Ende der Unterhaltung in aufgebrachter Weise und
zum Teil widersprüchlicher Natur zum Vorhergesagten
verlautbaren ließ, sagte die F., daß sie mich zu
sich gebeten hat, weil sie Hilfe bei einem schwerwiegenden Problem braucht: „Man" drängt sie dazu, sich
von ihrem Mann, dem F R I E D R I C H, Frank scheiden zu lassen. Wenn sie in die Scheidung einwillige,
wird ihr Mann in die BRD abgeschoben. Das aber
kommt ihr wie der ultimative Verrat vor. Schließlich
habe sie ihr Eheversprechen vor Gott gegeben. Sie
ist schwer getroffen gewesen, als ihr Mann verhaftet
worden ist. Auch wenn sie nicht glaubt, daß er es absichtlich getan hat, so ist sie doch sehr enttäuscht
gewesen, daß er „seinen Freiheitsscheiß" über seine
Familie und die Liebe zu ihr gestellt hat. Sie
sei, „weiß Gott", auch nicht ohne Schuld und Sünde

(da hatte die F. ihre anderen Umstände noch gar
nicht offenbart), aber eine Scheidung kommt für sie
nicht infrage. Eine Scheidung sei „feige", der
„Weg des geringsten Widerstands". „Dies hier", sagte
die FRIEDRICH und zeigte auf die verwahrloste Küche,
„ist unser Zuhause." Ihr Mann habe als Kind durch
den Stiefvater und später durch den Tod seiner Frau
so viel erlitten, der könne doch gar nicht anders
handeln, als er es getan hat. Es würde sich immer
so leicht sagen, daß die Menschen eine Wahl hätten,
„aber in Wahrheit hat niemand eine Wahl", sagte die
F R I E D R I C H unter Tränen. Auch sie hat das erkennen müssen. „Eigentlich ist er ein Heiliger." Ich
stimmte zu, daß viele Menschen wirklich nicht anders
könnten, gab aber zu bedenken, daß man gerade als
Frau die Männer trotzdem nicht großreden darf. Das
sei genauso falsch, wie sie kleinzureden. Man muß
sie verstehen und versuchen, ihnen zu helfen. Heftig
stimmte mir die F. zu. Und am besten könne sie ihm
helfen, wenn sie ihn ziehen läßt, sagte ich darauf.
Das nun würde sie gar nicht begreifen, sagte die F.
Meine Worte würden sie zutiefst erschrecken. Ob ich
es dahingehend gemeint hätte, daß sie selbst nicht
gut genug für den F. ist? Das würde sie nachvollzie-
hen können, weil sie es selbst oft denkt. Sie ist
nämlich gar nicht so stark und eigenständig, wie
alle immer dächten. Sie selbst stammt aus einer
zerrütteten Familie, „schwach" sei sie, „traurig"
und „fehlbar". Kein guter Mensch, ein böser Mensch
sei sie, sagte die F. mit großer Nachdenklichkeit.
„Schön wie früher bin ich auch nicht mehr." Alles
ist ihre Schuld, sagte sie. Nein, sagte ich daraufhin, so ist es nicht gemeint gewesen. Weder sie noch

ihn treffe irgendeine Schuld. Statt sich zu unterscheiden, würden sich die beiden vielmehr ähneln. Ich sagte, daß die F. und der F. kein sich ergänzendes Paar, sondern ein gespiegeltes sind, was die F. noch nachdenklicher stimmte. Überhaupt, sagte ich, ist die ganze Angelegenheit irgendwie ungültig. Ich erklärte ihr, daß sich die Arbeitskolleginnen des F. am Frauentag vor zwei Jahren nur einen Spaß gemacht hätten. Ohne Wissen des FRIEDRICH hätten sie eine Annonce aufgegeben und die Zuschriften beantwortet. Schlußendlich hätten ein paar berauschte Frauen sie zusammengebracht. Lange schwieg die FRIEDRICH, bis sie sagte, daß bei der Anzeige gar nicht klar gewesen sei, wer das Subjekt und wer das Objekt ist, die Frau oder der Mann, gleich in der ersten Zeile. Darauf schwieg die F. wieder und goß sich von dem Wodka ein, dem sie bisher nur in Maßen zugesprochen hatte. Dann sang sie ein englischsprachiges Lied, was mich peinlich berührte. Ich verstand nur die Worte „River" und „Schellfisch". Als sie geendet hatte, sprach sie erneut dem Alkohol zu und sagte in etwa: „Das hat mich am meisten angesprochen, daß nicht klar war, wer wen sucht. Und die Sehnsucht nach dem Lachen." Sie bedankte sich bei mir für meine offenen Worte und sagte, daß ausgerechnet ich „eine gute Seele" bin und ihr sehr geholfen habe. Diese Einschätzung veranschaulicht das arglose Vertrauen der F. in meine Person. Im Anschluß wurde dem Alkohol noch weiter zugesprochen, und so kam die eigentlich nicht zu übersehende Schwangerschaft der FRIEDRICH zur Sprache. Nach Mitternacht traf ihr Adoptivsohn ein, für den sie erziehungsberechtigt ist. Früher ein fröhlicher und aufgeschlossener Junge, hat sich der F.

sehr zu seinem Nachteil entwickelt. Er trug eine Irokesenfrisur, ein Nicki mit Brandlöchern und Filzstiftkrakeleien und ein Hundehalsband. Statt einer normalen Begrüßung sagte der F. „Peace" und hob die Finger. Die FRIEDRICH hob auch die Finger und sagte ebenfalls „Peace". Als er nach oben gegangen war, verriet sie, daß er andauernd Ärger in der Schule hat. Er ist nicht in die FDJ eingetreten, was sie befürwortet, verhält sich aber auch sonst aufmüpfig und provoziert seine Lehrer mit seinem frechen Verhalten. „Wenn er wenigstens kritische Fragen stellen würde", sagte die F. Sie verlieh ihrer Angst Ausdruck, daß er „asozial" wird, so sagte ausgerechnet die F. Manchmal fürchtet sie sich regelrecht vor ihm. Einmal ist er auf sie mit einer Schere losgegangen. Unter dem Strich aber sei er ein guter Junge, der keine leichte Zeit durchmacht, so wie sie. Die KJS und die EOS mußte er sich „abschminken", sein Leben „in der TäTäRä" ist gelaufen. Über ihre Tochter, die D E V R I E N T, Leonore machte die F. kaum Angaben. Offenbar lebt sie beim Kindsvater in der Hauptstadt. Nach und nach breitete sich ein Schweigen aus, das auch der Alkohol nicht zu beheben vermochte. Allmählich wurde man müde, und so endete die Zusammenkunft. Ich verließ das Haus gegen 3 Uhr 15 und fuhr mit dem Fahrrad nach Hause, wo ich erst gegen 4 Uhr 30 anlangte. Am darauffolgenden Tag bzw. am selben Morgen mußte ich daher von der Arbeit fernbleiben.

gez. S E E L E

F.d.R.d.A.:

Bei konspirativem Treffen äußerte IM große Enttäuschung, daß ihre Tochter nicht auf Erweiterte Oberschule delegiert wurde. Führungsoffizier sicherte schnelle Prüfung zu.

Dobysch
(Hauptmann)

IM Doktor Instruktionen zum Umgang mit der Schwangerschaft der F. erteilen!

Altwasser
(Major)

26. Brandenburgische Konzerte

Am Ende des Gleises sitzt der letzte Reisende auf einem Koffer, er. Hinter ihm liegt nichts, kein Schatten. Ein moosgrüner Reichsbahnzug hat ihn hierhergebracht. Der Wechselwind des Westens half ihm, die Ausdünstungen des Ostens aus der Nase zu bekommen, jenes Amalgam aus PVC-, Plast- und Leimgerüchen, diese Migräneschwaden, wie sie von falschen Furnieren und schlechten Legierungen abgesondert werden. Den möhrenfarbenen Schimmer der Prunkfenster haben die Tränen längst von seiner Iris gewaschen, so wie es die eiskalten Schauer der Knastdusche mit dem Dederon- und Selastikknistern auf seiner Haut taten. Er ist also frisch, und um ihn ist alles neu. Nur ein leises Tinnituspfeifen hat er noch im Ohr und ein geringfügiges Jucken im Nacken. Eine nie gesehene Sonne weißt die Steine, bleicht das Grün des Zuges, und die Schienen blitzen wie Messer, die gewiss niemals stumpf werden. Er ist der letzte und der erste Reisende. Sein Koffer ist aus Papier, er riecht das Teeröl, mit dem die Bahnschwellen getränkt sind, satt und saftig riecht es, er kann wieder riechen. Hinten in einem Gleisbett, aus dem Schafgarbe und Disteln sprießen, stehen schwere Kohlewaggons. Petrol, Erdgas, Benzin und Steinkohle, das sind die Brennstoffe einer echten Industrienation. Die Grillen singen, horch, und über dem Bahnsteig flirrt die Luft. Er wird jemand werden in diesem Land. Sein Diplom wird ihm nachreisen, und wenn es hier nichts gilt, macht er eben ein neues. Er kann mehr als löten, er kann anpacken, er kann *es* packen. Keine Wolke klebt am Himmel, die Bahnsteiglampen werden länger, der Fluss führt dem Meer Kähne und Chemie zu, und ein von den Hängen fallender Hauch kühlt seine Stirn. Im Auffanglager schlief er traumlos in einem Bett aus blondem Holz. Während der Fahrt von Gießen nach Gemünden hat er einen mit gewachsten BMW-Karossen beladenen Sattelschlepper gesehen, chromglänzende Futtersilos und kreidefarbene Knauf-Röhren. Die Kühltürme der Kraftwerke, das sind die Pyramiden des Abendlands, und die zu Schleifen gebundenen Autobahnen sind die Seidenstraßen der Neuen Welt. Er wirft die Aluminiumchips und die kleinen Scheine aus dem Fenster. Der Wind reißt sein Erbe mit sich: Thomas Müntzer, Clara Zetkin und den alten Goethe, der für alles herhalten muss. Nun hat er die Hände frei und wird hineinspucken, um das Bruttosozialprodukt zu steigern. Hier sind die Türen und die Tore wirklich hoch und weit, und ein lässiger Spediteur hält alle Wagen in Bewegung, als seien es Matchbox-Autos. Diesen Spediteur denkt er sich als Marlboro-Mann. Auch er wird sich neu einkleiden, in Zwirn, Jeans und Leder. Vielleicht wird er sich einen Cowboyhut kaufen, vielleicht einen Herrenhut. Ein Jahr und zwei Kleidergrößen hat er verloren, ansonsten ist er genauso groß wie vor dem Knast und vor der Frau. Es war fast nichts. Er wird das bayerische und das allgemeine Begrüßungsgeld in Kleidung und Ratgeber anlegen. Ein Selfmademan wird er sein. Und wenn er Hilfe braucht, wird er sich an Viktor wenden, der ein Vermögen mit Immobilien gemacht hat. Dieses Kaufmannsgen muss doch auch in ihm stecken. Und der Junge wird aufs Gymnasium gehen, dann wird er studieren, womöglich ein Jahr in Amerika verbringen. Nach Brasilien und Italien werden sie reisen, mit Motorbremse wird er die Serpentinen runterfahren, am besten in einem Benz, aber keinem goldenen. Im Auffanglager wurde er befragt und vermessen. Das Humpeln war weg, er bekam eine Salbe für die Füße. Er hat sich eine marmorierte Almosenhose und ein gelbes Knitterhemd gegriffen, die Wintersachen aus seinem Winterleben hat er in den Koffer aus Papier gepackt. Er weiß noch, dass es sich klamm darin gelebt hat, er wird sie wegwerfen wie das Luschengeld. Aber an den Knast erinnert er sich lebhaft, einmal zu jeder Tages- und einmal zu jeder Nachtstunde. »Selbst wenn du nur sechs Jahre bekommen hast und vielleicht nach zweien freigekauft wirst, sitzt auch du lebenslänglich ein, Mittwoch.« Das sind die Basstöne, die werden bleiben. Darüber legt sich die leichte Muse: Sommerzeit, und das Leben ist easy. Fische springen, und der Kattun steht hoch. Alles ist eine einzige lange Reise. Im Orange Blossom Special, im Sonderzug nach Pankow, im Midnight Special, im Blütenzug, im Grotewohl-Express. Alles ist ein endloser Nachmittag on the road, on the iron way. Er sitzt auf einem Koffer, sitzt unter einem vergitterten Fenster auf einem Klappsitz, hängt wie ein Hobo im Fahrgestell und steigt in Gesundbrunnen aus. Er schaut auf das saftige Grün, die frischen Laken der Felder, den Parallelweg der blitzenden Messer, den Graphitfluss der Straße und den Strich der Leitplanken, der sich ewig durch Westdeutschland zieht. In Chemnitz, was sie nicht sagen dürfen, steht ein Deutz-Reisebus bereit. Brüder, zur Sonne, zur Freiheit! Der Fahrer ist ein schnauzbärtiger Bayer. Vorm Blendschutz der Frontscheibe baumeln Wimpel aus fernen Ländern. Als der Bus vollbesetzt ist, tritt ihr aller Anwalt in weißem Hemd und edlem Schlips ein. »Meine Herren«, sagt er, auf einmal sind sie wieder Herren. »Sie sind sich bewusst, dass jeder einzelne Platz hier in diesem Bus hart umkämpft war. Ich habe das Menschenmögliche getan, damit Sie in diesen Polstern sitzen dürfen. Mit einem gewissen Recht kann ich Sie daher bitten, auf dem Weg in Richtung BRD keine abfälligen Bemerkungen über die DDR zu machen.« Er ist ein geübter Redner. Wie man munkelt, hält er seine kleine Ansprache hundert Mal im Jahr, sie ist Millionen wert. Er steigt in seinen goldenen Benz, Helios mit Hornbrille und Betonfrisur, und begleitet den Bus bis zur Grenze. In Wartha wird zwei Kerlen plötzlich übel, sie springen aus dem Bus und verschwinden im Wachgebäude. Nur Stasi-Schweinen wird so dicht vorm Westen plötzlich übel. Der Große Wagenlenker steigt noch mal zu. »Meine Herren«, spricht er. »Sie verlassen nun das Staatsgebiet der DDR. In der Bundesrepublik werden sich Vertreter der dortigen Organe und Presse an Sie wenden. Man wird versuchen, Informationen von Ihnen zu erlangen. Bedenken Sie: Alles, was Sie gegen die DDR sagen, schadet Ihren Kameraden, die noch inhaftiert sind. Durch negative Aussagen verlängern Sie deren Leidenszeit. Meine Herren, ich wünsche Ihnen eine angenehme Weiterreise.« Auf den letzten Metern halten alle die Luft an, damit die Sache nicht noch platzt. Als die Hoheitszeichen der Bundesrepublik auftauchen, atmen sie aus und schweben in das Land ihrer Träume, die künftig leider vom Knast beherrscht sein werden. Von der Abschlussprüfung träumste auch erst Jahre später. Der Busfahrer sagt ins Mikrofon: »Jetzt könnts ihr erzählen, was ihr wollts.« Aber niemand hat etwas zu erzählen. Das Staunen macht sie ganz dumm. Als sich rechts eine Tankstelle zeigt, springen sie auf und beugen sich zum Fenster. »Wollts ihr den Bus umkippen!«, schnauzt der Fahrer nach hinten und sagt, dass sie lieber »für einen Fuchzger West« Dosenbier bei ihm kaufen sollen. Da bricht der Jubel los. Nach drei Schluck ist er betrunken, und die erste Zigarette auf einer Raststätte kann er auch nur zu einem Viertel rauchen. Ein Schwindel treibt ihm das Bier und das Graubrot vom Morgen aus. Seine Kameraden pissen in die Büsche. Sie alle tragen verschossene Kleider von der Caritas. Sechs Holländer mit Badelatschen und Sonnenbrand beäugen sie. Im Knast hat jeder einen blaugrünen Anzug mit Oranje-Warnstreifen auf Rücken, Ärmeln und Beinen getragen. Als er in seinen Verwahrraum gestoßen wird, sieht er zuerst ein breites blaugrünes Kreuz mit solch einem Leuchtstreifen. Unten im Freihof drehen die Schwerverbrecher und die paar Politischen ihre Runden. Nur einer ist auf Zelle geblieben, der zwei Meter große Mann mit dem breiten Kreuz. »Am Anfang glauben alle, es ist das Ende«, sagt er und zeigt sein freundliches Gesicht. »Du hast den Stasi-Knast überstanden und denkst, tiefer geht's nicht, aber dann kommt das hier. Stimmt's, Abdullah?« – »Will ich wohl meinen«, sagt der Schließer mit dem dunklen Teint und den fiebrigen Augen und verriegelt die Zelle, in der zehn dreistöckige Betten stehen. »Und weißt du was«, sagt der Hüne, »der erste Eindruck täuscht nie. Mein erster Eindruck von dir ist: Mittwoch. Ab heute heißt du Mittwoch. Sollen die Politischen ihren richtigen Namen behalten, bloß weil sie am ehesten wieder rauskommen? Mich nennt man den Kleinen Gatsby. Horch, Mittwoch: Hier drin brauchst du ein kleines Mundwerk, gute Nerven und einen starken Beschützer, der dir sagt, wo der Hase lang läuft. Komm mal ran hier ans Blumenfenster, im Moment läuft der Hase da unten.« In dem quadratischen Hof tragen zwei Sträflingsmannschaften ein Staffelrennen aus. Alle johlen, alle haben das gleiche Trikot an: Blaugrün mit Orange. In vergitterten Erkern stehen Wächter mit MPs, fünf Meter über dem Grund. Weiße Nummern laufen die ziegelrote Wand hinauf – 19, 70, 123 –, immer gestoppt von einem Fensterloch mit schwedischen Gardinen. »Da siehst du den ganzen Abschaum unseres Landes«, erklärt der Kleine Gatsby. »Das sind die Gefallenen, über die keiner spricht. Offiziell gibt's die gar nicht. Der da zum Beispiel, der so schön schnell rennt, ist ein Kinderficker von der Akademie. Der andere Kinderficker heißt Papst, dreimal darfst du seinen Beruf raten. Apropos dreimal: Der da ist ein dreifacher Mörder mit dreimal lebenslänglich. Die beiden mit dem Über- und dem Unterbiss sind die Doppelmörder Hase und Wolf, der Tattergreis ganz hinten ist der Henker von Charkow, der hat schon fünfundvierzig eine Dauerkarte gelöst. Die Tucke mit den tätowierten Augenbrauen ist ein Menschenfresser, auch lebenslänglich, und der elegante Häuptling Silberlocke ist ein Heiratsschwindler mit verdammt schlechten Manieren, für die er acht Jahre gekriegt hat. Der fette Glatzkopf mit dem Hakenkreuz auf der Platte hat von Kopf bis Fuß was gegen den Sozialismus. Auf seinen Schwanz ist Görings Marschallstab tätowiert, ungelogen, deswegen heißt er auch der Marschall. Sitzt nur vier Jahre. Deine politischen Kumpels, den Professor, den Doktor Salat, den Dirigenten, die erkennst du an der Angst in ihren Augen. Riesenfehler, horch. Wenn die Hunde Angst wittern, hetzen sie los.« Unten drückt sich ein großer Dünner an die Backsteinmauer. Die Ärmel seines Anzugs sind zu kurz. Er läuft nicht mit, wird angerempelt, dreht sich weg, wird noch einmal angerempelt. Tatsächlich Hundegebell. Seine Augen springen in alle Himmelsrichtungen. »Und wie heißt der da?«, fragst du. – »Der heißt Wecker, weil er nervt und nicht richtig tickt.« – »Im richtigen Leben war das wirklich ein Uhrmacher.« – »Horch, Mittwoch, das richtige Leben ist futsch. Uns alle gibt es gar nicht. Wir sind Schatten und bleiben es.« – »Und was hast du davon, wenn du mich beschützt?« – »Die Hälfte deines Monatslohns.« – »Wie viel ist das?« – »Kommt drauf an, ob du im Bekleidungswerk Atomanzüge klebst, ob du im Reichsbahnwerk schuftest oder in der Tischlerei, ob du Drähte löten oder Spulen wickeln darfst. Mehr als zwanzig verdienst du aber nur, wenn du die Norm übertriffst. Leider sind die Politischen immer gegen die Norm. Und sie achten zu sehr auf ihre Gesundheit, weil sie noch was vorhaben im Leben.« – »Und wie lange musst du absitzen?« – »So lange, wie die Sonne scheint.« Man muss wirklich höllisch aufpassen, und es ist gut, einen starken Beschützer zu haben, denn der Tod ist billig. Er kostet zwanzig Kröten oder fünf grüne Frösche. Es sind Wärter und Strafgefangene über die Reling gegangen, und dann gab es eben Nachschlag. Das ist niedere Mathematik: Viermal lebenslänglich ist gleich einmal lebenslänglich. So läuft der Hase, horch, und er läuft ins hintere Eck der Strafvollzugseinrichtung Brandenburg, dorthin, wo der VEB Kontaktbauelemente Luckenwalde günstig produzieren lässt. Ach, das Löten, ist es nicht wunderschön! Du stippst den Draht in den Lötzinn, hältst ihn an die Platine, setzt die Lötnadel an, tauchst die Platine in die Tinktur, stippst einen neuen Draht in den Lötzinn, hältst ihn an die Platine, setzt die Lötnadel an, tauchst die Platine in die Tinktur. Manche saufen die Tinktur, nicht wegen des Zinkchlorids oder des Salmiaks, sondern wegen des bisschen Alkohols. Auf Zelle wird Schnaps gebrannt, Kirschwasser. Auf Zelle werden Bratkartoffeln gebraten, Gewichte gestemmt, Eingaben geschrieben, es wird Zeitung gelesen, geschissen, geschoben, gefilzt, gekotzt, vergewaltigt, alles in einem Raum, der mit dreißig Mann völlig überbelegt ist. »Die Hölle ist zu klein«, lacht der Kleine Gatsby, »die ist definitiv zu klein konzipiert.« Du schaltest ab. Im Nacken kriegst du die Krätze, deine Augenbrauen fallen aus, du träumst, dass grüne Drähte aus den Platinen deines Schädels sprießen, du hast Blut im Stuhl, und dein bester Freund ist gleich nach dem Kleinen Gatsby dein ganz persönlicher Floh. Im Haftkrankenhaus erklärt man dich für kerngesund, im Schach stellst du dich dümmer, als du bist, wenn du gegen Langstrafler spielst. Nur gegen den Konsul strengst du dich an, einen Altertumsforscher mit fataler Sammelleidenschaft. »Sitzen wir nicht alle hier wegen unserer fatalen Leidenschaften?«, sagt der Konsul. »Wegen unserer unsoliden Gefühle? Mittwoch, Sie sind doch ein intelligenter Mensch. Wenn man

einen Zug gemacht hat, dann kann man ihn nicht mehr zurücknehmen, so weit können Sie mir doch sicher folgen. Angenommen, Sie studieren Tiermedizin. Da müssen Sie doch auch abwägen, ob Sie in zwanzig Jahren noch die Gesellschaft von Kühen ertragen können. Man muss doch ein verlässliches Bild von sich in zwanzig Jahren haben.«
Bei jedem Mittagessen sagt der Erzieher Nietnagel: »Was braucht der Mensch? Kraut und Rüben braucht der Mensch!« Wahlweise braucht der Mensch Eintopf und allen Ernstes Graupensuppe, sehr oft braucht er zerkochte Kartoffeln, so gut wie nie Fleisch. Im Speisesaal hängt eine Uhr, die jeden Monat nur eine Stunde vorrückt. Wenn man sich aus Versehen auf einen Stammplatz setzt, dann gibt das natürlich Ärger, denn auch im Schattenland existiert ein Oben und ein Unten, so ist der Mensch, auch der gefallene. Am Tischende kann man lange auf eine ordentliche Portion warten, als Essenszuteiler lebt man gefährlich und hat bald die Arbeit satt. Einmal gibt es Birnen, Winterbirnen aus der Gegend. Es ist wohl die Säure, die einem die Tränen in die Augen treibt, die dann auch gleich den möhrenfarbenen Schimmer der Prunkfenster wegspülen, das violette Licht der Blumenfenster und das Limonadenlicht der Peitschenlampen. Das Licht, das durch den Glasfirst fällt, ist im obersten Laubengang noch weiß und unten grau. Ein Schrei ist oben noch schrill und unten dumpf. Wenn auf Zelle einer etwas nicht weiß, fragt man den Konsul oder ihn, weil er früher mal, in einer anderen Koje, Bücher-Frank geheißen hat: »He, Mittwoch, Laufvogel mit drei Buchstaben? He, Mittwoch, Laubbaum mit ›ane‹ am Schluss?« – »Ombra mai fu!«, sagt der Konsul. »Allein wegen der Platane lohnt sich die Freiheitsberaubung, Kamerad Mittwoch. Platanen sind die schönsten Bäume der Welt. In Frankreich sind sie Schattenspenderinnen, alte Männer mit wettergegerbten Gesichtern spielen in ihrem Schutze Boule. In unserem Land gibt es immer nur Pappeln und Birken und den Kegelsport. Wenn man selbst so ein ruhiger, alter Knittersack werden will, mit Strohhut auf dem Kopf, kaltem Wein in der einen, Boulekugel in der anderen Hand, dann muss man den Schatten der Platanen suchen. Überhaupt, die Franzosen, die nehmen

es leicht, in der Liebe wie im Leben. Die sind nicht so verbissen wie wir Deutschen. Die werden nicht gemütskrank, bei denen ist alles ein Boulespiel.« – »Hör auf mit deinem Gesabbel, sonst drück ich dir die Zähne ein«, sagt Senta, die Zellenschönste. – »Aber Treptow steht voller Platanen«, gibt Mittwoch zu bedenken, mit eigenen Augen hat er es gesehen, irgendwann mal. Die Hochzeit ist noch nicht vorbei, die Vorbereitungen laufen auf Hochtouren. Entgegen dem Brauch verbringen Braut und Bräutigam die Nacht miteinander. Senta und Carlo vögeln so heftig, dass der Kleine Gatsby den Bettenturm umstößt. »Was hat er eigentlich angestellt?«, fragt sein Schützling den Konsul im Bett unter sich. – »Er hat ein Paket an seine Schwiegereltern geschickt«, flüstert der Konsul zurück. – »Und was war da drin?« – »Der Kopf ihrer Tochter.« Die Braut hat ein Hämatom am Kopf, das der Zellenfriseur kaschieren muss. Der Zellenfriseur ist er. Der Tauchsieder wird von der Leitung geklemmt, und die Brennschere wird angeschlossen. »Ich will schön sein«, sagt Senta, »gib dir Mühe, sonst drück ich dir die Zähne ein.« Der Papst nimmt die Trauung vor, und dann gibt es ein rauschendes Fest mit nur einmal gebrühten Teebeuteln, Senfbroten und Drehtabak. Die Hochzeitsgäste stoßen mit Terpentin an. Bei der Zählung am nächsten Morgen will Senta alles rückgängig machen. »Ihre Frau«, sagt sein Erzieher, »hat auch eine Ent-Scheidung getroffen.« Sein Erzieher soll seine Bezugsperson im Strafvollzug sein, soll ihn auf dem Weg zur Wiedereingliederung führen, was Gott und Teufel verhindern mögen. Nicht nur ein Mann in Uniform sei der Erzieher, sondern in erster Linie ein Mensch mit Gefühlen. Davon kann man sich am Morgen der Zählung einen Begriff machen, als nämlich sein Erzieher sagt: »Strafgefangener, streichen Sie einfach die Vorsilbe.« Ab da ist nichts mehr erinnerlich. O du schöne Katze im Sack. Was hat sie noch mal gesungen, vor unendlicher Zeit, am Polterabend? Schwamm drüber. Er weiß nur noch, was die Killerband zu Weihnachten gesungen hat. »Es spielen nun für Sie, verehrte Damen und Herren, Gladys Ritter und die Päsche«, sagt der Schließer Abdullah die aus Profimusikern bestehende Combo an, Mörder allesamt. Ein paar hundert Knackis pfeifen, johlen und schreien, als sieben geflügelte Jahresendfiguren auf die Bühne flattern. Es ist wie in San Quentin, als Cash den Folsom Prison Blues spielt. Drei der Engel tragen Posaunen. »He, blas mir auch mal einen.« Die Nacht ist still und heilig, es ist ein Ros entsprungen, und die Türen werden hoch und weit gemacht. Dann fallen die Flügel, und es gibt Jazz, Blues und eine Soulnummer mit deutschem Text: den »Mitternachtszug nach Riesa«. Gladys Ritter ist ein bärtiger Bariton von der Komischen Oper, der die Menschenliebe eines Kannibalen und die Stimme von Barry White besitzt. Er klimpert mit seinen falschen Wimpern, es folgen ein paar Trommelsprünge, und dann geben die Posaunen das Signal zur Abfahrt: »Leipzig war zu viel für den Mann«, singt Gladys Ritter, »also macht er die Biege aus dieser Stadt. Sagt, dass er heimwärts fährt in seine alte Welt, die er wohl verlassen hat vor gar nicht allzu langer Zeit. Er macht die Biege im Mitternachtszug nach Riesa. Sagt, dass er zurückgeht in eine simplere Welt und Zeit. Und ich werde ihn begleiten im Mitternachtszug nach Riesa. Will lieber in seiner Welt leben als ohne ihn in meiner.« Das Publikum beklatscht die erste Strophe, zwei, drei Paare tanzen auf den Sitzen. Man lässt sie. »Er hat geträumt«, singt Gladys Ritter weiter, »dass er eines Tags ein Stern ist.« Der Chor antwortet: »Ein Superstern, aber der ist immer noch fern«, und Gladys Ritter fährt fort: »Aber auf die Beinharte lernte er, dass Träume nicht immer folgsam sind. Also verpfändet er all sein Hoffen, und selbst seinen ollen Warti verscherbelt er. Organisiert ein One-Way-Ticket in sein altbekanntes Dasein. Jawoll!« Die harten Hunde heulen, und das Gedächtnis, sagt Montaigne, Platon zitierend, ist eine große und mächtige Gottheit, doch keiner weiß, was sie verdammt noch mal will, sagt Herr Mittwoch, sich selbst zitierend. »Spinat ist mein Hobby«, erklärt Siegmar zur Feier seiner Verlobung. Seit dem Sommer sind die Russen in Prag. Er selbst hat auf dem Weinfest an der Unstrut eine kennengelernt, an die muss er immerzu denken, und dieses Denken erwärmt ihn. Fünfzehn Jahre und zwei Monate zuvor rücken die Russen über die Karl-Heine-Straße aus. Siegmar ist drei und immer hungrig. Er, der mittlere Bruder, muss Magermilch holen. Es ist sein siebter Geburtstag, und ihm zittern die Knie. Eben noch hat er die Alukanne am langen Arm kreisen lassen, dann hält er lediglich den Henkel in der Hand. Die Kanne fliegt auf die Karl-Heine-Straße und wird von einem Panzer geplättet wie eine Münze vom Fernzug. Er trägt kurze Hosen und kann sehen, wie seine Knie zittern. Die T-34 sind die besten Tanks der Welt. Kein Rotarmist mit Gummiperücke zeigt sich im Turm. Das vergisst du nie: Wenn eine Kolonne Panzer an dir vorbeidonnert, Armeslänge entfernt. Als der Panzerzug fort ist, lässt er das Blech auf der Straße liegen und trägt den Henkel nach Hause, mit dem er trotz seines Geburtstags verdroschen wird. An den Dingen kleben Zettel: Schüssel, Stuhl, Topf, im September wird er eingeschult. Abends kommt Rudolf nach Hause, Staub und Röte im Gesicht. »Mir ham gegen die Russen gekämpft«, prahlt er, »die komm' so schnell nicht wieder, die roten Schweine.« Jetzt kriegt auch er Dresche, zwei Tage lang hat er Mutters Finger im Gesicht. Im März hat das Herz des großen und weisen Vaters der Sowjetvölker aufgehört zu schlagen. Was macht eigentlich das Herz des Zwillingsbruders seines Vaters? Mit fünfzehn denkt er bloß noch an den Kopf des Zwillingsbruders seines Vaters, denn in Rudolfs Schädel hat sich ein Schalentier eingenistet. Plötzlich hat auch er Kopfschmerzen, rasende Kopfschmerzen. Er will nach Gesundbrunnen fahren, damit es aufhört, dafür steht doch der Name. Es geht aber nicht, weil jemand die Absicht hatte, eine Mauer zu errichten. Gerade hat er von Rudolf das Zimmer unterm Dach geerbt, in dessen Gebälk sommers die Hitze, winters die Kälte und immerzu der Holzwurm hockt. Er schreit seine Mutter an: »Ich habe es auch, das Krebstier! Aber ich will noch nicht sterben!« – »In Herrgotts Namen, schweig still!«, sagt seine Mutter. »Du dämlicher Bengel musst dir keine Sorgen machen.« – »Ich habe es auch geerbt!«, ruft er. »Nein«, sagt sie nur, und er ist sofort ruhig. Alles Kopfsache. Zwei Jahre später geht er in die Elfte. Die Butlers werden verboten, horch. Als Ordner verkleidet, kann er sich unter die Demonstranten mischen. Bullenwagen fahren am Leuschnerplatz auf. »Bürger der Stadt Leipzig, geht nach Hause! Versammlungen sind verboten!« Pfiffe, Rufe, Steine. Hundestaffeln und Wasserwerfer rücken an. Er flieht durch die Innenstadt und versteckt sich im Eingang des Capitol. Am nächsten Tag fehlen ein paar Jungs aus seiner Penne. Zwei Wochen später kommen sie zurück, kahl geschoren und stumm. »Du warst für diese Welt zu schade«, lässt er in den großen Grabstein seiner ersten Frau meißeln. Die Worte schimmern golden. Seine zweite Frau sollte auch ein Denkmal erhalten, eins ohne Worte. Die Uhr im Speisesaal rückt vor, und Pfeiffer, genannt Wecker, fällt so weit ab von der Norm, dass er ins Reichsbahnwerk gesteckt wird. Er sitzt eine milde Strafe ab, kann aber nicht abschalten. Er kann sich nicht die Erinnerung versagen, kann nicht verhindern, dass seine Gedanken in schlecht beleuchtete Gassen geraten und seine Arme unter die Räder. Er ist der dritte Unfalltote in diesem Jahr, das noch nicht mal zur Hälfte aufgebraucht ist. Doch eines Morgens ist der Sommer vorbei, obwohl man ihn gerade erst ausgerufen hat. Man merkt es an der Luft, am Licht über dem Freihof, die Hunde sind still, irgendwas ist umgeschlagen, und dann denkt man, so schnell vorbei, aber in dem Moment, wo man es denkt, fängt der Sommer noch mal an, der Altweibersommer. Er muss zur Leibesvisitation, zweimal, wer kauft schon beschädigte Ware. Der Kleine Gatsby sagt: »Du wirst uns vermissen, Mittwoch, da bin ich mir sicher.« Die Tür wird aufgerissen, und der Schließer Abdullah schreit: »Strafgefangener Friedrich, raustreten!« Zu dritt springen sie auf. Wie sonderbar, dass noch jemand so heißt wie er. Der Schließer winkt ab und sagt: »Der politische Friedrich!« Aber der linke Fuß des politischen Friedrich lahmt plötzlich. Beim Gang in die Kleiderkammer versucht er es zu kaschieren. Bloß nicht ins Haftkrankenhaus geraten und plötzlich nicht mehr kerngesund sein. Er bekommt seine Winterkleider ausgehändigt, das beschlagnahmte Geld und seinen letzten Lohn. Sein goldener Ehering wird ihm übergeben, er ist ihm zu groß geworden. Im Münzfach seines Portemonnaies, in dem auch ein Milchzahn liegt, verstaut er ihn. Auf dem Weg in die Abschiebehaft fragt er sich, ob er jemandem noch was schuldet, mal abgesehen von seinem Beschützer. Hat er noch Schulden bei Mo oder Jasper? Künftig wird er alles in bar bezahlen. Geld kann man ja nie genug haben, und er wird zu Geld kommen. Spendierhosen wird er tragen, genug zum Schenken und für sich selbst haben. Nie wird er auf seinen Schatten treten, weil der im Knast weiter verwahrt wird. Mensch, das wird ein Sommer, auch der Weizen steht hoch. Und welch ein Sound: Summertime, and the living is easy. Nichts wird mehr auf ihm lasten, denkt er. Die Tage werden sein wie die Töne, die ein Schneebesen auf seinem Trommelfell erzeugt. Federleicht, nur ein Wischen, reinste Gegenwart, nur schauen, Musik, nur hören, horch, und aus der Vergangenheit nur ein leises Pfeifen, mehr nicht. Das werden paradiesische Tage sein, er ist doch schon im Paradies. Alles ist in Ordnung, und dann erklingt die eine Musik. Er hört, was ihn in Brandenburg zu Tränen gerührt hat, als er auf der obersten der drei Pritschen liegt, auf seinem hart erkämpften Schlafplatz, im Himmelreich. Er hat Cremedosendeckel auf den Ohren, und im Transi, das seinen Strom von einer gestohlenen Flachbatterie zieht, läuft die eine Musik, gespielt vom RIAS-Kammerorchester und erdacht vom besten Komponisten aller Zeiten. Er hört diese Musik jetzt, auf dem Koffer, jetzt, im Zug, jetzt, im Zuchthaus, und er hört sie jetzt, vor der kleinen Kirche. Eben noch ist er ein Junge wie alle anderen, Kartoffeln und Quark. Auf einem alten Damenrad mit glockenförmiger Lampe und breitem Sattel fährt er hinaus in die Welt. Er fährt über die Felder, zu dem kleinen Friedhof. Mit langem Bein tritt er in die Pedale, die Kette rasselt durch das Blech. Er kreuzt die Spur, die er selbst ausgelegt hat. Er greift nach dem Fell der Weidenkätzchen, in einem Pappelwäldchen legt er sich in den Geruch des Bärlauchs. Die Natur kennt kein Gut oder Böse, in der Natur gedeiht und verdirbt alles einfach so. Sein Fahrrad lehnt er an die Kirche, auf dem Vorplatz parken Straßenkreuzer von weit weg. Drinnen wird gesungen, dann spielt eine Orgel. Sie spielt für ihn. Die Pforte ist geschmückt mit Osterglocken, Forsythienzweigen und blauen Bändern. Als die Sonne hervorbricht, sieht er seinen Schatten auf dem hellen Holz, dann öffnen sich die Flügel, sein Schatten zerspringt, und die Orgelmusik trifft ihn mit Wucht. Triumphal und klagend, in tiefen, trauernden Bassstößen und mit tanzendem Jubelklang. Windmusik ist das, ein Wesen mit einer und tausend Seelen. Er weiß, dass er diese Musik nicht zum ersten Mal hört. Sie ist leicht und schwer, ist Gedeih und Verderb und: Gnade. Er ist kein Junge mehr wie alle anderen, denn etwas in seinem Innern, das eng gewesen ist, hat sich geweitet. Nachdem ihn der Konsul verraten hat und das kleine Radio gefunden ist, kommt er drei Tage in Dunkel- und einundzwanzig in Einzelhaft, aber die Musik spielt weiter. Rudolf ist tot, Unkraut vergeht. Im Licht der Töne postieren sich zwei Frauen. Sie halten ihm Kollektebeutel hin, teefarben wie das Netz des Birnenpflückers am Schuppen. Groß sind die beiden und schlank, und sie tragen so feine Kleider, dass ihm schlagartig bewusst wird, in kurzen Hosen und langen Strümpfen vor ihnen zu stehen. Er erhebt sich und tastet die Taschen seiner Almosenhose ab. Neben ihm parkt ein grüner Reichsbahnzug, hinter ihm liegt nichts, und vor ihm kommt eine Frau gegangen. Seine Taschen sind leer. Er hat Schulden in einer ungültigen Währung. Wie soll er die jemals zurückzahlen? In Valuta? Er weiß es nicht. Er weiß nur, dass er am Beginn einer Reise steht.

27. Zitroneneis

Leipzig, 7. September 1984

Alter Gangster!

Vielen Dank für die Poster. Die fetzen. Ich habe sie bereits verteilt. In der Penne ist es besch…! Total duster! Am Mittwoch bis 16 Uhr Unterricht. Wir müssen ganz schön pauken, um uns über Wasser zu halten. Hast Du ein Glück, daß Du doppelt so lange Ferien hast! Die letzten freien Tage, nachdem Du gefahren bist, war ich mit Kerstin noch einmal an der Eisdiele. Schade, daß Du nicht mit warst. Es gab nämlich Zitroneneis. Aber ohne Dich hat es nur halb so gut geschmeckt. Ich habe vor, im Herbst entweder den Mopedschein oder den Führerschein 1. Klasse zu erwerben. Wenn ich nur den Mopedschein kann, dann will sich mein Vater ein Moped zulegen, mit dem er zur Arbeit fährt (aber nur, wenn's Auto kaputt ist). Ich darf es für die Fahrschule benutzen und daran herumbasteln. Ich war übelst glücklich, als ich es gehört habe. Ich fragte meinen Vater, ob er sich nicht etwa versprochen hat und das ernst meint. Zum Glück meinte er es ernst.
Übrigens, ich saß auch schon auf meiner zukünftigen ETZ 150. Und mit der bin ich sogar schon selber gefahren, mit 80–90 Sachen auf der F 95 langgedonnert, natürlich nur in Gedanken!
Nach dem Eröffnungsappell am Montag früh hatten wir eine Stunde beim Müller, bei der die Dornbuschen dabei war. Die hat sich darüber heiß gemacht, daß wir beim Appell nicht ernst dreingeschaut haben, und darüber, daß einige wegen der Hitze das FDJ-Hemd ausgezogen haben. Dann belegte sie uns wegen unserer zukünftigen FDJ-Arbeit im neuen Jahr, und nach 5 Minuten fing sie mit dem Rezitieren von Gedichten an. Wir haben bloß Korkenzieher geguckt.

Zum Schluß kam der absolute Hammer: Frau Dornbusch hat die Patenschaft für unsere Klasse, die 9b, übernommen. Du gehst am Stock! Ich war Buffalo und nahe dran, Beifall zu klatschen. Ein hervorragender Vorschlag, nicht wahr? Ich habe schon überlegt, ob ich die Dornbuschen nicht später einmal zu meiner Trauzeugin mache, falls ich mal heirate. Sag jetzt nix Falsches! Allerdings sind alle scharfen Bräute auf einen Schlag verschwunden. Sonja Popowski aus der 10. ist abgegangen, Sybille Busowitsch auch, und Deine Schwester und Deine Mutter sind sowieso weg. Ja, ja, ich weiß schon ...
Nachdem die Dornbuschen dann abgezwitschert ist, war Müller (Doktor) nicht mehr zu bremsen. Er wollte uns unbedingt beweisen, daß er auch etwas vom »Belegen« versteht. Dabei war er schnell wieder »King of the school«. Ein Kunde!
Locke und Kerstin haben die Bilder fertig. Einsame Spitze! Tja, das waren noch Zeiten! Wie wir mit Punker Jugendweihe gefeiert haben, weil man doch mit seinen Freunden solidarisch sein soll. Dornbusch und Müller hat es ganz schön die Laune verhagelt. Das werde ich meinem alten Herrn nicht vergessen, daß Kerstin und du an unserm Tisch sitzen konntet und er keinen Ärger gemacht hat wegen unseren Haaren!
Nächste Woche muß Konrad wieder zum Friseur. Seine Alten sind total hinterher. Er will wenigstens noch Billy Idol hinkriegen, hat er gesagt. Mal sehen.
Wie Du mir geschrieben hast, wirst Du ja bald (in 3 Jahren) motorisiert sein. Eine 700 Honda ist natürlich 'ne Wucht. Darum werde ich Dich noch beneiden. Aber mach nie den Fehler und unterschätze die Kraft der Maschine. Solche heißen Öfen ziehen nämlich ab wie Raketen. Könnte total ungesund enden. Denk immer daran: Es ist eine Honda und keine Schwalbe. Vielleicht ist es gar nicht so schlimm, daß die ETZ nicht über 100 kommt.
Wenn Du wieder mal »heeme« kommst, setzt Du Dich auf meinen Knattertopp, und dann fahren wir die Asche rauf und runter,

und zwar nach alter Methode: Gas – Bremse – Gas – Bremse. Fast wie früher mit unseren Rädern. Und dann zelten wir wieder, wie neulich in der 84er Besetzung: Kolja, Locke, Kerstin, Du und ich und der krähende Hahn und Oma Hedwig. Mal sehen, ob Du mich dann auf der Luftmatratze einholst.

Eben lese ich noch mal Deinen Brief. Klar, es ist nicht leicht, mit einem Messer ein Reh zu fangen, auch wenn das Messer Hirschfänger heißt. Aber wenn es so viel Wild da in Bayern gibt, dann wirst Du schon noch eins erlegen. ~~Deine Schwester~~ Leo hab ich nicht wiedergetroffen. Ich glaube, die ist ganz weg aus der Stadt. Aber ich halte Augen und Ohren offen. Gangsterehrenwort!

Und ich hab Dir noch gar nicht gesagt, daß mein Vater darüber nachdenkt, daß wir alle nach Grünau ziehen. Das sagte er neulich so nebenbei beim Abendbrot. Er meint, wenn wir nur noch zu dritt sind, brauchen wir nicht mehr so viel Platz. Ich hab nix dazu gesagt. Meine Schwester war ja nur am Wochenende da, und unter der Woche war uns der Platz auch nicht zu viel.

Kennst Du noch unseren alten Baum? Ist einfach scheiße, daß Du gegangen bist. Immer gehn die Besten in den Westen. Kerstin hat auch gesagt, daß Du der Allerbeste für sie warst bzw. <u>bist</u>. Wenn's Dich nicht gäbe, hat sie gesagt, müßte man Dich erfinden.

Mach's gut, alter Gangster, und halt die Ohren steif.

Dein Blutsbruder

28. Große Ferien

Entscheidend beim Klimmzug ist das Masse-Kraft-Verhältnis: Wer wenig wiegt und Muskeln hat, der schafft es spielend leicht. Wer ohne Mumm und schwer ist, muss sich plagen. Der letzte Tag muss sich plagen. Mühsam zieht er sich am Wetterschenkel hoch, und mühsam klettert er aufs Dach. Das Licht reicht nicht in die Zimmerecken. Die Wände sind kahl, abgenommen sind die Medaillen und der Kaugummi, die Matrjoschkas sind verfrachtet, die Poster verteilt. Das Loch im Kaminzug ist mit Zeitungspapier ausgestopft, es riecht nach Ruß. Vom Ofen ist nur noch ein Betonsockel übrig. An der Wand stehen drei grob gezimmerte Kisten, auf denen in Schablonenschrift »VEB Deutrans« und »Internationale Spedition« steht. Obenauf liegen seine Reisedokumente und das schwarz eingebundene Fotoalbum, die Kisten sind vernagelt. Er ist wach, aber das Haus schläft noch. Es ist ein halbes Haus, in dem mal eine halbe Familie gelebt hat und für kurze Zeit eine fast ganze. Die Großmutter schlief im Wohnzimmer auf dem ausgezogenen Sofa, der Vater schlief im ersten Stock, im Bett in der Bücherwand, für eine Weile schlief er da zusammen mit seiner Frau. Deren Tochter hatte ein eigenes Zimmer, darin stand auch ein großer Kleiderschrank. Und dann gab es noch einen Kater, der schlief manchmal zu seinen Füßen.

Onkel Siegmar hat ihn gedrängt, die letzten Tage bei ihnen im Neubauviertel zu wohnen. Das Haus sei eine Baustelle und ein Spukschloss. Das würde ihm nichts ausmachen, hat er geantwortet, es sei doch gut, wenn es einen Mann im Haus gäbe, der auf alles aufpasse, und Siegmar hat ihn gelassen.

Bevor er die Beine aus dem Bett schwingt, zieht er die Porträts vom Baldachin. Es sind viele geworden: Vaters, Leos, Evas, sein eigenes, Falks, Kerstins, Polinas, Katjas. Er nimmt die Tube Kittifix, die Eva aus den Effekten seines Vaters zurückerhalten hat, und klebt die Bilder doch nicht in sein Album. Das Album ist randvoll, er könnte die Bilder auf die knisternden Zwischenseiten heften. Stattdessen legt er sie weg. Gestern musste er sich eine Identitätsbescheinigung ausstellen lassen, zum Glück besaß er noch ein Passbild. Er musste auch zu Frau Dornbusch gehen und um eine Kopie seines Zeugnisses bitten, damit er sich um einen Platz auf dem Gymnasium bewerben kann. Mit seinem Notendurchschnitt werde er sich in dieser Leistungsgesellschaft nur auf dem Abstellgleis wiederfinden, hat sie gesagt. Am 6. Juli war sein letzter Schultag auf der 8. Polytechnischen Oberschule Hedda Zinner, und im Tilman-Riemenschneider-Gymnasium zu Bad Itz fängt der Unterricht erst am 17. September an. Vor ihm liegen die längsten Ferien, die er je hatte. Den bereits ausgefüllten und von Schreibwaren Rathenow abgestempelten Schulbuchzettel für die Neunte hat er in eines seiner Bücher gelegt. Titel der Originalausgabe: »Deux ans de vacances«. Er wird Französisch lernen müssen. Vielleicht wird ihm der Zettel im Westen mal entgegenfallen, in zehn oder zwanzig Jahren.

Er zieht seine Laufschuhe an. Die Treppe beantwortet jeden seiner Tritte. Die Küche ist leer. Tisch und Anrichte stehen im Keller, die Fliesen sind abgeschlagen, sein Spähloch ist verputzt, und bis zur Höhe der Hüfte ist die Tür zum Wohnzimmer vermauert, weil sich Tante Inge eine Durchreiche wünscht. Die Wachstumsstriche sind verschwunden.

In der Identitätsbescheinigung, die er zum Verlassen des Landes benötigt, stehen sein Name, sein Geburtstag und -ort. Staatsangehörigkeit und besondere Kennzeichen: keine. Fast berührt der Wappenstempel seine Wange.

Er durchquert den Vorgarten, in dem ein Betonmischer neben einem Sandhaufen steht, er öffnet die Pforte, die leise scheppert, und als er sie schließt, scheppert der nun braun gestrichene Briefkasten, auf dem bloß Polinas und Siegmars Name zu lesen ist. In der Garage warten die anderen Holzkisten darauf, abgeholt zu werden. Den meisten Platz beanspruchen Vaters Bücher. Zusammen mit Eva hat er sie sortiert. Mit geschwollenem Bauch und geschwollenen Beinen, das Haar kurz geschnitten und den Pony schief, saß sie in Vaters Sessel und empfahl, welche Bücher in die Kisten und welche auf den »Schnullistapel« gehörten. »Krieg und Frieden«, »Ein Tag im Leben des Iwan Denissowitsch«, »Collin«, »Lewins Mühle«, das Wörterbuch Englisch-Deutsch aus dem VEB Verlag Enzyklopädie, »Die Göttliche Komödie«, »Die menschliche Komödie«, alles von Immanuel Kant, »Kindheitsmuster«, »Geschichte meines Lebens« von Casanova, »Effi Briest« und »Anna Karenina« kamen in die Kisten. »Hanne, die Jawa und ich«, »Wie der Stahl gehärtet wurde«, alles von Hermann Kant, »Der kleine Prinz« und »Der geteilte Himmel« kamen auf den Schnullistapel. »Wir haben unsere Bücher gar nicht gemischt«, sagte Eva, »doch zumindest habe ich seine alle gelesen.« Das »Kochbuch für Frischvermählte« darf mit, der Berlin-Führer aus dem VEB Tourist Verlag nicht. »Stimmt es, dass Leos Vater ein Schriftsteller ist?«, fragte er von unten nach oben. – »Einer ohne Buch«, sagte sie, »nur Sinn und Form.« Aber das ist doch wahnsinnig viel, dachte er, Sinn *und* Form!

Noch vor den Büchern haben sie die Dokumente gesichtet, die nicht mal einen Würfel füllen. Sie beugten sich über Katjas Geburtsurkunde, lachten über die Passbilder in den Werksausweisen seines Vaters, packten sein Diplom, seine Zeugnisse und einen Ordner mit der Aufschrift »Friederike« ein. Einen saharafarbenen DIN-A4-Umschlag, auf dem »Mittwochskarten« stand, legten sie ungeöffnet in die Kiste, Kuverts mit Fotografien, eine Mappe mit Kinderzeichnungen. Die Magazine mit den Nackschen, ein paar intime Bilder und Briefe sowie das Auto hatten die Angler einbehalten, ansonsten alles Beschlagnahmte zurückgegeben.

Aus einer der Fototaschen fielen Ausflugsbilder. Es waren unscharfe Schnappschüsse, er beim Steinwurf, Leo neben einer Statue, Eva, die ihren Hut mit nacktem Arm festhält, die breite Krempe verschattet ihr Gesicht. Er begann, diese Fotos dicht an dicht auf die letzte Doppelseite seines Albums zu kleben, da hatte er noch ein bisschen Platz und Mumm. »Wir gehören nicht dazu«, sagte Eva und zupfte Jenny Posners Umstandskleid über ihren Bauch. »Und ob«, sagte er und presste Harztropfen aus der Tube. Während er klebte, nahm er sich vor, später einmal den Stammbaum zu vervollständigen. Mit weißem Buntstift würde er verschlungene Eheringe zwischen Vater und Eva malen und durchstreichen, würde Leo und Theo aufnehmen und durchstreichen oder ein Kreuz unter den Katernamen setzen. Auch neben Rudolfs ausgekratzte Lebensrune gehörte ein Kreuz, und dann würde er endlich mal der Frage nachgehen, wie ein gefallener Soldat einen Sohn zeugen kann und wieso ein Westonkel (ein echter, kein Messeonkel) sich nie meldet. Später, wenn etwas Zeit und Kraft übrig wären.

Schwerfällig brachte sich Eva in eine bessere Position und füllte weiter die Transportunterlagen aus. »Hast du schon einen Namen?«, fragte er. – »Nein«, sagte sie. – »Wenn es ein Junge wird«, sagte er. – »Ja?« – »Dann kannst du den vielleicht«, und dann sagte er: »Theo nennen.« – »Das«, sagte sie, »ist keine schlechte Idee.« Draußen wurde es dunkel. »Was machen wir mit dem hier?«, fragte sie und hielt ein schwarzes Buch hoch, auf dem Jugendliche zu erkennen waren, die vor der Westberliner Disko »Sound« herumlungerten. Lichtstaub drang aus dem Eingang und legte sich auf ihre langen Haare. Nur ein einziges Gesicht ganz am Rand der Szene war dem Fotografen zugewandt: Mit hochgekrempelten Ärmeln lehnte einer an der Kante des Buches. Das werde ich sein, dachte er, süchtig nach Rauschgift. »Du brauchst keine Angst vor dem Neuen zu haben«, sagte sie und legte das Buch beiseite. Im Mittelteil dieses Buches, von dem Falk ihm einmal erzählt hatte, ist ein Mädchen abgebildet, das wie Leo aussieht und in einer öffentlichen Toilette liegt, tot. »Drüben, da sind auch nur Menschen«, sagte Eva. – »Wenn es Menschen sind, warum gibt es dann so ein Buch mit solchen Bildern?« – »Weil da eine kritische Öffentlichkeit existiert«, sagte Eva. – »Der einzige Unterschied zu hier ist doch«, sagte er, »dass es da anders scheiße ist.« – »Ich weiß nicht, ob man das so formulieren kann.« – »Vater hat immer gesagt, alles hier bei uns ist eine einzige große Lüge, ein Scheißhaufen, der mit Häkeldeckchen aus Worten zugedeckt ist. Aber das stimmt nur halb. Es ist ein großer Mist, und zugleich ist es schön.« – »Dann gilt das Gleiche auch für drüben.« – »Das mit dem Mist glaube ich dir sofort. Aber woher willst du wissen, dass es dort auch okey ist?« – »Ich war mal da.« – »Echt? Und wie war's da?« – Sie umfasste ihren Bauch und blickte auf die leeren Regale. Dann sagte sie: »Schön war's da.« Offenbar war es da so schön gewesen, dass sie nun weinen musste. Irgendwie beruhigte ihn das, und er legte seine Angst auf den Schnullistapel. Dann packten sie Polinas Bräter, Vaters und sein Rasierzeug, das Dylan-Songbook, die Mundharmonika und den schweren Kristallaschenbecher ein. Das Fotoalbum würde er im Handgepäck mitnehmen, ebenso wie einen Zungenschlag und ein paar Worte: gaupeln, Bimmel, groggy, Nieselpriem, mausen, Fisimatentchen, Forsützschen, Ganker, nischeln.

Irgendwann einmal, dachte er und denkt es wieder, sollte ich alles ganz genau auflisten. Die Dinge, die Worte und die Gefühle. Wer was gewonnen und wer was verloren hat. Eva hat zwanzig Kilo und ein neues Kind gewonnen, aber ihre Tochter, ihren Mann, ihre langen Haare und ihren adoptierten Sohn verloren. Sein Vater hat seinen Ausweis, das Auto, seine Frau, seine adoptierte Tochter, sein Haus, seinen Bart und seine Locken und zwanzig Kilo verloren, dafür seine Freiheit gewonnen. Er hat einen Jungen verloren und wird einen jungen Mann zum Sohn gewinnen. An dem wäre es, sein altes, nicht mehr beschlagnahmtes Heft hervorzuholen, zwei neue Spalten anzulegen und in die eine den ganzen Mist und in die andere all das Schöne zu schreiben. Ein richtiger Mann wäre dazu in der Lage. Jeden Buchstaben würde der sich vornehmen, das Himmels-V der Zugvögel, das Monogramm der Mutter, das X und das P der Grabsteine, das Alpha und das Omega vom Schal des Pfarrers, die kyrillischen Ameisen und die Umlaute, die heimlich über dem Propheten Mose schweben. Im Heft dieses Mannes – besser wäre gleich ein ganzes Buch – würde alles wie neu stehen, wie zum ersten Mal erlebt. An jede Einzelheit, die niemand sonst gesehen hat, würde sich der Mann erinnern: wie Mädchen beim Engtanzen gucken, wie Frau Schreibers Rock schwingt, wie das Lid seines Vaters zuckt, als er sagt: »Bella, sieh mich noch ein letztes Mal an«, wie Eva starrt, als sie antwortet: »Ja, das ist das Kind, das du nicht mit mir haben wolltest«, wie Grenzsoldaten frisiert sind, was auf Leos

Spiegel steht. Ein richtiger Mann würde all das aufschreiben und festhalten, und nichts und niemand würde ihm etwas anhaben können. Ein Satz wäre ihm eine Räuberleiter, auf einem Strich würde sein Gedanke verweilen, hinter einem Komma würde er mit einem Wasserfall in die Tiefe rauschen oder mit einem Zug durch die Nacht. Auf diese Art würde er es ihnen zeigen, denen, die alles vorsagen oder nachsagen oder falsch sagen oder gar nicht sagen. Die glauben, ihm das Leben geschenkt zu haben, obwohl er ihnen das Leben schenkt, wenn er an sie denkt und über sie schreibt. Allerdings fürchtet er, dass ihm der Mumm dazu fehlen wird, so wie er ihm vor einem halben Jahr gefehlt hat.

Eine Schüssel mit Weckwasser hatte er sich neben das Bett gestellt, um besser aus den Federn zu kommen. Doch morgens um vier war das Wasser gefroren, der Waschlappen war ein toter Fisch. Mit größter Mühe verließ er sein warmes Bett und zog sich nach Vorbild der Zwiebel an: Skiunterwäsche, zwei Paar Hosen und fünf Lagen Oberbekleidung – Schicht auf Schicht. Die ganze Fahrt über hütete er seine Zunge, die Scheibe des Abteilfensters war vereist. Die Strafvollzugsanstalt besaß eine eigene Straßenbahnhaltestelle. Ein paar Gestalten stiegen aus und gingen im Takt des Moorsoldatenlieds auf das große Backsteingebäude zu. Hinter ihnen stand ein dunkelgrün lackierter T-34 auf einem Podest. Auch dieses Zuchthaus hatten die sowjetischen Soldaten befreit. 1798 Antifaschisten waren darin geköpft oder erhängt worden. Die Kälte war jetzt unerheblich. In einem Vorbau zeigten sie ihre Besuchsdokumente und ihre Personalausweise vor. Sie wurden einbehalten, ebenso wie die Handtasche, aber nicht ihr Portemonnaie. Dann mussten sie warten, dann wurden sie über Pflastersteine geführt. Im Sprecherraum standen acht Tische. Daran nahmen andere Ehefrauen, Verlobte, Mütter und nur ein Sohn Platz, der sich das Schielen verbot. »Geh bitte und hol einen Tee für deinen Vater«, sagte seine Stiefmutter und gab ihm ihre Geldbörse. An dem kleinen Kiosk in der Ecke des lang gestreckten Raums kaufte er einen Pfefferminztee, der nicht in einer Blech-, sondern in einer Porzellantasse aufgegossen wurde. Im Sichtfenster ihres Portemonnaies steckten drei Passbilder: eines von

Leo, eines vom Vater und eines von ihm. Er wusste, dass Häftling und Besucher manchmal Kassiber austauschten, also hatte er eine Überraschung für seinen Vater dabei, die er schweigend durch die Kontrolle hatte schleusen können. Zuerst hatte er einen Federball mitnehmen wollen, aber wie hätte sein Vater an zwei Schläger gelangen sollen. Also entschied er sich, nur seine tiefe Stimme mitzubringen und sie dem Vater zu schenken. Seine Stiefmutter und er saßen am Tisch, der Tee wurde dunkel. Als Vollzugsbeamte und acht Strafgefangene in Anzügen mit Gefahrenanstrich eintraten, suchte er seinen Vater vergeblich. Nur ein kleiner bartloser Mann mit geschorenem Schädel und wässrigen Augen kam an ihren Tisch und hielt sich an der Stuhllehne fest. Aus irgendeinem Grund stand er auf. Er war einen halben Kopf größer als der andere, der ihn schweigend ansah und endlich eine Hand vom Stuhl nahm. Der Mann legte die Hand auf sein kahles Haupt und ließ sie um einen halben Kopf in die Höhe fahren, so wie man einen Hut lupft. »Menschenskinder«, sagte er, setzte sich und schüttelte den Kopf. Der Sohn dachte: Wenn er erst mal meine tiefe Stimme hört, dann wird ihm zum Sehen auch noch das Hören vergehen. Doch der Mann wandte sich an seine Frau, die den Blick auf ihren Schoß gerichtet hielt. Er sagte: »Bella, sieh mich noch ein letztes Mal an.« Der Tee wurde schwarz. Die anderen flüsterten und lachten manchmal. Irgendwann fragte der Mann mit rauer Stimme: »Wann geht euer Zug zurück?« Sag was, dachte der Sohn und sagte: »Um drei.« Weil er es mit Kinderstimme sagte, schluckte er und versuchte es noch einmal mit seiner Überraschung: »Ich glaube, um drei.« Doch seine tiefe Stimme war ihm in die drei Hosen gerutscht. Mit glühenden Ohren und schwitzend wie ein Kindergartenkind in Kunstfaserstrumpfhosen saß er vor seinem Vater, der aufstand und plötzlich viel größer wirkte. Mit leuchtendem Rückenstreifen verließ er den Sprecherraum. Am nächsten Tag tauchte die tiefe Stimme wieder auf, doch jetzt war sie zu nichts mehr nütze.

Es ist also gut möglich, dass er zu den Versagern und Mutlosen gehört, zu denen ohne Mumm. Dass er sich zeitlebens lieber unter der

Bettdecke verkriecht, in den Tag träumt und durch die Gärten streunt. Dass er lieber im Baum hockt und Birnen frisst.

Langsam trabt er los. Die Luft ist kühl und warm zugleich. Er läuft auf der Straße, mit streichenden Schritten, vorbei an der Eiche, an der Telefonzelle, am Gärtnerschuppen, am Pausenhof. Das alles liegt jetzt jenseits, auf der anderen Seite. Kein Auto ist unterwegs, und keine Menschenseele ist so früh wach. Auf dem Appellplatz vor der Schule kehrt er um und läuft auf der Straße zurück, die Lebensfreude und die Sonnenuhr im Rücken. Hinter der Kleingartenanlage trippelt er den Skihang hinunter und quert die Großwiese. Er springt über das Flüsschen, in dem der Pfarrer die Ostgroppe ansiedeln will, rennt unter den brummenden Hochleitungen hindurch, tritt auf Maulwurfshügel, Sauerampfer und getrocknete Kuhfladen. Am Fuß des Tafelbergs liegen der zerschnittene Wohnzimmerteppich und die Scherben der Ofenkacheln. Mit kurzen Tritten müht er sich hinauf, Kletten heften sich an seine Strümpfe, aus dem Augenwinkel erblickt er einen Goldfasan.

Von oben sieht er die Pleißenburg mit ihrem Grünspanhut, das Bruno-Plache-Stadion, den stolzen Bahnhof, in dem man besser ankommen als abfahren kann, er sieht das von Riesen gestützte Völkerschlachtdenkmal und das Doppel-M des Messegeländes, das Hochhaus der Karl-Marx-Universität, das die Form eines aufgeschlagenen Buches hat, das Zentralstadion mit seinen Flutlichtmasten und den dunkelgrünen Südfriedhof. Weit liegen seine Stadt und sein Land vor ihm. Lange Straßen zerteilen die große Senke. Es gibt keine echten Erhebungen, nur Halden und Hügel, keine Täler, sondern Gruben, keine Ströme, dafür Bäche und Flüsse, auf deren schwarzen Wassern heller Schaum treibt. Es gibt Rieselfelder, über die Stromleitungen gespannt sind, am Horizont ragen Schlote von Kraftwerken und Brikettfabriken auf.

Er dreht sich um und betrachtet sein Zuhause. Er denkt, dass der andere, dass Amon hierbleiben und auf alles achtgeben kann. Es leuchtet ihm nicht ein. Klein und spuckegrau lehnt die Haushälfte am Nachbargebäude. Die Blätter der Birke blinken nicht, die Biberschwänze sind matt, die Dachluke ist blind, und die Antenne sitzt schief. Auf allem liegt die Prägung eines Wasserzeichens, der Schatten seiner Netzhaut. Er schließt die Augen, um klarer zu sehen, um es sich ein für alle Mal einzuprägen, aber eine Unruhe ist in ihm, eine galoppierende Unrast, die vielleicht vom Laufen kommt. Mit pochendem Herzen steht er auf dem Schuttberg. Ein Wind fasst in sein Haar, geht über das struppige Plateau, zupft an seinem Hemd und haucht seine Stirn an. Irgendetwas hat er vergessen. Irgendetwas hat er nicht erledigt. Irgendetwas nicht bedacht, gefunden oder eingepackt.

Plötzlich weiß er, dass er das alles hier vergessen und verlieren wird, schon jetzt hat er es verloren. Er wird ein anderer Mensch werden, er wird nach Ceylon oder Sri Lanka reisen, er wird auf ein Gymnasium gehen, sich fremden Menschen anschließen und die Welt mit anderen Augen sehen. Sein früheres Leben in einem halben Haus, in einem halben Land wird ein Schweigen oder ein Witz sein, seinen alten Freunden wird er viele, weniger und gar keine Poster mehr schicken, er wird eine neue Mundart einstudieren, nicht mehr die Hand reichen zur Begrüßung, er wird Französisch lernen und echtes Englisch, er wird nicht mehr gaupeln, sondern tauschen sagen, und es wird sich um einen völlig anderen Vorgang handeln. Er wird frittierten Tintenfisch statt Brathering essen, er wird Klavier spielen statt nur Schifferklavier, Tennis statt nur Tischtennis. Leute, er wird die Welt sehen, den Westen, der so schön ist! Und nie mehr Leo, seinen Weg oder das Grab seiner Mutter. Und genau das ist es, was er vergessen hat: das Grab seiner Mutter.

Er dürfte hier überhaupt nicht wegfahren, keinesfalls abhauen und die Biege machen! Denn wer soll sich jetzt um das Grab der Mutter kümmern? Wer soll den Stein waschen, die Hecke schneiden, das Unkraut jäten, die Kerze anzünden, vor dem ersten Frost das kleine Rechteck mit Tannengrün abdecken und danach andächtig davor herumstehen? Wer soll das tun, wenn nicht er? Seine Großmutter und sein Vater sind schon drüben, und selbst Leo, die sich in dem Wegenetz sicher verirren würde, ist verschwunden und mit ihr Amon. Aber mal ehrlich: Als ob er sich je von alleine um das Grab gekümmert hätte. Als ob er je gern und ohne Aufforderung auf den Friedhof gegangen wäre. Kein einziges Mal war er dort, seit sein Vater nach Sri Lanka oder Ceylon abgehauen ist. Und hat er Edelgard und Marion kondoliert? Nein. Hat er mehr als ein jämmerliches Lattenkreuz für Theo aufgestellt, hat er je wirklich nach Leo gesucht oder Falk nach seiner Schwester gefragt? Dreimal nein. War er freundlich zu Kerstin oder ihrem Vater, hat er sich bei Siegmar bedankt, und hat er Eva auch nur ein winziges bisschen von ihrer Last abgenommen? Nein. Stattdessen hat er sich im Ferienlager vergnügt, ist ins Kino gegangen und hat sich gehen lassen. Es ist doch so: Er hat und wird sich nicht kümmern, so einer ist er. Er ist der Esel, der sich immer zuerst nennt, ein verwöhntes Einzelkind, ein Faulpelz, ein Hans Guckindieluft. Obwohl er in Liebe und mit gründlich gesalbtem Hintern geboren wurde, ist er verdorben, verbohrt und ohne jedes Mitgefühl.

»Du bist das Beste, was mir je begegnet ist«, hat Leo gesagt, als das Lied zu Ende war. – »Ich bin das Schlechteste«, hat er geantwortet. – »So ein Blech«, hat sie gesagt. Er denkt, dass nicht sie, sondern er recht hat. Denn das Vergessen wartet schon auf ihn. Er wird sie alle vergessen, so wie er seine Mutter vergessen hat. Vergeblich wird der Pfarrer auf ihn warten, am Taufstein in zwei Wochen. Er wird ein neues Leben in Saus und Braus führen, während das Grab verwildert und seine Leute immerzu entgraten und auf dem Strich feilen müssen.

Nachdem das Gummiband auf seine Augen gekracht ist, beim Hoch-Weitsprung, hat er sich schreiend auf der Matte gewälzt. Alle kamen angerannt, er hörte ihre Stimmen. »Warum tut das denn so scheißweh?«, hat er geschrien, und der Trainer hat ihn zu seinem Auto getragen und in die Poliklinik gefahren. Gleich wird er ihn abholen und im Zug bis zur Grenze begleiten – parkt da unten nicht schon sein Wagen? Er wird sich das Parteiabzeichen ans Revers seines Blousons stecken und sagen, dass er es nur für Zwecke wie diesen habe. Sie werden über die Olympischen Spiele plaudern, die seit drei Tagen vorbei sind. Die Schluss- und die Eröffnungsfeier hat Disney inszeniert, vom Himmel schwebte der goldene Reiter. Coca-Cola, McDonald's und American Airlines haben die Spiele bezahlt. Carl Lewis hat vier Goldmedaillen gewonnen, der Trainer wird sagen, dass man bei den Nahaufnahmen seine Dopingakne sehen konnte. Auch Michael Groß, der Albatros, hatte schlechte Haut. Die Westdeutschen sind Dritte im Medaillenspiegel geworden, und Meyfarth hat den Hochsprung gewonnen. Inzwischen weiß er auch, was es mit ihrem Bären auf sich hat, du meine Güte. An der Grenze wird der Trainer einen Satz auspacken, der ebenso gut vom kleinen Prinzen stammen könnte. Er wird seine tabakfarbenen Strähnen tätscheln, ihn an den Schultern fassen und schütteln, und dann wird er sagen: »Das Herz ist ein Muskel, man kann es trainieren.« Er weiß, dass es so kommen wird. Der Trainer wird den Zug verlassen, und allein wird er über die Grenze fahren. Er wird Minigolf spielen, Popcorn essen und eine Kartbahn besuchen. Jede Woche wird er die Bravo kaufen. Er wird über den Christkindlmarkt schlendern und in Bad Itz die Lichtertanne bestaunen, die fast so hoch ist wie ihr altes Haus. Am Anfang wird ihm blümerant sein und dann nicht mehr. Er würde jetzt wirklich gern heulen, damit seine Augen so weh tun wie sein Herz.

Inhalt

I
DIE AUGEN MÜSSEN SICH ERST
AN DAS DUNKEL GEWÖHNEN

August 1981 – September 1981

1. Der Weg 11
2. Einen Ausflug machen 25
3. Deckname 38

II
WINDBEUTEL IN
GEDRÜCKTER STIMMUNG

Dezember 1981 – Februar 1982

4. Drei Koffer 45
5. Das unaufhaltsame Lachen 76
6. Seele 103
7. Der Kannibale und die Königin 107

III
DIE FEHLER DER FRAUEN

März 1982 – September 1982

8. Frauentag 137
9. Freiheit den Fischen 155
10. Die Schau 179
11. Luft 205
12. Hecht 235

IV
FRAUEN IN ATEMNOT
Oktober 1982 – März 1983

13. Deutsche Hochzeit   249
14. Wemfall und Eszett   294
15. Berliner Ironie   304
16. Helsinki   338
17. Die große und die kleine Geduld   345

V
DER MANN IM HAUS
März 1983 – Januar 1984

18. Habseligkeiten   383
19. Strohwitwe   392
20. Konkret   428
21. 101 Ansichten eines entkleideten Mannes   445
22. Einreiseantrag   479
23. Tanzen   481

VI
DAS HERZ IST EIN MUSKEL
Juli 1984 – September 1984

24. Familienaufstellung   529
25. Gute Seele   540
26. Brandenburgische Konzerte   546
27. Zitroneneis   559
28. Große Ferien   562

29. Gluck

Rückantwort:	Familie Friedrich	CCCP
	Regenstr. 27	06088406
	7030 Leipzig	MOCKBA
	DDR	E-397

```
Heute haben Eva Meyenburg und Frank Friedrich gehei-
ratet. Mit ihnen freuen sich alle Verwandten und
Freunde und besonders ihre Kinder Jakob und Leonore.
Wo immer der Wind diese Karte hinträgt, über Berge,
Gewässer und Ländergrenzen hinweg, und wem immer sie
vom Himmel in die Hände fällt - der möge einen Gruß
an die glücklichsten zwei Menschen auf Erden senden.
```

Sehr verehrtes Brautpaar und sehr verehrten Verwandten!

Der Wind hat diese Karte in meine Hände getragen. Mein Name heißt Oleg. Ich wohne in der Wolokolamsk Chaussee in Moskau, U.d.S.S.R. In meiner Freizeit treibe ich Fußballsport und spiele Klavierinstrument. Diesen Jahr in Oktober werde ich funfzehn Jahre alt. Es war gewesen eine weite Reise für Ihre Karte, die mir viel Freude erzeugt hat. Ich mochte unsere Hände schütteln und gratulieren zu Ihrem Gluck. Prost auf die Freundschaft zwischen unseren Völkern! Prost auf den Weltfrieden! Und Prost auf die Liebe! sendet zu Ihnen allen

Komsomolze Oleg Wolkow

```
NACH   UNBEKANNT   VERZOGEN
```